春归鹭屿

青耳 —— 著

图书在版编目（CIP）数据

春归鹭屿 / 青耳著. -- 重庆 : 重庆出版社, 2025.
4. -- ISBN 978-7-229-19580-9
Ⅰ. I247.5
中国国家版本馆CIP数据核字第202482XR20号

春归鹭屿
CHUNGUI LUYU
青 耳 著

责任编辑：李　雯
责任校对：刘　艳
封面设计：冰糖珠子

重庆出版集团
重庆出版社　　出版

重庆市南岸区南滨路162号1幢　邮政编码:400061　http://www.cqph.com
重庆诚迈文化传媒有限责任公司制版
重庆升光电力印务有限公司印刷
重庆出版集团图书发行有限公司发行
邮购电话:023-61520678
全国新华书店经销

开本:890mm×1240mm　1/32　印张:14.125　字数:500千
2025年6月第1版　2025年6月第1次印刷
ISBN 978-7-229-19580-9
定价:49.80元

如有印装质量问题,请向本集团图书发行有限公司调换:023-61520678

版权所有　　侵权必究

目 录

第一章　你那忘恩负义的前女友 …………… 1

第二章　再晚一点,或许就不喜欢了 ……… 35

第三章　其实她很会爱人 …………………… 76

第四章　林希微,你欠我的 ………………… 118

第五章　生日快乐,陈淮越 ………………… 158

第六章　生病的福利 ………………………… 200

第七章　像家人一样的爱人 ………………… 252

第八章　很想很想你 ………………………… 291

第九章　展信舒颜 …………………………… 332

第十章　谢谢他陪着她成长 ………………… 367

番外　悠悠岁月长 …………………………… 410

第一章
你那忘恩负义的前女友

1994年8月，林希微瞒着家里从鹭城侨办的法律中心离了职，当了本城第一批"自由"律师，还押了她仅有的2000块积蓄作股本。直到1994年10月，林希微还没接到一个新项目，说不焦虑是假的，偏偏车上还有聒噪的碎嘴声伴着闷臭的柴油味，让她烦不胜烦。

红色的拉达出租车停在海景酒店右侧的小路口，她下了车，"砰"一声把车门关上，在安静的小巷子里脱掉了外面罩着的薄雨衣，露出了里面裁剪简约的黑色修身连衣裙，她现在要去海景酒店办的第一届德国啤酒节，同几个华侨老客户见面。

有雨衣布隔着，裙子倒没脏，就是仍沾了些柴油味。

林鹏辉见她用力关门，就心疼地连滚带爬从驾驶座下来，摸着副驾车门，转头又见她一副嫌弃他车脏的模样，气不打一处来："你爱坐不坐，我车已经比别人的干净多了，你也就敢在我车上嚣张。"

这年头出租车少又贵，舍得花钱打车的人也少，林鹏辉的确有嚣张的资本，大多出租司机也不爱管车座脏不脏，车上气味是否难闻，只管收费不找零，但林希微第一次见外国客户时，就因为穿了件被出租车弄脏的白衬衫，吃过亏了，后来只要时间不紧，也为省钱，她都骑自行车见客户。

今天就是时间太匆忙了。

林希微把雨衣连着帽挂到了林鹏辉的头上，很轻地笑了一下："林鹏辉，要不要我提醒你，这个车现在在我名下。"

"那也是我找陈淮越要的。"

林鹏辉梗着脖子说完，又怕惹怒她，一把扯下雨衣，连忙上了车，车外传来林大律师使唤的声音："阿哥，十点半准时来这接我。"

这时候知道他是她哥了？他能做的就是狠狠一脚踩下油门，喷她一尾巴的臭拉达柴油气。

两人都没注意，酒店二楼泳池的露台上，还坐着两个人，和高层正喧闹的啤酒节不同，这里夜风寂静，声音上浮，恰好能将楼下兄妹二人的话听得一清二楚。

"这个陈淮越，说的是你吗？"钟程穿着一身潇洒的花衬衫，左手拿着一大马克杯的啤酒，右手举着砖头大的"大哥大"，腰间还别了个寻呼机，他笑着瞧了陈淮越一眼，"你那忘恩负义的前女友。"

陈淮越也笑，却只将最后一口啤酒喝完，他捏扁了易拉罐，远远投进垃圾桶，没说什么。

钟程才不放过他："这就是你给她哥买的聘礼车啊，拉达要七万六吧？千辛万苦在这年头送她出国留学，换来的就是一通分手电话，兄妹联手骗你车。"

陈淮越闻言，神色淡淡，他记得1992年初冬的那通电话，刚被分手时，他心里的确生出了不甘的恨意，尤其那会儿他刚订好要去纽约看她的机票，相恋四年，他自认待她不薄，助她良多，当她想一刀两断的时候，却冷冷地跟他说，她已经分不清对他是喜欢还是亏欠，或许从未有过喜欢。

陈淮越很少跟人谈感情私事，钟程知道这些事，是他有次酒后失态。

他现在只想避开话题，于是很平静地道："你缺这七万六还是缺出国？举手之劳扯什么恩义，她是司法局公派留学的，你当是你爸砸钱送你念书么？"

钟程不服气："你阿公帮我写推荐信，我也能……"

陈淮越语气更平静："陈教授不会，他不喜欢华文不及格的人。"

"我好歹也修过高级华文。"

陈淮越笑了笑，看时间差不多了，就起身转去啤酒节内场，钟程又问："你觉得林希微今晚是不是冲你来的？我们白鹭花园刚拿到外销商品房许可证，已经有好几家律所找上我了。"

陈淮越"嗯"了一声，下意识地拨弄了下无名指上的素戒："不必理会，还是跟以前一样，找香港律所就好。"

林希微今晚来啤酒节，的确是为了外销商品房的事，她来碰碰运气，看下能不能搭上这批预售房业务的线。

鹭城的住房制度改革从80年代就开始了，政府引进了大量三资企业，合作开发了一批高级商品房住宅，不对内销售，主要卖给港商、侨民和外商。1992年进一步房改后，鹭城本土私营民企开始进军房地产，掀起了一股热潮，而此时林希微出来单干，自然也想从楼市中分一杯羹。

宴会厅里的管弦乐队正在演奏传统的巴伐利亚民歌，舞池里的年轻男女随着镭射灯翩翩起舞，鹭城成为经济特区后，文娱政策宽松，舞池文化发达。主办方用木槌把黄铜龙头敲进了大啤酒桶里，金黄的啤酒从龙头里流淌了出来，啤酒节开始了。

林希微到的时候，她的几个老客户正在谈论买卖楼盘的事，这都是她在侨办熟识的客户，基本都是做买卖的。

她从服务生的手里接过一大杯啤酒，微笑着朝几人走过去，打招呼道："王总，许总，黄总，柳总，不好意思，我来迟了。"

几人相识多年，自然不会跟她计较这个。

柳总笑眯眯道："是不是打小红车慢了呀，我都说派司机去接你来，跟你柳姨客气什么？"

"今天没骑自行车喔？闻到柴油味了。"王总也调侃，他话音刚落下，众人都笑出了声，他们对林希微最初的印象，就是几年前的大冬天，她顶着冷风，骑着辆借来的二八大杠（自行车），一家一家地上门拜访客户，递发她的名片。

林希微眉眼弯弯："难得穿裙子，不好骑车。"她的目光假装不经意地往下一落，看的是柳总手上拿着的报纸，正是"鹭城住宅和写字楼火热发售中"的广告，计价用港币和美元。

柳总说："小林，你来得正好，我看中了越程这栋写字楼，到时候落成了，正好用来做新公司的办公室。"

"白鹭花园这套住宅不错。"王总有意在鹭城购置私人房产，"就是价格不便宜。"

"我也打算挂厂子名下买一两栋内销房，做职工分房福利。"

3

林希微接过广告报纸，这时候鹭城的商品房发售还是以高档外销房为主，但也有少数的内销房，一般供给单位分房。

柳总又说："小林，你过两天帮阿姨看看，这房子有没有什么风险，预售房就是这点不好。"

林希微一口应下，她之前就做过这样零散的私人购房合同顾问，但不成气候，如果她能拿下一栋楼、一整个楼盘……

虽然她早就给这几人的公司发过她创所后的新名片，现下又像是没发过一样，真诚地给每人都递了一张名片。

礼多人不怪。

"前段时间我从侨办离职了，跟我师姐合开了一家新律所，叫兴明律所，以后还要多多仰仗你们这些老客户的支持。"她举杯敬酒，先将满杯的贝克啤酒一饮而尽。

听到她真的离职后，柳总眉头微不可见地皱了下，又笑了起来："你们法律中心的领导也愿意放你走啊？"

"愿不愿意都得放人，现在律师改革的大方向就是这样，哪能像从前，律所律师都是国办的，没这个道理。"王总笑眯眯道。

林希微也笑："总得趁年轻赶上一回热潮嘛。"她顿了顿，"现在房地产政策也一步步开放，保不准就都要像香港那样，律师全程介入买卖流程了。"

林希微又跟几人碰了好几杯，但心里也清楚，明确她已离开侨办后，他们的态度明显淡了许多，柳总还抽回了她手中的报纸，不再提代理购房合同的事，只是生意人不轻易黑脸交恶，仍是喝得不醉不欢。

林希微酒量不算差，但现在也有点头晕恶心，加之心中沮丧更甚，她没了"铁饭碗"后，第一次怀疑起自己的决定是否是错误的，这时候出来下海创业的律师大多是家境无忧的，金钱其次，理想最高，而她欠了一屁股债，还不自量力。

她想起林鹏辉的话："你以为你了不起，你在侨办一个月能有一千多提成，是客户看在侨办的面子上找你，你离职了，我看鬼来找你办业务！不知天高地厚！"

她拿着啤酒，一人坐到了角落的沙发里，透过玻璃窗看到的是夜色中鹭江道的民国骑楼,很快,这一片也会被拆迁改造完,旧房成烟尘,高楼拔地起,只有她一杯羹都分不到,明天上班又得守着传真机和电话机。

"小林,你坐这干吗呢?来,跟我见些人,几位发展商,正巧他们也在。"柳总找了林希微半天,才在角落找到她。

柳总终究愿意牵个线,做个顺水人情,念在林律师此前帮过她许多回,这又是个变革的黄金时代,兴明律所现在不知名,谁知道五年后,十年后,二十年后,又会如何。

林希微此前也给几家发展商打过电话,但提到兴明律所,他们就客气拒绝,挂断了电话,因为没听说过,毕竟才创立区区几个月,所里也就五个律师兼行政人员。

柳总一路道:"越程地产听说过吧?快封顶的鹭江道越程大厦,早年的滨海花园等等都是他们开发的,他们也做外贸……但我先提醒你,他们一般只跟国办所合作。"

林希微听到这就没什么不明白的了,越程,越程,是陈淮越和钟程的公司,见钟程倒没什么,但前方那人的身影分明就是陈淮越。

她脚步微微一顿,酒意也清醒了几分。

"怕了?"柳总回头笑。

林希微的确还没做好现在就见陈淮越的准备,但她想到这两个月的波折和落魄,慢慢就淡定了下来,她26岁了,他也年近30岁……她的脑子被德国佬的啤酒浸泡得有些迟钝,然后呢?30岁就不会讨厌分手时口出恶言的"坏女人"前女友吗?

30岁的陈淮越对林希微来说,也并不陌生,他的工作模式就是如此,礼貌客气是表象,实则严肃冷漠,就像五年前他们第一次见面那样,他看了她的年纪和简历,直接让对外所换人,别浪费他的时间。

这是鹭城第一届德国啤酒节,大多数人都是借着场子来应酬通关系的,但陈淮越刚刚从新加坡谈完生意回来,他今晚只想放空地享受一会儿啤酒和烤鸡。

他看见柳月引荐着林希微来见他,脸上的表情也没多大的变化。

"陈总,真是巧了,我们刚刚还在说越程大厦的事,买房卖房里面的麻烦事可太多了。"柳月手扶在林希微的肩膀上，热络道，"这是林希微，从前在侨办法律中心工作的律师，年轻有为，去年从美国留学回来的，我和老王买房办事都是她一手包办的，政策一开放，她就自己搞了个律所，提供的都是高端法律服务，就是你们做的外贸、外销楼。"

"高端法律服务"是司法局开放合伙制律所的规定原话，但大多数律师此时也都不太清楚什么叫高端，唯一能确定的就是涉外大型商业活动法律服务。

林希微看着陈淮越，笑着递上了自己的名片，语气自然："陈总，久仰大名。"

陈淮越接过名片，也不想为难一个前女友，但他看着名片上的"兴明律师事务所"，怎么也无法回敬"久仰"二字。听都没听说过。

柳月见状，也不好再强推林希微了。

在场的还有其他的发展商和外贸商，林希微已经忘了刚刚的打击，又重新挂上笑意，游走在人群之中，这是一个很好的交换名片的机会。

她甚至发到了钟程手上，钟程这人讲兄弟义气，接都不接她的名片，有意让她下不来台。

他回到陈淮越身边，还邀功安慰："你前女友急功近利、心机叵测，被这种女人一脚踹了，不难过哈。"

"谁跟你说我被踹的？"陈淮越忍无可忍。

"你自己说的。"钟程讲究证据，"我有录像带做证。"

陈淮越还真不知道什么录像带，他又坐了一会儿，就示意钟程离开，去他家里看看新买的松下录像机。

他们到了酒店门口，正巧酒店经理杨天闻刚送走一批客人，他看见陈淮越和钟程，大步迎了上来，几人站着寒暄了一番，钟程应下过两天本城第一家意大利餐厅开业了，他定会过来尝尝正不正宗，脑子里却在盘算着要带哪个阿妹过来。

林鹏辉十点出头就把出租车停在来时的位置，这会儿正无聊地抽着鹭城特牌香烟，腿一抖一抖的，眼睛盯着酒店的大门，等他妹是假，欣赏美女的长腿是真，林希微都走到他面前了，他还伸长脖子绕过她，一个劲往后看，不知看到了什么，眼睛亮得很，急急下了车，一脸殷勤的笑意。

他喊:"妹夫,妹夫,都大半年没看到你了,是不是出国谈生意去了啊,去你公司,你那秘书也不告诉我……"

他这声喊得,酒店正门的客人都看了过来。

八面玲珑的杨天闻愣了半晌,才确定这个出租车司机是在喊陈淮越,他下意识地瞥了眼陈淮越无名指的素戒,没听说他结婚了,或许是刚订婚或谈恋爱,但此时陈淮越的脸色沉沉,显然并不想理会这个司机,杨天闻就装作没听到。

钟程也愣了下。

陈淮越一眼先看到的是傻傻扶着车门的林希微,她今晚喝得不少,两颊泛着嫣红,他曾经喜欢的嘴唇更是水润丰盈。酒精侵蚀,让她的反应变慢,她哥这样发疯,她也只是站在原地,茫然地眨了眨眼,又开始她惯会的装无辜了。

如果林希微不在这儿,或许陈淮越还会勉强理会一下林鹏辉,但他今晚心情本就不算好,一直窝着股无名火,同样喝了酒,现在又看到她亲密地倚靠在那辆破拉达上,他们分手的导火索就是他给她哥买了这辆出租车。

他现在脑子不清醒,记不起她当时说了什么,只知道火气又上来了,理都没理觍着脸上来打招呼的林鹏辉。

钟程让保安拦住了林鹏辉:"哎哎哎,乱攀什么亲戚,看我们陈总手上……婚戒!"

林鹏辉脸皮厚得很,还笑嘻嘻的:"妹夫,你慢行啊,有时间呼我!我让我妹联系你,她现在创业刚起步,大家多多来往喔!"

拉达车停在了尾厝村的宗祠旁,宗祠大门口拉了一盏昏黄的老灯泡,羊肠小巷子衔接的是高高的巷道墙,红瓦白墙的古民居围着中轴线的林氏宗祠建起,林希微的家就在宗祠后面的第一进,院子里堆放了乱七八糟的杂物,屋檐下电线缠绕,横挂着的竹竿上晒满了外衣内裤,滴滴答答地淌着水,墙面都被浸得斑驳发霉了。

按照林小薇的话,被电死是迟早的事。

林希微家里有两间房，上下楼两层，一楼的屋子摆了张吃饭的八仙桌，布帘子隔开的后半间屋子原本是他们兄妹三人睡觉的地方，现在变成她和妹妹林小薇，还有妈妈一起睡，木楼梯往上是林鹏辉夫妻俩的房间。

早十来二十年，他们家的条件还算不错，那时还没改革开放，她爸爸是村里的小学校长，每个月都能多换工分，拿到四十几块钱的工资，爸爸去世后，一切都变了。

林希微随便洗漱了下，就躺下睡觉，她眼睛刺疼，偏偏不怎么睡得着，重逢前任事小，业务毫无进展事大，可是梦里却都是陈淮越，他说："林希微，你挂下这个电话，我们就真的完了。"她明明还有话要说，眼睛刺疼，电话落下了，他的声音冷漠："我会去爱别人的，林希微。"

这一晚她睡得很不好，一会儿听到二楼林鹏辉起夜踩木地板的响声，一会儿又听到尿液滴滴答答打在尿盆的声音，她才睡着没多久，又天亮了，院子棚下传来锅碗瓢盆的乒乓声，林鹏辉打着哈欠，伸着懒腰，跟大爷似的，鞋子噼里啪啦地拖沓在楼梯上。

林希微爬起来，一把拉开帘子，抓起枕头砸向了林鹏辉，骂他死不死。

吃早饭的时候，林鹏辉还在跟他妈、他老婆告状："林希微这脾气要命，嫁不出去咯。"又转头喂了他女儿一口稀饭，"我们绮颜不要学你二姑姑哈。"

只可惜，在场的没人敢惹林希微，林玉梅呸了一声，叫她儿子闭嘴，方敏踢了她老公一脚，让他安静，三岁的林绮颜小朋友眨巴眨巴眼："我要二姑姑。"

林希微吃完饭就骑自行车去律所，临出发前，她把自行车停在林鹏辉的出租车旁。

她警告他："你不要脸，我还要脸，除了每月的还钱日，不要再去找陈淮越。"

林鹏辉等她走远了，才敢对着她背影撇脸歪嘴："我不要脸？最没皮没脸的就是你。"

方敏要带孩子回娘家，体体面面地坐上老公的车，不管林鹏辉赚得如何，他有这辆车，又开出租，就是个体面人，三年前他们能补办婚宴，也正是因为有了这辆车。

陈淮越在钟程家睡了一晚，起来后才有精力去管录像带的事。

钟程要他保证，决不能毁掉录像带，陈淮越倒是答应了，等看到录像，他脸色沉沉地盯着面前的福日彩电屏幕。

钟程连忙护着新买的录像机，左右伸手遮挡："不能砸，不能砸，过两天还有阿妹要来唱卡拉OK的。"

镜头摇晃，那时的钟程在录像，屏幕的画面里只有陈淮越一人，他头发凌乱地坐在地毯上，双眼是红的，地毯上横七竖八地躺着好些个TIGER牌啤酒瓶，肩膀上蹲了他家里养的那只傻鹦鹉，一开始他只是沉默地喝酒，直到傻鹦鹉应激一样地挥了下翅膀，突然开始掐着嗓子学舌："出国就变了个人，坏女人，踹了我……鹭城只剩我一人！"

录像师钟程"啊"了一声。

镜头里的陈淮越被触及了伤心事，喃喃道："是，鹭城只剩我一人了，她走了……"

钟程忍不住大笑："什么意思？我不是人呐？好啦好啦，鹭城还有我，不伤心，你抬眼再看下镜头……啧，哭得真惨哈哈哈……"

陈淮越只记得那天他喝醉了，并不知道他还表演了这一番，或许隔的时间久了，再看到这样可笑的画面，他却心下一片平静，仿佛在看第三人的事，人都有过去，但过去的就是过去了。

钟程解释："我不是故意录你的，正好录到你，但我要留着。"

"那你留着。"陈淮越按下遥控器按钮，关掉了电视，起身抓起车钥匙，出门去赴约。

钟程连忙收好绝版录像带，又抻脖子问道："你去哪啊？"

"约了沈曜辞。"

"我也来。"

兴明律所就在大厦的第16层，是解放前的港资银行旧址，租金并不便宜，在这个大多数普通人工资两三百的年代，一个月的租金就要一千多美元，加上安装电话，采购打印机、传真机和电脑，又花了好几万元人民币，这笔起始资金是林希微的师姐康明雪和她丈夫杨兴亮出的，林希微只出了她仅有的两千元人民币，算作股本。

穿着制服的电梯阿姨见林希微来了，就笑道："林律师，早上好啊，16楼对不对？"她没等林希微回答，就按下了电梯层。

阿姨又说："我刚刚才送康律师上楼，你们杨律师来得最早，我刚上班呢，他就来了，你小心等会儿又被他说。"

上回杨兴亮就在电梯里，当着电梯阿姨的面骂了林希微一通，林希微知道，他是不满她这两个月的业务表现，毕竟按照合同，律所每个月要给她发一千块的工资，而真正有创收的人只有杨兴亮，等于杨兴亮要给她发工资，他自然不愿意，发了一通脾气后，这份工资就暂时只发300元了，远低于她在侨办的收入。

林希微刚进办公室，杨兴亮头也没抬起来，只递给她一份他刚手写好的文稿，吩咐道："你拿给康明雪，让她快点录入电脑，打印出来，我急着用。"

他们律所才五个人，也没有多余的钱再去请专职打字秘书，师姐康明雪就放弃律师业务，主动承担起行政秘书的责任，自封"行政执行人"，她报名去夜校学了几个月的五笔输入法，每天大部分工作内容就是往电脑里录字，再把文件打印出来，这也是这两台价值两万多元的电脑的唯一用处。

律所开设了个专门的打字室，康明雪戴着眼镜，手指在键盘上飞快地敲击着，打印机一卡一卡地往外吐着纸，她忙不过来，跟林希微说："你先放着，我马上就好。"

林希微说："杨律师急着要。"

康明雪很无奈："张律师也急着要啊，我就一双手。"

另一台电脑却是空着的。

林希微这会儿也没别的事，她打开另一台电脑，坐下来先帮忙把杨兴亮手写的字录入电脑。她这几年有空就练习打字这门技术活，留学回来后格外勤勉，因为海外的律师就没有不会打字的，甚至人手一台笔记

10

本电脑,但国内此时还有专门的中文打字员职业,会电脑的律师也少之又少,不会打字也并非什么大事。

康明雪把五笔的字根书推给林希微,让她参考,又问道:"昨晚的啤酒节怎么样?"

"酒很好喝,人很热闹。"林希微笑了笑,"就是没有单子。"

康明雪也笑:"单子哪里是那么好拿的。"

"是啊,发展商都做外销,都倾向选择香港律师。"

康明雪安慰她:"没关系,我们也都没做过这类业务,真要拿下了,也不知道该怎么做。"

林希微想的是:"购房的人也有许多常居鹭城的华侨和外国人,香港律师接下这些业务,也不方便直接给这些购房者提供服务,香港律所都还没在鹭城开设办事处,我们能不能跟他们合作?"毕竟允许境外律所进驻的政策实行才两年。

康明雪不太确定这样的模式是否可行,但她愿意支持林希微。

"你有想法就去试试,就像我们刚创律所时说的那样,我们走的是一条还没有人走过的路,谁也不知道律改未来会如何,但是希微,谢谢你愿意陪着我创业。"

"她只出了两千块有什么好感谢她的?"杨兴亮不知道什么时候也走了进来,叹了口气,"老婆,这不公平,你都没感谢我。"

康明雪笑了起来,半撒娇地叫了声老公。

杨兴亮扫了一眼忙于打字的林希微,习惯性地嘲讽:"林律师这么着迷打字,也就只能当个打字员了,不如改叫林秘书,这电脑给你?"

林希微真希望有人能狠狠打杨兴亮的嘴,她不介意被他这么说,但康明雪脸上的笑意却有一瞬僵硬。

她放弃了法律业务,改做的正是被她老公轻视的打字秘书工作。

林希微帮杨兴亮翻译完英文传真件后,就开始翻看昨晚收到的名片,有一张是陈淮越的,上面中规中矩地打印着办公室电话和传真,另一张是柳总给她的,是陈淮越的寻呼机号码,他肯定会委托给香港律所,但现在政策变了。

她给他办公室打了电话，电话秘书只说会帮忙转达，她犹豫了会儿，还是决定给他的寻呼机发留言。

接通寻呼台后，寻呼小姐就帮林希微转发了信息过去，于是，陈淮越的中文寻呼机收到了一条信息：陈淮越先生，林希微小姐约你今晚18:00绿岛大酒楼见！53770！7989955！

后面是林希微留下的寻呼和电话号码。

原本是很正常的消息，不正常的是，钟程是个寻呼机恋爱能手，最擅长破解数字寻呼机密码。

"林希微发来的。"他不用脑子都能翻译谐音，"阿越，她说，53770，我想亲亲你，7989955，去酒吧卿卿我我。"

彼时陈淮越正同沈曜辞签下外销商品房法律顾问的合同，他习惯签完了中文名，再写个陈的闽语拼法"Tan"，听到钟程的话，他的"T"画出了一条长长的颤线。

沈曜辞在香港律所工作，他和陈淮越相识多年，两人都出生在新加坡，上的也都是陈阿公陈玄棠办的华文教育学校，关系非同一般，只不过后来陈阿公被邀请回来鹭城大学当教授，陈淮越也跟着回鹭城了，而沈曜辞随父母去了香港发展，他中文、英文、葡语和粤语都好，政策开放后，立马抓紧机会往内地发展，抢占法律市场。

"林希微？"沈曜辞没听说过这个名字，"阿越的女朋友？"这么亲密的数字游戏密码，只有情人间才会用。

"不是。"陈淮越没什么情绪地回道，他拿过钟程手里的寻呼机，扫了一眼，"那是她的电话号码。"

钟程在一旁还道："她约你今晚去绿岛吃饭。"

沈曜辞敏锐地察觉到其中或许有什么，但避免去窥探好兄弟的隐私，只笑着调侃了句："美人相约。"

陈淮越语气倒有几分冷淡："是利益相约，她也是个律师，刚出来做律所，想试水楼市。"

钟程这会儿也跟着道："她眼里的确只有利益。"

"律师特色嘛。"沈曜辞笑了，倒不觉得这有什么，"她也想做楼宇买卖？律所叫什么名字？"

钟程只说:"你可别好奇了,总之,她是阿越的仇人,她的事跟我们无关,最好她律所搞不下去,让她吃吃苦头。"

沈曜辞瞧了眼正拿着白瓷汤匙搅着四果汤的陈淮越,却不这么认为。

这样半商务的饭局,商人陈淮越可不会无缘无故提起一个他的"仇人",还点了"仇人"的律师职业。

现在敢跳出来开合伙律所的,至少能肯定她的魄力和远见。

陈淮越和沈曜辞的饭局结束后,又转去尚未封顶的写字楼看了看施工情况,下午四点多再回公司去开会,忙到傍晚六点多,他似乎都没想起还有人在绿岛等他吃晚饭,钟程也没觉得奇怪,每天想约他们应酬吃饭、谈生意的人多了去了,哪有那个太平洋时间每人都去见?

巧的是,秘书给三人订的也是绿岛酒楼的晚餐,闽南风味,荷叶八宝饭、砂锅鱼翅、沙茶棋斗鸭、双鸽朝牡丹、春花鱼卷和猪肚汤,陈淮越注意力似乎并不在餐点上,只吃了几口菜丸炸和绿岛面包,寻呼机一叫,他就拿起来扫了眼。

"谁啊?"钟程也探过头来,"哦,大小姐啊?"

他见陈淮越已经起身拿西装外套了,又道:"你要去见她啊,我就知道,你收了Yeo大小姐新拍的好几张照片,心动了吧?Yeo小姐送的戒指呢?今天没戴了?"

陈淮越只道:"你们慢吃。"

林希微等了陈淮越一个小时,也没等到他,他不来也正常,她干脆不等了,让服务员上了她中午就订好的菜。绿岛大酒楼并不便宜,位置也难定,1956年就开业了,几年前被港资收购,刚重新装修过,也算是城内比较早引进西餐的酒楼了。老鹭城人常道:"吃绿岛,住天仙,结婚办桌新南轩",如果不是应酬陪客户,她才不舍得来吃,来都来了,她要好好吃一顿。

只是她刚要开吃,就听到了一道有些熟悉的声音,那人在问服务员:"还有位置吗?"

"不好意思,孔先生,今晚位置都满了。"

林希微起身,她坐的位置离门口近,微笑道:"孔经理,不介意的话,一起用个晚餐?"

　　孔砚见是林希微,微微一怔,然后笑了:"林律师,你也一个人?"

　　林希微生来就有一副好记忆力,工作后她又有意训练,以保她能在接起电话和见面的第一时间,对上每个客户的名字,争取留下好印象,在这个做什么都需要引荐的年头,没有融洽的关系,简直寸步难行。

　　孔砚是开福证券的投资经理,去年证监会跟司法部联合规定了一本资格证书——律师从事证券法律业务资格证书,林希微已经报名了培训和考试,期望年底能顺利考过,几年前企业开始试点股改,股市业务也成了个大热点,鹭城证券交易窗口常常挤满了熬夜排队的、来自全国各地的狂热股民。

　　孔砚是下班后随便过来吃点晚饭的,他坐在林希微对面,问道:"林律师,怎么一个人?"

　　林希微也没瞒他:"客户没来,只好一人食。"

　　孔砚笑:"那我今日有口福了。"他此前也和林希微打过几次交道,每次接通电话,他还没自报名字,她就已经认出是他了。

　　"林律师还是这么会辨声,不过听说鹭城电话也都要有来电显示功能了。"

　　林希微配合着叹口气,笑道:"那我千辛万苦练出来的技巧,没有用武之地了。"

　　孔砚笑意更深,只觉得她可爱,和她往日工作时给人的印象完全不同,两人也有不少的共同话题,他说:"侨办找了乔安临接你的位置,他很遗憾你放弃了晋升分房的机会。"毕竟侨办的干部编制工作比自由律师的社会地位高多了。

　　林希微在心里翻了个白眼给乔安临,面上却微笑,趁机聊起证券业务,孔砚笑看着她侃侃而谈,1991年才试点推行了B股,但她显然做足了功课,对现有的政策了然分明,熟知体改委和计委审批流程,又极具行动力,已然报名了证券律师资格考试,还去上了培训课,孔砚也乐于帮她解答一些基础困惑。

　　林希微心满意足地喝光手中的那碗银耳汤,觉得这顿绿岛大餐也算是物有所值，笑容便更加明媚。

陈淮越迈进绿岛酒楼的大堂时，看见的便是这一男一女相谈甚欢的画面，林希微单手托着下巴，专注地盯着对面西装革履的男人，唇畔也挂着笑，从前她也这样看着他，而对面那人在纸巾上写了什么，又递给了她，两人凑近了些，在看纸巾上的字眼。

陈淮越说不出他心里是什么感受，一番情绪在他心头过了一遍，脸上却没什么情绪显露，转身就走，偏偏绿岛的经理远远瞧见了进门的陈总，堆起满脸的热络笑意，迎了上来："陈总……"

陈淮越步伐没停，出了大门后，抬手看了眼手表，还没八点，他面沉如水，拿出口袋里的寻呼机，翻了几页，查看信息，林大律师的确约他今晚六点在绿岛吃饭，他过来了，倒是看见她和别的男人吃上了。

他轻嗤，好她个林希微，这是让传呼小姐群发的是么？一人不来，两人不来，但总有人来赴约的，隔一小时约一个，总不会亏了她订饭的钱。

绿岛经理总算跑到了陈淮越身边："陈总，今晚要食饭吗？还有个私人包厢。"

"不吃了。"

"哎？"

经理还要说什么，就见面冷心冷的陈总忽然勾起了唇角，声音也是冷的："你去把他们都赶走，都别吃了。"

"啊？"

经理嘴巴微微张，不明所以，险些怀疑自己听错了，因为没听说过这位陈总有如此蛮横的一面。

陈淮越没再说什么，上了车。经理让泊车的保安帮陈总看着点，但陈总的车子启动了，又半天没往前移个半步，不知道今天这门口的停车位是不是也惹到了这位老板，经理识相地没有上前询问，否则可能也会得到一句：把这些车都赶走。

林希微耳朵尖，不管怎么说，她对"陈"这个姓氏的"Chen""Tan""Chan""Ting"四个发音都极度敏感，听到经理的喊话后，就下意识地抬眼看去，只瞥到一个高大熟悉的身影，转瞬消失在门口。

林希微犹豫了下，两个都是她得罪不起的客户，她也没想到，这个点了陈淮越还会过来。

孔砚瞥见林希微看手表的动作，善解人意地开口道："我还要回去加班，林律师，我们今天先聊到这，后面有机会再约。"

林希微送走了孔砚，但陈淮越也不见了，她也不知道现在能去哪里找到他。

找个公共电话亭给他发寻呼消息？骑自行车去他公司？找到了，陈淮越也不会跟她谈生意了，这大晚上的，先回村吧。

林希微的自行车就停在饭店的停车场旁，她一眼认出陈淮越的桑塔纳和车牌，还是她曾经常坐的那辆车，她走了过去，车内的男人正拿着大哥大打电话。

电话那头隐约是女人的声音，陈淮越转眸瞥了眼车窗外的林希微，到底没忍住，无由来地冷笑了一声，那头的Yeo小姐收到了这个冷笑，正要发火，接着她的电话就被人挂断了。

林希微弯着腰，侧头打招呼："陈总。"

"嗯，林律师。"陈淮越也点了点头，示意她让开，他要开车出去。

"陈总，能否赏脸一起吃个夜宵？"林希微的手提袋里装满了今晚本要带给陈淮越看的材料。

陈淮越收回看她的目光，只是淡淡地问："你是以什么身份请的？"

林希微笑意不变："兴明律所的律师，林希微。"

陈淮越语气平直缓慢，只做冷淡的陈述："那你连见我面的资格都没有，林希微。"

林希微静静地看着车内的男人，他一向有资本家的架子，早些年没开放的时候，他这样的做派是要被批评的，但鹭城设经济特区，又是侨乡，1983年国际机场就通航了，外商一多，政府就格外注重商人的形象，甚至还开设了外宾礼仪培训课，培养出来的老板架势却不及陈淮越装腔作势的万分之一。

陈淮越懒得克制他眼底的不悦，便显得不近人情，他道："林律师，麻烦让一下。"

爸爸去世后，林希微就见多了各式各样的冷脸，他这个脸色还吓不到她,她只问:"那什么样的身份够格?"

她甚至脸色都没有丝毫变化,继续微笑:"你的前女友?"

陈淮越闻言,也很轻地笑了下,是被气乐的,再抬眼,和她目光相对,似乎试图从她脸上找出不一样的情绪,但现下只看出她应酬社交时的从容自如,跟她提分手时一样冷静,两人的感情破裂没在她心里留下任何一丝痕迹,说不爱就不爱。

他冷脸没说话,只打开了车门锁,示意她上车。

林希微上了车,堪堪扣上安全带,陈淮越一脚油门,她身体随着惯性往前晃了下,才慢慢稳住,绿岛的经理被喷了一嘴汽车尾气,笼统扫了一眼,倒是明白了,陈总在停车场轰了半天油门,是在等"水查某"。

"去哪儿?"这是陈淮越问的。

"ME-2。"这是林希微回答的。

桑塔纳又是刻意的一个颠簸,林希微握紧了安全带,她神色自若,两侧的路灯在她的眉眼上轻快地掠过,她偏过头,笑道:"陈总如果不喜欢,那就去麦当劳吧。"

"你们律所谈生意就是去舞厅?"

ME-2是省内最大的迪斯科舞厅,3年前才开业,是鹭城的潮流小年轻和老板们最爱去的夜总会,钟程不知道在这里认识了多少个贴身热舞的阿妹。

林希微实话实说:"很多客户喜欢,就会去唱歌跳舞,你们发展商谈地皮生意不也是去夜总会、卡拉OK包厢里谈?"

"你也喜欢?"

林希微不知道他这话是什么意思,他们恋爱的时候,也一起去过舞厅跳舞,社会早开放了,他还是南洋华侨,留美归国,这时候讲话却很刁钻:"伤风败俗。"

林希微沉默了一下:"那陈总,我们去麦当劳?"

"不过也能理解,你喜欢这样的放松方式,也是有家族渊源的。"陈淮越还停留在迪斯科舞厅的话题,平静的语气说出恶劣的话,"你大哥早年不就是做舞厅陪酒的么?"

虽不好听,却是实话。

林希微手指蜷曲了一下，神色淡然道："嗯，我们很小就没有爸爸了，好在时代变化，市场火热，鹭城有了海上乐园，让大哥有机会养妈妈，供我和妹妹上学。"

她并不以此为耻，改革开放给每个人带来的机会都不一样，时代潮流滚滚向前，摩登城市光怪陆离，有人开录像厅发财，有人买卖股票一夜暴富，有人陪酒供妹妹上大学，大哥跟他们一样，抓住了奋斗赚钱的机会，在这个遍地黄金的年代，穷人没有欲望才最可怜。

她顿了顿，还笑着为林鹏辉补充了句："不过，我阿哥现在已经开始做正经事了。"

陈淮越敷衍："那恭喜他了。"

"也替阿哥谢谢陈总的祝福。"

陈淮越最终没带林希微去麦当劳，也没去ME-2，反倒去了一家南洋小菜馆，老板也是新加坡华侨，同陈淮越是旧识，菜馆现在还在试营业期间，每天接待的客人有限，看见陈淮越来了，便让他来试试菜。

陈淮越也是真饿了，尝试新菜时都没跟林希微说话，林希微其实已经很撑了，但她想着菜馆老板也可能是潜在客户，便也拿筷子试吃了好几道菜，给了些她作为土生土长的鹭城人的口味意见。

老板心满意足地带着意见簿和林希微的名片离开包厢，陈淮越才问："不撑吗？"这是个不需要回答的问题，他所认识的林希微就是这样，擅忍耐，做事目的性强，执行力也强。

正如此时，她已经开始洋洋洒洒地讲起她想跟他合作的事，也亏得她说得出"合作"二字。

"陈总，我知道越程地产委托香港律所，是因为考虑到外销房的销售对象是中国港澳台地区的人、侨民和外国人，香港律师更方便对接他们，且更熟悉销售流程，有完整的法律文书，在此类房产销售上也有足够的经验，这是香港律所的优势。"

陈淮越不紧不慢地抿了口橙汁，点点头，示意她继续。

林希微习惯说话看着对方的眼睛："但前年房改后，鹭城出台了很多新政策，如职工住房公积金制度、港台同胞购房投资保障条例等等，比起从前，更需要本地化的法律服务，而且，现在鹭城还有为数不少的外国人和侨民定居在此，所以除了境外的人会购买投资鹭城的房产外，在鹭城或省内其他城市的侨胞、外国人也一样有购买需求，而香港律所目前还没在鹭城开设办事处，无法在鹭城开展业务。"

她在餐桌上理出了一小块干净的地方，拿出了她备好的文件，一些是新的鹭城政策和法规条例，一些是她做的鹭城港澳台同胞投资的调查报告，一些是她留学时收集的房地产法律文书模板，中英文版本都有，中文版是她自己翻译的。

陈淮越接过她递来的文书，扫了几眼，直言："短期内境外购房者占主流，你的律所没有知名度，就没有海外信任度，没有任何公司会放弃高知名度的香港律所，而跟你合作。你说得再好听，也无法改变一个事实——目前的鹭城深受港台文化影响，鹭城人都很喜欢港台电影、小说、唱片，香港律师说一句，抵过你万句。"

鹭城此时还有"小香港"的称号，街道上密集低矮的广告牌投放和香港街景几乎一致，多彩霓虹灯，一水的繁体字，还有陈旧的民国骑楼，就连刻字、印刷的系统和字体也都依赖于港台。

林希微考虑过这个问题："今年政府已经启动了语言文字规范工作，限定所有商家的店招、宣传上不得使用繁体字，港台潮流会过去的，鹭城肯定更倾向于自身发展，司法局也在扶持鹭城本地律所的发展。"

这也是陈淮越的想法。

但他此刻不会顺着她的话说，在商言商，对于现在的越程地产来说，香港律所就是最好的选择。

"很抱歉，暂时不考虑。"很商务的回答，陈淮越把文件还给林希微，他至少做了个体面的前任，给了分手并不愉快的前女友一个竞争的机会。

林希微并不沮丧，她原本就不是来取代越程已合作的香港律所的。

她是来加入他们的。

"沈律师应该会需要境内律师帮助的，境内外律所合作的案例并不少见，往往能够双赢，我负责鹭城的业务，沈律师负责境外业务，争取销售率达百分百售罄。"

大言不惭的林律师，也就这时候鹭城律协刚成立没几年，还没法罚她这样为抢业务、瞎扯大旗的律师。

陈淮越却只反问："沈律师？"

"嗯，沈曜辞律师。"林希微想跟越程合作，自然调查了对方合作的律所和律师。

陈淮越笑了下："你明天要呼他六点去绿岛吃晚饭？"话里有话，难免有些阴阳怪气。

偏偏林希微一心钻进钱眼里，以为陈总在替她和沈律师牵业务线，她露出笑意："好啊，我明早电话订个包厢。"

"那真是不好意思了，沈律师明早就飞香港了。"

陈淮越收起笑意，没什么表情地起身，散了这个饭局。

离开南洋菜馆时，就已经十点半了。

林希微的自行车还在绿岛大酒楼的停车场锁着，她让陈淮越送她回绿岛，她再呼她大哥开出租来接她，或者她骑车回家也行。

但最近鹭城并不太平，都出了好几起出租车司机被抢劫的案子了。

陈淮越知道林希微家在哪里，没问她的意见，直接把她送回了家，林氏祠堂的那盏破灯泡依旧晃晃悠悠，路都照不明白，他坐在车内，看着她对他挥了挥手，转瞬就消失在了窄窄的石板路巷道里，他还是按照从前的习惯，听到她家那扇老木门"嘎吱"响了两次，确认她进门上锁后，他才倒车离开。

沈曜辞这次没住酒店，住在了陈淮越的家中。

陈淮越到家，他还在用电视打游戏，盘腿坐着的地板上摆放着果盘和鼓浪屿汽水，他抽空转头："和Yeo小姐约会回来了？"

陈淮越不知该回什么。

沈曜辞又道："后天陈阿公过寿，明日该先上门拜访他的。"

陈淮越打开了冰箱，开了瓶汽水，告诉他："哦，明早你有飞机要回港。"

"我怎么不知道？"

"我给你安排的。"

沈曜辞没忍住笑了："你学会讲笑话了？"

陈淮越不回答他，从裤袋里掏出了一张名片，递给了沈曜辞。

沈曜辞挑眉："这是什么？兴明律所，律师林希微？想约你吃饭那个？这是想引荐给我么？"他此前就曾跟陈淮越透露过，想在鹭城找个业务合作人。

陈淮越后背靠在沙发上，冷眉冷眼的："看得上你就去谈谈，估计对房地产一窍不通，她没有做这类业务的经验，非诉业务领域才开放没多久，或许连收费都收不明白。"

律所的自主定价在过去是个敏感问题。

"政策刚放开，能有几人有经验？"

沈曜辞不觉得这是什么缺陷。

他很少来陈淮越的这套房子，主人不在的时候，他的教养也不许他到处瞎逛，现在才好意思起身随意走走，看看墙上的照片、柜子里的一些摆件，又逗了逗站在金属架子上的绿和尚鹦鹉，高兴得它呜呜地小声鸣叫，然后屁股一撅，不负它"屎王"的称号。

沈曜辞笑着评价："你这房子很落地，你也是。"

"因为鹦鹉么？它不是我手养的，现在也是让个阿姨过来陪它玩，为了办繁殖许可证，还花了不少钱。"

"看起来还挺亲近你的，会说话么？"

陈淮越不知想起了什么，语气更淡："会。"他从朋友那捡回来后，一开始是林希微收养的它，所以它现在不怎么怕生，很亲人。

沈曜辞："你还经常煮饭么？"

陈淮越顺着他的目光看向了墙上的几张彩色照片，福达相机拍的他下厨时刻，出自林希微的手，他是不太会做饭，为数不多的几次下厨都是给她做饭的，林希微从小当爹又当妈地拉扯妹妹和大哥，自然会下厨，却没给他煮过一粒米。

沈曜辞调侃："不知道我有没有这个荣幸，尝尝陈总的厨艺。"

陈淮越还没回答，绿毛鹦鹉就聒噪起来了："有有有，林希微小姐请入座。"

这狗腿子傻鸟！

林希微家的浴室就在院子进门右手边的角落里，简陋的砖头砌了个小房间，她烧了热水在桶里，又掺了半桶冷水，匆匆洗完澡，拉开木门，正巧林鹏辉小声哼着歌回家了。他心情很好："哟，还没睡呢？"

"你去哪了？"林希微在他身上闻到了香水混着烟酒的味道，"迪厅？"

她冷脸却笑着："你今天开车赚了多少钱？把钱给我。"

林鹏辉狡辩："我是开完车才去放松下的……我钱只能给我老婆，哪有给妹妹的。"

"那好，明天我就卖了这辆破拉达，正好就再也不欠陈淮越的。"

"别别别，20！我有20块。"

"20？出租司机多好赚，跟你一个车队的黄远一个月能得3000块，只要两年就能还清买车的钱，你呢，买车两年，我回国后每个月的工资都在帮你还债，你才还了多少？"

林鹏辉小声嘀咕："就你清高，人妹夫根本不稀罕你这点钱，他当初说车送我的。"

"别叫他妹夫，你背着我跟他要钱……"

林希微的话还没说完，林鹏辉瞥见他老婆的身影出来，强硬了几分："好了，林希微，别得寸进尺。"他又压低了声音，"是我供你上的大学，没有我，你既上不了大学，小学还早被野狗咬死了，你哪有现在？再说了，你不也巴巴地喜欢陈淮越，我推他给你，你还装什么？"

他边说边在她面前晃了下他的手臂，上面都是野狗啃咬后的伤痕，触目惊心，不只是手臂，被遮住的大腿上更是明显。

林希微依旧笑着，却朝着那几道疤痕狠狠拧了下去："林鹏辉，没还完债之前，再让我发现你去迪厅消费你就死定了。"

林鹏辉痛得上蹿下跳，嗷嗷叫道："我不能去迪厅了？我老婆都没管我。"

"你可以去那卖身。"

"你有无良心啊，这是我保护你留下的伤疤，你还掐！"

林希微没理他，从他手上拿走了20块钱，转身给了方敏："阿嫂，明天带颜颜去吃麦当劳,说是二姑姑请她的。"

方敏靠在门边,笑得温柔:"好呀,不过我们等你放假,一起带颜颜去吃。"

"老婆……"

"别叫我。"

夜深人静,林家的人都睡着了,林希微打着小灯,坐在八仙桌旁看证券律师考试资料,蚊子嗡嗡嗡地在她手边飞,她妈妈在帘子后打着鼾,她在纸上写了几个字后,就有点烦躁地放下了笔。

她其实应该出去租房的,之前是为了省钱早点还给陈淮越,但她今年要备考。

也只是想想罢了,现在能租的房子太少,几年前为促进房改,还提高了房屋租金以促进售房,也不安全。

她要是还在侨办,至少这会还能分到住房。

沈曜辞是给陈淮越服务的,对于发展商推荐来的合作人选,他自然会多考虑几分,但他也没主动联系林希微,他还有几个候选的律所待考察,他最初想跟国办所合作,认为国办所对政策会更了解,但初步接触后,他实在难以适应这类律所的大牌行事风格。

普普通通的一顿午餐应酬,就打消他的念头了。

他酒量不算差,但被没完没了地劝酒劝到吐了好几回,最后只能抓着身旁陈淮越的手臂,无助地摆手说:"别了,我喝不了,酒是要品的,不是灌的。"

桌上其他律师都大笑了起来,怪他资派作风。

陈淮越是生意人,自然没少跟这些老油条打交道,这样级别的酒局根本喝不倒他,他起身替沈曜辞挡了几杯酒:"张主任,这次您升职,我还没来得及好好跟您喝几杯,我敬您。"

"客气了,陈总,也祝您新楼盘顺风顺水,楼花预售在我们鹭城也新鲜着呢,上头都盯着,这购房款先收了上来,公寓却没建好,买房的人都心里没底,可不像别的楼盘,那都是盖好了的现房,眼睛看得见。"张主任举起酒杯,"要让买房的人信任,就得找值得信任的大律所。"

能有什么比政府拨款的国办律所更值得让人信任呢?

"信任的确很重要。"陈淮越并不接话,只淡笑敷衍了两三句。

饭局散后,沈曜辞终于能舒口气,也不装醉了,但胃里确实被吐得难受。

他说:"编制内的律师,我是不能应对了,都改革了,他们还想着自己是'正处级''正科级'律师么?威风凛凛的。"

陈淮越只道:"想在鹭城做生意,就少说这些话,他们有他们的规矩,改变不了就得适应。"

沈曜辞笑:"怎么改变不了?不是还有你的林希微小姐?"

他说这话的语气跟傻鹦鹉一模一样。

"我看过她履历了,在对外经济所实习、工作过,有涉外经验,对外所也是国办所,符合在体制内工作的要求,有留学经历,外语不错,回国后仍在侨办工作,在华侨客户中口碑不差,而你的房子正好就是卖给华侨和外商的。"

陈淮越不置可否,只问他:"昨晚才提的,你今天哪来的她履历?"

"林希微小姐早上发我办公室的传真,秘书小姐又传给我的。"

陈总用阴晴不定的语气说道:"消息挺灵通的。"

沈曜辞继续:"但还得等我跟她见面后再说,就是不知道陈总为什么要跟林律师说,我今天回港了?"他笑得有那么几分狡黠。

陈淮越避而不答,只说正事:"她在对外所只干过要债的业务,华侨客户卖不卖她面子要另说,至于外语水平,我现在不清楚了。"

出国前,倒是在他公寓,拿录音机和卡带随身听学了好长时间英语,还缠着要他教她口语。

"女律师去要债么?"

在什么年代讨要货款都是过五关、斩六将的难事,更何况在这冒险的、野蛮的、法律尚未健全的年头,多少律师到了工厂,被强行关在人生地不熟的厂房里挨毒打。

陈淮越更冷淡了几分:"除了缺钱、不要命,还能为什么。"

他和林希微在一起是因为钱,分开是因为钱,但又不只是钱,或许是不够爱,但当初分明是她主动的,在一起后,她的事业、家人,远远排在他前面。

沈曜辞猜测:"所以,你们分手是因为她爱钱?"

陈淮越拿看傻子的目光看他:"你被钟程传染了么?她要是只爱钱,怎么会舍得跟我分手?"

他可能怕不够有说服力:"你要看我的银行余额么?"

沈曜辞忍不住大笑:"阿越,认识这么多年,第一次见你这样可爱。"

林希微没把希望都放在越程地产上,鹭城还有其他的发展商,啤酒节那天她群发了名片后,也有一两个公司约她过两天见面细聊,都是现房交易的咨询。

她今天有点纠结,要不要去陈教授的寿辰宴,她很早就收到邀请函了,于情于理她都该去,除去他是陈淮越阿公外,他更是她的大学教授,给她留学做了担保和推荐,是她人生的贵人。但她最近才因为业务的事情,多次联系陈淮越,她再去参加陈教授的寿宴,只怕要踩到陈淮越的底线了,他决不允许有人拿他家人做文章。

陈玄棠是归国老华侨,那一整片的地都是政府划拨给老华侨的,别墅三层半高,四坡红瓦顶,水泥花砖,又有精致的罗马柱,是本省特有的南洋、西欧和闽系等建筑风格的交融,林希微最喜欢师母精心打理的院子,有南洋杉、菠萝蜜、棕榈树和枇杷树,半圆形的门庭边上爬满了生机勃勃的三角梅和炮仗花。

整个院子挂满了红灯笼,红墙雕花柱上贴了好些寿字,被邀请来的人基本都是陈教授的亲朋好友,并没有大操大办。

林希微带了礼物进到一楼客厅,一眼看见陈淮越、钟程和沈曜辞正在表演,大约是为了热场,只三人也能搞个文艺晚会,林希微想,都30岁了,别管什么"沈par""陈总""钟总",还是得给长辈们表演助兴。

钟程脸皮厚,在唱歌仔戏《五女拜寿》的片段,素手握扇,抬腿,假意一撩长袍,胡乱改了几个词,架势十足地唱了起来:"方知阿公大寿喜洋洋,双手捧来玉如意,如意吉祥祝寿长,好比白鹤青松树,永远康健福无疆。"

沈曜辞和陈淮越则在伴奏，林希微不认识他们手中的乐器，像是二胡和笛子，旁人提点：这是壳仔弦和鸭母笛，是歌仔戏的乐器。

陈教授十岁出头就随家人下南洋，难忘故土，除了兴办华文教育，闲暇就爱听闽剧，而钟程的母亲正是鹭城剧团的演员，但他只学会了几句，再多的也唱不出来了，道："陈阿公，今日我妈有表演任务，没法来，特地教了我几句，让我来祝阿公福如东海，寿比南山！"

陈玄棠西装革履，金属边框的眼镜更衬他儒雅，拄了根拐杖，也半分没折他的挺立风骨，是典型的老派知识分子，身旁的人是他太太吴佩珺，南洋闽籍富商之女，一袭素缎旗袍，脖子上戴着隐隐折射出柔和月亮色的珍珠项链，满头银发，气质依旧。

陈玄棠笑道："那多谢你和你母亲了。"

吴佩珺跟钟程更亲近些，摸了摸他的脑袋："最近有没有定下的人？"

晚婚晚育花心老男人装乖，钟程回："没呢，等吴阿嬷给我介绍。"

"好呀。"吴佩珺看了眼墙上的挂钟，心里想的是林希微，不知道希微来了没有，一转眸正好瞥见了来人，笑道，"希微。"

林希微笑着走过来，她从前听师母提过一嘴，她和陈教授领证的那天，正是陈教授的生日，所以今日除了寿辰外，还是两人结婚60周年的纪念日。

她跑刺绣厂定制了幅手工漳绣，一簇攀墙而出的三角梅，针法繁复，栩栩如生，右上角落款：六十同心，八旬相守。

陈玄棠和吴佩珺都很喜欢这份意义特殊的礼物，尤其是吴佩珺，盯着漳绣，感慨万千："我和你老师第一次见面就在三角梅盛开的季节，一转眼60年了。"

正在表演的陈淮越换了手风琴，演奏起《莫斯科郊外的晚上》。

沈曜辞评价："林律师还挺会拿捏人心的。"

钟程凑过去道："这叫工于心计，她做事很有目的性的，你要小心。"

陈淮越没说话，脸上看不出什么别的神色。

吴佩珺却很喜欢林希微，她不觉得工于心计是什么坏事，她能感受到希微的真诚,上了年纪就爱做媒,希微是个好女孩,这屋子里可有三个条件大好的未婚男青年。

钟程把头摇得像快坏掉的电风扇:"我不要,我不要!"

沈曛辞笑了起来,吓得钟程怕他误入歧途:"色字头上一把刀啊,你也不许要!"

恼得吴佩珺皱起眉头:"希微也看不上你们。"

她目光转向了她那沉浸在演奏乐曲中的乖乖孙,说:"给你介绍的都不满意,你还要拖到几岁?你和希微也认识好几年了,知根知底的,要不试着接触……"

陈淮越抬起眼,没出声。

林希微看了他一眼,不想闹僵,搂着吴佩珺的手臂,语气自然:"师母,不说辈分的问题,陈总位高权重,和我也不太合适,就像您说的,我们也认识好几年了,大概就是缺少缘分。"

陈淮越骤然停了音乐,放下手风琴,本就没什么表情的脸上,现在看起来更多了几分冷意:"的确不合适,也不熟,没有接触的必要。"

吴佩珺觉得奇怪,平时她也没少给他介绍对象,他今天怎么格外生气?

等陈淮越被陈玄棠喊去见客了,钟程才小声说:"吴阿嬷,虽然林希微是长得不错,但是呢,阿越是不会喜欢她的。"

吴佩珺骂道:"没眼光。幼芙同我说,阿越说他有女朋友,是真的吗?我都没听他说起。"

阿越可不能输。

钟程瞥了眼一旁脸色平静的林希微,点头承认:"当然有,阿越又不是和尚,那个女孩可优秀了,漂亮都是其次,善良,家世好,温柔,体贴,天真,单纯,根本就不在乎什么钱不钱的,只一心一意爱着阿越。"

每个词都是林希微的反面。

林希微只短暂愣了下神,就忽视掉心口的那抹酸涩的异样。

吴佩珺眼神狐疑:"你们俩别是在做梦吧?"还想多说两句,但又有客人来了,她只能先去待客。

林希微拿了杯酸梅汤，又取了几块鸡蛋糕，坐到了院中无人的小藤椅上。

眼前的琉璃栏杆、花岗岩和罗马柱都与她无关，属于她的是她家中那张帘布隔开的木板床，幼时煮不完的饭，和她边刷尿桶边幻想的遥不可及的梦想。

她深呼吸，就着酸梅汤，几口就把鸡蛋糕咽下，去找沈曜辞，正好沈曜辞也想和她谈一谈。

两人找了个角落的沙发坐着，林希微开门见山："沈律师，我知你有意找鹭城的律所合作，我们律所也打算做商品房买卖法律业务，希望能有合作的机会。"她边说边把自己的名片递给了沈曜辞。

沈曜辞意有所指："我有你名片了，陈总给的。"

林希微确实没想到，那天南洋菜馆出来后，她以为陈淮越不愿意再帮她引荐了。

她笑了下，说："我之前找陈总毛遂自荐了。"

沈曜辞直言："陈总对你评价不高。"

林希微并不介意："那希望这次合作后，陈总能给我个更好的评价。"

"林律师想怎么合作？鹭城十年前就有了外销商品房，只有预售楼是新出的，对外所在楼宇买卖上的经验比你丰富。"沈曜辞语气犀利了些，"合作不是手把手地教幼稚园儿童。"

康师姐帮林希微联系过同行朋友，那位律师前辈在首都创了律所，早两年就做了外销商品房法律服务业务，看在康明雪的面子上，提点了林希微几句，林希微在此基础上，设计了粗略的服务流程。

"鹭城的房管部门会提供统一的销售合同，我们再根据越程项目的特色和不同购房客户的需求，准备预售房的补充协议，向签订协议的购房客户解释合同条款，打消他们的顾虑，帮客户签下合同。"这是笼统的法律服务流程，"细化来说，越程白鹭花园那一带还在开发，环境治理刚结束没几年，客户可能会比较担心生态问题，而写字楼面向的是投资贸易公司，他们对外语合同的需求较高，我在侨办的时候，帮客户翻译过英美法律。"

沈曜辞提醒她:"陈总比较担心的是,你连收费都不会。"

林希微沉默了一下。

因为市场刚开放,此前鹭城物价部门控制了收费的标准,几经波折,司法局才批准了律所协商收费的方式,但目前没有什么公开的先例,别的律所也不会告诉她其中的风险和收费情况,她的确拿不准该如何收费。

她想了想白鹭花园的广告,一平方米大约1500美元,算一套房大约是多少钱,她卖出一套房子的合同费用又该收多少。

内心微微焦灼,面上却很镇定地笑:"总价的千分之一二,大约几百美元不等,根据楼层、朝向和需求而有所调整。"

明明是试探,却是肯定的陈述语气。

沈曜辞盯着她看了半天,才有了淡淡的笑意,调侃:"你抓住市场经济的精髓了。"

林希微试探回道:"沈律师,有几个城市试验开放了楼花按揭贷款买房。"

贷款买房在中国香港地区和海外是一件很寻常的事,但想在鹭城推行⋯⋯

沈曜辞不接这个话头,他办不到,也不想做。

他对这次的谈话总体还算满意,律师是个靠笔杆和语言表达的职业,林希微的"笔杆"水平能体现在她的履历中,都说英雄不问出处,这个时代见证了太多奇迹,但在某些法律领域里,教育背景大概率决定了专业水准,至于语言表达能力,只要一对话,自然显露无遗。

沈曜辞心中已有定论,但他还要跟陈淮越确认,现下没立即给出答复。

"林律师和吴阿嬷关系很亲近?"

"嗯。"

沈曜辞看了她一眼:"那你骗她的时候,内心不愧疚么?她并不知道你和阿越曾是恋人。"

林希微迟疑了下:"她从始至终就是我的师母。"

有没有陈淮越,她都会认识陈教授和师母,也不会因为他,而主动断掉这份情谊。

她坦然:"就算我对不起师母,那她孙子更对不起她,是他主动欺瞒的。"

沈曜辞忍不住笑:"那倒是,他说不认识你。"但一抬头就见有人顶着一张冷漠的脸,不知何时来到了这儿,脸色阴郁,仿佛下一秒就会气得破窗跳进外面的鱼池里。

他几个大步走到了林希微的面前,隐忍着说:"你跟我出来。"

陈淮越不想引人注目,他先出门,过了一分钟后,林希微才跟着出来,别墅后面有个小连廊,种植着紫藤,他等林希微一进来,就攥住了她的手。

他太阳穴隐隐作痛,声音里带着薄怒:"林希微。"

他有很多话想说,但对上她的脸,却觉得什么话都不必再说了。他若问,他们是什么关系,她只会说,他们早已分手。的确已经分手,莫名其妙的突兀分手,就断了两人的四年,他厌烦了这样装陌生人的游戏,她的嘴里就不肯说些让他满意的话。

林希微瞥见陈淮越背后的紫藤深处里隐隐有人朝这边走了过来,偏偏陈淮越耐心告罄,动作激进地俯下身,似是要来吻她,她来不及提醒,只匆匆忙忙偏过头,左手挡着左脸,右手用力地推他。

但他纹丝不动,她却没站稳,往后跟跄了两步,后背撞在了柱子上,他下意识要去扶她。

"你在干什么?陈淮越!"陈玄棠火气上头,拐杖挂地,"你打希微了?"

他带着挚友逛完紫藤,只隐约瞥见陈淮越伸出的手和希微躲闪的动作。

陈阿公的寿宴一直热闹到晚上九点才散场,期间吴佩珺一直牵着林希微的手,拉她坐自己身旁,只管介绍,这是陈教授的学生。亲近得同他们孙女也没差了,还把希微的名片分发给来贺寿的亲友们。

一两句话带出她的优势:"她是个孝顺的孩子,国际电话多贵呀,在纽约念书,省吃俭用都要给我和她老师打问候电话。"

"留过学呀？"有人惊讶。

吴佩珺笑眯眯："还是政府派的，回国就抢在政策前头开新律所了。"

"那竞争好大，鹭城好几家国办所吧？"

"改革了，律师不是国家公职人员了，国办、私人没区别的呀。"吴佩珺语气温柔，话头却很密，"前几年我看报纸，那什么律师工作征求意见稿，我们鹭城能用外语办案的律师才那么两三个，能翻译外文的，都没五个，老外这么多，思明公交都有英文播报了。"

她笑意更深："现在你们有福了，我们希微啊，英文可好了，有什么需要的，尽管给她打电话。"

吴佩珺又转头看林希微，佯装正色："希微，他们报了我的名，你可要少收些费，别让我难做人。"

"师母的名号值千金，我不收钱都要办。"林希微亲密地依偎在了吴佩珺肩头。

众人也都不自觉地笑了起来。

林希微一直陪师母到宴会散场，客人离去了，她依旧被留在陈家的客厅里，气氛有点凝滞，为的是她和陈淮越在紫藤下拉扯那回事。

陈伯鸿不知道发生了什么事，飞机延误，他今天很迟才带小儿子和妻子赶回家，然后就被老父亲痛骂了一顿，说有了新妻就再不管大儿的教育了，他也有点冤，陈淮越都30了，他也管不了呀。

陈淮越神色冷漠，情绪不高，压下恼怒，认真解释："我没推她，也没那个能耐打她，我跟她更没什么……"

林希微也道："老师，刚刚是我的错。"她好像有点羞愧，"是我太着急了，知道陈总有楼要卖，想找他谈业务，但陈总不愿意公私不分，觉得我没分寸，才起了争执，真的抱歉。"

陈淮越面无表情地听她扯谎，只觉得她演技越发精湛了。

吴佩珺皱眉："做业务都是互相帮助的，阿越，都是熟人，总要给机会洽谈的……"

"不熟。"陈淮越声音显得疏远。

"你这孩子，你阿公的学生呀。"

林希微打圆场:"是我有求于人,师母。"

陈伯鸿隐约听明白了,笑着道:"所以都是误会,这样吧,孩子的事情让孩子自己去解决,让阿越送林小姐回家,好好赔罪,他今晚没喝酒。"

林希微:"不用不用,我大哥会来接我。"

陈淮川还记得林希微,虽然好久没见了,他听不懂大人在说什么,趁其余人不注意,悄悄地爬下沙发,坐到林希微的身边,仰头朝她笑:"嫂嫂,麦当劳,麦当劳。"

客厅倏然寂静了下来,几个大人都没再出声,大概是被这小孩说的话震惊到了,只神色各异地把目光落在林希微身上。

陈淮川没得到林希微的回应,有点着急,强调他的好记性:"嫂嫂,你说要第一个带我去麦当劳。"

纵然林希微这样擅长掩饰的人,此时也有点无措,这才五六岁的小孩,他们上次见面还是两年前,他怎么还记得?不是说小孩忘性大么?

她勉强地露出微笑,好像听不懂:"川川是在叫我吗?"

"是呀,嫂嫂。"

"我是姐姐呀,川川。"

陈淮越看着林希微不自在的尴尬神情,却无声地笑了起来,一整天的阴郁终于在这一刻散了些,他也不去解围,只看着他弟弟。陈淮川是他爹二婚后老来得子,跟他差了二十来岁,根本没什么兄弟情谊,也就好几回阿嬷、阿公轮流生病住院,这小子没人照顾,又缠着他,他没法才带着去见林希微。

刘曼珠率先过去抱起了自己儿子:"不好意思呀,林小姐,川川童言无忌,乱喊的这傻孩子。"

陈淮川听懂了,还没开口,就被他妈妈捂住了嘴。

陈伯鸿摸了摸自己的鼻头,大儿子的事,他管不得。

还是陈淮越送林希微回家,一路上车里安静得有些诡异,谁也没主动开口,直到车子停在了尾厝村宗祠门口,巷口依旧是昏暗的、光线不明的,从华侨路到尾厝村,几乎横穿了整个鹭城,写字楼、酒店、舞厅、照相馆,高楼繁荣的天际线骤然落下,这里是斑驳落魄的鹭城补丁，还停留在开放前的落后中。

林希微开了车门，只笑道："谢谢你了，陈总，抱歉今天给你带来麻烦了，希望我们还能有合作的机会。"

她要下车，身后却有人伸手一把捉住了她的手腕，将她拉回了车里，灼热的气息迫近了她："林希微，你没什么话想跟我说么，装陌生人好玩么？"

"陈总……"

"我名字你忘了？"

"陈淮越。"

"嗯。"

林希微不喜欢这样近的距离，也不愿意接受此时此刻的暧昧，他身上的气息一直笼罩在她身上，她有一瞬间脑袋是空的，停止了思考，等她回神想说话的时候，他的吻便铺天盖地落了下来，掌心扣在了她的后脑勺上，有侵略性却并不粗暴。

陈淮越能想到她说不出什么好听话来，于是就不让她开口了。两人在一起的时候，他没觉得有多爱，但也从没想过分手，未来应该就是一直在一起，她家里的事，麻烦但能用钱解决，她想去留学，他虽不愿两人异国，但也支持了她，谁能想到，她说不爱就不爱了。

他那时答应得也很直接，结束一段很寻常的感情而已。

轮不到他亏，他也绝不为这样的女人低头。

什么样的女人？他从前很难找到词或句子来形容她，在被分手的恶劣情绪影响下，他给她贴了许多坏标签——心眼多、冷情、唯利是图、心狠、同自己没半分匹配的……但到了梦里，却是倔强的，长那么大没离开过鹭城，却天寒地冻的，坐火车去北方县城要债；有野心的，外语不怎么样就敢去争取公派留学。

"林希微，你想想看，你该对我说什么……"

林希微的心跳也很快，如同心悸。要说什么？他有戒指，可能有新女友，两人的恋情已结束在过去，要往前走。

"对不起。"为当初那通分手电话的口不择言道歉，她还补了句，"打那通电话的卡还是你买给我的，不好意思。"

陈淮越回到华侨路的家，径直奔去一楼厨房的冰箱，拿起矿泉水就是一通灌下，试图压下上涌的火气，他原本是气她的"对不起"，后来就只气电话卡，他给她买电话卡，是让她给他打电话谈恋爱的，她拿来分手，还不好意思！

"你送希微回家了？"陈玄棠还没睡，听到汽车的动静就走下楼，站在厨房门口。

"嗯。"

"你弟弟怎么喊她嫂嫂？"

"不知道，他蠢就爱乱喊。"口吻很冷。

"我还以为，你们谈恋……"

陈淮越直接打断了他的话："我眼光还不至于那么差。"

在等待越程地产回复期间，林希微接到了文汀住宅花园的买卖委托。许文婷打来电话时，林希微正在给杨兴亮当助手，而他正在办一个涉及三方的国际仲裁案件，一个案子三种语言，录音乱糟糟，闽南话、普通话和英语，翻译都难找。

她一听到电话响，就放下手头的活，跑去接。

杨兴亮忙不过来，满腔怒意："林希微，你跑什么？！康明雪，你快去接电话，没听到电话响么？你们两人能不能有点用？"

林希微已经接起电话了，她示意杨兴亮安静，声音温和："喂，您好。"

康明雪也赶忙过来，她很无奈，但也没说什么，反倒盯着林希微接电话，注意她有没有遵守《律所办公规则》规定的接电话礼节。

电话那头的人一出声，林希微就记起她："许总。"

许文婷笑着道："林律师，文汀住宅花园卖给了元祥合资电子厂，厂内现在分房，鼓励员工买下，要签合同，找律师。希微，我们见个面，把法律顾问合同给签了吧。"

林希微挂断电话后，还有种不真实的感觉，许总约她签合同？尽管并非是她一直想要做的外销房业务。

她跟康明雪对视了一眼。

康明雪问道:"许文婷许总?几年前你带来找我的那个民营企业家么?当时她手里被日本人骗了一大批汽车涂料。"

"对。"

康明雪是法官出身,几年前司法局从政法队伍选派人员扩充律师队伍时,她才转行当了律师,在国办所工作了几年。1990年林希微刚工作没多久,遇到解决不了的问题,都是急急忙忙去找师姐帮忙。

林希微说:"这房子已经建好了,是卖给工厂职工的……"

杨兴亮忽然插话问:"内销房赚不了几个钱,外销预售房的业务你谈下了么?越程地产、金宝地产,要是没进展,把电话给我,我去试试,只是我还真看不上买卖房的这么点小钱。"

康明雪笑:"你手上这么多活了,没道理再让你忙,希微可以的。"

林希微说:"越程的沈律师说明天给我回复。"

"你怎么出价的?"杨兴亮看她。

"一套房的律师费大概两三百美金。"林希微已经很满意了。

杨兴亮嗤笑:"你知道这业务量会有多大么?你当这廉价劳动力么?我们律所才几个律师?都要给你做这没挑战难度的活?"

林希微也情绪上脸了:"那杨律师,你给我每月发300元人民币,你当我是什么?"

第二章
再晚一点,或许就不喜欢了

"你应该问问你自己,你在兴明两个多月,是不是来凑数的?"杨兴亮并不客气。

"兴亮!"康明雪打断他,不愿意起争执,压低了声音,"我们才开业,之前不都说好了么?我们律所走公司制,每个人都拿固定工资和奖金……"

"这就是你选择的蠢制度,我当初就该坚持提成,多赚多得,现在也不至于拿我的创收来养林希微和连思泽。"

康明雪只能庆幸,至少连律师现在没在所里。

她眉头微蹙:"兴亮,律所想做大,就不可能所有人的创收都一样的,国外顶级律所的合伙人,也一样创收有差异,我们才起步,整体分担成本后再分配才能让律所运转,从长远来看……"

"这两人是你要拉入伙的,你把他们当师弟师妹,他们把你当冤大头,所有成本我们承担,钱倒是他们拿了。"杨兴亮语气傲慢,又对林希微道,"林律师,大家都是出来创业的,不是做慈善的。"

康明雪向来温柔,此时也有点来气,但她知道杨兴亮吃软不吃硬,便走到他身边,安抚道:"老公,我们都知道你付出了许多,所以你是律所的发起人嘛,独一无二的一号人物,但是希微也有牺牲,她在侨办的工资比现在高,也有新业务了。"

杨兴亮嗤笑:"她付出什么?她有本事就自己去开律所,她有钱租办公室?买设备?连个电话都买不起!回家就失联,哪个客户愿意找她。"

林希微真恨不能拿着尿桶刷捅进他的嘴里,他们认识8年了,就没听过这张嘴里讲过好话。

康明雪连忙用眼神示意她先别说话,说:"希微懂法律,还兼职打字秘书、专业翻译人员,她给你翻译了好多材料。还兼职图书管理,你看,新颁布的法律法规也都是她帮我一起整理的,方便律师们使用。"

她给够了台阶下,杨兴亮的怒气也差不多发泄完了,但还要补一句:"林律师,房地产这一块,你别用律所其他人,人手本来就不够了,过来,你继续给我翻译完录音。"

林希微的怒气还没消呢,冷声道:"我不做了。"

"什么?"杨兴亮回头。

"我离开兴明,你自己做吧。"

杨兴亮笑了:"林希微,说这些话之前先考虑考虑你的家境,你有选择吗?"

林希微也笑:"我等着看你明天接老外电话,一边讲话一边翻字典,这个仲裁你也自己做去吧你,杨兴亮,多找几个翻译哈!"

"我是你师兄,你敢直呼我名字!"他恼羞成怒。

"哦,杨兴亮,哦,小杨,哦,老杨,哦,杨老二……"

杨兴亮大吼:"康明雪,马上再招新律师、新翻译、新打字秘书!请林希微出去!"

康明雪自然和自己的师妹心有灵犀,明白林希微的意图了,她忍住笑,很为难:"可是,兴亮,这样至少每月得再支出三千,可能没那么宽裕……"

"那也找!"

"聘我一人只要一千,师兄,这样想想是不是很赚?"林希微当然不想现在离职,她需要一个律所来挂名做业务,不过就是受点气,她适时露出了微笑。

这会儿又是恭恭敬敬地叫师兄了。

杨兴亮不知道这人是怎么变脸的,他还僵着,就见林希微殷勤地给他倒了杯茶水,递给他:"师兄,这个月开始就按合同给我发一千工资呗,你知道的,我从小就没爸,三个兄弟姐妹,全家都靠我养,比不得你条件好,师姐说你向来大方,我一定好好给你服务!"

康明雪:"是啊,老公,你跟自己师妹计较什么呢?"

"原来她还知道我是她师兄啊。"杨兴亮冷哼,到底还是接过了林希微的这杯茶,林希微要真走了,他还真一时找不到这么廉价的劳工。

他说:"不缺你这一千,不是要见许总,还不快去?"

吵完架,林希微心情愉悦地走出大厦,又突然回身,仰头看律所所在的楼层,高耸入云,她不知道未来会怎么样,能把握的只有当下,她要去签下她创业后的第一份顾问合同。

许多年以后,她一样记得这个十月的下午,她打了辆昂贵的却干净的桑塔纳出租车,10元起步,去华侨大酒家。她忍不住轻笑,车窗外的风吹得她黑发拂面,路过筒子楼时,铲车隆隆,锤声咚咚,空气中好像还残留着爆破后的烟尘,街道上人如流水,西装革履的生意人、工厂的工人、市场的摊贩老板,巴士和出租车的喇叭声震天响,自行车见缝插针地穿梭而过,港口起重机起起落落,货轮轰鸣进出。

每个人都在奋斗拼搏。

司机阿伯问她:"这么高兴啊?"

"嗯,赚钱去。"

"有拼有赢,阿妹仔,拼起!"

后来发生的很多事情,都在这个下午初现端倪,她和杨兴亮创所后的第一次正面争执,康师姐对杨兴亮的处处退让,以及她开始了她幻梦一样的房地产法律事业。

许文婷因为四年前的废弃油漆事件,对林希微很信任,她没有多说什么,就签下了合同。

许文婷说:"林律师,我们做生意就要真诚,本本分分。四年前我吃过日本人一次大亏,是你帮我渡过难关的,你创业我肯定要支持你的,啤酒节我没空去,但秘书一把你的新名片给我,我就在考虑跟你合作的事情。"

她脸上一直挂着柔和的笑,调侃道:"也算给我上了一课,当时计划经济刚结束,思想太纯朴了,谁能想到会被骗,林律师,当时多亏了你帮我打听消息。"

林希微也笑:"其实是我师姐帮的忙,就是我们律所的康明雪律师。"

"等卖完楼,我再好好感谢你和康律师。"

元祥电子厂的厂长也对林希微有点印象:"文婷,这就是你之前说的,那个每天骑自行车满鹭城跑的林律师啊?"

"对,日本人拿废弃油漆骗我给他们处理环保垃圾,就是她骑自行车提油桶到处找工厂问成分,还发了律师函,几年前可没几人有能耐给外国人发律师函。"

林希微被夸得有点不好意思了,只好继续弯唇笑。

后面的话题就转到了卖房的事情上了。

"我们厂从许总那买下了楼房,按照年限、级别啊,做福利分配给厂里职工购买的,但是呢,职工对买房的欲望不是很强,一下要付出这么大笔钱,很多职工都觉得没必要。有些想买的,顾虑也比较多,所以就想着委托律师来解决这些疑惑。房子不贵,所以律师费也得低一些。"

林希微看了下，一套房大概4万人民币，还没有林鹏辉那辆拉达车贵，对职工来说，当然也不算一笔小钱，但大多数人宁愿买车，买电视，买冰箱，买电话，就是不买房，要不是这房子需要厂里指标才能购买，林希微真的很想买，虽然她现在也没这个钱。

许文婷也叹气："1981年我们鹭城就有商品房了，但一直到现在基本上还是卖往港台的，市场没打开。"

林希微很想说，许总，拿购房资格和房子抵律师费吧。

最终也只是想想，除非她想被杨兴亮赶出律所。

好事都是接连发生的，两天后，沈曜辞那头也约林希微签合同，签约时，陈淮越也在，林希微朝他问好，他只不冷不热地抬了抬下巴。

沈曜辞负责走流程，林希微看着他递过来的合同，除了审视内容外，她还注意到香港律师对文件的格式有很严格的规范，信笺抬头有模板，字体和字号应当也是有标准的。她此前留学时，也注意到国外的律师对法律写作的格式很敏感。

他们兴明也该统一文件格式。

合同签完，三人走出餐厅，附近就是思明电影院，解放前就开业了，中间经历了几次改名，现在又改回来了，电影院门口有家面包店，两人约会时，陈淮越每次都会给林希微带个椰子饼和凉粿，再配上鼓浪屿菠萝汽水和草莓刨冰。

沈曜辞识趣地先离开了，还假模假样地叮嘱陈淮越要有绅士风度，安全送林律师回家。

陈淮越让林希微先上车，他去了趟面包店，回来时，把袋子塞到了她手中，没说什么，启动了车子，路过中山路还在营业的麦当劳时，他忽然出声："你还欠陈淮川一顿麦当劳。"

林希微没说话。

陈淮越笑了下："连小孩你都骗？"

"没骗他。"

陈淮越说："去年鹭城第一家麦当劳开了，他一直记得你说要请他吃第一顿，到现在都没跟别人去吃过。"

林希微有一瞬间的心虚和愧疚，但转头想，川川没吃过鹭城的麦当劳，但吃过别的地方的。

她便说："麦当劳太上火，小孩吃不好。"

陈淮越似笑非笑："那你拿了文汀的合同就带你侄女去吃？"

"你跟踪我？"这话是脱口而出的，林希微也觉得有点不妥。

"麦当劳是你家开的？只许你进去？"他掀了掀眼皮，声音里染了点寒气，"那天陈淮川路过，本来是没事的，你和你侄女非要坐窗户旁，高高兴兴吃儿童餐，还跟麦当劳阿姨互动，陈淮川看见了，他回家伤心地哭了好久，你连小孩的心都伤。"

林希微都不知道该回什么了，就装听不见，他们不适合再有私下的牵扯。

一路无话。

到了林家门口，林希微下车前，陈淮越面无表情地把他手上的素戒摘了下来，然后塞到了她的手里，她愣了一下，没明白是什么意思。

陈淮越明显是生气的，却刻意笑了起来："你的，还给你。"

林希微下意识地握住了这枚戒指，犹豫着，还是什么都没说，直接下了车，她走到巷道里，借着昏暗的灯光，打量着这枚陌生又不陌生的银戒。

她之前看到过几次，但他一直戴在手上，看不太清，就不太确定是不是同一枚，毕竟她买的那枚不贵，因为她不确定大哥的尺寸，就买了开口戒，但怎么会在陈淮越手上？

她还没想明白，身后又传来一阵脚步声。

"还给我。"

林希微回头，陈淮越对上她的瞳仁，只一瞬就移开，修长的手指碰了下鼻子，嗓音在夜风里是模糊的："还是还给我，你送我了，就是我的。"

外头林鹏辉哼着小曲下班回来，走进拥堵的巷子，他一乐："诶？妹夫！"目光往下，看到了两人之间的那枚戒指。

心重重一顿，生怕他编造的谎言被戳破，连忙挤到林希微的身边，按住她的肩膀，不让她反抗，抢话道："妹夫，你还留着我妹送你的戒指,哎哟,当初她出国托我送你……痛痛痛,妹妹妹,别掐我了……"

他忍痛朝着陈淮越笑,笑声都疼得变形:"哈哈,我妹害羞呢,妹夫,啊啊啊……"

陈淮越只扫了林鹏辉一眼,目光落在他按着林希微肩膀的手上,眸光微暗,很快就收回了视线,有外人在,他向来不露情绪,拿回了戒指后,就转身离开,不顾身后林鹏辉的殷勤:"妹夫,来家里坐坐,喝点茶。"

回应他的只有"砰"一声关上的车门,扬长而去。

林鹏辉也不介意,还是眉开眼笑的,转头反倒先数落林希微:"看妹夫多好,你还不懂珍惜,你们工作联系上了?你前几天那个项目,不会是他看在旧情的分上,给你的吧?"

林希微头隐隐作痛,只问他:"戒指是怎么回事?你说你结婚要用,让我买的对戒,为什么在陈淮越手中?"

林鹏辉开始顾左右而言他,支支吾吾,显然怕又被掐,一边往家里跑,一边说:"妹夫知道这是你买的,哄他开心嘛,就说你送他的,不然我怎么好意思跟他拿钱买车?提前预支彩礼懂不懂?你嫂子也没拿另一个女士戒指,给你留着呢。"

林希微冷笑:"林鹏辉你该去死的,我爸晚上就来带走你了,明天你就在宗祠躺着了。"

林鹏辉回头横她:"我死不了!爸最爱你,你可小心点!"

林希微静静地在巷道里站了许久,努力平复着心口的阵阵悸痛,明明四周寂寥,她却好像听到隐约的嘲笑和议论声。

"林希微,今天又把你妹带到教室,别等会她又拉一裤子,臭死了。"

"希微又去打工了,别找她参加诗社、画社,她只爱钱社。"

"你说你是陈淮越的大舅子?啧,陈淮越知道你在外面借他名号办事么?预支彩礼,你卖妹妹啊?"

过去的事情,她改变不了,过分敏感的自尊心也没有用,她不要再把她鲜血淋漓的伤口,直接暴露在人前。

她面色依旧平静,脑海里已有了理好的思路:一是卖房赚到钱后,把车债还给陈淮越；二是要和他保持距离；三是她定会尽心尽力给越程地产做好法律服务，必然是双赢的。

当地位不平等时，她在他身边，总是难免自我怀疑和厌弃，分手时，她说的那句话是真的——她已经分不清对他是爱还是愧疚了。

现在仍然如此。

陈淮越在他公寓门口看到了杨幼芙。傲慢娇气的Yeo小姐（杨幼芙）等得很生气，双手横在胸前："你去哪了？为什么不回电话！我呼你了，你不看，电话也不接！我站在你家门口，等你两个小时了！"

陈淮越看她一眼，也不开门，只问她："你有什么大事吗？"

杨幼芙走近他，上下打量着，还忽然凑近鼻子，要闻他身上的味道，陈淮越神色冷冽，抿起唇，面无表情地往后退了一步，不让她靠近。

"你真有女朋友啦？"杨幼芙睁大了眼睛。

"嗯？"

"不然你为谁守身如玉！"

陈淮越嗤了一声："我一直如此。"

"你身上怎么没有女人的香水味？"

"她不用香水。"

杨幼芙是真的气了："你背叛了我，小时候陶阿姨同意我长大嫁你的，吴阿嬷也不知道你有女朋友，你手上的戒指就是那个女孩送的对不对？丑死了！钟程以为是我送的，我才没这样的审美！"她思维跳跃得很快，"我手上的钻戒就很好看，我和陶阿姨一起去买的。"

陈淮越看都不看一眼，只再问："你到底来做什么的？"

杨幼芙从手提袋里取出了一个全新的大哥大，她眉眼弯弯："噔噔噔噔，陶阿姨送我的新礼物，之前那个坏了，我也有鹭城号码了！我现在给你打电话，你接一下。"

陈淮越懒得理她。

"你快接，给你做我第一个通话人的机会。"

杨幼芙直接去他包里翻出大哥大，自顾自地接通了号码，然后一个贴在自己耳朵旁,又费力地把另一个强行贴到了他的耳边。

"陈淮越,你听到了没?"

陈淮越没回答,耳畔是细微的电流声轻轻划过,他脸色平静地从她手中收回大哥大,拿出钥匙开门,却没打算请她进门。

"你女朋友不让的吗?"

"嗯。"

"她好小气。"

"是。"

"那我去找沈曜辞。"杨幼芙才不贴冷屁股,没好气地离开了。

陈淮越洗漱完,在床上躺了许久,却迟迟没有入睡,他借着床头的小台灯,打量着手上的素戒,黑眸幽深。他忽然想到他妈送给杨幼芙的大哥大,若是林希微也有一部,这时候他就可以给她打电话了。

一台大哥大加上黑市手续费,差不多3000美金,他明天托个关系就能拿到,话费一元一分钟,林希微定不舍得花钱,他倒是可以给她交,却突然想起了那句话——打那通电话的卡还是你买给我的,不好意思。

他面色沉了沉,盖被闭眼睡觉,没必要再去自寻麻烦。

陈淮越第二天就接到了他妈妈的电话。

陶静昀声音含笑,似乎很无奈:"阿越,你怎么又惹幼芙生气了?"

陈淮越正在早茶店里吃早茶,这家店也有椰子饼,他想起昨天买给林希微的椰子饼,第一时间就没回话,直到他妈妈又问了句:"幼芙不好吗?"

"不好。"陈淮越轻描淡写。

"那谁好?你真想继续单身一辈子呀?"

陈淮越靠着椅背,语气听不出情绪,却是在试探:"妈,你从前联系过林希微吗?"

陶静昀何其了解她儿子,她知晓儿子当初和那个女孩分手了,现在又突然提起,她又气又好笑:"你被分手了,总不至于怀疑是我使坏的吧?我一点都不反对你们在一起,但是缘分天定,她不喜欢你了,我们就接受呀。"

陈淮越沉默了许久:"她喜欢……"话说了一半,又突然停顿住,随意找了个理由,"话费太贵,挂了。"

电话那头的陶静昀犹豫了半天后,给前夫打了个电话:"伯鸿吗?是我,陶静昀,我有点事情要联系律师,之前听说陈伯父有个学生,好像叫林希微,她现在是学成归国了吗?"

陈伯鸿没有立马回话,他那头安静了许久。

陶静昀以为信号不好,正准备挂断重新拨打,就听到陈伯鸿轻声问:"静昀,你回鹭城了吗?你遇到什么事情了?"

"是啊,你有林希微律师的联系方式么?"

"有,你还住悦华酒店么?我下午给你送过去她的名片。"

"你把她的号码传真给我就好了。"陶静昀的声音轻盈,"伯鸿,谢谢你。"

陈伯鸿放下了电话,失神几秒,门外传来陈淮川的声音:"爸爸,爸爸,我晚上可以跟哥哥出门吗?哥哥打电话给我了,我今天不想练琴了,爸爸!"

陈伯鸿笑了笑,重新恢复平日的和蔼,让陈淮川进来,抱起他的小儿子,亲了亲他的额头,问道:"你哥哥说要带你出门玩吗?"

"对!"

陈伯鸿又问:"你认识那天来我们家的林希微对不对?就是你喊嫂嫂的那个。"

陈淮川捂住嘴,眨巴着眼:"哥哥不让我说。"

陈伯鸿无奈,抱着小儿子起身,去寻老父亲要林希微的名片。陈玄棠自然觉得奇怪,陈伯鸿只好说是为了照顾父亲的学生,要是有业务就介绍给她。

陈玄棠把名片给了他,但也道:"不必看在我的面子上施舍业务给她,她自己有能耐,也很傲气,不信你等着看,10年,不,再给她几年。"

这话听起来很狂。

但在这个充满奇迹的年代。

陈伯鸿也不敢确定。

44

林希微这几天就在元祥电子厂值班卖楼，厂里就一台电脑，配备了一名打字员，一般就是帮会计往电脑里输入一些东西，剩下的就是连着打印机用于打印一些员工的合同，但林希微来了之后，电脑的使用率大大增加，打字员也忙得不可开交，腰酸手软。

林希微跟厂长建议："如果出纳暂时用不到的话，可以让我用用电脑吗？"

厂长没明白："林律师，现在不就是你在用吗？"

"我的意思是，我直接在电脑上操作，然后你直接让购房的职工进来就好。"

"那，那你会打字吗？"

"会的。"

厂长将信将疑，但最终还是选择了相信她，只是多补了句："那林律师，你要是有什么不懂的，多问问我们小方，她懂电脑，电脑很贵的，我们也不容易。"

林希微在厂里财务室工作，门外排队的工人每人手里都提着个大袋子，里面装的是一大兜的现金，基本是找亲朋好友东拼西凑来的钱，全款买房。

林希微也有些紧张，她手边是《鹭城房地产法律法规汇编》，有好几册，她担心自己不能及时翻出客户要的某条法规，她也是第一次做这样的业务，连金钱交易都由她负责，流程也没有明确的标准，她甚至都不知道职工会问什么问题，她大概也需要时间来思考答案，等候的尴尬期要怎么度过？

出纳安慰她："林律师，我数钱很快的，别怕，区区一人几万！"

会计也笑："林律师，我这边你也放心，律师费要开发票，其他房款、印花税都是代收款，我不会搞错的。"

林希微却不敢大意，但她没想到，最先让她为难的倒不是专业知识或者流程困惑，而是她的身份。

"哦，是阿妹仔啊，年纪轻轻，找的什么律师啊？"

这人是厂里的一个小组长，姓黄，林希微还没开口，他就长长地叹

45

了口气,倒也不是故意为难,就是单纯觉得太年轻。

他也不想问了,自言自语地嘀咕了句:"厂长怎么没找国办所的?"

林希微刚要说话,他转身就出去了,门并没有完全合上,外面的嘈杂声传了进来。

"是个面皮生的阿妹仔,不知道什么律师楼的,生得好看,笑起来傻呆呆的。"

"律师费要三四十块呢,不会是他们想骗我们钱吧?"鹭城大多数工人的月薪在两三百,但他们合资厂的工资高,四五百、七八百的比比皆是,"我们赚钱也不容易,请律师是做什么的?"

"我也不知啊!无用!浪费!"

林希微听到他们的话,努力挂了半天的笑容一下就僵在了脸上,会计和打字员一直在憋笑,出纳过去先把门关紧了,几人就实在忍不住大笑出声了。

"林律师,对不起,但真的很好笑……"

林希微也没想到,她想表达亲切的,怎么就成了傻笑。律师制度才恢复没几年,两年前才启动律改,从整个社会来说,律师的地位的确有些低,尤其她这种刚"下海"的,所以她至今都没告诉她妈,她抛弃公家铁饭碗了。

她原本是想,既然地位低,那就拿友好服务来博取客户的信任。

但事与愿违。

黄组长说今天不买不问了,要先去找厂长,"哗啦啦"一大批人都跟着他离开了,还剩下另一个小组的人,倒是没离开,按照流程排队进来。

林希微依旧微笑服务,尽量不受影响,把一式四份的制式合同递过去,她已经提前根据内部认购单上的资料,把相对应的职工信息填了进去,让他们先看看合同。

职工看不太懂是正常的,他们拿到合同后,盯着看了半天,脸色都有几分尴尬和隐隐可见的无措,沉默好一会,也没提出自己的疑问。

林希微适时开口,让他们先核实自己的信息有没有错,是不是想买这套房、这个面积,总价款又是多少。她见他们沉默,就主动笑着道:

"阿叔,这些合同是房管局出的,你有别的具体想法,可以让我写个补充协议,比如房子产权登记的名字,你可以加上你老婆,或者房子的装修问题。你对哪一条规定有不明白的,也可以直接问我的。"

一整天下来,她的脸都要笑僵了,口干舌燥,只签约成功一单,这一单买卖的成功也跟她的法律咨询服务没有任何关系,因为那个阿伯就是打定主意要买房的,进来只问了句:"在哪签名啊?"然后就跟着出纳去交钱了。

林希微越主动亲和,反倒让他们更抗拒,有的起身就走,有的一脸怀疑,下班前,出纳大姐安抚地拍了拍她的肩膀,以示安慰,也不知道该说什么。

林希微收好东西,去找自己的自行车,转头遇上了黄组长。

她打招呼:"黄组长。"

黄组长却哼声:"我不跟你买房,不用跟我套近乎,林律师,你们这些人就是吃准我们看不懂合同,你有什么本事我们也不知,走了。"

林希微瞬间福至心灵,抓住了头绪。

陈淮越1988年初和钟程创办了越程地产,那时候鹭城将近10年的房地产开发基本被国营企业包揽,模式多为国企与外商合资开发,而陈淮越两人年纪轻轻,从新加坡回到鹭城,人生地不熟,凭着一腔孤勇和贸易基础创办了民营房企。

当时陈伯鸿劝告儿子做事别这样莽撞,就先凭借海外关系,销售汽车配件和建筑器械,但陈淮越走到今日,靠的就是"激进",他不仅做贸易,也做房地产。头几年民营房企举步艰难,难以获批,不好拿地,陈淮越的第一块地是鹭城政府旧城改造、抵建筑器械款划拨给他的地皮,偏僻且污染严重。好在他赌赢了,政府大力治理后,房价直线飙升,这是他做房地产的第一桶金。

而他今年的重点项目是写字楼的开发,鹭城深受港企影响,这几年新兴企业都很注重办公环境和形象,公司有钱没钱都会想办法弄点豪华办公室充当门面,所以,他早早就盯准了写字楼开发,至少比普通住宅高出一至两倍的售价,利润颇丰。

几人离开越程写字楼施工地。

沈曜辞调侃:"陈总,我还以为你连写字楼项目都会委托给林律师。"

钟程嗤声:"买高档住宅的是个人,买写字楼的是公司,阿越又不傻,林希微才是真的傻,她应付不来公司团队的,他们律所太小,能用的人太少了。"

陈淮越抬手看了看手表时间,只说:"商人做生意自然是为了赚钱。"

他和林希微合作销售高级住宅,也是利益使然,他还不至于拿公司去开玩笑。

"我还有事,先走了。"陈淮越上了他的桑塔纳,启动前,忽然想起什么,朝钟程要了黑市卖大哥大的商家的联系方式。

钟程疑惑:"你的坏了么?"

陈淮越只道:"我有用。"

钟程扭头看沈曜辞:"有什么用啊他?"

沈曜辞双手插兜,故作高深莫测:"你这都不懂,还怎么做阿越的好朋友?自然是有人要用咯。"

钟程叹了口气:"送车送电话,接下来是不是要送房了?林希微这个害人精!"

林希微从工厂离开后,就先回了律所,她要总结整理下今天工作的内容,吸取经验教训。

杨兴亮也还在律所加班,他刚谈下鹭城信托银行的法律顾问合同,意气风发,走到林希微的办公桌前,居高临下地睨着她:"顾问费,三万五。"

连思泽从材料中抬起头,一脸羡慕:"真不愧是杨大律师。"

林希微正烦恼自己今日只赚了四十元,故意抬杠:"是美金吗?师兄也太厉害了吧,都不屑赚人民币了。"

杨兴亮一时沉默,炫耀不下去了,谁不知道他说的是人民币,单是人民币就已是一大笔进账了。

半晌,他批判她:"不知天高地厚,赚几十块,口气倒像几百万。"

戳中她内心的痛,林希微也没了拌嘴的心思,重新整理思绪做笔记,直到办公室电话铃声响起,康律师不在,连思泽自觉起身接听,然后转头道:"希微,找你的。"

林希微语气温和:"你好,是我,林希微。"

但那头不是客户,而是小朋友兴奋的声音:"嫂嫂,麦当劳,麦当劳!"

陈淮越和陈淮川就在律所楼下等着,林希微刚从电梯里出来,陈淮川立马小跑到她面前,不认生地牵住她的手,跟她说:"嫂嫂,哥哥说,你要请我吃麦当劳。"

林希微对上电梯里的阿姨好奇又暧昧的目光,笑意勉强又尴尬,但阿姨没问,她也无从解释,只能跟阿姨说再见。

陈淮川还很有礼貌:"阿婆,我们走啦。"

电梯阿姨笑眯眯的:"好好好,小朋友,好好吃麦当劳哦,林律师今天的钱包要大出血了。"

现在麦当劳并不便宜,刚开业那会,大家去吃麦当劳都正式地穿上西装和裙子。

陈淮川一进门就占了玻璃窗边的位置,说他要吃巨无霸套餐和炸鸡块,还很贴心地转头说:"哥哥,轮到你点了。"

陈淮越早已入座,没有半分绅士风度,不客气地微笑道:"我就要个双层汉堡套餐就好,谢谢林律师。"

林希微皮笑肉不笑,去点了三个套餐加炸鸡块,还帮陈淮川领了两个玩具,总共花了52元,她忍不住叹了口气,赚的不够吃的。

陈淮川兴奋得小脸红扑扑的,他明明在其他地方吃过很多回麦当劳了,但却像是第一次吃一样开心:"嫂嫂,我觉得好好吃!上次你和小妹妹坐在这里,我在外面喊你,但你没有听到,哥哥和司机叔叔就带我回家了。"

林希微一愣,她原本以为是陈淮越骗她的。这下是真的愧疚了。

"川川,对不起啊,我那天没听到。"

"没关系。"他想了想,"那你下次要听到。"

林希微看着他笑，答应他："好。"

陈淮越不爱吃汉堡，但更不会浪费粮食，何况这个套餐14元，他不吃完，估计得要了林希微半条命。

林希微目光几次不经意地落在陈淮越无名指上的素戒上，也同样很难解释。

吃完麦当劳，三人沿着中山路慢慢走回律所，陈淮川很活泼，但并不吵闹，他只是喜欢跟林希微说话。

"嫂嫂，你更喜欢妹妹还是更喜欢我？"

"都喜欢。"

"嫂嫂，我可以跟你去工作吗？"

"可能不行，楼上有个怪叔叔。"

"是你老板吗？我有钱，我给你钱。"陈小少爷财大气粗。

林希微笑出了声，摸了摸他的头发。

陈淮越早就看出林希微今日偶尔的心不在焉，她白天去卖房子了，除了房子的事，不会有别的。

"碰壁了？看你这套衣服，就不奇怪了。"

他大概不知道，他这张嘴，有时候是挺毒的。

"没审美，没档次，你妹妹在台资厂打工，你大哥也开出租，你可以问问他们这类人想找的是什么样的律师。"

林希微下意识低头看自己的衣服，倒没有生气，她实习遇到的第一个客户就是陈淮越，他那会比现在还要冷漠，但他不是多嘴的人，开了口，一般就是提醒。

林希微也意识到她的策略是有问题的，她原本想走亲切路线，因为厂里要买房的职工差不多和她妈妈一个年纪，书读得不多，肯定不会喜欢眼朝天的、傲慢的小知识分子，要展开业务，就要跟他们搞好关系，伸手不打笑脸人嘛。

但结果证明，她越亲和，越主动，就越无法取得他们的信任，已经不单单是年轻的问题了。

林希微也明白了，失笑道："所以，我得装起来？"以前不需要装，是因为侨办的名头已经替她装了，大家信任公家单位。

陈淮越笑："你得摆出你的筹码和权杖，你跟发展商亲切地称兄道弟、拿业务，这没问题，而工厂的职工只想找个可信任的专业购房律师。你讨好，他们只觉你心虚无底气，你亲和、土气，是打算让他们介绍你进合资厂工作？"

林希微也明白陈淮越说的是对的，她想回办公室打个电话，约康师姐帮她选购新西装，她自己的确是不懂时尚的，家里经济差，除了她也没人念过大学，她也无处咨询。

"你师姐没出过国。"

林希微回头，已坐上驾驶座的陈淮越缓缓地摇下车窗，他的胳膊随意地靠在窗沿上，侧头看她，笑着对她说："她不懂怎么选西装材质和搭配。"

十来年前政府开始了服装改造大计划，北城的展销会让西服从城里到农村都狂热了起来，不管写字楼还是田地间都能见到宽大不合身的西装影子，搭配比较混乱，在正式场合就会显得滑稽、不伦不类，林希微也没少因为穿衣礼仪闹笑话。

林希微也笑："你现在已经开始装起来了？"

陈淮越神色自然，只示意她上车，问她："要去第一百货还是国营免税？"

"免税，免税！玩电动。"后座的陈淮川大声喊道。

陈淮越让他安静："家里游戏机不够你玩的？"

陈淮川转头去找林希微，他有个小书包，一打开，全是他今天从妈妈床头拿走的钱，他趴在车窗上，抓了一大把钱，很大方："嫂嫂，我给你买。"

这也不是钱，是外汇券，他们一家三口才回鹭城，刘曼珠刚换了不少外汇券，川川也不大分得清，就知道这个能买东西。

陈淮越笑了："陈淮川，你今晚回去屁股要开花了。"

林希微最终还是拒绝了兄弟俩，一起逛街的行为太过亲密，吃麦当劳是她欠川川的一个承诺，已经越界了。更何况，她没有钱，免税店的一套西装至少上千元，她要卖出房子才有收入。

陈淮越静静地盯了她半晌，扯了下唇角，开车走人。

劳模杨兴亮还在办公室辛勤加班,林希微回来,他还以为是康明雪,微微皱眉说:"不是让你在家陪我妈吗?你煮完饭了?我……"

他抬头见是林希微,脸色更臭:"吃完了?去把这份传真复印下。"

"好的。"林希微这会儿有求于人,态度格外好,"杨大律师,你有什么需要我做的,尽管吩咐。"

"吃错药了?"

"没有呀,就是刚刚在楼下,看到我们办公室还亮着灯,觉得杨大律师真的太不容易了,今天又签下新单子,鹭城创收第一人。"

杨兴亮停下手中的笔,横她一眼:"拍马屁也没用,再赚不到钱,马上滚出律所。"

"我说的都是真心话。"

"下午不还呛声?"

"那只是师兄师妹之间的玩笑话,杨师兄,我跟着你和师姐开律所,当然是敬佩你做业务的能力,没有你,我们律所根本开不起来。"

实话如此。

杨兴亮的确吃这套,他被捧得身心舒爽,又趁机教训林希微:"你证券律师考试备考得怎么样了?我们要做高端业务,房地产盈利太少,又耗费精力,我真看不懂你们这两个女人的想法,这样,你给我打下手,过几天有个会议,带你去见见世面。"

林希微乖顺地点头,也应了他去开会的事,然后不经意道:"师兄,你今天这身新西装真高档,扮相跟《英雄本色》里的'小马哥'一样英俊港气。"

"有眼光,你师姐在免税商场买的,Armani 的。"杨兴亮的办公桌上还有好几份报纸、杂志,有些版块就在教人穿西装、打领带,什么男士穿西装八忌,社交中的"次序",西服结构研究。

林希微说:"我也想买套新西装。"

"两千块,你有钱?"

林希微摇了摇头:"律所有,杨大律师,帮我报销一千块的高级时装好吗?"她露出讨好的微笑,"还有那个……我可以借用一下连律师吗，我一人做不成卖楼的事。"

杨兴亮血压瞬间升高，把林希微骂了个狗血淋头。正巧康明雪从家中过来，她就是杨煤气罐的止气阀，还是那套话术："律师需要职业形象嘛，这样吧，连律师也跟我去买，回来报销，好啦，我老公最大方啦。"

一直安静的连思泽怎么也没想到大便宜还会砸到他头上，连忙加入拍马屁阵营。

杨兴亮更肉痛，一下又出去两千块，他气得说不出话，只好继续工作，火气却愈发旺盛，他在这卖命工作，来给他们买衣服？

隔日，林希微照常去工厂值班，有所不同的是，她打招呼不再热情至极，只点到为止，到了办公室，有人排队，她就认真接待，无人排队，她就该整理就整理，该翻译就翻译。

厂长倒也没觉得奇怪，午餐时，跟林希微说："现在算好的了，隔壁厂三年前第一次指标买房，更便宜，也没人定，最终没办法，厂里只能把指标退回政府，没人买房啊。"

林希微语气淡然："嗯，毕竟是一件大事，多考虑是应该的，我下午有其他事，王厂长，你帮我跟他们说一声，我明天再来。"

连思泽负责打配合："就是林律师之前在纽约所的同事，约她谈业务。"

"噢，美国仔啊？"

"嗯，林律师原本是要去香港律所的，但最终还是在鹭城工作。"

林希微谦虚微笑："侨办送我去留学，我当然得回来工作，这两年，老领导很支持年轻人出来创所，我们律所的审批也是多亏了他帮忙。"

厂长点点头："那是，我们鹭城也是全国数一数二的经济特区，思想要先进时髦！"

林希微说："我们文汀的房子是内销房，越程的房子卖给中国香港地区的人和外国人，他们爱买房，还没建好，就都要被抢光了。"

"你也代理了越程业务啊？那可是笔大生意。"

周围竖着耳朵的人多了去了，他们这一通对话，包含的信息量一点都不小，人家香港人那么有钱，都相信她这个律师，还是政府派去美国进修的大律师，出来创所也有政府支持，听起来不像要骗他们钱。

　　林希微他们下午是去逛免税商场，哪里有什么美国佬约她。

　　康明雪对礼仪和西装也一知半解，给连思泽选了深蓝色西装，给林希微选了不出错的白色西装及膝包裙，还挑了双鞋子，嗓音温柔："之前给你买了黑色和宝蓝色的，再买个白色。"

　　林希微从后面抱住了康明雪，轻声叫她："师姐。"

　　康明雪正要去付钱，侧过头，笑了笑："怎么了？那件衬衫要不要也买下？"

　　林希微没说话，这一瞬间说不出来的情绪在她胸口翻涌，她是家中的二女儿，却一直像是大姐，处处操心，直到她上大学后，遇见了康师姐，她也当上了妹妹。

　　林希微摇了摇头："师姐，谢谢你。"

　　康明雪莞尔一笑："我们是一个团队，这是正常支出，你和思泽不要负担太重。"她补充，"其实就是为了提高团队凝聚力嘛，等会我们再去吃个自助餐，杨律师说他报销。"

　　连思泽不信："杨律师是不是还不知道我们要去吃自助？"

　　康明雪眨眨眼："先斩后奏。"

　　自助餐也在免税商场里，刚刚开业，还算是个时髦货，宣扬什么西餐文化，听说也有许多用餐讲究，轻易要被人嘲笑无礼，但三人都是穷苦家庭出身的，矜持了下，还是决定敞开了肚皮吃，连思泽一次性狂拿6盘烤牛肉，引得众人侧目。

　　"林律师，你在美国吃过吗？"

　　林希微摇摇头，她在美国过得不算好，除了打工念书做饭，就是不停地跑医院。按她妈的话，就怪她没冲泡从鹭城带去的香灰包，所以水土不服了，但她要是泡了喝了，应该能直接送去太平间了。

　　她起身再去取她想吃的牛排，还拿了个鸡蛋，没注意到门口又无声地进来了两拨人。

　　"希微？"先进来的人站定在离她不远的地方，语气不太确定。

　　林希微转身回头，一群穿着深色职业西装的人站在离她不远处的地方,而喊她的人脱掉了西服,只穿衬衫,袖子微微挽起,手臂上搭着外套。

李从周跟身边的人说了些什么,就朝林希微走来,目光落在她的餐盘上,笑:"十分牛排,四分鸡蛋?"

"从周,你怎么会在这儿?"

林希微回国前的最后一顿饭就是跟李从周吃的,李从周是她的邻居,也是校友,还是同省老乡,自然会有来往。但回国就等于失联,因为她家里没电话,只有村头小卖部那儿有,联系又贵又不方便,刚回国时,两人还通了一段时间的信件,后来就慢慢断了联系,主要还是林希微这边断的,她实在没精力花在写信这样听起来浪漫,但耗费时间的事情上了。

李从周只简单说:"工作原因,一起吃个饭么?"

"你同事?"

他笑:"没关系,只是随意聚餐。"

林希微带着李从周回到座位上,他们坐的是大厅里的公共桌子,位置很多,她介绍道:"哥大的校友,租房时的邻居。"

连思泽很快就接话:"还真有美国佬啊?"

李从周也给面子地笑:"李从周。"

朋友之间的介绍,而非工作会面。

他没想到今晚会遇到林希微,断联许久,想要联系,总有千百种办法,比如办公电话、传真、邻居电话,但她最后连信也不回了。

在李从周那行人之后进来的,是陈淮越和他妈妈陶静昀。

鹭岛并不大,有名气的餐厅就这么几个,昨天又提到了免税商店,所以,订餐厅的时候陈淮越就订了这家新开的自助餐,然后就看到了林希微和……李从周。

陈淮越也不想承认,他的确单方面知道李从周,林希微那通分手电话打来时,他正准备去纽约见她,一气之下也不上飞机了,过了一个月,又重新订了机票,飞去看她。

他看见林希微从这男的车里出来,大概是怕她被晒,这男的还突然伸出手,替她遮挡刺眼的光线。

55

他不觉得她是如此容易变心的女人,但那个男人的确和她关系亲密,进了她公寓,还出现在了临街的窗户边上,拉上了窗帘。

陈淮越沉着脸,陶静昀顺着他冷冽的目光看去。

然后,她就听到她儿子问她:"妈,我英俊,还是他?"

陈淮越也没想到,他自己会问出这样的问题,缓过来,倒是平静地勾唇笑,说:"我们吃饭吧。"

仿佛那句话只是幻听。

陶静昀觉得好笑,却又不敢笑:"追女孩子,一钱,二缘,三水,好脸排在第三名,英俊与否不是那么重要。"

陈淮越没反驳,林希微是挺喜欢钱的。

大厅人来人往,比起包厢嘈杂了许多,陈淮越听不清林希微他们说话的内容,却能在杂乱声中听到她不真切的笑声,他们有共同的话题,相似的经历回忆,彼此交集的工作领域。

他和她相隔万里的时候,陪在她身边的是李从周。

陈淮越此前查过李从周的背景,祖籍鹭城,后来全家搬迁到对面岛上去了,做了一段时间的税务,后转去投行做金融了,现在转战鹭城了么?

他胸口隐隐起伏,吃完手里的面包后,用湿毛巾擦了擦手,让陶静昀跟他一起换个位置。

康明雪先注意到陈淮越,连忙起身打招呼:"陈总,好巧,你今晚也在这。"她见周围位置渐渐被人占满,便邀请他,要是不介意的话,大家可以坐一起。

陈淮越笑了笑:"客气了。"

林希微抬起头,两个人的目光碰在了一起,停顿了那么一瞬,陈淮越先移开了视线,扫了坐在林希微身边的李从周一眼,在康明雪给他安排位置前,他已经很自然地拉开椅子——林希微另一侧的椅子,修长的手扶在了椅背上。

"正好碰见林律师这边有空座,我和我妈就过来了,希望没有打扰到你们。"很客气的说法。

林希微是第一次见到陶静昀,陶静昀不是什么自来熟的人,尽管她已经尽力表现得温柔亲切了,但母子俩入座后,气氛还是凝滞了许多,连思泽也不好意思在优雅的女士面前,继续狼吞虎咽地啃油腻的牛骨肉了。

唯有康明雪隐约觉得对面的三人不太对劲。

两个男人的自我介绍也很简单。

"李从周。"

"陈淮越。"

林希微被两人夹在中间,一个是潜在的客户,一个是她已签合同的客户,她主动帮他们补充:"港岛B行负责亚洲业务的李总,这是越程集团的陈总。"

李从周问林希微有没有什么想吃的,他去拿,林希微刚想站起来,她放在膝盖上的手,就被左侧那个目不斜视的男人攥住了。

她下意识转头去看他,却见他面不改色地跟连思泽对话,聊西装的搭配,让连律师下次可以试试格纹,不会出错的白蓝灰三色,一边说,却一边慢吞吞地用手指蹭进了她的指缝间,薄茧摩擦过她的掌心,在桌子下,有一下没一下地捏着她的指腹。

这是从前他们聚餐时最爱玩的把戏。

李从周不知发生何事,还在问:"希微,你有什么想吃的?"

林希微连忙道:"不用了谢谢,我吃饱了。"

李从周却还坚持:"拿个你喜欢的芒果冰激凌?"

"李总,这么客气,那帮我拿份金枪鱼沙拉、法式鹅肝、起司沙拉。"陈淮越耐心告罄,虽在笑,眼中却没什么笑意,"妈,你要什么?李总顺便取回来。"

林希微就知道,毫无风度的陈淮越又开始了,但她也没有立场和身份开口阻止。两人都是有头有脸的成年人。

李从周应当没遇到过这样的事,愣了一瞬。

从不主动为难人的陶女士有几分尴尬,但还是顺着儿子的话道:"那小李,我要清蒸淡菜、柴鱼凤螺、少量水果沙拉,吃少有滋味,吃济无趣味。"

李从周脸上的笑意僵了又僵,取菜的时候脸色几经变化,的确不喜

57

欢自己被人当服务员，但他也不想在林希微面前表现得斤斤计较。

林希微想去帮忙拿，手却被人按着，她转头瞪着陈淮越，陈淮越却还露出了微笑，黑眸润润地看着她，似乎心情不错。

李从周最后一次是给林希微拿巧克力慕斯，温声道："你喜欢吃的。"

陈淮越："看起来挺好吃的。"

他松开了握着林希微的手，当着桌上几人的面，拿走了李从周献给她的"殷勤"，还品鉴了一口："一般。"

陶静昀再一次清晰地认知到，她儿子遇到这位林律师，就会自动降低智商，情敌都知道表现温柔体贴，他却在这吃满天飞醋。

李从周这下是真的不知道该说什么了："陈总，你……"

陈淮越看他："你也要试一口么？"

李从周也明白了，微笑了下："陈总，慢用。"他见林希微一脸歉意，似乎想说什么，好在她没真的帮陈淮越道歉，否则他更加心梗。

饭局的后半程，两个男人都没再有任何一句正面的对话，散场时，李从周原本想打车带林希微，康明雪却很有责任意识："我带他们出来的，我得负责送他们回家，李总，就让我来吧。"

李从周也不勉强，他站定在康明雪的车子旁，俯身靠近车窗："希微，留个新的联系方式吧。"

林希微递了一张名片给他。

李从周笑："下次见。"

陈淮越面无表情地从一旁走过，林希微却忽然喊住了他："陈总。"

她的手靠在窗沿上，白皙的手指夹着一张薄薄的名片，因为有点生气，黑眸里跳跃着几分平日没有的明亮火焰，勃勃生机道："你不要我的名片吗？我以为李总要什么，陈总都想要一份。"

陈淮越气笑了，转过身，身后的路灯在他眼下投了浅浅的阴影，黑眸幽深。他说："很可惜，李总有的，我已经有了，并且没丢过。"

他从西裤口袋里拿出的是林希微曾经给他的名片，说的却又不只是名片。

陶静昀今晚要住儿子家，她是个旅行作家，常年在外飞，这次回鹭城是因为悦华酒店请她来写篇体验文章,想登报做广告,吸引外商。她很少来儿子公寓,只知道后来多了只鹦鹉,还是他某个朋友被分手了,小情侣养的鹦鹉没人要了,他勉强带回家的。

见妈妈在逗弄鹦鹉,陈淮越平静开口:"它应该是只晦气鹦鹉。"

"嗯?"

"谁养它,谁被踹。"

康明雪先送连思泽回家,等车内只余两人时,她才开口问:"李从周对你有意思么?"

林希微笑了下:"我跟他认识的时候,是有男朋友的,就是邻居,我眼疾那次,是他送我去医院的。"

"你和这个越程的陈总……你那时候的对象是他?"康明雪只知道林希微几年前有男朋友,但一直没见过她男友。

"嗯。"林希微没否认,"不欢而散的前任。"

康明雪笑:"你谈恋爱也太谨慎了,是没打算结婚,就不带给我和你师兄看看么?"

林希微没回答她,脸颊有点烫,还在想陈淮越随身携带着她的名片。

到了家中,一楼的黄色小灯泡还亮着,八仙桌旁坐着林小薇和林玉梅,她们俩正在昏暗的灯光下串手工包的塑料珠,带回家串一条一分钱,不知道要串多少条才吃得起一顿自助餐。林希微看着自己身上的西装,再看着她妈妈粗糙的手,毛糙的短发,她难免会想起今日见到的陶静昀。

她就是再野心勃勃,也没想过她和陈淮越修成正果、步入婚姻,陈淮越应该也没想过。

林小薇听见声音,抬起头,眼睛明亮:"二姐,你回来啦!"

她放下珠串,飞扑到林希微的怀里。她才20岁,但已经打了三年工了,好在这时候台资厂的福利很不错,工资并不低。

林希微问:"小薇,你今天怎么回家了?"

林小薇支支吾吾,眼睛不敢看林希微,最后还是林玉梅给林希微倒了一杯水,让她先坐下,再替小女儿开口讲清楚。

"所以,你被开除了。"

"你不能骂我,组长调戏我,我气不过才打他的。"

"不骂你。"林希微叹口气,"你有没有受伤?明天我再帮你问份新工作吧。"

林小薇这才又贴了过去,又是亲又是抱的:"二姐,你身上好香,你这西装真好看,二姐,二姐……"

"你想买什么?"

"不是啦!"林小薇跺脚,"二姐,我想去美国。"

她话音落下,屋子里瞬间安静了下来。

林小薇:"我想去洗盘子或者当跑堂,我问过了,隔壁村的黄叶一年就赚了2万美元,两年就把路费和工作介绍费赚回来了,再赚点钱我就回来开个店。"

林希微越是生气,越是冷静:"路费和工作介绍费哪来?3万美金,20多万人民币,小薇,我们家没有这个钱,你知道我们一个月才赚多少?"

"就是知道,我才要拼一把,我可以去借,我朋友有门路的。"

鹭城华侨多,外汇更多,所以民间借贷格外发达。

"你朋友是不是还跟你保证,你坐船过去肯定能平安上岸?成功率是不是百分百,你一句英语都不会,你能确保他们介绍你去餐厅,而不是某个按摩店去卖身?"林希微语气冷冷。

"我朋友不会骗我的。"

林希微只有一句话:"不许去,我明天去帮你问合资电子厂的工作。"她说完,就拿起脸盆去洗漱。

林小薇急了:"二姐,等我赚到钱,我们就可以盖新房子了,你也不用欠钱了。"

"你再跟你那些朋友来往,你就别叫我二姐了。"

林希微洗漱完躺在木板床上,闭上眼睛,林小薇偷偷挤上了她的床,从背后抱住她:"二姐,你别不理我。"

爸爸去世后,有很长的一段时间里,四五岁的林小薇没人带,林希微每天去上学,都要带着她,让她坐在自己的课桌下玩,所以姐妹俩的关系向来亲密。

　　林希微察觉到她后背的温热泪水,她轻声道:"我没生气,小薇,赚钱有数,性命要顾,爸爸让我照顾好你的。"

　　"你有没有听到大哥大嫂每天晚上嗯嗯嗯的声音?我不想听了。"林小薇委屈,"那我们什么时候才能有自己的房间?"

　　快了。

　　林希微和连思泽继续在元祥电子厂值了几天班,她是把泡了洋墨水的姿态摆足了,趁着没人来咨询的时间,她也多番研究了房地产法规,熟能生巧,再有人来咨询时,不至于内心慌乱。当然,背是不可能背得出的,她只能尽量做到精准翻页再解释。

　　这天,林希微让连思泽替她在工厂值班,因为杨兴亮喊她去出差。

　　这是个证券律师的交流会,在隔壁省同为经济特区的深城举办,还请了好几个不同国家的律师来。林希微一边挤着拥堵的火车,忍受车厢里难闻的酸臭味,一边忍耐着杨师兄一路不停的批评和唠叨,隔天到了会上,她才发现,财大气粗的主办方给每个律所的代表都发了一个便携电脑,用于记录会议内容。

　　而杨兴亮完全不会使用电脑打字。

　　杨兴亮不以为然,因为在场的律师也不止他一人不会用电脑,他能买得起电脑,已是国内同行里的佼佼者。

　　林希微轻声说:"杨律师,我觉得我们还是要学学电脑的。"

　　"你想抢打字员的工作你就继续学打字。"

　　"外国律师都会,我们不是想做高端的律所么?当然要向世界一流的律所看齐。"

　　"看齐你就学打字?"

　　林希微不接话了。

　　会议还没开始,主办方很有心,根据与会律师的饮食习惯,准备了不同口味的早点,中西餐都有,林希微发现了鹭城风味早点,拿了两个满煎糕、五香条,配上一碗加蛋花生汤,还顺便帮杨兴亮拿了咸味的炸枣。

杨兴亮嫌弃味道重，他眉头锁得紧："吃乎肥肥，装乎槌槌，做事不会光会吃，前几天你们吃自助也丢人，撑着肚子出门吧？饿死鬼投胎。"

林希微装没听到，自己吃掉那个炸枣，再去卫生间漱完口，正好赶上会议开始。

杨兴亮不碰这台便携电脑，他全程手写记录，不光写得一手好字，还下笔迅速整齐，自成一份卷面漂亮且有条理的手写文件。

会议共有三四种语言，杨兴亮因这一手好字，被其他境内律师委以重任，让他负责中文会议记录。

林希微瞥见我国港台发达地区的律师和外国的律师都在用便携式电脑打字，她问杨兴亮："我可以用电脑么？"

杨兴亮没空理她："你别弄坏了。"

林希微小心翼翼地打开了戴尔便携式电脑，摸索了一会儿，才开始打字。

会议上还有不同国家与地区的律师分享自己的职业故事，满脑子都是钱的林希微听到的都是他们的收入，日本律师说："月入三千美金。"

林希微凑近杨兴亮："我只有一千元人民币。"

香港地区律师说："年薪三万多英镑。"

她还没开口，杨兴亮就皮笑肉不笑："你在鹭城已经是高薪了，再啰唆，就恢复月薪三百。"

从去年开始，国内企业开始走向境外资本市场上市，而他们兴明今年才成立，几个律师都还没有证券律师资格，早已失去了市场先机。

这一瞬间的落差感是真实存在的。

台上的外国律师更是直言不讳，提到鹭城刚上的几只股票是政府强推的低端股，把杨兴亮给气到了，他身为鹭城律师，总觉面上无光，要不是林希微拦着，他当场就能装腔发飙。

他这口气一直憋到了会议最后，主办方找人来要会议记录。

林希微刚把杨兴亮的手稿传真给在鹭城的康明雪，因为杨兴亮不相信林希微的打字速度，毕竟她没上过五笔打字班，他宁愿多过一道传真的手续，让康明雪来输入他的手稿内容。

林希微跟来要记录的秘书解释道:"不好意思,我们需要时间来接收传真,打字秘书还在往电脑里输入。"

秘书皱眉:"传真?你们没用发的便携式电脑么?"

林希微不知道怎么解释。

"你们不会打字?"

大概是秘书的表情太过不可思议,本不以为然的杨兴亮只觉受到了歧视,他压着火气:"你当中文打字跟英文一样简单么?我有打字秘书。"

秘书没再说什么,去跟负责人汇报,外所负责人走了过来,疑惑地用英语问道:"不会打字,你们平时怎么工作?"

杨兴亮可以用英语进行基本沟通:"打字秘书会用电脑。"

负责人不能理解:"这是我们几十年前就淘汰的模式。"

杨兴亮脸色一下涨成猪肝红,好似被人当头打了一巴掌,负责人一走,他转身就把火气撒到林希微身上。

"做事慢吞,康明雪输完字了吗?去打电话催她!"会议室旁边就有电话,电话一接通,"康明雪,打字这么慢,你也不用干了,三十几岁了,回家生孩子去,孩子没保住,工作也不行!"

林希微不想跟他正面起冲突,只默默地把她做的会议记录打印出来。

等最后康律师把记录传真过来时,会议室的传真机意外卡纸了。

在杨兴亮开骂之前,林希微先道:"你发火没用。一,让师姐重新传;二,用我的这份,你先看看我的记录。"

杨兴亮知道她忙活了半天,但他看不上她做的电脑记录文件,只是主办方催得急,他只好先交了上去,这一通操作下来,他们这焦急慌乱的模样,显然成了会上小小的笑话了。

最后的大合照里,杨兴亮依旧板着一张脸,好像这样就能显得他有气性,而林希微对着镜头露出她在家中练习了好多遍的完美职业笑容,这是她参加的第一场证券律师研讨会,管他高不高兴,她高兴就行。

李从周也被客户安排住在悦华酒店,这是一家港资别墅山庄式

63

酒店。

他约陈淮越见面，是为了解决刚上市的鹭城百货集团的困境，时间定在下午三点，两点半前，他还有个金融证券报的采访。

但采访耽误了会儿，陈淮越到的时候，采访还没结束。

记者问到李从周回国工作的动机，李从周沉吟了下："官方回答是，考虑到职业前景和薪水，未来的方向会在亚洲区。"他双手自然地交叉，戴着黑框眼镜，斯文又干净。

"那非官方回答呢？"

李从周轻笑着："我是半个鹭城人，四年前我曾和家人朋友组团回闽寻根、参拜妈祖。"他说着，目光忽在某处顿了下，又道："如果非要再说个理由的话，吸引我的还有一个鹭城女孩。"

记者起哄了起来，但李从周不愿意再提供更多信息了。

陈淮越没走进去，他在外面的吧台边上坐了一会儿，几天的冷静期过去了，他早就没有那晚突然见到李从周的情绪起伏了，公事公办，他还不至于为了前女友，再继续失去理智和冷静。

李从周送走记者，才来寻陈淮越，温声道："抱歉，陈总，让你久等了。"

"没关系，没等多久。"陈淮越起身，甚至还为前几天的事道歉，"那天我妈回去后，还一直感谢李总的客气，说下次有机会再吃饭，定要让我给李总服务一次。"

"陈总也客气了。"李从周笑，"刚刚记者访谈超时，还好陈总耐心等我。"

都是话中有话。

酒店放着舒缓的音乐，两人往会议室走，陈淮越问道："李总听过这首歌吗？《星光摇篮》的纯音乐海洋曲，有人还挺喜欢听的。"

这个有人是谁，两人心知肚明。李从周也明白，他刚刚采访时的小心思，早就被看破了，陈淮越知道他看见他来了，才故意提起"鹭城女孩"，他也能猜到，林希微谈了四年的男朋友，就是这位陈总。

两人入座，李从周开门见山："陈总，鹭百涉及太多行业了，我们经过评估后，打算砍掉一些项目重组。"

"房地产么？"

李从周笑："是，鹭百打算撤出越程地产，房地产泡沫多少影响到了地产投资。"

鹭百只投了越程一百万，占百分之五的权益，撤出不算麻烦，陈淮越也有贸易公司，暂时不怎么缺现金流，他懒得跟李从周争执房地产行业未来如何。目前市场还未打开，就遇到虚假热潮，但迟早会再迎来新一轮的发展。

更何况，林希微才踏入房地产行业，总不至于就让她失业吧。

陈淮越离开悦华酒店后，还去了港口看他新拍下的物流仓储地，货车忙碌穿梭，挖掘机和吊机在其中打桩运作，鹭百不想做多元化，他做，贸易、运输仓储和房地产可以共生。

晚上，钟程一直邀请陈淮越去迪斯科舞厅ME-2，陈淮越不想去。

"伤风败俗。"这是他上次说给林希微的原话，他不想林希微去，那他自己也没必要去。

钟程拿着大哥大，在震耳欲聋的音乐声中大声吼着："你可别后悔，我看到林希微了！"

陈淮越开车去舞厅的路上，难免又想到今日李从周看见他后，才忽然提到一个女孩，他冷笑了下，他妈妈还批评他幼稚，到底谁更幼稚。

到了舞厅，钟程来接他，勾着他的肩膀："阿越，你今天见了那个香港来的李总了？鹭百真要退出？"

"大概率。"

"那李总怎么样？"

"他不看好房地产，目前房地产行业的风险的确不小。"

钟程从鼻子哼气："没眼光，走不长久，没胆识，小崽子就这样。"

这一句话听得陈淮越身心舒畅，但他偏偏一本正经道："阿程，我们是生意人，不做背后骂人的行径。"

"你吃错药了？"

林希微是陪康师姐来迪厅放松的，杨律师在会上受的气，一直到家中都不曾散去，隔日上班时，依旧挑三拣四："康明雪，你打字太慢，该招聘新打字员了,家中的长辈都想你回家好好备孕……"

他话还没说完,康明雪就猛地摔了她手中的杯子和桌上的笔筒。

杨兴亮被吓了一大跳,林希微也是第一次见到康师姐这样生气,但他面子重要,明明想息事宁人,瞥见张律师、朱律师的身影后,又冷冷道:"做不好工作,挨骂是应该的。"

康明雪没再说话,拿起她的包就出门了。

林希微正要追上去,杨兴亮大概也急了,背着人对她小声道:"你师姐对你这么好,赶紧去看看她要去哪儿。"

康明雪没去哪儿,就在律所大厦附近。她跑出来的那瞬间就不知道自己能去哪里了。

她看见林希微,语气还是很温柔:"希微,你别担心我,回去工作吧。"

林希微说:"我大哥每天去迪厅跳舞,每天都很开心,师姐,我们也去吧?"

林希微斥巨资请师姐去ME-2跳舞,但康明雪没怎么跳舞,一直在闷头喝酒。

康明雪沉默地喝完两瓶酒,才对林希微道:"我和你师兄家里都很着急,想让我生个孩子,毕竟30来岁了。可是律所才开,我怎么放得下。你师兄明知道我为这些烦恼,还拿这些话来刺激我,要孩子就不能应酬喝酒……"

她笑了一下:"希微,你今天被我吓到了吧?"

林希微摇了摇头,她觉得康师姐这时候也只需要一个安安静静的倾听者,他们夫妻两人十多年的感情,不是十多天,不是她一个外人可以掺和进去的,她现在说什么都不太合适。

康明雪轻声叹气:"都说夫妻俩只能有一人在外拼搏。"她大概觉得好笑,"家里长辈都要我回去,我就是疑惑,那我这十来年奋斗的意义在哪儿?"

她多喝了几杯,哽咽之后,也会为杨兴亮说话。

"你师兄也是压力太大,他爱面子,自尊心强。"

林希微玩着桌面上摆着的玫瑰,这才开口:"他太敏感了,除了老外觉得他不会打字奇怪外，国内的其他律师可没人笑他。"

钟程很早就发现林希微的身影了，他去接了阿越后，就又坐回了原来的卡座里，就在林希微的背后，他耳朵就没放下过，在"我和你吻别"的歌声中，聚精会神地想偷听女人间的私密话。

尽管听不清，但他也看清了，林希微跟他想的一样冷漠，人家都哭了，她一句安慰的话都没有，还不忘落井下石。

他转身趴在了林希微背靠着的沙发上，正好在她们两人的中间，还没出声，就被她突然往他鼻子上捅了好几下的玫瑰花吓到了，刺鼻劣质的香气让他连打几个喷嚏，林希微好像才知道是他："钟总？"

钟程："你故意的。"

林希微露出歉意的笑："钟总，我背后没长眼睛。"

钟程哼声："你长心眼了。"

林希微的确很早就发现了钟程和陈淮越，钟程也不再纠结，干脆利落地从后面的沙发跨了过去，坐到林希微和康明雪的对面。

康明雪喝得眼神迷离，已经认不清对面的人了，还以为是林希微点的那种不正经的男公关，偏偏钟程还对她露出灿烂的笑。钟程对自己的魅力还是很有自信的，就像吴阿嬷说的，他的阳光笑意可以抚慰每个心碎的女人，他也习惯了处处留情。

康明雪慌张了起来，拽着林希微的手："那个……希微，我只是跟你师兄吵架了，你，你别点这种男的呀……我只是来喝酒的……"

林希微："什么？"

康明雪正襟危坐，后背挺直，尽管眼前人影重叠，却一脸正色地对钟程道："大好时代，你怎么能出来做这个？你会开车吗，会打字吗？我们律所需要一个助理。"

钟程一头雾水，正巧身旁一个穿金戴银的富婆搂着年轻的英俊哥亲亲密密地走了过去，他只随意扫了一眼，就又听康明雪道："你不要羡慕，这是不对的。"

钟程福至心灵，气冲头顶："我没在卖！"

林希微忍不住笑了起来，她喝了点酒就会比平日放松，她靠着沙发背，抬头去寻刚走过来的陈淮越，在迪厅，钟程在，他也在，他还低头朝着她笑:"林律师,酒量不错。"

她有一瞬间的恍惚,以为还是1992年,他们还在一起,她喝完酒就等他背她回去,他就像现在这样,温柔专注地笑着看她,等着她心甘情愿地朝他伸手,毫无防备地交出她自己,可是现在不能这样了,他们已经分手了。她回过神,假装镇定地收回了手,仓促间,指尖却被玫瑰的刺扎了一下,她下意识想喊陈淮越的名字,又及时收住。

爸爸去世后,她就知道她只能选择坚强,但和陈淮越在一起的她,却惯会撒娇,还像长了反骨一样,就不给他下厨,反倒哄着他学会做饭给她吃。她在成长中吃了许多苦,谈恋爱就只想得到顺遂心意的快乐。

陈淮越拿了张纸走到她身边,不由分说地攥住她的手,拿纸按住她渗透出来的血。

钟程倒气:"血都干了,浪费纸,别做作了你们俩。"

一旁的康明雪已经睁不开眼了,她难受地蜷缩起来,靠在了林希微的身上,说道:"希微,我想回家。"

杨兴亮着急地在家楼下走来走去,他不能回家,不然他要怎么跟他妈妈讲明雪去了哪里,他也的确不知道明雪的行踪,这林希微穷鬼一个,连个寻呼机都不买,平时还记得借用律所的寻呼机,今天什么都没带,一离开律所就失联,他恨得牙痒痒,又觉得好脾气的明雪会这样闹,定少不了林希微的煽风点火。

等陈淮越的车停在他面前,再一眼瞥见两男两女的身影,他心猛地一坠,又是酸涩,又是怒上心头。

"明雪!"他很少见到康明雪喝醉,她总是有分寸,温柔体贴。

杨兴亮跑了过去,把康明雪搂到了自己的怀中,他闻到了她身上浓烈的酒精味,再看她现下醉醺醺的狼狈样,哪里还有半分像他太太?

可他连发火都不能。

因为他认出了陈淮越和钟程,挤出笑打了招呼,最终还是没忍住,瞪了林希微一眼,大意就是明天你死定了。

杨兴亮带走了康明雪,但还没走进楼道就控制不住脾气了。

"你看你还有个女人样么?等下妈妈骂你,我可不帮你了。"

陈淮越和钟程又送林希微回家，林希微坐在后座，静静地看着窗外，陷入沉思，眉间有隐隐的烦躁。

钟程忽然开口："你入伙夫妻店，也是够莽的。"

林希微没接话。

陈淮越给了不同的意见："不好说，很多企业都是夫妻做起来的，一样做得风生水起，夫妻店不是关键，关键是那对夫妻如何。"

"说的也是，反正利益至上，林希微不会吃亏的。"钟程从副驾驶转过身，"你刚刚不劝你那朋友，是不是就是怕利益受损，要是得罪了你们的杨主任，林律师，你工作就没了吧？"

林希微回过头，对他露出了微笑："是吗？那钟总可要小心了。"她现在心情有点烦躁，一身反骨，"听说钟总刚投资了一个茶厂，还没找法律顾问吧，钟总，考虑考虑我呀……"

钟程听到她的语气，起了一身鸡皮疙瘩，直言他要被恶心得跳窗了。

陈淮越没有出声，他从后视镜里看了眼靠着车窗坐的林希微，好像看到了几年前刚和他在一起的她，为数不多的几次聚会，她和钟程都会互看不顺眼。

林希微下了车，又是那个客气礼貌的林律师，她露出微笑："陈总，钟总，谢谢你们送我回来，我们几天后见。"

陈淮越和她的目光碰了碰，也很生疏："下次见。"

巷子口站着林玉梅，她本来是出来扔垃圾的，看见二女儿从四个轮子的车上下来，连忙躲了起来，再撞见就有点尴尬了。

林希微没说什么，只道："给我吧，我去扔。"

林玉梅藏不住话，跟在林希微身后好一会儿，还是问："是你哥说的你男朋友吗？"

"早分手了。"

"怎么分手的？是不是你哥害的？你们什么都不跟我说，急死我了，你哥当时是不是找人要钱了？你嫂子……"

林希微深呼吸："没有，是我和他条件差距太大了。"

69

林玉梅呸了声:"他嫌弃我们家穷?有钱了不起?哎……有钱是了不起。要是你爸还活着,是校长,时间再倒回几十年,他们这些侨民都是高攀了我们家的好成分!"她说着又有点难过了,骂起这短命的死那么早做什么,儿女都跟着受累。

没有喝酒的陈淮越又得任劳任怨地送钟程回去。

钟程下了车,没走两步,又回头俯身凑近车窗:"阿越,你该不会是想追回她吧?"

陈淮越没有正面回答,反问:"你要真不喜欢她,今晚通知我做什么?"

钟程轻哼:"我以为她要去潇洒呢,我兄弟还在为情所困呢。"

"我没有为情所困。"陈淮越声音很淡。

"嗯?"

"我只是觉得,结束得太突然了。"再晚一点,或许他就没那么喜欢她了。

陈淮越住的公寓里还有很多林希微留下的痕迹,他太忙了,还没空找人重新收拾装修公寓。他卧室的柜子里还留有他们的合照和恋爱纪念物。1990年他们去大梦山看熊猫姑娘巴斯,还买了吉祥物盼盼玩偶;他们第一次去思明电影院,看的是《妈妈再爱我一次》,他全程没看进去,只顾着给她擦泪;1991年除夕巴斯戴着眼镜上了春晚,她也戴着眼镜跟他在鹭江边散步,拿着拍立得很是新鲜。

1991年她说她想出国,但她并不占优势。

司法局更倾向于外派法学硕士或者语言学校的人才出去留学,她只是本科毕业,纵然大学期间英语成绩不差,但英语水平的确不符合出国标准。她家经济条件不好,年轻未婚,又因为是本省户口,很容易被怀疑有重大移民倾向而拒签。她大哥当时也不省心,失业几年,缺钱又要钱。

钟程最气的点就在这,若没有陈淮越的帮忙,林希微至少要多等几年才有机会出国,但她出了国就提分手,他一开始以为她蹬了阿越,是想留美嫁人拿绿卡,但她又回国工作了。

钟程看着那张两人在香港拥抱的照片,气从鼻孔出:"1991年!当时工程那么忙,你突然跑去香港一周,原来真的是去见林希微,你送她去香港上语言班是不是!还拍了这么多照片。"

钟程并不傻,这些照片里的林希微都特别主动,不是抱着陈淮越的腰,就是贴在他脸侧亲,甜蜜的爱意从镜头流淌。

只是谁知道又有几分真情?

钟程拿起相框,有张照片的底部还有字,用英文写明这是订婚的香港旅行。

"所以,林希微面签时,除了带上陈教授的担保和推荐信,是不是还拿这些照片去力证她有稳定的感情,未婚夫有不错的经济基础,以此来增加国内羁绊,减少签证官对她非法移民的怀疑?"

陈淮越只说:"物尽其用而已。"

钟程:"你家里人都不知道她,你们怎么订婚的?"

"没订婚。"

钟程深吸一口气:"难道是结婚?"

"没有。"

说到这,陈淮越脸色也不太好看了,因为林希微当时想也不想就拒绝了,虽然他也只是随口一提——已婚更容易排除怀疑。

钟程觉得陈淮越已经没救了,但是陈淮越却不这么认为。

"我给她的这些东西,都是我随意就能给出的,她想要什么,也没骗过我。"

钟程还要说什么,陈淮越笑了下:"你不也给你那些女朋友买车买电话买包么?只是林希微她想要的不是这些,你投出去的钱,换来的美丽转瞬即逝,但她换来了现在的林律师,她成功了,才无限放大了我对她的帮助。"

钟程在这一瞬间,好像被说服了。

"好像是?"他有些蒙,"语言费应该没有一个手袋贵……那你不能随便给出的是什么?"

钟程上下打量陈淮越,笃定道:"我看你肯定什么都给她了!"

林希微不知道过去的那段恋爱,对陈淮越来说算什么,但对她来说，除了短暂的快乐外，余下的都是自我怀疑、责怪、自卑和患得患失的负面情绪，她渴望一段平等的爱情，但只要她没立起来，他们之间就永远不可能平等。

恋爱的那几年，他们的感情瞒着双方的家长，他身边总有家里介绍的门当户对的对象。他对她很好，但也从不掩饰他对她家庭的不喜欢，甚至是轻视，他没有错，他的确能将她从这乱七八糟的家庭里拯救出来。

但她不要这样的拯救，他否定她的家庭，可她就生在尾厝村。说她不知好歹也罢，忘恩负义也行，或许陈淮越至今都不知她说分手的导火索，只是他当成笑话说的那句话。

"你大哥说他把你给我了，只要一辆拉达的钱，希微，他拿你来换，那我买单了。"

她不知道怎么描述那种难堪、失望，异国求学的压力、数月的失眠和眼疾的疼痛都倒向了她。

"你买我么？陈淮越，我跟你说过很多次，不要给我大哥钱，他找你，你只要告诉我就好了。"

她没有资格怪他，但她不会再谈这样难堪的感情。

林希微骑着自行车，十一月了，鹭城也有了秋日寒意，风吹得她眼睛微微刺疼，她路过了即将封顶的越程大厦，要去越程的白鹭花园别墅区。

白鹭花园小区门口设有销售接待厅，门口站着保安，林希微笑道："您好，我是兴明的律师，今天来做购房准备工作。"

保安带林希微进入接待厅，陈淮越正在里面接待买家，正是林希微的老客户，柳总和王总，他们来签认购单和提交定金。原本相谈甚欢的几人，看见林希微进来后，笑意都微微一顿。

柳月欲盖弥彰地轻咳了下："林律师，真巧。"

王总不以为意："林律师。"

"柳总、王总，下午好。"林希微的目光落到了两人身旁的乔安临身上。

她离开侨办法律中心后，留在中心的乔安临完美地接手了她的老客户，赚得盆满钵满，柳总上回还说买房要找她咨询，现在看来，这笔咨询费还是让乔安临赚了。

乔安临人逢喜事精神爽："林律师也带客户来买房？"

林希微笑："乔律师，我给越程做顾问。"

乔安临显然是惊讶的，他在法律中心如鱼得水的这三个月，可是听说了林希微四处碰壁的惨状，他内心是有隐秘的欣喜的，两人在法律中心争了许久，结果向来精明的林希微做出了错误的选择。

乔安临："原来越程的律师是林律，柳总原本还担心律师水平不够，现在可以放心了。"

林希微听出他在炫耀他抢走了她的老客户。

她没接话，只转眸看柳月："还得多谢柳总把我引荐给陈总。"

柳月应声："那也是林律师凭本事拿下的。"

乔安临脸上的笑意僵了一瞬，原来这业务还是柳总介绍的。

陈淮越不耐烦听这几人的曲折官司，笑意不达眼底："乔律师还有什么法律问题的话，可以先准备好，等后天签订购房合同时，再咨询林律师，林律师会在这里接待你们。"他目光微转，"柳总、王总，林律师和你们是旧人，应该不用我再介绍吧？"

柳月笑道："陈总说笑了，林律师，我们后天再见。"她的确没想到，林希微真的会拿下越程的项目，毕竟那天晚上，陈总的态度很冷漠。

等柳总他们走了，林希微坐到了陈淮越的对面，两人核对购房流程。

林希微说："签订合同前，我需要验证买家的身份证件。"她上月在电子厂卖内销房，只要核对身份证就行了，"但港澳台同胞还要带同胞回乡证，需要核对一致性。"

陈淮越点了点头，他的秘书已经给林希微收拾出一个办公桌，他下巴微扬，示意她："你明天开始，在这值班。"

销售代表把已签完的认购单给林希微："林律师，具体的签订日程安排，需要你和买家来协商。"

"好。"

73

陈淮越也道:"你打电话时,别忘了告知买家,需要携带的具体证件。"

林希微已经有过电子厂内销房的经验,现在对这些卖房法律流程已经相对熟悉了,唯一不同的是,外销房有外国人买家,她还得负责翻译。

林希微说:"陈总,法律翻译的费用本来该由越程或买家来出,但我们第一次合作,这部分的费用,就当是赠送给越程和买家的一个见面礼,我会在律师账单中标明无须付款。"

陈淮越抬了抬眼,见她如此郑重其事,就是要越程地产承她一个恩情,他笑了下:"那多谢林律师的大方了。"

"陈总不客气。"她真心实意地笑,眼里倒映着他的轮廓。

不知是不是听多了,原本厌烦她一声声的陈总,这一刻也在他心里,轻轻地泛起了涟漪。

陈淮越还有别的工作,后面的任务就留给林希微和销售代表对接。

林希微工作了一会儿,就斥"巨资"去附近咖啡厅,买了两杯咖啡和两个奶油蛋糕,请销售代表喝下午茶。

销售代表接触过这些买家,对这些华侨和外国客户更了解,林希微想得到一些非资料所写的官方信息,销售代表喝了咖啡后,便笑眯眯地同她分享起细而微的买家特色。

"这个日本买家,他英语不是很好,还有点傲慢,这个是美国建东银行鹭城分行的经理,他签名怪里怪气的,不知道在写什么,有个香港买家,还问我能不能贷款,真是为难我,我没听说这样的呀,谁不是全款买房的呀?这个做生意的特别迷信,难缠!"

林希微目光真挚,听得十分认真。

销售代表用跳跃的方式讲完后,有点不好意思了:"林律师,我这些信息有用吗?"毕竟吃人嘴软。

"很有用,谢谢你。"

凭着这些信息,林希微能预估到一些客户会带来的法律问题了,涉及外宾的部分,她要先咨询下对应的政府部门。

傍晚六点半,林希微收拾东西,准备离开,她皮包里装了个信封,她垂眸静静地盯着信封好一会儿,把它取出来,捏在手心中。

里面是两千块,十一月份该还陈淮越的钱。

她刚刚听销售代表说,陈淮越还没离开,林希微走出接待厅,看见陈淮越的车正准备离开,她快步走了过去。

陈淮越熄了火,目视着前方,脸上没什么情绪,等她走到他面前,才偏头淡笑:"林律师,有什么……"

声音戛然而止,他瞥见了她递过来的信封,他每个月都能收到的晦气信封。

林希微说:"陈总,这是这个月的2000元。"

"看来林律师卖房赚到钱了。"他冷冷淡淡的一声笑,"怎么是林律师亲自来送,林鹏辉不来送了?"

"大哥最近有事要忙。"

林希微的信封捏在手中半天,陈淮越都没有要接的打算,他神色冷漠:"这钱跟你没关系,是林鹏辉跟我借的,你让林鹏辉来还给我。"

"我替他还,是一样的。"林希微语气温和,"我和他是一家人。"

"一家人,你不累吗?林希微。"陈淮越冷笑了一声,"你打算一辈子拖着你家里另外三个人活着吗?现在是五个人,林鹏辉结婚生子了。"

"这笔钱,是他以我的名义朝你借的。"林希微不想跟他争吵,"陈总,这钱你收下吧。"

"林律师,这两千块你该去买个私人寻呼机,接下来的售房业务,我不希望联系不到我的律师。"

他说着,要重新启动车子,林希微怕他真的开车走,犹豫了下,想从车窗把信封给他,但信封口没封好,动作一急,钱撒了陈淮越一身,他下颌线紧绷,抿直唇线。

正好销售代表也要离开,瞧见了这一幕,好多钱掉落。

她刚刚才接受过林律师的小小"恩惠",心想,这林律师还真是吃了熊心豹子胆,连陈总都想贿赂,但她还是第一次见到有人行贿,像是拿钱羞辱人的。

白鹭花园下班的人越发多了,陈淮越的车子堵在这儿,不少好奇的目光望了过来,他闭了闭眼,只对林希微说:"你先上车。"

陈淮越把车开到附近华侨酒店的地下停车场，他熄了火，这才低头看散落在他大腿和座椅上的钱，他说："捡起来。"

"我？"副驾上的林希微看了钱掉落的暧昧位置，觉得荒唐，她要怎么捡？

陈淮越勾起唇角笑："林律师，这钱是你扔的，你就没半点歉意么？"

第三章
其实她很会爱人

"这钱是林鹏辉的，你去找他捡吧。"

林希微收回了视线，她脸上的笑意也消失了，她抬手看了看时间，也冷淡了："陈淮越。"而非客气的陈总。

这似乎是重逢以来，她第一次主动喊他的全名。

陈淮越下意识地应了声。

林希微有心要讲清楚，整理了下思绪，再转过头："我们谈谈好么？"

前两年的通讯比现在更不方便，分手后彻彻底底地断联，是一件很简单的事情。更何况，那时候他们还相隔万里，打个电话双向收费，她交不起租住公寓的私人电话费，都是用公共电话给他回电。

林希微狠下心之后，陈淮越就再也联系不到她了。

陈淮越也的确想听听，林希微想要跟他谈什么。聊当初分手的理由，谈她当时对他说出了多么荒诞的话，又多么轻易地切断了和他所有的联系么？

她回国后，他也在鹭城，但她从没想过见他，她一回国，就逼林鹏辉把拉达车还给他，他没同意，后来才变成了每月还一次的债务。

她在侨办的工作顺风顺水，留学前她就积攒了一批关系友好的客户，留学经历又给她添了许多光彩，还得中心领导器重，手上的业务多到做不完；如果不是她开始创业，她也不用再到处攀关系找到他头上。

在啤酒节上重逢，陈淮越是真的想过，就这样吧，既然分手闹得那样不愉快，她都说不爱了，他又何必纠缠。

现在坐在他车里的林希微，又是那副冷静的模样。她总是擅长伪装，似乎是天生的微笑唇，即便面对数次暗地里针对她的对手，她都能保持笑意，更何况只是他这个她早就不在意的前男友。

直到她离开后，他才后知后觉地意识到，在外人看来，是他主导着两人的感情，但事实恰恰相反，由她的那封传真开始，从她的那通电话结束。

林希微其实想过，如果说出那句话的人，不是她爱的陈淮越，只是越程集团的陈总，她还会那样介意么？

答案是，不会。

当陈淮越不再是她要爱的人，她对他就只剩下感激和愧疚。

林希微的声音很平静温和："淮越，当初是我不对。"

她的这句话刚说出口，陈淮越的眼皮重重一跳，握着方向盘的手指不自觉地攥紧，这一句话他在梦里听到过很多次，她坐在他的怀里，仰头跟他说，是她不对，她后悔了，她才不想跟他分手。

但明显，她今天想说的不是这个。

"分手时我说了不少难听的话，很抱歉没能大大方方地分手，还对你乱发脾气，我知道你是出于好心，才借钱给我大哥买车，也是我大哥一直在烦你。"

"恋爱快四年，这四年里我受到你很多照顾和帮助，我对此也非常感激。那四年我也很快乐，因为我跟一个很好很好的人恋爱了，如果没有你，1992年我不会那么顺利地过签留学，你付出了那么多，最后反倒成了我攻击你的理由，我大哥找你买了车，我还说我不需要这样的帮助。"

她自己都觉得可笑。

林希微继续说："但不管怎么样，我作为中间人，有责任替大哥还车债，我一开始让他把车还你，是我想差了，拉达车对你没用，又被大哥使用过，淮越，我也很感谢你，同意我们按月慢慢还债。"

感情的事情讲得差不多了，林希微自然而然地过渡到再合作的事情上。

"知道陈总做生意向来在商言商，公事公办，但我也很感谢你，没有因为私人恩怨，而不给我们律所任何合作的机会。"

陈淮越静静地听着，听到了最后，他甚至怀疑起他的中文听力水平。

因为他没听明白林希微的意思。

她的核心思想就是，他是个很好的人，对她很好，对她那不务正业的大哥也很好，对重逢的"忘恩负义"的前女友也一样按照合作标准给了机会。

那她分手的理由是什么？

陈淮越能想到的，就只有她分手时说的那句话了。

"我已经分不清对你是喜欢，还是亏欠，陈淮越，我看不到你值得我爱的地方了，跟你在一起，我很痛苦，是我配不上你……"

因为不爱了，所以他做的一切就都是错的了。

"不知好歹。"陈淮越面无表情地说道。

当初在他们的分手电话里，他也说了这句话。

林希微怔了一下，林鹏辉也这么骂过她，就当她是不知好歹吧，做业务、读书留学、工作创业，她都可以放下尊严，但恋爱中她不想；没有恋爱不会死，但没有工作她会饿死。

陈淮越很好，只是他们不适合，就好像到现在，她想坦诚对话，却也没勇气再跟他提起她真正介意的地方，因为他不会理解的，也不需要理解。在大时代的变迁下，他站在了比别人都高的地方，他的祖辈为他奋斗出这样的起始高度。

她原本也是有她的爸爸的，爸爸去学校教书，抱她在手上，给她买糖吃。她和大哥能穿上干干净净的海魂衫和小白鞋，爸爸会做假领子，会教她写字。爸爸去世前，他的学生去参加高考了，那时大家都扎堆去中专念书，他说我们希微以后也会是个大学生。

她和大哥答应爸爸，要像爸爸一样，照顾好妹妹和妈妈。

林希微说完了这些话，想下车，陈淮越没看她，却锁上车门，淡声道："我送你回白鹭花园，你可以骑自行车回去。"

"好，谢谢。"

车内的空气有些沉闷凝滞，陈淮越一直没开口，沉着一张脸，眉目间有隐隐的烦躁，他就在这里一圈又一圈地绕路，短短几分钟的路程，却好像怎么也开不到终点。

林希微也发现了，她抿了下唇。

"所以你到底想要什么？"陈淮越猛地把车子停在了路边，这个路段的车子很少，行人也不多。

"林希微，我是真的没懂过你，我们好好的，就一年，你留学回来，一切不就跟以前一样么？你现在想要的一切，一样都不会少，你创业，我甚至可以提供起始资金，你现在也不用受那个合伙人律师的气！"

"现在不用受气，以后就不用么？你也是合伙创业起来的，律所的一切制度都在探索中，有磨合很正常，就算不受合伙人的气，一样会受客户的气。"林希微顺着他的假设说下去。

"他们的气你能受，我的气你就不能受了，是吧？"陈淮越冷笑，"我是上辈子欠你了。"

"那我是天生受气的吗？"林希微浅笑着反问他，"那恋爱为什么不能你来受我的气？"

这个问题的角度很新奇，陈淮越已经气得无法思考了，他被"气来气去"得太阳穴直抽痛，把车子开回了白鹭花园。

林希微下车，他顿了顿，也面无表情地解开安全带，跟着下车。

林希微问他："你干什么？"

"没干什么。"

林希微不想理他了，她现在要赶回家吃晚饭，大嫂说今晚做大餐，庆祝她成功开始新事业。

陈淮越看着她的身影，他身体里有翻涌的、不明不白的情绪，她对他肯定是重要的，有多重要他不知道，但他不想再跟她当陌生人了，和好也不必，她不想谈爱了，那他也不必在意了。

他只知道，如果她今天就这样离开了，他今晚肯定会气得睡不着，闷在被子里，又暴躁得起来喝醉，喝完再发疯，深夜手写一封又一封的、没能寄出的求和信。

林希微刚跨上自行车，正准备骑走，就觉得后座一沉，她的腰上有双紧实有力的手搂住了她，车身摇摇晃晃，她皱眉转头，搂住她腰的人还有脸训她："林律师，好好骑车，别把你的大客户摔了。"

林希微怕摔下，为平衡住自行车，还真的只能被迫着往前骑。

"我要回家吃晚饭，陈总。"

"我也饿了。"

"我没钱。"

"我请你。"

"不用，我家里人在等我吃饭。"

"那我也去吧，林鹏辉在家吧？他应该很乐意请他的大债主吃顿感谢的饭。"

今天陈淮越的大哥大就在腰上显摆着，他安坐在后座，打电话让寻呼小姐给林鹏辉的寻呼机发信息。

林希微在保安亭把自行车停下，想让他下车，却推他不动："你下车。"

陈淮越英俊的面孔上神色坦然，笑得风轻云淡，却不作声。

保安不知道会不会有人相信，他看见陈总穿着板正的西装，跨坐在林律师的自行车后座上，还跟怕摔一样，死死地搂着人家林律师的腰。

林鹏辉一收到陈淮越发来的消息，立马找公共电话回电了："妹夫啊，你说你要来家里吃饭吗？哎哟，来来来，我去买点啤酒，今晚我们好好喝，你阿嫂今晚做大餐，你有口福了，本来要庆祝希微开张、小薇找到新工作的。"

他很热情："妹夫，要不要我去接你，上一回你坐我车，还是我刚提车的时候吧，我车子爱护得可好了，没辜负你的一片好心。"

陈淮越不让林希微抢他的大哥大，平静道："林希微不让我去。"

"她怎么这样！你放心，这个家我做主！"林鹏辉义正词严，又不知想到了什么，声音小声了点，"那个……林希微不在你旁边吧？"

"在。"

"信号不好……妹夫，挂了哈，我去接你。"

林希微和陈淮越都坐上了林鹏辉的出租车，一路上都是林鹏辉一人在说话，偶尔林希微说一两句，陈淮越很少开口，偏偏林鹏辉好像感受不到冷落，就爱觍着脸跟陈总套近乎。

"你别叫他妹夫了。"

"妹夫都没说不让我叫。"

"他觉得你烦人。"

"我也觉得我有点烦。"林鹏辉不以为意，"我老婆也觉得我烦，我妈也觉得我烦，哎呀，我真是天生烦人得很。"

"没趣。"林希微没控制情绪，忍不住笑了下。

林鹏辉从后视镜看了她一眼，也勾起嘴角："笑就对了嘛，希宝，你放心，我跟妈说，这是我的朋友来吃饭。"

林希微也想通了，虽然不知道为什么陈淮越要来，但他来就来吧，她家里就这样，他受不了自己走就好了，但大哥好像跟陈淮越来往得越发频繁了……

说来讽刺，恋爱快四年，没来过她家里，分手一年多，反倒来了。

陈淮越下了车，跟在林希微的后面，进了巷子，不是晒在头顶的裤衩子，就是堆积在角落的蜂窝煤。院子里除了林家，还有另一户人也摆着小饭桌在吃饭，他们先跟林希微打了招呼："希微，今天下班早喔！"

然后，他们才看到跟在林希微身后的陈淮越，尽管这个西装革履、英俊绅士的年轻男人跟尾厝村并不搭，但同希微还是很般配的。

邻居阿婆很自然地开口："希微的男朋友来了，是个英俊哥喔。"

陈淮越没什么表情的脸上，闻言浮现一抹转瞬即逝的浅笑，他也换了方言："阿婆，吃好啦？"

阿婆点点头："你哪里口音喔？不是鹭城本地的。"

"嗯，我小时候在新加坡，混合的口音。"

"我大姐几十年前也嫁到新加坡。"

陈淮越因为家中的两位老人，对年迈和蔼的阿婆向来亲和："是蛮有缘分的。"

"是有缘分咧，希微以后也要嫁到新加坡咯！"

陈淮越还没接话，林希微立马澄清道："阿婆，他不是我男朋友，是我大哥的朋友。"

阿婆笑得双目眯眯:"年轻人面皮薄,无关系的,蛮好蛮好,阿婆在外面不乱讲话的。"

陈淮越只是笑而不语,心情渐好,眼里笑意更浓。

方敏还在炒最后一道菜,没空招呼客人,林玉梅带着林绮颜走到院子里,看着陈淮越,隐隐觉得熟悉,像是那晚乌漆麻黑,她在宗祠前看见的希微前男友,但前男友来家里做甚?不可能的。

林鹏辉很快就买了啤酒回来,几人在院子里坐下吃晚饭。

狭窄的、拥挤的、吵闹的,蚊虫在黑灯下飞舞,林希微在桌子下点了盘蚊香驱虫,白烟萦绕,香灰落地。桌面上的家常菜比较简单,林家人吃饭也算讲究干净,唯一不太有分寸感的就只有林鹏辉和他女儿。

林鹏辉几杯酒下肚,就过分亲昵地搂起了陈淮越的肩膀,给他舀了姜母鸭汤,夹了糖醋肉,又倒了满满一杯啤酒:"尝尝我老婆做的风味。"见陈淮越还穿着西装,他"啧"了一声:"喝啤酒穿西装多没趣。"

陈淮越低头扫了眼林鹏辉的手,忍着没推开他。

林鹏辉转头吩咐:"绮颜,给你二姑丈脱西装!"

林绮颜才三岁,最喜欢给大人帮忙做事了,跳下椅子,奶声奶气:"姑丈,姑丈……"

方敏夹菜的动作一顿,林玉梅和林小薇猛地抬头,盯向了陈淮越。

林希微狠狠一脚踢在林鹏辉的腿上,但露出痛苦神情的人却不是林鹏辉,陈淮越偏过头,勉强挂着礼貌的笑:"林律师,你踢到我了。"

林希微只道:"大哥说醉话了。"

林绮颜已经在给陈淮越脱西装了。陈淮越对小孩的耐心有限,这个是林鹏辉的小孩,更不讨他喜欢,但林绮颜生得可爱,又很像她的二姑姑,笑得甜美。陈淮越走了下神,已经配合着脱下了西装,还顺手摸了下她的头发。

家里的其他人才知道林希微默不作声辞了职,出来创业了,这两三个月收入还特别不稳定,一直到上个月底才有了好转。

林玉梅也不好再骂她什么,只难免抱怨:"好好的政府部门不待。"

"就是,我早跟她讲了,不要看别人做什么就跟着去做,也要看看自己行不行,她在中心,一月奖金加工资五百多,这还没算她案子的提成呢,跟她那个师姐做,合同写一千块,最后只拿三百。"林鹏辉喝了一口小酒,啧啧摇头。

林希微说:"别听他乱讲,现在工资是一千块了。"

"不知道律师能干吗。"林玉梅叹口气,"像你爸那样,当个老师多好。"

方敏也有点担心:"那希微,你有没有钱开律所?跟你大哥要,让他好好赚钱。"

林鹏辉哪里有钱:"你怎么不让林希微晚点出来开律所?"

"二姐肯定有她的道理啊。"林小薇翻了个白眼,"那你怎么不等你攒到钱再去出租,废柴不要讲话!"

"林小薇,你是你二姐的狗咧?"

"我要是狗,我第一个咬你,二姐当初要出国,你也不让。"

"因为我们家穷!"

"那你天天去跳迪斯科?"

陈淮越没有开口,他不习惯林家这样吃饭还激烈吵嘴,唾沫飞溅的场景。他倒没觉得林希微这样的决定有什么错,法律中心内部的纷争并不少,她能不能往上继续升,还要看关系;但她家孤儿寡母并无关系,占据政策优势,跳出来闯荡反倒更好。

林希微安抚林玉梅:"全国已经有上百家这样的律所了,但我们鹭城没几家,业务就那么多,我们先做了,就先占市场咯。"

"就是,二姐跟我说咧,她要做一个老外做的那种国际百年律所!"林小薇夸大其词道,"就二姐以前在美国那个律所,整栋楼都是他们的,好多电脑,几千个律师,大楼里还可以游泳,大哥,你连听都没听说过吧。"

"吹牛!"林鹏辉嘴上说着不信,手里却让所有人一起举杯庆祝,"为林律师干杯!妹夫,你也来!"

陈淮越笑着碰杯后,最终没喝这杯酒,林鹏辉干杯的时候,把他自己杯中喝过的啤酒都晃到了他的杯中。

第二天，林鹏辉送林希微到越程地产的白鹭花园停车场，把方敏准备的午餐饭盒递给她："你阿嫂做的，她对你好吧。"

林希微："所以你要对她好点，别伤她的心，小心她跟你离婚。"

"乌鸦嘴，孩子都生了，她怎么离？"林鹏辉用手抓了抓头发，抹上发胶，坐在车内对镜欣赏，"我这么英俊，你阿嫂爱的就是我的脸。"

"你以后跟陈淮越保持距离吧。"林希微下了车，在车门处站定了会儿，转头又对着车内的林鹏辉开口道。

"干吗？他都来我们家了，多好的男人。"

"他昨晚没吃什么东西，没喝酒，也不怎么说话，根本不适应，他跟我们就不是一路人，你看不出来么？"

林鹏辉看着她："你们分手就因为这？你这爱可真脆弱！说不爱就不爱。"

林希微睫毛轻轻地颤了颤，深呼吸："是啊，所以你不要再去骚扰他了。"

等大哥的出租车离开后，她才看见楼盘停车场还有一辆皇冠车，这是钟程的车，陈淮越站在皇冠车旁边打电话，微微蹙眉，神色不悦，连余光都未曾扫向林希微。

钟程似笑非笑，林希微扯起笑容，若无其事地跟他打了招呼，转身回接待大厅开始今天的工作，准备联系客户和房管局，一早上都在打电话，中午匆匆吃了几口嫂子做的饭，就又开始下午的任务。

钟程来找林希微，见她还在忙，便站在门外抽了一根烟，林希微、连思泽跟销售代表确认完流程细节后，连思泽说他回律所取传真件和印章，销售代表去接待新来的购房者。

屋里只剩林希微，钟程才走了进来："林律师，陈总派我来核验你。"

林希微把资料递给他。

钟程低头看她做好的备注，念道："合同签名要用墨水和钢笔，不能用圆珠笔，油会洇开，收到传真件要尽快复印，热敏纸消字，注意外国人的签字必须和护照上一样……"

他挑刺："形式主义。"

林希微："这么说也可以，形式细节是律师工作中很重要的一环。"

钟程笑了笑，俯身撑手在桌面上，问她："那注重细节的林律师，知不知道你昨天干的事，害我们阿越损失惨重？"

陈淮越的桑塔纳还停留在昨天傍晚停的位置，但这辆价值二十多万的车，车窗玻璃上有两个巨大的破洞，连方向盘都被人偷走了。陈淮越喊来了汽修厂的人来拖车，他沉着脸站在一旁，看着他受损的爱车像个破烂一样被拖走。

他察觉到钟程走近，说道："停车场后面那块围墙得先封起来，也得再加一些夜间安保。"

林希微看着那辆桑塔纳，没明白，他的车被人砸窗抢了，跟她有什么关系。

钟程忍着笑："昨晚阿越的车里散落了一座椅的钱，白鹭花园还在施工嘛，人来人往很杂乱，谁能经受得起金钱的诱惑啊，车不被砸就怪了，林希微，听说钱是你的啊，罪孽太大了！你得赔阿越一辆新车。"

林希微沉默了一会儿，坚定不能再背负债务，说："钱是陈总的。"

正巧连思泽取完文件回来，他下了出租车，手上抱着一大沓文件，匆匆忙忙跑了过来，轻咳一声："希微，杨律师让你有时间回律所一趟。"

最近林希微都在外面值班工作，就是不想回去挨杨兴亮的骂。

林希微应声好，从连思泽怀里接过一部分文件，几人回到接待厅，陈淮越和钟程坐着等秘书买咖啡过来。

钟程没事干，又像刚刚那样要审查工作，问道："这些我能看么？"

连思泽看了眼，觉得没什么问题："那叠都是白鹭花园相关的。"

钟程随便看了一会儿，突然发现了一张奇怪的传真，是传给林希微的，但跟工作没什么关系。

"希微，很久没有收到你的回信了，电话联系好像也不太方便，律所秘书说你最近不常在律所，想起你在纽约给我发过传真，便贸然给你发了传真件，若你看见传真，还望回电。李从周。"

陈淮越就站在钟程旁边，他看见了这封传真，手指微紧，沉默半响，忽地轻笑一声："林律师，你也给他发这样的传真件么？"

他的卧室柜子里还收藏了一叠这样的传真复印件，都是从前林希微发给他的"情书"，这是他们的开始。

这个问题问出口后，他却不愿再听，他确定自己不能承受她说"是"的回答，那等于否定了他们的过去，任何一人都可以在她那儿取代他。

他耳畔都是家里那只和尚鹦鹉循环的话：坏女人，这女人是真的坏。

接下来的半个多月，林希微都没再见到陈淮越，和她偶尔有工作对接的人也是钟程。

她和钟程相识本就是因为陈淮越，没有了陈淮越，钟程也只同她公事公办，并没有私下的接触。

林希微也忙到没空去想这些琐碎的事，她的生活彻底被商品预售房占据了。

每天睡之前都在思考总结今天遇见的问题，睁开眼就匆匆忙忙赶去卖房，就她和连思泽两人，忙得晕头转向，连着十来天都没有休息，两人眼下都是两团青黑，重复着流水线作业。

连思泽负责打印合同、核对信息、接待客户，收集客户的问题，同房管局沟通传话，把合同送去备案，防止开发商一房多卖而引起纠纷。林希微负责和买家讨论合同细节，引导买家签字交钱，给出令他们信服的回答，还要同越程的出纳一起核对金钱，等银行把钱取走，他们才能下班。

两人就只有吃饭的时候，能短暂地喘口气。

林希微先喝了一大口水，她说："感觉又当律师，又当销售顾问，又当会计的。"

连思泽胃口不佳："我们今天还有几个客户？"

"早上签了六单，下午还有十个。"

连思泽心脏骤停："又要签到晚上十一点多么？"

林希微给他打气："我们早上赚了快两千美金呢！下午再干干，今天就有四五千了！连律师，振作起来！"

这时候的交易都是现金交易，买家签了合同，就要立马交钱，连律师费也是当场结算，林希微扒了一口饭，把装律师费的盒子拖到了两人的面前。

连思泽累到沮丧："也有可能嘴巴讲烂，下午还一单没成。"

因为买家是千奇百怪的，林希微像个陀螺一样辗转在不同的客户之间，她的老客户待她傲慢，新客户难以轻易信任。

王总带着乔安临来咨询了四回了，他的钱，林希微一毛钱都没挣到，还吃了一肚子气。

"乔律师都说可以用圆珠笔签字，房管局也没明确的规定，为什么一定要用钢笔？算命大师说我最近不能碰钢铁金属，凶兆啊！香港都可以用圆珠笔，我们生意人不得不忌讳。"

乔安临只问林希微："林律师，麻烦你给纸质证明。"

"乔律师，圆珠笔会洇油啊！"林希微咬牙切齿地笑，"王总，您信奉妈祖，是吗？"

房管局流程复杂，不肯单独给出纸质证明，但遇到圆珠笔签字的合同就退回来。林希微被折磨得受不了，最后听嫂子的话，请了尊妈祖的像摆在了王总面前，拿羽毛沾钢笔墨水，请王总做笔签字，露出甜美的笑："王总，妈祖保佑你。"

几个老外的签名也把林希微绕得头晕，房管局一开始要求他们签中文名字，但几个老外都不会写，最后同意他们签署本国的名字，又有几人签了艺术签名，鬼画符一样都是波浪线和爱心，他们说在海关时就是这样签名的。

林希微原本想就此做一下外国人签名有效性的法律研究，然后再去说服房管局，但越想越气，干脆掏出红泥印："麻烦你们再补个手印。"

总算是万无一失。

这天下午的十个客户里，有一个是上回杨兴亮和林希微去参加的证券律师会议的外所负责人。

他看见林希微会用电脑，就露出了恍然的笑："我记得你，林律师，上回那一份会议记录是你整理的。"

林希微点了点头，笑着同他打招呼。

他很满意："不会电脑就等于要被淘汰。"

林希微熬夜太久，脑子都有些迟钝，没什么精力再去热情寒暄，就只礼貌性地微微一笑。

他看了林希微桌面上的摆件，有林希微的哥大毕业照、鹭大毕业照，还有她在纽约大所实习的工作照和她上个月跟许总卖房的合照。不懂也要装懂，不行也得说行，总之吃了上回元祥电子厂卖楼的亏，不论如何，自己不能露怯，她还放了几张她和以前的外国客户的合影，她在侨办得过的荣誉奖项。

任谁看了不感慨，真是个优秀的律师。但是不是货真价实，也就林希微自己知道，她不太懂建筑，不懂施工，也不清楚客户咨询的装修流程，甚至有些法条，她也都处在"正在懂"的阶段。

负责人没有签字的意图，却提出了一个请求："林律师，我现钱不足，能不能帮我申请贷款？"

林希微糨糊一般的脑子瞬间清醒了，她和连思泽对视了一眼，保守道："我们会去咨询一下的。"

晚上九点多，银行来取现金了，林希微一边揉着酸痛的手，一边盯着那几箱被拉走的钱，她在思考，她之前就想过的按揭贷款实行的可能性。

鹭城并非没有先例，只不过之前是国际银行贷款给陈淮越这样的发展商用于开发，陈淮越将大楼的设计图纸（即楼花）交给银行，用于抵押。

"思泽，香港楼花按揭已经实行很久了。"

"希微，太冒险了，我们银行怎么可能借钱给个人？而且我们就这几个人，做不来这么多事。"

"招人。"林希微累得眼睛酸痛，又去抱那个装律师费的盒子，"我们需要招新秘书、新律师，最好是懂建筑的人。"

"杨律师会同意么？"

"分团队工作吧，我们赚到钱了。"

但这时的林希微并不知道，她决定招人的举动，竟会导致兴明内部第一次小小的分裂。

要做按揭，就必须要见到陈淮越，本来找钟程也是可以的，但钟程听了就皱眉："太麻烦，没有现钱不卖他就好了，阿越去香港卖房了，白鹭花园的主要销售地还是在香港，香港那边都卖了好多套了，也不缺这一套两套的。"

他严肃地盯着林希微："你同我说这些没什么用，我一般负责外贸生意，房地产我不怎么懂，但我发现，林律师，你不懂，胆子还大，按揭那可是空手套白狼啊？"

"香港和国内的几个城市，按揭制度都实行得挺好，华侨和外国人有稳定的高收入，鹭城银行不见得不同意，能贷款，就一定能让别墅售罄，再带动新楼盘的畅销，钱流动才能生钱，很多商人就算有现钱，也不愿意把钱困在固定房产里。"

钟程不想理她。

林希微只好道："那你把陈总的香港号码告诉我。"

钟程敷衍："等他回来了，再说吧。"

"那陈总什么时候回来呢？"

"不知道呢。"

林希微没有其他的办法，回到接待大厅，蹲在传真机旁，找出陈淮越的名片，上面有他鹭城办公室的传真号码，她发了一封传真件。

"陈总，您好，我是林希微，不知您什么时候回鹭城，若您看见传真，还望联系。林希微，BP号码：53770。"

这个号码原本是康师姐的，后来师姐以律所的名义把寻呼机和号码都给她了，林希微最近售房业务繁忙，用得较多。

这天晚上，林希微躺在床上正准备睡觉，寻呼机却叫了起来。

隔壁床的林玉梅翻了个身："希微，工作不要太拼。"

林希微应了声，去看寻呼机的屏幕，有一条新信息——林希微小姐，陈淮越先生说：林律师，发错传真了，李总还在等你回电。

林希微沉默着。

很快又来了新一条——林希微小姐，陈淮越先生说：你想收到我什么样的回复？希宝，我也想见你？呵！

林希微不知道他是怎么跟寻呼小姐说出这两句话的，她翻了个身，

89

忍不住把头埋在枕头里，脸颊有些烫，温度急剧上升，嘴角却抑制不住地上扬了下。

陈淮越的最后一条是——林希微小姐，陈淮越先生说：我就在你家门口。

林希微没电话，没办法联系他，只好起床，披了件外套，打起手电筒，摸黑寻他，村里华侨牵的宗祠灯最近坏了，还没人来修。

黑沉沉不见光的窄巷子，只有手电筒的微光，林希微小心翼翼地避开堆砌在两边的煤块，才出了巷子，就被人一把拽了过去，按在了怀中，她心脏猛地收缩坠落，抓着手电筒就要砸来人的脑袋，直到听到陈淮越的声音："是我，林希微。"

他轻而易举地就把她的手电筒夺走，反握住她的手。

林希微心跳还是很快，皱眉道："你就不怕出来的是别人。"她提醒，"社会是很开放了，流氓罪可还没取消……"

陈淮越轻笑了声："所以，抱你就没事么？"

林希微动了动，想推开他，但他却把下巴搁在了她的肩窝里，轻轻地蹭了蹭："别动，我刚回来，秘书把传真件都收到我公寓去了，我刚刚回去就看见了，算你还有点良心。"

他身上的确有风尘仆仆的气息，他说："我还没吃晚饭，飞机上的餐食不好吃。"

因为黑夜里，视线都是暗沉的，只有手电筒的光，林希微不想引人注意，叫他关掉了手电筒。

"你还跟李从周发传真信。"陈淮越抱了她一会儿，就拉她去他的新车那，他上次去黑市买了个新的大哥大。

"摩托罗拉说要出新款式了，更新换代，大哥大都在降价了，别人多送了我一个，我留着也没用，号码已经给你入网了，想找我就给我打电话，不用再那样发传真信了，接收不方便。"

林希微这才意识到，他好像把那封传真，理解成她在哄他了。

车座上有一个文件夹，里面装的是从前林希微发给陈淮越的传真复印件，林希微翻着这些传真件，心口仿佛打翻了菠萝汽水一样，涩然下冒着细密的泡泡，她记得她发出的这些文字，只是现在看起来很陌生。

她垂着眼，一张张地看了过去，她没想到，她冷漠傲慢的前男友竟会像整理资料一样保存，也或许是他的秘书替他保存的，秘书才会记得复印，因为传真机的热敏纸会因为光照和温度而消字，所以要想保留，就必须复印。

林希微听到陈淮越问她："希微，跟我回家吗？"

这是一个很暧昧旖旎的信号，林希微让自己平静下来，他不一定就是想发生点什么，有时候他就只是回去给他们煮一顿宵夜，让她陪着他吃，有时候他就只是想安安静静地抱着她，睡一个安稳的觉。

他已经是一个很好的男友了，英俊且事业有成，大方且愿意帮她。

有问题的是她。

深夜洗手作羹汤在他这是一件浪漫的事，而她10岁时，就背着小薇在煤炉灶前做饭，烫得手臂上一个又一个的水泡，做饭对她来说是痛苦。传真信件的确很浪漫，但有很多次，是他不知为何不理她了，她没办法只能尝试着发一封又一封的传真去联系他。

林希微回过神，把传真件放了下来，再抬头时，眼里已经没有痛苦了，她微笑道："陈总，不好意思，是我传真没说清楚，我原本找您是有和白鹭花园相关的事情，刚刚出来见您，也是为了这件事，但这么晚谈公事不太好，又怕您等太久。"

陈淮越眼底的笑意慢慢地消失，他盯着她，目光冷静而迫人。

她已说得如此明白，风月是他想的。

他无声地笑了下："林律师，夜晚我不谈公事，我也不信如此聪慧的你，不明白你给我发这样传真件的含义，又要利用我，又要推开我，前男友的身份很好用，不是么？"

他真正生气的时候，反倒语速很慢，唯一相同的是语气的冷淡："既然林律师无意，那就是我误解了。"

他说这些话的时候，还盯着林希微的脸，似乎想从她脸上看出不一样的神情。

很可惜，什么都没有。

林希微甚至还感谢他的好教养，没让他说出什么真正难听的话，她记得乔安临女朋友闹到侨办的时候，他骂他女朋友是靠男人往上爬的烂货，只配给人当二奶。她思维有些发散，乔安临那个熊样，就算他想，去迪厅陪酒都没女人点他的。

陈淮越看出了林希微的走神，他觉得自己迟早要被她气到七孔流血而亡。

他闭了闭眼，收回视线，背脊笔直地坐着，沉默着不再出声。林希微看着他，即便风尘仆仆，依旧西装革履，同色系的领带扣得一丝不苟。他才出差回来，就赶了过来，眼角眉梢的疲倦怎么也压抑不住。

跟她继续在一起，他也会累。

林希微平静地打开车门，下车，带着她拿出来的手电筒，顺着光照亮的小道走，身后的陈淮越重新启动车子，攥着方向盘的手微微收紧，始终不曾去看她离去的身影，他眉眼冷淡，压下胸口沉沉累积的闷气。

就这样吧，他还以为她后悔了，想给她一个说后悔分手、还爱他的机会。

对，就是这样，绝不是他想她。

小院子里，屋檐廊下的小板凳上挤着兄妹俩，两人都头发凌乱，看起来刚醒不久，林小薇手肘狠狠地撞林鹏辉的胸口，压低声音："都怪你，没有你二姐也不会分手。"

林鹏辉不服："怎么不怪你？拖油瓶就是你。"

林小薇站起来要薅他头发，转头却瞥见林希微已经回来了，及时收住话。

林希微问她："被我吵醒的吗？"

"我看你这么晚出去，担心，所以去喊了大哥。"

"我没事。"

林小薇说："二姐，你不要管我们了，你想结婚你就结婚，没有我们……"

"这是林小薇说的哈，不是我，希宝你可不能不管我……"林鹏辉赶紧接话。

林希微笑了一下，也跟他们一起挤在了小板凳上，刚刚被乌云遮住的月亮慢慢地探出了些，爸爸还在的时候，他们兄妹三人经常在夏天的夜晚，一起坐在这儿，乘凉舔冰棒。

"林小薇从小嘴巴就馋，才两岁就要吃冰棒。"林鹏辉嫌弃，"林希微，你说当时野狗发疯，我扑过去保护你，怎么没人给我评先进光荣分子呢？我差点就毁容残疾了！说起来我可真是伟大，15岁就养妹妹、老妈，18岁就月赚五六百块了，那可是1983年！"

林小薇也有点怀念："大哥，现在还有没有舞厅收你？那时候你还买了电视、电冰箱咧，好风光！我和二姐最爱看《检察官》，在咱们鹭城拍的呢，后来还看了《大侠霍元甲》！"她轻声叹气，"鹭江号海上乐园都给你干倒闭了，大哥，我是全校第一个喝可乐的小朋友，一瓶要两块五。"

两人还模仿起广告语："请喝可口可乐！欢迎五大洲的朋友！"

林希微刚考上鹭城大学时，大哥在邮轮上卖酒赚得不错，供她上学，但后来鹭江号停业，邮轮被卖去海外当赌船，大哥失业。当时还是大哥女朋友的大嫂意外怀孕又流产，大嫂妈说不赔钱就要报警抓大哥，弄不好真的会没命，他们把家里值钱的东西都卖掉，加上她打工实习攒下的钱，仍然不够。

她也是在那时候遇到陈淮越的。

林希微在对外所实习，每个月可以拿到40块钱，但她真的很需要钱。律师嘛，不打官司，就要债，实习生打不了官司，可以去讨债，但讨债要天南海北地跑着追，没人会让她一个年轻女生去要债。

林希微在报纸上看见越程贸易登报的讨债书，主动打电话过去联系。

陈淮越听到是个女律师的声音，就直接拒绝了。

后来林希微又去他工厂等了他几回，他让保安赶她走，后来她都跟保安阿伯混熟了，就蹲在保安亭等他。他依旧不假辞色，毫无耐心，冷下脸："我没兴趣陪你玩律师成长的把戏，这几笔烂账要不回来没什么，我不想收到越程请的律师要债被打死的消息。你要是认不清你能做什么，趁早离开这个行业。"

林希微却很坚持："陈总，我了解过有两笔债务，是我能要回来钱的，这是我做的两笔债务的相关调查报告，律师费你可以等我要回来，再结算给我，要债最重要的是不放弃，你看，我现在也没放弃找你，我一定能要回来钱的。"

"有一笔是马来西亚工厂欠的挂历款，我老师夸我法律文书写得很好，这是我写的中英文版本的律师函，只要你同意，我就立马发过去索赔函。另一笔是北方服装厂欠的棒针衫款，我跟你们会计和供销人员一起去要债，会保证安全的。"

陈淮越是个冷血商人："没有合同，要钱不要命你就去。"

没有合同，死不死就跟他没关系，他没空去管一个傻不隆冬、无关紧要的人的事，出社会谈业务还满口"我老师夸我"，怎么不扯她妈夸她聪明漂亮呢？

三个月后，林希微还真的把两笔债务都要了回来，她有胆识，更有运气，但这份好运也是建立在她要债前花了大量时间做的调查报告的基础上。马来西亚那边的企业收到林希微的律师函，才知道货款是被华侨中间人吞了，就联系陈淮越补上了，等企业起诉华侨中间人的时候，林希微还帮着做了证人。

至于北方服装厂，他们三人天寒地冻地挤了几十小时的长途火车北上。老板为躲债，藏在不通公交的郊区村庄，林希微先调查了老板，周围人都觉得他为人不差，她和会计一咬牙，两人走十公里到郊区，日日去，准时去，跟邻居诉苦卖惨。老板也的确没钱，林希微看见仓库里的酒，冒出"以酒抵债"的念头，硬着头皮做了核算托运。

陈淮越收到了一车厢的酒，目光扫过一路跟车回来，几天没洗过澡，格外狼狈的林希微和会计。

他原本一脸严肃，但听到林希微傻不拉几地开口："陈总，这个酒还是蛮好的……我认真核算过了，价值是一样的，您不会亏的，反正钱也没有了……不要的话，我帮你卖出去酒，然后把钱给你，但要是有多卖的钱，能不能给我？"

他一下被逗笑了，所有的狠话都堵在了喉咙。

她的确生得漂亮，尤其那一双眼睛，瞳仁很黑，睫毛浓密，因为有野心有欲望，所以始终带着熠熠生辉的光，她很清楚地知道自己想要做什么，并为之付出努力。

陈淮越就是个俗人，但凡林希微没有这么漂亮，也没有这么聪明且有胆识，他不会多看她一眼。喜欢他的人很多，但她的喜欢很特殊。

林希微也如他所想，成了他的女朋友。

只是，他原本以为，开始和结束只会由他掌控。

林希微最终决定白鹭花园的预售房买卖只做全款交易，也就是按照越程地产最初的计划卖房，所以，她没再去联系陈淮越谈贷款之事。她打算找康师姐帮忙，在下一个项目做尝试，白鹭花园的成功售房，就是她作为房地产律师最好的广告之一。

偶尔她也会遇见陈淮越，就在白鹭花园的茶水间，她提着暖水壶打水，主动打招呼，他待她像陌生人一样生疏客气，只点头致意，但眼底没有她，径直离开。就像他之前说的，如果她只是兴明律所的林律师，那她还不够格跟他对话。

有一回，林希微还看见了一个年轻可爱的女孩子来找陈淮越，也姓杨，但肯定和杨兴亮没什么关系，是陈淮越认识多年的朋友，家里介绍的对象，也跟钟程关系亲密。

她邀请他们去打高尔夫球。

这是1994年的12月11日，是鹭城12月历史最高温的一天，27℃，又许久不曾下雨，连空气都有些干燥。

林希微有些隐隐的心烦意躁，不知是因为今天的客户难缠，还是因为不停地见到那抹粉色的身影出现在接待厅的门口，还有她娇俏的声音传来："哪个是陈淮越的前女友？"

林希微送走最后一个客户后，拿了水杯，去饮水机那交替接冷热水，慢慢地润着嗓子，Yeo小姐进来时，她刚刚把嘴里的水吞下去。

Yeo小姐穿了一身粉色纱裙套装，头上的发带也是同色系的粉，她手上提着一个粉白相间的小包，整个人都透着梦幻浪漫的气息。

"你是律师。"她笑了笑，"我叫杨幼芙，你可以叫我Yeo。"

"你好，我叫林希微。"

"你怎么不问我是做什么的？"

林希微笑："那杨小姐从事什么工作呢？"

"千金咯。"杨幼芙眨了眨眼，"就是负责吃喝玩乐，不给我们家拖后腿。"

杨幼芙又问她:"我们要去打高尔夫,你要不要一起去?"

林希微想也不想地拒绝道:"不好意思,我还有工作……"

杨幼芙:"你担心你不会打出丑么?"

林希微一怔,看了过去,Yeo小姐的神情又很真挚:"很多人都不会,我可以教你,我在那边遇到好多律师了,他们都想认识客户,反正鹭城能赚钱的,今年都在新兴高尔夫酒店打球了。"

"我的确不会,杨小姐,谢谢你,但今天不太方便。"

杨幼芙问她:"你是不是觉得我很冒昧?"

没等林希微回答,杨幼芙就哼了声:"是陈淮越说的,要冒昧也是他,他说去高尔夫球场能找到新客户,很多土老板都在那,我是好心才告诉你的,我下午看你工作很认真,我觉得你很厉害。"

"谢谢。"林希微也很真诚。

她为自己方才的心烦意躁而感到一瞬间的后悔,情绪缓缓地平复了下来——杨小姐知不知道她是陈淮越的前女友,又有什么关系呢,都已经是过去的事情了,都怪天气干燥,扰乱了她的心绪。

林希微骑着自行车离开白鹭花园,脑子里盘算着明天的计划,明天是周六,她早上要面试几个新人,下午要跟杨兴亮谈一下发展。如果还有时间,她这段时间荒废的证券律师资料也得捡起来了,月底要考试了,她现在也不是很有信心,只能先做好失利的最坏准备。

一辆黑色的汽车从她身边缓缓地驶过,开着车的陈淮越冷淡地瞥了她一眼,不轻不重地按了下喇叭,示意她的自行车往一旁避开。

"欸,是那个林律师。"

趴在窗口吹风的杨小姐天真烂漫,从未吃过苦,还回头跟开车的陈淮越说:"欧美现在流行骑自行车锻炼身体,林律师好自律,所以她身材好。坐车好没意思,我们周末也去骑车,不要打高尔夫了……"

林希微倒也希望她骑自行车是为了锻炼身体,更何况,有辆自行车已算不错了。

她面上云淡风轻,脚上却越蹬越快,胸口的那团火还在往上蹿着,她今天就是又热又气,甚至还想着她的自行车一下威猛起来,把陈淮越那辆新车撞坏，让他眼高于顶，笨蛋！

林希微不打算回家做饭吃了，今晚大哥大嫂回大嫂妈家了，小薇在工厂，妈妈去亲戚家里喝喜酒了。她想了想，调转方向去工人文化中心的夜市大排档吃顿烤鱼。

到了工人文化中心附近，她才发现今天的大排档街全是拥堵欢呼的人群，每家的塑料桌椅上都坐满了人，林希微好奇地询问，有人往她手里塞了报纸，告诉她今天是股民解套的日子。

"去年买股票发大财喔，轻轻松松'起厝娶某'！"

"今年暴跌百分之七十多，赔得要死！"

"还好政策出手，不然我就要吊死咯，水深火热的。"

"坐下一起吃！这里没别的位置了，别跟我们客气。"

热情的一伯一姆拉着林希微，要她也坐下，一起享受这样难得的狂欢时刻，林希微的屁股刚沾上椅子，就听到有人在嘈杂声中喊她的名字："希微，真的是你。"

林希微收到李从周的传真件后，中间跟他打过电话，但她实在太忙，他也有工作要做，两人一直没能约上一顿饭。

李从周从人群中挤了过来，眼眸明亮，他笑了笑："我刚刚还以为我看错了，你怎么会在这儿？"

"我来吃饭，但是……"

"但是没想到这边这么多人，是么？"李从周也是过来看看的，他本身就是金融行业的，"感受一下气氛。"

"嗯，你吃过这样的大排档吗？"

李从周笑意更深："吃过，希微，我生活在跟你一样的世界里。"

可是有人就活在跟她不同的世界里。

李从周主动询问热情的一伯："伯伯，我能一起坐下吗？"

一伯笑得双目眯眯："坐坐坐，来的都是客，随便点，随便吃！"

李从周招手让服务员拿菜单过来，他温声问林希微的意见，林希微也很自然地往他那边倾身了些许，他们在纽约的时候，除了是邻居外，也算得上是熟悉的朋友。

点好了菜，李从周给她倒茶，关心道："你最近很忙吗？"他指的是她眼下的青黑。

"嗯，事业刚刚起步。"

"那你眼睛还好吗？"

"现在还好的。"

"不要太累，适当地也要去放松放松，否则免疫力下降，眼疾就专挑这时候袭击。"

林希微双手捧着茶杯，轻轻地喝了一口茶。她那时候眼睛突然痛得睁不开，一直流泪，是好心的邻居李从周送她去的医院，其实没什么大碍，就是压力过大、失眠疲劳和用眼过度导致的。

李从周说："万事开头难，你也不要压力过大，就像你一开始听不懂课，后来一样顺利毕业了。"

林希微想起那段时光，忍不住想笑："我最怕案例教学讨论课了，我听不懂，就想录音，晚上再自己回去学，坐前面怕被老师点名，坐后面录音又听不清。每天晚上预习、复习都要看几百页的英文资料，法律单词好多还看不懂，只能不停地查词典，到了后半夜想睡觉，又头疼得睡不着，就必须吃安眠药了。"

而她那该死的前男友还每天在电话里找事，该死的大哥也在鹭城给她搞了许多麻烦。

李从周说："我刚留学的时候，比你的情况还糟糕，又想吃安眠药，又怕药物依赖，睁眼到天亮，每天都跟疯了差不多，最后不得不去看心理医生。所以那会儿我送你去医院，你只有干眼症，就已经够我佩服了。"

林希微不自觉笑出声来。

文化中心广场上有人放起了烟花，照亮了李从周的脸，他抬了抬下巴，示意林希微回头看烟花，整个街道的人都在欢呼，有人一瓶一瓶地开起啤酒，李从周接过两瓶，塞了一瓶到林希微的手上，示意她对瓶吹。

林希微摇头，因为嘈杂，不得不大声道："我不喝。"

"因为开车？"

"我没有车。"

"自行车也是车。"

林希微脸上的笑意就没落下来过，她看着烟花绚烂的夜空，没有转头，只把酒瓶伸了过去，跟李从周碰瓶："干杯。"

李从周喝了一口酒，目光在她的侧脸停顿了一瞬，又笑着收回了视线，他轻声道："希微，最后一封信你收到了，对不对？"

林希微听不清楚："什么？"

"没什么，我说，今天很开心。"

旁边的一伯表示赞同："那当然！看，电视台都来了！"

在今晚的工人文化中心附近，就算再有钱，也打不到车，人山人海的，本就嚣张的出租车更是傲慢，李从周没有车，林希微只有自行车。

林希微跟他说："你慢慢打车吧，我先回家了。"

李从周笑："你要骑自行车走吗？"

"是啊，不是我不想带你，从周，我们不同路。"她义正词严。

李从周唇角上扬："我是说，你喝酒了怎么还骑车，会摔倒的，你月底不是要考试了，要是手受伤了，还怎么考？"

林希微内心深处的担忧被他说中，于是，她听话地推着自行车回尾厝村，李从周跟在了她身边，理由也很光明正大："夜间危险，你一个人要是出事了，也考不了试。"

林希微听不得这些不吉利的话，一点点酒精无法让她醉，却会让她更放松："我本来就在担心考不上了，你不要再提了。"

"周日你不上班，要不要一起学习？浮屿有个书店环境很不错。我可能，或许会比你多懂一点点证券。"

隔天，林希微打着哈欠，起床刷牙，出门买豆浆的林鹏辉抓着一份从大队那取回来的报纸，冲进院子来，气愤道："林希微呢？"

他把报纸摊开，《鹭城日报》花了一大版面报道昨天的股民解套狂欢日，配图是人山人海的大排档街，可街道上被拍的"股民"里就有林希微和李从周。

"你玩股票了是不是？好你个林希微！这跟赌博有什么区别，你前面被套了多少钱？"

昨天晚上陈淮越也没去打高尔夫球，因为林希微不去，他更没心情去了，没多久就把车子扔给钟程和杨幼芙，自己打了辆出租车回公司加班了，那辆出租车还很脏，他到了办公室就先拿备用衣物去冲了个澡。

第二天他跟往常一样，正式工作前先看报纸，很好，开启了一天的坏心情。

"蔡秘书。"

"在，陈总。"

"你买错报纸了。"

现在大多数企业还是单休，但越程集团早已经实行双休制，只是蔡元作为陈总的秘书，小礼拜的周六还要上半天班，一般工作量也不多，时间充裕，他探头看了眼那份报纸，人手一份的《鹭城日报》，陈总每天都会阅读的报纸，一时间也不知该回什么。

陈淮越眸光冷淡地盯着李从周的脸，本想拿胶纸把他的头盖住，但想了想，平静开口："蔡秘书，去拿剪刀把这个男的剪下来。"

蔡元是个贴心秘书，又掏出了他今日订的十来份日报，问道："陈总，这十几份都要剪吗？"

陈淮越看着那十几张一字排开的两人笑脸合照，气笑了："蔡秘书，你是暗示我该去收购鹭城报社吗？"

蔡秘书提醒他："陈总，这是市委机关报。收购不了的。"

陈淮越没再回他，反倒拿起电话听筒，拨打了寻呼机台的电话，请寻呼台给林希微发消息："林希微小姐，陈淮越先生问你，大排档好吃吗？不要大晚上跟居心叵测的坏男人在外面乱逛。"

蔡秘书还挺佩服陈总的，跟寻呼小姐说这些话的时候，脸色都不带尴尬的。

陈淮越打完电话后，就慢悠悠地等着寻呼机消息，林希微这时候应当也在工作，身边会有电话的，他等了不到五分钟，就收到了她回的讯息——陈淮越先生，林希微小姐说，你年纪一把，好像她爸。

陈淮越轻笑，脸上浮起明显的笑意，他还好心情地把这一条讯息给蔡元看，询问蔡元的看法。

蔡元从1988年就跟在陈总身边工作,他知道"林希微"这个名字,也给林律师准备过好几次礼物,他猜测:"陈总,她可能觉得你管太多?"

毕竟已经分手了。

陈淮越继续笑,故意道:"你不懂,她很喜欢她爸爸,她说我像她爸,意味着……"

蔡元很上道:"意味着她也很喜欢你。"

蔡元说的这话也不完全只是拍领导的马屁,从前的林律师的确很喜欢陈总,但只有像他这样、一样出身贫寒、靠念书改变命运的人,才会明白两人之间的差距。他们分手其实在他的意料之中,只是他没想过,是林律师先提的分手,他一直以为,到了要结婚的时候,陈总就会和这段感情说再见,跟合适的人结婚。

蔡元关上了办公室的门,他们穷人的想法就是,或许根本就没爱呢,什么送礼买车,什么学英语出国,不说这是林律师自己争取到的公派名额,他作为陈总的秘书,都被陈总送去报班留学深造呢,现在的车和房也是陈总给的福利呢。

那陈总是不是更爱他?

林希微也一大早就到律所,她今日要和康师姐一起面试新人。

康明雪好像最近状态并不好,脸色苍白,还总是走神。

林希微已经看完这几个人的简历,她说:"师姐,我要的新律师,一个是要有基础的外语能力,一个是,我更倾向选择鹭大毕业的师弟师妹。"

和大多数行业一样,法律的圈子也很小,大家更喜欢以校友为圈子抱团,划分派系,方便调查学术背景,也能确保专业能力,业务也由此口口相传地介绍来介绍去,所以当初康明雪和杨兴亮想创办律所,第一时间想到的也是他们那混得很不错的师妹林希微。

而林希微拉了连思泽,她大学同班同学,在省会的法学会工作,后来被调去了法学会名下的国办律所,有很强的法律文书写作能力,认识不少法学会的法律界人才,在校期间成绩优异,为人和善,就是性格太

101

内向,不善应酬。林希微约他出来吃了一顿饭,很轻易就把他诱哄到了兴明。

由此,他们律所的四人有法院、华侨、法学会和银行的人脉,康明雪最后又拉了她在法院时认识的做诉讼的律师,负责争议解决部分,这是他们兴明最初的五人组。

康明雪听到林希微的声音,才回过神,笑道:"好呀,可以多看看鹭大的。"

她并没有意见,律所的生产力就是律师的人脉和智力,核心就是"人",撑起"人"的就是教育背景和职业背景带来的资源。

康明雪顿了顿,又说:"你不用理会你师兄的话。"

"他要招家境好的么?"林希微笑了笑,其实杨兴亮的指向性很明显,就是她、连思泽和康明雪三个穷人。

她不在意:"有雄厚背景的人会在这时候当律师么?甚至有些所谓的资源,远远没有校友和客户引荐的优质。"

现在的律师并不是一个社会认可度高的职业,大多数法律人都扎堆往更体面的公检法系统中挤去。

康明雪垂眸,勉强笑了笑,轻声道:"是啊。"

林希微挑选了一男一女,一个刚毕业的男生,外语翻译能力还行,另一个女生鹭大法学院毕业,曾在建筑公司待过两年,会看图纸,懂施工方法,但三年没碰法律相关的知识了,没有律师资格证。

林希微犹豫了之后,还是决定要她。

陈淮越来的时候,林希微在面试行政秘书人选,康明雪带着他进来,但两人都没出声,林希微根本没注意到他的到来。

送走面试的人,林希微一边打字,一边说道:"师姐,那个叫关莹的女生,有驾照,打字虽然不快,但是准确率高,还能看懂张律师写的狗爬字,我们就要她吧。"

"你的师姐不在。"陈淮越语气悠然,"林律师,你的驾照也还没考吧?"

林希微抬起头,四目相对,她的眼底闪过一丝诧异,不知道他来做什么,但现在是她的工作时间,她很快收回了视线,继续处理手中的事。

陈淮越也安静地坐在一旁的沙发上,等她结束工作。

林希微整理好要招的三人资料,出去找康明雪,但打字室没人,兴明律所实行大小周,这是小礼拜的周六,其他人都不在。

她喊道:"师姐,你在哪里?"

律所洗手间的门紧闭着,里面隐隐有微弱的声音传来。

林希微敲了敲门,眼皮不安地跳着,她皱着眉,问道:"师姐,你在里面吗?"

没人应声。

她旋转了几下门把手,打不开。

"师姐!"

"我在。"康明雪打开了洗手间的门,苍白的脸上都是水珠,笑着道,"我没事,刚刚没听到……"

她话还没说完,整个人就猛地往下倒。

林希微连忙上前撑住她下坠的身体,却根本扶不起来,她下意识地喊道:"陈淮越!"

"我在。"陈淮越就跟在林希微的身后,他一把抱起了康明雪,大步往外走,"去医院,我车就在楼下。"

林希微匆忙间抓走康师姐桌面上的证件包,心脏慌乱地跳着,紧紧地跟在陈淮越的身后。她六神无主,脑海中思绪胡乱缠成一团,既担心师姐,又担心等会儿杨兴亮发癫,只觉疲倦。

好在虚惊一场,是康师姐再次怀孕了。

医生叮嘱康明雪:"要多注意休养。"因为她之前有过流产史,年龄也不小了。

康明雪道:"谢谢。"

林希微先去电话亭打电话通知杨兴亮,回来后,她站在病房门口,看了一会儿正对着窗外静静发呆的康师姐,最终没有进去打扰她。

陈淮越买了两个面包和两瓶水,和林希微一起坐在大楼外的长椅上。

"先吃点吧。"

"谢谢。"

林希微双手捧着面包,咬了一口,她知道杨兴亮等会儿就要来骂她了,不然就是找事吵架,估计原定的招聘事宜,也不方便讨论了,她的工作进度又要因此耽搁。她眉间生起些许烦躁,倒是真切地意识到夫妻店带来的不方便了。

她正犹豫着要不要先离开医院,刚啃完这个面包,就看见杨兴亮气喘吁吁地跑来了。

"林希微,我老婆呢?"

"在病房里。"

"我孩子要是有什么事,我跟你没完!"杨兴亮脸色又冷又臭,怒意冲天,"就康明雪非要跟着你搞什么招聘,自己怀孕了都不知道,还有你,创收最少,还好意思浪费钱招秘书!我晚点再跟你算账!"

林希微压着火气,不想跟他计较,但看着他匆匆忙忙跑进住院部大楼的背影,又想起他讨人厌的嘴脸,最终还是气不过,虚空朝他屁股踢了一脚,低声骂道:"臭傻子!"

陈淮越轻笑了声,在一旁道:"你应该当面骂他。"

"你怎么不骂他?"林希微已经严重缺觉,疲劳到控制不住脾气了。

"我跟你什么关系,我还要帮你骂?"陈淮越微笑,"你现在胆子挺肥的,对我态度越来越差。"

"那真是不好意思,陈总,我跟您道歉。"林希微牵起唇角,露出虚伪敷衍的笑,"不知道陈总今日来,有什么事呢?"

"找前女友能有什么事?"

林希微笑意瞬间消失:"又想吵架了?"

她太阳穴隐隐作痛,身体的疲倦、工作的烦恼和备考的压力都倾轧了过来:"我已经跟你说得很清楚了,我配不上你,配不上你,你听懂了没有?我们现在就只适合以陈总和林律师的身份进行联系,都分手要两年了,你在装什么念念不忘、深情,骗你自己吗?"

这话比之前更狠点,但出乎她意料的是,这一次陈淮越并没有生气。

他语气轻描淡写:"你说配不上,我还没见过配不上的人像你这么嚣张的,我看你是非常清楚,你不仅配得上,还能玩死别人。"

他从口袋里掏出了今日的《鹭城日报》,展示给林希微看:"大排档好吃是吧,笑得这么开心。"

林希微看了报纸上的照片一眼,只一眼,她就收回了视线,用力地掐住自己的掌心,想控制住笑,却怎么也忍不住上扬的嘴角。

李从周的头上被陈淮越画了两根冲天羊角辫,脸颊上还多了两团恶意的腮红,嘴巴也红润润的。

"三十了!陈淮越。"

"八十我都画。"陈淮越抬腕看了看时间,微微一笑,"林律师,有时间聊个天吧,几分钟的事,这里人太多。"

林希微又上了他的新车,她提醒他:"不久之前,也是在这个车里,我们才说清楚。"

"说清楚什么?"

"我说,我们分手了,我已经不爱了,我们不适合恋爱。"

陈淮越没说什么,只打开了车载CD音响,第一首《爱上一个不回家的人》,他按了下一首,"过上一把瘾,拥抱你的心,人生能几载,死了也甘心……"

"知道了。"陈淮越在音乐声中,启动了车子,哑然片刻,又开口,"要不要去我家看电视?"

林希微盯着陈淮越的侧脸,仿佛要看穿他隐秘的内心。她很想知道,他今天为什么又回头找她,生气了这么久,又突然一副好脾气的模样。

她目光慢慢地往下,冷笑一声:"起了?"

她突然换成了方言,又用的这么粗俗的语言,专指雄性动物发情勃起。

陈淮越差点一脚踩下刹车,他抿着唇,下颌线微微绷紧,目视前方,一本正经地拧起眉头:"林律师,请注意文明用词,鹭城是国家对外开放的新名片。"

林希微不想理他这冠冕堂皇的理由,只说:"我不去你家。"

"为什么?"

"这也是我想问你的。"

为什么要回头，为什么不往前走。

这些问题，陈淮越自己暂时也没有答案，并不是故意停留在原地，是他的眼睛不愿去看其他人。这么多年，他有欲望且感兴趣的人就只有她，他也并非家中那只爱发情的和尚鹦鹉，他一个人也能过得挺好。

可是她又出现在他面前，若无其事的，好像早就忘记了她潇洒说分手时给他造成的伤害，也不记得他们共同分享过的快乐。

但他没忘记，这两年他心里的角力就没有停下过，一边是爱意使然，让他几度把车停在侨办楼下，看着她深夜下班，一边是分手后清晰的疼痛，她早就把他从她的未来里踢了出去。

男女关系的博弈和角逐，比的是谁更无情，又更能僵持，很显然，他再生气下去，他应该会先收到林希微结婚的请帖。

他们分手得太过突然，他也不清楚他对她的念念不忘，是荷尔蒙的驱使还是那点不甘作祟，他对她的爱意还未攀升到顶点，而她那边却已经生了厌烦。

陈淮越说："没为什么。"他先下手为强，也冷笑了一番，"你也不用一直提什么不爱了，分手了，这首歌就是我的答案。"

"过上一把瘾，拥抱你的心……"

这是他最近在钟程的推荐下，补看的今年最热爱情剧《过把瘾》里的歌曲。他看剧的时候全程代入了女主角杜梅，女主角把男主角捆在床上，拿着刀逼问男主，是不是还爱她，陈淮越急得恨不得进去电视机里替她逼问，不懂男主为什么不肯给出一个确定的、清晰的"爱"，还有脸离婚，跟人再婚。

钟程说："你和林希微也该就这样结束。"

可陈淮越觉得，他应该顺从内心的欲望，或许时间久了，到了临界点，他也就腻了，就会发现林希微也就是这样一个普通且无趣的女人，一点都不吸引他，她对他也没那么重要。

林希微没空看这个电视剧，但是小薇从厂里回家，嘴里就念叨着她有多喜欢方言，多喜欢王志文，嘴里还神神叨叨着台词：哎，又是一对傻乎乎寻找爱情的迷途羔羊。

"你还看爱情剧。"林希微声音很轻,她这时候不免羡慕起陈淮越,同样都在忙碌工作,她如同奴隶一样被工作牵着走,他却游刃有余,是在享受工作,还有空打高尔夫、拉手风琴、看电视剧。

"我没看,我妈爱看,偶尔随便看一眼,这歌还挺不错的。"陈淮越镇定否认。

剑拔弩张的气氛忽然就这么结束了,林希微更觉疲惫,看着窗外不停倒退的风景,她不想去陈淮越的家里,她现在很困,只想好好地睡个觉,补充一些精力。

"你靠边停一下,我坐公交回家。"她看见了不远处的公交站牌,过一会儿就要来一辆会路过他们尾厝村的巴士。

陈淮越没再说什么,把车子靠边停,林希微下了车,连声再见都没同他说。她站在公交站静静地发了会儿呆,没过一会儿,巴士来了,她爬上车,在钱包里翻找五角钱。

她身后却忽然伸出一双修长的手,抽走了她钱包中的一元纸币,先她一步递给了售票员,说道:"两个人。"

售票员麻利地撕了两张票,吆喝道:"好,两位,快点往后走。"鹭城是全国最早实行公交"一票制"的城市,现在统一上车五角钱。

林希微要回头,陈淮越却按住了她的肩膀,半搂着她往位置上走,提醒她:"后面还有人要上车呢,你堵在这多不好。"

两人并排坐了下来,林希微靠着窗户,问他:"你上来干什么?"

"坐公交。"陈淮越竟然笑了。

"这条公交线会经过你家吗?"

"不会。"

"你花了我五角钱。"

"那林律师,多谢你请我坐公交。"

林希微眼皮都要撑不起来了,眼下的青黑格外明显,她不想再说话了,手托着下巴沉默地看着窗外,巴士还没启动,她的眼前就开始晕开一圈圈的午后微光。她慢慢地闭上了眼,头用椅背支撑着,暖暖的阳光透过车窗玻璃,斜照在她的脸上。

陈淮越在鹭城没怎么坐过公交,为数不多的几次都是陪林希微坐,

107

他已经很久没看到她如此疲惫的模样，妆容都掩盖不住她的黑眼圈，眼睛里也都是隐隐的血丝，像是很久都没睡过一个整觉了。

巴士摇摇晃晃，她的头也跟着一点一点地，时不时轻轻地磕在车窗玻璃上，但他没想让她靠在自己肩膀上，否则她要是被吵醒了，还要用那种冷漠嫌弃的眼神看他。

每到一个站点，售票员都会大声播报站名，吆喝着到站乘客快下车。

但睡梦中的林希微完全听不到，连眼皮都不曾颤动，睡得又稳又香，没过多久，巴士就到了尾屑村。

陈淮越不怎么有诚意地开口："林律师，你家到了。"

声音不大不小。

他又重复了一遍："林律师，你家到了……"

林希微没有反应，巴士又重新启动，错过了尾屑站，继续开往终点，车上的乘客越来越少，也越来越安静，巴士的终点是海岸，轮渡码头波光粼粼，白色的木帆船在蓝色海面上轻轻摇晃。

"到终点站了，欸？你们两个怎么还没下车，到站了！"

林希微感觉自己睡了好漫长的一觉，梦里是一片纯白，她好像躺在幼时最爱的木头摇床里，热得她只肯在肚皮上盖一点小被子。爸爸一边给她扇风驱蚊，一边在批改学生的卷子，等她睡得昏昏沉沉，爸爸怕她午睡太久会累，就会耐心地哄她起床。

"希宝，希宝……"

林希微睁开了眼，睫毛轻轻地颤动着，倦意还在，她迟钝地应了一声，茫然地盯着面前的陈淮越，不知道他们是在哪里，又为什么会在这里。

陈淮越笑了下："下车。"

林希微还处在愣怔中，乖乖地跟在他身后下了车，巴士无情地合上车门，离开了末站。潮热的海风吹在她脸上，午后的阳光将沙滩染成耀眼的金色，出岛的小火车"哐哐哐"地冒着黑烟，亮晶晶的海水里还有几个刚入水游泳的人，像是散落的浮标一样，在海面上起起伏伏。

"陈淮越！"

"怎么了?"

"我们怎么到终点站了?"

"你错过站了。"

"你怎么不叫我?"

陈淮越理直气壮:"我叫了,你睡得跟小猪一样,你要是想冤枉我,我也没别的办法,只怪我今天没带录像机,我下次见你,会带上录像机的,让你自己看看你睡成什么样子,你流口水了。"

"我不会流口水。"

"你流了,我又不是没见过你睡觉的样子。"

林希微刚睡醒,思路并不清晰,她气急败坏:"那我也见过你睡觉,你不仅流口水,你还会推人抱人……"

陈淮越笑出声:"抱的是你,对吧?"

林希微耳朵有点发烫,才发现她现在是睡昏头了,在胡说八道。她不想说话了,扫了眼手表,打算直接回去,但走到站牌那儿,才发现下一班车在一小时后,这附近一辆出租车都没看见,就算她想斥巨资都没地方花。

"陈总,你还挺会害人的。"

"林律师,你也挺会冤枉人的,要是我没跟你上巴士,你现在是一个人在终点站等车。"

午后的海面格外平静,但偶尔也会有小小的浪花打在岸边。

林希微坐在沙滩上,放松地伸长了腿,吸着菠萝汽水,陈淮越也坐在了她的身边,他喝的是矿泉水,两人都没有说话,静静地享受着这看海的放松时刻。

"你上次问钟程找我,想说什么事?"

"没事了。"

"你想做楼花按揭?"

"嗯,但白鹭花园卖得挺好,现在赶流程也不合适了,虽然越程是最有可能拿到按揭资格的房企,只是,我也没把握能说服银行,准备工作还没做好,就先这样吧,我等下一个项目,这一年马上就要结束了。"

是啊,这是1994年的最后一个月,分手将近两年,他们还能共同拥有一个美好静谧的午后。

返程路上，巴士快要到尾厝村时，林希微叮嘱道："陈总，你等会别错过站了，你在中山那里下车，你刚刚的车就停在那儿。"

陈淮越"嗯"了一声："今天谢谢林律师请我坐公交看海，下次我请你去我家看电视。"

"……"

"你不想看那只鹦鹉吗？"

"不想。"

"是不敢么？"

林希微觉得好笑："我有什么不敢的？"

她到站下车，陈淮越看着她在村道上离去的背影，大概是爱情剧看多了，莫名冒出了个念头，要是在电视剧里，这时候他应该要打开窗户，扒着窗浪漫地喊她的名字，等她回头。

但现实是，他如果敢喊，应该会被当成疯子。

证券律师考试临近，林希微把手头的工作都先交给连思泽和两个新律师，她要先集中精力，临时抱抱佛脚，但她一直有个大毛病，就是大考之前、压力之下，必会生病发烧，胡话不断。

陈淮越年末也很忙，但他偶尔去白鹭花园盯进度，都没看见林希微，发她消息也没回，就联系了林鹏辉。

家里其他人都有稳定工作，就林鹏辉是自由职业，他这时候正在家里照顾他的二妹。

"我妹读书读疯了，发高烧，烧一天了，嘴里一会喊我爸，一会说自己考过了。"

陈淮越开车过去，看见林希微躺在狭窄简陋的床上，压了好几床厚重的棉被，全身都是汗，脸颊红通通的，拥堵的屋子闷得让人无法呼吸，她连喘气都很艰难，他火气一下冒头："你知道她这样会烧出毛病么？为什么不带她去医院？"

"她吃退烧药了，没那么娇贵，她一考试就这样，我们跟你不一样，哪能发个烧就去医院，小毛病浪费钱干什么。"

陈淮越一把推开林鹏辉，脸色很难看，抱起烫得神志不清的林希微。

林鹏辉跟在陈淮越的后面，还在念叨："真没事，她不是第一次了，以前没有你，她也好好的。"

陈淮越冷冷道："去开车，会开吗？"他把钥匙扔给他。

"真让我开啊？给我开这么好的车。"林鹏辉闻言，眼睛瞬间亮了起来，忍不住两手在衣服上擦了又擦，这才去接钥匙，"你放心……"

陈淮越失去耐心："少说这些话，安静点，你妹妹她正在发高烧。"

林鹏辉是真没觉得什么，一路上他从后视镜瞥两人，笑道："我们三兄妹都是这么长大的，发烧算什么，林小薇小时候调皮还被电过呢，把希宝吓死了，不也没傻掉，我们村还有小孩不小心吃老鼠药的，也是镇上随便抓点药，拉拉吐吐就好了，我们命贱，都是这么活的。"

"去看医生打屁股针也不好啊，我爸在的时候，就是太疼林希微了，看她发烧，还带她去卫生所打屁股针，不打还好，打了她差点就瘸脚了，村里小孩可多这样被打坏神经的。"

"而且，我妹挺顽强的，你注意到她腿上的小伤疤没？很早以前，煮饭被水烫的，本来不会留疤的，村里赤脚土医拿纱布包起来，烂掉的。"

这是陈淮越从不知道的事，他当然见过伤疤，但她只含糊地说被烫到。

他摸着怀中林希微的额头，温度烫得如同他胸口积压的怒火，他脱下西装外套，盖在她肚子上。她脸颊通红，额头上冒着细细密密的汗，烧得迷迷糊糊，眼角还不停地渗出眼泪。

他的心脏似是被人用手掌捏住，缓缓收紧，如同他第一次确认，他对她心动开始的感觉。

医生给林希微挂了点滴，又开了一些配药，一粒粒的装在叠成三角形的白色纸袋里，陈淮越认真记下了服用方法。

林鹏辉的寻呼机一直在响，陈淮越冷声道："你要是有事就先去忙，别在这吵她。"

"哎哟，妹夫，那我就先走了，我妹先拜托你了，我得去接我女儿。"林鹏辉摸了下林希微的额头,对着她道,"希宝,你乖点,听话哈,等会你阿嫂下班就来照顾你了。"

林希微烧得全身骨头和神经都在疼,脑袋昏沉,手脚冰凉。她根本没心思管林鹏辉要去哪里,她只是想,她又把她的脆弱伤痛都摆在陈淮越的面前,不怪他轻贱她,想用拉达买下她,她不想流泪,可虚弱让她无法控制负面情绪。

她本来就不该期望一个见过她最狼狈、最难堪模样的人,会一直珍重地爱她,更何况,她现在也还在泥淖中努力地挣扎。

她也知道李从周喜欢她,可是他也一样,喜欢的是那个看似体面的、漂亮的、永远富有生命力的、在美国名校留学的林希微,而非尾厝村林家二女儿林希微。

有人给她擦掉眼角的泪,宽厚有力的大手温柔地摸着她的头发,陈淮越说:"哭什么,林希微,你已经做得很好了。"

林希微闭着眼,睫毛颤动着,真实的她,懦弱胆小,为求前途,不择手段地利用身边一切的资源。她内心那个在爸爸骤然去世后就停止长大的小希微,渴望着被肯定、被夸奖,可悲的是,她曾经想在陈淮越身上寻找,但他最终还是撕开了她的伤口。

陈淮越没有什么照顾人的经验,但他记得有一回他生病,林希微守了他一夜,大冬天她骑了很久的自行车来见他,给他换毛巾,测体温,喂他喝水,等他出了一身汗,就给他换掉湿透的衣服,温柔得像是春日平静的湖面。那时他也处在创业的焦头烂额中,但她总有办法平复他的焦躁。

这样想来,林希微跟以前变化还真大,现在跟温柔半点不沾边,但就是这些回忆绵延着他对她的爱,在他想要放弃时,骤然出现,提醒着他,他曾经被她认真地爱过。

陈淮越也学她去打了一盆水,拧了湿毛巾,覆在她额头上,又去热水房打了一壶热水,倒在杯子里凉一会,打算等会再喂她喝。

他用手试了试林希微脸上的温度,没有刚刚那么烫了,也知道她醒着,轻声道:"希宝,其实你很会爱人。"说的是从前,"第一次见你哭,就在轮渡。"

所以前几天他任由着两人错过站，坐到了轮渡口。

一开始，他只是对她起了兴趣，因为漂亮、优秀，符合他的标准，后来，她毕业那天，她一个人跑到了海边，明明是该开心的，却在不停地落泪。他见到了她的另一面，脆弱黏人，像个孩子一样毫无设防地信任他、欢迎他。

林希微打断陈淮越的回忆，她声音沙哑但冷淡："我想休息，我没哭，流泪是感冒发烧的生理反应。"

和他不一样。

她早就讨厌轮渡了，每一朵浪花都在说她曾经有多可笑。

林希微现在也不想看到陈淮越，想背过身，陈淮越却一把按住她的手，笑了下："手别动，你身体爱翻就翻。"

她的手还在输液。

林希微就这样别扭地睡了一觉，再醒来时，她的手还是握在陈淮越的手中，挂完了吊瓶，她现在舒服了许多，面色平静地把手抽了回来。

"醒了？你嫂子来了，但她又回去给你带饭了。"

"嗯，谢谢。"林希微情绪也平复了下来。

"好些了么？"陈淮越让她自己夹温度计，"应该是退烧了，再测一次。"

"好些了。"

"那你能不能告诉我，希微，我哪里做错了？是你提出的分手，可我总觉得，你在怪我，因为我没经过你允许就给你大哥买车吗？你不喜欢欠我人情……"

林希微很诚恳："我没怪你，你帮了我这么多，你是个好人，全世界最好的男人就是你。"

她怪的是她自己。

陈淮越潜意识就不喜欢好人这个称呼，等过几年中文网络论坛兴起，他才明白，林律师眼界的确很先进，在这提前几年给他颁发好人卡呢。

方敏知道希微被送到医院了，连班都不上了，但她匆匆赶来医院，就见到上次来家里吃饭那个陈老板，守在希微的病床边，林鹏辉说过，

113

这个大老板很喜欢希微。

但方敏不是很看好这两人。

她赶来病房时，正好看见这位陈老板要偷吻睡着的希微，气得她要推门进去阻止。没等她进去，陈老板自己就忽然停住了亲吻的动作，一脸嫌弃地皱眉，掐着希微的脸颊，说道："林律师，你一身臭汗味，亲不下去。"

这什么男的啊？性格古怪难相处！

等她回家做了饭再过来病房，希微已经醒了，靠在床头，那男的给她喂水，漏了她一整个脖子和领子，刚刚退烧的希微脸色苍白，男的还笑："林律师，你下巴漏了。"

不会照顾人，这种男的不适合希微。

方敏提着保温桶，走进病房，笑着问道："希微，你现在好点了吗？"

林希微声音还是沙哑的："嗯，好多了，阿嫂不好意思，还耽误你工作了。"

方敏也被林鹏辉气没了半条命："我早上就想留家里看顾你，你哥非说他可以照顾，就是个没用的男的，你烧得这么厉害，他也不知道送你看医生，真的被他气死。"

林希微看着嫂子，心里一暖，安慰道："没事的，我考试经常生病。"

方敏手脚麻利地拧开盖子，她带了碗筷，把稀饭分装盛凉，说道："肉末是我刚煮的，生菜我也剁碎了，你先吃点清淡的，过两天阿嫂给你补补，考试没什么好担心的，今年没过，明年过，不要压力这么大，不过阿嫂一直都觉得你很厉害，放宽心，你这次肯定能过的。"

她要喂希微吃饭。

林希微连忙道："不用的，阿嫂，我自己吃就好了，我现在好了。"

方敏说："烫呢，你手刚打完针……"

"那我来吧。"陈淮越伸手接过碗。

"你喂我不吃。"林希微看了他一眼。

陈淮越觉得这时候的她有点像不听话的陈淮川。他觉得她比川川可爱那么点儿，要是陈淮川不吃就拉倒一边去，但是对她，他耐心还是有的。

"不吃也得吃，你饿一天了，不吃饿死了。"他舀了一勺子稀饭，喂到她嘴边，示意她张嘴，大有不吃就要掰开灌进去的架势。

方敏想，林鹏辉要是敢这么对她，早被她掐了。

她无声叹了口气，先去打个热水。

陈玄棠和吴佩珺也在医院，夫妻俩每年年末都要做体检，检查完了听老友说："淮越也在呢，带着个女孩来医院，匆匆给我打了电话，但只是发烧，我看他着急的样子，还以为什么大事。"

"女孩？"吴佩珺皱眉。

陈玄棠谢过老友，拄着拐杖，转身去找陈淮越。

吴佩珺优雅地追上她的丈夫，快到病房的时候，一把拉住了丈夫，给他整理西装的领子，又轻轻地摸自己的鬓发，问道："我怎么样？看起来没问题吧？"

"贵气。"陈玄棠夸赞，"一看就是招孙媳喜欢的阿嬷。"

吴佩珺也满意地夸奖自己的老伴："玄棠，你也很有气度，孙媳妇也会喜欢你的。"但想到等会就要见到阿越的女朋友，她也难免紧张，"那女孩是谁呢？贸然来，也没带礼物，是不是不太有礼貌呢？"

陈玄棠想想也是，但机会难得，实在想看，皱眉犹豫了半晌。

吴佩珺提议道："要不这样，我推门进去，假装走错了，我们看一眼就离开，下回再好好审审阿越。"

陈玄棠点头表示赞许。

吴佩珺推开病房门，笑容如春风满面，眸光明亮，眼睛精准地看向了病床的女孩，嘴里却假意道："哎呀，不好意思，走错……希微？淮越！"

林希微因为发烧，脑子迟钝，没能第一时间反应过来，陈淮越听见他阿嬷的声音，就直起了身，他右手还拿着那半勺林希微没吃完的稀饭，左手端着碗。

"你……你们……"吴佩珺一时语塞，走了进来，尽管满心疑惑，但还是下意识地关心林希微的身体,"希微,你怎么生病了,是发烧吗?现在怎么样了?"

林希微愣愣地回道:"师母,我没事,已经差不多退烧了。"

吴佩珺这才放下心来,有空把目光转移到陈淮越身上,上下打量,意味深长道:"阿嬷第一次知道,你还会给人喂饭呢。"

"没喂饭。"陈淮越语气淡定,"我自己想吃的。"他说着,一口把勺子里的稀饭吃了下去,力证清白。

吴佩珺脸上的神情愈发难言:"这是希微吃剩的。"她冷哼一声,"你还不如说,你对你阿公挺孝顺的,对他的学生都爱屋及乌。"

陈淮越叹了口气:"那我就说实话了,今年鹭城要评选优秀青年企业家,还有好人好事指标,我来弄指标的。"

陈玄棠敲了下拐杖:"那你赶紧去给这一栋楼的病人都喂饭去,少喂一个,我就揍你一棍。你们俩这是怎么回事?"

"难怪川川会喊嫂嫂,原来是这样啊。"

吴佩珺坐在回华侨别墅的车里,忍不住叹气。

"那你们为什么分手呢?"

"没感情就分手了。"陈淮越言简意赅,语气冷淡。

陈玄棠:"你没感情,还是她没感情?"

"你说呢?"陈淮越打着方向盘,漫不经心道。

吴佩珺:"你没感情还去找她做什么?"

"随意找的。"

吴佩珺只问:"那你们之前恋爱,为什么不告诉我们呀?又是你阿公的学生,哎,你们两个小孩……"

陈淮越说:"恋爱是我跟她的事情,你们掺和进来做什么?"

"可是结婚不是啊。"

"但我和她只是恋爱。"

陈淮越也有了隐隐的烦躁,他的确不喜欢双方家庭牵扯太多。两个人在一起本来是一件很简单的事,林希微的家人导致他们分手。结婚太麻烦了,总有许多利益的考量,阿公阿嬷喜欢林希微,不代表他们就喜欢她的家人。

就算现在喜欢,以后也会一直喜欢么?如果他们真的结婚了,那她的家人就一定会是隐藏在他们婚姻中,随时会爆炸的地雷,而她也肯定会再一次毫不犹豫地选择她家人。

林希微痊愈后就去考试了,大病了一场,她心态早已放平,遇到不会做的就跳过,只把握她会做的题,剩下的全靠多年累积的证券、法律知识素养。

杨兴亮跟她在一个考场,准爸爸满面风光,考完更是一身轻松,看见林希微,就叫住了她:"我们现在回律所,讨论一下分团队的事。"

"康师姐在律所吗?"

"她怀孕了,要好好养着身体,不能操心这些事,你别没安好心。"

"所以你就瞒着她?"

"只是分团队工作而已,又不是把兴明拆家了,告诉她干什么,她本来怀胎就不稳了,林希微,我劝你也少去联系她。"

林希微笑了笑:"杨律师,你最好能一直瞒下去。"

因为年末要开始算这半年的账了,但是律所的制度现在还有点混乱,康师姐不管律所后,分成更加混乱。

杨兴亮说:"我就直言了,政策要我们把律师队伍做大做强,我们要加强管理,合伙制强调的是私有,要充分地调动我们每个律师的积极性,也就是多赚多得,所以我们必须把个体的、个人的利益区分得清清楚楚,谁也别占谁便宜。"

"所以,林希微要自负你团队的盈亏,剩下律所的公共支出,我们每个律师都要均摊,比如打字秘书,她的工资我们就得按份划分,每个团队都按百分比给打字秘书支付工资,细分到极致,便是公平。"

林希微觉得可笑,那合伙所的意义在哪里?他们又为了什么出来创所?

她反问他:"那我会打字,我是不是就不用摊秘书的工资?你计较得这么清楚,你干脆连厕所的纸都按张计算好了。"

"厕所倒不必。"杨兴亮神情严肃,"传真纸、打印纸要按张数使用来计算。"

林希微被气笑："杨律师,你每次蹲坑最久,我看冲水费也按量摊!每人上厕所只许冲一次水,我们再招个助理在厕所门口听冲水声好不好?"

第四章
林希微,你欠我的

康明雪在创办兴明律所时,和林希微一起制订了详细的办公准则,她们虽然还不清楚兴明未来会走向哪里,但她们都想做证券上市、涉外、房地产业务,参照五星级酒店标准待客,注重着装礼仪……

林希微认为,创业之初最重要的是团结,把兴明打造成一个知名律所品牌,利用品牌影响力,让大家走得更远,所以,康师姐又在律所章程中规定了不管有没有业务,律师都可以领到较为不错的工资,合伙人到年终时再进行分成。

而现在,这一切都被杨兴亮推翻了。

"我是律所里创收最多的人,这半年的经营成本大部分都是我和康律师出的,现在该算清楚了。"

这半个多月,杨兴亮又招聘了新的打字秘书、会计和律师。

他已经让会计算好了："每月办公场地租金一千多美金,设备花的这几万人民币,这几个月秘书的工资、办公成本,我也不多要,你们每人给我两万五人民币,给你们发的这几月工资,也请还给我,之后各自算各自的账,各自承担成本。"

他也的确没占林希微他们的便宜,只是要向一些律所合伙人学习,不想分配不公罢了。他能力强,赚得多,林希微他们赚得少,只会来分他的创收,他也不认为他改了分配制度,就会导致兴明发展不下去。

林希微问他："那你不如去开个人律所,何必开合伙所?"

"你和康明雪定的制度有问题,养懒人,赚得少拿得多。"

他要把律所公共池子里的钱都掏空。

"师姐只让我们每个人上交一半的创收给律所,有些律师刚进律所,还没找到业务,律所不发工资,难道让他们前几个月倒贴工作么,公共池子的钱是为了招纳优秀人才,是为了律所的长远发展……"

杨兴亮讥笑一声:"你是在说你自己么?不能迅速接到业务,不能自担风险,就别出来当律师。"

他下了最后的通牒:"总之,你和连思泽尽快还我钱,你们招的那两个新律师,也自己发工资,招了两个不专业的人进来,连律师这不会交际的性格也不适合出来创业。"

康师姐怀孕后,律所的管理陷入混乱,林希微在白鹭花园的创收都还在她自己手上,她其实是有钱的,但就冲杨兴亮最后的这句话,她决定了,要当个不要脸欠债的人。

"杨律师,那真是不好意思了,我没钱,赚的一点钱我还要留着后面养团队,比不上你半年创收三四十万。"

林希微忍着怒气,露出微笑:"我们穷人就是这样的,你再逼我,我就去跟师姐说,有本事你就解散了兴明。"

杨兴亮不敢,一个律所的创办审批是多么困难,司法局当初核准他们五人创所,也对兴明寄予了厚望。

连思泽在一旁憋红了脸,也说道:"就是,逼急了我们穷人,这个……这个律所……谁谁谁都别想要了!"

"就是就是!"

林希微痛快吵完了架,心情反倒还有一丝愉悦,从短期来看,她个人亏不到哪里去,只是兴明会偏离他们所设想的大所路径。她收拾东西准备离开办公室,忽然想起明天就是1995年了。

她从大门外又探头进来,弯着眼睛,笑眯眯地祝福:"杨师兄,提前祝你新年快乐,创收百万!"

杨兴亮说:"不必祝福,我怕短命。"

"杨师兄,不管怎么样,1994年,谢谢你和师姐!"

杨兴亮抬起头:"你人格分裂吗?"

林希微:"我跟杨律师吵架,又没跟杨师兄吵架。"

杨兴亮气笑:"新年快乐,小师妹!"

林希微喜欢1994年。

陈淮越也喜欢1994年，但为什么喜欢，具体也说不上来，总之就是全身心的舒畅，仿佛全身筋骨都被打通。

钟程嗤了声："房地产泡沫，你还喜欢，我就不喜欢，我看上半年你还情绪一般般呢，啤酒节之后，你就变了，林希微给你吃兴奋剂了么？"

陈淮越语气淡淡："是因为今年公开土地竞投大多中标罢了。"

钟程不信："那你为什么突然决定投资海景酒店？"

"杨经理找我谈了好几次，考察过后确实不错，啤酒节的盛况你也见到了，之后还会接着办西方节日庆典活动，又是鹭城第一家国际商务连锁高档酒店，值得投钱，房地产和酒店行业本身就挂钩。"陈淮越笑着问道，"你和杨幼芙那天去的高尔夫球场怎么样？海景打算举办第一届酒店业高尔夫球比赛。"

钟程答非所问，阴阳怪气："我还以为你投资，是想纪念你们的重逢。"

"我是个商人。"

"最好是，刚刚杨经理还跟我说，你提了个婚宴优惠福利，让海景承办西式婚礼服务，别让我发现，你最后在这儿结婚。"

陈淮越喝了一口茶，他戴在手上的戒指碰到了杯子，这一枚素戒，他偶尔兴致来了就会戴上，平时就收起来放在家里。

情侣之间会互送戒指，婚礼上还会给彼此戴上承诺对彼此忠诚一生的婚戒，如果林希微穿着婚纱，把戒指套在他的无名指上，要他余下的数十年都只爱她一人……

他抿了一口茶，心跳比刚才快了一些，面上却很冷静："结婚不是一件简单的事。"他也不想改变现状，带来更多的麻烦。

钟程笑了下："是啊，想分手随时可以分手，但离婚不行，除了彼此的家庭，还会影响公司的生命线，要是等我们打算上市了，林希微突然要跟你离婚，要求分割财产，那我们公司可完了，她冷心冷肺的，干得出来这事。"

陈淮越只说："你少乌鸦嘴。"

如果他和林希微结婚了，她怎么可能会跟他离婚？

陈淮越还有事，他抬起手腕看了下时间，起身道："我先走了，要跨年了，你也早点下班回家吧。"

钟程："你不跟我跨年了？我订了迪厅的座位，不然我们随便找个酒吧，今晚再约几个朋友一起？"

"今晚有事。"

钟程看见陈淮越手上拿了一张订单纸，过去瞥了眼："你又订西装了？你从十月份开始，有穿过重复的衣服吗？西装订了六十多套了吧，我劝你别白费功夫了，林希微是个土帽子，她分不清你今天和昨天穿的西装有什么区别，你想吸引她的注意力，穿个解放胶鞋都比你皮鞋擦得锃亮更好。"

陈淮越当然不可能穿解放胶鞋，是人就喜欢好皮相，不然林希微开个律所，也不至于几次去购买高档套装。

所以，他在意大利时装设计师的建议下，穿上了手工缝制了两个多月的西装，还让蔡秘书把他的新车开去洗得干干净净，一尘不染。

林希微的跨年夜是和家人一起过的，就是天公不作美，突然下了一场倾盆大雨。

她今年赚到了一点钱，兄妹三人凑了钱，让林鹏辉去买了一台彩色电视，她暂时买不起房子，但日子总要有点盼头的，一年比一年更好。林玉梅身体本来就不好，年纪大了，更不好再跟船去捞鱼了，她一人在家无聊，带绮颜的时候，两人还能一起看电视。

林家人都挤在了堂屋里，围着八仙桌坐，眼睛盯着电视，开始吃晚饭。

林希微的寻呼机一直在叫，她看了几眼，除去客户、朋友的新年祝福外，还有一条陈淮越的消息，他约她去海景酒店参加跨年活动。她想了想，下雨了，还是不跑去小卖部那打电话了，不说她没打算去，就算她想去海景，这时候也来不及了。

林鹏辉没坐下，端着碗站着扒饭，他是家中唯一的男丁，以前还很嚣张，自认是传宗接代的根，但后来家里女的越来越多了，已经没有他

121

说话的地了，他还得每天早上凌晨五点爬起来倒尿桶。

就怕等天亮去倒，被人看见，他林老大的面子还要不要了？

林玉梅对家里现在的条件很满意了，几个孩子都在挣钱，她也算是把孩子们都拉扯大了。

"就是我们家太小了，小薇厂里还会分房吗？你早点结婚，分个房，安安稳稳的。"

林小薇不耐烦："妈，我刚进厂呢，轮不到我，而且现在分房改了，也要花钱买的。"

林玉梅又转向林希微："你也是，没乱跑，侨办还能给你分房，你也能早点结婚。"

林希微知道她妈的性格，随意敷衍："好啊，那我明年就结婚。"

"外面雨好大啊。"

吃完了晚饭后，林希微跟林小薇一起洗碗，蹲在了雨棚下，雨水噼里啪啦地打在铁皮上，发出嘈杂的声响，混着泥土的雨水在地上蜿蜒出一道道漆黑的痕迹。

"玉梅，你在不？你团婿车卡路上了，哎哟，快叫你家鹏辉出来帮忙弄车，你团婿全身都湿咯！"

陈淮越想象的今夜不是这样的，至少不是他的新车在进村的破路上卡进泥泞的深坑里熄火，出不来，下雨天导致农村的模拟信号特别差，他的大哥大根本拨不出去号，前后路灯都没有一盏，黑得跟眼瞎了一样，等了大半天，也没有一个过路人。

他最后没办法，只好打着车灯，冒雨下车，打算借光走到前面的尾厝村找林希微家里帮忙，结果就是，不仅他的车进了泥坑，他也一脚摸黑滑进了田埂里。

这该死的意大利手工羊皮鞋底！

林希微让陈淮越先坐在雨棚的凳子上，她说："这条干毛巾你先拿着擦一擦，我阿嫂在给你烧热水了，马上就能洗了，或者你把号码给我，我让我哥去小卖部帮你打个电话，让人来载你回家。"

陈淮越脸色沉沉："你在笑我吗？"

林希微本来不想笑的，可他淋得像只落水狗，满身污泥，脸上也擦得很黑，还一脸冰冷傲慢，她再往下看，注意到他今天穿了马甲、衬衫、领带一整套，隐隐可见精心练就的肌肉线条，只可惜，皮鞋少了一只，只穿着沾满泥土的黑色袜子。

"我没笑。"她嘴角忍不住上扬。

他用毛巾擦了下脸，越擦越脏，一直盯着站在面前的她看，黑眸里都是明亮的怒火，明明很狼狈，但林希微却心跳加速了一下。

她抢过他手里的大毛巾，盖在他的头上，遮住了他的视线。

她镇定道："我帮你擦。"

陈淮越看不见她了，可她离他很近，她的手在他的头发上，她就站在他的面前。他沉默着，隔着大毛巾，抱住了她的腰，说："你欠我的。"

院子里就只有铁皮被雨撞得当啷当啷响的声音。

林希微轻轻地推开他："我为什么欠你？"

他不语，她继续说："男女分手是很正常的事。"

"是么？"陈淮越摘下了毛巾，他轻扯唇角，"那林律师分过几个？"

他看似云淡风轻，但黑眸里的光却一点都不友善，她要是说2个，3个，他现在就淋雨走回家。

林希微避而不答："我上次也跟你道歉了，陈总大人有大量，我以为事情已经过去了。"

陈淮越轻嗤："没过去。"

林希微静静地看着他，忽然笑了："那你想怎么样？你旧情难忘，想复合？"她说这话的时候，不遮不掩地对上他的目光，如此坦荡，又如此直勾勾。

陈淮越再次意识到，这两年林希微变化很大，她好像在短时间内，比从前更快速地成长，也比从前更加漂亮张扬，处理情感和事业也更游刃有余，只有上次她发烧那一回，他才隐隐约约见到几分从前她的影子。

他不再是她的男朋友，她就不会想起他，之前她不需要客户，回国那么久，都没想过找他。

她问他旧情难忘，明明他还没回答，但她眼角眉梢的嘲意已隐隐流露，她不仅不信，还会说，她不需要。

陈淮越也没看明白自己，这世上的女人何其多，但他就像被拴在柱子上的狗，而林希微就是那根柱子，他绕来绕去几年，没走出她划定的范围。

他别开目光，冷淡道："林律师，这是我的事，你少管我。"

这是林希微没想过的回答。

他还说："钟程说你忘恩负义，那你是么？就算我不是你男朋友了，但也总归是有恩情的，现在该你报恩了。"

林希微语气随意："以身相许？"

陈淮越眼神停留在她脸上，漂亮的女人坦荡无畏，轻轻松松就捏住了他的心脏。他移开视线，似是漫不经心："或许吧，就看林律师想怎么做了，只不过，我们现在是合作关系，避免利益……"

林希微在长条凳子的另一边坐下，听着雨声说："都没上市，还扯什么利益输送。"

"嗯，比不上林律师的草台班子，兴明要倒闭了吧。"

"全世界都是草台班子，今年七月才通过了《公司法》，鹭城律协现在还没正式规章，大家心里其实都没底，就看谁装得更像样子。"

陈淮越笑："这是你创业半年的心得吗？"

"这是真理。"

他眯起眼睛："今晚看我狼狈，你好像心情挺好。"

"陈总，你说得我好像见不得人好。"

"你可能见不得我好。"

林希微双手撑在身体两侧的条椅上，她微微抬头，看着雨水在面前落成了帘，朦胧的，光影浮动的，将他们两人隔绝在了这里，她轻声问："你听见屋子里电视的声音了吗？"

"我只是被雨淋了，耳朵没坏。"

"好多年前大哥拿外汇券买过一台，后来我们没钱了，就卖掉了，我们今天又去买回来了。小时候村里就有好多电视，大家好像都过得挺好的，除了我们。"

这是陈淮越早就知道的事，但他依旧安静地听她讲。

她忽然问:"你觉得我妈漂亮吗?"

陈淮越微微拧眉,不明白这个问题是什么意思,他没关注过她妈妈,也没想过去看她妈妈是否漂亮。

但林希微也不需要他的答案,她很肯定:"我妈很漂亮,她本来可以不管我们,在我爸没了之后,就改嫁。我爸爸在的时候,她也不是这样的,她说过,她不再嫁人不是因为不舍丈夫,只是心疼三个小孩。"

林希微偏过头,去看他:"陈淮越。"

"嗯?"

四目相对,她说:"我们分手,是因为你不了解我。"

陈淮越被气笑,真会倒打一耙!

"不了解能谈四年。"

林希微笑:"还有人不了解,看我这张脸,都能喜欢我十几年呢。"

"十来年,你高中同学么?你以前怎么没跟我说。"

方敏已经烧好热水了,她打着雨伞,催林鹏辉提桶,目光还如同扫黄一样,时不时盯几眼雨棚,别说这个陈老板不喜欢她,她也喜欢不来这个男的。

本来多好的一个跨年夜,整个家里都在为他忙前忙后,他还有心情在那当大爷。

但方敏语气还是客客气气的:"陈老板,洗澡啦!"

林希微上次发烧在医院被师母撞破了她和陈淮越曾经的恋情后,已经想明白了,她现在没有什么好隐瞒的,也没有什么好回避。她从前太过在乎陈淮越,想在他面前展现最好的自己,有美貌,有事业,有上进心,就算有个贫困的家庭,但她有本事自己撑起家,她不要她的家人去连累他。

但事与愿违,陈淮越可不就是个冤大头么,帮前女友出国留学,还给她大哥买了几万的车,转头就被分手了。

林希微又拿了两条毛巾:"干净的,你去冲一下泥,然后我大哥送你回去。"

陈淮越第一次见这样的卫生间,挂毛巾和衣服的是铁丝,墙壁是粗糙裸露的红砖头和水泥,灯泡被熏得漆黑,冷热水掺杂放在了两个塑料桶里,好在毛巾和桶都是林希微的,让他冲澡的时候,不会硌硬。

他换上的衣服是林鹏辉前几天刚买的,还没穿过,虽然不完全合身,但也凑合。

林鹏辉在雨棚里等陈淮越,他一人坐着,正在抽烟,抬头看见陈淮越,他掐了烟头,站起来:"走吧,我送你,我们村的路下雨了特别难开。"

"很多人喜欢你二妹妹?"

"看你问的,林希微脾气很坏,但好看啊。你肯定觉得我狗腿子对吧,但我也不是对谁都狗腿的,我就看好你,你年轻有钱英俊,跟我妹般配,我妹喜欢你,我才叫你妹夫,找你要钱的。"林鹏辉说到最后还有点不好意思,干咳了一声,"我说真的,我爸刚没时,我妈生病,有人想领养她,我放学跑了十几公里把她追回来了,把林小薇给他们,结果人家不要林小薇,林小薇是挺讨人嫌的……"

"她很辛苦。"陈淮越说,"我帮你,只是不想她那么辛苦。"

但他好像做错了。

"你车上有纸笔吗?"

"有。"

陈淮越坐在车子里,迟疑了一下,还是给林希微留了一张纸条,让林鹏辉代为转交。

林鹏辉送完陈淮越,又去跑了个元旦夜车,短时间的干劲上来了,他作为大哥,怎能如此无能,得好好赚钱还债,但第二天早上他困得不行,赖在被窝里不想动,又不想出车了,欠债就欠着吧,债多不愁。

方敏一把掀开他的被子,先看见的是他枕头旁的纸条,问:"这是什么?"

林鹏辉立马爬了起来,胡乱穿裤子:"林希微是不是还在家?情书,情书,马上给她。"

林希微在林鹏辉灼灼的目光下,打开了纸条,上面写着:林律师,那重新了解一下吧,这就是我要的补偿,明年见。

后面还有句:还有,我爱你。

林希微面无表情地看完，抬起头，盯着她大哥。

林鹏辉摸了下鼻子，心虚道："不感动吗？"

"后半句是你写的狗爬字。"

"这不是给你们的恋情加一把火吗！"

方敏拽了下老公："希宝有自己的主意，那个陈老板跟她不一定合适。"

"希宝喜欢他啊。"

方敏认真问："那他喜欢希微吗？是打算结婚的那种喜欢吗？我看不像。现在开放了，社会乱得很，你没看见电视上的男男女女……"

林希微郑重澄清："我不喜欢他！"

新年的第一天，林希微决定当个团队的好"老板"。

她和连思泽到目前为止签下白鹭花园34套房，运气好的时候，一天就能卖掉16套，但更多时候运气不好。

不管怎么说，这已经算得上是暴利项目了。

两人坐在小办公室的地上，盘着腿把钱算清楚，林希微说："反正杨律师催债，我们就先拖一拖，等再多一点收入，就还他，我们俩的分成怎么算？"

她语气温和，虽是询问，但内心已有定论。

"思泽，如果你信任我，听一下我的意见可以么？现在律所管理比较混乱，我和你捆绑成了一个团队，白鹭花园小面积一套律师费约三百美金，大的五百多，我们现在的收入是13366美金，折合人民币约11万。

"因为杨律师要我们均摊，所以我们两人每月要支出房租四百美金，还有我们团队的律师费用，我们两人的工资，秘书费用……

"这一笔创收我打算都投入我们团队的公共池，我们两人各取一万元的年终奖，给秘书三千元奖金，新来的两个律师，多发三个月的工资，也就是每人也发三千，剩下的钱，我们俩暂时不分成好吗？用于团队运营。"

连思泽对这个分配方式没什么意见，但他有点担心："会不会太大方了？新律师刚来，我们自己的薪资也才一月一千，给他们也是。"

"因为杨律师抠门，试试看吧，我也没当过老板。"对于工资该怎么发，林希微心里也没底，但她大学好友倪知禾说北城那边的好律所，律师起薪已经一千五了。

"我也是……"

林希微又提起了楼花按揭："这个月我计划去香港一趟，一个是公证问题，买房需要公证，但香港律师本身就可以作为公证人，而我们有专门的公证中心，那律师见证的意义是什么？另一个是，我得去看一下香港的贷款流程和团队的运作方式，杨律师不跟我们做了，他和康师姐又跟银行的人关系最熟悉，他不会帮我们了，我们得自己找到银行的门路。"

"你联系沈律师了吗？"

"嗯。"林希微叫连思泽去找几个红包封，"我们请他们去酒吧庆祝，然后把年终奖给他们，辞旧迎新！"

去香港的前两天，是越程的年会日，林希微作为合作律师，也收到了邀请，她本来不想去的，但觉得可以去看看别人是怎么当老板的。

又是在海景酒店。

连思泽内心唯有羡慕："我们律所什么时候也可以把年会办大，十周年庆的时候，可以么？"

林希微坐在位置上，翻看越程的公司介绍，后面还有一本内部述职报告，但应该只是摘录部分内容。

很快，她看见了陈淮越的述职报告，还提到了"林希微律师"，讲的是合作项目建设，在左边画了个她的小人，她是执行者、完成者，而陈淮越是鞭策者、协调者，他们之间的关系是互补，还在两人的名字间标了数个双箭头。

这的确是个严肃的工作报告，但她能想象陈淮越在灯下写她名字的样子，他还选了个跟她一样长卷发的小人造型。

她镇定地把本子合上，抬头正好对上陈淮越含笑的视线时，左右飘忽了下目光，莫名有些紧张，落荒而逃一样地移开了眼。

陈淮越走了过来："林律师，看什么呢？"

林希微稍显用力地按着报告本："没看什么。"

他伸手碰了下她微热的脸颊，又很快收回，若不是残留的触感，便像是错觉，他看着她，说道："你要去香港。"

"你也要去香港吗？"杨幼芙在林希微身边落座，"林律师，我们每年一月都会去香港找沈曜辞，明天下午出发，你要不要跟我们一起？"

杨幼芙对林希微很自来熟，分明两人只见过一次，她有些惊喜："林律师，你今天喷香水了。"

她不让林希微开口："先让我猜猜，phenolic、earthy、薄荷、涩感的，是香奈儿的吗？你闻闻我身上的，玫瑰、水蜜桃和杏子，是不是有一种置身甜蜜的幸福感里的感觉？"

林希微并不了解香水，今天也没喷香水。

陈淮越看见杨幼芙就拧眉："你的位置不在这，回你的位置去。"

"我不。"杨幼芙直接把写着"钟程"的座位牌拿走，换成她的，"现在是我的了。"她红唇一弯，嫌弃道，"陈淮越，你身上的香水不好闻，臭死了，一点品位都没有。"

陈淮越拿她没办法，再说下去，不讲理的杨幼芙拿走的就是他的座位牌了。

林希微松开了手上的那份工作报告，她的鼻尖闻到了陈淮越身上的男香，至于Yeo小姐说她身上的香味，或许是她妈妈早上给她涂抹的纯露，用来舒缓她骨节发炎的酸痛。

好在杨幼芙没再追问香水的事，她吸了一口柠檬水，说："林律师，我爸爸有个朋友有专机，除了我、钟程、陈淮越、他们公司的人，还有位置可以搭载你，比普通飞机舒服很多的。"

"谢谢，我已经买好了机票，而且我后天才去。"林希微笑着回答。

钟程也过来了，他笑杨幼芙脑子空空："坐专机要有保险的，林律师没有上保险，你以为每个人都有保险吗？"

"现在买来不及吗？"

"来不及，而且保险费用也不低啊。"

陈淮越蹙眉："谁没事买什么保险，好了，林律师有自己的计划，

129

杨幼芙,你再这样烦人,我就要请你出去了。"

"你敢,那我就去告诉你全家人!"

除了钟程,还有现在的合作伙伴沈曜辞,林希微并不认识陈淮越的其他朋友,也不知道他如何同他的朋友相处,他们两人的朋友圈子一直都是独立的。

陈淮越和钟程今日有许多要忙的事,只待了一会儿,就离开了。杨幼芙一直坐在林希微的身边,时不时热心地教她西餐礼仪:"你吃完前菜要把刀叉这样放在盘子上,不然服务生以为你还要用,就不会帮你换盘子的……你这样拿刀,不礼貌,会被人笑话的……"

林希微干脆放下刀叉,认真向杨幼芙学习,杨老师虽然讲话不好听,但教学十分用心,林希微受益颇多,说:"谢谢。"

杨幼芙不知想到了什么,突然看了她一眼:"你不会觉得我是故意想让你难堪吧?"说着鼓起两腮,大有林希微敢点头,她就立马不说话的气势。

"当然不会。"林希微笑着道,"我知道你在帮我。"

"你不要自卑。"杨幼芙说出这句话后,又有些懊恼,"我不是这个意思……我的朋友都是这样被我赶走的。"

林希微知道她没有恶意,但也知道,她们俩也是两个世界的人。

杨幼芙却聊得很是欢畅:"钟程告诉我,是你把陈淮越蹬了,你做得真好,他以为他是什么东西,你还是对他太温柔了,你就该学他平时傲慢的臭模样,把他踩得一文不值,让他气死。"

杨幼芙说着,突然看见了林希微座位上的包,微微睁大了眼,显然震惊:"陈淮越送你的吗?他只给你买皮尔卡丹?!你家里穷,他应该要大方点呀。"

林希微还是笑着,这些事情对她来说没有任何意义,凭良心说,陈淮越在物质上没有对不起她,就跟杨幼芙也没有想伤害她一样。

只不过,这是康师姐送她的工作包。

"杨小姐……"

"你可以叫我阿芙,幼芙。"

林希微对上杨幼芙的眼睛,她尽量说得坦然:"幼芙,对我来说,皮尔卡丹已经很好了，我刚工作的时候，拿的是一个布袋子，我师姐想我体面些，所以送了这个八百块的包，是当时我两三个月的工资。"

杨幼芙有些沮丧："我又说错话了。"

林希微给她闻自己手腕上的味道："这是你说的香水味吗？其实是消炎药，效果挺好的，你有需要的话，我把牌子抄给你。"

"好呀。"Yeo小姐把这句话当成友谊的邀请函，又开心了起来。

两人又继续闲聊，但林希微实在闷得不行，就先离开去了洗手间，她接了点冰水，拍在手腕疼痛的地方，更是一阵刺疼。

她反复地想起杨幼芙的笑脸，有些羞愧。她当然不会跟杨幼芙翻脸，因为她在两人的沟通中，知道杨幼芙的爸爸在做电子零件，她听到过消息，有个美国企业要在鹭城同他合作投资建厂，正在找律师。

她想做，她需要一个被引荐的竞争机会。

杨幼芙的确没什么心机，至少比林希微单纯很多，关于她家里的事情，林希微开个头，她立马就跟倒豆子一样，全都一口气讲完了。

见林希微从洗手间回来，杨幼芙又拉着她喝了许多酒，林希微心中有愧，深呼吸，拿出点真心，至少喝酒是真心的，两人红白啤混着，喝得毫无章法，只顾痛快，没一会儿，两人就亲密地把头靠在了一起。

杨幼芙握着她的手保证："虽然我可能会跟陈淮越结婚，他喜欢你，但我绝对不会针对你的，我们是好姐妹，再碰一杯，你忘掉我刚刚不小心说的那些讨厌的话，我以后再也不说你家穷了，可以吗？"

"嗯。"林希微酒意上头了，"你也放心，我卖完房子，绝不跟他来往了。"

"不行，你不来往，谁来收拾他？"

林希微歪了下头，脑袋晕乎："那怎么办？我不能破坏你们的姻亲！"

"那我不跟他结婚了，我换成沈曜辞！我去香港找他玩，但是，他觉得我是白痴，傻瓜，蠢蛋，我真的这么笨吗？"

林希微脑子转不动了，没能第一时间回复。

Yeo小姐当这是默认，更伤心了："都怪我爸爸生了我这个笨蛋！"

一直到年会结束，两人还醉醺醺地抱在一起，连思泽很为难，不知从何下手,他手足无措:"希微,希微,还清醒吗?我们该回去了。"

"清醒。"林希微两颊酡红,露出迷离的笑,"思泽,我,我在谈项目。"

"谁?"连思泽没看到商务人士。

杨幼芙痴笑:"我呀,我刚刚给我爸打电话了,我爸让你们派人去谈呀……"

陈淮越从刚才就见两人乱喝酒,但走不开,现在结束了手头的事,立马让杨幼芙的司机接走她,他自己送林希微回家。

阻拦他的人是连思泽,连律师很正经道:"陈总,林律师喝醉了,不清醒,我送她回家吧。"他轻咳一声,"虽然是合作关系,但陈总您也是个男人……"

"你不是男人?"陈淮越瞥他。

"我是。"连律师尴尬,"那我们一起送吧,保证送林律师到她家人手中。"

"行。"

跨年夜的大暴雨都过了这大半个月,尾厝村的那条泥路还是被污水冲得坑坑洼洼,司机开得小心翼翼,陈淮越的心里却有了阴影,眼见着要到他上次陷车的地方,立马道:"先停吧,你在这等我,我送她进去。"

连思泽也跟着去,他原本想帮忙搀扶林希微,但陈淮越已经很熟练地哄着醉鬼林希微,让她趴在他的背上,轻轻松松地把她背了起来。

他往前走了一段路,还回头道:"连律师,不担心林律师了吗?"

连思泽后知后觉地明白了他们应当还有别的关系,林希微并不排斥陈总的靠近,肢体语言还很亲昵。

他不远不近地跟在后面,他也是第一次听到越程的陈总如此密的话。

"卖完房子,就不跟我来往?杨幼芙说什么,你就信什么,两个傻蛋。"

"你当自己多聪明,喝酒会醉,就不要喝这么多,之前不都挺聪明,没喝醉倒,今天就被杨幼芙灌醉了,她不懂酒,乱掺杂喝。"

"你就只会在我面前蛮横,还好这是越程年会,老板娘一般喝……林希微,反正我要被你气死了,你要是听了杨幼芙的话,你就比她更笨。"

胃被颠得难受的林希微终于张了嘴:"我,我……想吐。"

"林希微!"

连思泽闭上了眼,不敢看这残酷的画面,林律师吐在了陈总昂贵的西装上。

但出乎他意料的是,陈总声音里像是怒意满满,但脸上并没有什么气愤的情绪,他走过去,给陈总递了纸巾。

陈淮越礼貌道:"谢谢。"

好在已经到了林家门口。

林希微扶着垃圾桶,继续吐,陈淮越半搂着她,给她擦嘴,低声训斥:"吐不死你,我是你爸吗,还要照顾你,这就是你给我重新认识的机会么,看你当醉鬼。"

"这两年你变化不小,脾气更坏,现在还吐我身上,美好形象都不顾了,真丑。"

林希微啜泣了下:"我难受。"

"哪里难受?你家里好像没人照顾你,要去我家么?"陈淮越让连思泽帮忙,脱掉自己被吐脏的西装,小心翼翼地将她重新搂抱在怀中。

林家还真的没人在,林鹏辉跑车,林小薇住厂里,大嫂带女儿回娘家,林妈不知道去哪里了。

林希微吐完后,坐到车上好像有短暂的清醒,陈淮越让司机先送连思泽回家,车子停在连思泽家楼下,林希微坐得笔直,跟连思泽说:"思泽,我认识他,拜拜,你回家吧。"

连思泽点了点头,安心下车上楼了。

接下来一路安静,司机也沉默着开车,到了陈淮越的公寓楼下,陈淮越先下了车,撑着车门,俯身问她:"真的要上楼?"

然后,他就确认,林希微还是喝醉的,因为她搂住了他的腰,就像从前那样。

林希微有个好记忆，她每次醉酒醒来，最痛恨的就是她的记性，她为什么不能脑海一片空白，为什么要如同播放电影一样，一帧帧回放，还有慢镜头放大细节。

她把自己的头埋在了棉被里，恨不得打死昨晚那个洗澡都不安分的自己，改革的春风不仅吹遍了法律界，也把她吹得不正常了，酒精让她失控，她为什么不去摸别人，为什么要去摸陈淮越？

她突然想到，这是陈淮越的家，她掀开被子，这个房间对她来说，并不陌生，陈淮越不在房间里。

她下了床，看见自己身上穿了套新的女式睡衣，不是她的。

她深呼吸，打开了房间门。

陈淮越赤裸着上身，只穿着黑色的长裤，两手端着餐盘，从厨房里走出来，黝黑深邃的眼眸盯着她，说："吃早饭了。"

站在鸟架上的鹦鹉拍了拍翅膀，昂首挺胸地出声："林希微小姐，请入座！"

客厅的电视开着，为爱飞蛾扑火的先锋女主在质问男主："你是不是最爱我？你心里是不是永远只有我一个人？我是不是你生命中的不二人选？"

林希微不自觉地屏住呼吸，心跳很快，脑子慌乱，她率先移开视线，质问他："你为什么不穿衣服？"

陈淮越等的就是这句话："有人见不得我穿，我一穿就撕我衣服。我虽然有钱，但也不是这样浪费的。经过昨晚，我倒是明白了，你说得对，我的确是不太了解你。"

林希微的思绪几经回转，她记得这些细节，她说她想喝水，醉得趴在岛台上，要他不要再煮东西了，她讨厌做饭，她只要喝水。他无奈地俯身，盯着她的眼，说他在煮山楂红茶解酒，呼吸交错，她的注意力只落在他微动的唇上，以为会是男女间心照不宣的暧昧交错。

但陈淮越叹了口气，绕过岛台，像抓出去野了一天脏兮兮的孩子一样，把她捉去了浴室，给她放水，叮嘱她洗澡："你吐了一身酸臭味，这几个按钮还会用吗？跟之前一样……哎，你别开那个。"

来不及了，固定在浴缸顶部的花洒把他们从头淋到了脚。

她还去扯他贴在身上的白衬衫,摸他宽厚的肩,紧实的腹部线条,不让他离开。酒精早已腐蚀了她的理智,分不清时间先后,只知这人是陈淮越,手指一寸寸地摸着他面部的轮廓,线条冷峻凌厉。

这人也的确是冷峻的,单手就制住了她:"是不是觉得自己是湿发出水美人鱼?你是酸菜贴了一脑袋的大头鱼,别动,先洗澡。"

林希微越回忆越心虚崩溃,换成是她,也很难想象一个醉鬼带着呛人的酒气,熏人的臭味,还自以为是成年人不加掩饰的暧昧气氛……

"回忆起来了吗?林律师。"陈淮越礼貌地问。

林律师含糊地"嗯"了一声,又道:"那谢谢您了,陈总。"

既定的事情无法改变,她假装镇定:"不好意思,陈总,我喝醉了,发酒疯了,之前忘记跟您说了,我喝醉就喜欢脱人衣服。"

"喜欢脱我衣服。"陈淮越轻笑着纠正,"没见你脱连律师衣服。"

林希微自认被酒精侵蚀后的脑袋没办法跟他继续探讨下去,只转移话题:"那个……我想刷个牙。"

林希微把冷水泼在了脸上,冰冷的触感让她清醒了几分,这个公寓和她六年前来的时候没有多大区别,她还记得那时候的不知所措和无所适从,那是她第一次见到这样高档且有品位的房子,融入了很多他个人的艺术色彩,就像越程地产的楼盘,也因"艺术"和"品质"而出名。

活泼的南洋夏日彩调,整体温暖透亮,拱形原木法式百叶窗,墨绿色的柜台,黄色的马赛克花砖地面,而她现在所在的洗手间的洗手台,他选用了暗红色的闽南手工红砖,镜子的花边是热情的彩绘玻璃。

林希微从镜中看见了温暖的黄铜吊灯,藤编的储物柜,光影透过百叶帘照了进来,笼罩在她昨晚发酒疯的内嵌式浴缸里。

她挤了牙膏,开始刷牙,心想她可真是膨胀了,现在居然敢想,她也要赚钱买个这样"资本风情"的豪宅,温暖惬意的风格比杨师兄家选用的流行黄木欧式吊顶更让她喜欢。

陈淮越站在餐边柜那儿煮咖啡,见她洗漱出来,问道:"留学有没有养成喝咖啡的习惯?"

"没。"

他轻嗤:"是么?"

那当时他看见李从周买的两杯咖啡，是谁喝的？

林希微没明白，补充了句："偶尔太困，就会喝一杯。"

"喝吧。"他把苦得要命的意大利浓缩咖啡端给她，给自己泡起了茶。他跟大多数鹭城人一样，一直都有喝茶的习惯，但紫砂壶和泥精杯竟还是她四年前，花了半个月工资送他的。

她坐在餐椅上，看着他挺阔的背肌、紧实的腰身，熟悉的男人，周围的一切也都是熟悉的。

和尚鹦鹉站在鸟树上盯了她一会儿，好像认出她了，歪了歪头，就飞到了她的肩膀上，它很亲近人，又聪明，被她养过一段时间。林希微看见桌上切成小块的苹果，拿了点儿喂它，它立马喊道："希宝希宝！"

林希微小心翼翼地摸了摸它的毛，因为这只鹦鹉被前主人遗弃过，刚被陈淮越带回家的时候，很怕人，不说话，也很孤僻，林希微花了好长一段时间，才跟它亲近起来。和尚鹦鹉属于话很多的那类鹦鹉，如果没人陪它，它很容易抑郁生病。

陈淮越姿态松弛地靠在岛台上，喝了口茶："它一直觉得它被你抛弃了，和尚鹦鹉一般只认一个主人，你连鸟的心都伤。"

"这是你的鸟。"林希微摸鹦鹉的动作微微一顿。

"但它不愿被你抛弃。"

陈淮越又说："它一般就只能活30年，被抛弃了一次，又被你弃了两年，你这次又准备抛弃它多久？"

林希微没有接话，因为她不知道该回什么，她看着墙上的照片，大多是她拍的陈淮越，在这个公寓里处处都是她曾留下的痕迹，两年也不曾消去，就好像他们不曾分手，只是她出国读了书，毕业后就回到他身边。

外界的时光流逝，而这个公寓，却被他按下了暂停键，静止在她出国的那一刻。

但隔阂在他们之间的问题，迟早都会爆发。

她希望那个人不仅是她的爱人，也是她的家人，而陈淮越或许会是个很好的爱人，却绝不会是她的家人。

当时他们刚在一起没多久，就意外被大哥撞见。

大哥一边摸着陈淮越的车，一边谄媚地喊他妹夫，又询问两人有没有结婚的打算，吓得她立马捂住大哥的嘴。陈淮越虽温和地表示他不介意，但并没有掩饰他看她时，一闪而过的轻视。

　　他当然可以看不起她，她也可以跟他恋爱几年，她不会亏的，最差的结果就是伤心分手，她早就做好了准备。破碎的心是虚假的，她有一颗强大的心脏能扛过去，而她一定能在爱他的几年里，借他的眼，看到更远的世界。

　　陈淮越已经走到了林希微的面前，他身上有着淡淡的茶香，鹭城是个在茶汤里泡了数百个春秋的老城，林希微的爸爸也很爱喝茶。

　　和尚鹦鹉被陈淮越的突然靠近吓到了，拍了下翅膀，又回到了它的鸟树架子上。

　　陈淮越伸手把林希微脸侧的头发，别到她的耳后，他俯身注视着她。他家的厨房空间并不小，但林希微却觉得有些拥堵，呼吸微乱。他眸光含笑，眼底深处藏着侵略，好像下一秒就会吻她。

　　电视还开着，经济的开放，随之而来就是思想的冲击，所有剧都在呼吁自主恋爱，鼓励大家从压抑中解放，摆脱世俗道德和家庭阶层的枷锁，勇敢去爱。改革春风吹拂的不仅是经济，还有个人对幸福和爱的追求。

　　这当然是对的，但她摆脱不了世俗。

　　陈淮越说："希微，你对我还有感觉。"

　　林希微并没有否认，只是问他："然后呢？"

　　陈淮越笑，作势想了想："或许是和好？"

　　"然后呢？"林希微轻叹口气，"再继续分手，只不过这一次久一点，10年，20年，30年？等鹦鹉都不在了，我就不用背负抛弃的债了？就一直这样下去，或者不用这么久，就等你什么时候腻了，你提出分手，我们这段感情才能结束么？"

　　她推开他，本来想走的，但是胃空腹蠕动了一下，胃酸分泌，有几分灼烧感，她决定吃完他辛苦做的早餐，不浪费粮食。

　　她啃了一口焦焦脆脆的烤面包，还抬头看了眼陈淮越，说："味道还不错。"

陈淮越看着她半晌，无奈一笑，狠话放一半，突然开始吃东西，与其说她情绪稳定，不如说她知道如何气别人。

林律师请他发言："你想说什么，可以现在说，我吃完就走。"

"你昨晚的表现让我以为你也想复合。"

林希微不知道该回什么，电视男女主已经开始从洗手台纠缠到床上了，她收回视线，匆匆吃完面包，起身去找她昨天的衣服，准备先回家一趟，她在去香港前，要帮沈律师应酬去拿个项目。

"你们下午要去香港吧？我今天也有事，先走了。"林希微问，"我昨天的衣服呢？"她往洗手间走。

陈淮越从后面一把拽住了她，反手将她扣在了怀中，左手环着她的后背，右手按在了她的后脑勺上，不看她的脸，只将她按在自己的胸膛上，用力得让她觉得有些疼。她听到他鼓动的心跳和略显急促的呼吸声。

四周寂静，连鹦鹉都不敢叽叽喳喳了。

陈淮越主动妥协："我的确是想和好，你说10年，20年，30年，你明知道主动权一直在你手上。"

"谈几十年的恋爱？"林希微疑惑。

陈淮越眉头微蹙，他语气淡淡："你想结婚？"

"不是。"林希微让他松开手，原本手抵在他胸肌前，被他这意味深长的语气戳痛，改要掐他胸，"再不放手，我就掐你奶仔了，让你不穿衣服。"

陈淮越默了默，松开她，看着她的卷发散落在肩头，她说："你觉得我不适合跟你结婚，正常，因为我也在找一个会成为我家人的恋人。"

她说完，本想直接离去，可她穿了一身睡衣，这一路要经过骑楼、大厦，她在洗衣机里找到了她昨天的衣服，无法穿上，最后只能去陈淮越的衣柜里找了件他的大外套，裹着睡衣要离开。

陈淮越说："另一个房间的衣柜里，有之前给你买的衣服，都还在，你可以换上。"

他还是依旧去开车送她回家，她进巷子后，他的车子在破旧的宗祠前停了许久，才重新发动，开过颠簸的土路，路过前年刚修建的大桥，停在华侨别墅门口,他太阳穴隐隐作痛,她当时不也拒绝跟他结婚么?

念头一转,她今天也拒绝了。

成为家人的恋人,不知道他爸爸当年是否也这样承诺过。

"阿越,你今天怎么回来了?川川一直说要去找你。"这是他继母的声音。

林希微今天约了文汀地产的许文婷许总吃饭,定在有八十多年历史的国营老饭店新南轩里,林希微到得很早,她提前打听过今日几个客人的口味,各点了几道特色菜,等许总一行人进了包厢,她笑着迎了上去。

许文婷20岁就从工厂出来闯荡做生意,已有十来年,为人爽朗大方,她一把抱住了林希微,介绍道:"这就是我跟你们说的林律师,她明天要飞香港一趟,来来来,郑局您先坐,难得聚聚。"

林希微认出了郑局长,他负责鹭江道骑楼改造项目,最近在竞拍周边土地,招商引资,有小道消息说,政府要去香港招商筹钱,林希微自己做不了,但她打算还沈曜辞一个人情。

"郑局,很荣幸今天能见到您。"

"客气了林律师,上次老王跟我夸过你,说你英语说得好。"

老王就是鹭城司法局的王局长,当初是他决定把出国的机会给林希微的。

林希微热络笑道:"没有王局长,我连说英语的机会都没有。"

许文婷说:"王局长夸,王厂长也夸呢,上回元祥卖房,她把老职工服务得妥妥帖帖的,收费也实惠,第一次改革就这么成功,实在不容易,替我们解决了厂里的一桩大事。"

一番寒暄后,众人落座。

许文婷又说:"还是多读书有用,当初被骗,我就不知道这废弃汽车涂料还能重新稀释,用到外墙装修里,好在林律师帮我问明白了,因祸得福,最后我一个做汽车涂料零件的,也稀里糊涂搞到房地产去了。希微从前在侨办就受客户欢迎,现在创所,也是做出名声了,她是有福气的,做的几个项目都卖得非常好,天公都偏爱,你们几个手里的楼

139

啊,找她定能大卖。"

她想把林希微介绍给在场的其他发展商。

郑局提到了杨兴亮:"林律师,杨律师是你们主任吧?"

林希微笑:"是的。"

"你不会就是杨主任提到过的那个很会喝酒的铁娘子吧?杨主任说,你们兴明前期跑流程是你和他一起谈下来的,那今天我们几个也来喝几杯。"

林希微脸上笑意未变,心里已经给了杨师兄一拳,明明就是他喝不过其他人,从大学就喜欢拉她挡酒,她酒量还算不错,但昨晚才喝醉过,现在骑虎难下,只能先喝再说。

好在还有许总帮忙:"希微是实在人,你们这些老油条,老张,你们凤凰山庄的房子也还没开售吧,都这么喝了,再不漏点业务,说不过去了。"

"行,喝一杯,两套房。"

林希微笑:"能接您的业务是我的福气,但张总生意做这么大,一杯十套房吧。"

"行啊,林律,先喝酒。"

林希微向来笑面迎接客户,喝得再难受也忍着,只要她不乱掺着喝,就不会醉得失去意识,中途她去洗手间催吐了一回,吃了颗阿嫂给她做的姜黄蜂蜜糖解酒,抹了点提神精油,就又回包厢了。

饭局结束,林希微送一行人出去。

郑局主动提到了香港招商,笑:"小林,香港招商不是小事,你上回电话里介绍的那个沈律师啊,可以约见一见。"

"沈律师已经安排好了,就等着见您。"

郑局又笑着瞥她一眼:"你酒量是挺好的。"

林希微笑眯眯的:"今天是跟您喝得高兴,喝再多也不见醉。"

"好好好,就送到这吧,今天你破费了小林。"

"是我该谢谢您赏脸,让我有了请教您的机会。"

这几句话说得,许文婷都忍不住悄悄竖起大拇指。

林希微跟她拥抱了一下,真心实意地感谢她:"许总,真的多谢您了。"

所有客人离开后，林希微再回酒楼结账，她把剩下的原汤鱿鱼、人参蹄筋、油葱粿都打包回去，又点了一份草莓刨冰带给绮颜，让她可以去跟小朋友炫耀，她吃了新南轩的刨冰。

"林律师。"

林希微听见有人喊她，回过头，见陶静昀笑着走了过来说："刚刚见你在送客人，就没打扰你，你现在一个人吗？我也一个人，要不要一起去思明听戏？或者去雅坡咖啡室喝个咖啡？"

准确来说，林希微跟陶静昀都算不上认识，只知道她是陈淮越的妈妈，上回见面还是在自助餐厅狼吞虎咽的时候。

陶静昀眨眨眼，说："我也想您赏脸，让我有个跟您喝咖啡的机会，喝得高兴。"

这熟悉的话，林希微也忍不住笑了："您听到了。"

大概走近了，陶静昀闻到她身上的酒气，说："去咖啡室，我给你煮解酒水果茶，那是我朋友的店，等会我送你回去。"

陶静昀的性格好像跟她的外表不太一样，珍珠耳钉贵气，鹅黄套裙温柔，但她主动搂着林希微的胳膊，说道："刚刚那个局长被你哄得可高兴了，你比我会说话，我像你这么大的时候，性格太硬，把自己磕得头破血流的。"

她们一路穿过骑楼排屋的廊坊。

陶静昀看见了尖塔建筑："思明电影院，年轻人看电影都爱去，你和阿越也去过吧？"

林希微笑容微顿："嗯，以前大家还叫它华侨俱乐部。"因为早些年归国华侨经常在思明聚会。

很快就到了咖啡室，这也是解放后一个南洋华侨开的，林希微拦不住陶静昀给她煮水果茶，她想起，昨天晚上陶女士的儿子也给她煮了解酒茶。

"好喝吗？"

林希微对上陶女士亮晶晶的眼，点了点头，不敢说有点过于甜了。

陶女士很骄傲："陈淮越也给你做过吧，他就是从我这偷师的，但是他做得肯定没我好。"她顿了下,"我还没跟你介绍过我吧?我知道你是做律师的,我是个写文字的,旅行作家,不过我年轻的时候,是写爱情小说的,后来,发现爱情像狗屎,我就写不下去了。"

她不好意思地问:"你会觉得我粗鲁吗?"

林希微摇摇头。

陶女士放心了,思维跳跃:"你们以前谈恋爱我就知道的,是我自己偷偷发现的。我看见你们的传真信了,本来以为就是没用的文件,拿来擦了擦灰尘。他气急败坏,立马都送去塑封了,还一张张复印了,我一看,情书呢。"

"后来你跟他分手了,他还怀疑是我棒打鸳鸯,太冤枉了,我可是罗曼蒂克大作家,就算不写了,我的爱情像狗屎了,我也干不出这事呀。"

林希微慢慢地喝完那杯甜腻的茶,情绪更是放松,听着也忍不住笑了几下。

陶静昀嗓音温柔:"你跟陶作家说实话,是不是陈淮越他爸爸找过你?"

"没有没有。"

"是吗?我还以为是他那个番薯男找的你,喔,你应该知道我和他爸离婚了吧?川川还是很可爱的,比阿越可爱。"

"是,川川很可爱。"

林希微到离开咖啡室,也不清楚陶静昀为什么找她聊天,陶静昀还一直热情地要打车送她回家,林希微都怀疑,喝过酒的人不是她,而是陶女士了。

到了尾厝村,陶女士也不离开,反倒一副想四处逛逛的模样,林希微就只能请她进去喝茶。

"你妈妈不在家吗?"

"嗯,不在,我嫂子的弟弟结婚,让我妈妈也过去帮忙了。"

陶静昀坐在了木椅上,看着院中茂盛的莲雾树,还有晾晒在风中的衣服,她神神秘秘地说:"我以前也住这样的房子,不,比这差多了,我养爹欠了赌债把我卖了,后来跟船下南洋,一个人打三份工,太苦了，都这么苦了，我居然还能瞎编小说，就因为信了番薯的鬼话。"

"说起来我也是陈教授的学生呢，他在南洋办学，不收钱的，想念书就来，陈教授应该很后悔，因为他儿子被我骗走了。"

林希微一直以为陶静昀也出身富贵。

陶静昀好像看出她的疑惑："因为我会伪装呀，不然我怎么嫁到人家家里？只可惜，婚姻也像狗屎，再不离婚，我就一把刀把陈伯鸿的脸都划花了。"

她说着，意识到自己的情绪有点激动："不好意思，平时装得太好，有点压抑了。不过，现在陈家比过去好多了，不在南洋了，新时代了，关系就简单了。就是……我应该给阿越留下了挺多阴影的。"

陶静昀回忆着，中午儿子给她打的电话，忽然又问她离婚后开不开心。当然开心啊，比以前的任何一个时刻都开心，少女时为钱苦，婚后为情苦，现在只愁交稿日期。

她温和地笑："他小时候应该没见过正常的妈妈，不是哭就是发疯吃药，你怕吗？"

林希微下意识地就摇头："哪有什么正常人，我也经常偷偷哭的，还会对着我大哥发疯、摔东西。"

"真的吗？那我比你严重多了，以前不吃药都控制不住想砍陈伯鸿和我爸的情绪。"

林希微感慨："那你还挺好的，一吃药就稳定了。"

陶静昀忍不住大笑："我离婚的勇气还是10岁的小孩给的，我虽然是个失败的罗曼蒂克作家，但我有个可爱的罗曼蒂克儿子！"

林希微登机去香港前，在机场的电话亭给沈曜辞打了电话，简单说了下接待郑局的事。

沈曜辞说："好的，谢谢林律师介绍的大业务了，你看见阿越了吗？"

林希微心疼话费，打去香港一分钟要两三块，她想也不想就挂断了。她听说，陈淮越昨天下午就坐专机去香港了。

这是林希微第三次坐飞机，机票和登机牌跟她出国的时候一样，要人工手写具体信息,不一样的是,那时还需要乘机介绍信,现在不需要了。

林希微排队登机,比对着号码,找到了自己的位置,当她看见了位置前排的男人时,微微一怔,再看到趴在椅背上,拿着花,黑瞳亮晶晶的小朋友时,说不出那时心口涌动的情绪是什么。

只是想,的确是罗曼蒂克作家的好儿子。

陈淮川拍了下哥哥的肩膀,说:"嫂嫂来了,嫂嫂来了。"

那个男人连头都没回,冷冷淡淡地"嗯"了一声,只顾着垂眸看他手中的报纸,时不时就翻过一页,好像看得多认真一样。

"嫂嫂,这是我给你摘的花花。"

林希微觉得陈淮川有点像那只和尚鹦鹉,兴奋的时候就叽叽喳喳,小脸红扑扑的,他把花给林希微,还求问空乘姐姐能不能换位置,他要坐到嫂嫂身边。

空乘很为难:"现在不可以哦,要起飞了,小朋友。"

她给陈淮川发了好多玩具,一个装满文具的小书包,一个乐高玩具,一个鹭航的飞机模型,还有一个望远镜。

等到飞机平稳飞行,可以自由走动了,陈淮川迫不及待地走到林希微旁边的空座上,说:"嫂嫂,你用这个。"

他给的是一个望远镜。

林希微把他抱在了自己的腿上,但她用望远镜对准的是前面那个男人冷峻绝情的后脑勺,就盯着不动,其实什么都看不见。

陈淮川疑惑,可可爱爱地问:"嫂嫂,你看大哥的头发做什么呀?"

林希微声音温柔:"看头皮屑呀。"

陈淮越的报纸终于看不下去了,傲慢的男人转身拿走了林希微手中的望远镜,微微拧眉:"这位女士,麻烦不要抢小孩的玩具。"

陈淮川急了:"这是我给嫂嫂的。"

林希微一边安抚他,一边问陈淮越:"陈总没去坐专机么?"

"又不是我的飞机,有什么好坐的?"

"你带川川去玩么?"

"不然带他去做生意么?话都讲不清楚。"

"你今天火气还挺大的。"

陈淮越微笑:"是吗,应该没你昨天那么威风吧?"他深深地看了林希微一眼,重新坐正身体。

正好空乘要发饮料了,林希微道:"您好,这位先生想喝凉茶,火气太重了。"

陈淮川举起手:"我要可乐,我还要七喜。"

陈淮川喝多了饮料之后,就夹着他的腿,别扭地晃来晃去,又因为好久没见到林希微,还有了点小包袱,不好意思开口。陈淮越看似冷淡,但一直注意着陈淮川,一把抱起了他,假意训斥:"再憋就要尿裤子了,笨蛋。"

"我早就不尿裤子了!"陈淮川红着脸,小声反驳。

林希微看着两人前去洗手间的背影,她不得不承认,昨天陶女士说的话还是对她造成了影响。她忽然意识到,其实她也不了解陈淮越,至少,陈淮越不说他父母的事,她就从来都不问。

她以前就感觉到,陈淮越对陈淮川挺好的,6岁的陈淮川在爸爸、妈妈和哥哥的怀里撒娇,而6岁的陈淮越在做什么?

沈律师一口气接到了三个人,他身后还跟着个小尾巴,杨幼芙大小姐抄着手,哼了一声:"你们一家三口也太慢了,都让你们一起坐专机咯。"

沈曜辞轻咳一声:"那个,文盲小姐,很多词不是这样用的。"

"你好没幽默感,古板先生,我故意的!"

等上了七人座的车,杨幼芙捏着陈淮川的脸颊:"你怎么来的?谁让你来的?之前怎么没听说你要来呀?"

陈淮川拍开她的手,他炫耀:"我哥哥说,我是他家人,是嫂嫂的家人,家人要一起去玩的!"

林希微看着窗外的霓虹灯,浮光掠影,她身边就坐着默不作声的陈淮越,陈总向来是这样别扭的、冷傲的,明明记得她昨天说的"成为家人的恋人",然后他今天就把这句话拆成了家人和恋人。

连他弟弟都带上了。

林希微放在皮椅上的手,被身旁那人温热的手覆盖住,她回过头,在光线晦暗不明的车内,他目不斜视地盯着正前方,好似摸她手的人不是他一样。

前座的杨幼芙还在笑陈淮川:"你被人利用了知道吗!"

陈淮川听不懂:"Yeo姐姐,我不喜欢你。"

"我还不喜欢你呢。"

沈曜辞送他们到了酒店,对林希微道:"林律师,明天早上八点半,我来接你,然后我们开始工作。"

林希微回到房间,匆匆洗完澡,就准备躺下休息,但她才躺下没多久,就有人敲门。

陈淮川抱着枕头,要跟林希微一起睡觉,陈淮越站在一旁,冷漠的脸上略带烦躁:"他睡不着,我给他读故事他也听不进去。"

陈淮川噘着嘴,学陈淮越的话:"大哥说,快睡觉,闭上眼,我就是你妈……可是,妈妈才不会这么说话。"

林希微问:"要我扮演你妈妈?"

陈淮越也听笑了。

陈淮川红着脸:"不是的,嫂嫂给我读故事。"

林希微让他进来,陈淮越靠在门框上,垂眸睨着她,忽然笑:"有没有感受到家人的麻烦?"

本来就只需要他们两个好好的,就能一直长长久久地恋爱下去。

而陈淮川已经是最可爱的麻烦了。

香港之行,沈曜辞先带林希微参观了他们律所,DA是个百年国际所,选址在摩天大厦林立的中环金融中心,和林希微在纽约实习过的律所一样,擅长做资本市场、金融和国际诉讼仲裁业务,一样的人手、电脑,一样高效的法律工厂运作模式,一样先进的事务所管理系统。

沈曜辞很尽心地介绍:"计算机中心,里面可以打印DA的各种法律文件文本,每个律师都有账号和密码,每次打印都会在电脑里留下记录,未来几年,系统将会连接全球不同地区的办公室。"

他给林希微看了几份模板,Due Diligence,Drafting of S-1,Risk Factors,然后笑问:"你在纽约应该都接触过吧?"

林希微只接触了皮毛,好几个法律概念在内地的法律界还没有统一的翻译名词。

"DA正在筹建入职教育系统，实习生上岗培训、律师专业讲座，这是我们的健身房、浴室，休息室里也可以睡觉，我们下班会先去健身，健身完再继续工作，很多人会选择在律所过夜。"

"顶楼是我们的餐厅，上班日免费供应三餐和下午茶，我们主席今天也在律所，我帮你约了他共进午餐。"

等二十多年后再回望今天，资本家鼓励加班的狼子野心被批判得狗血淋头，但在1995年的1月，林希微看着健身房里健康年轻的人，只想到高效工作、团队活力和企业福利，感慨之余皆是羡慕和失落。

这些概念都还没流进鹭城的企业。

DA的工作语言是英语，偶尔有一些律师讲粤语，但沈曜辞和林希微都是普通话沟通，到了餐厅，有个香港律师打量了下林希微，用英语开玩笑："还以为是红筹公司高层。"

另一人用粤语道："其实是土包子……"话只说到一半，其余几个律师都暗暗笑了起来。

沈曜辞沉着脸看过去，那几人无所谓地摊了摊手。

林希微早就听说过港岛有这种情况，介意也没用，就换成英语同他们打了招呼。

沈曜辞解释："现在很多中资、红筹公司的高层都是内地国企派来的领导，只会讲普通话。"他苦笑，"我刚来律所，打电话说了句中文，被听到了，等到我发名片时，他们就只收但不交换，还故意跟其他外国律师热情地寒暄拥抱。"

但和这几位律师态度完全相反的是DA的主席，他热情且平易近人，有着国际大所主席的风范。

"Vivi，希望你在香港和DA度过愉快的几天。"他说，"邀请你来DA特别参观，属于律所的国际律师项目，律所会承担你这一趟行程的所有费用。"然后又介绍起DA的体制和结构，合伙人如何分工、如何进行利益分配，又如何晋升，如何开办分所。

"国际律所要么用Lock steps，要么就是to eat what you kill。"

等级计点制和按劳分配，两种制度都会考虑到律所的共赢发展，而杨兴亮两种都不选，只顾各赚各，仅公摊办公费用。

沈曜辞直言："你们招不来人，也留不下人才。"

林希微苦笑："鹭城很多律所都是这样的，杨律师现在有更多的簇拥者，因为很多律师有人脉有资源，却没有钱去租写字楼、支付办公费用。"

林希微很早就知道律所之间差异有多大，但再次亲身体验了这种冲击，情绪相当复杂。

她看着沈曜辞，忍不住叹气："我们兴明只有几台电脑，但鹭城司法局就已经多次带人来参观。"

"起点不一样，你们已经很厉害了。"

沈曜辞又带林希微去参观香港股票交易所，有人欢喜有人愁，最后一天是银行和金融机构的宴请，陈淮越也在。

虽然同住一个酒店，但两人这几天都有事情要忙，没有碰面的机会，林希微有四天没见到陈淮越了，倒是每天晚上，陈淮川都会拖着他的抱枕，来找她睡觉。

陈淮越说是来香港玩，但也有公事要忙，主要是为了鹭城政府的招商，谁让他也拍了鹭江道的地，还附赠了一个让他为难的鞋厂。他只想推翻盖房，但他得解决鞋厂工人的工作问题，而鞋厂职工现如今还被戏称"金领"，工资不低。

他今日赴宴，是因为香港的金融机构想授信额度给越程地产，几番给他写亲笔信寻求合作。

林希微跟随沈曜辞进来，陈淮越抬起头，朝沈曜辞一笑："阿辞。"目光再落到林希微身上时，就淡而克制地点了下头，礼貌问候。

这样的宴请，位置都早已安排好，沈曜辞也没办法陪在林希微身边，他拍了拍她的肩膀，俯身低声问："你一个人ok吗？"

"可以的。"林希微仰头朝他笑了笑。

陈淮越盯着两人亲密的模样看了一会儿，才收回了视线。

在场的金融人没人认识林希微，也不知道兴明律所，林希微没换到几张名片，坐她旁边的法国巴黎银行、美林证券都想和越程合作融资，让她惊讶的是他们如此热情，她印象里鹭城的银行机构都高高在上，和香港完全相反。

应酬快要结束时,大家聊起了香港旅游的事,有个中资银行的经理问林希微:"在香港逛了吗?来一趟,可得好好玩,说不定还能有一段浪漫邂逅。"

林希微还在想他们说的LIBOR和HIBOR是什么意思,下意识答道:"以前逛过了,这几天还没时间。"

经理惊讶:"你以前来玩过呀?"

林希微回神,不想扯出更多的话题,原本想说口误,但陈淮越也看了过来,视线冷淡地笼罩着她,明显想看她如何撒谎。

林希微只好回:"嗯,几年前来过。"

"公司出差吗?还是干部进修。"前几年来港的,基本都是这两种情况,没有介绍信,寸步难行。

"来上英语培训班。"

沈曜辞也没听说过这件事,隐约猜到跟陈淮越有关,挑眉说:"林律师以前在香港学过英语吗?可惜了,没能早点认识。"

经理调侃:"你们错过浪漫的机会了。"

陈淮越微笑着提醒沈曜辞:"你那时候有女朋友。"

林希微在陈淮越冷冽的目光中,也相当正直:"我那时候也有男朋友,感情非常好,他每周都会来看我。"

不仅如此,他还坐了他人生中第一趟味道难闻且拥堵的长途大巴,一觉醒来,钱包、大哥大都被人偷了,当时他们还吵了一架。

"你跟我坐飞机不好吗?大巴又脏又乱,丢的几万块够坐多少次香港到鹭城的飞机了。"

"你可以去坐飞机,我坐大巴,是因为侨办会给我报销……"

"那我给你报销飞机票。"

"不一样的。"

"有什么不一样?小偷偷光了东西,就一样了么?"

"我东西没被偷。"

"就你这些东西,小偷偷回家都得被全家人嫌弃。"

诸如此类,他们以前经常因为这些琐事而吵架,当然最终都是她主动低头，在某些方面，两人都别扭且拧巴，但她拿人手短，不去哄他，那时的陈淮越就不会再回头找她了。

在香港的最后一天，杨幼芙带着陈淮川来找林希微，约她一起出门玩。

杨幼芙见林希微还穿着西装，一脸嫌弃地把她拉到自己的房间，双人大床上铺满了散落的衣裙，连标签都没拆。

杨幼芙命令林希微不许动："虽然你比我高一些，但是我有的衣服尺码买大了。"

她好像找到了打扮洋娃娃的快乐，比试几番后，让林希微换上湖绿色香奈儿单扣短上衣，黑色高腰裙子搭配鎏金腰链，摩登女郎。

林希微觉得太贵重了，杨幼芙说："我只看好不好看，太性感了！川川，怎么样？"

陈淮川很捧场，摇头晃脑地夸赞："太好看了！"

三人出门时，在酒店大堂遇见了陈淮越，他长腿交叠地坐在沙发里，知道这三人从电梯里出来了，就把手上的报纸放了下来，抬头看他们，很自然地露出笑容："走吧。"

他目光不动声色地从林希微露出的腰间皮肤上滑过，第一次见到她穿这样张扬的衣服。

杨幼芙说："没邀请你哦。"

陈淮越回："腿长我身上。"

杨幼芙勾住林希微的手，笑眯眯的："希微，有人怎么就喜欢跟在美女后面，不要脸！"

陈淮川立马紧紧跟在林希微的右手边："我没有在后面！"

鹭城还没进行旧城改造前，和香港过度相像了，一侧是横七竖八的霓虹灯繁体广告牌，人群拥堵的窄巷，美食烟火街，一侧是高耸入云的天际线。只不过鹭城的高楼还没这么多，路上也没有这么多外国人，更缺少那颗支撑着亚洲金融的钢铁心脏。

杨幼芙和陈淮川在吃上面格外合拍，两人早已忘记前嫌，手拉手跑在各式各样的美食小摊前。

林希微脚步慢下来，跟陈淮越并排走，她有工作的事情想要询问他。

"香港的银行对融资借款的态度很积极，跟鹭城不一样。鹭城企业想要借贷，似乎都要四处求人、打交道，银行都是看介绍人的面子，才决定下不下款。"

"嗯，所以我才说在鹭城做楼花按揭很难，因为他们连企业放款都这样谨慎，更不用说信用无法保障的个人。"

林希微也只能试一试。

陈淮越又扫了眼她的腰和腿："不冷么？今天才20℃。"

"不冷。"

"肚脐眼漏风。"

林希微笑了下，没回答他，几个大步追上了前面的杨幼芙和陈淮川，打着椰树牌椰子汁广告的叮叮车蜿蜒穿过人群，林希微在书报亭给小薇买了本《YES! IDOL》的最新正版杂志，小薇在鹭城书摊买了好几本过期的，依然很抢手。

杨幼芙吃饱之后，就去商场血拼，她暗示陈淮越去付钱，但陈淮越好像听不懂，左看右看，就是不掏钱包。

陈淮川没带钱出门，两手一摊，小脸严肃："我是小孩，我没钱呐。"

杨幼芙冷哼："小气鬼。"她自己结账去了。

林希微站在旁边等杨幼芙结账，陈淮越问她："没有想买的吗？那件斗篷不错，遮肚脐眼。"

林希微什么都不想买："没钱。"

下一秒，陈淮越把钱包塞到了她手里，杨幼芙看见了，恶狠狠道："陈淮越，我们绝交！"

杨幼芙把这一天安排得满满当当，傍晚回酒店游泳，晚上再去水疗按摩，她买了两套同款不同色的性感泳衣，让林希微换上，跟她一起拍摄泳池性感照片。

陈淮川拿着拍立得，有模有样的，但拍出来的都是模糊的照片。

陈淮越坐在岸边的躺椅上，勾唇笑："陈淮川才六岁，他能按下按钮就不错了。"

沈律师也来了酒店,他躺在另一个椅子上,伸伸懒腰站起来,也准备下水游泳,他故作宽容:"陈老板,时代在进步,女士的美丽我们应该欣赏,不可保守且大男子主义,你可是新时代男性。"

新时代男性陈淮越想了想,终于起来给两位美丽女士拍照了,他拍了合照,又给杨幼芙拍了几张,最后,他的镜头里就只有林律师。

"林希微。"

"嗯?"她回头,笑得眉眼弯如月,这一回的湿发不像酸菜了。

陈淮越留下了这张照片。

游完泳后,林希微婉拒了杨幼芙的水疗邀请,她想起她忘记给大嫂她们买礼物了,明早就要回鹭城了。

新世界海景酒店的前台看见林希微要出门,说道:"林小姐,有你的电话留言。"

虽有寻呼机,但林希微入住酒店时还是把酒店电话号码留给家人、朋友和一些工作伙伴,以便联系,电话是李从周下午打来的。

上个月两人见过一次,李从周想给她辅导,但她不想耽误他时间,就拒绝了,之后他就忙着飞香港继续解决"垃圾股"问题,她来香港后,也没跟他联系,但她的行踪又不是秘密,李从周知道也不奇怪。

林希微看了眼手表,距离他打电话已经过去了好几小时,下次有机会再联系吧,她把纸条收在了掌心里,准备放回包里。

"希微,原来你就是这样不回信的。"李从周就站在酒店大堂的旋转门外,笑看着她,"下一秒我的号码就要被扔进垃圾桶里么?"

林希微失笑:"当然没有。"只是被抓到了现场,难免有些尴尬。

李从周说:"下午在等你的回电,可惜没有等到,正好工作结束,就过来酒店询问。"

林希微问他:"你住在哪里?"

"半岛。"李从周在门童伸手前给她开了小侧门,"要出去逛街么?"他也算了解林希微,"买手信么?还是像从前那样,送给康师姐、你大嫂和小侄女么?"

"嗯,我明天就要回去了,所以,从周,很抱歉,我现在没时间请你吃饭了。"

李从周爽朗地笑道:"或许我还可以像在纽约时,给你伴手礼的建议?"

林希微回国时带的手信,就是李从周帮她一起选的,因为他不仅有超市的积分卡,还有大商场的折扣卡、优惠券,而她虽然在大所实习了几个月,工资不低,但依旧预算有限。

她当时想给绮颜带奶粉回去,但超市的打折奶粉每人每次只能买一罐,李从周就跟她一起轮流排队,分开柜台结账,全然不顾周围人异样的眼光和收银员不耐烦的神情,他还用他的超市积分给绮颜换了个奶瓶。

他是林希微见过的第一个家境富裕却如此会"生活"的留学生,并且有一副热心肠,留学生圈子里一直流传着,他帮一个全奖录取却被拒签的鹭城学生找担保人过签的故事。

李从周打了车,问林希微:"你想好要买什么东西了么?"

林希微摇摇头:"康师姐怀孕了,我去看看有什么适合她的,我嫂子想要个口红。"

李从周思考了下:"挺多人会给孕妇送妊娠油或鱼油,来港必买的还有虎标万金油、双飞人、肚痛整肠丸这些常备药,你家里小朋友喜欢吃零食吗?杏仁饼、开心果、费列罗朱古力,或者芭比娃娃。"

林希微感慨他如此了解:"你经常给家人带礼物吗?"

"是啊,我家里人多,每到一个地方出差,上下四代好十几口人都等我带礼物回去,所以我都是带实惠的东西送他们,不然我迟早要送破产。"李从周转过头,对着林希微笑道,"你放心,我今天也有打折卡。"

两人相视一笑,都想起曾经一起搬奶粉、遭白眼的日子了。

买完东西就很晚了,再去餐厅吃饭也不方便,林希微买了鸡蛋仔、肠粉和钵仔糕请李从周吃,打到车的时候两人还没啃完手里的东西,上了车,差点被司机赶了下去。李从周拿刚学的蹩脚粤语让司机多多宽容,实在说不下去了,就换英语了,司机都气笑了。

在车上,李从周要讲话,林希微就不让他说,直到两人到酒店门口下车,林希微才道:"我前几天才因为说普通话被嘲笑了。"

153

"那我们可以用闽南话攀讲。"

"忘了,那说闽南话就不会被笑吗?"

李从周嗓音温润:"他们嘲笑,我们就用闽南话骂回去,就像在纽约那样。"

林希微笑意不变:"但是从周,我们不在纽约了。"

李从周看着她的眼睛:"在香港、在鹭城,都一样。"

林希微拎着大包小包的手信回了酒店,她在电梯口遇见了陈淮越他们,几人的神色都有几分奇怪,左看右看,就是无人先开口打破寂静,空气凝滞了一般,陈淮川紧紧地抿着小嘴,拽着陈淮越的裤腿,眨巴着眼睛看林希微,却是第一次没主动开口喊嫂嫂。

海景酒店美容中心要穿过室外泳池,从那里回来,应该能看见酒店门口。

林希微主动问候:"你们做完水疗了。"

"嗯。"杨幼芙悄悄用手指了指身旁的陈淮越,提醒林希微,这个男人已经生气了。

但陈淮越看上去神色很平静,只是视线没什么温度,甚至还很有绅士风度,问道:"林律师,一起乘电梯么?你的东西需要我帮你拿么?"

林希微婉拒:"不用了,谢谢。"

进了狭窄封闭的电梯空间后,无形的压迫感更强,前后四面都是清晰反光的镜子,林希微在镜中和面无表情的陈淮越四目相对,她礼貌地笑了下,陈淮越没什么情绪地收回了视线。

短短十几秒的沉默对杨幼芙来说是一种新时代酷刑,她轻咳一声:"希微,你出去买礼物了,怎么下午没买呀?"

林希微坦然地说:"下午去的商场,对我来说消费比较高。"

"喔,那你买了什么呀?"

"药品和糕点。"

"听起来不错,那你把这些药名告诉给我,我也买点给我爸妈,他们肯定会觉得我懂事了。"

"我每样都有多买,你要是不介意的话,我送给你。"

"好呀。"

"叮"一声，电梯门打开，陈淮越一言不发，走得很快，陈淮川的小短腿跟不上，没过几秒，就被他捞了起来，快步回了他们的房间。

林希微跟在后面，她在想要不要解释，可是，解释什么呢？他什么都没问她，一切都是她的猜测，最重要的是，她要从何解释，又以什么立场解释，解释了又想得到什么样的结果？

她回到自己房间，先洗了澡，再收拾行李，整理李从周帮她选的这些礼物，她这时候才发现大袋子里还有个小袋子，是一个雏菊味的护手霜，还有一张纸条。

"希微，这是我给你的手信，下次见。李从周。"不知道是他什么时候塞进来的。

林希微想起，李从周最后一次写给她的信，说他们之前去过的那家华人餐厅老板问起她了，因为他抱怨老板最近煮的肉丸没那么好吃了，老板说是因为少了那个一起吃丸子的人，他觉得很有道理。她留下的二手书架很好用，他无事就在看她留下的书，现在已经看到第六本了，他的最后一句话是：希微，如果你愿意的话，我想调回亚洲区。

从那以后，林希微就没再回过他的信了。

第二天一早，林希微六点就拉着行李出门了，她站在陈淮越的房门前，犹豫了半天，敲了敲门，无人回应，她蹲下来，把一张纸塞进了门缝里。

陈淮越躺在床上，昨晚被睡不着、闹着要去找林希微的陈淮川折腾到凌晨三点，他这时候困得要命，听到敲门声，火大得想打人，更烦躁的是，他一睁开眼，就想起林希微和李从周一起笑的画面，他们去逛街买礼物了，他一晚上反反复复地梦见留学生公寓楼下的那一幕，李从周同她那样亲密。

反反复复地提醒他，他对林希微来说，并非是不可替代的，他也告诉过自己，林希微也没什么特殊的，就是个有点倔、有点傻、有点聪明、有点姿色、有点可爱、会把他气得半死的女人罢了！

他继续躺了一会儿，才下床去开门，但门外早无人了，只有他脚边

155

的一张白纸，他蹲下来，捡起，是林希微的字迹。

她说：我回鹭城了，这几天我对你的家人还不错吧，该轮到你了，陈老板。

陈淮越轻笑一声，笑她还知道主动求和。

身后，他的小麻烦家人被吵醒了，揉着眼睛，委屈地哼哼唧唧："哥哥，我想妈妈了。"

林希微落地鹭城，林鹏辉开着出租来接她，吹了下口哨："林律师，香港都市女郎！对了，我让你帮我买的万宝路，买了吗？"

"没买，让你戒烟。"

"那你买了什么？"

"给嫂子买的。"林希微闭上眼想睡觉，寻呼机来了消息，她打开看了看。

林鹏辉问她："你笑什么？谁给你发消息？"

"陈淮越。"林希微见他好奇，干脆直接把屏幕给他看了。

林鹏辉匆匆扫了一眼，差点被自己的口水呛死——林希微小姐，陈淮越先生问你：意思是要轮到我陪你哥睡觉吗？

林鹏辉一脚油门，满脸赤红："你们这玩的什么呀？"

林希微没回答他，如果早上陈淮越开门了，她会说什么，大概就是解释一下昨天的事，如果被他恶声恶气地呛了，那就这样算了。

陶女士还说她儿子绝不是眼高于顶的坏小孩，林希微手撑着脸，看着窗外，心想母爱可真能给孩子镀金。

家里人都很喜欢林希微带回来的东西，林绮颜摸着娃娃的裙子，兴奋得转圈圈，林玉梅最喜欢万金油，说道："明天给你大嫂妈和大姑婆带两瓶过去。"

方敏还在做饭呢，林鹏辉拿着新买的口红，作势要给她涂上，羞得方敏一直拍他肩膀，让他走开。

林小薇厂里一下班，就往家里跑，还没到家，她的声音就先飞进来："二姐，我的正版《YES! IDOL》，我必须要给黎明投票。"

林希微把东西分完后，就要去冲个澡了，她提着烧好的热水，打开水龙头,却发现流不出水了。

她喊道:"大哥,又停水了。"

林鹏辉说:"我去看下。"

但隔壁邻居的水龙头都有水,只有他们家里停水了,他往屋子后面绕了一圈,看见跟他家向来不和的老一姆又在那大骂呢。

林鹏辉忍着火气:"你把水管踩爆了,你还好意思骂人!"

"我没踩,是你们故意要淹了我们田、我们家。"

老太骂得难听,没一会儿,她两个儿子也出来了,推了林鹏辉一把,呸了一声:"想跟你爸一样早死,就直接说!"

林鹏辉一下被激怒,踢了矮凳一脚,还没发作就被对方按在了地上,轻轻松松地踩着他的头,姿态轻蔑且带着羞辱。

两家人不和了几十年,村里一直都在传,林希微的父亲就是跟这家人吵架被气死的,老太不服气,大闹了林父的葬礼,之后每隔一段时间,就会故意破坏林家的水电、门窗来发泄情绪。

说好听点,是林家人比较斯文,说难听点,就是被人当成窝囊废了,这些年村里分的田地也早就被他们强行占走了。

林希微也一直劝自己忍,只要她有钱了,搬离这里就好了,她让大嫂跑去小卖部报警,她自己走过去,好声好气让对方先放开她大哥。

人家根本不怕她一个年轻女孩,老太嘴里除了辱骂林父,就是骂林希微不知道在外面做什么的,林鹏辉气得头脑发昏,猛地挣脱了两人,英雄主义上身,才还手了一下,就又被两人按着打。

林小薇红了眼,拿了棍子就冲上去,棍子转手就被对方抢了,林希微怕三妹受伤,眼疾手快地挡了上去,对方的拳头狠狠落在了她的脸上。

"希宝!"

林鹏辉要去拿刀,林希微抱着他:"你疯了,不要拿任何工具,停手!林鹏辉,你想坐牢吗?你还有老婆孩子和老妈!又不是第一次挨打了,装什么呢?"

警察很快就到了,因为林希微、林鹏辉的伤痕比较明显,警察先把老太和她的两个儿子带走,过两天再放回来,老太就会安静一段时间,然后又继续挑个时间找事,这么多年一直都是这么过来的。

街坊邻居都来关心林家人,痛骂不讲理的老太。想到早死的老公,林玉梅默默落泪,林鹏辉被人越安抚越气,而林希微却内心平静。

快要睡觉前,林鹏辉问道:"希宝,还痛吗?"

林希微看着他的眼睛,神色冷漠:"大哥,你想让你老婆孩子一辈子在这里么?如果今天被打的是绮颜呢?"

"那我杀了他们!"

"然后呢?你没命了,绮颜没爸,嫂子改嫁?"

"林希微,你嘴巴要这么毒吗?"

"我要是真的毒,我现在就不管你们了!陈淮越已经借钱给你买了车了,多少人靠着开出租车发财了,可你呢?我现在最后一次警告你,从这个月开始,我每月见不到你拿两千块,我们断绝关系。"

一时没人出声,大概所有人都知道,林希微是认真的。

林鹏辉也有点难过,他在机场接到的二妹妹不该这样狼狈。

农历新年前,林希微还有好几个客户要见,都是银行的,时间都是对方早已定好的,林希微就只能顶着这张肿脸去见,对方有问,她都笑盈盈说,是从楼梯上摔下来,撞到的,阴差阳错的,银行圈子还对她这个律师印象深刻——那个被打肿脸说摔倒的啊?敬业还是蛮敬业的。

陈淮越跟鹭城政府从香港回来,就听说了她被人打的事情。

第五章
生日快乐,陈淮越

但陈淮越第一时间还找不到林希微。

她把白鹭花园卖房业务放给连思泽做,自己骑着自行车四处去找项目机会,见客户、拉业务,好在她在文汀和白鹭的购房者那儿口碑不错,再加上许总的引荐,她顺利地签下了另外两个楼盘的代理合同,其中一个就是之前说的凤凰山庄。

林希微去电话亭给康明雪家里打电话。

"你好,找谁?"接电话的人是杨兴亮的父亲。

"伯伯,是我,希微,我找明雪师姐。"

"喔,你师姐现在身体虚弱,你有什么事啊?没什么大事就别去打扰她。"杨父叹气,"尤其是工作的事。"

林希微迟疑了一下,笑道:"没事,那我先挂了,伯伯,你帮我问候下师姐。"

"爸,是希微吗?把电话给我吧。"

那头一阵小小杂音,电话被康明雪接了过去,林希微依稀听到了杨父不满的声音:"你小心孩子啊,本来就不稳了,你们俩拖到这个年纪才留住这个孩子……"

康明雪嗓音温柔:"希微,你从香港回来了吗?我们好久没见面了。"

"嗯,师姐,你下周有空吗,我去看你。"下周她脸上的痕迹应该就消退了。

"好呀。"康明雪笑,"最近律所怎么样?"

"挺好的,我又签了两个新楼盘,下午去听一个房地产的讲座,银行的人也会去。"

康明雪叮嘱:"那你注意跟各大营业部负责人搞好关系,有什么需要帮忙的,直接来找我,别理他们说的,我比你虚长几岁,认识的人也比你多,你和你师兄都倔强,我又无法去律所,你现在不会哭鼻子了吧?"

"当然不会,我都几岁了!"林希微笑了一声,最近睡得少,脑袋沉沉,只觉脸上的伤痕更疼,"康师姐,你好好休养,我会记得跟客户搞好关系,七分做人三分做事……"

康明雪纠正她:"要五分做人五分做事,法律功底深厚才是最好的广告。"

银行派人来参加房地产讲座,讲的是金融机构给房地产公司的贷款,林希微一边听,一边鼓掌,等发言的负责人回座了,她就主动去递名片。

"邱行长，您好，我是兴明律所的律师，林希微。"

邱行长看了她一眼，瞥到她脸上妆容都遮不住的红肿，恍然："是你，我听老李提过你，好好一个阿妹，脸伤成这样，昨天我们跟王局吃饭，王局说你以前在侨办就很拼，现在受着伤跑业务也不奇怪。"

林希微莞尔一笑："好在没伤了手和嘴，还能继续工作。"

邱行长被她逗笑了。

林希微说："邱行长，刚刚听您分享给房地产公司做贷款，不知道您愿不愿意做个人住预售房抵押贷款？只做外汇按揭，您也知道，在香港按揭贷款已经很流行了，我们首都银行，去年年初也逐渐开始推行了，效果都还不错。"

目前银行也处在改革阶段，房地产泡沫后，银行被要求退出房地产投资领域，还要解决处理不完的坏账。

邱行长问她："你要怎么保证个人房贷不会出现大量不良资产？企业现在都多的是一堆烂账。"

林希微还没回答，旁边其他银行的就说："林律师，这么小的业务你找安达就过分了，邱行长太给你面子了。"

"就算真给你贷款了，一套外销房几十、一百来万人民币，贷款百分之六七十，也就只有几十万，而且还没法保证信誉，我们贷款给公司，至少一笔几百万，多的上千万，何必去费力做这种吃力不讨好的贷款？"

"林律师，受伤了就好好在家休息吧，被记住是好事，记住熊猫眼算什么？学巴斯表演杂技啊？"

大家都笑了，他们或许没什么恶意，就是单纯觉得可笑，又都是地位高的贷款方，何必顾及一个"不能乱插嘴"的小律师的颜面。

就连林希微曾经的死对头乔安临都小声叹气："林希微，你知道里面的风险有多大么，香港、首都律所做，你就要做？认命吧，我们律师地位就这样，你直接去银行，连科长都不会见你！"

林希微装作没听懂，跟着大家笑："房贷肯定会是优质贷款呀，家是我们国人的港湾，做生意或许会赖账，但是房子没了，家就没了呀。"

陈淮越下了飞机，问到消息就赶过来，眉目冷峻，只觉得今天的领带卡得太紧，他站在灯光下，英俊的面孔上透露出接连几天加班的疲倦，盯着那头的林希微，看清了她白皙脸上的红痕、眼窝下明显的青黑，以及她对客户的讨好。

他也是有应酬的人，自然知道做生意难免伏低做小，因为再有钱的商人也始终只是个商人，就小小一个鹭城就有无数他需要交好的上位者，他自己放低姿态都没所谓，但看到她这样，心蓦地一沉。

再听那几人的笑声，只觉气血不住地往上涌，但他不会去干涉她的工作。

陈淮越迈腿走了过去。

邱行长笑意温和，抬眼看见陈淮越，笑容更深："陈总，从香港回来了啊？我听说你们招商引资很成功，指挥部相当满意，越程这回往里面投了不少钱啊。"

陈淮越也客气："我作为鹭城人，该为鹭江道的改造出一份力，多亏了邱行长此前帮忙。"他说着，目光微转，不经意落在林希微身上，"林律师，你也在这儿。"

"陈总。"林希微站起来，同他握手。

陈淮越唇角笑意尚在，但握手的力度明显比平时重了一些，又近距离看到她眼角的瘀青，周身气压渐渐低到极点。

"林律师是我们白鹭花园项目的合作律师。"

"有听说过，陈总生意越来越大了，还投了海景，这么大个高尔夫球场。透过会议室的落地玻璃窗，能看见一望无际的翠绿草地。"

陈淮越笑："海景正在筹办高尔夫球比赛。"

"那我们等会儿可要来几杆过过手瘾。"

"到时候开赛了，欢迎各位前来观赛。"

"那是自然。"

陈淮越让人带这些领导去打高尔夫球，他让林希微留下来，等人都走了，才尽量冷静地问她："谁打你的？"

"没事。"

"我问谁打你的？"

161

林希微说:"这不重要,我现在没事了。"

"那什么事情重要?顶着这张窝囊的脸去挨揍吗?"

林希微早就不气了:"是啊,我们家不窝囊,能被人打了,现在还要挨你骂么?"

陈淮越捕捉到信息:"不是工作上的事,是你家里的事。"他压着怒气,"你替他们挡了多少事,你被打了,林鹏辉一个大男人是死的吗?"

林希微只说:"这件事过去了。"

她不想扯出更多,她家人还要在村里生活,农村经常因为一点小事,扯到宗族,最后闹进了监狱,两败俱伤。

陈淮越看她脸色惨淡,没再追问。

他手指要碰到她脸颊,却怕她疼,放了下来,语气缓和:"疼不疼?上药了么,为什么还这么肿?"

林希微语气平静:"你被人打一拳你看疼不疼。"

陈淮越轻笑一声:"原来你还知道疼,我以为你把自己当钢铁人。"他看了眼手表,"陈淮川还在外面高尔夫球场,我先带他回家,他妈妈还在等他。"

陈淮川在挥杆练习场,但他坐在白色椅子上,白色遮阳帽戴得很低,神色怏怏,只想回家,球场经理哄着他,给了他遥控玩具车和玩具飞机。

"陈总马上就来接你了,小朋友,你先玩这些玩具可以吗?要不要吃什么,我去帮你拿。"

"不吃。"他控制着小飞机,没趣地踢着小腿,白色袜子肉乎乎地卡在他腿上。

这年头会打高尔夫球的人特别少,银行经理们也大多不会,得先来挥杆场请教练指导,他们说话的声音嘈杂,陈淮川扫了他们一眼。

"谢经理,你等会儿挥杆可要注意点,别不小心伤到手。"

"伤到手没事,就怕砸到别人,等会脸伤得跟那个女律师一样。"

"叫什么林希微是吧?可真别说,被打了还有脸出来晃,有几分姿色,不会是乱来才被打的吧?"

"谁知道呢?"

陈淮川耳朵竖起,是嫂嫂的名字,越听越气,他们好像在说嫂嫂坏话。

他等几人拿着球杆进来,遥控着小飞机,紧紧地抿着小嘴,不高兴地想,我拿小飞机撞死你们。

"哎哟……哎……"

那几人的头被砸了好几下,最后陈淮川偷偷松开遥控按钮,直接让小飞机掉落在最讨厌的那个人头上,塑料飞机碎了一地。

没等那些人找事,陈淮川就先掐腰,蛮横道:"你们撞坏了我的飞机!"

陈淮越跟林希微闻声过来,路上就听球场经理讲了经过。

陈淮越抱起陈淮川,面色沉沉:"可能叔叔的头比较硬,把飞机撞坏了,哥哥再给你买个铁的,撞不坏。"

这话偏得,听得银行经理都生气了。

陈淮越也懒得掩饰冷漠的神情,敷衍道:"孩子不懂事,我先带他回家了,今天你们好好玩。"

再也不管银行经理们在后面投诉什么了。

陈淮川上了车,委屈巴巴:"哥哥,你不要跟妈妈说,我知道我不对,我不该撒谎,我是故意撞他们的。"

陈淮越安慰他:"撒谎是不对,但你今天做得对。"

陈淮川的耳朵一下竖了起来,转身抱住了林希微的腰,哼一声:"他们都是坏蛋!嫂嫂,你脸怎么了?"

"撞到了,马上就好了。"林希微抚摸着他的脑袋,认真道谢,"川川,谢谢你。"

"不客气。"

"你有什么想要的呀?"

原本无欲无求、一身正气的陈淮川忽然看到了窗外一闪而过的 M 标和麦当劳叔叔,于是趴在了车窗玻璃上:"嫂嫂,麦当劳,麦当劳,下次我们去吃麦当劳。"

陈淮越把陈淮川送到他妈妈手里，就载林希微回律所。

林希微还是跟他简单解释了下隔壁老太家的事情，她说："农村的事情其实很难解决，我们也已经忍了这么多年，不差这几年了，只有我大哥自己立起来……"

她还没说完，陈淮越笑了下："他要是能行，几年前就行了。"

林希微知道他说的是对的，她也并非那么无私，她只是在还大哥曾经的恩情。

"你接下来有什么打算？"

她会先搬出家里，出去租房，然后等凤凰山庄的律师费打来，创收分配后，她会把"拉达车"剩下的钱一次性还完。

"我知道你不需要这笔钱，还你车，你也不要，但是陈淮越，还完钱，才能重新开始。"她微微一笑，还是说出了口，"我不想你说，你用七万块买下了我。"

陈淮越抿着唇，平静的脸上寒霜覆盖，他把车子靠边停，转头看着她："这是我说的话吗？"

林希微点头。

陈淮越记不太清了，一时不知道该说什么，沉默半天："那我可能说的是七万六……拉达七万六……"

20多岁才找到初恋，是陈淮越的秘密，曾有一个土老板生活化访谈，就问到了恋情问题，在场的其他民营房企老板对前女友侃侃而谈，有的说自己走街串巷卖膏药时，女朋友嫌穷跑了，有的说前女友不肯借钱创业……

轮到陈淮越，他哪里有什么前女友。

那时他刚回鹭城创业，先做了一段时间"贸易"，这是好听的说法，难听的就是"代买"。他在鹭城新建好的东渡码头上租了个办公室，等其他省份的工厂下单，他就雇佣挑夫去海上挑机床零件、挖掘机发动机，在港口开个税单，找个车队发走，挣的就是高昂的中间商差价，之后双线作战，初涉房地产行业。

就算在场老板华侨背景居多，但也没几个念过大学的，行事作风荤素不忌。

有老板笑他:"陈总该不会还是童子吧?我们去蓝带,他都不点小妹的。"

"陈总还没长大,怕他阿公,家教严,老师你们不怕啊?"

"小孩就是小孩,没经过女人,怎么做大事?"

年轻气盛的陈淮越哪里经得起这样的刺激,轻描淡写地回答主持人:"不知道该提起哪一个前女友,太多了。"

自此定下了他薄情企业家的形象。

后来他就遇到了林希微,那几年也是他事业最忙的时候,鹭城设为特区后,迎来了第二波高潮,年轻领导履职,国际航班通行,港口繁华,程控先进,中外银行进驻,地产行业的开发也如火如荼。

他的计划里没有恋爱这一事项,但俗套的感情不正是如此吗?他选择了一个和他想象中完全不一样的对象,最重要的是,她有一个和他外公家一样烦人的贫困多事的家庭,单单拿钱还不能解决。

"七万六"对陈淮越来讲就是一个小到不能再小的钱数字了,他一开始倒卖发动机,一个发动机的差价都有一两万,但他刚被分手的那段时间,对"七万六"这个数字反应格外强烈,他就是花了这该死的七万六,莫名其妙没了女朋友,他也想过找林鹏辉要回那辆价值"七万六"的车。

可是,他们已经分手了。

连这个车都没了,他们唯一的联系就没了。

他对林希微说的"买"这个字眼,有点陌生,或许当时他只是开个玩笑,但这个玩笑,并不好笑,他没有什么跟其他女孩子亲密交往的经验,在男女之事上的确毫无章法。

林希微也笑不出来,她曾隐晦地跟康师姐,以"我的一个朋友"开头,讲述了她的恋爱故事,康师姐只说,两人都高傲的话,是不可能长久在一起的,恋爱和婚姻总有一人要妥协。

但她没有明白,要妥协到什么程度,才能长长久久?

像康师姐这样退让,那杨兴亮又在做什么?

林希微盯着车窗,外面是一家名叫春丽的发廊,门口贴了许多小广告,写着按摩美容,屋内光线昏暗暧昧。一道熟悉的身影从店里走了出来，后面跟着一个年轻的长发女孩，她想抱杨兴亮，但杨兴亮面无表情地推开了她。

陈淮越想说什么，他才出声，就见林希微忽然捂住了他的嘴，迫着他趴了下来，他望进了她的眼睛里，闻到了她身上他喜欢的味道，她离开后，他有段时间很沉迷木调香，这是最接近她的气味。

香草、桦木、雪松，温柔但坚韧有力量。

他喉结微动，旖旎的心思还未生出，就听到她问："陈淮越，你嫖过吗？这个发廊里面是正规的吗？"

陈淮越以为他听错了，他这辈子都没想过，他会跟"嫖"这个字眼搭上边，先不说违不违法，这在他们家，是要判死刑的。

他脸黑了下来，冷冽的视线剐着林希微，好似受了天大的侮辱。

林希微轻声道："杨律师在那，嘘，先别说话。"

杨兴亮出发廊后，不知道在看什么，左右张望了好一会儿，这才上了他的车，他坐在驾驶座，打了个电话，脸上带着温柔的笑意。

林希微也躲着，只露出一双眼，听不见杨兴亮在说什么，也不知道他在跟谁打电话，只远远地看到，他从副驾驶拿起了婴儿拨浪鼓和小斗篷，眉眼笑意更深，没过一会儿，挂断电话，启动车子离开了。

林希微松开了陈淮越，她解开安全带，直奔春丽发廊。

那个年轻女孩还站在门口，她扫了眼穿着西装的林希微，有些惊讶。"你要做头发吗？"她隐晦地道，"不好意思，美女，你去其他店吧，我们这里不接待女客的。"

林希微朝她礼貌地笑了笑，道谢后转身离去。

怒意盈满内心，说不出来心中的感受是什么，手指都控制不住颤抖，她思绪混乱。从她认识康师姐开始，两人就已经恋爱了，是出了名的模范情侣，后来是恩爱夫妻，尽管很多时候，林希微都受不了他恶心巴拉的言论。

但她始终认为，杨师兄很喜欢康师姐。

他想创业，师姐就拿自己的人脉给他铺路，给他引荐她做法官时认识的银行高层，起步资金少，为节省成本，她一人撑起了整个律所的行政工作，现在师姐怀孕了，暂停了事业，在家休养，他在这干什么？

林希微胸口起伏，让自己冷静下来，没有证据，师姐身体不好，她不能随便去跟师姐讲，如果师姐这时候知道了，是不是还要为了孩子欺骗她自己？

陈淮越也下车，目光落在发廊上，几个女郎热情招呼他，他立马移开了视线，紧紧地跟在林希微后面。

女郎们不屑地翻了个白眼："男人，装！"

林希微现在想回律所，但不是去对峙，她心跳得很快，心脏仿佛要蹦出嗓子眼，关于事业的规划却无比清晰。

她意识到，她得跟杨师兄分开工作了，如果康师姐最终还是原谅了他，那告状的她就会成为夫妻俩挑拨离间的那个外人。

她一定无法在兴明待下去了。

如果师姐跟杨兴亮决裂，那她们也得离开兴明，或者……把杨兴亮赶出去。

陈淮越知道林希微和康明雪的感情，也能猜出林希微的决定，但他平静提醒："你还有第三个选择，装作不知道，这样你也能安心继续你的事业。或许你师姐早就知道，只不过装不知道，你去捅破成年人体面的伪装，夫妻俩会直接针对你，而他们又是最了解你的人，你可能都无法在这个行业混下去了。"

林希微也想过这种可能。

她总是觉得自己天生冷硬心肠，可在遇到亲近人的事情时，她依旧会感情用事。

她听见自己的声音："但这是康师姐，我愿意相信她，她不会这样对我，她或许会原谅杨兴亮，但她不会赶尽杀绝。"

陈淮越想笑她天真，吃了这么多苦还不明白人心险恶，但瞥见她脸上的伤痕，就把那些难听话收了回去。

只是冷静地问她："夫妻一体，婚姻如此，你的相信没有用，如果你师姐真的这样做了，你要怎么办？"

林希微睫毛微动，说："谢谢你，我会谨慎处理的。"

陈淮越不知道自己哪句话又惹到她了，她又开始跟他客客气气的。

"林希微，你对谁都留有余情，就只对我绝情么？"

林希微闻言,加快了脚步,再往前就是华侨大厦,华灯初上,顶楼的广告牌错落有致,高楼似雨后春笋,这是遍地黄金的鹭城,她看见了韩国元秘D的广告,想起了过去的一些事,忍不住想笑,声音不自觉也柔软了许多。

"那当然,谁会对人贩子留情?"

"人贩子?"

陈淮越反应过来,气笑了:"我怎么可能真的拿七万六买你,难道你就值这么点钱?"他开始甩锅,"可能是你大哥说的。"

"谁说都一样,你本质上就是瞧不起我。"在纽约跟不上课的林希微肯定想不到,1995年初的她会如此坦然,"你可能先是瞧不起我们全家人,顺带瞧不起我,当然,陈总家大业大,目中没有我们这等小人物也很正常。"

"如果真是这样,我怎么会跟你恋爱?"

"谁知道你们男人精虫控制会做什么?"

陈淮越知道她在说杨兴亮,立马撇清:"我从来不做那种事情。"

林希微没接话,站定在律所大厦楼下,笑着跟他说:"陈总,下次见。"她眼中的笑意如此淡薄。

陈淮越大步朝她走去,他的身影将她覆在其中,写字楼灯光明亮,头顶有航班飞过,他又闻到她身上令他着迷的味道。

他抱着她,从上至下地,完全地笼罩着她。

"希微,对不起,我的确是在为我自己辩解,我为我当时说的话道歉,我不知道这些话对你伤害这么大……"他睡眠不足,过度疲倦,又埋了个雷。

林希微还是笑:"当然,陈总肯定想不到我这么敏感呢,都是做大买卖的,买个人怎么了?"

"不是。"陈淮越叹口气,"我现在说不过你。"

他求饶卖惨,轻声道:"我昨晚只睡了三个小时,今天奔波了一天,太疲惫了。"

"去买几瓶那个喝喝吧,别虚了。"

"什么?"

林希微指了指楼顶的元秘D广告,她声音温柔:"你以前就爱喝,没人会笑你的。"

陈淮越顺着她的手,仰头看过去,一瞬间脸色黑沉,像个被戳中痛处的可怜男人,他说:"我说过了,我那时不是为了那个喝的,我是缓解工作疲劳的,你后来不也知道,我有多强吗?"

林希微推开他,敷衍:"嗯嗯,知道了,去喝吧,多喝点。"

陈淮越气得不行,他是为了谁,听说第一次会表现不好,钟程又在看电视,广告说元秘D,补肾壮阳好东西,他一下子鬼迷心窍买了三瓶去约会,没想到成了一辈子的耻辱。

陈淮越看着林希微进了大厦,他原本想再跟她说,别牵扯进人家夫妻的事,因为他作为儿子,卷进父母的婚姻,都惹了一身脏,至亲至疏的夫妻,是这世界上最复杂的关系了,没有之一。

他思绪一顿,忽然意识到,他刚刚对林希微说,夫妻一体,她态度又冷了下来。

而他从始至终不愿许诺的就只有婚姻。

林希微在大年三十的年夜饭上宣布,她年后初六就要搬家,她已经租好房子了。

电视上还在播放《风中有朵雨做的云》,所有人手中的动作都顿住了,林鹏辉正在给林小薇倒丹凤啤酒,方敏举着杯子,要跟林希微干杯,林玉梅念叨着今晚她厨艺不错,要希宝多吃些炊蠘和鱿鱼母番鸭汤,林小薇正期待着刘德华出来唱歌。

只有林绮颜听不懂,跪在长椅上,脆生生道:"爸爸,我还要喝果珍。"

方敏先回过神,关心道:"希微,怎么突然想搬家了?是不是你阿哥……"

林鹏辉来气了:"林希微,你非要大年夜搞这些吗?"

林小薇说:"二姐想搬家就搬家,跟大年夜有什么关系?你怎么不说你一整年没赚几个钱?大年夜这么穷。"

"我最近每天都出车,都在好好赚钱了,我有在听话啊,她还想怎

169

么样？她不要这个家了吗？"林鹏辉也不给林小薇倒酒了，自己对着易拉罐口喝了起来，他的委屈也涌上心头，"我虽然还没戒掉烟，但我现在都不抽骆驼烟了。"

"你还委屈，你怎么有脸抽烟的？"林小薇呛他。

"林小薇，你闭嘴！我不跟属老虎的人讲话，我们相克。"林鹏辉瞪她，"跟大哥没大没小的。"

"那你也要像个大哥！"

林玉梅没理会这两个生来就不和的儿女，只看着希微，紧皱眉头："是谈恋爱了吗？还是为了工作方便？"

林希微很直接："都不是，我对林鹏辉很失望，不想看见他。"

林鹏辉急了："好啊，希宝，你现在忘记大哥救你、供你了是不是？"

"老公。"方敏担心他越讲越糟糕，出声阻止。

林希微露出很淡的笑："你才知道我没良心吗？你再这样下去，我们都会走，只有你一个人继续待在这个房子里。"

屋子里沉默了一会，林玉梅轻声道："吃饭吧。"

林小薇为了缓和尴尬的气氛，主动开口："那个……我恋爱了。"

林玉梅查户口一样盘问："哪里人？几岁？做什么的？怎么认识的？家里什么情况？打算结婚没？"

林小薇含糊应付了几下："隔壁厂的，结什么婚呀，他家里就一般，恋爱恋爱得了。"

"不结婚你想上天？"

"结婚了像我们家这样吗？他是挺着急结婚的，但我感觉我亏了，他家多个赚钱的，我们家少个赚钱的。"

林玉梅气得去拍林小薇的后背："你怎么这么计较？怎么一直说钱？"

"那不然你说为了什么？"

"你不结婚，男人就是玩你的！你会被整个社会唾弃！"

方敏说："结婚也是为了爱。"

林小薇忍住笑，嘴巴又毒："阿嫂，我说实话，你别生气，我相信你和大哥的爱，大哥比婚前还舒服嘞，不用生女，不用带女，不用做饭、做卫生，还多了你的工资，大哥的爱可真值钱喔……"

"林小薇！"林玉梅眼睛都气红了，"你们这几个孩子，大过年的非来气我……"

林希微扯了张纸巾给她，说："大过年的，哭了不吉利。"

林玉梅语噎："是谁气的我？"

林小薇安慰她："妈，你不是一直想我和二姐嫁人吗，嫁人了也就离开家了，那二姐现在离开家正合你意。"她站起来举杯，"来，让我们恭喜二姐！恭喜妈妈！"

林玉梅感觉要气晕了，起身去一旁给亡夫的牌位上了个香："成平啊，你说我们俩都不怎么会说话的，为什么生了两个牙尖嘴利的女儿？"

林希微怕嫂子心有芥蒂，适时拿出早已准备好的大红包，发给林绮颜和林小薇。

林鹏辉沉默着闷头喝酒，喝到最后他眼圈红了，他主动去洗碗、收桌子、倒垃圾，再把果盘、零食端了上来，挤到林希微身边，继续灌酒。

"大哥错了。"声音跟蚊子一样小。

林希微让林鹏辉跟她出去。

院子的地上还残留着开饭前拜灶神老爷的鞭炮碎片和金纸，古厝的飞檐门廊下挂着几盏精致的古法龙虎灯，家家户户灯火通明，为了迎接初一的神明。

"大哥，你不用跟我说你错没错，因为要跟你过一辈子的人不是我，你今晚做的这些，本来就是你该做的。我们都长大了，你过得好不好其实影响不到我的，阿嫂跟你恋爱这么多年，你不要让她后悔嫁给你。"

林希微笑了一下："拉达的钱我会帮你还，但到此为止。"

"我自己还，对不起，大哥真的错了。"林鹏辉眼圈通红，周身酒气，眼泪绷不住地往下滚，流进了嘴里，"好咸……"

"你再去找陈淮越我也没所谓了，你有本事你就再去拿我换钱，我看你们要怎么恶心我。"

"我不会了。"林鹏辉想到小时候，疯狗要咬希宝，他想也不想地挡上去护住了她,他全身是血,痛得要死,心里却松了一口气,比起受伤,他更怕希宝像爸爸一样离开,他就是个胆小鬼,有希宝他才觉得有支撑。

"那我好好挣钱,你就会回来吗?"

"不会。"林希微冷眼看他,"装纯之前想想自己的年纪,但你好好挣钱,我会考虑多看你一眼的,你搬新家的时候,我也会给你封个红包的。"

"挣钱还债、买房子,给希宝买新裙子……"大哥醉得满脸通红,低声喃喃。

她刚上大学时,他的确经常给她买裙子。

林希微骂他:"别演了。"

心里却有点难受,她有时候真的讨厌这个家,可她又在这个家的每个人身上都得到过爱。

读书和工作,只要付出了时间和精力,就一定能得到丰厚回报,而爱情和亲情,复杂到她现在也没搞明白。

临睡前,林希微才看见她的寻呼机里有几条新消息。

"林希微小姐,李从周先生祝你:新年快乐,希微。"

"林希微小姐,倪知禾小姐祝福你新年快乐。"

另一条来自陈淮越,"林希微小姐,陈淮越先生说,希微,祝你万事顺意,又一年过去了,这个年我很开心。"

林希微关掉了寻呼机睡觉。

陈淮越正一个人在鹭江边散步,他在想1991年的除夕夜里,会学巴斯熊猫戴眼镜、陪他在海滨吹风的那个女孩。

那一年她冒出了出国的念头,那个除夕夜她说了什么来着?

"陈淮越,外面的世界好看吗?我想跟你看一样的世界。"

陈淮越轻笑一声,他手提袋里的大哥大响了起来,是钟程:"除夕快乐啊,好兄弟,你跑哪里去了?"

"除夕快乐,钟程。"陈淮越夸他,"你名字取得真不错,钟程忠诚!"

钟程问:"你怎么了?"

"没什么，想跟我看一样的世界，她其实很在乎我的，对吧？"

"什么东西啊？你发酒疯啦？"

正月初六，林希微搬家。

初一那天她去康师姐家拜年了，杨兴亮心情不错，收了礼物，对她也和颜悦色的，但康师姐脸色苍白，肚子没多大变化，整个人纤细得吓人，杨家人都不让她下床。

林希微全程坐在她床边跟她聊天，没聊一会儿，杨兴亮就来赶她："你出来跟我讲，你师姐要多睡觉。"

康明雪笑了一下："希微，你去吧。"

林希微说："好。"站起来的时候却发现康师姐枕头下压着《婚姻法》，卧室里的电视在播放《渴望》，里面完美女主角的老公出轨养"二奶"。

康明雪说："希微，法律的滞后性还蛮强的。"

林希微应声："是啊。"

杨兴亮走过去把电视关了，皱眉道："你小心把眼睛看坏。"

康明雪抿了抿唇，看着窗外，不再言语。

林希微若无其事地跟杨兴亮说了一会儿话，杨兴亮说："大过年的我也不催你交办公室费，对了，过段时间我想给你师姐送结婚纪念日礼物，你帮我参考下。"

"你们真恩爱。"

"不然呢？你当我是抛弃糟糠妻的男人啊？明雪是我唯一爱的女人，是我的命，是我最珍贵的港湾。"

林希微只听到第一句，讥讽道："康师姐是糟糠？"

"你是傻蛋！"

两人不欢而散，连个春节祝福都没给彼此。

林希微的房子是许总出租给她的，一室一厅，装修特别简单，没有电梯，但是小区位置还不错，是一个纺织厂的单位房，她现在经济压力没那么大了，但找房子时第一条要求还是安全实惠，而非豪华。

林鹏辉开了几趟车给林希微搬家，以表忠心，他让林希微就坐在楼下看东西,他一人吭哧吭哧地往返搬上楼。

林希微倒要看看他的"一时兴起"能维持几天。

陈淮越前几天联系林鹏辉,林鹏辉给他回了电话,还一副要划清界限的语气:"陈总,不好意思,以前是我不对,那个钱我会尽快还给你。"

"你妹替你挨打,你良心发现了?"

"不是良心发现,是听我妹的话,难道你敢不听林希微的话?"

"我没必要听她的话,她也不会命令我。"

林鹏辉得意地笑了一声:"那是因为她没把你当自己人啊,你又不是她家人,算了,陈总,我妹说得对,我们和你就不是一路人,我得好好挣钱,还钱了再给我妹攒结婚的钱。"

今天一大早,陈淮越开车到林鹏辉常待的火车站出租点,没找到他,去了林家,碰见林家妈,说是给林希微搬家去了。

林妈正愁林鹏辉落了几瓶腌酸菜、水桶、拖把和暖水壶,问了下:"你要去找他们吗?那你帮忙把这些东西带过去吧。"

陈淮越应了声:"好。"

然后林玉梅就把东西都塞到他副驾驶座上,叮嘱道:"谢谢你哦,你小心点,这是希微爱吃的。"

这是陈淮越第一次载这些东西。

林玉梅知道他有钱,但她心里的贫富观没那么强烈,换作以前,这有钱人还得戴帽出门扫大街,她这贫农才好呢。

陈淮越到了小区楼下,就见林希微坐在单元门口的小竹椅上,悠哉悠哉地指使道:"搬快点。"

林鹏辉弯腰撑腿,喘得像条狗,浑身是汗,全身酸痛,已经快搬不动了,这时瞥见陈淮越,就像找到了救命稻草,他眼睛发亮:"妹夫,你来了,来来来,轮到你搬了。"

又是妹夫了。

陈淮越到底还是帮了忙,林希微给的奖励就是一人一瓶矿泉水,他仰头没几口就喝光了,正要把塑料瓶投进垃圾桶里。

林鹏辉连忙阻止道:"给我给我,我有用。"

陈淮越看着他把塑料瓶扔到出租车的副驾驶座，皱眉："你现在还兼职收破烂？"

林鹏辉又得意，又不好意思，压低了声音："就那个啊。"

"哪个？"

"最近忙着拉客，要好好赚钱嘛，没时间下车，也省公厕费，总不能憋尿吧，好兄弟会坏的。"

陈淮越忍耐了一会，还是道："你离我远点，你没洗手是吧。"

林希微忙着收拾新家，她擦了半天柜子，忽然发现陈淮越又上楼来了，帮她把一些行李往里搬，他半蹲在地上，问她："你东西要放在哪儿？"

林希微盯着他看了一会儿，指了指厨房，他就自发去整理厨具了。

两人配合，收拾得就快了很多，加上林希微东西也不算多，没一会儿就收好了。

林希微一边洗手，一边问他："你要吃什么？楼下有小吃店。"

陈淮越闻言，静静地盯着她许久，好像有很多话想说，又似是失望，最后只道："一起去买菜吧，给你的新居乔迁开个火。"

林希微答应了，这附近只有农贸市场，家禽和海鲜都是现杀活杀的，血到处飞溅，看起来也不太卫生，陈淮越面无表情地移开了视线，说："我去买点菜。"

但他逛了一圈回来，发现鸡鸭和她都不见了，他正要打电话，又见她出现在了不远处。

林希微说："走吧，我买好了，回去做饭了。"

"你去了哪里？"

"没去哪里。"

回到了林希微的出租屋里，陈淮越自觉去洗了手，打算下厨，他今天还带了本菜谱过来，已经思考好了要做什么菜。

不过最后这顿饭是林希微做的，她说："这是我家，我自己做饭吧。"

陈淮越坐在沙发上，盯着小厨房里她忙碌的背影，但他完全感觉不

175

到幸福，甚至胸口不自觉闷气堆积，但这明明就是他一直想吃的，她亲手给他做的饭。

他沉默了半天，又站起来，走到小厨房门边上，靠着门框，漫不经心地提醒她："今天正月初六。"

"知道。"

他继续："在三十年前的今天，在新加坡，有一个非常重要的人出生了。"

林希微没什么反应。

他只好叹气点破："那个人姓陈，林律师贵人多忘事，才多久，连前男友生日都忘了。"

林希微终于忍不住笑了，锅里的鲍鱼排骨汤咕噜噜地冒泡，外面传来了敲门声，她没回陈淮越，放下手中的菜，擦了擦手去开门。

陈淮越亦步亦趋地跟在她身后，打算继续指责她无情无义，但一开门，却是一个漂亮的生日蛋糕。

林希微结账给对方，说了声谢谢。

陈淮越关上门，根本止不住上扬的唇角："林律师，你今天下厨也是为了给我庆生的，其实你一直记得。"

这是个毋庸置疑的肯定句。

林希微自己不怎么在意生日，但陈淮越在意，从他们认识的第一个正月初六开始，他就要求她陪他过生日。

林希微一开始很困扰，她该送什么礼物给他，刚毕业200块的工资，要养自己，还要养家，而他用的东西又不便宜。

思来想去也没个定论，干脆什么都不准备了，但陈淮越本就没想要什么，反倒送了她一条项链。她只知道是碎钻和金子，应该价值不菲，但她不认识品牌，也不知道去哪里查，戴了一段时间后，以不安全为由，放回了他公寓。

后来他也渐渐不送她这些了，只有一次提到，想要她给他煮一碗长寿面。

她没有答应。

那时候她总是想得很多，她拥有得太少，在意得太深，和他在一起的大多数时间,她都在同另一个自己拉扯,他们能走多远,她现在依靠他,他离开了,她是不是就一无所有了,是不是一定要她讨好他……

时隔几年,她事业有了新奔头后,这些事情好像也没那么重要了。

林希微盯着锅里沸腾的水,下了一把手工线面,从10岁开始做饭,她当然有一手好厨艺,她跟陈淮越说:"这是我妈做的手工线面。"

"是在院子里竹竿上晒的那些吗?"

"嗯。"

陈淮越走到她身后,见她拿筷子搅了几下面,又抬手去柜子里取碗,说道:"我只要这碗面,其他的不用煮了,其他的食材先留着,下次我做给你吃。"

"好。"林希微求之不得,"冬天应该不容易坏。"

陈淮越去把碗筷准备好,擦了擦桌子,把蛋糕摆放在中间,他遗憾今天没带照相机过来,不然还可以给蛋糕留个影。

钟程打电话来祝福他生日快乐,陈淮越笑道:"多谢。"

钟程知道他去找林希微了,忍不住抱怨:"就不能带上我吗,有了林希微这个负心女人,你过生日就只跟她过了。"

"她给我煮面了。"

"你家阿姨没给你煮过?"

"这不一样。"这是她第一次为他下厨。

钟程承诺:"好,那我下次也学着给你煮长寿面。"

陈淮越拒绝:"那不行,我就只吃她做的。"

钟程无话可说,直接挂断电话了。

陈淮越又接了陶静昀的电话,同样是生日的祝福,但陶静昀显然还有别的话要讲,陈淮越看了厨房里忙碌的林希微一眼,走到了小阳台上。

陶静昀说:"阿越,你想不想结婚,是你的自由,但你应该跟希微好好谈一谈,至少你得让她明白,你怕在婚姻中失去的是她和你的感情。"她笑了一下,"你应该也是在妈妈身上,看到了她的另一面吧。"

"你是不是很疑惑,你阿公阿嬷明明不反对我和你爸结婚,为什么我还是很痛苦?他们不反对,一是尊重,二是有底气,因为不管是分手,还是离婚,陈伯鸿都不会有什么大损失,陈家能帮他兜底,你现在也是这样。"

"而我就在这段不平等的婚姻里,疑神疑鬼地自我折磨,纠结于爱与不爱,犯了一点小错,就不停自责。"陶静昀继续道,"你可能很难理解这种情绪,所以我之前觉得,你们分手了挺好,你更适合找一个门当户对的女孩恋爱。"

"不用费心费力去猜一个穷人家庭出身的女孩的想法,但你非要选择林希微,你就该知道,从她家那个巷道走到鹭大、律所大楼、华侨别墅,她花了很多年才走到。"

陈淮越"嗯"了一声,喉结微动,嗓音也有些干涩。"知道了。"他缓和气氛地开玩笑道,"陶作家,文采不错。"

陶作家却生气了:"你知道个脑袋!你以为就只有苦吗?我出生就被送人,上课要走几十里山路,砍柴挑粪赚学费,没成年就被卖去南洋,躲在木箱里,上岸打几份工,但没自卑过,直到爱上你爸,我才知道我的自尊心居然这样脆弱敏感。"

陶女士轻声叹气:"希微可能也是这样。忘恩负义、爱慕虚荣,这些词都曾落在我身上过,你爸爸不明白为什么我总在乎这些话。"

她说到这儿,更是生气:"那是因为被骂的人不是他!"

"要是陈伯鸿是个穷鬼,入赘我家,人家说他吃软饭、没骨气,我看他还能站着说话不腰疼吗?哎呀,这个社会对男的好多了,什么入赘男占了妻家财产,还能被夸杀伐果断,陈淮越,你要是跟陈伯鸿一样,我真的是气死了!就你有骄傲是吧,那你别去找人家啊!"

陈淮越察觉她情绪起伏,不得不出声提醒:"妈,该吃药了,今天你饭没吃,药是不是也忘记了?"

陶静昀是真的忘记吃了,早上一起来就在赶稿子,中午的饭还是陈淮越让酒店管家给她送来的。

"阿越,我的药放在哪了?"她一屋子都是乱糟糟的稿纸。

陈淮越安抚她:"我让管家给你找,你别急。"

林希微已经坐在桌前了,等他一起吃饭,陈淮越满脑子都是他妈妈刚刚说的话，倒也没有什么特殊的感想，只是思绪混乱，因为人性都是自私的，他谈恋爱，自然不是来做善事的，林希微身上有吸引他的地方。

他愿意为了这份吸引，去满足她的愿望。

因为是陈淮越的生日，林希微还是愿意对他温柔一点，陶女士上回说，陈淮越从10岁那年开始喜欢过生日，他的生日愿望是，希望妈妈离婚后能天天开心。

陶女士说，他是个好孩子。

林希微也觉得，她单手托腮，见陈淮越还盯着她看，忍不住笑道："你不吃面了吗？怎么老看着我？"她顿了顿，"不好吃吗？"

陈淮越说："好吃。"

"好吃就多吃点，今天买了十只鲍鱼，等你吃完，我们就吃蛋糕。"

陈淮越吃了几口面后，还是忍不住抬头，面无表情地提醒她："林律师，你母爱泛滥得我害怕，我有自己的妈。"

林希微笑出声，她起身去拿啤酒："你要不要喝？"

"冰的吗？"

"当然不是，我没有买冰箱。"

陈淮越闻言，又扫了眼这个房子，其实缺了很多东西，冰箱、空调、洗衣机，但能满足她基本的生活需求，他想到他妈妈刚说的话，决定不干涉她的新家布置。

就好像他几年前就让她从家里搬出来，但她只会装听不到，问就是，她有自己的节奏和计划。

两人干了杯，一个庆祝生日，一个庆祝搬迁。

林希微从蛋糕的袋子里找出了一个纸质生日帽，她让陈淮越弯下腰，戴在了他头上，偏偏他穿了西装，有些不相适应的滑稽，她笑了起来，陈淮越刚想摘掉，就又听她说："可爱的。"

他把手放了下来："是吗？"

林希微关掉灯，屋子里就只剩下了蜡烛微弱的光，她双手合十，隔着轻轻跳动的烛火，示意陈淮越许愿。

陈淮越看着她眉眼的笑意，以及她瞳眸中跳跃的温柔微光，温馨得

179

让他觉得像是他这两年做过的无数次的梦。

他忍不住问:"林律师,不会是断头饭吧?"

"什么?"林希微没明白。

"吃完就说再见。"

陈淮越心中叹气,断头饭就断头饭吧,先吃了再说。

他闭上眼,许愿道:"那我今年的生日愿望就是……"

林希微提醒:"你说出来就不灵了。"

他无声地弯起唇角,烛光在他眼下落了一排阴影,他答:"因为能帮我实现愿望的人就在这里,新的一岁,陈淮越先生希望林希微女士能给他一个弥补错误的机会,忘掉他曾经说的那些伤人的话,重新开始。"

林希微静静地看着他,笑着反问:"就一岁吗?"

不止。

但他只说:"生日每年都有,愿望可以年年许。"只要那个听他许愿的人还在他身边。

他睁开了眼,吹灭了蜡烛,一室漆黑。

没人去开灯,晦暗中,只能瞧见彼此隐约的、模糊的轮廓,暧昧的呼吸声却更加明显,等眼睛适应了黑暗,借着室外微弱的光,她知道他走到了她身边。然后弯腰抱起了她。

她可以拒绝的,但她没有。

她的床单是刚刚换上的,还残留着茉莉花味洗衣粉的清香,但一些东西还占着床的大部分面积,他有些急躁地把东西扫落在地上,将她扔在了床上,覆身下去。

林希微还没开口,呼吸就被他掠夺,他手掌宽大,掐着她的腰,另一只手伸进了她的衣服里,他在床上向来很凶,黑暗让感官更加敏锐,喘息急促且燥热,海浪飘摇,林希微的手贴在了他的胸膛上,感受他搏动的心脏。

"希宝。"陈淮越的心口不规律地起伏跳动,就好像那颗为她跳动的心,被她捏在手心里,渴望着被她安抚。

他想打开灯,细致地看她,但就算在黑暗中,他也能描出她的眉眼、轮廓、散落的黑发。

距离第一次见她，已经过去了六年，他想起那次他去接她下班，大楼的电梯一直被人占用，她等不及要见他，从楼梯一层一层地绕跑下来。

而他就在车子里，一抬头就透过大楼的玻璃，看见了她像只蝴蝶一样，蹦跶雀跃、旋转而下，奔他而来。

是他的林希微。

林希微的生物钟向来准时，她睁开眼，看见陈淮越的胸肌，往上看，他还睡得正香，静静地把他的手臂挪开，然后无声地下了床，洗漱穿衣服。

她烧了热水泡了杯豆奶，切了块昨晚没吃的蛋糕，当作早餐，但蛋糕实在有点太甜，她吃了几口，吃不下去了。

找出纸笔，打算给陈淮越留言。

还没写，就听到陈淮越起床的动静，他勉强套回了皱巴巴的西装裤，赤裸着上半身，站在卧室门口，看着林希微。

林希微语气自然得和平时没有任何区别："初七我就复工了，今天要出差，你找你的秘书把衣服送过来吧。这个蛋糕放一晚上不好吃了，不想吃扔掉就好。桌上的钥匙留给你，你离开后，把钥匙藏在门口毯子下面，我大哥今天会过来取。"

陈淮越却不语，只是垂眸盯着她，他掌心里握着一枚戒指，是他醒来在床上发现的女戒，和他无名指上戴着的是一对，这是他第一次见到这枚女戒。

林鹏辉跟他说过，这是希宝在出国前买的，是一对婚戒，她想要一个确定的未来。他还是觉得婚姻太麻烦，也不想她像妈妈那样，但他们或许会有不一样的结局。

陈淮越走到餐桌旁，语气平静："希微，要不要结婚？"

林希微愣了一下，没明白他这是怎么了，睡了一觉突然又想结婚了，以为什么事都是他主导的么，身体虚完，脑子虚。

但她没时间在这耽误了，她匆匆起身，在玄关鞋柜上留了10块钱，一边穿鞋一边道："楼下就有元秘D卖，你以前早上都醒得比我早。"

委婉提醒："30岁了。"

林希微陪同邱行长出差去香港开会，为的是鹭城建设第三条进出岛的通道大桥，安达银行是投资方之一，大桥目前还在筹集建设资金阶段，各方定在香港会场开会。

年前的几次会面，林希微找邱行长谈的是楼花按揭，邱行长没答应，没几天后，又给她打来了一个电话，说要她帮个忙。

邱行长的傲慢也显而易见，尽管他看似谦和："林律师，这次多谢你帮忙了。"

的确是"帮忙"，他直言不讳，仅仅试用，不签合同。

连思泽劝过林希微，担心她竹篮打水一场空，但林希微还是想试试。

一是法律本身就有许多空白，很多时候合同也形同虚设，对方是政府引进的外资银行，她只是个小律师，二是安达是个大银行，或许这次合作能为她储备潜在客户群。

"邱行长，不客气，能帮到您是我的荣幸。"林希微笑意盈盈。

"林律师之前也给外商投资出过法律意见书。"邱行长摇摇头，"这次的会议几种语言，真是困扰我。"

林希微开玩笑："那邱行长您可以放心了，英语、普通话和鹭城话都是我的母语。"

邱行长朗声大笑，却深深地看了林希微一眼，拍了拍她的肩膀，像是安抚，又像是同情。

他道："从香港回去后，我们再谈谈按揭的事，林律师不容易啊，一人奋斗，做这么多类型的业务。"

林希微听着，心里莫名生出了一丝怪异，这时候的她还不明白，毫无家庭背景又急于做业务的年轻律师是最好的风险承担人。

到了酒店后，林希微随便吃了几口午餐，就继续看东进大桥的资料，调研部分提到了水文、地质和气象，主要考虑到鹭城位于台风多发带，总投资预计20多亿人民币，而外商投资一笔最少也有三千多万美元。

她快速地往后翻资料,没找到相关额度限制的文件,她这次的工作就是要在外所出具的法律意见书上修改,翻译成中国法律意见书,然后签字。

她用房间固话给连思泽打了个电话:"思泽,我是希微,你能不能帮我找一份文件,就是鹭城关于外商投资规模的审批权限要求。"

连思泽很快就把文件传真给她。

林希微把意见书按照限额的规定重新草拟,并让连思泽一起审核风险,两人都认为应该没什么问题了,她才松了一口气。

她说:"思泽,谢谢你。"

连思泽回:"谢什么,这是我们的工作。"

林希微让他签新楼盘合同时带着新律师一起做,连思泽笑:"当然,我们是同行相亲。"

只可惜,两个鹭城人前后鼻音不分,林希微问他:"是亲还是轻?"

彼此大笑。

林鹏辉在他妹的租房门口找了半天,也没找到钥匙,就去楼下杂货店打电话:"希宝,钥匙没在地毯下啊。"

"你认真找了吗?"

"我都翻起来了,应该没人拿吧。"

林希微想了下,她猜是陈淮越拿走了。

陈淮越等了一天林希微的电话,他总觉得经过了昨晚,一切都还是一如既往,因为他给她发寻呼消息,她一样没及时回。她落地入住酒店,也同样没第一时间告知他,甚至早上出门前,还质疑起了他。

林希微心疼昂贵的话费,开门见山地问他:"钥匙是不是在你那?"

陈淮越那边没及时回话,电话听筒里反倒传出暧昧的喘息声,林希微静了静,问他:"你在干什么?"

"刚运动完,保持健康的、强壮的身体,训练我的耐力。"陈淮越轻呼一口气,漫不经心地补充,"我过年应酬多,前几天有点累,早上才多睡了一会。"

林希微笑了声:"那你先留着钥匙吧,回去再给我。"

"你在香港几天?"

"一周吧。"

陈淮越不让她挂电话:"林律师,我早上说的结婚是认真的。"

林希微一边在资料上标记,一边回复他:"我早上回的话也是认真的。"

陈淮越语气缓缓:"我买了元秘D,我本来就不抽烟,只剩下应酬要喝酒,我很健康。"

林希微笑了下,很无情:"那也不能结婚。"

"为什么?"

"我比你年轻,我亏死了,你都能玩到30岁。"

陈淮越说:"我让秘书去打听,现在能不能改年龄,你想要几岁的,22岁?22岁就会身强体壮么,不见得。"

林希微想起了一件事:"你昨天过生日,为什么随身携带安全套?"

陈淮越被她的话噎了一下,正色解释:"这是为了安全,总不能没有这个就那个吧,这是不对的。"

"你还有个选择,就是控制住你自己。"

"我倒是能委屈自己忍一忍,可你呢,你的欲望我总得满足的吧,我很有服务意识的。"

林希微听不下去了,挂断了电话,她脸颊有些烫,起身去洗手间拍了拍冷水,缓了一下,才继续工作。

一旁她的寻呼机还在不停地进消息,都是陈淮越发来的。

他在叙述同他结婚的好处,什么有钱有权,什么是她事业上的得力助手,什么他家人都很喜欢她,他会是她的家人、亲人、爱人……

陈淮越没过一会就收到了她的回复:林希微女士现在只想做林律师。

今天被拒绝三次了。

钟程也运动完了,洗完澡擦着头发,问道:"怎么还没去洗澡,有客户联系你么?"

"是我女朋友。"

钟程手上的动作顿住:"你们真的和好啦?她同意跟你重新谈恋爱了?"

这句话把陈淮越问得微微一愣，但他语气自然："成年人，没这么多事。"

"林律师怎么说的？"

"你问这么清楚做什么？我自有分寸。"

钟程忍俊不禁："她什么都没说对不对，女朋友的字眼，她是一个字都不提的吧，我还不知道林希微。"

钟程也不介意陈淮越一身汗水，挤到他身边坐下。

"昨晚应该还蛮美好的吧？但你怎么早上上班一副备受打击的模样，有什么事可以跟兄弟我，好好说的。"

陈淮越微笑："我好着呢。"

钟程装模作样："你知道圣人模式，不应期吗？"

"什么意思？"

"前几年医学家提出的新概念，我在香港杂志上看见的。"钟程拿出一本他每期必看的两性杂志，"refractory period，短时间内丧失性反应能力，身体越年轻不应期就越短，年纪大了就不好说了。"

陈淮越秉着求知的心，和钟程一同阅读这一篇科学的报告，年龄卡在30岁，最后是杂志主编的评语：男人，只有嘴硬是不行的。

两个未婚大龄男人都只剩一个想法，的确要好好运动，保持健康的身体。

钟程嘿嘿一笑："还好我还有两个月才三十。"

陈淮越这几天都在林希微租的房子里住，只中间请阿姨过来打扫一下卫生，其他的布局和家具他都没动过，他进进出出都会跟遇到的邻居打招呼，手上又戴着戒指，邻居们心照不宣，以为新搬来的是一对夫妻。

但陈淮越也得承认，他住在这里很不适应，那张床实在又硬又小，枕头也不太舒服，浴室也很小，隔音还很差。

他告诉自己，爱能解决一切，被子上残留的林律师的香气，是他的安眠药，直到大半夜楼上夫妻吵架打架，把铁架子从五楼窗户扔了下去，巨大的声响吵醒了好不容易才入眠的他。

陈淮越连夜开车回自己公寓了。

林希微在香港连开几天会议,一开始还算顺利,因为各方律师的意见都很统一,东进大桥投资超过三千万美元,正在等待一级审批,后续大桥项目还会衔接收费高速公路。

邱行长在会上问林希微:"一级审批实在太烦琐了,都不知道会审到猴年马月,林律师,你看下分段式投资如何?把每段投资的钱都压在三千万元美金以下。"

规避审批。

这是此时盛行的做法,林希微保守回答:"投资项目分段的话,法律意见书也会分段出具。"

然后各方就为此争吵了几天,最后一天的会议,他们忽然达成一致,反倒对林希微提出了要求。

外方直接道:"为了融资便利,我们需要有一份统一项目的无保留法律意见书。"

"林,你只需要在我们提供的文件上签字就好了,很简单。"

邱行长:"不会有事的,我们会把控好风险,分段投资实在太繁复,你这签下去,就是给鹭城经济拉来新动力。"

林希微手心微湿,坚持道:"我只能分段出具。"

外方态度强硬:"你能分项目给意见书,那就一定能统一出具,你们鹭城的律师不都这样。"

各方开始轮流用各种观点压着林希微,语速快,用词复杂,还时不时掺杂着彼此的眉眼官司,言语之间隐含了太多威胁意图,黑压压的三十多人全都盯着她,逼她现在就要答应背锅。

邱行长见林希微可怜的样子,还是于心不忍,刚想说算了,外方依旧语气轻蔑:"林,我们是来给你送钱的,是钱太少了吗?"

这些客户都还没见过林希微不笑的样子,毕竟她向来在客户面前当狗,还是可爱无害的萨摩耶。

但是狗急了也会跳墙。

她被气得头晕眼花,一拍案站了起来,所有人都被吓了一跳,惊愕地盯着她。她倏然冷静了下来，但骑虎难下，只能硬着头皮发火："这是违法行为，多可笑，让我一个律师替你们投资方承担风险！"

"中国法律对投资规模有明确规定，你们想在鹭城赚钱，就请遵守相关法律规定，把风险转嫁于我，我出事，你们就没事了吗？鹭城律师就是被你们这些投资商害得无法发展！"

林希微骂完后，走出会议厅就后悔了。

她一人在香港的街头走来走去，为了缓解尴尬，便走进电话亭，犹豫了一会儿，拨出了那串熟悉的号码。

"您好？"

"陈淮越，是我，你在忙吗？"

"希微？"陈淮越停下手中的工作，"我不忙。"

林希微的手指无意识地转着电话线，除去会议项目细节，聊起了她的感受："应该得罪邱行长了，还有那几个洋鬼子，好在我英语流利，否则更难堪。"

陈淮越想象了下她在会议厅拍了桌又后悔的样子，轻笑一声，只觉可爱。

在他看来，这根本不算事，但还没安慰，就听她道："我想好了，不能签字就是不能签字，不发火，他们只当我好欺负。"

"邱行长既有意让我背锅，那他本就没打算与我合作，得罪就得罪吧，什么都怕，或许也无法前进。"

陈淮越牵唇笑："嗯，是该让他们瞧瞧林律师的脾气了，总不能只我一人受气。"

知道她只是想找人倾诉，事情已成定局，任何批评或指点都没用。

林希微也笑："陈总，谢谢你。"

明明隔着很远的距离，但她却觉得比之前的任何一个时刻都贴近。

陈淮越本以为林希微第二天就要回来，但直到五天后，她才回到鹭城，直接跟邱行长去了安达银行办公楼。

从安达出来，林希微打了一辆出租车，路过骑楼群、鹭城邮局、海关大厦、鹭江宾馆，就是一大片的摩登建筑。

她突然跟司机说:"师傅,我在前面下。"

林希微站定在大厦正门前,仰头往上看,陈淮越的办公室应该在22楼,但没有预约,她不知道能不能见到他。

"您好,我是兴明的林希微律师,陈总在公司吗?"

前台的内线电话打到蔡秘书那,蔡元一听这个名字,就起身去敲门,走到玻璃墙旁的办公桌那,低声道:"陈总。"

陈淮越正低头阅读文件,他没抬头,只吩咐蔡秘书:"你把鹭城的城镇国有土地使用权出让和转让的文件找给我。"

蔡秘书点头,犹豫了下,还是道:"陈总,林律师找你。"

"在哪儿?"陈淮越下意识去看大哥大,但没有未接电话。

"在楼下。"

陈淮越站起来,探身去取架子上的大衣,不知是不是心有感应,忽然透过开阔明亮的落地玻璃,瞧见楼下那个模糊的身影,应该什么都看不见的,但她忽然抬起了头,似乎很开心地朝他挥了挥手。

他不禁笑了。

蔡元跟在陈淮越身后,问道:"那陈总,文件怎么给你?"

"你传真到我家里,我晚上处理,有事打我电话。"

"好的。"

大厦电梯里的电梯阿姨保持着微笑,尽量不和镜子里的陈总对上眼,短短的几秒,她余光已经瞥见陈总不知道整理了多少次头发和西装,偏偏陈总还要问她:"阿姨,我大衣是穿上好,还是搭在手臂上?"

阿姨爱看《上海滩》,尴尬一笑:"披在肩膀上吧,派头点。"

林希微刚签完安达的合同,骤然峰回路转,情绪起伏,路过陈淮越的办公楼时,突然想和他分享这份喜悦。

她朝陈淮越挥了挥手,愉悦道:"陈总,我请你吃饭。"她瞥见他大衣披在肩上,以为是他不想穿大衣了,马上帮他脱了下来拿着,"你不想穿吗?我帮你拿着。"

陈淮越沉默了下:"嗯,谢谢。"

林希微难得大方:"你想要吃什么?今天我请客。"

陈淮越想了下,没什么想吃的,但想静静地抱抱她,他提议:"去我公寓吗？我给你做饭。"

"我讨厌做饭的油烟味。"

"所以我做。"

"你上辈子是厨师吗？"

陈淮越故作思考："应该不是，我这样的好命，应该几辈子都是有钱人。"

林希微笑，那她应该是上辈子干了太多坏事，这辈子的前二十年才会那样糟糕。不，爸爸在的时候，她还是很幸福的。

她许愿："那希望，我这辈子能做个有钱人。"

"你遇到了我，自然可以。"

林希微看他一眼，笑意不变："那当然，毕竟陈总随手都能给出七万六买人。"

陈淮越收了笑，投降道："我错了，那你买我吧。"

不等她回答，他就接着说："我一年只要一块钱，一百块就能买断一百年，如果林律师连一百块都没有，还可以按揭贷款，不需要利息。"

林希微不接话，直到上了他的车，让他伸出手，在他的手心放了一张纸币，一元钱。

陈淮越已经入戏了，微微皱眉，不满的是："只有一年，不办理按揭么？"

"我只买一年，明年的事情，明年再说。"

她话里有话，陈淮越怎么可能听不懂，但车上不是一个很好的沟通地方，他冷然地想，该去床上的。

这十来天，其实陈淮越也冷静了许多。

他那天一时冲动说要结婚，但冲动退去之后，他内心里和林希微结婚的想法并没有跟着退潮，他们结婚了应该会有不一样的结局，他不是他爸，林希微也不是他妈妈，林家的人更没有他外公那样贪婪恶毒。

之前他们吵过几次，一次她说他不了解她，一次她说她需要的是能成为她家人的爱人。

加上那枚戒指。

他难猜她心思，因为她现在又不想结婚了，婚姻麻烦，成家麻烦，恋爱麻烦，林希微也麻烦。

大概天公也感知到他情绪不佳，行车过半，还下起了雨，他开车灯，打雨刷，到了小区，发现地下停车场还在维修。

林希微看陈淮越停好车，"砰"的一声关车门下车，没跟她说一句话，径直走了。

她解开安全带，打开车门，想着等她有车了，就把他锁在车里……还没想完，穿着考究的男人却又回来了，他是去后备箱拿雨伞了，见她要下车，几个大步过来，把伞撑在她头顶，训斥："你想感冒是不是？"

"我看是你想吵架。"

陈淮越知道林律师最擅长倒打一耙，沉默了。

林希微看他被气到头晕的样子，赶紧下了车，踩在湿漉漉的地上，和他同撑一把雨伞，大楼的管理人员接过他们的伞，拿去晾干。

两人进了电梯，明晃晃的灯光打在陈淮越被淋湿的头发上，她瞥见他肩头上一大片洇开的深色，完全被雨水淋湿，因为他把伞都往她这边倾斜，她身上除了飘溅的雨滴外，几乎没有湿。

他微抿着唇，冷白光照得他眉眼神色更淡，侧脸轮廓分明。

林希微往他身上贴了贴，他没动，她握住了他垂在身侧的手，一根一根地同他十指紧扣，他连手指都不动，不肯回握，也不曾推开她。

她把头靠在他的肩膀上，另一只空着的手贴在了他的手臂上，捏了捏他的肌肉。

"是为我练的吗？"

陈总冷然："不是。"

电梯门开，林希微依旧握着他的手，他拿另一只手取钥匙开门，她突然发现，她家的钥匙也被他挂在一起了。

"这是我家的钥匙。"

"是吗？"

"房东只给了我一把。"

陈淮越开门进去，说："这是我的，你的钥匙在桌上。"

林希微这才发现他已经复刻了一把她家的钥匙。

没等她开口，陈淮越就进了浴室冲澡，他关上门的那瞬间，和尚鹦鹉用力地扑腾了下翅膀,叫道:"生气了,生气了!"

林希微笑了起来,她伸出手,让鹦鹉过来她手上,她带着鹦鹉,去厨房找它的小零食。

陈淮越洗完热水澡出来,林希微还在跟鹦鹉对话,她声音轻柔:"你知道他怎么说的吗?他突然说,林律师,东进大桥的项目签给你,不会再提统一法律意见书的事了,按揭贷款,下周一鹭城银行的姜行长也会来。"

"我今天已经签完合同了,你也很高兴吧,有些人就是奇怪,好好地待他,偏偏不珍惜,爱生气,等到别人冷下脸了,又贴上来,你知道我在说谁爱生气吧?"

她一下说得太多,鹦鹉听不懂,也跟不上,只捕捉到最后一个问句,立马回答:"陈总,陈总。"

林希微察觉身后那人逼近了她,说:"错啦,我在说邱行长。"却又喂了鹦鹉一块奖励的小苹果,把它高兴得满屋子乱飞:"陈总,陈总,陈总爱生气!"

陈淮越一时语滞,沉默地看着这只傻鸟,他弯下腰,从后面环住了林希微,把她抱到了沙发上,她坐在他腿上,耳后都是他温热的气息。

他问:"邱行长的事情最后怎么解决的?"

"他跟你一样啊……"

"他怎么跟我一样?我年轻英俊有力量,他是年迈老头。"

林希微笑出声:"我是说,你们好好说话都听不进去。"

她接着认真道:"邱行长应该也是被外方压着,他们推进项目想快些,不愿意把大桥对接的公路分段立项,这样需要多开几家项目公司,一个公司负责一段路,每段路还要把资金压在三千万美元以下。邱行长想推我出来背锅,但凡我没有反抗,直接签字了,他也不会管我死活了。"

"但他还有一点不多的良心,没跟我签合同,给了我当场反抗的底气和机会。我反抗了,他就有借口支持我,借此反对外方的非法投资计划。"

"要不是我没钱,那天晚上我就想坐飞机回鹭城,也正是因为没钱,

191

所以我和邱行长当晚在酒店重新谈了一次，我跟他说——外方的错，又不是邱行长的罪，他们投资了一笔就离开，邱行长却要常驻鹭城，而我也是。"

陈淮越也笑："邱老头觉得你理解他了，对不对？"

林希微点了点头。

陈淮越轻嗤："奸诈老头。"他在林希微的脖子上轻轻地蹭了蹭，又捏着她的下巴，将她的脸朝向了自己，额头贴着她的额头，又忽地亲了下她的唇。

他说："我去做饭。"

手指却在她下巴软肉处游移。

林希微说："我刚刚已经订了新南轩，过一会就要送来了，说好了今天我请客。"

他笑："林律师赚钱了，有这一百多元请客，怎么不买我一百年？"他还是把话题绕了回来，"为什么不结婚？"

林希微反问他："那为什么要结婚？"

"你不是想结婚吗？"

"那你是施舍吗？"

"我就是妈祖转世，我也不能这么大方地施舍我自己。"

"妈祖娘娘是女生，你不要乱讲。"

陈淮越气笑了，他稍稍抬头，让她摸他手上的戒指："戒指，我一直戴着，我不信你不知道我什么意思，另一枚女戒我收起来了。"

林希微沉默了一下，这才明白那天早上陈淮越为什么说结婚了，她一时间不知道怎么告诉他，这对婚戒的确是她买的，但，她是送给她哥嫂的。

她总不能说，陈总，你被我哥骗了。

林希微学他之前的话术："其实你之前是对的，之前是我没想通，我们现在确认彼此对待感情都很认真，这样一年续一年挺好的，十年，二十年，三十年，四十年……维持现状，我们可以做更多的事。"

不用去考虑婚姻是否有意义，他是否真心要结婚，是否般配，不用去担心她是否会变得像康师姐那样，抛弃了奋斗这么多年的事业。

她要先把律所做起来。

这个周末,陈淮越开车送陶作家去上香。

陶作家说:"年十五那天焦虑症犯了,就没去拜拜,这几天觉得心里有点不安,想来想去,还是去上个香吧。"

"你去哪个?鸿山、报恩、南普陀?"

"南普陀,求姻缘,听说求事业也不错,给你和林律师都求一个。"

"给谁求姻缘?"

陶作家瞥了他一眼,轻笑:"当然是我自己,单身久了,春天来了,该出门转转了。"

"你电话本里的追求者能排到对岸去。"

"那我争取排到南洋。你跟林律师怎么样了?"

陈淮越脸色平静:"不怎么样,她应该是专门来折磨我的。"

陶作家笑意更深:"哎呀,这是美女的权利。"

南普陀寺就在鹭城大学旁,佛经声声,法灯不灭,绿瓦红漆,重檐飞脊,菩提树环绕其中,自显幽静。

寺院僧人认得陶静昀,见她来了,就引她去见法师,陈淮越一人迈进宝殿,他是将信将疑,但陶作家要他求事业。

他还是上了香,求了签,僧人问他:"求什么?"

"那个……姻缘。"

"要与神佛说明求签目的。"

陈淮越闭眼摇签,倒也第一次求,应该可以问,她到底喜不喜欢我,会不会跟我白头偕老吧?

陶静昀直到傍晚才走出大悲殿,静静站了会儿,看着寺中来往的香客,在香火缭绕中跪在了蒲团上,佛像慈悲低眉,还未燃尽的金纸余烬散落在空中。

像是她在年三十燃烧的那些书,她写过的书。

那天晚上离开,和现在离开也没什么区别,会难过的人只有她的读者,和她的儿子,而她的傻儿子用读者的口吻给她寄了好多封信,说他喜欢陶作家的文字,和她讨论她旅居的城市,期待她下一篇的游记随笔。

她就想着,那就再去一个地方吧,一个地方接着一个地方,过去了二十多年。

陶静昀回过神,瞥见陈淮越从僧人那接过了什么东西,她下了阶梯。

陈淮越听见脚步声,转过身,等僧人一走,他才道:"这个寺庙求签不准。"

陶静昀笑:"那你拿姻缘符做什么?"

"是平安符。"

陈淮越看着她,把平安护身符放到了她手上,笑问:"妈,我是不是你见过最有孝心的儿子?"

陶静昀握了握符,才笑道:"你英俊,你孝顺,你全天下最好。"

回去的路上,陶静昀说她打算重新写个小说,暂时不去旅行了,陈淮越笑了笑:"你要写什么故事?"

陶静昀讲了她的新故事,陈淮越道:"那我做你的第一个读者。"

快到悦华酒店时,陶静昀从她包里拿了另一个符给陈淮越,说:"你帮我给林律师,事业符,祝她事业有成。"

"好。"

"前几天元宵南洋来的宗亲寻根祭祖你怎么没去?"

陈淮越笑意不变,解释道:"我爸跟你说的吗?那天我出差了,没时间,陈家人多,也不差我一个,川川不是去了么?"

"会不会影响你生意?"

"不至于。"

陶静昀也轻笑,她看着窗外:"嘉禾望族,南陈北薛,族谱都记到明代了,祖宗知道他被不知道哪来的后代这样利用么?要说实业家、文儒进族谱还能理解,是个姓陈的男的,都来沾光。"

陈淮越顺着她的话:"那我下回去把族谱撕了。"

陶静昀笑得肩膀直抖:"你爸会气得脑中风,三十年前,他可是跪求着南洋那些老头让我进族谱,老头都没同意的。"

陈淮越语气平静:"三十年前,陈家在鹭城的宗祠都被砸了,他们怎么好意思在南洋威风。"

陶静昀更是笑得不行。

陈淮越把妈妈送到酒店套房里，走之前又忽然回头，用力地抱住了她，他知道她受了很多委屈。

陶作家嫌弃："一把年纪了，赶紧离妈妈远点，你刚刚是不是求了个姻缘下下签？拿给我看看，我给你解签，你也赶紧忙你的去吧。"

陈淮越"嗯"了声，离开悦华前，跟酒店管家叮嘱了几句，让他多关注陶女士的动态，他在车子里静默地坐了一会，刚要发动车子，大哥大响了起来。

"妹夫，哦不对，是陈总，你今天在哪呀，我要还你钱……"

陈淮越面无表情，没听完就挂断了电话。

电话亭的林鹏辉以为信号不好，挠挠头，又笑嘻嘻地打了过去，再也没人接，他干脆就在越程的门口等。

他这个月提前赚到了两千块，他要自己还钱，顺便跟陈总说一下。

陈淮越心情烦躁，回公司还有紧急工作要处理，却在一楼大厅看见了林鹏辉。

林鹏辉很热情，走了过来，大言不惭："陈总，以后每个月还是我来还，你把利息算一下，我一起还你！"

陈淮越极力压制住不耐烦，口吻淡淡："知道了。"

林鹏辉把装钱的信封递过去，偏偏还要说："你之后不要拿希宝的钱，之前是我的错，我林鹏辉现在有本事了……"

陈淮越一整天的躁意在此时显露几分，他抿直唇，声音是冷淡的："你出去，以后别再来越程，也别再给我打电话，你想还钱，就让大厦保安转交给我，不想还钱，就把钱扔进鹭江。"

林鹏辉第一次见到陈淮越这副模样，毫不遮掩他的傲慢和冷漠。陈淮越平静地陈述："林鹏辉，我没时间陪你玩还钱的游戏，你要觉醒，要清高，都跟我没什么关系。"

如果不是林希微，他不会多看林鹏辉一眼。

林鹏辉愣愣地站在原地，看着陈总进了电梯，大厦的保安立马来驱逐他，他手没抓稳，钱掉了几张出来，又着急又讨好："我的钱，我的钱,等下……我自己走,我自己走!"

他狼狈又尴尬地上了自己的出租车,仰头看这栋直入云端的大厦,第一次发现,陈总原来站在那么高的地方。

但也没什么,他林鹏辉本来就是泥里的垃圾嘛。

关秘书见林希微要出门,急急道:"林律师,有你的电话,说是你哥哥。"

林希微匆忙回身:"大哥,怎么了?"

林鹏辉沉默了下,说:"没事,你什么时候回家吃饭啊?"

"最近太忙了,应该没时间。"林希微怀疑,"你不会这几天又没出车,心虚了?"

"我有!"林鹏辉斩钉截铁,"我每天都跑车十几个小时,对了,家里还有一堆你的信件,挺久了,都堆在邮局,邮递员也没派到咱们村。"

"我下次回去拿,那没什么事我先挂了,我还要去跟客户吃饭。"

林鹏辉:"嗯……没事。"他最终还是没提起还钱给陈淮越,反倒被骂的事,他如果说了,希宝是会心疼他,还是会选择跟陈淮越站在一块?

林希微挂断电话,杨兴亮笑了一声,对关秘书道:"林律师的办公电话私人使用最多,她要多付点钱,还有,你最经常给她接电话,你的工资,她该多付50块。"

关秘书笑容勉强,她都想辞职了,小声道:"杨律师,我今天都在加班呢,我第一次见到发工资也要我一个人去找五个律师要的情况。"

"这叫节约经费,律所都这样。"杨兴亮又叮嘱,"你记得做个表格,记录好每天传真纸、打印纸的张数。"

林希微笑了下:"杨律师,你拉屎的纸我就帮你出了,秘书妹妹,你不用计算杨律师上厕所用了几张了。"

杨兴亮也不惧:"林律师,你来自农村,应该知道想让生产队利益最大化就得这样做。"

是啊,省下的钱拿去让你得淋病。

林希微但笑不语,出门了。

林希微和连思泽去的是连思泽旧领导帮忙组的饭局，帮他们请来了鹭城房管局的人，外汇贷款的银行方要求林希微这边，必须要有贷款担保。

林希微询问过在首都推进外汇担保的大学好友倪知禾，倪知禾给的建议就是房管局的关系要打通。

鹭城就这么大，各单位的人不是同学就是旧同事，多少要讲究人情，酒过三巡，局长才问起："林律师啊，我们鹭城也没做过这样的，你跟我说说，要怎么做？"

林希微笑道："银行办理贷款，需要抵押担保，那房子还在建呢，就是要拿房管局出具的买卖合同去抵押。"

"那买家手里不都有买卖合同备份吗？让买家直接拿去银行贷。"

"银行担心是外销房发展商的空头支票，但要是有了我们房管局的担保就不一样了。"林希微直接道，"所以我们想请房管局给买卖合同做他项权利的抵押登记，当然，外销房发展商也会提供相应的按揭担保。"

连思泽给局长殷勤倒酒。

连思泽的旧领导闻言大笑："这还真是年轻的一代改革人，老孙，小连是我以前的好徒弟，他做事你放心。"

一行人最后又转去唱卡拉OK，林希微订了个可以容纳30多人的包间，包间内的小舞台上霓虹灯球不停旋转，红色丝绒地毯上摆着立式话筒，台下男男女女跳起了恰恰交谊舞。

局长让林希微上台唱几首歌，就是图个气氛，林希微应道："好。"

连思泽觉得让女孩一个人唱不好，便主动道："我也想唱。"

不知道谁轻浮地笑了声："好搭档。"

最后众人莫名其妙起哄了起来。

林希微倒没什么，连思泽脸红得能冒烟了。

两人合唱了几首歌，《亚洲雄风》《潇洒走一回》《爱》《对你爱不完》，最后一首是《祝你平安》。众人都大笑，直言好寓意，总的来说，今天的应酬很圆满了，但林希微没注意的是，她包里的寻呼机一直在响。

十点多了。

陈淮越傍晚就给林希微发了寻呼机信息,没有任何回信,他甚至都不知道,她是看见了不想回,还是遇事了收不到。

给她办公室打了电话,秘书说她早就离开律所了,他在她出租屋楼下等了她许久,这么晚了,还没见她回家。

陈淮越没有开顶灯,整个人融在了黑暗中,坐在车内,静静地看着连思泽跟林希微下了出租车,夜深人静,这两人对视一眼,忽然兴奋地原地蹦跳了起来。

"希微,房管局真的同意了!"

"思泽,我真的太高兴了!"

两个无法控制自己的人在寂静的夜里哈哈笑了两声,又意识到扰民,捂住了自己的嘴。

陈淮越忽然打开了车大灯,刺得林希微闭上眼,偏过头,用手臂挡了挡刺眼的光。

陈淮越想了想,胸口的郁气迟迟无法散开,可是,生气有什么意义,算了,他还是识点大体吧,她是去工作,又不是去玩乐,他开了车门,下车去接她。

林希微认出了陈淮越,没等他过来,就朝他伸出了双臂,要他抱她。

陈淮越叹气:"你喝醉了。"

"没醉,思泽可能醉了。"

"我也没醉。"连思泽看着这两人,后知后觉明白了什么,难怪越程年会那个晚上……

陈淮越礼貌地问:"连律师,要我送你吗?"

连思泽摇头:"不用不用,陈总,我坐出租车就好了。"

林希微是真的没醉,她只是有点头晕,但意识非常清醒。她看陈淮越开了她家的门,去厨房烧水,她一个人静静地趴在沙发上,跟他说她今晚应酬的事情,最后还扯到出租车的味道。她问他有没有觉得她身上沾染了某一辆出租车的臭柴油味,衣服也被座椅弄脏了,还好她有个很好的应酬习惯,那就是带备用衣服……

陈淮越给她泡了蜂蜜水，蹲在沙发边，垂眸看着她红通通的侧脸，还是没忍住："你寻呼机呢？"

林希微指了下她的包。

陈淮越去拿包，见她没反对，就打开包，拿出了寻呼机，还好她的确是都没看寻呼机，消息都没点开过，而不是看了不回他电话。

他心情好点了，但他发现了李从周的寻呼信息，无趣地讲他最近看了什么书，什么电影。

陈淮越想也不想，点了删除。

他怕林希微醒来后发现，轻咳了一声："那个……我刚刚不小心删掉了一些消息。"

"是工作的吗？"

"不是。"

"那没事的。"

陈淮越等了一晚上的憋屈就此消散，他坐在沙发上，让她躺在了自己的腿上，跟她说："你带上大哥大，你这样出门，别人根本联系不到你。"

林希微怔松茫然："太贵了，没事的，我以前也这样。"

"可你现在有我了。"

"嗯有你，但是……有你就要一下改变这么多吗？"

"你至少要跟我说一声，你去哪儿，你在做什么，你喝得这样多，身上都是烟味，是去卡拉OK吗？"

林希微还没意识到问题的严重性："嗯，有人牵线，不然我就是喝到医院，都没人会理我，人际关系太难做了。"

陈淮越冷声嗤笑："你能这样喝到几岁？"

林希微躺着看他好一会，脸上的笑意也慢慢消失，她开口回答："至少30岁没问题，我看你都喝到30了，陈淮越，你在气我喝酒吗？"

"我是气你不知道找我，你要订包厢、订饭、订酒，我都有固定位置，你要认识谁，我帮你引荐，至少能保证你安全。"

林希微觉得客厅的灯太刺眼了，晃得她眼前的光圈一点点模糊地晕开，她轻笑了一下，觉得好像又回到最初的矛盾点，在这种时候，他们很难做到换位思考。

但是,他们才和好,她伸出手贴住他的脸,认真允诺道:"半年后,半年后我就买大哥大。"

陈淮越抱起了她,带她去洗澡:"一身酒气。"

林希微笑:"你以前也是啊。"她攀住他的肩膀,靠着他站。

"我今天在家里等了你好久,不知道你去了哪里。"

"你做得对,我在外面总会回家的……"她声音因为酒意而有点含糊不清,"不管我怎么玩,我总会回家的。"

"林希微!"

第六章
生病的福利

她穿的衬衫,他来解她扣子,一颗一颗地。

林希微夸他:"你的手很性感,你第一次跟我握手的时候,我就发现了。"

她也帮他脱掉西装外套,解衬衫扣子。

"你是我见过身材最好的男的,自律、健康、干净。"她的手又去摸他的短发,触感柔软,"第一次见你,只觉每根头发丝都在说,这个男的非富即贵。"

陈淮越没说话,被她眼里的粼粼波光吸引,两人能走到一起,对方身上定然有自己欣赏的地方。

他盯着她的眼,心里想,他应该再投资个健身房,多找些私人教练,他自己也加练,至于手和头发,不知道有没有保养的地方?

林希微继续说:"但我不是,很多你习以为常的东西,是我这辈子本来接触不到的,但我现在有这个机会,我不能放弃。"

陈淮越问她:"你今晚见的是谁?"

"房管局的人。"

他勾勾唇角:"所以你今晚该带上我的。"

"总不能我做的每个业务,都带上你。"

"为什么不行,包括前段时间的邱行长,你可以跟他们说,陈淮越是你的男朋友。"

林希微大言不惭地反问他:"那你做业务,怎么不见客先说——林希微是你女朋友,让客户因此给你几分薄面?"

在两人实力悬殊的情况下,这句话就只能是个笑话。

陈淮越嘴角泛起一丝笑意,问她:"你真要我说啊?"

林希微气急败坏:"说你个头。"

谁都知道,他说完之后,客户只会认为他帮女友做人脉。

陈淮越低声笑,还来亲她,林希微掐着他的脸颊,知道他根本没把她的话当真,这种无力感不是他们一次两次的沟通就能消弭的。

他们出身不同,成长不同,一定会有价值观上的矛盾,而陈淮越又向来有他的骄傲和诚意。

林希微轻叹一声:"我如果需要你帮忙,一定会开口的,你已经帮我很多了。"

"帮你还帮出仇了,就想吃苦是不是?"

陈淮越单手绕着她的腰,贴近他,另一只手的手掌度量着她的大腿,软肉陷入指缝,欲念也跟着陷落。

旖旎的氛围散后,林希微还是没什么困意,但她怕吵到身旁的陈淮越,只静静地侧躺着,看着窗外黑蓝色的夜幕,月光朦胧,但她身后的陈淮越也没有睡着,不作声地将她捞回了自己的怀中。

林希微知道他是睡不习惯,床面小,床垫硬,厂房的单元楼是这两年刚建的,但不是什么高档小区,隔音不好,今晚楼里还有小孩哭号,大人吵架。

陈淮越周身环绕着低气压:"上回也是他们,你也被吵得睡不着吗?"

"不是被吵,我是兴奋得睡不着。"

"他们每天这样,你睡不好还怎么好好工作?"

"我睡得再少再差,都不太会影响工作。"这是实话,林希微很小的时候就发现自己精力旺盛且记忆力很好，她只要休息一会，就能重新恢复活力。

算命的说她，是做大事的人。

她得意地补充："我以前家里比这里吵多了，都能睡得着。"只偶尔被林鹏辉吵得烦。

可陈淮越无法入眠，他流连在她的后脖颈，直接道："搬去我那儿吧，那里安全，有阿姨照顾你生活，你可以安心做你的事业，再过段时间你抽空去考个驾照，我车库里有好几辆闲置的车。"

林希微无言以对，知他好意，气他独裁。

她翻了个身，面向他，佯装发怒，推他："你是在嫌弃我的房子吗？大半夜还不停歇，我在外面辛辛苦苦，你回来还在这嫌三嫌四。刚刚才答应你买大哥大，你不体贴，现在又吵着要大房子，要豪车，你这个物质虚荣的男人！"

这一顶虚荣的帽子给陈淮越戴沉默了，半晌气笑，还一时不知道该回什么。

林希微又放柔了声音："好在你长得不错，我答应你，明年买大房子、大车子，但是现在，你得学会吃苦，陈老板。"

"吃苦？"陈淮越目光幽幽。

"嗯，吃不了苦的男人，我不要。"

陈淮越气得轻咬她唇："你敢不要。"

"我不仅不要，我还要换人。"

陈淮越冷笑一声，声音含糊："难怪你不肯把跟你合作的伙伴介绍给我，原来还藏着这样的心思。"

林希微被他抱得很痒，躲着道："你之前偷偷住我家了是不是，邻居还突然问我，我老公呢？"

陈淮越没有半分羞愧："这是让你邻居帮我盯着。"

两人又闹了一会，林希微趴在他身上，工作带来的兴奋还缠绕着她的思绪，见他也没闭眼。

"你还不困吗？"她眼睛里有光在闪，"不困你去穿上西装，坐靠椅上。"

"你要玩西装?"

陈淮越目光肃然,以为她又想来,真男人不说不,但他真的可能得好好补补……

十分钟后,两人在餐桌两侧一本正经地对坐着,客厅白炽灯晃眼,大半夜的,林希微拉他模拟银行和律师谈判。

林希微说:"你是发展商,你肯定更了解银行,房屋在建设中,就算有房管局的担保,发展商也会走流程担保,但银行还是会担心这一切都只是法律程序。"

陈淮越看着她,傲慢地双手交叉抱胸:"你不是不要我帮忙吗?"

"那我现在要你帮这个忙。"林希微笑意吟吟。

明暗光影落在他眼里,陈淮越无奈认命。

他开口:"法律上你自己解决,楼花按揭实际资金走向是银行把钱支付给发展商,但借钱的人是买家,所以在目前的模式看来,有很大的风险。但在这个流程中你们可以对发展商进行限制,筛选出具备按揭贷款担保条件的发展商,减少风险,比如规定发展商必须到外汇局办理担保登记,对外担保不得超过净资产的百分之五十、也不得超过上一年的外汇收入等等。"

林希微快速地记下他说的要点,又道:"邱行长反驳过我,说买卖合同其实只是一项权利,没有实际意义。"

"你们计划抵押的是什么合同?"

"房屋买卖合同,还有土地合同,买房合同限制物业合法权,土地合同抵押完,土地相关份额就从买家转移到银行名下……"

陈淮越明白了:"你跟银行谈,你就重点讲土地合同抵押,银行很看重土地份额。"

林希微弯了弯嘴角:"陈老板,我再问最后一个问题,如果你做按揭,你愿意跟银行签回购条款吗?"

陈淮越眉头蹙起,冷笑一声:"准备让公司破产的话,可以考虑。"他警告,"林希微,现在是没法律管这个,但你别想着钻空子,鹭城的房地产商都不简单,不是你能惹得起的。"

林希微明白,停下笔,抬头看见他冷峻着一张脸,却在回答她问题的模样，一颗心忽地格外柔软。

等两人重新并排躺回床上，她靠在他的胸口，抬头亲了亲他的下巴，轻声道谢又郑重承诺："陈老板，我一定会好好努力，让你住上大房子，开上豪车，请上两个阿姨，让你在家舒舒服服，什么都不用干。"

陈淮越"嗯"了一声，睡眼惺忪，拍着她的后背，让她快睡，已然忘记他最开始的诉求了，只知她的这番承诺如此动人。

她这样努力工作，是为了他们的将来。

明天还可以去问问钟程，他谈了这么多次恋爱，有女生愿意养他吗？肯定是没有的。

林希微一直带着陶作家给她求来的事业符，从初春到盛夏，这几个月的时间里，她忙得脚不沾地，在一个又一个的售楼办公室间飞奔，从姜母鸭汤喝到四果汤，从外销房做到楼花按揭，唯一不变的是鹭城一年四季的郁郁葱葱和海岸的白鹭齐飞。

四月份那会儿，林希微终于拿到"证券律师"这个稀缺的牌照资源。当然，杨师兄也通过了这个考试，领证那天他心情格外好，还带康师姐出门，大方宴请了林希微一顿。林希微也没跟他客气，狠狠宰了他一顿。她见康明雪和杨兴亮关系亲密，最后也没说去发廊的事，更何况，这几月基本不在律所，也没怎么见到杨兴亮，根本不知道他还有没有再去嫖。

五月份时，经过数月游说、贷款流程设计和繁复的政府手续，发展商、银行和律所终于正式开始合作做楼花按揭，当然还是只做外销商品房，因为只有港澳、华侨居民才有高收入支付得起一套一百来万人民币的房子，也只有他们才有资产证明和个人税务证明可以用来贷款。

六月份，银行主动找林希微谈"按揭贷款审查"，银行没办法审查这么多借款人的境外资产和工作证明，而林希微外语流利，有留学背景，精通房地产业务，又在侨办工作过，有着非常明显的资信审查优势。林希微也不确定她能不能做，但机不可失，她没给自己犹豫的机会，直接接下了这个业务，为银行出具相关资信法律意见书。

那个周末，她和陈淮越开车去了鹭城的一座小岛上，抛下了所有工作的喧嚣繁杂，整座海岛橘光笼罩，圆盘落日悬挂天际线，南下水道的帆船悠悠经过，他们躺在睡美人沙滩上，海浪轻涌，拍打礁石，被晚霞照得昏昏欲睡。

林希微轻声道："我有点兴奋。"

陈淮越："嗯，但你不能兴奋。"

林希微说："一旦银行连贷款审核都由我负责，那就代表着……"

陈淮越笑了声，接话道："代表兴明律所即将垄断鹭城的购房贷款业务，所有人买外销房都得经过你的审查，你要发财了。"

"是啊！"有夸大成分，却也有几分真意。

林希微不管不顾地站了起来，笑着看他，伸手邀请他一起散步。

陈淮越笑："你不会尖叫吧？"

林希微："我想叫的时候，我就亲你。"

陈淮越明明如意了，却还恐吓她："你应该知道的吧，这里距离对面岛只有1500米，碉堡群、炮战遗址都还在呢，你可别在这里发出怪叫，不然对面还以为你要喊话就完蛋了。"

"我是广播喇叭吗？"

"不好说，你几次骂人声音都不小。"

林希微收回手："不散步你就一个人躺着吧。"

陈淮越乖乖起身，跟在了她的身后，故意追她影子的头踩，不到十秒，她就停下脚步："陈淮越，你无聊不无聊！"

她逼他走在前头，让他别动，她在他影子的头上狠狠蹦跳了好几下，这才愿意牵着他的手，漫步在海边。

陈淮越还是很难说清楚，他到底喜欢她什么，好像什么都喜欢，又好像什么都不喜欢，但相处的每一分每一秒都令他难忘。

"林律师，你80岁还能踩得动我的影子吗？"

"能啊，84岁的老头坐轮椅，影子还能跑吗？"

"那是别的老头，我84岁还能举铁、跑步、打拳。"

七月份，林希微见到了好友倪知禾，倪知禾从鹭城大学毕业后，就去首都读研，后来留在那儿当律师了，这次南下出差，顺便回家一趟。

"你过年都不回来。"林希微低头看菜单。

"为了省钱买房。"倪知禾吸了一口可乐。

"有打算回来鹭城吗?"

倪知禾笑:"林老板想招我啊。"

林希微有了想脱离杨兴亮的念头,但现在什么都不能说。

"是啊,我们律所需要人呐。"

倪知禾却道:"我会考虑的,在那吃得太不习惯了。"

"你真想回来啊?"林希微抬起头。

倪知禾笑吟吟:"我想回来,你说的话就不当真了吗?"

林希微看着她,目光真诚又灼热:"知禾,我非常非常非常非常需要你。"

倪知禾娇嗔:"哎呀,之前我给林律师写了那么多信,都没回信,可不见得有多需要我。"

林希微先怪邮政局:"是他们不派送。"再指责回去,"我给你办公室打电话,你也不回我!"

两人对视一眼,忍不住大笑:"太忙啦。"

然后两人心照不宣地掏出了彼此的手机,数字GSM手机,小巧便捷,还比大哥大信号好且便宜。

倪知禾:"我是爱立信的。"

林希微:"我是诺基亚的。"

"今年省内GSM建设项目,居然被诺基亚拿下了,我还以为会是爱立信。"

"刚建的信号也不太稳定,不过在鹭城城区还算好。"

"真想不到,去年大哥大各种费用加起来,还要两万块,突然政府推进GSM,手机就变成四五千了。"

"有的翻盖机,也被炒到两万元了。"

倪知禾忽然又道:"对了,我上个H股项目,认识了个人,叫李从周,我们项目聚餐聊了几次,发现他居然也认识你。"

林希微点头:"之前我们都在纽约念书。"

倪知禾:"法律圈子就是这么小。"

林希微道:"知禾,我想做资本市场线。"

倪知禾眨眨眼:"你对李从周有想法?"

"……"林希微弯唇笑。

倪知禾想起什么,她从包里拿出了一份报纸,摊开在林希微的面前。

林希微看了眼,是昨天陈氏海外宗亲回鹭祭祖的报道,倪知禾指着新闻配图上人群中的陈淮越,问道:"陈教授旁边的,是不是你前男友,那个盖房子的?"

林希微点了点头。

倪知禾:"我还以为我记错了,他们陈家的人真多,每年都在认宗,都认到美国去了。"她继续批判,"真是封建余孽,都改革开放了。我们师母那样好,就他那样傲慢,真是忍无可忍!"

倪知禾越想越气,看见林希微手中点单的圆珠笔,拿过来,把报纸上陈淮越的脸乱涂乱画,薄薄的报纸不堪重负,在他脸的地方破了一个大洞。

倪知禾满意地笑了:"你记得你实习那会儿么,他明明喜欢你,来找你,还搞得好像你在倒追他一样,他这种封建大家庭,肯定难伺候,不知道师母平时怎么忍的?"

林希微忍不住笑:"因为师母嫁给了他们家最好的男人。"

"说得也是,我明天要去拜访陈教授和师母,你要一起么?"

林希微应了声好,她点好菜,把菜单给服务员,一抬头,却瞥见不知什么时候站在倪知禾身后的陈淮越,他唇角微扬,但眼里却没有什么笑意。

陈淮越也在绿岛吃饭,意外碰见林希微和她对面的倪知禾,他跟倪知禾只见过两三次面,知道这是林希微的大学好友,但大学毕业后,他就几乎没见过倪知禾了。

他知道倪知禾不太喜欢他,这很正常,他要那么多女的喜欢做什么,他只要林希微的喜欢。

至于倪知禾说的这些批评他的话,他更不在意,他气的是林希微没有否认"她对李从周有想法"这句话。

倪知禾又夸李从周："李从周脾气好，工作能力强，善良温和，家风不错，不傲慢，会尊重人，和前女友分手后，这么多年一直单身，只忙事业，绝对的优质股……"

林希微和倪知禾对于彼此的感情，一般只在重大转折事件发生时通知对方，比如确定关系和分手，但这一次，她一直没想好要怎么跟倪知禾说，说她和陈淮越和好么？还是说她和陈淮越重新确认关系？

导致他们分手的本质矛盾一直都还在。

陈淮越说的那句无心之话，认真说起来，也只是一个导火索罢了，她也的确释怀了他说的"拿拉达换"，因为释怀的基础是，现在她有机会赚很多个七万六，但几年前她前途渺茫，她大哥跟她男友，用七万六交易她，她连怎么赚到七万六都不知道。

她拿政府的资助留学，必须回侨办工作，而侨办工资几百块，当年国家干部的工资每月189元，经济特区高些，但依旧不吃不喝都要好多年才能"买"回自己。

讽刺的是，当年爸爸去世后，她也被同宗的伯公做主送人卖掉过，是13岁的大哥去挖牡蛎捞鱼，赚钱要回她，还跟她承诺："有大哥在，谁也不能卖了你。"

林希微想了想，决定今晚回家一趟，不收拾林鹏辉一顿，她难泄愤。

陈淮越听到倪知禾对李从周的高评价，心里顿时凉了五分，他抿着唇，本想直接离开，转念一想，倪知禾可能是太久没见过他，他怎么可能输给李从周。

"林律师。"陈淮越让自己挂起如沐春风的笑容，风度翩翩地走了过去，"好巧，你也在绿岛吃饭，这位是……"

他笑着看向了倪知禾。

倪知禾怔了一下："陈淮……陈总？"

陈淮越微笑："倪律师，好久不见。"他自然地落座，谦和地伸出手，跟倪知禾友好握手，"回鹭城出差么？"

"是。"

倪知禾目光在林希微和陈淮越之间游荡。

陈淮越就知道林希微根本没跟她朋友说他们现在的关系，复合半年，他依旧无名无分，现在还不能自己给自己名分。

否则既没趣，又等于在逼她。

林希微刚要解释，陈淮越主动开口："越程跟林律师之前有过合作。"他也语气温润，善良温和，自认不比李从周差。

"林律师刚帮越程卖掉了两个外销楼盘。"这楼盘是他的，难道他工作能力不如李从周吗。

"倪律师是阿公的得意门生，这次回来鹭城，你们师生还能好好聚聚。"他阿公是教授，和蔼亲切，他家风好得很。

"相信倪律师也看出来了，同林律师分手后，我一直忘不了她，难得因公重逢，近来还在追求她。"他一样是多年单身，只忙事业的优质股。

倪知禾还是第一次见到笑得这般虚伪灿烂的陈淮越。

陈淮越说完，垂眸看了眼桌面的报纸，想主动找下一个话题："你们在看……"目光触及报纸，他的笑容瞬间僵在脸上，照片上他的脸只剩下一个偌大的黑洞。

"倪律师……"他想起他给李从周画的冲天小辫子了。

倪知禾比他更假："哎呀，不好意思喔陈总，刚刚圆珠笔没水了，试笔的时候太用力，不小心弄破啦。"

三人一同吃完饭后，陈淮越开车送两人回去，安静地当个司机。

倪知禾说道："我合伙人也是我师兄，他叫江恒，你们认识吗？三年前他辞掉大学教授的工作，出来创所，大家都以为他疯了，不过现在那些不服他的人都已经闭嘴了，前段时间他都买宝马了，你猜猜宝马多少钱？"

林希微："30万？"

倪知禾意有所指："80万，人家给老婆买的，都是宝马车，不买便宜的拉达啦。"她说着，突然发现陈淮越的车子跟她想的不一样，"陈总，你怎么也开拉达了？"

轮到陈淮越露出满意的微笑："倪律师有所不知，是某人送我的礼物，我的命可能比你师兄好一点，有人送我车。"

倪知禾："……"

到了倪知禾下榻的海景酒店，林希微下车跟她解释："我把我哥那辆拉达的钱还给陈淮越了，不过，他第二天就去买了辆拉达回来。"

他突然换了拉达车，最先震惊的人是大厦保安，差点以为自己要失业了，拥有好多大厦的陈总都没钱了，他满心焦虑地帮陈总泊车，就听陈总叮嘱："你小心点，别剐蹭了我女朋友送我的车。"

第二震惊的人是钟程。

钟程感到不可思议："我们缺现金流了么，你几辆车都卖了吗？"

陈淮越笑："没想到你也知道林律师送我车了。"

第三震惊的人是陈伯鸿，周末家族相聚在华侨别墅，院子里突然多了一辆拉达，他还问道："家里有客人吗？"

结果是陈淮越的车，倒也不是谁告诉他的，而是他亲眼看到他大仔打了一桶水，拧着抹布，殷勤地洗车，这可是他从不做家务的大仔啊！

他犹豫了许久，焦虑万分，又不敢随意开口，生怕伤了大仔的自尊心，不仅换了便宜车，还连洗车的钱都开始省了。

那天聚餐过后，陈淮川举着拍立得，给陈淮越和拉达车合影，他大仔一副没见过世面的模样，拍了好几张，他小仔还兴奋道："轮到我了，哥哥，我也要跟嫂嫂的车车拍照。"

是女人送的。

但也很难高兴起来，他儿子到底是在谈恋爱，还是在做不正经的交易？

陈淮越送完倪知禾，就问林希微："你现在要去哪里？"

林希微说："我要回家一趟。"

陈淮越也想去，但他还没出声，林希微就道："大哥不在家，你去不太方便，家里都是女人。"

陈淮越"嗯"了声："我最近好久没跟你大哥联系了。"

"你别理他，他最近有在好好赚钱。"

拉达车停在宗祠门口，林希微解开安全带，摸了摸陈淮越的脸，问他："你明天也在家吗？我和知禾明天去看陈教授和师母。"

"那我明天也回家。"陈淮越去捉她的手，盯着她的眼睛，轻声道，"你没有想要跟我解释的吗？"

多少是有点委屈的。

林希微道歉："不好意思，知禾的话没有恶意，她对你的评价是受了我的影响，就好像钟程也觉得我会害你一样，因为都是站在了朋友的立场上。"

"不是这个，倪知禾的想法我不在意。"他顿了顿，淡声道，"我是那么小气的人吗？"

林希微忍不住笑："你不是，你是全天下最宽容大方、最好的男人。"

"错，我是全天下最会吃醋的男人！"

陈淮越低头，轻轻的吻落在了她的额头，他原本其实想跟她说的是，不要主动去找李从周谈业务。

因为他们的重新开始，就是起于业务。

但最终还是什么都没说。

接孩子回家的方敏第一眼还以为是她老公的车，走近才发现不是，方敏和林绮颜都跟陈淮越打了招呼，但没人再主动邀请陈淮越进去吃饭了。

陈淮越看着她们三人进了巷道回家，他打方向倒车，离开尾厝村。

出村的狭窄村道上，两车会车，陈淮越主动往一旁避开，让对面车先过，对面车里的人却是林鹏辉，两人的目光相对视上，林鹏辉张了下嘴，想说什么，又忽地止住，半晌才尴尬又客气地说了句："陈老板，谢谢啊……"

陈淮越淡淡地"嗯"了一声，从后视镜里看着林鹏辉逐渐远去的车屁股。

他在想，林希微说林鹏辉今晚不在家，是她不想他去她家，还是林鹏辉临时决定回家？

他压制住眉间的烦躁，算了，现在的这一切不正是他一开始想要的么？他和林希微好好的，但林家的其他人都和他无关。

211

林希微一回家，全家人都很高兴，尤其是林鹏辉，但林希微对他横眉竖眼的，嫌他碍眼，让他离远点。

一家人一吃完饭，林鹏辉赶紧去洗碗、扫地、拖地、刷厕所，又洗晒了衣服后，才敢坐在林希微身边的小凳子上，殷勤地给她扇风："希宝，希宝，这个力度可以吗？绮颜，快去拿纸巾给二姑姑擦汗！"

"好的爸爸！"

方敏在给林希微涂指甲油，说道："厂里的小姑娘给我的，她家亲戚从澳门带回来的，我们在工厂空闲时玩了几天，感觉我手还蛮稳的。"

林绮颜哇了一声："好漂亮。"

林鹏辉把女儿抱起来，笑道："爱臭美是不是，等你长大了，再让你妈给你弄。"

林希微也觉得嫂子弄得很漂亮。

临睡前，方敏忽然问林鹏辉："你说，我去学点手艺怎么样？"

林鹏辉困得要命，他拍着女儿的后背，轻声道："想学就去学呗，去哪学啊？"

"学手艺要钱的。"

林鹏辉睁开了眼，求饶："我还没还完车债呢，你老公就一条命，让我喘口气吧。"

"你要更努力赚钱，老公，我们家好多人都要你养呢，我们也要给希微攒嫁妆。"方敏亲了林鹏辉一口，她才不告诉他，希微今晚把这半年他让希微代还给陈淮越的车钱，又都给她了，唯一的要求就是别告诉林鹏辉，要让他继续为了"车贷"努力。

希微想让她和小薇一起去学点手艺，希微说，政策一直在变，国营企业改革，导致很多人都下岗失去了"铁饭碗"，合资工厂现在的工资还算不错，但难保接下来会如何，有机会学点技术，做个体户也是不错的选择。

陈家的别墅里回绕着一阵又一阵的笑声。

陈玄棠听完林希微说她说服银行时，给他们讲解了国外信贷审核和金融管理模式，以家的方式强调了房子对普通老百姓的重要性，不禁要为她鼓掌:"希微,不愧是你们那届第一名的水准。"

林希微却觉得这并非跟法律知识储备相关,她笑道:"个人住房贷款本来就可能会是银行最好的资产。"

她是从自身的想法出发的,她出身贫寒,没有自己的房间,渴望拥有自己的房子。如果她贷款买了房子,肯定会如期还款的,因为房子是她在外拼搏的最后避风港,她怎么可能不还贷。

倪知禾朝吴佩珺撒娇:"果然,师母,我就知道,我离开了鹭城,老师心中早没有我了。"

"你放心,师母心中有你。"吴佩珺笑眯眯的。

"当然啦。"倪知禾给吴佩珺带了好多北城特产,"要不是师母资助,我连大学都上不完。"

吴佩珺见倪知禾傻乐,也笑:"什么叫资助,是我钱太多,花不完,生不带来,死不带去。"

陈玄棠说:"等会还有你们的同门、同行和师长要来。"

吴佩珺假意嫌弃:"爱出风头,你们老师现在已经不满意只办华侨俱乐部了,只怕鹭城的法学大会都要被他垄断。"

她起身,笑着道:"你们先攀讲,我去看看厨房备得如何。"

陈玄棠闻言,面露难色,迟疑着问老妻:"佩珺,你今日又做烘焙了?太累了,好好休息吧。"

吴佩珺志得意满:"不累,阿越给我请了法兰西糕点师教我。"

陈淮越停好车,跟钟程进了院子,发现陈淮川一个人躲着众人在偷偷玩水,园艺师给草坪开着的小喷泉,变成了他的水上乐园,他踩着草坪,追着会转向的水雾欢快地跑着,从头到脚都淋湿了,还乐得"咯咯咯"大笑。

钟程恐吓他:"陈淮川,你妈要打你了,玩水的小孩会尿床。"

陈淮川嚣张地掐腰,他不怕:"妈妈跟爸爸今天不在家。"

陈淮越逮着落汤鸡进屋,让人带他去洗澡换衣服,陈淮川原本还不肯认错,直到吴佩珺端着烤盘从厨房出来。

"阿嬷的川宝,怎么都湿了呀?去换个衣服,等会来吃阿嬷做的饼干。"

陈淮川一下就老实了，小手抓着衣角，一身湿漉漉地跟在吴佩珺的身后，一直说："对不起，阿嬷，对不起，阿嬷……"

他道歉："我再也不玩水了，我不要吃饼干……"

钟程没忍住大笑："吴阿嬷，川川知道错了，别罚他吃你做的饼干了。"

吴佩珺没好气地瞪他一眼："我今天烤成功了。"又难免有点失落，"阿嬷忙了大半天，真的不能吃吗……"

陈淮川赶紧说自己很冷要去洗澡，陈淮越借口兄弟情深，要带他去洗。

只剩孝顺的钟程不忍吴阿嬷伤心，舍身就义："我吃我吃。"

但吴阿嬷烤的饼干，硬得无法从烤盘上抠下来，钟程吃力地抠了半天，只抠了个碎屑在指甲缝里。

林希微一行人从楼上下来，只看见他埋脸在烤盘中啃饼干，桌子上还有一坨糊掉的线面等着他，他吃了一口，开始干呕。

陈玄棠不忍心地别开眼，叹了口气："死刑犯也罪不至此。"

陈淮越和陈淮川洗澡洗了两个小时，直到一楼人声喧闹，其他客人都来了，确保阿嬷的试吃饼干环节已经结束，他们才敢下楼。

今日请来的厨师里，有一位还是吴佩珺的好友，鹭城宾馆的主厨，三年前带队赴新加坡参加"鹭城美食节"表演赛的大厨，他都对吴佩珺的厨艺无能为力。

钟程看着餐台的美食，心有余，胃不足："十八罗汉佛跳墙、东海龙虾、酥班鸭、莲环鲍鱼、芥拌响螺、四宝鱼翅……可我的胃里已经全都是吴阿嬷饼干了。"

陈淮越敷衍地给他盛了碗醋鱼丸汤，推给他："喝点解腻。"

钟程有点奇怪："你怎么说话还用后脑勺对着我？"

陈淮越扯了下唇角，笑意转瞬即逝，没有说什么。

钟程的另一边坐着倪知禾和林希微。

倪知禾自我介绍："倪知禾，律师，在北城工作。"

"钟程，在越程工作。"钟程听到"倪"姓，扬了下眉，"东孙西倪？"

倪知禾但笑不语，那个倪当然跟她没关系，她也厌恶这样的权贵关系，但她在外面向来不否认，也不承认，任由想象力发散，指不定还能得到一些有用的消息或业务，也算她亲爹有点用了。

林希微和陈淮越的中间隔着倪知禾和钟程，今日的两人看起来格外陌生，不仅坐得远，没有说过话，连眼神都没对视过。

林希微喝了口汤，知道陈淮越是故意不看她，因为继续装陌生人的建议是她提出来的，她还没做好准备以陈淮越女友的身份面对师母和教授。

陈淮越在电话里答应得爽快，现在却生气得十分刻意，他跟钟程说话，都不愿转头，因为她就坐在钟程的右手边。

钟程奇了怪了："你落枕了？脖子动不了，只能看左边啊？"

陈淮越笑意淡淡，依旧没说话。

钟程站了起来，一把抱住了他的头，非要把他的头掰过来，阴恻恻一笑："我看你是不是练习了铁脖功！"

另一桌的长辈都看了过来，陈玄棠见状无奈，只好对其他人解释道："他们从小就这样闹，阻拦不得。"

有人圆场地笑："陈总和钟总难得少年意气，还能在亲朋面前放松放松，不然也太累了。"

"那一桌的年轻人都还没婚配吧？也太晚婚晚育了，祖宗都该生气了。"

"现在讲究自由恋爱，解放天性，管不了，管不了。"

吴佩珺早绝了要撮合林希微和陈淮越的心了，上次意外才得知这两人曾恋爱过，陈淮越还一副冷面郎君模样，说他就想恋爱，不想结婚，吴佩珺接受不了这种"耍流氓"的言论。

在她看来，如果这两人真的有感情，结婚当然是最好的了。

但今日，这两人连话都不说了，彼此冷着脸，仿佛把对方恨到了骨子里，连余光都不愿给予。

林希微见陈淮越起身去洗手间，她也跟了过去，只不过他去的不是洗手间，而是负一楼的影音房。

里面黑漆漆的，他也不开灯，高大的身影就陷在沙发里，似是

215

疲倦。

林希微按了墙上的开关，明光刺眼，他冷哼："开灯做什么？我们谈恋爱就只能在黑夜里，我只是个见不得光的。"

她笑出了声，走了过去，坐他旁边，亲了亲他的下巴。

林希微说："其实见不得光的是我，别人肯定都觉得我高攀你，你放心，他们只会认为是你不想公开。"

"我关心别人的想法做什么？"

"可我关心啊。"林希微很现实且坦诚，"一旦大多数人知道我和你恋爱了，他们会认为我走到今日，全都只靠你的帮助，当然，我不是在否认你的帮助。"

陈淮越垂眸，深深地看着她："希微，这世上没有一个真正意义上的白手起家的人，任何人的事业成就都有或家境或伯乐的相助，人不可能是个孤岛。"

林希微笑笑说："只有已经成功的人才会这样坦然地说出这些话，你站得够高，大多数流言蜚语就影响不到你，我还站在口碑累积的第一个台阶，沾上桃色，只会带来麻烦。"

她语气闷闷，声音很低："我唯一完全拥有的就只有现在的工作，陈总，你能明白我的难处么？我不仅要对我自己负责，还有我的合作伙伴、我手中的项目、跟着我工作的律师，我不能因为感情，就选择伤害事业，就算只有一点点，也足够毁掉我之前付出的努力。"

陈淮越能明白她的担忧和处境，但不喜欢她的第一句话。

"希微，你还有我。"

林希微没在此时泼冷水，也笑着把情意说到满分："对，我还有你，你也有我，爱情不是我的全部，但是我全部的爱情只有你。"

陈淮越的心口像被鹦鹉的爪子抓了一下，她总是轻而易举地掌控着他的情绪，就算是假话，他的心口也柔软得不可思议。

林希微说的这些话，他在他这个圈层里，不想对爱情负责的男人嘴里听说过很多次，他还是第一次听到女人这样说。

他喉结滚动，轻声叹气："希宝，只有我这个世上最好的男人，愿意做你背后的男人。"

"是,唯有你这么好。"

"那什么时候能公开?"

林希微把头靠在他肩膀上,她不知道要怎么回答,走一步看一步吧,她也不知道律所会走向哪里,她现在赚到了一点钱,但是一个律所的运营肯定不可能只有钱,她又想起沈曜辞在的DA律所。

林希微笑吟吟地弯着眼睛:"或许,等到律所像DA那样成功。"但是按照兴明内部分裂的现状,成为下一个DA律所,只是一个荒诞的幻想。

陈淮越沉默良久:"DA是百年律所,一百年后我都死了不知道多久了,那我死了,也只能对外宣称孤身一人,再一人埋葬吗?"

林希微眉眼笑意更深,一本正经地安慰他:"我们还可以偷偷埋葬在一起的,就像现在这样偷偷恋爱。"

陈淮越说了个很冷的笑话:"那死了去下面,真的是做'地下男友'了。"

林希微笑得肩膀抖个不停。

陈淮越趁机道:"那你今晚要补偿我。"

"什么意思?"

"我们去住酒店吧。"陈淮越叹了口气,"你家我睡不惯,我家有只傻鸟,我是海景的股东,海景给我留了个视野非常好的观海套房。"

林希微笑:"好啊。"安静了一会,她又忽然叫他名字,"陈淮越。"

"嗯?"

"你知不知道我以前什么时候最爱你?"

陈淮越心跳停了一拍,为她说到"爱"这个字眼,他眉眼温柔,声音也柔软:"什么时候?"手依旧轻轻地摸着她的头发。

"在鹭城机场,那时你送我登上留学的飞机。"

那时她对未来充满了希望,不管是事业,还是两人的恋情,她笃定,留学会缩小两人之间的差距。

林希微很快就重新回到别墅一楼的客厅,吃饱饭后众人已经开始聊天了,林希微被喊去敬酒,有教授,也有一些律所的创办人,还有司法局的领导。

"希微师妹这上半年挣了不少钱吧?"

"鹭城一半的外销房都被你拿了。"

这当然是夸张的说法。

林希微弯了弯唇角,自谦道:"朱师兄,我们兴明赚的都是外销房这种小钱,一单一单才几千元,不比你们所做的资本市场,一单就赚上百万。"

朱律师口头谦虚:"这资本市场战线长,一单就得好几年啊。"但神色的傲然是遮掩不住的,他们律所做的才是长久的高端业务,卖房子实在没什么含金量。

林希微敬了他一杯,开口就是厚脸皮要项目:"朱师兄,我去年年末通过了证券律师考试,正愁错过了最佳入场时机,还想请师兄帮忙介绍业务呢。"

朱律师没应也没拒绝,只是玩笑般调侃:"你们看,希微还是没变,跟大学一样,野心太大,什么都想要,只可惜社会不比象牙塔啊,不是会读书就能拿到项目啊,说来好久没见到杨师兄了,他今天没来啊。"

林希微也跟着大家笑,仿佛不懂其中的深意。

教商法的汤教授喊她:"希微,快来老师这儿,该下棋了。"

林希微根本不会下棋,教授也知道,因为教授就是个臭棋篓子,跟陈玄棠下了几把,输得惨兮兮的,正打算从林希微身上找回自信心。

林希微坐在汤教授对面,犹豫着要把棋子放在哪,汤教授不安好心地催她:"随便下个地方。"

"好吧。"林希微两眼摸瞎。

"你下这儿。"陈淮越不知道什么时候也从楼下影音室上来了,他随手拉了张椅子,坐在林希微的旁边,笑着指点她。

汤教授气得吹胡子瞪眼:"哎你这仔,陈老头,管管你家仔,越仔,观棋不语真君子!"

陈淮越保证,他接下来不说话了,他只是光明正大地握着林希微的手腕,帮她下。

汤教授:"你握人家女孩子手腕干什么?"

陈淮越无辜:"汤伯公,因为你说我不是真君子。"

眼看汤教授要被气晕过去,陈玄棠忙拉着其他几位高龄教授去帮他了。

钟程、倪知禾这群年轻人也来凑热闹了,好好的一盘棋变成了多人混战,乱七八糟,下到最后,胡乱落子,众人都忍不住哈哈大笑。

汤教授气咻咻地摆手,说:"不玩了,不玩了,林希微,你收一下棋。"

林希微乖乖地整理棋子,又奉茶给几位教授,倪知禾说服自己忘记汤老头的可恶,勉强给他捶肩膀,在座的几位教授都很喜欢这两个女学生,除开成绩优秀外,还因为她们开得起玩笑,所以有时课堂氛围太沉闷,为了活跃气氛,教授们经常拿两人举例,开点无伤大雅的玩笑。

"有什么事说吧!"

林希微道:"老师,能不能请您给我点建议?"她讲了这半年的业务发展和未来的规划。

汤教授哼声:"刚刚那么多人下棋看到了吗?最后没有赢家,为什么呢?因为无序竞争,不守规则,你们这些人无法无天!现在的房地产行业就是这样,银行把资信审核放给律所,你能做,别人也能做,你要垄断,你一人能做得完么?"

陈玄棠吹了吹肉桂茶泡开的烟雾,笑道:"业务是人发现的,房地产能做的又不只有基础的卖房。"

汤教授看着林希微:"股市是现在政策发展的制高点,1992年开放,1993年关于'法律市场'意识形态的争议才慢慢消除,最好的入场期是1993年,现在1995年了,你早错过了第一波证券市场。"

陈玄棠接道:"上市是审批制,企业的上市信息在政府手中。"

陈淮越安静地在一旁剥开心果,剥完就顺手推到了林希微面前,示意她吃。眼尖的汤教授发现了说:"越仔,你今天很奇怪,你老跟在希微身边做什么?"

林希微眼皮一跳。

陈淮越面不改色,语气诚恳含笑意:"伯公,我对法律求知若渴,我们这些无法无天的房地产商,多学点法律,就能少坐几年牢。"

汤教授转头看陈玄棠:"他这张嘴是像了谁?"

陈淮越在海景酒店的套房有个宽敞明亮的落地窗,眺望而去,便是银白月光笼罩之下的幽蓝海面。

陈淮越洗澡快,他先洗了澡,躺在床上,松松垮垮地穿着浴袍,对林希微笑道:"林律师,我等你。"

林希微在整理包里的东西,有一笔还没存进银行的购房见证律师费,几千块美金,她在数钱。

陈淮越揶揄:"林律师,我这么值钱吗?因为我体力很好是么?"

他就是体力好到能做一天一夜,林希微也不舍得把钱给他。她坐在床上数好钱,就先把钱放着,去浴室洗澡了。

两人谁也没想到,住个自己投资的高档酒店,会遇到扫黄。

一个穿着浴袍的英俊年轻男人,一大笔交易美金,一个正在洗澡的女人,没有结婚证。

警察问:"钱是那位女士的吗?"他站在门口,指了指传来淋浴声的浴室。

"是。"

"给你的吗?"

"是……不是。"陈淮越只顾先拦着不让警察进屋,一时间没听清楚警察的问题,想到希微还在洗澡,他眉间浮现一丝烦躁,神色也严肃了几分,皱眉,"我能先联系下酒店经理么?"

"不行。"

警察也是收到举报才来的,扫的就是这些海内外商务人士住的高端酒店,谁知道这些酒店经理在做什么勾当,所以态度很强硬。

陈淮越去找手机,打算让秘书联系律师,跟警察温声道:"那麻烦你们先等下,我的律师马上就来……"

警察似乎觉得好笑:"这是鹭城,不是香港,也不是国外,流程不一样的……算了,你的律师呢?"

林希微听见了外面的吵闹声,但不知发生了什么,她隐隐有些不安,重新穿好衣服,打开门,只听清最后一句,职业病犯了,条件反射地道："我是律师。"

她还在身上摸找了下律师执业证。

这下几位警察都沉默了，扫黄时，律师从酒店浴室出来……是想为自己代理、辩护？

陈淮越严肃冷沉的表情骤然消失，他没忍住笑了，为的是她这难得的呆愣。

林希微还是有些茫然，她抿着唇，第一时间的确没反应过来，警察为什么突然上门找陈淮越，越程拿地皮的操作违规了么？她工作以来接触的一直都是非诉业务，只上过几次法庭，对诉讼所知甚少。

要是警察真的要带走陈淮越，她现在能做些什么？

更离谱的是，在紧张的氛围下，她想起的都是她的前辈诉讼律师们跟警察、法官吵架的、打架的，最后被登报批评、禁止进入法庭的事。

老警察神情严肃："我们接到举报，这里有人涉黄。"

"我们？"林希微愣了，下意识道，"我们是情侣。"

"对。"陈淮越闻言，闲闲地笑着，他眉眼舒展，似是心情愉悦，"她是我女朋友，我们是男女朋友，我是她男朋友，我们很相爱……"

老警察打断他的话："严肃点，别嬉皮笑脸，请配合我们调查。"

"在酒店调查么？"

"嗯。"

陈淮越也懒得让蔡秘书帮他叫律师了，因为只在酒店调查，不用去派出所，他手里有证据证明他们是情侣关系。

但他偏偏看向了林希微，似有若无地叹口气："林律师，我能靠的就只有你了。"

林希微面色淡定："没事的。"谁知道她现在都想喊会做行政诉讼、又爱嫖的杨兴亮过来了。

但她冷静下来，他们本来就是正当关系，没什么好害怕的，只是被警察查，传出去，会给她的名声带来不少麻烦。

警察分开调查询问两人，跟林希微对接的是一名年轻女警，问林希微："那笔大额美金是你的吗？"

林希微详细解释："是的，我是律师，这是执业证，美金是我之前收到的律师费,还没来得及存进银行,他是越程地产的陈总,是我的男朋友,并不是钱色交易。"

"你能提供一些能证明你们是情侣关系的证据吗?"

林希微怔了怔,她能想到的就只有寻呼机,可是寻呼机里哪里有什么甜蜜的聊天记录,除了陈淮越的命令式的句子外,都是两人直接约定见面的时间、地点,在这种情况下,便显得更诡异。

好在陈淮越那边的调查很快结束,不知道他说了些什么,总之,顺利地排除了警察的怀疑,警察脸上也有了笑容。

临走前,老警察还跟林希微说:"对你男朋友好一点,初恋不容易,珍惜所有的不离不弃!"

陈淮越也叹了口气,一脸为情所伤的失落,搞得老警察还跟他拥抱,拍了拍他的肩膀,以示安慰。

两人送走警察,也都没了心情,干脆开了瓶柜子里的酒,轩尼诗,坐在阳台上吹海风。

林希微说:"上回我们团队发年终奖,我本来想开几瓶的,但是连律师他们都说要省钱,就换了更便宜点的酒。"

陈淮越尝了一口:"味道还行。"

林希微也喝了一口白兰地,趴在栏杆上,往下可以看到去年办德国啤酒节的露台,还有一旁泛着蓝色幽光的泳池,如果换一个方向,就能眺望鹭城的骑楼,想起去年都觉得恍若隔世,她说:"这几年变化很大,以前鹭江道上还能看见黄包车,自行车、小汽车和公交车拥挤地乱开。"

陈淮越"嗯"了一声:"现在路拓宽了,你该找个时间报名学开车。"会打字、会开车都是现如今招聘中的加分技能。

"好。"林希微回过头,还是没忍住问,"你刚刚怎么跟警察解释的?"

陈淮越眼底浮现笑意,明明就在等她询问,偏偏一副被逼无奈的模样。

他把钱包拿出来,下巴扬了扬,示意她自己去看。

他轻声叹气:"反正在一段感情里,多付出的人总要受委屈的,我都明白的,林律师一心只有事业,今晚能抽空陪我出来住酒店,已经是天大的让步了，委屈点也没有什么，你也不用放在心上。"

但他表现得可不像是，不用她放在心上的样子。

没等她打开他钱包，他就已经把里面的拍立得照片都取了出来，她大学毕业典礼上的照片，她去领执业证的照片，他们在香港旅行的照片，他大楼封顶、剪彩后和她的合影……只有一张，刚刚已经被他收了起来，是他们分手后，他去纽约看她时偷拍的。

没什么特殊原因，就是不想被她知道，他理智过头的女朋友不会为此感动，反倒可能会说他是自我感动，那他真的会被气冒烟，他也不想她突兀地谈起她在纽约的事，他还没做好准备，听她提起那段他缺失的时光。

陈淮越说："我钱包里有这么多年的合影，警察自然会信我们是情侣，要是我们有结婚证，就不必如此麻烦了。"

林希微笑了笑，装作没听到后面的半句话，只说也要告诉他个秘密，她指着她领执业证的那张照片，开口道："那天我也给你拍了张照。"

"嗯。"

林希微继续道："我留学的时候，一直把你的那张照片跟校园卡放在一个卡包里，所以，我也很珍惜你。"

两人还攀比起深情。

陈淮越不信，轻哼一声："那现在照片在哪儿？"

林希微理不直但气壮："分手很生气，被我扔了，是你先对不起我的，但我那么生气，都只扔你照片，是不是很好？换别的人，还要给你两巴掌的。"

陈淮越气笑："那你的意思，我还要感谢你不打我，是不是？"

林希微抱住了他，声音里都是笑意："是啊。"

比起更多亲密的事情，她依然更喜欢温暖的拥抱，闻着两人身上同一种沐浴露的香气，她把他浴袍的衣襟拉得更开，探手进去，抚摸着他后背紧实有力的线条。

她拷问他："你还记得我第一次见到拍立得是什么时候吗？"

陈淮越微笑："记得，你13岁的时候，美国HJRH电视台来鹭城拍经济特区纪录片，鹭城人都在围观，你大哥也带你去了。"

"是啊，我们都没见过这种拍完就能立马看见照片的相机，当时美国记者想采访我，但是我什么都听不懂，手足无措，不知道还能不能找到那个纪录片。"林希微有些怀念，或许她想学好英语、出国看看的念头在那时就已经埋下了，"你那时候在干什么？"

陈淮越想了下："在美国上高中，是1981年的冬天吗？是雪季，那我应该在阿尔卑斯滑雪。"

林希微不想听了："奢靡腐败，打倒姓'资'的！"

陈淮越轻笑，轮到他拷问她："那你知道，我为什么买了那么多个牌子的拍立得，拍了那么多照片么？"

林希微答："因为你有钱。"

陈淮越却低头，捧起她的脸，要她直视他的眼睛，他说："是因为你喜欢。你说过，你爸爸以前经常带你去拍照，你第一次看到拍立得，很羡慕、很喜欢。"他邀功，"我跟你爸比，如何？"

他的最后一个问题，退却了希微眼皮泛起的微热，她原本是感动她被人惦念于心的，现在只剩笑意了："看来你是真的很想当我爸。"

陈淮越也微笑，横抱起了她，低声询问："下个冬天，陪我回新加坡么？"

他在等林希微的回答，门外却又传来一阵急促的敲门声。

是钟程和经理杨天闻。

钟程是来看热闹的，装正义使者的时候，眉眼的幸灾乐祸都不肯花心思掩藏，嘴里道："杨天闻跟我说，警察来查你房，我就赶紧跑来了，没事吧。你们俩怎么都不接电话，我还以为你们都进去了，哎哟，怎么会发生这种事情，警察一般不会乱扫黄的，阿越啊，你要反省下你平时的行为，做个正直的人哈！"

他的后半句话提醒了陈淮越。

陈淮越想起今晚进来酒店时，匆匆瞥见的那个身影，他跟杨天闻说："帮我查一下今晚有没有一位叫杨兴亮的客人入住，顺便调取一下前台监控。"

经理是想拒绝的，这样太侵犯客人隐私了，但陈总是股东，那时也没人注重所谓的隐私,大家都还没有这个意识。

经理便道:"陈总,如果有的话,我给您调出来,但是您不能拷录走,可以么?"

陈淮越答应了。

林希微也明白了,扫黄不会毫无根据地突击,今晚警察也说,他们是接到举报才行动的,谁会举报她呢?

"你看到杨兴亮了吗?"

陈淮越说:"看见了,但本来不确定是他,因为我们一下车,他就躲起来了,他的嫌疑大一些。"

林希微冷笑了下,康师姐马上要生了……杨兴亮闹这一回,是想做什么?

"他带女人来酒店,对么?"

海景经理很快就带他们去看了监控,林希微不奇怪杨兴亮带了女人,她面色平静:"是我们兴明的一个打字秘书。"

就算知道是杨兴亮搞的这些事,林希微也只能吃下这个闷亏,一个是因为康师姐,另一个是因为,她都不知道要怎么去跟杨兴亮说起这些事。

很快,林希微就发现杨兴亮也在接触她所做的房地产行业,她才打电话过去给发展商,那人就道:"林律师,我才跟你们兴明的律师吃饭谈完,好歹也给我考虑的时间,莫要催得这样着急,你们杨律师都没催呢。"

也有的客户笑:"你们兴明起内讧了啊?打架了吗,你抢活,他挖客户啊?"

发展商也烦这些事:"买卖房子讲究一个顺风顺水的好运气,吵架会坏运气的,晦气晦气。"

杨兴亮这样做,破坏的不只是林希微的名声,更是兴明律所的声誉,但获利的是他个人。林希微原本想算了,不管怎么说,她需要挂名在兴明旗下工作,虽然业务被抢了些,好在她手上还有不少项目。

但她忍了一肚子的气,终于在七月中旬爆发了。

那天陈淮越送她去学驾照,她看见了车窗外的一个广告牌,锦尚小区售楼进行中,下面一行小字:兴明律所林希微律师在售。

她很确定,自己和连思泽都没接触过这个楼盘的售房业务,她很珍惜自己的口碑,代理售楼前会全面地调查地产公司,减少执业风险,这个楼盘她都没调查过。

陈淮越等红灯的时候,用余光瞥了一眼,说:"我帮你去问下,可能是这个楼盘的发展商想沾你的光,用你的名气打打广告,取信购房者。"

林希微笑:"我还没那么大的名气。"

她按照既定计划学完车,从驾校出来,才打电话给连思泽,让他回律所一趟,又叫林鹏辉来接她,等待的间隙,她打电话问杨兴亮:"杨师兄,你在律所吗?有点事要咨询你。"

杨兴亮冷哼了一声:"有事解决不了,才想起我?"

林希微笑眯眯地说:"当然啦,杨师兄,你在律所等我,大概半小时后到。"

林鹏辉一边开车,一边从后视镜偷偷瞥林希微,小心翼翼地问:"希宝,你怎么了,心情不好啊?"

林希微说:"我心情很好,我打算请你去我办公室坐坐。"

"现在?"

"对,你跟我上楼,今天你要是表现不好……"

林鹏辉立马答道:"我肯定好好表现。"虽然他都不知道要表现什么,"希宝,大哥是你最忠诚的仆人!"

此时的林希微是冲动的,可她只有冲动,才有勇气大闹一场,冷静下来后,她总是瞻前顾后,什么都顾虑,怕失去自己的底牌。她先去把律所为数不多的监控关掉,再进杨兴亮的办公室,把锦尚小区的登报广告拍在他桌上,微笑道:"杨律师,这是你做的项目吧,风险我担,钱你拿是么?"

杨兴亮脸上一丝一毫的惊讶都没有,反倒笑了:"原来你想问的是这个,这是师兄、师姐帮你提高名气。"

林希微也在笑:"那好吧,杨师兄,那我离开律所,我们拆伙。"

杨兴亮却不愿意了:"我们说好要一起发展兴明,小师妹,你现在退出太不讲道义了。"

只要他们夫妻不签字,消极对待退伙的要求,林希微就无法离开另创律所。

杨兴亮甚至主动提到那晚海景酒店的事情,有些鄙夷地看着林希微:"小师妹,你在做什么男女勾当,我本来不想管,但上回你跟陈总一起去舞厅,带坏了明雪。市场开放了,女人也没道德了,只可惜你和陈总没金钱交易么?置换的业务吧。遗憾警察没带你们去派出所调查,否则你客户都要知道你在外面卖了。"

杨兴亮说完,就一瞬不瞬地盯着林希微,似乎想看到她变了脸色的模样。

但林希微笑意没有一丝变化:"什么派出所调查?"

她好像真的不知道。

杨兴亮冷着脸:"别装了,你那天看见我了吧?"

"哪一天?杨师兄。"林希微似是无奈,"你不要绕开话题,我只关心锦尚小区的事,你想做房地产,我管不了你,你想挖我客户,只能说各凭本事。"

她语气加重,多少也生出了点怒意:"但是,兴明在司法局登记的行政主管人、主任是康师姐,你不审核楼盘,只顾赚钱,再挂我名字,你和师姐是夫妻,你也是兴明合伙人,楼盘一旦出事,你损害的是我们三人的利益。"

杨兴亮不以为然,嗤笑:"跟我有什么关系?"

"康师姐你也不在乎?"

杨兴亮很坦然:"律协要是管,明雪就不必再当主任和律师,在家带孩子享受人生就好了。"他是真心认定自己在爱护妻子,还很骄傲,"林希微,你要明白,不是所有人都像你这样,没有任何退路,你不做律师,就只能回村捞鱼,而明雪可以当杨太太,相夫教子。"

康明雪不在的这半年,律所几乎变成他的一言堂。

他也愈加放肆:"你以为你现在做房地产赚了点钱,就能掩盖你身上的鱼腥味么？你大一入学那会，他们都笑你是牡蛎妹。

"你现在是沾了兴明的光，我没同意你退伙，是可怜你的家境，为你好。

"没有我和明雪，你有创办律所的资金么，你有机会接触房地产么？你现在还在侨办月入几百，狼心狗肺，忘恩负义！"

林希微的确有点被激怒。

可杨兴亮就是故意的，他从来都不傻，看似易怒，但他每次的怒意都在换取他真正想要的东西，比如律所的控制权，比如妻子的退让，比如此时此刻林希微的崩溃。

林希微试图让自己冷静下来，轻声道："杨师兄，你不同意我退伙，是因为你贪图我现在的赚钱能力，后悔半年前你对分配制度的修改，你想要我的创收。

"我们对外都打着'兴明'的旗号，你比我更清楚，抢客户、违规代理楼盘，最终损害的只会是兴明的名声，但你想赌，赌我比你更在乎，赌我无法离开兴明。

"可你别忘了，我没在兴明付出一分钱，你不放我离开，那我们谁都别想赚钱了。"

杨兴亮没明白林希微要做什么，看着她走来走去的身影，还笑道："我们现在修改律所分成，小师妹，你跟男人去酒店的事，我就不外传了……"因为他也没想到，售楼见证业务以量累积起来的创收，竟如此丰厚，像他这样反悔的合伙人也不少，制度摸索的阶段，出现什么情况都不奇怪。

反正林希微不会承认的，他又没有证据。

她一把将杨兴亮桌子上的文件、笔筒都扫落在了地上，又去开他的抽屉，不管什么东西都砸了出来，眼睛却是在找东西。

杨兴亮怔了怔，眼见着她要砸电话和传真机，这才明白她的意思，这些设备都是他杨兴亮买的，跟她是没关系。

杨兴亮卷起袖子，脸色也狰狞了起来："你想找打吗？林希微。"

林希微抄起他桌上的茶杯砸在了地上，四分五裂，刺耳的声音响起后，林鹏辉就推门进来，道："二妹，我来接你回家……你干什么，你怎么打我妹?"

他虽不是很强壮,却比杨兴亮高了大半个头,杨兴亮一脸愣神,他根本没碰到林希微,腹部就挨了重重的一肘击,接着被压趴在地上。

林鹏辉就不松手,得意地想他打不赢干体力活的邻居农村大汉,还打不赢这坐办公室的瘦弱地雷吗?

"林希微,知法犯法,你不怕坐牢吗?"杨兴亮眼睛气红,这话说出来他自己都觉得没底气。

"你打我,我为什么要坐牢?"林希微笑了笑,"你不想要兴明,不想要律所的设备,你就继续抢我客户,以我的名义做坏事,你别逼我,我可不像你,父母都有体面的工作,有待产的妻子,有需要攀比的亲戚,有很多房子车子,还人到中年,风风光光。

"杨师兄,大不了就鱼死网破,我回村捞鱼前,一定让你不好过。"

林鹏辉想到年前希宝挨的打,和现在完全相反,那时他们是"穿鞋"的,对方是"光脚"的,他们就畏首畏尾,全是顾虑。

他现在恶从胆边来,狠狠地扇了好几下杨兴亮的后脑勺,呸了他一声:"什么番薯地雷,也敢欺负我林鹏辉的妹妹。"

连思泽在外面守着,今天是周六,五一开始正式实行双休制了,行政人员全都休假了,在律所的律师也没几个,有人隐隐听到杨律师办公室的吵闹声,询问道:"怎么了?"

连思泽双手摊开,一脸无奈,皱眉道:"应该是杨律师又发火了,林律师是想去问他为什么恶意抢客户。"

他想了想,还是担心:"算了,我进去看看吧。"

结果,才推开了点门缝,他就震惊大喊:"杨律师,你怎么动手打人啊!"连思泽向来脸皮薄,让他鼓起勇气做戏已经是个大难题了,也怪不了他这时候演技浮夸了。

其余律师忙抻长脖子,却什么都看不见,只听连思泽喊:"我要去报警,没证据?……杨律师,你太过分了,大家都是一个律所的合伙人,你关了监控,无法无天,还拿杯子砸人,抢客户,乱盖公章合同,让其他律师替你背锅……"

连思泽义愤填膺:"按照康主任休假前的合伙人会议决定,你不能再持有律所公章，公章轮到我来持有。"

他说着把门打开，林希微快速地从抽屉里拿起公章、财务专用章和发票专用章。不管什么年代，什么企业，都是对外认章不认人，更不用说现在这个缺乏规则的律所圈子了。

杨兴亮气得不行，林鹏辉他们准备离开了，才一松开杨兴亮，他就起身，气愤地随手抓起订书机，用力地砸向了林希微，林希微感受到一阵刺刺的钝痛，她下意识地去摸痛处，没有血，却很疼，她的眼泪瞬间就溢了出来，她咬着牙关，也没控制住眼泪流下。

而门外的律师们这下看清楚了，的确是口碑差的杨律师又情绪失控了。

"谁没被杨律骂过呢？来赚钱的，又不是来卖命的，他现在连合伙人都欺负，更不用说我们这些普通律师了。"

"房地产今年创收很不错，我听说他们上个年底，就发了好多年终奖……杨老板太抠门了。"

"像杨律这样的合伙人只多不少。"

陈淮越离开公司，去找林希微，她正和倪知禾打电话，额角肿着，擦了厚厚的一层绿色青草膏。

说到激动处，她还狠狠地拍了下桌子，蹭地一下站了起来："杨兴亮是真的疯了，赚了几个钱，他已经不知道他姓什么了。本来我是去拿公章的，公章必须在我手上，要盖章必须经过我核准，反正总共才几个人，大家都是合伙人，他想去补章，我看他有本事就补给我看。律所目前的章程有问题，下周一的合伙人会议再讨论这个问题。"

倪知禾也很愤怒："你不用怕他，这个律所他们夫妻投了那么多钱，闹大了，亏死他，律师也会跟着跑。"她顿了一下，质问："你为什么挨打了，连警都不报？"

林希微又坐了下来，静了静："没有意义，康师姐也马上要生宝宝了，她身体不好，而且，我大哥也打他了……"

"你大哥那叫打吗？"

林希微更想解决未来的出路问题，便道："我打算先去申请个新律所，等司法局批准也需要一段时间，要是到时候还不能离开兴明，司法局也只会先卡着我新律所的执业许可证，等我退伙了再发放，这样流程会快一些。"

"个人所吗？"

林希微答："合伙所。"她还需要合伙人。

倪知禾听出了好友的言下之意，认真道："我对连思泽没意见，如果你想拉我合伙，希微，你是真的认为，康师姐什么都不知道么？她应该比你更了解她的枕边人，她是在自欺欺人，你觉得她可怜，你比她更可怜。"

她轻声叹气："希宝，我们是好朋友，不存在信任成本问题，但是我觉得康师姐很危险。尽管她的确对你好过，你最近遇到的麻烦，她得承担一半的责任，她能做法官、律所主任，会如此愚钝么？杨兴亮有句话说得对，我们这样的人，没有后路，没有第二次试错机会……"

新的合伙所是她们最后一次机会了，以后再也不会有这样好的时机了。

陈淮越站在门框旁边，等她打完电话，他把手上提着的西装扔到床上，微沉的目光落在她的额角，眉间寒霜越发凝重。

"原来你手机没坏。"陈淮越冷声冷气，眼中生寒。

林希微老实回答："没坏。"

"那我怎么收不到你电话？遇事知道打给你大哥，打给倪知禾，你都不心疼话费，只打给我时，不是心疼话费，就是手机信号不好，以前没大哥大，遇事没法联系我就算了，你现在买手机了，只当好看的么？"他满腔怒火，不明白她为什么不肯信任他。

林希微两步走到他跟前，弯起眼睛，安抚他道："因为我能解决呀，陈总，你去就不一样了，会把事情闹大的，你是房地产商，是客户，现在还是内部矛盾，虽然我挨了一下，但是我的目的达到了，我拿到了公章，他无法再随意单独签合同了，其他律师也知是他的错。"

陈淮越冷笑，盯着她的伤口和她微肿的眼皮，知道她哭过，他心疼得如同被刀割过，满脑子只剩下暴力的想法，他非得把杨兴亮抽筋扒皮了不可。

林希微轻声吸气,卖惨地说:"我额头很疼的。"在陈淮越开口前,她又可怜兮兮道:"你要是骂我的话,我就更疼了,跟之前脸挨了一下不一样的,神经钝钝的疼。"

陈淮越闻言,强硬拉她去医院检查脑袋,找了熟人,扫了一大堆仪器,好在什么都没查出来。

再回来,就去了陈淮越的公寓,陈总脸色黑沉,没怎么跟她说话,订了饭,只把饭摆在桌面上,下巴扬了下,示意她去吃。

林希微坐在他旁边,跟他解释:"我没给你打电话,是因为我们晚上就会见面呀,我又没跟他们天天见面,但我每天都见到你。

"我想吃虾,你帮我剥吧,等下我还想吃雪梨,或者你会煮梨汤么?嗯……不然我等会煮给你喝?"

陈淮越还是不理她,她只好道:"杨兴亮也没证据证明那天晚上看见的是我和你,他其实不太确定,今天试探了我,我没有理他。

"虽然意外受了伤,但我觉得是值得的。"

陈淮越安静地坐着,看向了林希微:"如果是我被人打了,你会如何?"

"会很生气。"

陈淮越等了许久,就只听她回了这一句话,笑了下:"然后呢?"

"然后诉讼。"

"事关别人你就知道讲法律,那你今天为什么不报警?"

林希微不知道怎么解释,她斟酌道:"怎么说呢?虽然律师帮别人维权、看合同,但律师群体对内也是最不在乎法律的一群人,他们会帮人讨工资,但多少律师连自己的工资都要不到,律师、法官打架的更不在少数。"

陈淮越笑了下:"希微,要是我是你,在第一次遇到杨兴亮嫖娼时,就会留证据,直接报警抓他。你当时甚至可以假意做好人出面保他出来,继续替他瞒着康明雪,既做了人情,又有切实的证据可以拿捏他。

"你不想伤害康明雪,你感激她,但你要明白,伤害她的人,不是你,而是她自己和她丈夫,我是个男的,我都看不起嫖娼的男的,我实在不明白,女人何来那么多理解?还给他们找借口。

"康明雪夫妻都比你心狠,尤其牵扯到利益,你看起来很洒脱,但你很介意别人说你忘恩负义,因为你本质上是个重恩情的人。"

林希微表情微变,心脏被重石狠狠地压下,她张了张嘴,想说什么,喉咙口却似被堵住了一样。

"你就算真做个忘恩负义的人,又能怎么样呢?"陈淮越笑了笑,"在这个无章序的年代,没人在乎这些,只要你是最后的赢家,多年后写律所发展史的笔,在你手中。"

林希微哑然片刻,再开口问他时,嗓音有几分涩然:"你也不在乎吗?"

"是,我要你的恩义做什么。"

他要的向来只有她的爱。

林希微轻声道:"你想错了,我没你想的那么好。"

她不知道是不是为了避开他的目光,起身去寻鹦鹉,她伸出手,鹦鹉飞到了她的手上,亲昵地蹭着她的手,她摸着鹦鹉的毛,垂眸敛住眼中的情绪。

"拜年那次,我就知道,康师姐已经猜到杨兴亮在外面做的事,她要孩子和家庭,但就算她不知道,我也不会讲了,那时我还没有能另起律所的资金,我选择了沉默,就代表我已经放弃了我和师姐的情谊,倾向利益。

"我说我担心康师姐马上生产,身体虚弱,所以不想报警,但我更担心,如果师姐真的出了什么事,孩子没了,杨兴亮、他父母,包括师姐,他们会全部把矛头对向我,我的处境只会更难。"

她轻声解释:"孩子平安出生,师姐好好的,对我才有利。杨兴亮今天更想试探我是否知道他背着师姐做的事,怕我告状,因为他很多客户都来自师姐,他需要好丈夫的形象,他拥有的越多,他就越怕失去,他胆子很小的。"

林希微托着绿毛鹦鹉,去取它的小零食哄它,嘴里继续道:"今天我拿走了公章,杨兴亮绝不会跟师姐说的,他的顾虑只会比我更多,等师姐坐完月子,瞒不住了,我会用公章跟康师姐交换退伙协议。

"律所《章程》是我和康师姐拟订的,因为我们不懂,所以有很多问题,规定印章管理复刻需要我们所有合伙人同意,只要我一票否决,我们就只有这一枚公章,就算请司法局律管处介入,他们也只认《章程》,关于这个公章,扯皮的流程估计都能走个一两年。"

林希微明白陈淮越他们的想法,大家都是担心她,声音柔和了许多:"你觉得我挨打了,所以得报警,但我大哥也动手了,就算警察真的认定杨兴亮单方面打我了,既构不成轻微伤,只争一口气也没有意义。"

她还开玩笑:"要是杨兴亮让我下跪磕头,就真的把律所给我,他滚蛋,那我还是会给他磕头的。"

她从小穷惯了,尊严最敏感的时候,就是在她的男友陈淮越面前。

一直沉默的陈淮越这才出声道:"你敢跪,我把他腿打断。"

林希微笑,轻轻地拍了下鹦鹉,等它飞回架子,她才回身去找陈淮越,坐着揽住他的腰,其实还是很开心的,压着嘴角的笑意道:"陈总,原来在你心里,我那么善良又天真啊。"

她仰头亲他下巴,有些轻微的刺感。

陈淮越还是忍不住盯着她额角,说:"重逢才多久,你就受了两次伤了。"

林希微低笑:"那我们得去算命,会不会八字不合?"

只是个玩笑话,陈淮越却想起上回抽到的下下签,眉心沉沉,淡淡道:"新社会了,林律师,我们应该拒绝封建迷信,抽签是概率,算命是骗钱,我们的感情只掌握在彼此的手中。"

不知道是说服自己,还是在说服林希微。

偏偏林希微不知情,她还要陈淮越摊开掌心给她看,林大师道:"无知者无畏,陶作家给我求了事业符,我这半年事业可顺利了,我小时候有个赤脚大仙传授我算命技巧,你要不要试试?"

陈淮越被她柔软的指腹按得舒坦,慢条斯理地笑着,陪她玩:"算命要这样摸手吗?"

"都说了独门秘籍。"林希微点评,"你尾指的长度超过无名指的第一个关节线了,这说明你这辈子聪明且有财运。"

"林法师,你可真会倒推。"

"你生命线也很长,长寿健康,你的事业线和感情线嘛,我先想想你的八字……"

陈淮越在等她的下半句话,可她微微皱眉,似是为难,一脸犹豫,他闲适的心也跟着沉了一下,明知她根本不会算命,却也担忧,难道真是感情多波折么?

林希微忍笑道:"财旺生官,日干周围全是财气,你天生适合当老板,就是个性方面太傲慢固执、脾气坏,要么姻缘难成,要么齐人之福,俗话说,双妻相……"

陈淮越冷笑着打断她的话:"我看是你想双夫。"

林希微站起来,俯视他:"你怎么污蔑大师?大师有个很好的办法,你想不想知道?"

"不想。"陈淮越淡淡地回了句。

"你想。"林希微的手插进他的头发里,扰得他黑发乱糟糟的,"说你想。"

陈总干脆闭上了眼,还伸手把两边的耳朵折叠住,实行"不听不看"的政策。

林希微去掰他眼皮,只换来他更用力的闭眼。

"陈总,你用力闭眼,突然发现你眼角好多皱纹喔,男人三十是个分水岭,你可要好好保养自己,老生气眼纹多……"

很在乎保养的陈总立马睁开了眼,唯有黑眸幽深,深邃不见底,林希微放任自己沉溺在他眼中温柔的湖水中。

他低声问:"林大师有什么好办法要指点?"

"办法就是,当陈总遇到跟林大师相关的事情,只要想,大师会怎么做,而不是,陈总会怎么做。因为陈总和林大师的身份、地位都不一样嘛,越程这样级别的公司,内部矛盾也会影响鹭城经济,报警是最好的选择,政府和警方都十分重视,可兴明只是个刚起步的改革实验所,连司法局都不清楚律改的未来会如何。你要相信林大师,她绝不是个冲动行事的人。"

陈淮越慢腾腾地笑:"林大师还有个办法,那就是她可以求助陈总,陈总会帮她解决报警的事情，也能帮她搞定新律所。"

林希微假模假样地叹了口气："大师喜欢掌控感，无论失败还是成功，大师的事业线必须在自己手中。"

陈淮越伸手捏了捏她的耳垂，以示不满。

但林希微的确有事相求，她眸光一片水色盈盈，又爬上他的腿，以色诱人："陈总，既然你这么想帮林大师，把华侨大厦租给我吧，租金三个月交一回，我只需要15层的114平方米那个办公室，我还需要你帮我介绍个靠谱的装修公司。"

陈总喉结滑动，不动声色地勾唇："这要看林律师表现了，因为越程租金都是一年一交的。"

一年要20万人民币。

林希微手头没这么宽裕，要是一口气付年租，她就没钱买10台电脑了，预计十万出头，还要牵电话线、分机线，买传真机、打印机、停车位……

"你们公司应该也有用服务器，我也打算买个专用服务器，用来存数据文件，能不能给我推荐个服务器牌子？之前听人说，康柏还不错。"

陈淮越眉梢下压，慢条斯理地勾起唇角："林律师，你应该知道，我说的不是工作表现。"

他不等她回答，就凶蛮地吻住她的唇，将她关于工作的碎碎念都吞咽进他的唇中，多希望她的眼中只有他，只能看得见他。他用力地把她摁进自己的胸口，像是要将她揉进身体里，她软得似水，滑得像缎，两人的呼吸凌乱且沉闷，转移跌落至柔软的沙发上。她搂着他埋在她胸口的脑袋，手指插入他的黑发中，总觉得忘记了什么，没控制住又呻吟出声。

但忽然有所感，她睁开了眼皮，一片水雾中瞧见，绿毛鹦鹉突地起来飞了一圈，精准无误地在陈淮越的后脑勺上拉了屎，用鹭城话大喊："痴哥！痴哥！"

林希微止不住颤抖地笑："回房间吧，我给你洗洗头发，刚刚忘记它了，它还是个小宝宝。"

陈淮越很冒火，他得请个专家来好好教这只没素质的傻鸟了，这些话它到底从哪学来的?

　　第二天,精力旺盛的林律师依旧起得很早。她洗漱完,喂了鹦鹉后,就半蹲在陈淮越家的厨房餐台那,研究他的咖啡机、烤面包机,又想着要不做个简单快速的锅边糊,但没东西配着吃,思来想去,她换衣服下楼去买早餐了。

　　陈淮越公寓的电梯阿姨工作时间一直都很短,但最近不知道为什么,都早早上班,迟迟下班,林希微进去电梯,阿姨已经上班了,还热情地跟她打招呼。

　　林希微笑:"阿姨,早上好。"

　　阿姨好奇:"陈总没起床吗?"

　　"嗯,我下楼买个早餐。"

　　阿姨不好意思地跟她打听:"那个,陈总有没有说过什么时候要取消电梯服务员啊?"

　　这个小区的开发和物业公司都是陈淮越的,阿姨忧心忡忡:"有些小区的业主不会按电梯,我们一下班,电梯就停用,但我们小区,电梯24小时开着,业主都会自己用电梯,哎,最近一直在传陈总打算取消电梯服务员了。"

　　阿姨叹气:"陈总看起来蛮凶的,我就只好问问你……哎哟,你额头怎么了?不会是陈总打的吧?"

　　林希微愣了下,一脸尴尬:"不是。"不好意思地笑,"阿姨,我不知道电梯服务员的事,你可以问问陈总。"

　　好在电梯已经到了,她赶紧出电梯门,赶着去买早餐,徒留阿姨一脸复杂。

　　陈淮越睁开眼,伸手只摸到冰凉的床,另一侧的床空空荡荡,公寓里也格外寂静。

　　不是工作日,她也起得这样早。

　　他抿了抿唇,起身穿衣服洗漱,刷牙时还忍不住观察自己眼角是否真的有皱纹,他走出卧室门,厨房传来隐隐的动静声,他唇角挂了点浅浅笑意,不急不缓地走了过去:"林律……"

237

只有一只正在忙碌吃小零食的绿毛鹦鹉,和尚鹦鹉歪头看他,莫名其妙地喊了句:"吃饭,老婆!"

又是鹭城话。

陈淮越唇线愈发平直,他抓住这只鹦鹉,掂了掂重量,训斥它:"不许吃了,越吃越胖越笨,你到底从哪里学的这些方言,平时也就一个做卫生的阿姨跟你聊天,阿姨带你出门逛街学流氓话了?"

鹦鹉挣扎着要飞。

陈淮越逼问它:"林希微去哪里了?"

鹦鹉没回答,扑腾着翅膀,等陈淮越一松手,就在屋子里飞着转圈圈,陈淮越仰头又问它:"最近为什么没素质到处拉屎?"

正说着,外面传来了开门声,林希微推门进来,正好看见一人一鹦鹉互相对峙,她晃了晃手中的早餐:"吃饭,陈总!"

陈淮越哼笑了起来,没再管和尚鹦鹉没素质的事情了,他今天的好心情从此刻开始。

两人吃完饭,一起出门,陈淮越要回华侨别墅看阿公阿嬷,林希微要跟连思泽开个小会。

电梯阿姨对两人笑了笑,乖觉地站在墙角,林希微回了个友好的笑,陈淮越只礼貌点头。

空气寂静,阿姨纠结半天,还是不想错过难得的询问机会,清了清嗓子:"陈总,公司是不是要取消电梯服务员呀?"

正常情况下陈淮越并不会回答,因为这么小的事情,不属于他管,但他想起林希微要他遇事也可以想想她会怎么做。

她倒是跟所有电梯阿姨的关系都挺好的。

陈淮越弯起唇笑,声音温和:"阿姨,您别担心,公司暂时还没有这个计划,要是有的话,您也放心,公司会安顿好你们的。"

他态度越好,阿姨心越凉,恨不得马上去跟老姐妹说,真的要下岗了,冷面陈总怕我们闹事,都会安抚人了。

林希微来得早,订到了华侨大酒家的靠窗位置,这是内设的音乐茶座。

连思泽问她:"真打算另创所了?"

林希微点头,笑:"不然我头上白挨一下吗?"

连思泽叹了口气,从包里拿出了一个公告,他又忧心,又想笑,说:"不知道杨律师在做什么,这份公告根本就没法律效力,纯粹只为发泄。"

林希微看到标题就忍不住笑了:"鹭城兴明律师事务所成立'平定内乱工作领导小组'?"正文内容都是在批判林希微昨日的叛乱行为。

连思泽冷笑:"他以为现在还是改革开放前么?随便就能拉人游街?我们是合伙所。"

林希微说:"不用理他,他这份公告都没印章,只不过其他同行肯定都多少听说了这个丑闻了,毕竟他写了这份公告,不知道律协会怎么处理,或许大概率律协也不会管。"

连思泽问她:"那我们的钱够开律所么?"

林希微如实道:"稍微有点……困难。"

她还想说什么,旁边的落地玻璃窗外传来了敲玻璃的声音,林希微顺声望去,漂亮可爱的、许久未见的Yeo小姐弯着腰,笑意盈盈地同她打招呼,林希微也笑了。

杨幼芙把自己的碎钻小包放在了桌面上,说:"希微,我刚刚就觉得像你,我就回头了,果然是你。"她看了眼对面的连思泽,"你们在谈事情吗?我打扰到你们了吗?"

"我们谈得差不多了。"这是假话,但杨幼芙爸爸是他们的客户,客户就等于钱。

杨幼芙给林希微展示她刚做好的美甲,等林希微夸完她,她又鼓鼓嘴:"日子太无聊了,你们都很忙,没人陪我玩,沈律师更不想理我,为什么你们都有工作呢?我也想找一个可以交朋友的工作。"

林希微弯着眼睛:"幼芙,你想不想来律所?我给你挂律师助理或者秘书主管的名号,接接电话、喝喝茶,不忙的,你想做什么都可以,就当消磨时间。"

多年后,律所关系户层不出穷,VIP遍地走后门,林希微都会想起

239

她拉来的第一个大小姐，讨人喜欢的Yeo小姐，因为她的加盟，她爸爸直接预付了两年的法律顾问费。

没几天，康师姐的宝宝就出生了。

林希微去医院探望康师姐，杨兴亮堵在病房门口，他双手横胸，没好气："你额头还没好，你来干什么？"

"告状啊。"林希微笑了笑。

"你敢告状，你就死定了。"

"你拿订书机砸我，我还不能告状么？"

"你没收到平定内乱的公告？你殴打同事，抢走公章，霸占财务资料，我们要开会修改《章程》，还有，林希微，谁让你发律师函、还想去起诉锦尚小区的，你得罪客户了。"

林希微对他翻了个白眼："走开，锦尚小区广告该写你名字，你的名字见不得人？"

杨兴亮冷笑："那我就让客户只写，指定律师楼为兴明律所，你我都代表兴明。"

林希微不跟他争辩，商品房买卖法律服务看似简单，但具体做业务时，就会遇到许多难题，他做不好，损害的是兴明的名声，跟她无关。更何况，就像陈教授说的那样，鹭城的楼盘这么多，她一人又怎么可能做得完。

杨兴亮最后警告道："你记得跟你师姐说，是你自己撞到的，她身体不好，前几天宝宝都是护士带的，我们的事情别影响到她。"他说完，又直直地盯着她，"你就这个事要说？"

林希微不耐烦了："那你还干了什么事，杨师兄？"

"没事，小师妹，进去当你的姨姨吧。"杨兴亮手搭在林希微的肩膀上，跟在她身后，语气得意，"我女儿非常好看，很可爱。"

他推开病房门，笑道："老婆，你师妹来看你了。"

康明雪躺在病床上，温柔地看着身侧的女儿，她闻声看了过来，苍白的脸上顿时浮现笑容："希微，你来了。"

林希微笑眯眯的："师姐，我来啦。"她把手里的果篮和产妇营养品放在桌面上，在杨兴亮的指挥下，去洗手消毒后，才被准许靠近产妇和新生儿。

林希微给宝宝买了两只金手镯和一个金长命锁。

康明雪觉得太贵重了,林希微笑着说:"师姐,这是我以前就说过,要送你宝宝的。"

康明雪抿了抿唇,眸光微顿,笑着邀请道:"希微,那你做宝宝的干妈,好不好?"

这也是她们多年前的约定。

林希微垂了垂眼皮,微笑着拒绝:"我哪里敢,等下杨师兄要怪我占便宜了。"

杨兴亮也不同意:"明雪,你忘了,张行长夫妻要认我们宝宝当干女儿。"他给女儿加热水、奶,抽空对林希微道:"小师妹,想当妈趁年轻赶紧结婚生一个。"

他春风得意:"知道我女儿喝的是什么吗?不是母乳,不是奶粉,是欧美流行的液态奶,$liquid\ ready\ to\ feed$,我专门托人带回来的,也就我舍得给女儿喝这个,我也不舍得明雪喂养母乳。"

康明雪也忍不住笑:"这几天都是你师兄和阿姨一起照顾的宝宝,阿姨夸他是这栋楼最会换纸尿布的爸爸了。"

林希微有种难言的生理反胃,她觉得眼前的一切陌生、分裂且矛盾,一边是爱护妻女的杨兴亮,一边是嫖娼养二奶的杨律师,恶心得让她想吐。

康明雪也跟林希微提到了工作:"你师兄说,你带他一起做房地产了,希微,谢谢你对律所的付出。"

林希微看了她一眼,笑:"就当是培育市场吧,越多律师进入房地产法律服业,就越能提高房地产律师的地位。"

"那你们的证券律师证怎么样了?"

杨兴亮轻哼:"你师妹只想先做房地产,不愿意把证挂律所,我们律所除去她,只有两个律师有证,还差一人,拿不到律所从事证券法律业务资格,都怪她,我们又要错过第二个资本市场的入场时机了。"

康明雪皱了下眉头,想说什么,但宝宝哭了,她就只能先去哄孩子,没过一会儿,两家人的亲戚都来了,围满了病床。

"女儿也很好啦,听话懂事,后面再生个儿子,凑个好。"

"我们老杨家有钱,不怕计划生育二胎罚款,只是明雪是不是生完就被上环了?去香港摘掉,下个孩子去香港生,能提前看……"

杨兴亮不满:"说什么呢,我女儿这么可爱,不哭哈,爸爸爱你,有弟弟,爸爸也最爱你。"

林希微悄悄地离开了病房,只留了张纸条:康师姐,下次见,宝宝很可爱,你要好好照顾自己。

手忙脚乱的新手妈妈没有发现她的离去,太虚弱的产妇也没精力去注意她额头的伤,也很正常不是么,她要专注自己的家庭。

林希微走出住院部的大楼,外面阳光普照,刺得她眼皮发热,光圈一点点地晕开,她想起去年这时候,康师姐特地去侨办找她,改革的浪潮激荡着她们的热忱。

除去金钱、自由的诱惑,她们都想借着黄金时代的春风,带着彼此澎湃的野心,做鹭城法律行业"星星之火,可以燎原"的火种,或许有一天她们也能做出一个区域化,甚至国际化的大所。

她和康师姐都没错,只是她们在分岔口选择了不同的路。

陈淮越还挺惊讶,杨兴亮挖发展商都能挖到越程集团,只不过他联系的是钟程。

钟程还奇怪:"林希微不是在兴明吗?她想跟我们谈,不直接联系我们,还给秘书发传真件?她约我们去舞厅?"他挑眉,"玩得挺大,金色魅力夜总会。"

陈淮越让秘书回电过去,接电话的正是杨兴亮,他兴致勃勃道:"钟总,我还请了十来家银行,大家一起跳跳舞,增进增进感情,以后越程要贷款,这也方便不是么……嘿嘿。"

钟程也"嘿嘿"一笑,心想你今晚要死啦。

陈淮越跟钟程一同赴约了,钟程一到下班,就换了一身花衬衫、牛仔裤,搭配新买的墨镜,他今天的牛仔裤弹性不大好,出门前还调侃问:"阿越,今晚应该不会大打出手吧,我这身可不方便。"

陈淮越微笑:"我一只手就能打得他嗷嗷叫。"

钟程嗤笑："吹！继续吹！登报不可怕，打输登报才完蛋。"他又道："说实在的，人这么多，你是想打他、羞辱他，让他下跪么？先不说银行的人会怎么想你，也不说如何解决警察那边，就你这样冲动行事，不会影响到林希微么？"

陈淮越笑："不会的。"

他会想，如果是林希微的话，会怎么做，只是给个小小的惩戒，发泄一下怒意，不会闹大给她带来麻烦。

杨兴亮站在包厢门口迎接他的客户，他请的是钟程，看见陈淮越时，心脏"咯噔"一下，惴惴不安地赔笑道："陈总，您也来啦。"

他记得上回看见的就是林希微跟这位陈总进了酒店，虽然他并不觉得，林希微在陈总这样身家地位的男人心里，会有多重要，是男人就会有利益选择，这是男人生来的天性决定的。

陈淮越对着杨兴亮露出林希微式的虚伪笑容，只是他说不出客套的话。

钟程笑："杨律师，久仰久仰。"

杨兴亮松了一口气，看来陈总的确不把林希微当一回事，一个女人罢了。

包厢里乌烟瘴气，光线昏沉，镭射彩灯旖旎绚烂，有人组这样的局，就有人会释放兽性，一群白日西装革履的男人都脱下了伪装，在靡靡之音中，同女人肉贴肉地热舞，偶尔来点低俗的举动，反倒换来此起彼伏的起哄声。

素质越低，反倒越觉得真实，拉近了彼此的距离，更好谈合作了。

杨兴亮忙着负责招待客人，点酒、点小妹、点餐食，但他发现自己今晚有点倒霉，总是不停地被人绊倒，摔了好几次狗吃屎，膝盖痛，手痛，偏偏今晚都是他得罪不起的人，光线又差得出奇，他根本不知道是谁绊倒的他。

有一次，他总算顺着那双锃亮的鞋往上看，是一双突兀伸出的长腿，陈总懒散地窝在单椅里，好像嫌弃杨兴亮碰到了他的鞋，一脚蛮力，又把杨兴亮踹得摔成王八。

陈淮越像个脾气恶劣的暴发户，语气也带着冷漠的嫌弃："滚远点，

243

我这是意大利真牛皮手工鞋,你也配碰。"

杨兴亮脸色赤白交错,震惊得睁大了眼睛,周围也有人看过来了。

"杨律师,得罪陈总了啊,快起来给陈总敬酒赔罪。"

"杨律师,陈总可是很少这样生气的,倒酒倒酒!"

杨兴亮一肚子火无处发,钟程连忙安抚道:"哎哟,不好意思,杨律师,我们陈总喝醉了,你快起来吧。"

陈淮越的确像是喝醉了,他今晚也没上去跳舞,就一直在喝酒,脚边一堆空酒瓶。

杨兴亮继续忍气吞声地赔笑几声,坐回沙发上,身旁两位美女自然地贴了上来。他心情不好,任由着美女把他的手放到了自己的玉腿上,年轻女孩的肉体,陷下去又弹起来,她柔软的手抚平了他工作带来的躁郁。

女孩帮他点了根烟,小心翼翼地,却半天也打不起火,清纯,还让他找到了高高在上的尊严。

杨兴亮很轻地笑了下:"你有点像我老婆,她以前也不会点打火机……出台多少钱?"

女孩说:"两千。"

他要去搂女孩,额头上却突然传来一阵尖锐的痛,一个玻璃杯狠狠地砸在他头上,又滚落在厚重的地毯上,他下意识地摸了额角,痛得嘶嗷几声,暴力地一把推开了边上的女孩。

陈淮越冷着脸,大步走了过去,拽起杨兴亮的衣领:"你老婆刚生孩子,你是畜生吗?"

众人都看了过来,杨兴亮也火了,钟程连忙上去拉偏架,一脸尴尬:"不好意思啊,杨律师,阿越喝醉了,你们都知道,他爸妈离婚,他这辈子最痛恨对不起家庭、对不起孩子的男人了,花心的已婚男他见一个,打一个,婚姻卫道士,哈哈,他最爱守护婚姻了……"

吓得周围的已婚男高层都不自觉松开了怀里的女人,没看出来陈总这么正直啊!

钟程一路上都忍不住大笑,他没喝酒,负责开车,笑道:"阿越,我们不是说好脱下牛皮鞋,打他脸的么?你怎么不脱了。"

陈淮越的寻呼机才收到林希微的消息,说她今晚在他公寓里找一份文件,他收起寻呼机,这才道:"实操起来,脱鞋的动作不太流畅,太假了。"

下了车,晚风一吹,他才闻到自己身上浓重且难闻的烟酒和香水的混合味,担心林希微误会,想了想,就先在公寓楼下的石凳上坐一会,吹风散味。

陶静昀今晚写作灵感爆发,想来儿子公寓找几张他小时候的照片,打了车过来,就见儿子静静地坐在公寓楼下,笼罩在半明半暗的光线中,大半夜不回家,似是失落又孤独。

她一下子来气了。

几个大步过去,就给陈淮越的头顶来了一下。

陈淮越愣了,抬起头:"妈,怎么了?"

"你还有脸问怎么了?你还没结婚,就跟你爸学的?大晚上不回家,坐在家楼下,在车里,说得好听,男人好累,只有这时候的几分钟属于男人自己,呸,女人就不累了?就你们会逃避家庭,那你们结什么婚?"

陶静昀从前最恨前夫深夜不回家,静静地坐在车里抽烟。他们之间没有别的女人,也没有误会,就是吵到最后他害怕见她……好像是她逼疯了他一样。

陈淮越沉默,因为不说话,胳膊又挨了他妈一下。

"你身上为什么有女人的香水味?"

"应酬……"

"我让你应酬!"

林希微听到门铃声,放下笔去开门,但没想到,先看到的是笑容满面的陶作家。

陶静昀抱了抱林希微。"好久不见,希微。"她说,"别理陈淮越,他身上都是应酬的臭味。"

陈淮越跟在后面,面无表情。

陶静昀:"我最恨应酬的味道了,什么应酬那么多,非要喝酒,就他们最忙,大半夜不回家。"

林希微不敢出声,因为她平时应酬也很多,酒不离身,也真的很忙,大半夜不回家。

陶静昀跟鹦鹉打了招呼后,就跟林希微一同盘腿坐在地毯上,面前是林希微的笔记本电脑和记事本,她正在做新律所的创建计划。

陶作家问她:"希微,我能看吗?"

林希微点头。陶作家温柔地笑:"我听幼芙说了,你邀请她去新律所,这几天她在酒店练习打字呢,特害怕辜负你的信任,紧张兮兮的。"

林希微笑了笑:"幼芙会英文,会开车,会打字,是现在非常稀缺的人才,她能答应来,是我的福气。"

陶作家翻着计划书看:"你们律所起名了吗?"

"打算叫'立达律师事务所'。"

"己欲立而立人,己欲达而达人么?"

林希微"嗯"了声:"因为想取个简单的名字,避开鹭城人发不准的'R''ER'和后鼻音字,也避开几位合伙人的名字。"

陶静昀赞同:"这名字好,寓意深,兆头旺,好记,老外也好发音,LIDA,英文名都不用取了。"

"最旺的是你送我的事业符,我还没谢谢你呢。"

"下次我们找个时间去还愿,然后你请我吃饭。"

林希微欣然答应。

陈淮越去卧室拿了陶女士需要的照片。

陶静昀接了过来,看到厚厚一叠,好笑地捅破她儿子的小心思:"你拿这么多做什么,我只要你五六岁的就行了,怎么还拿了你初中、高中、大学的,希微才不看。"

她把其他照片放到一边,只拿了她需要的,就起身道:"我先回去写了,你们忙你们的,林律师,律所开业的时候,我给你送花篮。"

"好。"

到了门口,陶静昀又抱了抱林希微,轻声道:"其实几年前我就想认识你了,不过那时候我精神状态太疯了,怕吓到你,我现在情绪稳定多了。"

林希微也回抱住她:"那时候我太穷了,或许也不敢像这样抱着你。"

陶女士身上有股淡淡的寺庙烟火香,让人心静,林希微跟她不算很熟悉,但每次拥抱,都会觉得温暖。

陶作家悄悄道:"陈淮越拿那么多张照片出来,其实是想让我给你看的,就那种,婆婆跟儿媳妇一起看儿子的成长史,温情是吧,可我一想到这个画面,就一身鸡皮疙瘩。"

她松开林希微,眨眨眼:"当然也怪我太敏感了,吴女士给我看陈伯鸿的照片,我就火大得不行,是让我必须像她这样照顾她儿子,还是暗示我配不上她儿子……"

林希微也像她一样眨眼:"巧了,我更敏感。"

两人对视着,自然地大笑起来。

林希微关上门,陈淮越刚洗完澡,黑发上还残留着水汽,他穿着浴袍,松松垮垮,赤裸着大片胸膛,赤脚去厨房喝冰水,仰着头,喉结滚动。

林希微看着他,倒不是第一次知道他是英俊的,就是觉得,他和陶女士长得不怎么像,就连性格也不像。

但也很正常,他们的成长环境不同。

陈淮越今晚心情还不错,他走过来,手指摸了下她的额角,嘴角含笑,说道:"再抹点青草膏,还有点瘀青。"又静静地看了一会,低声补道:"不该只砸杯子,该砸烟灰缸的。"

"什么?"

"没事。"

他俯身来吻她,尽管洗了澡,她还是闻到他身上淡淡的酒气,又觉得他皮肤的温度很高,她的手被他握着往下,他炽热的另一只手去脱她的衬衫,但没脱掉,反倒半挂不挂。

林希微皱眉:"你很烫。"

陈淮越"嗯"了一声,失笑:"这时候不烫我真得吃韭菜生蚝大补汤了。"

林希微叹气，把他的手抽出来："你发烧了或许。"她自己每次大考就要生病，加上从小照顾小薇，她很容易察觉到人的体温异常。

陈淮越坐在沙发上，他只觉得头有点昏沉，但这是酒后常态，呼吸的气息的确也是灼热的，可他觉得自己状态很好，看着林希微在公寓里走来走去，他想让她坐下来。

他抿着薄唇，觉得很热，湿发滴水在后脖颈，有些不舒服，他起身想去浴室吹头发，但林希微已经把吹风机拿出来了。

林希微让他先坐在小椅子上，她坐在他身后的沙发里，开着暖风给他吹发，她柔软纤细的手指穿过他的发，一阵阵酥麻。

等吹干得差不多了，林希微道："你回卧室里躺着。"

陈淮越的目光一直跟随着她的身影，她给他量了体温，摸了摸他额头："陈总，你真的发烧了。"

又出去端了一杯温水进来，放在床头柜上。

林希微说："你今晚喝酒了，不能吃退烧药，你把衣服脱了，我给你抹祛风油降温。"

"嗯。"

陈淮越陷入柔软的被子中，炽热的肌肤上被她涂上冰凉的药油，林希微坐在昏黄的床头灯下，隔一会就来摸他的额头，见他一直看着她，好笑："你不睡吗？睡之后烧退得快。"

陈淮越想，她可真温柔，他现在强壮得都能打一头牛了，但他故意皱了下眉头。

林希微问："不舒服吗？"

陈淮越："痛。"他也不知道该说哪里痛，他发烧好像就只有体温升高。

林希微自动帮他补齐："是骨头痛吗，还是肌肉酸痛，发烧会这样，等退烧了就好了。"

陈淮越："冷。"

林希微要去关空调，顺便再拿一床棉被，但她的手被陈淮越从后面抓住了，他烧得脸颊红红，黑眸湿润，抿了抿唇说："你上床抱着我吧。"

林希微坐靠在床头，怀里抱着陈淮越，他趴在她肩头，一会说渴，要她喂着喝水，一会说头疼，要她按摩太阳穴，最后，他说："希宝，我想看我以前的照片，在桌子上。"

林希微强行把他的眼睛闭上："睡觉！"

"我生病了。"

她只好去拿了那本相册，里面好多照片都是刚刚他要给陶女士的，但陶女士看都不看，又塞回给他，他精心挑选出来的是他不同成长阶段的帅气照片，目的只有一个，那就是全方位展示他自己。

林希微忍着笑，哄着发烧后格外柔弱的陈总一起欣赏完这些照片。

"手风琴拿奖了。"

"厉害。"

"五岁去滑雪了。"

"聪明。"

"高中参加橄榄球比赛。"

"优秀。"

"你在敷衍我。"

林希微假作惊讶："怎么会？"笑意却怎么也掩藏不住。

临睡前，林希微最后给他测量一次体温，确定没事了，也躺在他身边，没一会儿就沉沉入睡。陈淮越听着空调机转动的声音，静静地转了身，在漆黑的夜色里看着她柔和的轮廓，心潮涌动，半晌埋进了她的颈窝，唇角扬起。

原来，生病的待遇这么好。

只是隔日晨起，生病的特权就消失了，林希微确认陈淮越已经退烧，就不理会他的各种要求了。她早上要跑司法局提交申请成立新合伙律所的申报材料，下午要去房管局询问关于抵押合同公证的事，最好是公证变成非必须，提高律师的见证作用。

陈淮越站在窗边往下看，林希微已经下楼了，匆匆忙打了辆出租车离去。

钟程给他打来电话，让他别忘了十点的会议，陈淮越说："没忘记。"

"你声音怎么沙哑了,生病了?"

陈淮越沉默了一会儿,才道:"好了,怪我太强壮了,下次举铁别喊我了。"

倪知禾还在北城,连思泽在售楼处负责售房见证业务,又要准备年末的证券律师资格考试,所以只能由林希微奔波辗转各地负责报批律所流程。

之前兴明的成立是她、康师姐和杨兴亮三人共同努力的成果,现在变成她一人负责全部流程,她才知这个过程充满了多少挫折。

司法局负责审批的人很为难地告诉她:"现在要出具办公场所的租房证明。"

"这个租房合同不行吗?"

"可以,但是你们正式租房日期是两个月后,现在要求从申请之日起,租房合同就必须生效。"

林希微拿着材料离开司法局,多租两个月,就要多花钱,也有可能不止两个月,因为他们甚至都不能确定什么时候能拿到批文,但也没别的办法,她只能找越程修改租房合同,而且,她申请新律所的事,还要瞒着杨兴亮。

林希微忙完回到律所,先去卫生间外的洗手池洗手,男厕里一阵阵冲水声,没一会儿,杨兴亮走了出来,他看见林希微,臭脸哼了一声。

林希微也没给他好脸色,洗了手,她去拿纸巾擦手。

杨兴亮:"你用了两张厕纸,秘书有问,只怪林律师赚钱后,不愿意修改分配制度,还霸占公章。"

林希微:"你刚刚还冲了三次马桶水。"

她从镜中冷眼瞧他,忽然后知后觉地发现了他额角上的伤,肿得像半个鸡蛋,黑紫黑紫的。

"你被人打了?"她脱口而出。

"自己摔的!"杨兴亮恼羞成怒。

林希微笑得意味深长:"杨师兄,你也会自己摔成这样,好巧喔。"

的确是巧,两人连伤口都在同一边额头上,杨兴亮见林希微涂抹青草膏,也让秘书下去帮他买一瓶。

林希微立马道:"秘书给你做私事了,我这个月给她的200块里,有20块该你付。"

杨兴亮心疼钱,立马让秘书别去买了,最后趁林希微去打印材料,厚脸皮顺走了她办公桌上的青草膏,林希微回到位置上,只看到他理直气壮留下的那张纸条:你孝敬师兄是应该的。

最可笑的是,不仅只有他们兴明变成分得如此清的可笑律所,还有很多合伙所都是这般模样,多年后再回溯历史,有了成型且成功的律所体制后,没人能理解如杨兴亮这般的合伙人的小家子气想法。

但眼下有太多的合伙人只看得见眼前切实可触的金钱。

林希微最近还多了一些麻烦事,因为兴明的章都在她这儿,就变成她要被迫管理律所,付出许多精力在琐碎的行政事务上,她又不想影响自己的法律实务,就只能延长工作时间,不停加班,如果只是短期这样,也没什么,但她担忧的是,创建新律所后,他们又要怎么分工?

李从周跟林希微的联系一直都是断断续续,他们俩从某种程度上来说,都是"服务行业"的从业者,都要24小时为客户待命,一个做金融,一个做律师,一样被工作捆绑,无法离开。

林希微一直都觉得,他们是同类人,但不会是同路人。

因为对于他们来说,爱情会排在工作之后,尽管李从周表现得挺喜欢她,但距离他们上一回见面,已经不知道有多少天了。

开福证券的经理孔砚约林希微吃饭,她曾在绿岛大酒店请他吃过一顿被陈淮越放了鸽子的晚饭,孔砚帮她寻找企业上市金融证券业务的外部资源,此次引荐的人里就有李从周。

孔砚笑:"林律师,A股、H股、B股……李总都做。"

李从周深深地看着林希微,笑意温和:"希微,有缘相见。"

孔砚目光在两人之间绕来绕去,总算悟了,没好气地捶了下李从周的肩头:"我说你怎么突然答应飞来。"

李从周澄清:"的确是工作有变动。"

另一边的陈淮越提前下班回公寓，他刚收到林希微发来的寻呼机信息：在外吃饭，证券公司的人，孔砚、李从周、赵牧帷。

负责卫生清洁的阿姨还没离开，客厅里的电视开着，阿姨一边收拾，一边看，那只绿毛鹦鹉也停在了沙发上，目不转睛地盯着电视。

电视里的人一吵架，它就兴奋地学起来："痴男！京蜥！肖查某！林北！"

陈淮越面色平静地走进去，阿姨吓了一跳，连忙赔笑着解释："陈总，不好意思，我就是最近看一下……大家都在看这部剧，太好看了，我没忍住……"

电视剧《鹭城新娘》，讲的是女主角从鹭城嫁到对岸的故事，全剧都是方言，充满了家长里短的吵架。

陈淮越总算知道，这只傻鸟从哪里学的这些鹭城方言脏话了。

五分钟后，陈淮越抱着鹦鹉，跟阿姨一起看这部剧，阿姨为女主角的悲惨遭遇哭得稀里哗啦，痛骂女主角的旧情人李军。

陈淮越："姓李的不行。"

阿姨："就是嘛，就该留在鹭城，嫁去受苦做什么哦。"

陈淮越懒洋洋地笑："就是，就是。"

第七章
像家人一样的爱人

阿姨看完了电视，带着垃圾准备离开，她给陈淮越做了两三年卫生了，觉得今天像做梦，陈总居然跟她一起讨论连续剧的剧情了。

"陈总，你也喜欢《鹭城新娘》啊？"

"不是，我是讨厌姓李的。"

阿姨见陈淮越去开冰箱，像是要做饭的架势，不禁想起前两年这个厨房几乎不开火，而这半年，厨房还挺经常使用的，没想到是陈总在做饭。

都是一起追剧的剧友了，阿姨也不怎么怵陈总了。

"有女朋友了喔?"

陈淮越似乎笑了下:"这么明显吗?"

阿姨没再打扰他,静静关门离开,陈淮越煮的是西洋参灵芝汤,他打算十点多去接林律师回来,这个汤正适合酒后喝。

他自己则打电话点餐送上门,又提着晚餐去找钟程,路上给林希微发了个寻呼机信息,问她几点结束,他去接她。

钟程还在鹭江新城,这里是越程1992年建好的外销房,和别的楼盘不一样的是,这里大多数房产所有权还在越程手中,倒不是卖不出去,而是越程选择把鹭江新城用于租赁,租给来鹭城工作的外国人。

越程早上的会议就在讨论这个话题,因为今年地产开发被严控,下半年不再批准新的高档建筑,而越程所做的外销房和办公大厦正属于被管控的高档建筑。

钟程看见陈淮越出现,还很惊讶:"你不是找林律师去了?"

"你记错了,我是给你买饭去了。"陈淮越语气自然。

"不会是林律师没空理你吧?"

"那我就有空么?"陈淮越示意钟程把文件收一收,他们转到一旁的小茶几上吃饭。

这些菜,的确都是钟程爱吃的,他咬了口香得流油的红烧肉,却还是忍不住继续疑神疑鬼:"难道是林律师不吃,你才带给我吃?"

陈淮越失笑:"我不会给我女朋友买肥肉。"

钟程没安好心:"还女朋友,林律师承认是你女友了吗?你们顶多是调情的暧昧男女。"

陈淮越立马抬起他骨节分明的手,来回晃动着无名指,展示他的素戒。

钟程装瞎:"看不见,怎么会有这么小的戒指。"

半小时后,两人吃完晚饭,继续讨论起会议未决的话题。

陈淮越说:"从十月份开始,我们售卖鹭江新城吧?新城现在出租价格在每月1000到1300美元之间,从1992年到现在,我们的投资已经回本了,可以卖出去了。"

钟程皱着眉："不再租赁么？等明年下半年再出售吧，反正出租稳赚不赔，新城附近外企越来越多了，他们高层不会在鹭城长居，买房可能性低，但企业给他们的租房补贴足够让他们租新城的公寓。"

陈淮越担心的是政策随时变动，他道："1993年大管控，一直到今年，已经出台了很多管理法和条例。"

"管制很正常，今后只会管得越来越严。"

"是，但鹭城的外销房已经十来年了，外销房一直代表着高档、高端，仅限外币购买，但去年开始，很多地方开始取消这个政策，很难说下一步房改，会不会砍到外销房上，新城已经三年了，该售出就售出吧。"

钟程明白了陈淮越的想法："我们也要做内销房？"

陈淮越点点头："很多鹭城人也想买房，只不过经济暂时跟不上，未来的方向肯定是品质内销房。"

"内销房单价低，利润也低。"

陈淮越笑了："钟总，缺钱了吗？"

钟程抱手，下巴一扬，有些严肃："我听说林律师有单干的想法，你不会想拿新城跟她合作，给她下半年的新所做业务吧？"

陈淮越笑容淡了下来，认真道："阿程，你在我面前说说就算了，别去林律师那边说，越程总共就只跟她合作了一个白鹭花园项目，白鹭花园被她售空了，引荐她的人是沈律师，批准合作的是董事会。"

钟程自知失言，合作流程的确是合规的，林希微也没有辜负越程的信任。

但他就是觉得，阿越为这段感情付出得比较多，他是上位者，又何必在感情中这样退让。

"阿越，如果去年十月，你没去海景啤酒节，林希微会来找你么？"

"如果林希微没打算做房地产业务，她会跟你恋爱么？"

钟程看着陈淮越没什么表情的面孔，替他回答："不会，你跟我都很清楚，只有这一个答案，她去做金融，她就会去找认识的金融人，你那晚没在，她很快就会拿到其他房企的楼盘项目。"

陈淮越只道："你不懂爱情。"

钟程气道:"我怎么不懂爱情了?"

陈淮越反问他:"你也是越程老板,你也是有钱人,她怎么选我,不选你?"

钟程也很坚持:"你要是没钱没公司,你肯定不在林律师的择偶人选里。"

陈淮越觉得这种假设根本没任何意义,好笑道:"阿程,我要是没钱,不姓这个陈,我也不会在你的创业伙伴人选里。"

他出生就有钱,未遇见她之前就在创业,如果她需要的就是这种人生伴侣,那不正代表他们天造地设么?

林希微接到陈淮越的电话,正好饭局要结束了,她接起来,听到陈淮越说:"你出来的时候,跟我说下,我车在外面。"

林希微笑:"好。"

李从周看了过来,孔砚忍不住帮李从周试探:"男朋友?"

林希微答:"嗯,我们下次聊,李总、孔经理,今天多谢你们了。"她跟两人挥手再见,走向陈淮越的车。

陈淮越坐在车里,抬眼望向了李从周,淡淡地笑了笑,李从周也回了个温和的笑意。

等那辆车子离去,孔砚叹气:"从周,工作太忙,林律师已经被人追走了。"

李从周笑:"就算不忙,我的成功率也很低,他应该是林律师的初恋。"

"那你不喜欢林律师?"

"喜欢啊,但不是非她不可。"

"那就是没那么喜欢。"

李从周不置可否:"是此阶段的最喜欢,但人生还那么长。"

孔砚安慰他:"你还会有更深刻的爱而不得。"

李从周失笑,也开玩笑:"这是诅咒吗?那要不我还是继续喜欢林律师吧?"他伸手招了一辆的士,跟喝了酒、不太清醒的孔经理一同上车。

司机还挺热情:"去哪里?两位尊贵的客人。"

"悦华酒店。"李从周答。

"好,绑好安全带,注意安全,我们打表出发了。"司机大概闻出了两人身上的酒气,还道,"座位后面挂着塑料袋,想吐就往袋里吐,我开车很稳,别担心晃,吐完也别紧张,盒子里有纸巾,有矿泉水。"

李从周笑了,夸他车上的服务很好,而且还是难得少见的干净出租车,没什么味道,又忽然问道:"你是希微的哥哥?"

林鹏辉惊了,从后视镜打量李从周:"你怎么知道?你是希宝的朋友啊,哎哟早说,给你打折,希宝朋友可以喝座位底下更贵的进口矿泉水!我藏起来的。"

李从周笑意更深:"你跟希微的性格很不一样。"他刚刚在塑料袋旁边看到了印刷纸,上面印着林希微律师的业务广告和电话,又看司机跟林希微的眉眼有些相似,就想到了林希微开出租的哥哥。

李从周问:"这个广告是你自己打印的么?"

林鹏辉得意:"当然,最近我跑车多,接生意人多一点,还有很多老外,都会找律师的,我就给希宝打打广告。"

"你需要更好的排版,稍微带点设计,但简洁,这样才会吸引有些生意人去看。"李从周给他意见,"外国人看不懂中文,希微有做涉外业务,你可以翻译个英文版本。"

林鹏辉"哎"了一声:"我初中没读完,字母都读不全,就会哈喽古拜,椰丝椰丝,漏漏漏。"

李从周被他逗笑了:"如果你不介意的话,我帮你做一份。"

"我叫林鹏辉,今天辉哥免费载你。"

"希微也叫你辉哥吗?"

林鹏辉硬着头皮吹牛:"当然。"

李从周:"那,谢谢辉哥,我叫李从周。"

"你名字有点熟悉……"

林希微心满意足地喝完西洋参灵芝汤,陈淮越坐在笔记本电脑前工作,她也搬到了他旁边的位置,但跟他隔了一段距离,避免看见彼此的电脑屏幕。

她问他:"今天还有再发烧吗?"

"没有。"陈淮越合上电脑,移到她身边,抱着她,"你今晚没喝酒吗?"

"今晚跟以前的应酬不太一样,就是朋友一起聊市场变化。"林希微转头,手指划过他嘴唇,软软的。

"你跟李总是朋友。"陈淮越语气平平。

林希微说:"他知道你来接我的,我也跟他说,我有男朋友了。"但她觉得奇怪的是,陈淮越从第一次自助餐厅开始,就对李从周有种莫名的敌意。

她抿了抿唇,笑问:"你以前就知道李从周跟我认识吗?"

陈淮越顿了下,平静道:"上次自助餐厅你自己说的,你的校友,你的邻居。"

林希微的记忆很好,她印象中她没在陈淮越面前讲,那是介绍给连思泽的,但也有可能她记错了,反正不是什么大事。

她亲了一下他的唇:"的确没发烧了,陈总。"

陈淮越直起身,握上她的腰,把她抱到了自己的腿上,其实这半年他们两人的感情挺好的,他的公寓里也多了很多她的东西,彼此事业顺遂,但他也不知道自己还需要的是什么,心口一阵郁躁。

林希微问他:"你怎么了?"

陈淮越握着她的手指,亲她指尖,她觉得痒,想避开,就听他说:"你应该知道的吧,房地产商比金融男好。"

林希微嘴角扬起:"金融男好不好我不知道,也不关我的事,我就只喜欢一个姓陈的房地产商。"

陈淮越看着她:"具体点。"

"新加坡?"

陈总不满。

"他叫陈淮越?"

陈总自己补充了:"185,腹肌,有钱,多才多艺,深情专一,洁身自好,无不良爱好。"

257

林希微笑了起来:"媒婆介绍相亲,也得说坏的一面,你漏了脾气坏、高傲、冷漠。"

陈总很无辜:"这得怪我爸,他遗传给我的。"

"那川川怎么没有遗传到?"

林希微申请新律所的事,司法局的王局长转头就告诉了汤教授,汤教授打电话来,怒斥了林希微一顿。

林希微打断他的话:"汤老师。"

"说!"

"等我们见面了,你再骂我吧,话费好贵。"

汤教授觉得自己要被气晕了:"你最好也这样气你杨师兄,别是你被赶出律所。"

林希微沉默,汤教授已经说中了,她就是被迫离开。

"你有钱吗?你就想退伙再开所,才几个月!杨兴亮那小子抠门得不行,以前他回家的车票都要我给他报销,开学吃他一根五分的冰棍,期末考一出分,就找我讨冰棍了。"汤教授也累了,"算了,律所分分合合也很正常,你找个时间,我带你跟王局吃饭。"

电话挂断后,汤教授跟陈教授继续下棋,陈玄棠调侃他:"汤老头,拳拳爱徒心啊。"

"大家都知道林希微是我商法得意弟子,又经你我推荐出国,她混得不好,你想让我在鹭城教育界名声扫地,是不是?"

陈玄棠哈哈笑:"上回我过寿,你出国去什么学术会议,汤老头,你还欠我一份大礼。"

汤教授故意转移话题:"希微估计没钱开律所……钱啊钱。"

陈淮川在一旁玩遥控小车,他竖着耳朵,听得一清二楚,他没有钱,阿公没有钱,但是爸爸和哥哥有钱啊。

"爸爸,我给你按摩,你可以给我一百块……很多一百吗?"他狮子大开口。

"你要钱做什么?"

"我要送给……"不能说嫂嫂,"一个美女。"

刘曼珠"噗嗤"笑出声:"川宝,你交女朋友了啊?"

林希微是从汤教授那里得知陈淮川在为她赚钱的。

此时汤教授刚带她见了司法局的王局长,王局长夸她写的《成立律所可行性报告》行文流畅,逻辑清晰。

王局长问道:"希微,你的新律所专业服务定位在证券和房地产领域?"

林希微点头,笑道:"我和另一位合伙人倪知禾都有证券律师资格证,倪律师在北城做过好几个IPO项目,连思泽律师年底也会拿到证,鹭城土地开发和建筑业务发展的需求越来越多,房地产又是我比较擅长的领域,所以我们还是打算继续做这两个方向。"

"办公室选了吗?"

"在鹭江大厦。"

林希微做好了新律所的筹备工作,所以无论王局问什么,她都应答自如。

王局跟汤教授说:"当年选派律师人才公派留学的面试,希微就是我面的,其他人都想要把机会给学外语出身的律师,我拍板给了她,至少国家倡议的'三懂'人才,她占了两个呢。"

汤教授故作谦虚:"也就一般般啦,有推荐信托福只要600分,她考了630分,有时候是挺气人的,但成绩和能力没话说。"

王局哈哈笑:"她再不行,还能喊你和陈教授来。"

汤教授摆摆手:"我哪有那个太平洋时间,那么多孽徒要我管,我现在是助力鹭城律师改革。"

王局玩笑道:"那我不批准,是不是就是阻碍改革了?"

汤教授也大笑了起来,林希微起身敬酒,心下微定,新律所应该会批准下来,那她租办公室就不会浪费了。

吃完饭,林希微打车送汤教授回去。

汤教授得意地问她:"感动吧?"

"感动。"

"没见过比我更好的教授吧?"

林希微故意回:"见过。"

汤教授:"我不信。"

林希微:"赵牧帷去留学的时候,没有语言成绩的,因为周教授帮他写了推荐信,又联系到杜克中国委员会主席和法学院的中国通教授,给他开了特别通行。"

汤教授一听就气:"好,那你去找周老太当老师。"

"那不行,汤教授,我就喜欢听你骂'孽徒''蠢材',人家问我老师是谁,我都说,我老师是鹭城法学界的良心,商法第一人。"

林希微一顿夸,终于把汤教授拍顺心了。

"那你有钱开律所?"

"应该够的。"

汤教授知道她不想借钱,更何况,他也没听说,谁开律所去借钱的,反正当律师,有脑子、人脉,就能做起来,时间长短而已。

"不过,川川正在卖力地给你攒钱呢,他偷偷来问我,什么律所要多少钱。"

林希微怔了怔,没回话。

汤教授下了车,又忽然别扭地问:"赵牧帷真的没语言就去留学了?"

"是的。"

汤教授还是震惊的:"周老太现在人脉这么强了啊……好!"他一副下定了决心要更努力的模样。

林希微为他鼓劲:"老师,加油!"

她回去的路上打电话跟倪知禾说起了这事,倪知禾抱着枕头大笑:"你简直不是人,汤教授一把年纪了,你还逼他努力啊。"

等她笑够了,她才跟林希微道:"你明天去银行查一下到账了没,我先打了十万四千元,四千元是股本。"

林希微说:"知禾,我过不久就会先提退伙,因为装修、购置设备、《章程》、筹款等等,这些事情都需要人去跟,以前没做完的项目要继续做完,所以连律师要继续在兴明跟进。"

倪知禾也跟她说实话:"律所地域性很强,我从北城回去,创所初期基本带不来新客户。"

林希微大放厥词："我养你。"

"是杨兴亮那种养吗?"

"是康师姐那种。"林希微笑意不变,她转着手中的笔,"你知道我去年幻想过什么吗?说不定康师姐忽然就不喜欢杨兴亮了,然后我们联手,把他赶出律所,再把兴明律所改成明希律所,杨兴亮成了过街老鼠。"

"……"倪知禾沉默,"是谁给了你这么大的勇气幻想。"

林希微笑出声:"幻想又不要钱,康师姐做了妈妈,她顾虑才更多。"

接下来的一个月,林希微把大部分精力都用于拜访老客户,现在不像去年,那时她没办法,只能撒网式发名片,主动骑自行车上门自我介绍,现在的情况已经比去年好了许多。

虽然新律所还未正式成立,但她也准备了立达的宣传册,确保每次拜访都至少提前一周预约,不至于惹人厌烦。

最重要的是,她要理清上门拜访的目的。

比如许文婷许总和杨幼芙的爸爸,他们承诺给林希微预支未来两年的法律顾问费,她去拿的是支票。

比如邱行长,林希微也是为筹款去的,需要他提前支付东进大桥和安达银行的律师费,但邱行长是个老滑头,之前就能在香港坑林希微一次,现在又怎么可能轻易同意。

他一脸为难:"林律师,我很支持你们年轻人创业,但你也知道,我们每笔账都有严格审批的,每季度付多少,都是有规定的。"

林希微轻轻一笑:"邱行长,我也理解,您看看我的这份合同,如何?"

她适时地把早已准备好的代付鹭江大厦房租合同给邱行长,她说:"您的这笔律师费,我打算用于支付房租,需要您按季度打入越程集团鹭江大厦的账户上。"

邱行长审完了合同,扶了扶眼镜,忍不住大笑:"你怎么想出来的?"

对于银行来说,支付进度并未有变化,对越程来说,更乐于接受银行代付打账,有这么一份合同,就等于有了安达这个国际银行的信用担保。

而林希微现在不用付出一分现金,就解决了办公场地大额房租的问题。

邱行长爽快签字,调侃:"林律师最擅长预支未来服务了,这下我签下这个合同,是不是还要希望你律所别倒闭啊?"

林希微笑意浮上眉眼:"新所成立,还需要邱行长多多支持。"

林希微也知道这份合同或许有许多她现在想不到的漏洞,但依照目前的法律、外国银行的地位和市场交易的规则,是可行的。

邱行长又问她:"那以后贷款合作,是跟兴明,还是跟新律所?"

肯定是杨兴亮也联系了邱行长。

林希微只说:"邱行长可以都试试,择优选择。"

市场是开放的,没有杨兴亮也会是别人。

道理虽如此,但她真的火大。

傍晚,陈淮越带陈淮川来安达银行接林希微,陈淮川等到红灯,就坐不住,一会儿就去看他书包里的钱,趴在椅背上,问:"哥哥,还有几个红灯?已经五个了。"

陈淮越无言片刻:"坐好,你嫂嫂又不会飞走。"

"嫂嫂说今天请我吃麦当劳。"

"十几块的麦当劳就能骗你啊。"

"还有好多东西,看电影,好多玩具。"

陈淮越记得,那时林希微自己都没赚多少钱,还对陈淮川特别宠,但说宠也不对,她会毫无负担地骗小川川给她捶背、跑腿。

"你有次发烧,还是你嫂嫂带你去医院的。"

陈淮川不记得,小朋友只需要记得开心快乐的事。

红灯变绿,陈淮越正准备起步,却瞥见鹭城公交总站门口的两人,是李从周和林鹏辉。两人像是关系不错,不知道李从周给了林鹏辉一叠什么东西，林鹏辉很满意。

他们两人以前就认识么，也和他一样，是因为希微而认识的么？家人、尊重、争吵这些词，短短几秒在他脑子里闪回。

陈淮越收回目光，专心开车，又回想起那两人勾肩搭背的亲密模样，忽视掉那股莫名其妙的不安，抿了抿唇。

林希微不喜欢别人帮她大哥。

林希微当然不会拿陈淮川的钱，为了让陈淮川相信，她拿出一张客户给她的面额五万的支票："我有钱的，川川，你看，好多个0。"

陈淮川没话说了，抿了抿嘴，但是到麦当劳点单结账时，他踮着脚，仰着头，努力地举高一百块钱："姐姐，收我的钱，我的钱。"

等收银员收走了他的钱，他才心满意足地笑了。

陈淮越捏了捏他的脸颊："这么小就学会抢埋单了。"

"嫂嫂，以后我都请你吃麦当劳！"

直到他们看着陈淮川被刘曼珠带进华侨别墅的院子，陈淮越才告诉她："川川是觉得你可怜，把过家家的纸都当作钱了。"

"支票吗？"

"嗯，你不要他的钱，他就不舍得让你请吃麦当劳了，他怕你没有钱。"

就这样一个无趣的对话，却不知哪里戳中了林希微的笑点，她止不住地笑，眼泪都笑出来了。

陈淮越知道她应该是因为情绪骤然放松，才这样发泄。

去年才从侨办出来创业，不到一年，又被迫创建新律所，等于从头再来，现在好不容易才解决了资金不足的困难。

这段时间，她虽不讲，但心里的压力肯定不小。

他伸出手，擦了擦她脸上的泪，她柔软的唇贴在他的手掌边缘，他低下头，注视着她的眼睛。

车内没有开灯，只有陈家别墅门口的一盏路灯幽幽照着。

林希微觉得自己有段时间没有哭了，但她现在也并不难过，就只是控制不住落泪。

她轻声说:"川川比你好。"

陈淮越:"我要赞助你,你不同意,他怎么比我好了?"

林希微只说:"不一样的。"

她也说不出来哪里不一样,可就是不一样,或许是傲慢与平等的区别。

两人都没注意到,二楼临院的窗户边上躲着两个人,但陈玄棠只看了眼,就走开了,他皱眉:"少管年轻人的事,你儿子的婚姻就是个教训。"

吴佩珺优雅地侧身半蹲着,只露出半个头,手里拿着个陈淮川上次坐鹭城航空时,空姐送他的望远镜,努力地对准门口停着的小车。

"这两人在做什么呢?"

陈玄棠无奈:"佩珺,你看得清吗?"他很委婉,"我们年纪大了,夜间视力不好。"

"我是近视,没老花,你老花,又近视,对冲下会不会有可能看得见?"吴佩珺要他过来看。

陈玄棠很困了:"该睡觉了。"

吴佩珺突然道:"六十多年前你求娶我的时候,可不是这样的……"

陈玄棠一激灵,睁开眼,无奈下床,老胳膊老腿还要蹲着,望远镜又弄不会,搞得他火大,直接拉开窗户,冲着下面喊:"陈淮越,你阿嬷想知道你在车里干吗?"

吴佩珺急死了:"我不想知道,是你阿公想知道。"

月底时,林希微从孔砚那得知鹭城贸易集团在新一批H股上市名单中,正在找鹭城律所,李从周是承销商的项目负责人,承销商那边会在香港找律所,现在还缺的是发行商的律师。

就算律所现在就成立,那也少了个有证券资格证的律师,林希微想再找个合伙人,然后她现在就先跟进下鹭城贸易集团,就算最后没做成项目,也能积攒经验。

康明雪在宝宝满月后,回了律所一次,只是气温很高的情况下,她还裹着厚厚的外套,头上也戴着帽子,说是不能见风。

杨兴亮不在律所,林希微趁机提出退伙。

康明雪像惊讶,又仿佛很平静,她笑容有些苍白:"希微,不能留下吗?"

林希微摇了摇头。

康明雪唇角弯起,眼眶泛红,林希微笑:"师姐,刚坐完月子不能流泪。"

"我不哭。"康明雪忍下情绪,她知道林希微应当是下定决心要走了。她要去找印章,忽然发现公章在林希微那儿,愣了又愣,这下眼泪是真的落下了,她伸手抹泪,泪水却怎么也擦不完,泣不成声:"我居然是主任。"

她闭上眼,静静地坐了一会。

林希微抱住她:"师姐,对不起……"

康明雪:"是我要说对不起,师姐说好要带你干大事,对不起,希微……"

林希微忍住眼睛的酸胀:"杨兴亮他……"

康明雪阻止她继续讲下去:"希微,给我一点时间吧。"

她没有为难林希微,立马就打印了退伙协议,签字,盖章。

林希微接过那几张薄薄的纸,心里空荡荡的,想说的话很多,却都堵在了喉咙口,因为康师姐什么都知道,什么都明白。

两人一起下楼,康明雪站定在玻璃门旁,朝着林希微露出笑容,轻声:"希微,师姐就送你到这里了。"

林希微祝福:"康师姐,前程似锦,工作顺利。"

当天晚上,林希微正在跟陈淮越庆祝她顺利退伙,杨兴亮不停地打她电话,见她不接,就给她发寻呼机信息。

陈淮越抽空帮林希微看了几眼,冷嗤:"他要你押两万块在律所,说是因为你突然退伙,导致办公室空了出来,你必须分担成本。"

林希微"嗯"了声,就继续拆她买给陈淮越的衣服,都是男女同款的,简单的款式,睡衣她只是在陈淮越身上比画一下,估计尺寸合适,就没让他去试。

但陈淮越连睡衣也要试,还要林希微给他拍照。

265

林希微提醒他:"我买的衣服不是贵的喔,但是质量还可以的,摸起来很舒服。"

陈淮越:"知道,这牌子我都没听说过。"

"不穿脱下来。"

"你都送我了。"陈淮越又问,"你的呢?"他找出她的同款睡衣和衣服,去了洗手间,都塞进了洗衣机里。

他语气平静地说:"明天干了,就能穿了。"

林希微觉得好笑:"明天上班,不能穿休闲服,上面图案……"

"那是你。"他掐她的脸颊,"我是老板,爱穿什么穿什么。"他遮住她的眼,故意吻她,不让她说完剩下的字眼。

隔日,越程茶水间流传着陈总西装里面穿电玩马里奥图案衣服的故事。

蔡秘书控制不住眼睛要往陈总的短袖图案上瞟,陈淮越目光从电脑屏幕上移开,问他:"你也想要?我没办法推荐给你,是女朋友送的。"

蔡秘书微笑着提醒他:"陈总,下午有个会。"

"晚点我会换衬衫的。"

"陈总,我们之前不是说,要规定一下工作日着装吗?"

陈淮越点头:"是啊,不过今天周五,是 Casual Friday,一周一天便装日,松弛有度,外企文化是这样的。"

蔡元保持微笑:"……陈总说得是。"

林希微的生日在九月,本来应该是个让他们俩都快乐的月份。

但这个月却发生了许多事。

林希微离开后,连思泽没能保住手中的几个楼盘,几乎全被杨兴亮接手。杨兴亮借着林希微和连思泽设计的预售房服务流程、购房补充协议,做得风生水起,因为合同早已签完,楼盘售卖不比顾问,林希微无法带走,这些项目都属于兴明律所名下。

兴明人手不够,康师姐也已回到兴明工作,没多久,连思泽提出退伙,杨兴亮当然不同意,但康师姐同意,夫妻俩第一次在律所大吵了一回,最后连思泽还是给了那两万块,才拿到退伙协议。

连思泽请林希微去外汇免税商场的自助餐厅吃饭,两人都想起去年康师姐带他们来买衣服,他们狼吞虎咽、生怕吃不回本的模样。

这回两人的胃口却都很差。

连思泽有一下没一下地搅动着刀叉。

林希微提起精神,开玩笑:"要注意西餐礼仪。"

连思泽也笑了下:"不如去吃必胜客,上回带我姐的女儿去吃,意大利面拌沙拉好吃,比萨也不错。"

他跟林希微说:"康律师在律所没什么话语权,我们创所一年多,超过一半的时间,她在家待产,现在没人会听她的话,而且她身体也不大好,大多数客户也都跟杨律师关系更好了。"

"杨律师又招了6个律师,重新拉了一个合伙人,你也认识。"连思泽看着林希微。

林希微早有听说:"我的老同事,乔安临?"不仅是老同事,还是曾经的死对头。

"是,他除了没去留学外,其他履历都同你相似,杨律师应该费了不少功夫挖他。"

"兴明做起来了,工资比侨办高,不用杨兴亮怎么费功夫,乔安临应该早就想跳槽了。"

连思泽继续道:"杨律师还是说,房地产这种含金量不高的业务没必要做,不过短期内来钱快,又有你打底的基础,他都不必费什么心思,之前你翻译的英美所合同、管理模式、意见书,他们也都在用,但都改了名,是杨兴亮的。"

林希微扯了唇角:"预料之中。"

连思泽顿了顿,叹口气:"至于愿意跟着我们的,只有翁静好。"

翁静好就是林希微去年和师姐招进来的新人,她法学院毕业后在建筑公司工作了三年,没有律师资格证,今年十月才要去参加考试。

"让静好专心备考,我们再招人吧。"林希微举起杯子,不想留在过去,"思泽,这是新的开始了。"

连思泽的内心却充满了浓浓的失落和沮丧:"我们也为兴明付出了许多,杨律师把我们的存在都抹掉,是我们想得太简单了,可惜我们还得继续忍耐下去,我走的时候,他轰我,笑我没血性。"

林希微安慰他:"杨兴亮要是有血性,他怎么还拿你两万块?"

连思泽叹气:"杨律师娶了康律师,还真是少奋斗十年,尽管家底不好,却是个贤内助,前几天三水渔业的总经理来律所拜访了,也是康律师引荐的。"他觉得好笑,"一开始杨律师想拉拢我,带我去KTV,找了好多三陪,花天酒地一点都不想着康律师,乔律师、张律师、朱律师也去了。"

林希微听得倒胃口,但这些都跟她没关系了,她现在的任务只有立达律所。

而她并不知道的是,兴明那边早已放出林希微和连思泽两位合伙人贪婪霸占功劳、狼心狗肺闹退伙的消息。

杨兴亮见不得背叛他的人好过,他就乐意见到傲慢的小师妹狼狈,放出这个消息对兴明只好不坏,再不行,他手里多的是能对付林希微和连思泽的东西。

女儿出生后,他身边可都是好消息,白日工作再累,只要在家都会起夜照顾女儿,热奶、换尿布,亲亲女儿的小鼻子。

"爸爸的小福星,爸爸一定好好挣钱,给你买房子、车子,什么都买给你。"

康明雪看着夜灯下的父女俩,只有沉默。照顾女儿并不累,因为有两个阿姨,还有公婆帮忙,她目光落到墙角的行李箱,是杨兴亮去香港出差带回来的,一箱子都是买给她和女儿的东西。

女儿喝完奶睡着后,杨兴亮抱着康明雪道:"律所你就放心交给我吧,我们女儿这么可爱,你舍得让她从小就缺妈妈的陪伴吗,你怎么这么狠心,不到两个月,就舍得把她扔在家里。"

林希微生日那天,鹭城司法局鹭司发〔1995〕88号文件,批复成立鹭城立达律师事务所,王局长和律管处的刘处长祝贺林希微,两人异口同声叮嘱她,要好好为我们省的律师争光。

林希微自是应下。

她从司法局出来,先打车去越程等陈淮越,陈淮越回复她:"会议还没结束,还要半小时。"

林希微让他别着急,她去附近鹭江大厦看办公室的装修进度,她原本要的是华侨大厦,但陈淮越给了她位置更好的鹭江大厦。

　　施工队是陈淮越帮林希微找的,不敢马虎做糙活,五个小单间办公室,他们三个合伙人各一间,一间是财务室,一间是打字间,除去另一个会议室外的空间,放置了办公卡座给其他律师。

　　陈淮越到的时候,林希微正站在她办公室的窗户旁,她察觉到身后有人,还未转身,视线一暗,来人轻轻地遮住了她的眼,温热的呼吸落在她的耳垂处。

　　林希微抓住他的手:"我今天刷睫毛膏了!"

　　陈淮越轻笑:"我看看。"他还是从后面抱着她,垂眸看她的睫毛,说:"没掉色。"

　　他又问:"对装修满意吗?"

　　林希微不说满意,说的是:"喜欢。"她没有任何的装修经验,肯定无法监工,工人偷工减料是施工常态,"鹭江大厦装修很严格。"

　　"嗯?"

　　"我刚刚听师傅说,不仅水电有规格线路要求,连办公门、地毯、家具都有要求。"

　　"因为鹭江大厦是鹭城的门面之一,楼里大多是外企,要求高点总没坏事,我给你们选了个好地方,大门是地锁,外面的公共区域,我让人给你做了个画廊。"

　　林希微提醒他:"这层楼还有其他企业也在享受这个画廊。"她疑惑,"陈总,这个画廊是生日礼物吗?"

　　当然不是,他订了一辆车,但这辆车卡在海上了,下周才能送到。

　　陈淮越故意点头,也装出一脸疑惑:"不够吗?"恍然大悟,"是不是要在画廊入口标明,'林希微律师爱人所赠'"?

　　林希微受不了地捏住他两腮:"笨蛋。"

　　两人路过画廊时,林希微想到这是礼物,原本觉得鬼画符一样的线条画,竟也变得悦目起来。

　　陈淮越说:"时间还早,还没到饭点。"

　　"我们逛逛鹭城吧。"

林希微买了两份大肠包小肠、特香鸡、两瓶鹭城菠萝汽水和一袋子手工饼干，拉着陈淮越坐上了人力黄包车，穿过骑楼、凤凰树、桉树，她靠在他的肩膀上，迎面是鹭城九月的午后暖风。

拉车的阿伯是鹭城本地人，他还以为一身西装的陈淮越是外地人，兴致勃勃地介绍鹭城风景，林希微没有阻止他，她还挺喜欢这种琐碎的对话的。

"这是大同路，等会儿我们绕一圈，就是开元路的轮渡口了。之前拆旧城，我就去看爆破，哗啦一下，3000多平方米的仓库就炸没了，再往前是厦禾路，英雄难过美仁宫，以前没改造前，路可堵了。我住在第一码头那儿，七、八月海水涨潮就到巷子里，家里孩子都爱踩海水。"

阿伯又问："要不要去看看海堤？海堤火车不开了，以前进出鹭城岛屿就只有一条马路，周边都是农村咧，不然就是小渔船拉客来来去去，现在好了，有鹭城大桥，还有飞机。"

林希微一边递了张纸巾给陈淮越，一边搭话："去年好像新出了个无人售票车。"

"去机场那个公交？要一块钱呢，不过我也没坐过，没钱坐飞机。"

阿伯把黄包车停在了轮渡口，让他们看看海，林希微邀请他："阿伯，你吃猪腰饼吗？"

阿伯接了过来，说："谢谢啊。"他终于忍不住又看了眼一直沉默的陈淮越，小声问林希微："我以为是外地人，难道是外国人吗？一句话都不说的，是不是那个什么日本鬼子？我以前打过仗的，他们从这上岸，我一枪就让他们下去了。"

陈淮越用方言回："阿伯，我听得懂。"

阿伯也不尴尬，还跟林希微说："那更不行了，要过一辈子的，找了个嘴巴不讲的，憋得要死喔。"

陈总只是不喜欢在不熟悉的人面前多话，第一次坐黄包车，他也不知道要跟这位阿伯聊什么。

偏偏林希微还敢附和："就是，不知道怎么找的这个不会聊天的男朋友。"

于是，陈淮越开始跟阿伯攀讲了。

阿伯说:"鹭江大厦,以前建起来的时候是鹭城第一高楼呢,虽然现在不是了。"

陈淮越:"我的大楼。"

阿伯:"海景酒店,很多老外都爱住。"

陈淮越:"我的酒店。"

正好有架货运飞机低低地滑过庙宇屋檐的上空,阿伯斜眼看陈淮越:"不会要说飞机也是你的吧?"

陈淮越:"那飞机是越程的,我叫陈淮越,这个公司……"

阿伯打断他的话:"我还姓黄呢,那黄家花园怎么不是我家呢?"

林希微大笑。

绕了一圈后,他们在第一百货下车,陈淮越跟着林希微进去闲逛,她打算采购一些办公室用品,却看到了一顶软乎乎的可爱狗狗帽。

她想让陈淮越戴上,但之前都能穿卡通衣服去上班的陈总,现在却死活不戴。

林希微:"生日愿望也不行吗?"

陈淮越有一瞬间的犹豫,林希微直接拿去付钱了。

陈淮越:"你买了,我也不会戴的。"

林希微惊讶:"我买给连律师的,他又高又英俊,性格也可爱,这个帽子很适合他,我已经迫不及待想看到连律师戴上的样子了。"

"是吗?"陈淮越语气平平。

但下一秒,这个帽子就被他拿走,戴在了头上,但要摸帽子的狗尾巴,他勉勉强强道:"只能回家摸。"

生日晚餐在绿岛大酒楼,经理看见林希微和陈淮越,一瞬间就想起去年十月,陈总在停车场"无理取闹",但这位林女士出来后,他就正常离开了。

陈淮越特地让经理复刻了一桌去年十月林希微点的菜,林希微支着下巴看他,眉眼弯弯:"不会有人还在介意去年的那桌菜吧?"

陈总也笑,阴阳怪气:"跟孔砚吃得开心吧?"

林希微气他:"跟孔砚吃得很开心,但等你等得我不开心。"

他还冷声:"你的耐心就只有不到两个小时。"

林希微很无辜:"无理取闹的男人。"

正好经理来倒酒,脸上含笑,心里暗自赞同,英雄所见略同!

吃完饭后九点半,林希微要回尾厝村,因为大哥大嫂他们还在等她回去吃蛋糕,两人都喝了点酒,陈淮越就不能开车了。

林希微在绿岛门口拦了辆出租车。

陈淮越知道她今晚还要回林家过生日,她提前跟他说过了,他不想她回去,却不知道该怎么提起。

林希微坐在车里,跟他摆了摆手,有一瞬间的冲动想邀请他一起回村,但现实让她冷静下来,家里没有多余的地方可以住人,进村的路也不方便,他不喜欢她的家人,而她家人也不习惯跟他待在一起。

没必要去勉强。

陈淮越等林希微的身影远去,才忽然想起,他们今日忘记拍合照了。

林家的小堂厅里回响着生日快乐歌,林鹏辉等林希微许完愿,切完蛋糕后,骄傲地挺胸叉腰,宣布道:"各位亲人,本人林鹏辉有话要说。"

林小薇吃了口蛋糕:"有屁快放。"

林鹏辉不受她影响:"我,现在是林队长了,经理让我带队了。"

林希微抬头:"真的?"

"当然是真的。"林鹏辉把证据都搬了出来,"你以为!是有任命书的。经理看我车维护得那么好,又香,服务棒,现在都要创建文明前瞻城市,车队也要整改,要有礼貌。"

他看向林希微:"不过,还是要感谢那个你的老同学,李从周,他给我出的主意,还帮我写竞选词。他人好是好,就是太好了,什么乞丐要钱他都给,鹭城站那几个假乞丐就靠他活了。"

"你们怎么认识的?"林希微问。

林鹏辉简单讲了认识的经过,林小薇抓到重点:"大哥,你现在还知道给二姐打广告。"

"那当然。"

林玉梅也夸他:"懂事了。"

方敏笑:"原来是当队长了,难怪比以前积极多了。"

"当然,大家都靠我带队赚钱呢。"

林小薇去隔壁邻居家借了相机,请邻居帮他们一家人拍一张合照,林小薇鬼马精灵,摆了个姿势,在相机定格的那瞬间,手撒碎花瓣,大喊:"祝二姐27岁天天开心!"

洗漱时,林玉梅又是老生常谈想催婚,但又不敢说话太重,她也怕惹怒林希微。

"希宝,有遇到好的人,也可以考虑考虑恋爱、结婚。"

林希微蹲着刷牙,点头敷衍:"嗯嗯,知道。"

林玉梅却猜她可能真的愿意考虑,便道:"你记得以前你爸那个学生吗?叫祁景,我听你舅公说,他也留学回来了,你哥说的那个你老同学,你也可以试试看啊,妈妈都跟家里亲戚说的,你有文化,要给你介绍,就得介绍读书多的。"

林小薇也蹲在台子上,举起漱口杯,含了一大口水,"咕噜噜"全吐了出来,水溅到林玉梅的腿上,气得她骂:"你这死仔。"

林小薇:"二姐刚弄了新律所,妈,我们帮不上忙,你还帮倒忙。"

林玉梅恼羞成怒,拍了下她肩膀:"胡说八道,那……说不定也有好男孩愿意帮你姐呢。"

"哈哈。"林小薇只给了阴阳怪气的两声笑,林玉梅脸挂不住,转头就进屋了。

林希微跟林小薇四目相对,扭头双双含了满满一口水,齐齐上下左右摇头,小孩玩水一样地吐了出来,两人大笑,林玉梅没好气:"29了,23了。"

"妈,你虚岁都乱喊!"林小薇冲屋子里喊。

方敏从床帘那探出头来,温温柔柔地笑:"希宝,嫂子给你按摩,做面膜。"

她去上了一个月的美容美甲课,给林希微修了眉毛,贴了面膜,做了手护理,又做了美甲,眼睛明亮:"希宝,怎么样?"

林希微给她竖起了大拇指。

林小薇摩拳擦掌，让二姐翻身趴着，她道："我不仅学了美容美甲，还跟泰国老板学了泰式按摩。"

方敏忍着笑："你别把希宝踩吐血了。"

林小薇扶着旧式木床的蚊帐横杆，轻踩压背，笑嘻嘻："二姐，你知道这按摩有种什么快乐吗？"

"什么？"

"把有钱人狠狠踩在脚下。"

几人都没控制住笑，就连假装生气的林玉梅都笑了。林希微趴在枕头上，透过床帘的缝隙，能看到八仙桌上的暖水瓶、茶缸、竹笠，角落的捕鱼网、簸箕，拥挤却温暖，背上是小薇柔软的手，她眼皮微沉，耳畔的声音渐渐模糊。

林玉梅问："小薇，煤炉上的水换了吗，可别熄了，明早再烧不起，又得去别人家借个热气煤球。"

"弄了弄了。"

"希宝睡了，嘘。"

第二天一早，鹭城下雨了，雨雾飘进檐下，林希微抱着林绮颜，亲了亲她，额头碰着额头，笑道："二姑姑去上班啦，绮颜在家乖乖的。"

"绮颜自己吃饭。"林绮颜搂着林希微的脖子。

林鹏辉困顿着眼，把炉灶上的开水装进暖水瓶里，林小薇嫌大哥堵路，要去推他，吓得林鹏辉大喊："你要烫死我啊。"

"家里好挤，你要害我迟到了！我的工资。"

林希微招聘的第一人是司法局局长推荐过来的青年才俊，柏培章，之前在国办所工作，有证券律师资格证，做过几个金融案子的诉讼，有了他，林希微就去申请了律所从事证券法律业务资格。

林希微给倪知禾打电话，两人定在下月初开业。

倪知禾道："我下周回鹭城。"

林希微："好，开业的时候，我们在《鹭城日报》上买个位置吧，我看下能不能请到领导来，也给客户们发广告和名片。"

倪知禾敏感地察觉到什么："有发生什么事情吗？"

林希微语气平静:"我从兴明离开,肯定有流言蜚语的,律师转所本来就很正常……"

"不正常的是,杨兴亮喜欢怀疑女生玩资源置换,对吧?"倪知禾冷笑,"你记得我当时原本保研鹭大,学校那边收到关于我跟教授关系不正当的举报,我被迫放弃保研,最后自己考来北城。"

倪知禾没有证据证明是杨兴亮做的,她只说:"后来取代我保研的人,也姓杨,他现在想卡你转所、创所,做出什么事我都不惊讶,这个圈子的烂人太多了,但烂人又能混得风生水起。"

林希微当然记得,那年还是全体法学生都受到重大影响的艰难年份,原本出路就少,知禾一下失去了推免机会,一心扑在学业上,工作也还没着落。

林希微给彼此打气:"别担心,业务上我有信心能超过杨兴亮和乔安临,他们接手我做的售房合同,做的都是一锤子买卖,而律师业务的长久发展在于创新和研究,短期内客户或许会被流言所影响,时间长了,他们只在乎服务质量。"

倪知禾扬起唇角,合上了电脑,笑说:"林老师也带我做房地产吧,我和李从周带你做证券。"

林希微笑纳了这声老师:"因为我的确想做房地产律师培训业务。"

倪知禾调侃:"教会徒弟,饿死师父?"

"只会饿死杨兴亮和乔安临。"

他们再抢,她就先创新,再把业务放开,看他们怎么抢得过鹭城这么多律师。

律师圈子很小,林希微这个月参加的几次饭局里,都有人好奇她离开兴明的理由,流言传到了最后,已经真真假假,分不清了。

有其他律所的合伙人邀请她:"林律师,不用再去创业了,你来我们所,办公室给你留一间,我不怕什么狼心狗肺。"

也有人看笑话:"你的业务都被瓜分了,没有老大哥带头,经验欠缺,再做个律所,难!"

还有银行客户意味深长:"林律师,怎么不租我们的大厦啊,租了越程的鹭江,是不是陈总魅力大点,嗯?"

"这你就不懂了,说不定陈总怜香惜玉,给优惠了。"

"林律师,你来租,我也给优惠!"

林希微要么装成听不懂这些话,无法理解的模样,严肃地当面反问:"你们是在给我难堪吗?为什么要这么做?"非要他们给个理由,仿佛察觉不到尴尬。要么就假意当真,逼这几人对妈祖发誓,再签合同:"周总承诺天信大厦300平米的办公室,月租只要1000美元,那我现在就跟越程退租再索赔,2000多美金怎么只能租100平出头?"

只图一时嘴快的客户立马讪讪承认:"越程的确是市场价。"

连邱行长和许总都有所听闻,邱行长说话还算客气:"你跟越程的陈总有私交,何必还特地找我谈律师费做房租?折腾半天。"

林希微避开谈及她和陈淮越的关系,只说:"明算账是应该的,陈总都已经答应分季度付房租了。"

按季付,没优惠。

邱行长不信流言了,哭笑不得:"所以只是朋友啊。"

只有许总问她的时候,林希微承认了。

许文婷的文汀大厦盖到一半,缺钱了,她想请林希微做售房见证,直言道:"我手中资金不足,自家办公楼只用5层,剩下的18层都需要提前售出,回笼资金。"

她看着林希微:"我只信你。"

因为她们合作过好几次了,私交多年,彼此信任,也只信林希微能帮她把控好法律规则的设计风险。

"希微。"许文婷叫的是林希微的名字,"我想去南洋售卖。"

"向侨商招商?"

许文婷点头:"所以,你是不二人选。"

林希微继续陪许总监理完文汀大厦的施工情况,项目建筑面积有6万多平方米,许文婷说:"希微,你回去想想收费,我们下次再谈。"

她揶揄:"你之前律所那个杨律师也找过我,他们开价一整栋楼售卖,只要20万。"

低价竞争。

林希微回:"许总,我应该还是会走单笔收费提成。"

许文婷没什么意见:"等你想好提成点,再联系我……越程的陈总是你男朋友吗?不介意我这么问吧。"

林希微大大方方地承认了:"是我男朋友。"因为她知道许总不会多想,只会祝福她。

许文婷祝福之余,也为她担忧:"肯定会有人说闲话的,我跟我老公白手起家,事业明明都是我在做,但他们就是觉得,是我老公主事,我就是靠老公的。"

林希微笑意不改:"看文汀的名字,就知道这是你付出的心血了。"

"是啊,所以我根本就不信他们说的那些话,谁不是互换资源,就他们能攀关系、认干爹干妈,咱们做点什么就要被怀疑。"许文婷鼓励她,"没关系,现在他们觉得你的律所落户鹭江大厦,是你沾了光,明年、后年,把律所做大做强,让立达律所成为鹭江大厦的门面,看他们还能说什么。"

林希微点头,笑着跟许总握拳相碰:"借许总吉言。"

她也是这么认为的,纠结于流言就正好踩进杨兴亮为她设计的陷阱,更何况,陈淮越的确在帮她。

为了感谢陈总,林希微在周六的早晨,坐在他身上,邀请他:"陈总,我请你去打高尔夫球吧。"

陈淮越捏着她的腰,嗓音沙哑:"不去,你又不会打。"

"我要是会打,我叫你去做什么?"

"什么意思?"陈淮越猛地睁开眼,眸光幽幽,"你把我当工具。"

"我不这么说,你会睁开眼吗?"林希微捏他的脸,让他快点起床,"陈老师,教我打高尔夫球吧。"

陈总又闭上了眼,示意她吻他的唇,含糊道:"先交个学费。"

林希微明白了,改捏他的嘴,笑:"该起来锻炼身体了。"

气得陈总挺腰坐起,差点把身上的林希微弄翻,摔倒在地上。

海景的高尔夫球场,陈淮越站在林希微身后,握着她的手,指导她,挥了几次杆后,他让她自己练习。

但他总忍不住想笑,太像挥锄头了,一杆子能锄好几亩地。

林希微回头,气得把杆子架在肩膀上,转身跑回来,质问他:"你是不是在笑我?"

"没有啊。"陈总一本正经,"林律师不仅能填补国内法律空白,还能填补国内高尔夫球杆空白,以后锄头也能当球杆了。"

他认真地竖起大拇指,下一秒,他的大拇指就被林希微狠狠摁下。

两人在高尔夫球场待了大半天,陈淮越今晚回华侨别墅吃饭,他送林希微回出租屋,再开车回家。

林希微回去了就先去洗澡,她的手机在客厅里焦急地震动着,却迟迟无人接听。

陈淮越那边也接到了电话,他只听到"陈总"二字,认出了林鹏辉的声音,就不耐烦地摁断了。

林希微洗完澡出来,才看见她错过的未接电话,寻呼机里还有大哥发来的信息——林希微小姐,你大哥说,他在鹭大附医,他女儿的脚被开水烫了。

她急急地打车去了附医,大哥没有大哥大和手机,只有个寻呼机,她发寻呼信息,询问是在急诊还是病房,一时半会没有回信。

好在快到医院的时候,她的手机响起,她立马接听了起来,那头却是李从周的声音,他说:"希微,你哥在照顾绮颜,现在没空给你回电,你快到附医了吗,我在门口接你,带你去病房。"

林希微让自己冷静下来,她深呼吸:"好。"

李从周似乎也是匆匆忙忙被喊来的,他跟林希微讲了基本情况:"小女孩不小心踢到了暖水壶,右脚踝直接被开水淋到了,他们刚从急诊转到病房。"

林希微一路小跑。

病房里挤满了林家人。

方敏抱着女儿,一直忍着泪。林绮颜疼得大哭,医生正在给她上药,不让其他人围着,说道:"都让让,别挤着,留一个人就行了,其他人先出去。"

林鹏辉和林玉梅都先出来了。

林玉梅抹眼泪:"都怪我,我在做饭,没注意到绮颜会去抓暖水壶,我对不起绮颜。"

林鹏辉苍白着脸,一句话都说不出口,这是他们夫妻俩的独女。当初两人年纪小的时候,方敏也怀过一次孩子,但流产了,所以好不容易才有了绮颜。村里人都觉得生女儿抬不起头,但他们夫妻俩都格外爱她,现在却因为大人的疏忽,导致她遭受这样的痛苦。

李从周安慰地拍了拍他的肩膀,也同样沉默。

林希微也不知道该说什么,现在责怪谁都没有用,她头发还湿着,身上穿着睡衣,只在外面披了个外套,李从周示意她先坐下,问道:"要不要喝点什么?我去买。"

林鹏辉听到李从周的声音,提起精神:"兄弟,今晚谢谢你,希宝没接电话,我没本事,也不知道医院怎么弄,只能在急诊待着,病房都满了,急诊都是人,我后面想到你,还好有你帮我……"

他说着,眼眶又红起来。

李从周语气温和:"不用客气,我也只是帮忙打个电话,正好有认识的人。"

林希微也道:"从周,谢谢你。"

她还要说什么,手机铃声又响了起来,却是陈淮越,林希微往旁边走去,林鹏辉听到了电话漏出的声音。

他根本无法控制怒意,走过去,就抢了林希微的手机,挂断电话。

林希微吓了一跳。

林鹏辉说:"你让我不要联系陈总,那你为什么还跟他联系,你都知道他看不起我们了,你为什么还要去找他?你知道不知道,今晚我求他帮忙,他直接挂断电话了!"

林希微眼皮沉沉地跳,心里一惊,她深呼吸:"林鹏辉,你是在怪他吗?这件事跟他无关。绮颜受伤,最该怪的人是你,30岁了,一无是处,绮颜是你女儿。"

"你说得对。但我说的也是对的,陈淮越也看不起你。"

林希微被气笑了:"是,我们有什么地方值得他看得起的?除了找他帮忙,就只会找他帮忙。你更恶心,你跟那些拿妹妹去换彩礼的男

279

的，没有区别，我已经被你以七万六卖掉了。"

"是，我恶心，我恶心我初中辍学去打工养你、供你上学，我再穷，我让你没书读了吗？我们家条件就这样，你是不是觉得这个家里委屈的人只有你？我只比你大三岁，爸爸死的时候，我也只是个小孩！"林鹏辉眼睛赤红。

兄妹俩的正面争吵，每一句话都是一把带着倒钩的刀，往彼此最痛的地方捅。

是啊，无解的命题，因为他们家穷，而她偏偏心比天高。

因为她会念书，她就总以为自己是不一样的，她的伪装不过就是一个飘摇膨胀的气球，被刺刮过，就碎得四分五裂。

林希微鼻子酸涩，她收回视线，平复情绪。

这是医院，不能争吵。

她语气平静道："但这件事跟陈淮越无关，他不欠我们，是我让他不要再理你的。他应该不知道发生了什么事，他就算再看不起我们，他也只是傲慢，他本质善良，你真的有事，他不可能不帮。"

林鹏辉却被第一句话激怒了。

"你让他不要理我……"他自嘲地笑了，"就你林希微会读书，是律师，认识医院专家，上等人，我再对不起你，绮颜是无辜的……"

"林鹏辉！"大嫂不知道什么时候站在病房门口，眼皮红肿，她冷下脸，"这是医院，绮颜还受着伤，你在吵什么，你还嫌自己不够丢人吗？"

方敏说完，就又关上了门，她看都没看林希微和林玉梅一眼。

林希微想，大嫂应该听到了她说的话。

她四肢僵硬地站着，抿着唇，无比清晰地再次确认，她和大哥是同一类自私的人。大哥在她工作后吸她的血，这些血是当年她在求学的过程中，从大哥身上吸来的。

她的手机还在林鹏辉的手中，系统自带的铃声不停地响着。

林希微轻声道："大哥，你把手机给我吧，他还不知道发生了什么事。"

林鹏辉面无表情地把手机还给了她，他坐在硬凳上，痛苦地把头埋进了膝盖,一直没出声的李从周安静地陪伴着,他指了指大哥,无声地示意林希微可以出去打个电话,他先在这等着。

陈淮越已经匆忙离开了华侨别墅,车子在路上疾驰,总算接到了林希微的回电,他急停在路边。

"希宝,发生了什么事吗?"

"没事,刚刚信号不好,不小心断了,后面不知道为什么一直没信号。"林希微语气自然,"吓到你了吗?你快去跟师母他们吃饭吧。"

"你在哪里?"

林希微在电话里笑了下:"刚洗完澡呀,我现在要回尾厝村吃饭,我们明天见。"

夜风吹着她未干的头发,太阳穴隐隐作痛。

她低头看自己露出拖鞋的脚指头,她不想拿家里的这些琐碎事,影响陈淮越每周一次的家宴。

但她不知道,陈淮越很快就开到了她的出租屋楼下,他拿备用钥匙开门,客厅的灯还开着,屋里却格外安静。

林希微的工作包、电脑都还在,显然是匆忙出门的。

他想起林鹏辉的那通电话,皱起眉,估计又是林鹏辉惹的麻烦事,他摸出手机,又放了回去,唇抿成一线,压下那股烦躁。

真是破事一堆。

陈家的几人都还在等陈淮越回来,陈玄棠皱着眉:"有什么急事,工作再忙,也要劳逸结合,身体是革命的本钱。"

吴佩珺阻止道:"阿越自己有分寸,吃饭了,今天的厨师是曼珠特地请回来的泰国大厨,尝尝这道烤猪颈肉。"

陈淮越静静地坐着,他听着阿嬷和继母商量着明天去打高尔夫球,晚上还有个两人都要去的慈善晚宴,陈玄棠问陈淮川:"阿公明天要去四落大厝,喝茶话仙,去不去?"

陈淮川重重点头:"要去。"

吴佩珺笑话他:"人喝茶汤,你蹭茶配。"

几人都笑了起来。

陈伯鸿趁机问老父亲要一幅字:"岳父有个客户很喜欢你的字。"

陈玄棠自然答应，又关心起刘曼珠父亲新投资的中药厂怎么样了。

陈淮越抿了一口水，他爸说的岳父自然不会是他的外公。

他外公要是现在还活着，来闹陈家还算小事，只怕会拉横幅去越程闹事，陶女士也没少因此被陈家的亲戚冷嘲热讽，闹出了许多笑话。

陈淮越的心情有些恶劣，他想起了希宝，想见到她，但她应该在尾厝村陪着她的家人。如果可以，他的确希望林希微跟她家人再不来往。

晚饭结束后，吴佩珺端着冬瓜条和橘红糕，坐在陈淮越身边，笑着问："心情不好吗？"

陈淮越没说什么。

吴佩珺小声问他："上次车里的人是希微吧？"她还学起了去年陈淮越的冷漠嘴脸，"记得你阿公过寿时，你说什么，还你们几个都看不上希微。"

陈淮越："阿嬷，你知道希微家里的情况吗？"

"知道啊，她是你阿公学生，怎么会不知道呢？"

"你们不介意吗？"

吴佩珺笑了笑："这是你的事啊，我阻止没用，我强行凑合也没用，像你爸妈，不合适自然就会分开。"

陈淮越还是决定去尾厝村一趟。

林希微打完电话，就回病房了，烫伤科的医生把水泡都挑掉，涂了膏药，医生说："谁让你们不及时送医院，还在家里自己用凉水冲，小孩受不了这样，很容易发高热的，一天两次输液，先观察几天。"

方敏谢谢医生，绮颜哭累了，已经躺在床上了，头上埋了针，正在输液，最严重的脚踝处被纱布包着，怕蹭到其他烫伤的地方，医生要大人一直扶着孩子受伤的脚。

医生让林鹏辉去拿验血报告。

林希微和李从周跟在医生身后。

李从周道："孙医生，今天谢谢你。"

"客气什么。"

李从周关上了病房门，才问道："会留疤吗？"

"不好说，这两天要先小心发炎和高热。"医生想了想，拿纸笔写了几种外国烫伤修复膏药，"医院里没有，可以去香港买，等不需要医院换药后，再试试看涂抹这些祛疤。"

林希微接过单子，也扯起笑说："谢谢医生。"

孙医生："你女朋友？"

李从周否认："是留学时认识的朋友。"

孙医生也没怀疑，因为李从周人缘好，也经常帮助人。

方敏再看见李从周进病房，只有满心的感谢。她抱着女儿在急诊无助地等待，打了破伤风针，被告知还要等待一个多小时的时候，李从周喊了他休息的医生朋友过来帮忙。

李从周连忙回拒："别这样客气，嫂子，鹏辉哥是我朋友。"

林鹏辉拿回化验单，去给几人都买了饭，多买了干毛巾、梳子，面无表情地给了林希微："擦擦你头发。"

病房太过拥挤，林希微和李从周坐在住院部外面的长椅上吃晚饭。

林希微头发乱糟糟的，脖子上挂着毛巾，她没什么胃口，随意吃了几口。李从周笑着看她说："上一次我们都在医院，还是在纽约的时候。"

"是啊。"

李从周："我也会跟妹妹闹别扭，兄弟姐妹本来就是吵吵闹闹的。"

"上次我大哥说你帮他忙，我也还没谢谢你。"

"不用客气。你现在眼睛还会再疼吗？"

"什么？"话题转换得太快，林希微一时间没反应过来，恰好住院部前面停车场，有一辆车突兀地朝他们打起远光灯，刺眼得她下意识闭眼偏头。

李从周想也不想地伸出手，遮在她的眼前，就像是当年那样。当时她过度劳累、免疫力低下加上心理压力过大，导致眼压过高、血管损伤，好在出院后只有干眼症。

陈淮越坐在驾驶座里，心情恶劣到了极点，他回想起他被分手后，坐上飞机去纽约，就在林希微的公寓楼下，见到李从周帮林希微遮太阳光，那天的太阳又不大，她还要别人帮她遮。

陈淮越寒着脸，紧紧地绷着下颌线，他可能是疯了，大晚上不休息，开着车满城跑，只因为担心她，现在又打亮了远光灯，让他们有机会重演当年那一幕，在他脸上狠狠地扇一巴掌。

他转了方向盘，想直接离开。

林希微做谎话精又不是第一回了，在他和她的家人之间，她永远只会选择牺牲他，她遇到事情，总是想不到他。

陈淮越冷静不下来，在林希微的事情上，他几乎从未有过任何一丝的自控力，只有不爱、不在乎的人，才能冷静自持。

比如那个坏女人，林希微。

林希微眼前晕着被照射后的黑影，她推开李从周的手，说："我没事。"

她抬眼去看那辆车，有点熟悉，又轰了半天油门却不离开，一会儿还换成了双闪灯，她站起来，走过去，弯腰敲了敲车窗，很无奈："陈淮越。"

陈淮越脸色黑沉，没有说话。

林希微隔着玻璃跟他说："快把车窗摇下来，下车。"

他还是不动。

林希微掏出了手机，打通他号码，用眼神示意他接电话，陈淮越把手机放在了耳侧，听到她说："下车。"

"下不了。"陈淮越语气冰冷。

"……"

"你男朋友已经被气死了，还怎么下车？"

"那我现在复活你。"

陈淮越沉默了会，还是开门下车了，还对林希微说："算你抢救得及时，还没死透。"

陈淮越去了尾厝村，才知道绮颜被开水烫伤。邻居阿婆跟他说，林家的人都在鹭大附医，他在来医院的路上，已经打电话给认识的烧伤科专家，拜托他们帮忙去看下一个叫"林绮颜"的小朋友。

在看见林希微和李从周的时候，他正在联系陶静昀，问她要之前客户送的祛疤修复膏。

下车之后，他已经不怎么生气了，现在最重要的是，绮颜被烫伤的事。

陈淮越跟李从周握了手，知道是他帮忙找了医生，陈淮越自认没有立场说谢谢，他挂断的那个电话，应该是林鹏辉打来的求救电话。

陈淮越询问林绮颜的情况，李从周把孙医生说的话转述给他，两人交流起病况。因为绮颜已经输液休息了，其他专家最好明日再来会诊，现在鹭城的天气还挺炎热，要先注意别发热、发炎。

林希微也有高中同学在鹭大附医，她说："明天再看看吧，今晚先观察一下。"

李从周笑道："那我就先回去了。"

林希微去送他，两人站定在李从周的车前，李从周笑意不改，静静地看着林希微。

林希微想到刚刚她和大哥的吵架都被他听到了，突然有了几分尴尬，她再次道："从周，今晚谢谢你。"

李从周说："鹏辉哥今晚应该不想看到陈总，他们会吵起来。"他语气温和，"人在愤怒的情况下，就会口不择言，好好调节一下情绪，再跟你的家人谈个心吧。"

再多的话，他也没有再说，家家有本难念的经，家庭关系本就是复杂的，除去血缘的纠缠，还有长达二十多年的依赖羁绊。

他启动了车子，从后视镜里看着林希微越来越小的身影，他觉得，人的痛苦也来自人性的复杂和矛盾，他知道林希微不喜欢他，也知道自己对她的执念没有那么深。

生活总要继续的，但在这个继续的过程中，他也会想起，两个孤独的异乡人在全球金融工厂互相鼓励的日子。当他忙到深夜，还能听到一墙之隔细微的动静声，学生公寓的隔音并不好，他敲了敲书桌前的墙壁，过了一会，那边也会传来回应的敲墙声，告诉他，还有人也还在奋斗。

他们都有压力大导致失眠的困扰，又不约而同地出现在公寓的健身房里，他们都想用运动戒掉药物依赖，规律生活。快要毕业前一起海投简历，成为纽约众多淘金者之二，尽管一个投金融，一个投法律，但最终都是投身进最顶尖的资本市场，资源共享，刷题考证，做彼此求职的面试模拟官。

希微回国前，他挽留过她，不管是他替她赔侨办一笔钱，还是继续在纽约挣几年钱再一起回国，都被她拒绝了。

他只送过她一个礼物，瑞典的达拉木马工艺品。

当时他说祝她马到功成。

其实不是。

瑞典的伐木工人工作回家，会把雕刻的木马当作给孩子的礼物，如果她能留下，或者愿意等他回去，他能成为她很好的家人。

陈淮越看林希微头发乱糟糟的，穿着睡衣、拖鞋和外套，用手指轻轻地给她梳顺头发，低声道："你该告诉我的，你大哥给我打过电话，但我那时不知道他有什么事，听出声音，就挂了。"

他说得有些艰涩，他厌烦的是林鹏辉游手好闲、找希微要钱，没想过今晚会发生这种事。

林希微摇摇头，说："是我没接到电话，而且，也是我让你不要理大哥的。"

那时她也是担心大哥会找陈淮越要钱。

"我后来问你，你怎么不跟我说？"陈淮越黑眸幽静。

林希微说："我大哥已经联系了李从周，他帮忙找了专家，医生给绮颜看过了，再跟你说，也只能徒增烦恼，总不能每次都拿我的事情去麻烦你，你本来在家开开心心的，你也有你的周末生活嘛。"

这明明是之前陈淮越设想过的最好的模式，他们之间就只有他们，但林希微真的这样做的时候，他却没有欣喜，就好像她在他们之间建起了一面玻璃墙，能看得见彼此，却无法触及。

他心中有两个拉锯的影子，一个很坦然地承认，他就是不喜欢希微的大哥，另一个却在鄙夷他，那他想要希微怎么做？

林希微不知他所想，一手握住他的手指，一手去摸他跳动的心脏，笑道："复活得还不错。"

陈淮越微笑："再气死，你就没男朋友了。"

"你刚刚还拿灯照我,我眼睛很脆弱的。李从周好心帮我大哥找医生,好心帮我挡光源,他是个好人,好心帮你女朋友,你居然还生气。作为男人,心胸宽广才讨人喜欢,善妒又小肚鸡肠,很快就会招人厌烦的。"

陈淮越有一瞬间居然还真的被她说服了,可他知道,李从周喜欢林希微,李从周很优秀,但他最没有把握的还是林希微的"喜欢"。

她总是说放下就放下,不给他任何喘息的机会。

陈淮越轻笑了一声,说:"那以后把这个做好人的机会留给我吧。"

林希微看着他:"是帮我挡光,还是帮我大哥?"

陈淮越把她脖子上的毛巾取下来,说:"我以前帮过他,但帮倒忙了。"

林希微笑了笑:"对呀,所以你不用再帮他了,他现在已经很好了,我会帮他的。"

陈淮越"嗯"了一声,语气平静:"明天我去拿祛疤药过来,再请医生会诊下,确保安全。你家里有很多安全隐患,不只是暖水壶,门口的蜂窝煤炉对小孩来说也很危险。"

林希微也明白,说:"我会让大哥大嫂处理好的。"

"那他们这几天住哪?住酒店还是我让人收拾个空的公寓?"

"他们住我的出租屋就好了,离这里也不远。"

"现在是不是不方便进去看绮颜了?我明天再来吧。"

林希微不知道要怎么讲,今晚她和大哥大吵了一架后,嫂子应该生气了,他们俩都不会想看到陈淮越的。

林希微嗓音含笑:"你辛苦了一周,明天也好好休息吧,绮颜这边没什么事,先让她养好再说。"

她话音落下,两人都沉默片刻,不长,却让人生出无力的窒息感。

"林希微!"林鹏辉见希宝出去那么久,就出来找她,结果,他一眼看到了陈淮越,他大步走过去,拽住了希宝的手臂。

他很生气:"我们吵了半天,白吵了吗?我都听你话,不跟他来往了,现在轮到你听我的,不要再跟他来往了。"

陈淮越的表情不辨喜怒,但想到无辜的绮颜,他先跟林鹏辉道歉:

"抱歉,我今晚不知道绮颜出事,所以才……"

"你不用道歉,希宝说得对,你不欠我们,我们的事本来就跟你无关。"

陈淮越:"你们?"

"是啊,我们再怎么吵,我们也是家人。"

"你把希微当家人了吗?"

林鹏辉也冷笑:"那你把她当女朋友了吗?难道希微对你的家人,也像你现在这样高傲吗?"

林希微不想听了:"够了,大哥,很晚了,你跟嫂子今晚先在医院守着,你把车钥匙给我,我带妈回我出租屋睡觉,明天早上我们带早饭,来轮换。"

林希微也没再看陈淮越一眼,转身进了住院楼。

陈淮越也懒得再看林鹏辉,他没有见过这样的"家人",他只说:"我瞧不起你,就是因为你的债是希微替你还的,如果不是她有了赚钱的机会,她每个月几百块的工资,你知道她要还十几年么?"

他眸色黑沉,难免讥讽:"你是想说你现在每个月开出租能赚几千块,没有希微,你找谁借这辆车的钱?"

林鹏辉很平静:"我知道我做错了,我会改的,可是陈总,你好像还不知道你也做错了,拉达车的交易不是我一个人就能完成的,我是对不起我妹妹,那你觉得你很尊重她吗?"

陈淮越没说话,转身要离开,林鹏辉瞥见他手上的戒指,想也不想直接道:"你把戒指脱下给我吧。"

陈淮越看了眼自己的无名指,然后他就听到林鹏辉说:"现在彻底纠正这个错误,当初是我卑鄙无耻撒的谎,这对婚戒其实是希宝买给我和她嫂子的,我为了从你那借钱买车,骗你的,这不是希宝买给你们的情侣戒,你把戒指还给我吧。"

灰色的九月,阴暗的十月。

蔡秘书知道陈总受了深深的情伤,好在陈总虽然脾气不太好,但不会无缘无故发泄在工作上,他对下属都很尊重,照常签字、开会、推进项目开发流程，只是，他手上的戒指不见了，他也不再提起林律师。

月初那会儿，林律师新律所开业典礼，他也没去参加，他看见了《鹭城日报》上的立达律所开业广告，神色也没泛起任何一丝波澜。

蔡秘书倒是听钟总问起过两人分手的原因，陈总的语气特别平静且冷漠："不合适。"

钟总不信："分分合合，折腾这么久，突然知道不合适了？"

陈总只盯着电脑屏幕："不然呢？谁都没有错，那错的就只有不合适的感情了。"

"那看来是我之前说对了，林希微根本没那么喜欢你。"

陈总扯了下唇角："是啊。"

还有另一个受情伤的男人是林鹏辉，方敏在女儿出院后，就带着女儿回娘家了，林鹏辉去接了几次，方敏都不愿回去，最后只说，她想离婚，女儿归她。急得林玉梅每天都坐公交来找林希微，让林希微挽救哥哥快破碎的家庭。

林希微因为新开业的律所，忙得脚不沾地，但还是抽空回去见了阿嫂，林鹏辉也在嫂子妈家。

方敏把林希微给她的钱都放在了桌面上，说："鹏辉，这是你之前还给希微的，但希微又给了我。这几万块我也不要，因为是希微的钱，她对你、我还有绮颜已经很好了。"

林鹏辉嗓子沙哑："老婆，我错了。"

林希微知道她上次和大哥吵架的话伤了嫂子的心。

"对不起，阿嫂，你和大哥都是我家人，我当时……"

"我没在介意这个。"方敏笑得很温柔，"我就是觉得，我得为绮颜的未来考虑。"

林希微就没再说什么了，她把托人买的烫伤祛疤膏药留在桌面上。反倒是嫂子妈很气："以前苦日子让你别嫁非嫁，离婚不离，现在呢，鹏辉都带车队了，日子好起来了，你姑子也开公司了，你非要离婚。"

林希微在盘点开业礼物时，看见了一盆枯萎的发财树，果然，送礼方是兴明律所，她让人拿去扔了。

倪知禾觉得可笑:"杨兴亮疯了吧。"

"很多人很避讳这个的,杨兴亮本人就很信这个,等于对我们实施诅咒了。"

"难怪有些开发商被杨兴亮抢走了,不跟我们签约了。"

林希微也开玩笑:"就怪这个枯萎的发财树。"

倪知禾说:"兴明律所也拿到了律所的证券资格,我们跟进的几个项目,都遇见了杨兴亮。"

林希微只说:"你信我,我们卖房的律师费是购房者出的,比起讨好开发商,我们更要帮购买者把关。先把手上的几个项目卖完,至于证券,杨兴亮都没做过,零业绩,只要客户跟你聊起专业化操作层面,他跟你的差距就很明显。"

她说着,看见连思泽,说道:"思泽,我们明天早上开个合伙人会议。"

连思泽要去银行办事,匆匆忙忙回了个"OK"的手势。

倪知禾给林希微倒了一杯茶,问道:"真跟陈淮越分了?"

"嗯,他提的。"

那天他问她:"你有那么多次机会,为什么不告诉我,非要等你大哥告诉我,这个戒指不是你想送我的?"不等她回答,他就讥讽道:"你很得意是吗?看着我自以为是地犯蠢,每天戴着这枚戒指,你就笃定了我非你不可。"

他冷笑:"本来想着,只要是你买的就行,管你要送给谁,但我还没这么下贱。"

林希微十点才从律所下班,倪知禾说:"我还要再忙一会,你先走吧,等会我关门。"

"好。"

她打了车,直奔陈淮越的公寓,电梯阿姨刚要离开,给林希微刷了卡,放她上楼。

林希微按了门铃。

很快门内就有男声冷淡道:"谁?"

"是我啊,陈总。"

屋里又没声音了,林希微无声地叹口气,静静地等一会。

陈淮越也站在门后,一动不动的,他也在想,外面的声音消失了,他才拒绝一次,她就走了,这就是她的诚意么?

他冷着脸皱眉,弯腰趴在防盗眼上,想往外看,但这次却一片黑漆漆的,什么也看不见。

林希微用手堵着防盗眼,辨听着门后细小的声音,轻声道:"陈总,别看了,你家的防盗眼好像坏了。"

第八章
很想很想你

陈淮越打开了门,脸上挂了点被打扰的不耐烦,客气生疏道:"您好,有什么事吗?"

林希微说:"您好,我找我前男友。"

陈淮越听到"前男友"三个字,语气更冷:"您好,他不在。"

林希微:"不好意思,那我找我男朋友。"

陈淮越:"不好意思,他也不在。"

林希微露出了点遗憾的神情:"那请问下,我方便进去吗?我想进去确认一下,我男朋友一直没接电话,我有点担心。"

"谢谢你的关心,他应该过得挺好的。"

"不客气,那他最近找到新女友了吗?"

"应该没有,他不像某个律师,无情无义、玩弄感情、欺骗男友。"

林希微惊讶:"居然还有这种律师。"

陈淮越面无表情地垂眸看她:"就是不知道鹭城律协的举报电话是多少。"

林希微笑了,干脆上前,抱住了他的腰,他全身上下都写满了抗拒,却没有推开她,她轻声道:"对不起,我不该瞒着你的,但你要理解一下……"

"我要理解你什么？你跟你大哥才是一家人，你们两个人一起骗我。"

"我跟大哥的确是一家人，但我后面才知道这枚戒指在你那，你每次都很开心，我不知道该怎么跟你解释，解释了可能会扫兴……"

"所以你就一直骗我？林希微，你什么时候都有理由，如果你今天找我，只是想说这些的话，那我已经听到了，就这样吧。"

林希微掐了下他腰上的肉："臭小心眼。"

"你第一天知道？"

"那你是第一天知道，我比你更不想大哥拿什么所谓的戒指，找你要钱吗？"林希微也松开了抱他的手，抬眸看着他。

重逢以来，两人一直没摊开说这些问题，每次都是以玩笑的形式掩饰过去。

林希微说："你让我该怎么解释呢，那我先问你，你当时收下这枚戒指，你心里是怎么想的，你想跟我结婚吗？你别说是，我不信，结婚是两个家庭的事情，很显然，我们两个人都没做好这个准备。"

"结婚也可以是我们两个的事。"

"我们都有社会家庭关系，怎么可能只是两个人的事？我们只谈恋爱，当然就可以只有我们两个人，现状就是最好的，你也不用勉强你自己去应付我的家人，我会自己照顾好他们。"

陈淮越也笑了下："你的照顾就是李从周跟你的家人成为朋友，你能接受他的帮助，但你让我跟你大哥断联。"

林希微也生出了怒意："陈淮越，你非要我讲得那么明白吗？"

"是啊，我看看你到底还有多少伤人的话。"

"伤人的是你，李从周不会给大哥钱，而是帮大哥规划职业，他和大哥的相处很平等。我不让大哥联系你，是因为你的帮助就是给大哥钱，我知道你是好心，可是你的好心是高高在上的。大哥因为你，认为钱来得很容易，他不觉得他欠了一辆车有什么，因为你不会催他还钱，你跟打赏乞丐一样打赏他，他就永远堕落，他以为他跟你就是一家人，反正你有钱，反正七万六对你来说，就只是个数字。可你能永远给他钱吗？"

林希微脸上没了笑意，继续道："你给大哥钱，你收下那枚戒指做交易的时候，你觉得你瞧不起的只有大哥吗？他是我的家人，我跟他是一样的。"

就算动怒，她的语气也很平稳："我的确是在高攀你，你这样想是人之常情，我不想也无法强迫你放下身段，去改变你的观念，所以我能做的就是让我家人不要去打扰你，还掉之前欠的债务，尽量和你分清。可是，情侣之间分得太清，又成了生疏。"

陈淮越嗓音冷冷："你大哥之前只会要钱，他对你好么？他有什么值得人尊重的？你就应该跟他断绝关系，不再来往。"

林希微沉默了会儿，她胸口静静起伏，最后抱了下陈淮越。

"陈淮越，如果我让你跟陈教授、陶作家断绝关系呢？"她听着他胸口的心跳声，"你肯定会觉得，我大哥怎么配跟他们相提并论。"

她睫毛翕动，嗓音淡淡："我也说不清我跟大哥关系的好坏，但他救过我、供我上学，他是我的家人，家人、朋友和爱人对我来说都很重要。"

林希微说完，转身就要走。

身后传来陈淮越的声音："爱人？"语气讥诮，"你爱我吗？你的爱人就是随时随地可以抛弃的，为家人、为事业、为前途。"

林希微停住脚步，说："那是因为你什么都有，你有很好的家境，优秀的事业，前途光明，你当然可以安心地追逐爱情，你有什么损失，你最大的损失就是没有了虚无缥缈的爱。你没有了我，你还是高高在上的陈淮越，是越程的陈总，我再见到你，一样要为了业务，去讨好你。"

她顿了顿："你有这样的底气我没有，我们的确不适合，谁也没有办法换位思考。"

陈淮越把她拽回来，有些气急败坏："我高高在上？我看你已经骑我头上了，你做错了事情，好不容易来找我，又把我当狗训了一顿。"

林希微反问："你有狗那么可爱吗？狗能逗我开心，你只会气死我。"

陈淮越被她反咬一口，只觉自己迟早会气绝身亡，半晌，冷眉冷眼："你喜欢什么狗？"

"反正不是傲慢的。"

"我是说，我要去买一条狗，萨摩耶还是小金毛？"

林希微吵完架的第三天，就跟许总飞去新加坡了。

许总大方地给她订了头等舱，林希微上了飞机就困得入睡了。她这几天一边准备许总的新加坡第一轮售房宣传事宜，一边打理律所的行政业务。他们就三个合伙人，知禾和思泽都不想当主任，她就只能硬着头皮做。

招了一个财务朱芸，一个打字员张冬冬，一个IT付帆，一个会开车的秘书许念，三个新律师，两个有律师证，一个刚毕业的学生，还有一个还未入职的招财猫杨幼芙。

现在人少，还比较好管理，至于后期的管理制度，林希微现在也不能立马研究出来，只能走一步，算一步。

至于合伙人的分成，由于律所刚起步，很需要钱，他们将创收都先投入律所大池子中，等年末的时候再分收益。

林希微跟许文婷来参加的是"海外华商中投推荐会"。

文汀地产的工作人员都很担心语言问题，他们大多是第一次出国，谁也没想到许总胆子这么大，敢把写字楼往国外卖。

许文婷说："别担心，好多侨商都会方言和普通话，再不行，林律师会英语呢，三语人才，让她给我们翻译翻译。"

林希微虽然也很紧张，但面上却淡定地笑着，不管成不成，总要显得专业且镇定。

许文婷的交际能力让林希微望尘莫及，不过一会儿，她就认识了几个有意往国内投资的企业家。

"我们鹭城非常适合侨商投资，不说前十几年的企业了，就说这几年，光华地产、国际银行，投资额高达24亿多美元，利用外资也有20多亿美金，我们文汀大厦是豪华写字楼，地处鹭江边，CBD，周围也都是国际企业。"

许文婷拉过林希微，介绍道："这是林希微律师，现在自己开了律所，以前也是你们的老朋友，在侨办工作，专门为华侨华人牵线搭桥，解决法律问题，为侨商挽回了许多经济损失。"

听到这个介绍，有几位商人对林希微来了兴趣，他们提起了自己在鹭城的华侨老友，大多是林希微认识的人，比如柳总、王总、海景酒店的经理杨天闻、合资厂的王厂长，一下就拉近了距离。

许文婷特意叮嘱过，这一次就是来认识人的，如果侨商没主动问起购房法律问题，就不要提。

侨商也的确更关心鹭城投资的政策法制建设问题，超出了林希微现在的工作范围，但她此前在侨办工作的经验就派上用场了。

"现在投资有什么优惠政策？"

林希微道："去年鹭城有了立法权后，拟定了许多对侨商优惠的政策，比如鼓励归侨侨眷兴办企业的规定、保护华侨投资权益规定，侨商前五年免缴土地使用费，第六年也有百分之五十的优惠，涉侨案件有专门的部门对接……"

最后居然有侨商问："你认识越程地产的陈总和钟总吗？"

林希微内心唾弃自己，脸上挂着笑："认识呀，之前我代理了越程的售楼见证业务，我们律所现在也在越程的鹭江大厦。"

许文婷说："林律师还代理过紫竹山庄、文汀住宅……"

两天后，林希微在回去的机场看到了一对情侣对戒，还有折扣优惠，她在玻璃橱窗前站了许久，还是进去买了。

杨幼芙正式入职的前一天，做了脸，护理了头发，换了美甲，试穿了早已备好的职业套装，让全家人都来帮她选要搭配的包。

杨爸爸说："都好看，做得不高兴，跟爸爸说喔，宝宝。"

杨妈妈说："黑色的，曜辞那边的律所不是更好吗？宝宝，你不想去香港吗？"

杨幼芙："谁要跟那个老古板一起工作？"

杨哥哥说："宝宝，你可以给哥哥当秘书，或者自己当个老板。"

杨幼芙哼了一声："当然不行，我要自力更生！"

杨哥哥："你已经在自力更生了，你名下有很多股份了，女企业家。"

杨幼芙正要说什么，看见手机震动了起来，连忙小跑过去，一改往日的娇蛮，态度亲切，甜得过分做作："您好，我是立达律师事务所的杨幼芙，请问您有什么事吗？"

杨家三口人不自觉地打了个寒战，等杨幼芙看过来时，又齐齐露出灿烂的笑，竖起大拇指，频频点头鼓励她。

电话那头的钟程也吓了一跳："Yeo大小姐，你哪根神经不对？"

"是你啊，没趣！没事不要给我打电话，我很忙的。"杨幼芙瞬间改了语气。

"你忙什么？"

"不告诉你。"

"在鹭城吗？来海景。"

"不去。"

"阿越失恋了，你不想看？"

杨幼芙立马挂断电话，急急地换了套衣服，喊爸爸帮她叫张叔送她，她现在就要飞去海景酒店，她又想到了什么："哥哥，帮我拿下理光数码相机。"

陈淮越一边喝酒，一边遭受耳边两侧的噪声折磨，他脸色越来越难看，真是后悔自己喝了点酒，又开始疯了似的跟钟程聊感情。

钟程说："分了好，其实听起来就很像她跟她大哥一起骗你，人家一家人呢。"

杨幼芙说："你胡说八道，希微都还钱了，她家里穷，她骗什么了？两个抠门男，我上次还以为希微的皮尔卡丹是陈淮越送的，结果他更糟糕，什么都没送，还好我没有跟他结婚。"

"反正家境还是有影响的。"

杨幼芙冷笑："谁敢对我家人态度不好，看我不给他一拳。"

钟程喝了几口酒，没什么立场："说的也是。"

杨幼芙问陈淮越："伤心吗？"

陈淮越不答，钟程替他回答："有什么好伤心的，分手就分手，反正又不是第一次。"他看见了杨幼芙带的相机，"最新款能录视频的RDC-1相机，你也想偷拍阿越啊，嘿嘿，我也拍过，录像在我家呢。"

但陈淮越这一次根本就没有醉,听到杨幼芙说:"明天带给林律师看。"

他想了想,开始装醉,很努力地回想,去年在钟程家看到的那个录像,他到底是怎么酒后吐真情的?哦,还差了个演员,家里的那只傻鹦鹉。

那两人还在研究数码相机,陈淮越突然出声:"我就是想要一枚希宝送我的戒指,我错了吗?我错了吗?……"

钟程吓了一跳:"哎哟,醉了……录了没?好啦好啦,你没错。"

杨幼芙偷笑,赶紧拿相机对准他。

"我有错。"陈淮越道,"我没理解她的处境……人都在变,我会改的……你们说得对,家人很重要……"

"好好好,你有错。"钟程敷衍。

陈淮越:"那林希微也有错,她对感情不认真,说放弃就放弃,她也得改……感情是双方付出的,她至少,也得主动迈出几步……"

杨幼芙有话说:"你放心,等我们把律所做大做强,希微有钱了,肯定就不自卑了,也没这么多担忧啦,到时候你给她做贤内助。"

陈淮越又闷了一口酒:"那她要先跟我说,她爱我,我就原谅她……"

杨幼芙:"好呀好呀。"

钟程狐疑地盯着陈淮越:"你不会是演的吧?"

陈淮越闻言,面无表情地趴在桌子上,遮住自己的脸,但钟程把头探到他桌子下面,死活要他把脸露出来,嘀咕道:"是不是在演戏?九月份鹭城办的百名明星联谊晚会怎么没邀请你上台?"

杨兴亮近来春风得意,不管是家中还是律所,全由他一人说了算。

新招来的乔安临替他招揽了许多侨商的房地产业务,鹭城的业务就够他们做了,何须非要会什么英语,他就保留了银行的金融业务,砍掉了此前林希微负责的涉外业务。

而且,乔安临这小子还比连思泽那个傻大条上道许多,两人除了招待客户,下了班有空就约去舞厅,夜夜笙歌,一开始就只是跳跳舞,跟舞女玩玩，兴致来了就一晚上消费个几千块解压。

直到乔安临介绍了个女大学生给杨兴亮。

林希微在一个房地产晚宴上从一个发展商那听到了这个消息，那个发展商之前跟林希微接触过，林希微还在审查他们公司的开发资格。他就等不及了，跟杨兴亮签了约，还留下一句经典："女人干不成大事，头发长见识短。"

当场就被倪知禾骂回去了："兰琶短见识更短。"生怕对方听不懂，还晃了晃她纤细的中指。

就此结仇。

发展商对林希微横眉竖眼："林律师，你们律所的女律师，身为女人，不修口德，你看杨律师卖我的楼，我给他留了一套已建好的房，他的二奶都有房住了，你还在租房呢。"

乔安临也在场，笑道："那可是个还没毕业的大学生，又听话又漂亮，杨律师成功人士，让人羡慕。"

"可不是，包一个小姑娘，多有面子。"

还有几个银行的客户记得康明雪，却不像去年，提什么恩爱夫妻，只是道："那杨律师可要摆平二奶了，别伤害了康律师。"

发展商不以为然："太太是不能动摇的港湾，外面的只是个玩乐，康律师就算知道了，也会一辈子装不知道的。"

乔安临看着林希微，说："杨律师可是个好爸爸，委屈什么都不能委屈他妻女。"

众人大笑。

林希微安静地走开，乔安临跟在她身后，林希微脚步不停，乔安临出声道："林律师，你要是邀请我，我就去你律所。"

林希微说："你在侨办业务就不如我，现在还装什么？"她停下脚步，回头抱胸嘲笑他，"之前不还觉得我放弃铁饭碗是个错误吗？那你现在在做什么？"

乔安临并没有生气，反倒带着笑："希微，因为我发现你总是对的。"

"知道就好。"

"真的不要我加盟你律所吗?"

林希微嫌弃:"乔律师,你还不够资格,连合同都还在用我写的模板。"

乔安临说:"希微,你真是一点没变,你男朋友忍受得了你这样强硬的性格么?你知道杨律师为什么会在外面养女人么?就是他在工作上见多了你们这种要把男人踩在脚下的女律师,外面诱惑太多……"

"因为他下贱肮脏,还有你乔安临,离我远点,我怕染病。"

乔安临还郁闷:"我没玩啊,杨律师说你被越程的陈总玩,他不肯给你名分,我……"

林希微早就走远了,她并不后悔筛选客户,虽然短期内赚的钱少了许多,但她现在是律所主任,要对自己和那么多人负责,总要小心点的。

乔安临看着林希微远去的身影,肩膀一沉,被突然多出来的一只手吓得差点叫出声。

钟程嘴上笑着,眼底却没什么笑意,他看似好兄弟一样地勾肩搭背,手掌心却借机拍了好几下乔安临的脸。

"玩玩玩,你是不是经常被人玩?嘴巴怎么这么脏呢?"

林希微对海景酒店的会议层格局很熟悉,她往楼上走,有服务员端着啤酒,外面的天台声音喧嚣,鼓点有节奏地躁动着,楼下会议厅是晚宴,楼上又是新一届的鹭城德国啤酒节。

她随手拿了一杯啤酒,挂起笑容,融进了人群中,像去年那样拓展人脉,逢人便交换名片。

西装革履的陈总自然也在人群拥簇中,还有李从周和倪知禾。

倪知禾招手:"希微。"

林希微笑着走过去:"从周,知禾……"

尽管两人吵架分手了,再见面,林希微也得热脸打招呼:"陈总,好久不见。"

陈淮越淡淡地点头,只看了她一眼,就收回了视线,像极了去年此时看陌生人的眼神。

林希微想,的确也没什么区别,去年这时候两人也是分手状态。但别说分手了,就算是天塌了,也不能阻止她去认识更多的潜在客户。

倪知禾两人带林希微去见证券经理,敬了一圈酒后,林希微想去洗手间醒醒神,她把空酒杯放在路过的侍者酒盘中,一边擦手,一边往外走。

洗手间就在长廊的尽头,她在转弯的时候脚步顿了顿,目光落在某一处,弯了弯唇角,再若无其事地继续走过去。果然,快到洗手间的那个路口,有人伸手将她拽了过去,她的背贴在了墙上,长廊的顶灯倾泻,男人高大的身影笼罩着她,鼻息间凝滞的是彼此身上交错的酒气,混合着水果的甜腻。

林希微抬起头,四目相对,眼神是醉酒后直白的钩子。

陈淮越呼吸微沉,俯身含住了她的唇,恨恨地想咬下,却只舍得顶了顶她的齿尖,大掌摩挲着她的腰。

林希微忍着笑,原本抵着他胸膛的手,换成了搂抱,换来的是陈淮越愈发深入的吻。

一吻结束,陈淮越在她的脸上掐了掐,语气恶劣:"叫我陈总,叫他从周,林希微,你很会搞区别对待。"

林希微比他更挑衅,装出才看清是他的模样:"怎么是你?"

陈淮越立马上钩了:"你以为是谁?林希微,你说清楚。"

林希微被杨兴亮和乔安临恶心到,回去后连夜改进了之前在兴明设计的购房服务流程,隔天下午,她就给律师们讲解了外汇按揭贷款新流程。

连思泽问:"也就是说,接下来我们签合同、收款、咨询都在我们律所的会议室吗?"

"嗯,我们现在同时做售楼见证和按揭,是银行和开发商双方指定的律师,不太适合再在开发商的楼盘签约了。"

林希微细分了工作,杨幼芙在电脑上快速地记录下工作内容,第一批按揭预售房将由林希微带律师们做,而连思泽还是先负责全款购房的老流程。

倪知禾依旧负责跟进证券市场业务,她开完会,问道:"银行没意识到和开发商共用同一个律师很危险吗?"

"所以就只能看个人的职业责任感了。"林希微想避免的就是这样的风险。

倪知禾:"这样放纵下去,迟早出问题。"

但此时的她们还处在1995年的尾巴,银行对新开拓的房地产领域半知半解,大多数人的法律意识都很淡薄,法规上也有着一大片的空白,谁都想搭上野蛮生长的时代快车。

杨幼芙关上电脑,又看到她寻呼机里有一条未读的新消息,来自陈淮越的,这几天他发的消息已经赶上过去一年发给她的了。

——杨幼芙女士,陈淮越先生问,他那天在海景喝醉的视频,你应该没给林律师看吧?

——陈淮越先生说,你把视频删了吧,别给林律师看。

——陈淮越先生说,喝醉了有点丢人,Yeo小姐,请给他留点颜面,请勿展示给林律师看。

杨幼芙这几天都忙忘了这个视频,现在她成功被陈淮越的消息激起一身反骨。

"希微,你想不想看个东西?"杨幼芙上半身趴在林希微的办公桌上。

林希微弯了弯眼睛:"想啊。"

然后杨幼芙就把相机打开,才刚开始看,她就忍不住嘲笑:"你看,他被分手后,喝醉了发酒疯,他忘不了你哈哈哈,他也有今天!"

林希微眉眼也浮现笑意,跟着杨幼芙一起笑。

但她认真地看完了这个视频,是啊,他们两人都有要改进的问题。

陈淮越加班到晚上十点,给杨幼芙打了个电话。

杨幼芙很烦他:"来不及了!你的脸已经丢光了,林律师已经看到你喝醉哭得像流浪狗的视频啦,不要再给我打电话了。"

"哦。"陈淮越笑了笑,在挂断电话前,还问了句,"林律师在律所吗?"

"在呀。"

电话已被挂断，陈淮越穿起西装外套，下楼去鹭江大厦。

林希微是最后一个离开律所的人，整层楼静得吓人，律所的大门是地锁，她蹲在地上锁门，确认锁好后，站了起来，却被身后悄无声息出现的陈淮越吓了一跳，差点就拿包砸他了。

因为大厦的电梯阿姨下班了，电梯停用，两人只能走楼梯下去。

陈淮越面色平静："杨幼芙是不是给你看了我喝醉的视频？"

林希微说："看了。"

"你没感想吗？"

"有啊，不过，陈总方便告诉我，你说你会改进，那你想改哪里呢？"

陈淮越轻叹气："先改金钱观吧，林律师说得对，高高在上、拿钱砸人是不对的，钱要分得清楚点。"

林希微在想，她说的是这个意思吗？

效率惊人的陈总也很快将此理念付诸实践，明明是他要送她回家，车子才停在她的出租屋楼下，她还在解开安全带，随口说了句："谢谢。"

下一秒，就听到陈淮越说："不客气，车费10元。"

陈淮越当然没收到10元钱，林律师要钱没有，只说，不行就把她送回鹭江大厦，她自己走回来。

陈淮越笑着目送她上了楼，再自己开车回公寓，车子停在了车库里，人却没有立马下车。他静静地坐在驾驶座上，口袋里还有另一串车钥匙，如果那天没有吵架，他应该送出了这个卡在海关的生日礼物，理想的公务用车，很适合她。

但这辆车现在肯定是送不出去了。

吵架倒是小事，他更害怕的是相顾无言的沉默和默契回避某些话题的生疏。他很多时候不知道林希微在想什么，他不主动，她就忙她的事，他去找了她，她永远若无其事，不会再提起过去的争执，也不回避彼此的纠缠。

但隔阂分明还存在。

陈淮越想找几个词来形容，但冒出来的只有什么逢场作戏、露水情

302

缘、今朝有酒今朝醉，他垂眸笑了笑，觉得都不对，林希微哪有这个时间玩这些，就是因为没有时间，所以对工作以外的事，她只随波逐流地跟着缘分走。

她凑巧去年年末去参加德国啤酒节，他又凑巧知道她需要业务。

可是哪有那么多凑巧，偏偏他就频繁地出现在她要社交的场合？

杨幼芙每天8点就出发去上班，晚上10点才回家，愁得她妈妈每天叹气："时间久了，这身体可怎么受得了？"

倒是杨幼芙充满了干劲，她原先说好是来当前台秘书的，但真正工作起来，却成了林希微的秘书。

每天早上，她到律所的第一件事，就是守着传真机，取出当日从楼盘销售中心传来的认购单和买方资料，一次性付款的交给连律师，按揭付款的留给林希微，她整理完之后，就开始给这些买家打电话，跟他们确认来律所签合同的时间。

"希微希微，这是新发来的贷款资料。"杨幼芙拿进去给林希微。

"谢谢幼芙。"

"不客气呀。"

林希微还想跟她说点什么，外面已经有新来的实习生在喊她："杨姐，杨姐。"

杨幼芙像只骄傲的母鸡："别急，杨姐来了。"还有空叮嘱林希微："希微，里面有几个买家比较着急哦，你快点审查。"

林希微："收到。"

她带着两位新招的律师做按揭人资信审查，只强调重点："晓雯，潘宁，外国护照必须有使馆的单认证，资信审则必须提供个人收入证明、薪俸税单以及该收入证明公司的商业登记文件，申请人的存单、股票、债券、自有房产的产权证明、其他动产证明都可以。"

因为很多买方提供的都是境外资产，打电话去核对时，语言就是最重要的，好在这两个律师的英语水平还行，只是缺乏口语锻炼。

林希微坐在他们身边，鼓励他们勇敢说，有实在听不懂的，再把电话转接给她。

电话那头的人也会被惹怒："律师？无法沟通的律师，学不会英语就不要来做国际业务。"

两人都有些沮丧，林希微说："没关系的，他们骂的是立达律所，脸皮厚一点，今天不行，明天就行。"

张晓雯不安且愧疚："林律师，如果我们真的犯错了……"

潘宁也纠结："林律师，真的没事吗？"

林希微的笑容镇定，声音温和："我就在你们旁边呀，你们有什么不懂的，可以立马问我，相信你们自己，也相信我，你们是我招进来的，能力绝对没有问题，之后这些业务都会放给你们去做。"

她补充道："就算真的得罪客户了，那也是我来承担责任，我以前也很怕接涉外电话，接多了，就不怕了。"

林希微在做按揭的整个流程，都有意识地偏向了银行，毕竟银行的风险最大，其次是按揭人，而杨兴亮恰恰相反，他偏向的是开发商，所以许多开发商都选择跟他合作。

邱行长都给林希微打了电话："林律师，你可是鹭城最早跟银行谈成按揭的律师，该不会安达银行都做不成几笔贷款吧？"

林希微笑："邱行长，银行放贷是赚取利息，而非收回一堆房子呀。开发商是按揭贷款的直接受益人，楼花按揭抵押的是按揭人将来获得房屋所有权的期待权，这种权利的实现要依托于开发商最终建成楼盘，所以我才多番审核开发商。"

邱行长："这么说，林律师一心为我们银行。"

林希微故作沮丧："我们律所让渡了这么大的利益，邱行长还看不出来吗？只要是我们律所办理的按揭，开发商就是按揭的保证人，一是我们审核过资质了，二是涉及他们的切身利益，开发商也想尽快交付房屋，将楼花按揭转为现楼按揭，就省去了银行的许多麻烦。"

邱行长这才满意地挂断电话，林希微的确说到他心坎里了，比起盘活信贷业务的展开，他更怕又是一堆不良资产、坏账烂账。

工作日的下午，一般就会有购房者来律所签约合同。

会英语的杨幼芙给林希微带来了许多便利，一般来说，她态度都很好，除了面对那些刻意刁难的客户。

"你们律所才100平吗？就这几个律师，会英语的就两个？小律所……"

"算了，我还是再去咨询我自己的律师吧，买了房之后，我就想改这个楼盘的名字。"

杨幼芙先是忍耐："您好，您可以把整个楼盘都买下，再改成猪先生大楼哦。"

再烦她，就是白眼加一通多语种混合的输出。

林希微就会拉偏架："不好意思，这是我们大客户的千金，您懂得的……"

实习生也会赶过来，给杨幼芙捏肩膀："杨姐息怒，杨姐息怒。"

其实这就是变相地筛选客户。

杨幼芙发怒之后，还有点不好意思："希微，我是不是连累你了？"

林希微摇头："这是按揭贷款，信用和人品很重要，他们故意找事，后面还贷的时候还不知道会惹出什么麻烦呢，变成烂账更影响我们声誉。"

杨幼芙又膨胀起来："就是，我又不是不讲理，我全家人都说我很通情达理、可爱又招人喜欢喔。"

林希微笑了笑。

杨幼芙听到了笑声，鼻孔朝天地说："难道你们不喜欢我吗？"

林希微和实习生异口同声："超喜欢！"

刚谈业务回来的倪知禾笑眯眯问道："喜欢什么？"

"喜欢我。"杨幼芙脸颊红红。

倪知禾开心地走过去，一把抱住了杨幼芙，话却是对林希微说："希微，我从鹭贸那边拿到资料了，这说明什么？"

杨幼芙眼睛亮晶晶，立马接话道："说明我们要发财啦！"

倪知禾说："费用的谈判还没开始，但是按照北城的价格，至少120万，高的可以谈到200万。"她为自己鼓劲。

杨幼芙最喜欢聚餐了："我们去庆祝好吗？"

但很多律师手头都还有工作，林希微给他们点了外送餐，就跟杨幼芙、倪知禾去酒吧了。因为酒吧离悦华酒店很近，林希微想到了陶作家，两人也许久没约见了，陶作家上次给她打电话说，她最近刚忙完新书，有时间可以聚聚。

她询问了其余两人的意见，她们都同意。

林希微给陶作家打电话，陶静昀嗓音温柔："您好，我是陶静昀。"

林希微也笑："陶作家——"

话还没说完，电话那边的声音就变了："希微——"

"要不要一起来喝酒？幼芙也在。"

陶作家立马挂断电话，出发去酒吧了。

四人畅快地干杯痛饮，等酒意稍微上头，陶作家母爱泛滥，一定要去抱着其他三人的脑袋，摸着她们的头发，亲她们的额头。

"幼芙，你也太棒了，都学会上班了！"

"你叫知禾对吧，知禾，你也太优秀了，每天应酬喝这么多酒，妈妈心疼。"

"希微，卖房辛苦了，妈妈爱你。"

然后林希微面无表情地看着她们三人哭着抱成一团，两个喊妈，一个喊乖女儿。

林希微喝得最多，酒量也很好，只是，杨幼芙又给她红白啤混着喝，她虽然还算清醒，但也开始犯晕了。

她的手有点不受控制，给陈淮越打电话。

"你妈——"林希微太阳穴抽痛。

"林律师，打电话专门来骂我么？"

"不是，你妈要成为别人的妈妈了。"

"我妈要二婚了？"陈淮越轻笑，听到了她那边嘈杂的乐声，猜到她在酒吧，"你跟我妈妈在一起吗？我去接她。"

陈淮越到了酒吧，看到东歪西倒的四个人，先给杨幼芙家里的司机打电话，等杨家的司机来了，他才进去，跟司机道："这个倪知禾是杨幼芙律所的律师，你把她们两个都送回杨家，先收留一下倪知禾吧。"

林希微还是能自己走路的，但陶作家整个人挂在了林希微的身上，在酒吧门口的时候新认的母女四人哭得难舍难分，杨幼芙趴在车窗上：

"我不要跟我妈分开……"

陶作家也在陈淮越的车上伸出手,陈淮越忍无可忍,按着她的手,锁上车窗,他开车把陶女士和林希微都送到附近的悦华酒店。

陶女士到了酒店倒是安静了,沾床就躺下了,而林希微还直挺挺地坐着,相当端庄且严肃。

陈淮越站在她面前,居高临下地看着她,半晌,无奈问道:"你要跟我妈睡一个房间,还是再给你开个房间?"

林希微不回答,只是安静地看着他,她两颊酡红,又是那种意识清醒,但四肢和嘴完全不受控制,甚至觉得,她就该这么干的状态。

"你跪下。"

"?"

"我有个东西要给你。"

陈淮越不跟醉鬼计较,尽量冷静微笑:"你想给我什么?直接给我,可以吗?"

林希微也有点困惑,她头脑混沌:"不行,别人给的时候,都跪着……"她费力地从包里找出了那对戒指,再打开。

陈淮越的眸光顿住,看着她取出了戒指,那枚戒指随着她颤抖的手不停颤动,她眼晕得不行,只好将戒指握在了手心里。

他的心脏也跟着不安地跳动,像是被她柔软的手捏着。

林希微说:"买给你的……跟你谈恋爱太费钱了,我没有钱了。"她想着还有些伤心,"我怎么会真的花这么多钱买情侣戒……"

陈淮越笑了,他知道林希微喝醉了,可是没关系,她明天酒醒,还会记得今晚发生的事。

"那勉强给你个给我戴戒指的机会。"

他无法控制心跳,也无法控制膝盖跪下,声音很轻地诱哄道:"盒子里还有另一枚,你也要戴,多好看,亮晶晶的,拿给我,我给你戴上。"

"我不要。"

"你要!"

第二天一大早，陈淮越就醒来了，但他没想到的是，酒店隔壁房间里没有林希微，只有他妈妈。

陶静昀头疼得不行，看到陈淮越头就更疼了，叹了口气："我就去马来参加个文学大会，你就又悲惨地恢复单身了。

"凡事要往好的想，人家大哥为什么找你要钱，不找其他男的要钱呢？还不是因为人家把你当希微的未来丈夫，当成他的一家人，你连这个道理都想不明白，傻孩子，人家大哥多好！给你和希微牵线呢。"

陈淮越忍不住笑了，真难为陶女士能开辟出这个思路。

陈淮越离开悦华酒店时，已经是一小时后了，他已经许久没见到陶女士这样兴致高昂，跟他说该如何如何对待林希微的家人。只是说到了最后，触及了她的伤心事，陶女士忽然就落泪了，她起身去找药吃，只赶他走："妈妈想一个人待会儿，你去工作吧阿越。

"矛盾不会因为分手就自动消失，不去改变，分一百次都没用。

"你有时间的话，去给你外公外婆扫扫墓吧。"

陈淮越十来岁的时候，还回过鹭城看外公。老头那会儿躺在病床上骨瘦如柴，完全没有之前去找阿公要钱赌博的嚣张了。去世的前一天，他精神状态很好，陶女士给他擦洗了身体，推着他去晒太阳。他不停地拉着陶女士的手说话，说他从小沟里把她捡回家的时候，她都还没满月呢，大家都说养不活的，结果他养活了她。

说他对不起她，不该她才十几岁就把她卖给蛇头，可是不卖谁也活不下去，说他老了还在拖累她，以前村里笑话他捡别人不要的东西，现在他们才知道他带回来的是个宝……

陈淮越不信这个赌鬼说的任何一个字，但陶女士信，外公下葬之后，她也病了好长时间。

人死恩怨消，她只记得老头捡她回来，却忘了她差点就消失在船舱的集装箱里了。

陈淮越到了办公室，让蔡秘书帮他买一杯咖啡，这才给林希微打电话。

"是我，陈淮越。"

林希微若无其事，语气淡然："怎么了，陈总？"

她偏着头,把手机夹在了肩膀上,手还在键盘上打字,是一篇关于售楼见证法律实务经验的法律研究。

陈淮越听见了敲击键盘的声音,笑问:"你在忙什么?"

"写文章。"

"在报纸上开专栏吗?"

"嗯,还有律师杂志。"林希微说,"多一个渠道,就多一个广告的机会,至少能让大家看见立达律师事务所。"

"有登报了的么?"

"《鹭城法律报》,上面有个商品房买卖专栏。"

是陈淮越每天都会看的报纸和专栏,但他今日还未读,他翻出了法律报,看见了署名林希微的一篇文章《购置商品房时应注意的法律问题》。

文章并不长,一千多个字,林希微每天早晨提早到办公室,就是为了挤出时间写这些文章,既能总结自身的实务经验,又能帮助律所的其他律师成长,宣传的同时还能提升立达律所的公信力。

陈淮越想到她睡眠不足而浮现的淡青色黑眼圈,原本想质问她昨晚发酒疯给他戴戒指是什么意思,这时候只剩下心疼了,她工作已经这样繁重,她都给他买了戒指,他还有什么可不满足的。

"昨晚你喝醉了……"他想问她头疼不疼,他让家里的阿姨给她熬点补汤。

但林希微却做贼心虚一般,先发制人抢话道:"我的确喝醉了,陈总,我也正想问你,我丢了一枚戒指,是你拿走的吗?"

陈淮越沉默一会,夸她:"林律师,你折磨人的方式可真新颖。"

蔡秘书提着咖啡进来,把咖啡放在桌子上,正准备离去。

陈淮越结束了通话,让蔡元去找把剪刀。

蔡元想起了不太美妙的经历,以为陈总又开始乱吃飞醋,想剪下报纸上那个跟林律师一同出现的野男人,特地选了一把锋利的大剪刀。

但这次陈总收藏的是林律师的专栏文章,一边剪,一边勾起唇角,对蔡元道:"蔡秘书,这篇文章很值得我们房企反复研读。"

心腹蔡元很上道地露出赞赏的笑容:"林律师真是不可多得的当代

文豪。"

"是法学大家。"

"是是是。"心腹蔡元不仅识相，还眼尖，"陈总，新戒指很好看。"

陈淮越的目光扫过无名指上的戒指，带着几分淡淡的笑意："林律师去新加坡出差的时候，在机场专门买给我的，花了她好几个月的工资，尺寸比上一个合适。"

钟程也到办公室了，他推门进来，打着哈欠问："蔡秘书，还有多买的咖啡吗？"

蔡秘书还没回答，陈淮越就道："我这杯咖啡还没喝，给你吧。"

他说着，端起了咖啡，确保他无名指的铂金戒指正对着钟程。

钟程却露出了怜悯："阿越，你自己买戒指来骗自己？"

1995年是房地产市场蛰伏的一年，到了年末，越程地产取得江头改建区C3地块的开发权，又和鹭城啤酒厂签订合同书，合作开发新楼盘。陈淮越已决定要转变运营模式，不再只建设外销房和写字楼，两个月的时间，他和钟程全世界到处飞去考察调研学习其他地区、国家的城市商业形态。

而林希微也忙着立达律所对外的双线业务并行和对内的行政管理，这一年结束的时候，林希微给自己的总结是，无功无过，不过没什么好着急的，至少在这一年的尾巴，她创立了一个她设想中的新律所。

元旦前夜，倪知禾、林希微和连思泽还在律所里加班，这一整栋楼或许就只剩下他们这个办公室还亮着灯。

林希微打电话订了外送，三人坐在地毯上吃海蛎饼和肉片汤。

连思泽说："别漏在地毯上，小心明天又要被大厦的保洁阿姨说。"

倪知禾："他们这国外定制的地毯清洗都要花好多钱。"她想了想，干脆挪到木椅子上，盘腿坐着吃。

林希微问连思泽："还记得去年的这时候吗？"

连思泽笑了起来："当然记得，我们还在杨律师的手下夹缝生存，不过那时候有他顶着，好像除了挨他骂，压力也小了许多，不用担心卖不出去房，连个办公的地方都没了，现在我们是真的要养着这么多人。"

倪知禾说:"至少自由了啊,至少我们三个合伙人的想法是一致的。"

他们都不只是想赚钱,都想把立达做成一个品牌,把创收的百分之七十投进了律所池子里,只留给个人百分之三十,比起个人律师的名气,他们也都更倾向于打响立达的名号。

连思泽和林希微之所以更注重团队合作,是因为他们在杨兴亮那吃了亏,而倪知禾说:"你们忘啦?我前老板管理律所就是这种公司制的分配模式,吸引来了很多人才,他自己也买了宝马,有这种成功的例子在,我还怀疑什么?"

零点快到之时,三人也忙碌了起来,主要是忙着给各自的客户发寻呼机消息,祝福客户在新的一年身体健康,财源滚滚,争取提高印象分。

李从周很快给林希微回了电话,笑道:"希微,新年快乐,成为待合作伙伴的待遇还算不错,至少会收到祝福了。"

倪知禾在一旁道:"李总,年后帮我们多向鹭贸说说好话,我们项目建议书都写好了,就差一个谈判的机会。"

李从周爽快应道:"好。"

一个上市项目的周期至少都有个一两年,立达律所入场比别人晚,有现在的初步接触已算好事。

康明雪也给林希微打来了祝福电话,林希微笑道:"康师姐,新年快乐,你也还没睡吗?"

康明雪说:"新年快乐,希微。"她也笑,"带孩子没有整觉的,宝宝要起来喝夜奶,所以就给你打电话祝福。"

林希微顿了顿,问:"杨师兄呢?"

"他去见客户了,不在家。"

"真努力。"

以前无话不谈的两人渐渐也好像没有了共同话题,林希微有种说不出来的难受和憋闷,倪知禾上去捂住她的嘴,不让她说。

倪知禾对着电话道:"康师姐,新年快乐,祝你婚姻幸福美满。"

而正在日本出差的陈淮越知道林希微还在律所加班,她的手机没有国际业务，便赶着国内零点给她办公室打电话，但一直到十二点半才打通。

倪知禾和连思泽都知趣地回自己办公室了。

林希微盯着夜幕中的烟花，轻笑："陈总，1996新年快乐。"

就这么简简单单的一句话，就让陈淮越烦躁的心平静柔软了下来，他也仰头看夜空："希微，又一年了。"

陈淮越元旦过后从日本回来，而林希微又去了新加坡，接洽写字楼的大宗资产交易法律服务。购买写字楼的老板公司都有法务，后期的合同都需要跟法务对接，这对于林希微来说是个好事，更方便沟通，但她要派驻在新加坡半个多月，等她回鹭城，都临近除夕了。

林鹏辉来接林希微，他犹豫了半天，还是开口问："希宝，能不能带绮颜去香港看脚，我听别人说，那边医院可以祛疤的，咱们家没有亲戚在香港，我和你大嫂肯定去不了，就想问下你。"

林希微因为工作缘故，有往返通行证，但大哥大嫂和绮颜要是想去，就只有亲朋担保邀请或者跟团旅行。

她说："我去问下人，嫂子回来了吗？"

"回来了，她妈把她赶回来的，但你嫂子还跟我生气呢，她就是担心绮颜的腿。"

林希微说："上回那笔钱，嫂子生气后还给我的，我们拿去请人简单装修一下家里吧，至少修一个小厨房。"

林希微原本想着，年后拜托陈淮越和沈曜辞出具一封探亲访友函，她带嫂子和绮颜去香港，结果大哥等不及，第二天正好跟李从周联系上了，还把李从周请到了家中吃饭。

林希微下班后，在祠堂门口看见了李从周，他饶有兴致地跟其他人攀讲着，还逛了一圈祠堂。

林鹏辉提着啤酒回来，对林希微道："希宝，从周，快进来吃晚饭，可太巧了，从周明天就回家过年了，正好今天遇见。"

方敏知道李从周愿意帮忙，忙前忙后，煮了许多道菜，招待李从周。

林玉梅抱着绮颜,坐在一旁,林希微给绮颜的腿涂抹祛疤膏,一些小的痕迹已经消散了,只有脚踝处的伤痕还在。

林玉梅叹了口气,小声道:"医生说不会留疤,但你哥嫂担心,最主要的是,绮颜被烫伤了之后,不敢走路,现在让她走路,她就哭,应该是心里害怕。"她嗓音压得更低,"你前面那个,其实人也挺好的,绮颜在他面前,愿意走几步。"

林希微没明白。

绮颜伸出了手:"二姑姑抱。"

林希微心疼地抱起她,绮颜说:"娃娃,猫猫。"

"什么?"

"叔叔送的,上次那个叔叔。"

林希微看见了绮颜手中的芭比娃娃和小熊猫,叔叔,是陈淮越么?

李从周明天要赶飞机,不方便喝酒,七点半就开车回酒店了。村口的公交站还停着另一辆车,陈淮越坐在车里,看见李从周的车子离去,静默了半响,下定决心般,才重新进村。

他的车子刚刚就停在林家门口,祠堂门口的灯光还是那样昏暗,巷道依旧窄得不行,一切似乎和他去年来的时候并无两样,但院子里都是温馨的笑声。

那年他从纽约回来后,就做了一个类似这样的梦。

梦比此刻更加真实。

下了雨的除夕夜,寒冷萧瑟,淅淅沥沥,他就站在林家的院子外,看着林家人和李从周坐在堂屋里吃饭,所有人都在笑,李从周像猴子,拿手掌遮在林希微的额前,他气得要命,跟疯了一样,冲进去就把林家的餐桌掀了。

林希微冷冷地看着他,只说分手了,还来做什么?

陈淮越气醒了之后,无比庆幸那只是个梦,而现在,梦境差不多重演,还好他没进去掀桌子。

元旦他回国后,基本有时间就会来尾厝村看绮颜,每天晚饭后,林玉梅会带着绮颜出门散散步,这两人又恰好是林家跟他关系相对较好的两人。

林玉梅金钱阶级观不是很强,她见过的世面也就村庄这么大,对陈淮越前后的态度很一致,而林绮颜只是个小朋友,不知道大人之间的事,她喜欢这个叔叔。

　　今晚也是绮颜先看到陈淮越的,但陪同绮颜的除了林玉梅,还有林希微。

　　"二姑姑,叔叔来了!"

　　陈淮越下了车,林玉梅道:"你来了啊,你上次送的两种膏药都蛮有效的。"

　　林希微猜陈淮越是不是撞见了李从周,想着解释,便对林玉梅道:"妈,你带绮颜去散步吧,我跟他聊一下。"

　　陈淮越也道:"等下,妈,我带了点东西过来,我跟你一起先拿进屋。"

　　林希微和林玉梅都愣愣地看着他。

　　林鹏辉出来扔垃圾的时候,正好听到陈淮越无辜地问道:"怎么了?不能叫妈吗?要叫妈妈,妈咪还是阿妈?"

　　陈淮越转头看见他,还露出了虚伪的笑意,"大哥,好巧,你出来扔垃圾啊。"

　　林鹏辉浑身不自在,切了声:"你叫什么大哥啊?"

　　"那你想叫什么?"陈淮越倒是依旧笑,"鹏辉哥?"

　　林鹏辉跳脚了,脸红脖子粗:"你比我还大呢,你怎么好意思?"

　　一句话戳中了陈淮越心中的痛,他收了笑,转头把微笑给林玉梅:"妈,看我给你们带的过年礼。"

　　第一声"妈"是意外,第二声"妈"已经很顺口了,说出口之后,他发现,其实也没那么为难。

　　"哦。"林玉梅还愣愣的,她嘴笨又快,"今天年二八,女婿不都是初二上门吗?"

　　林鹏辉先嘲笑:"妈,人家可不欢喜当我们家女婿,你别乱攀关系,小心陈总赶你走。"

　　知儿莫若母,林玉梅看林鹏辉一眼:"你干什么事了被人家赶?我怎么没被他赶?"

林鹏辉不回答了。

方敏听见声音,也走出来了,她从林玉梅手中接过绮颜,看也不看几人,径直进屋。祠堂前阿公阿婆也有好奇望过来的,都坐在竹凳、木椅上,鹭城人好茶,就算是年关将近,也要提着暖水壶,聚在庭前,支起小方桌泡茶汤,攀讲撩闲,收音机放点歌仔戏。

"玉梅,你家囝婿?"

"带这么多洋货,有福气了。"

林玉梅打哈哈,敷衍了过去,主要是家里人除了林鹏辉头铁,其他人也不敢真的管林希微的事。

陈淮越今天本来没打算进门拜访的,所以副驾上只有他带给绮颜的零嘴和玩具,高乐高粉、果珍饮料、开喜虾条、珍妮曲奇饼、小霸王学习机,还有一瓶林玉梅上回说的活络油。

"是这个吗?"

林玉梅接了过去:"对对对,别人跟我说的就是这个澳门黄道益,谢谢啊,多少钱,我去拿钱。"

"不要钱,别人送我的。"陈淮越想起上回他给药膏的场景,他说不要钱,林玉梅当着村里好多人的面,拉扯他的裤腰带,死活要把10块钱塞进他裤袋里,他这次脱口而出,"你不要我就扔了。"

林玉梅不觉羞辱,只有心疼:"这么好的东西扔了干吗呀,扔哪儿我去捡。"

陈淮越觉得林家还蛮神奇的,一家人就没性格一样的。

他想起后备箱里还有一些供应商送的烟酒,让林鹏辉等等,没再叫大哥,扬了下巴,冷淡吩咐:"你拿进去。"

林鹏辉皮贱,越冷漠越不敢说什么了,听话地去搬烟酒,瞧见品牌,啧啧称奇:"友谊、鹭岛、五福、鹭江、英国三五、美国云斯顿、日本万事发,这么多烟!马爹利!"

林希微瞥了他一眼:"你不是说戒烟了?"

林鹏辉:"哪有那么容易戒的……我就看看,抽一点,就一点。"

林希微阻止:"烟酒不要了,家里……"

但陈淮越低声道:"他们都看着呢,收下吧,就当是过年走礼。"

陶女士说，恋爱婚姻的经营跟做生意一个道理，要有延伸的服务，要是实在不能理解，就按着应酬的模式，把礼数做齐。

所以陈淮越给阿公们各分了一包希尔顿烟，阿婆们拿了侨利食品厂的中西饼糕点。这下大家的热情让他招架不住了，七手八脚地拽着他坐下来，给他倒茶，但他看着杯子里面厚厚的一层茶渍，缺了个小口子的杯沿，实在无法委屈自己喝这个茶水，阿公却以为他不好意思，就差往他嘴里灌了。

林希微上去解围："他最近胃不好，不喝茶，我喝吧。"

林希微也被阿婆们拉着坐下来。

"我记得你，去年来过，新加坡的，特别出息，生意都做到香港去了。"

"还送我们侨利的饼。"

"玉梅熬出头咯，希微做老板，还有个做老板的囝婿。"

"开四个轮子……"一个阿叔盯着陈淮越看了半天，西装齐整，一身贵气，对上了，"是不是去年连人带车摔沟里那个？"

众人瞬间哄笑了起来，显然他的这桩糗事早传遍全村了。

阿叔道："你要不会开，让希微开，她有驾照，不是买的，自己考的。"

陈淮越不紧不慢地抓住机会："说的是，希微，等会能帮我开一段村路吗？我怕我再摔沟里。"

林希微在大家期待的目光下，只能点头。

"那几时结婚？都不小了。"

"希微，遇到好的就要抓紧，这后生仔看起来屁股后头多的是女人跟。"

陈淮越容忍不了这样的污蔑："阿婆，我就只有希微一个女朋友，不要乱讲，希微还年轻，她现在要忙事业的，婚可以晚结，钱错过了可就没机会了。"

林希微但笑不语，不怎么在意，总之他们讲他们的，她做自己的，村里乡亲的看法影响不到她的工作，哪怕整个村都认为陈淮越是她姘头都没关系。

林希微要送陈淮越离开时，去年故意拆她家水管的老太看见他们，却面无表情地低头快步路过，林玉梅在一旁小声道："她现在都不敢了，不然又要大过年找事了，听说她儿子今年都不好过，活该！之前我说你开律所，村里人都不信。"

但几月前一个祖籍村里的南洋华侨找林希微买了房子后，回村宣扬了下，就没人再质疑了，因为他在村里德高望重，一句话抵过林玉梅说的一百句。

林希微只说："妈，我送他一段。"

她拿了证之后，很少有机会再碰车了，原本的忐忑等摸到方向盘之后，也消失了，她把车开到村口，停了下来，陈淮越却想让她再练一会儿车，正好一旁就是个还未开发的空地，倒也平整。

他给她练习，自己在一旁道："把你嫂子和绮颜的资料发我，我托人去弄，香港那边我有认识的医生，绮颜是看到伤疤，才害怕不敢走路，你让你大哥有时间拿玩具陪她玩，每次哄她走几步。"

林希微停下了车，转头看着陈淮越，知道他也很忙，连自己家的琐事都不怎么管，这个月却在帮绮颜。她还没说话，就见他解开安全带，靠了过来，垂眸看着她笑："我现在能做你家人一样的爱人么？"

林希微笑："五十分。"

"满分一百吗？"

"对。"

"林老师，你这评分太苛刻了。"

林希微却笑道："陈总之前不是说，要改变金钱观，彼此分清钱财么，今天的烟酒礼品要付费吗？"

陈淮越握住她的手，她没戴那枚女戒，但他无名指的铂金戒很显眼，他回答："你已经付费了。"

林希微脑海里又浮现那一晚她给他戴戒指的画面，其实很多事情，在她买下这对戒指的时候就不言而喻了，因为他们俩的矛盾说简单也简单，说复杂也复杂，就看他们要怎么处理了。

陈淮越低头在她嘴上亲了亲，留下一句话："你得对我负责。"

林希微学起了电视上的坏男人模样："负责可以，陈先生，跟了我，我能给你很多，只除了感情。"

陈淮越低声笑，黑眸注视着她："那我要婚姻。"

他话音落下后，有一大段无人出声的空白期，他不要她躲，她原本想错开视线，但他要她看他，夜色里两人的目光对视，别样的情丝滋生，呼吸绵长。

林希微说："你刚刚都知道我要赚钱。"

"我会陪你赚钱。"

"你才拿到50分。"

"我会努力考到100分。"

"接下来的一年我会很忙，我没时间。"

"没关系，结婚后，你可以做你的事，不会有任何变化……"

林希微笑了下："如果真的不会有变化的话，那结不结婚又有什么区别？"

"因为我会做这些该有变化的事。"

林希微还是摇头，倒也不是相信或者不相信的问题，而是她不想再在没有把握的时候，把希望寄托在别人身上，即便这人是陈淮越。她现在的状态不适合迈入婚姻，他们在婚姻中要付出的代价也不一样。

虽然大多数人都会认为是她占了便宜，但这种便宜对她来说，一点用都没有。钱和权都是他们的，跟她没有关系，反倒随之而来的风言风语会把还未打出名堂的立达律所卷进麻烦中。

对于一个才创建的小律所来说，创始人是陈教授的学生和创始人是陈玄棠的孙媳，是完全不同的，前者代表专业，后者代表关系。

这种微妙的感觉，林希微觉得，陶女士肯定懂她。

陈淮越本来就只是试试，见她摇头，就坐回了副驾，手臂横挂在她的靠椅上，偏着头，有几分哀怨。

"看来我永远都得不到名分了。你不想和我有结果，就只想拖拖拉拉，拖到我人老珠黄。我31了，很快40，50，你倒好，我现在陪你奋斗，等你发了财，是不是就打算换了我这个糟糠？"

林希微忍不住笑，她哪里有这个想法？

可陈淮越觉得她有，他探手把她的座椅放平，见她还停不下来笑，故作严肃地盯着她:"那你要告诉我,什么时候可以跟我结婚?"

"你变了,你以前不想结婚。"

陈淮越承认:"嗯,我变了,我深深地意识到结婚是我占了大便宜。我自私,我想到你是律师,却不肯跟我在法律上确认关系,不愿同我长久,我就伤心,要再录个视频给你看我难过的心。"

"原来真的是演给我看的。"

"喝醉是假的,但忏悔、伤心是真的,想听到你说爱我,也是真的。"

林希微看着他,没说爱他,在暧昧气氛的鼓动下,给了个冲动的承诺:"会结婚的。"

"什么时候?"他打蛇随棍上。

"等律所做起来。"

"什么叫做起来,你要有个标准。"陈淮越黑眸里倒映着她的身影,"是全国开分所,还是全球开,十年之后,还是二十年之后?"

林希微手心贴在他的脸上:"先做鹭城第一。"

陈淮越心满意足了,还有事想跟她说。"今年我的生日礼物,你准备好了吗?"他说,"我能提前许愿吗?"

林希微答应他:"不要太贵,不要太难。"

"很简单。"他掏出了一把车钥匙,四个圈圈,"能收下你迟到的生日礼物么?"他又亲了她一口,叹气,"从来没想过,送礼也这么为难。"

林希微无比温情地说:"你得去问1992年的陈淮越,为什么傲慢又猖狂。"但车她真的不需要,"律所买了一辆二手车,年后我和知禾要开车去外地项目现场。"

大年初一,陈家的别墅里挤满了宗亲好友,讨论的是陈淮越一个同宗堂弟要结婚的事。往年一谈论这种话题,陈淮越就会起身离开,但这一次他一直坐着没动,看似在看电视,耳朵却在听他们说的提亲、结婚流程。

吴佩珺看了他一眼,要说不知道他和希微重新在一起了,这也太假了,试探地问道:"你们有结婚的打算了?"

陈玄棠抿了一口茶，他更了解自己的学生："近期肯定不可能，希微的新律所才刚开，哪里有那个时间。"

吴佩珺皱眉："没趣，那阿越激动什么？"

陈淮越却觉得充满了盼头，鹭城第一，对林希微来说，不算什么难事，他昨晚的头炷香也帮她求了事业，等于帮自己求了姻缘。

这个春节，陈淮越唯一的遗憾就是，他生日那天，林希微却不在鹭城了，客户大年初七开工，答应给她们一个拜访的机会，她和倪知禾要提前一天去准备。

林希微送他的礼物是一个钱包，里面有一张他们多年前在香港留下的拍立得合照，还有一张她的名片，空白处写着：生日快乐，陈总，我先去奋斗事业，生日下回补。附带了一个笑脸。

钟程很好奇："这上面哪个字，哪个词，让你笑得这般春心荡漾？"

"奋斗事业。"

"大哥，她奋斗的是她的事业，她为了她的工作，都不跟你过生日了。"

"你不懂，她是为我和她的未来。"

钟程嘿嘿一笑："我以前敷衍我女朋友，就是这么编的，亲爱的，我在为你努力赚钱工作，她们也跟你一样感动，可我单身也得工作呀。"

轮到陈淮越怜悯地看着他："所以你现在成了孤家寡人。"

钟程恼羞成怒，挖了一勺蛋糕，塞他嘴里。

初七早上，刚开工的林希微收到一条寻呼机消息：林希微女士，陈淮越先生说，他今天带你嫂子和绮颜去办通行证了，虽然他们相处尴尬，相顾无言。

只有在这样的政府大楼，方敏才更深刻地感受到他们和这位陈总的差距，云泥之别都无法形容，没有林希微在的时候，他无论是笑还是不笑，都带着让她不自觉屏住呼吸的压迫感，明明他也保持着基本的礼貌，甚至喊她嫂子。

但方敏还是不自觉地湿了手心，说话紧张，签字颤抖。

这地方她一人都不敢进来，而陈总打了招呼后，她当天就拿到了怎么也不可能下批给她们的通行证。

方敏坐在车后座，前面是陈总给她们安排的司机，副驾坐着去香港的医疗陪同翻译。陈淮越抬手看了下手表，他还有别的工作，对方敏说："他们会陪你们去养和医院，你有什么需求，跟他们提。"

方敏点了点头，握紧了一旁女儿的手，车子启动时，她往后看，陈总身旁跟着另一行西装革履的人，一同进了摩登大楼，听说这些楼都是陈总的。

她现在才明白林希微在医院吵架时说的那些话，他们本来就是沾光的，陈总这类人哪里是傲慢，而是本就不可能看得见他们，是他频繁地出现在尾厝村，让她产生了错觉。

她想到她因为绮颜的腿生气，还给林希微和陈总摆脸色，她高攀不起，那她总可以不理会的吧，羞愧的是，他们最终还是要麻烦人家。

林希微原本要给陈淮越回个电话，但她收到了连思泽的电话，她把许总文汀大厦写字楼的新加坡售楼留给连思泽去做，因为她分身乏术，今年需要把更多的精力放在市场开发上，拿项目回来，让律所的其他律师去做。

文汀大厦的销售流程基本已经确定下来了，连思泽接手并不难，难的是流程烦琐，合同杂乱，还要有合伙人级别的律师派驻新加坡。

"希微，我已经到机场了。"

"思泽，辛苦你派驻，许总是我们的大客户，我们开业，她预付了几年的律师费，本来我该继续派驻售楼现场的。"

"都是干活嘛。"连思泽不擅长应酬，"有活给我做多好，我打电话是想跟你确认下，文汀大厦一层楼是7个销售单位，那合同都是按照销售单位出的么？"

"对，你照我给的合同修改，有需要补充的，你再拟定补充协议，每个销售单位都有三份合同，签字的时候需要多留意，一份合同有27个签字处，包括小签，别漏了。"

连思泽的电话才挂断，又有潘宁的来电，他现在主要负责售楼见证法律意见书中的发展商资质审核，严控发展商带来的风险。

"林律师，嘉润地产有合格的营业执照，有土地使用权出让合同，但没有土地使用证,使用权出让手续也不完整,发展商那边一直在催促我们快审核,他们今天给我提供了一个乡政府产权证,说有政府背书。"

林希微:"乡政府?你传真给我。"

但林希微才收到传真件没多久,潘宁就说:"客户说,他们决定委托兴明律所代理销售了,还有太平洋新城外销房也跟兴明签约了。"

"太平洋新城的批文审查不是没问题么?"

"对,但他们不满意我们提供的合同,他们要求买家要么全款,要么按时间分期付款……林律师,要不我们也放宽条件,我们可以避开担责的,不然总是审到一半,项目没了。"

林希微只说:"我会考虑的,我先去见客户。"

倪知禾刚好换完衣服,两人一起下楼去酒店会议室,她们来得早,其他人都还没到。会议室往外走,有个小阳台,林希微站在阳台上,深呼吸了一口气,平复心情,不远处大厦外墙挂着一幅巨幅地产广告,右下角写着指定律所是兴明律所。

倪知禾笑了下:"又是兴明,杨兴亮挖走了我们太多客户了。"

林希微还开玩笑:"从某种程度上来说,我从侨办离职时的梦想还实现了。"

"什么?"

"地产广告上都写满了兴明。"

倪知禾笑得不停,却也"批评":"客户第一客户第一,希微,你为购房者考虑没错,但能决定业务是否给你的人是发展商,你审查太严,赶跑一个发展商,发展商口口相传,等于给杨兴亮作嫁衣了,就像你离职后留给他的那些客户和资料,你开了按揭的口子,他拿着兴明的名号去接。"

林希微靠在她身上,也笑:"倪律师,杨兴亮有爹妈老婆,我们要是被抓了,都没人能捞我们。"

"陈总啊。"倪知禾眨眨眼。

"你还不如想着陈教授。"

正巧一行人进来了会议室,林希微直起身,回头,看见了虎城经济发展研究中心林国锋主任、省计委徐明主任、省钢集团的企管处处长。

林希微上前打招呼:"徐主任,林主任,程处长……"她目光往后一瞥,"李总,杨律师,乔律师。"

她并不奇怪遇到李从周,这些都是H股上市项目,遇不到H股承销商李从周才是奇怪的事。

倪知禾跟林希微对视一眼,彼此无奈,春节前倪知禾差不多跑了一个月程处长的关系,好不容易才有了递交资料的机会,今天又多出了个杨兴亮,就跟还未定下的鹭贸一模一样。

程处长说:"倪律师,我看了你们律所写的项目建议书,很好,就是我们调查啊,律所创建时间太短,又一直在做房地产。林律师呢,以前在兴明,也是搞房地产业务的。"

倒是徐明主任看了倪知禾和林希微的履历后,笑道:"倪律师在北城做过H股上市,林律师公派归国,建议书写得有条有理。"

林主任也点头:"老程,看起来值得托付。"

这时候做项目相关官员的推荐很重要,但徐、林两位主任听完杨兴亮的话后,也觉得杨律师值得信赖。

杨兴亮笑眯眯地接话:"是啊,法律人都是一家人,大家都是想为改革贡献一份力,选我跟选小师妹是一样的。小师妹虽然从没接触过证券市场,但她以前也跟着我做过金融诉讼、翻译,现在独立出去,也是非常有本事的,地产商都喜欢她,男客户嘛。"

他还看了倪知禾一眼:"倪师妹也是,北城的客户都能被她哄得服服帖帖,哪个上市项目谈不下,年纪轻轻就负责了这么多项目,我们鹭大真是人才济济。"

倪知禾气得太阳穴抽了抽。

这一段话真是内涵丰富,让领导瞬间获得信息:立达是没有任何经验的新律所,而这两位律师另创律所,似乎也不太光彩,专业声誉不好,而杨兴亮是有经验的律师,还带过其中一位女合伙人。

林希微笑道:"是啊,真怀念在兴明的日子,真是互补,杨师兄不会英语、不懂怎么写法律意见书,还好我会,杨师兄开不了市场,还好康师姐人脉广,撑起兴明,谁不说杨师兄厉害,从一群娘子军中当了主任。"

徐主任哈哈笑："不会英语可不行，要在美国做发行。"

林主任："杨太太女中豪杰。"

杨兴亮："小师妹开玩笑。"他笑意不改，厚颜无耻，"我也很感谢我太太，贤内助，没有她，哪里有我的今天，上回明雪跟程太太一同交流育儿经验，收获良多！"

程处长点点头："是啊，没有杨太太，我们哪知道水奶可比奶粉好，还有纸尿布的牌子……"

李从周把话题引了回来："工作语言是英语，承销商的负责人除了我外，都不会中文，即便现场机构有翻译，但中介机构之间完全用英语交流。"

林希微趁机给徐主任讲她们给轧钢设计的股份公司结构，她们做了很长时间的调研，知道轧钢现在最大的难题有两个，难的是，她们不能讲透，因为还有杨兴亮在。

会议开完，就转战饭店，倪知禾和林希微唯一庆幸的就是，领导们是真心在寻找靠谱的发行人律所，只不过杨兴亮太会拿捏人心了，恰逢他刚当了父亲，一个"好爸爸"的形象，给他拉了不少信任分。

饭局解散，林希微和倪知禾一晚上都没吃什么，肚子空空，便决定买烧烤回酒店吃，李从周加入她们，三人在他的房间里吃完，顺便请教他和这个项目无关的股权结构架设。

聊到最后又回到杨兴亮，倪知禾说："现在没人记得他靠老婆起家了，以前大家还记得康律师，知道兴明是康明雪一手撑起来的，现在只知道杨太太，她有天大的功劳，也只是贤内助。"

林希微说："杨师兄一直都很聪明。"

"小农思想，只能看得见眼下的钱，他年前拉了个台资，打算跟越程谈内销房的工程合作，越程要做高档内销房，但他们一个只想做一楼的商圈，不考虑小区的品质，一个想在广告上欺骗购房者。"

陈淮越的声音在电话里很好听，林希微吹干了头发后，带着暖风的温度，困倦地躺在被窝里。

她跟他说："今天谢谢你帮绮颜，不过你不用自己去，你也有很多工作要做,我自己都做不到陪她们去。"

陈淮越轻笑:"也就这一次。"下一次他会喊秘书去的,他会尊重她的家人,但说实在的,他和林希微的其他家人的确很难沟通。

他又问:"你什么时候回来?"

林希微眼皮渐沉:"我昨天才来,大概还有一周。"

"可是,我想你。"

林希微"嗯"了一声:"我也很想你。"

陈淮越听出她都快睡着的困顿:"我不信。"

"真的。"

"骗人。"

电话那头的林希微不再有回话,她已经沉沉入睡了,听筒里只剩下轻轻的呼吸声。

她深陷被窝中,手机又从手掌心脱落在床上,信号时好时不好。

陈淮越眼睛盯着电脑屏幕看工程图,另一只手还把手机贴在耳畔,明知她进入梦乡,还要轻声喊她:"希微。"

他无声地扬起唇,起身洗澡,一直都带着手机,不曾挂断通话,躺在床上后,还把手机放置在枕头旁边。

无比感谢通信行业的发展,就算两人相隔异地,也能伴着彼此的呼吸声入睡。

"晚安,希宝。"

第二天,林希微拿起插着充电线的手机,看到她和陈淮越长达三小时的通话时间,确认手机欠费停机后,气笑了。她刷牙洗漱,换衣服下楼,找了个营业点充值话费,从钱包里拿出3张一百块。

她才充好,陈淮越的电话就来了。

林希微走出营业点,才接起来,两人同时出声。

"早安,希宝。"

"陈淮越,你昨晚怎么不挂断电话?我出差前充值的几百话费花完还停机了。"

异地通话双向加倍收费。

陈总沉默了,异地还无法帮她充值话费。

林希微倒也不是真的生气，就只是心疼，连着好几天，她要严格控制陈淮越通话的时间，匆匆说完想你后，就要结束通话。

陈淮越觉得她像是完成任务，便在忙碌之余，选了个虎城的客户上门拜访。他到达的时候已是深夜十一点多，但林希微不在酒店房间，他敲了许久门，也没有回应。

林希微还在楼下的会议室里。

立达目前没有大型上市项目，但倪知禾手中有别的业务，只不过体量小，属于中小板行列。李从周在隔壁会议室赶工，在她们饿得四处搜刮食物时，提着外订餐敲门进来了。

倪知禾把资料收好，几人又坐在地上吃饭。

李从周："吃饱饭再打仗，昨天希微请客，今天轮到我了。"

林希微接过拌面，倪知禾问："李战友，我的大骨汤和煎饺呢？"

"买了，在这儿。"

倪知禾夹了个煎饺塞进希微的嘴里，汁水流出。林希微伸手要盲抓纸巾，李从周笑着递给她。柏培章今日刚赶来虎城，也笑着吃了个饺子。

熬夜工作的疲倦和并肩作战的成就感彼此交织，深夜的美食温度是他们多年后最值得怀念的温馨记忆。

这间酒店的会议室就那么两三个，近期都租给了要派驻现场的中介机构，陈淮越远远就看见李从周手上提了一堆东西进去，他就没过去了，转身去一楼的酒吧，那里有个发展商聚会。

杨兴亮也在，誉景地产的宋总眼尖："陈总，陈总今天也来虎城了，快来快来，难得难得。"

杨兴亮倒是立马推开了贴来敬酒的女人，起身，把位置让给了陈淮越，笑道："陈总，您坐我这位置。"

陈淮越笑了下，走进酒吧，却没有落座。

杨兴亮躬身的姿势有些僵，陈淮越脱掉自己的西装外套，扔在杨兴亮坐过的沙发上垫着，这才坐下。

谁都能看得出其中的嫌弃。

杨兴亮心中不屑，这位陈总还不是跟林希微这个那个，都是男的装什么,在场的哪个没有几个逢场作戏的红颜知己,想装清高的代价,就是被边缘化。

杨兴亮说:"陈总嫌脏呢,怪我。"他转头笑刚刚还搂在怀中的女人,"浓妹,是你不干净了,陈总品行端正,看不得乱搞男女关系。"

认识陈淮越的男人心照不宣地笑:"那给陈总找个干净的。"但也有好几位虎城本地的老板不认识陈淮越,脸色当时就有点不好看了。

陈淮越微皱眉:"跟女人什么关系?不坐热板凳,是怕你传痔。"

众人都没想到能得到这么个回答,大笑起来,只觉粗鄙得亲切。

"陈总长在新加坡,也有这么个土话啊,我老婆也说不能坐别人刚坐过的凳子。"

"杨律师久坐办公,生痔也难免。"

下不来台的就剩下面红耳赤的杨兴亮,痔疮怎么可能传染?

宋总拉着几位本地发展商来跟陈淮越碰杯,他想拉外资进场,先给大家介绍陈淮越:"越程地产的房子就代表着品质里程碑,都是省里的重点项目,现在越程要做内销房,我自己去年都在做政府的安居工程,越程就已经从贸易、地产、物业,扩到酒店、餐饮领域了。"

宋总笑道:"陈总,我们哥几个从市政那拿到一块地,打算建五星级国际大酒店,思来想去,只有陈总入局,我们才能安心。"

陈淮越这几年在虎城也投了十几个项目,虎城的领导人正是从鹭城调的,两个城市政府办事效率高,工作扎实,非常支持革新和长远发展的项目,这也是越程选择开发项目地的首要原因。

但越程是外商独资,不具有独立开发整块物业的资格,必然要拉其他地产集团合作。而宋总金融出身,曾供职于省银行信贷部,资金这方面有保障,是个很好的合作对象。

宋总看陈淮越只笑不语,接着鼓舞:"去年地产业蛰伏了一年,今年应当会触底反弹,再打开市场。"

陈淮越问:"宋总考虑过城市商业更新形态么?"

"地产加购物商场?"

"不止,我阿公阿嬷是做教育的,他们很重视教育,在南洋时就创建了学校……"

宋总眼睛亮起来，拍大腿："地产加教育或酒店、购物楼的复合地产模式？"

陈淮越："盖国际学校、附带高尔夫度假村。"

其余几位发展商也有了兴趣，但陈淮越说："各位应该知道，越程发展得慢，建造周期长，以品质著名。"

"听说鹭江大厦建材选取的时候，陈总跑遍全球找材料，小到地毯的纹路都有规格，每到项目视察，毒眼光连地砖的弧度不对都能看出，还要现场整改。"宋总也有文化人情怀，跟陈淮越一样，都想做能立起标杆的经典传世建筑。

"是啊。"陈淮越微笑，"杨律师上回提议，让越程做虚假广告，实在跟我们企业理念不和，生意人讲究诚信，怎么跟这种律师来往？"

他没给杨兴亮留面子，不管各位老板心里怎么想的，至少此时此刻面上都要跟杨兴亮先划分清楚立场。

杨兴亮只能被赶走，他扯了扯领结，从酒店出去抽烟，看见林希微的破二手车，气得狠狠踹了一脚，见破车晃了晃，他又怕车真的坏了，等下要赔钱给林希微，还下意识去扶了下车，结果猩红的烟头烫了自己的手。

火气在胸腔里积压，酒店这一块没监控，他恶从胆边生，呸了一声，回房间找了裁剪文件的美工刀和图钉，蹲在车子旁，左右眼放风，把轮胎搞破了，想到明天小师妹气得跳脚的画面，他也嘿嘿笑了。

陈淮越从酒吧出来，发现杨兴亮还在等他。

"陈总，我、我太太跟希微是近十年师兄妹感情了，我们因为利益才分割，小师妹她对人就只有利用，我太太跟我说，你以前就是希微的男朋友，哎，我去了解之后，哎……"

"你要是结巴就赶紧去治。"

"陈总，我是说希微，她这人目的性很强。李总，券商在中介机构中是主导角色，意见很重要，他能帮希微拿下项目。她以前能靠你，现在就要求李总、各种主任了，更何况，李总还是她留学时候的男朋友，好多留学生都知道。"

陈淮越不耐烦："你为了项目讨好宋总太太，献媚柳总女儿都忘了?"

杨兴亮看着陈淮越离去的背影,不以为然,她们是真的赏识他的本事。明雪帮他?那也只是不起眼的辅助作用。

他又进酒吧寻发展商,是啊,虚假广告,陈淮越不愿意干,总有发展商会干,他还得谢谢小师妹。

多亏她在报纸上写文章,提醒购房者要注意鉴别虚假广告,还专门做了法律研究。

"广告在现行法律中一般被解释为要约邀请,而非要约本身,所以地产广告中的承诺,如增值回购、面积缺一赔三等等,都不具有强制执行力,也就是发展商做虚假广告,几乎不需要付出任何代价。"

只可惜,购房者没几个会认真看的,反倒让他找到赚钱的机会了,谁不夸他杨兴亮聪明会赚钱?

陈淮越没想到,他都喝了这么久的酒,林希微还在会议室里。他倒是想当贤惠懂事、安静等待的男朋友,可现在也太晚了,他抬手扫了眼手表,都快一点了,再拼也得顾好身体。

他拿出手机给林希微打电话,他今天来还没告诉她。

林希微盘腿坐在地板上,靠着沙发腿,拿着文件和笔,正在逐字逐句地修改,李从周累了,他吃完就不打算加班了,正在收拾几人吃完的垃圾。

倪知禾眼睛困得发红,还要强撑着精神工作,加班加到最后,他们已经完全不记得什么要向外国大所学习的律师形象了,她把衬衫拉出了裤腰,打哈欠伸懒腰。

安静的空间里,手机忽然响起,把她吓了一跳,她拿给林希微,林希微这才想起,她今天忙得忘记要联系了。

陈淮越问她:"工作结束了吗?"

"结束了。"她站起来,准备出去聊。

"才结束吗,工作太晚了,要注意身体,你有几个身体可以熬……"

林希微知道这是爱情里的彼此关怀,他温柔体贴,她当然要贴心,就像她平时不让她妈担心一样。

她睁眼说瞎话:"没有呢,已经洗完澡了。"

陈淮越那头静了下,阴阳怪气:"真的?"

林希微心一横:"还躺下睡了一小觉。"

陈淮越冷哼:"那是被我电话吵醒的吗?"

林希微声音温柔,哄他如喝水:"不是,是我自己醒的,因为想到还没听到你的晚安,就有点睡不着……"

她关上门,一转身,看见了本该在鹭城的陈淮越,他也在笑,却是故作冷笑。

林希微撒谎被抓了现行,再镇定,脸上也不自觉地热了起来。

陈淮越:"想我想得睡不着?"

她回过神,第一件事先挂电话,省话费,第二件事,厚着脸皮:"是啊,睡不着所以下来工作了。"

她重新回身打开会议室的门,跟倪知禾道:"我先上楼了,帮我收一下东西。"

林希微订的房间不大,陈淮越本想带她去他的房间,但都这么晚了,多一事不如少一事。她关上了门,仰头看他,玄关的灯照在他深邃的轮廓上,两人就这样对视着,唇角上扬笑了好一会,也不知道在笑什么。

林希微后背贴着门,她仰起头,在他的瞳仁里找到自己的身影,距离越来越近,心尖似绒毛轻扫,但他最终只是曲起手指,刮了刮她的脸颊,说:"快睡吧,黑眼圈都要掉下来了。"

林希微也累得不想做任何事,她洗完澡后躺在他的怀里,手放在他的腰上,闭上眼睛,本想问他来几天,做什么,但直接入睡了。

陈淮越奔波半夜,终于把听筒里的呼吸声,置于自己身侧,他抿了抿唇,要说她和李从周并肩作战,对他没有一点影响,是假的。

他能确定,他们两人应该没有恋爱过,但两人在某些领域的同频,很难说,如果她留在纽约工作,或者李从周更早和她重逢,他现在是不是就真的只能在家抱着鹦鹉哭泣了?

他闭上眼,又睁开眼,重复好几次,怀中的林希微睡得都打起小呼噜,他捏了下她的嘴,事业上要保有危机意识,感情上也要时刻警戒。

实在睡不着，下床打开包里的笔记本电脑，分析自己和李从周的优劣势，写成一篇研究评估报告，他的第一大优势，林希微喜欢他，但他下意识地皱起眉，发现重逢以来，她好像没有认真地说过，她爱他。

那她爱他吗？

他现在又不是很确定，因为从海景酒店开始，他们关系每一次前进的节点，都是他争取来的。但她答应会跟他结婚了。可结婚的日期是模糊的。

他又想起林希微上次吵架的话，大概是骂他拥有的东西太多了，日子过得太舒服，所以就想伤春悲秋的意思，他本来多幸福，但他的幸福现在被破坏了。

林希微在睡梦中，隐隐约约听到敲击键盘的声音，睁开眼，模糊地瞥见陈淮越坐在椅子上，盯着电脑屏幕的严肃面孔，她的困意瞬间消失，爬了起来，她要强了二十多年，最恨陈淮越这种人。

"你为什么要背着我偷偷进步？"

林希微稳定的生物钟让她六点就醒了，她没吵醒陈淮越，亲了亲他的脸颊，就起床。

李从周在露天停车场等她，他蹲在她的车旁，摸着她的车轮，形迹可疑，林希微走近了才发现，她的轮胎爆胎了。

她下意识地看向了李从周，李从周也吓了一跳，他无奈解释："我来的时候，就这样了，不是我做的，我是在看车轮哪里坏了，希微……"

林希微笑了声，她当然没有怀疑他。

能这么没趣破坏她车的人，除了杨师兄还有谁？

她气得到处找杨兴亮的车，但杨兴亮调了五点的闹钟，不睡都要下楼在车里蹲守林希微，见林希微气咻咻地靠近他的车，他立马摇下车窗，兴奋了起来："林希微，你想做什么？"

陈淮越站在窗户旁边，往下看，李从周隔在林希微和杨兴亮的中间，过了会儿，倪知禾也出现了，她狠狠踢了杨兴亮的车一脚，痛得自己弯腰抱脚，李从周和林希微一左一右地扶着她。

房间里只剩陈淮越一人,他等会儿也要出门工作。

但他们现在的领域不同了,他对她没用了,林希微把房地产法律服务转给其他律师做了。

他打了个电话:"妈……"

被吵醒的陶作家有点暴躁:"我不是你妈,妈妈妈,三十几了还妈妈妈妈。"

第九章
展信舒颜

陶静昀缓和了情绪,起床泡了一杯咖啡,耐心听完陈淮越说的话,她委婉道:"你要有自己的事情做,你都知道她是为了工作呀,你也说她很晚才进入证券市场,需要累积社会人脉,那……那个李总就很合适呢,又是校友,又是邻居,又在证券领域得心应手,你不能帮到她,但你也不能拖她后腿,对不对?

"工作上没交集,那生活上总有了呀,像现在你就很聪明,她出差,你去看她,她工作没日没夜的,辛苦活,你要多体谅她,是不是?"

陈淮越只能被迫说:"对,是的。"还补了句,"我也很忙。"

陶静昀笑了,她当然知道他很忙,哄道:"好啦,辛苦了,家里内外都由你一手操持,妈妈就没见过比你更好的男人,继续加油喔,妈妈相信你可以。"

陈淮越嘴角扬起:"妈,越程山庄的别墅快装修好了,你什么时候有时间,联系蔡秘书,让他带你去办立契过户手续。"

他放下手机,去他订的房间,拿行李洗澡换衣服。誉景地产的宋总在一楼等他,昨晚的一番谈话后,他已改了称呼:"阿越,经济发展研究中心的林国锋主任愿意见见我们,还有外商投资服务中心的主任,几年前虎城就建了'一栋楼'服务,简化审批程序。"

李从周带林希微和倪知禾去见华兴证券的国际业务部总经理,去的路上，几人也没空再想那辆轮胎坏了的二手夏利，一路上都在思考要怎么结识券商老板，展示自己的本事，以便下回对方可以拉自己做券商律师。

林希微又想到轧钢厂："不会这个H股项目真被杨兴亮拿下吧？"

倪知禾说："竞争的律所不止我们两家，虎城本地所就有两家，只不过徐主任本身鹭大毕业，所以更愿意选择校友，不好说。"她"嘶"了一声，"我脚趾好痛。"

林希微黏黏腻腻道："我给你呼呼。"

李从周笑着从后视镜里看了两人一眼。

今天约见面的地点是文化宫，而不是星级酒店，市文化宫的顶楼有歌舞厅和饭厅，这个时间点供应早餐。

李从周不遗余力地跟华兴证券的总经理夸奖林希微和倪知禾。

对方老总调侃他："介绍自家孩子呢？只有好，没有坏。"

李从周笑意温润："她们在证券市场的确还是个孩子，不过是成绩优异且有潜能的孩子。"

两个孩子鸡皮疙瘩都起来了，还要齐齐地露出灿烂的笑容。林希微看了眼李从周，怀疑他是故意的，但李从周又很正经，谈起上个和倪知禾合作的项目，说她敬业，在现场待了半年多，随叫随到，业务更是精湛。

早饭局结束，倪知禾才忍不住摸了摸自己的手臂："我们是你的孩子吗？李总。"

林希微和李从周都笑了起来，三人往一楼走，一楼是体育大厅，乒乓球场、羽毛球场和室内篮球场，因为今天是周六，已经有许多人在打球了。

李从周今日没有安排其他的工作，但林希微和倪知禾还要回酒店赶工，路过篮球场时，几人都没注意到一个篮球飞了过来，狠狠地砸在了倪知禾的脸上，痛得她眼泪直接涌出。

今天真的不宜出门，脚痛脸痛，她蹲下去，缓和疼痛，捂着脸："希宝……"

林希微扶着她："我看看。"

333

那个砸球的人好像跑过来了，充满了抱歉："没事吧？"

倪知禾气一下冲上了头顶，她都想躺地上装脑震荡了，还问她有事没事，她不耐烦地抬起头："你说有事没事？"

但她看见的是一张亲切的、和蔼的、她们前几天才求见过的面孔，什么火气都没了，满心只剩下机会，机会，她们的机会来了。

她忍着眩晕，身残志坚地爬起来，露出殷勤的笑："哈哈哈，当然没事啦，林主任，您练习投篮呢，刚刚那个扣篮是您吧，真有劲。"

她扯了下林希微，两人何其默契，林希微立马笑道："林主任，不介意的话，我们陪您练练球？"

林国锋主任还是担心倪知禾的头，倪知禾只说没事，篮球场上不只有林主任，还有陈淮越和宋总他们一行人。

林希微心里惊讶，但面上只是客气地笑着打招呼："陈总，您也在这儿。"

陈淮越礼貌地点了点头，跟倪知禾、李从周握了手，两帮人自然而然地分开站着，林主任说："没想到砸到倪律师了，还是不打篮球了，换乒乓球吧。"

倪知禾脚疼只能坐着。林希微主动陪林主任打球，她在侨办工作那么长时间，熟知陪领导打球的流程，先是打得有来有往，然后再不经意地丢球，适时露出遗憾的表情，懊恼自己失手输掉了比赛。

倪知禾不停偷笑，鼓掌道："打得真精彩，希微，你差一点点就能赢主任啦。林主任，宝刀不老！"

林主任打得酣畅淋漓，身心舒爽。

宋总好笑道："这位律师也太拼了，穿皮鞋、衬衫也能打乒乓球。"

陈淮越没回答，倒是胸口有些闷，他知道林希微希望他们在外面只保持客套的合作关系，因为她不想两人的感情影响到她的工作，所以，她去打球脱下的外套和她的包，就都放在了李从周的身边，让李从周帮她看着。

陈淮越脸上的神情淡淡，看着林希微打完球往倪知禾那走过去，一旁的李从周把买好的水分给大家，又给林希微一张纸巾，让她擦擦汗。

林主任喝了口水，笑着问道："林律师还会打什么球啊？"

林希微："您想打的话，什么球都会一点。"

"那李总呢？"

李从周笑："也什么球都会。"

林主任忽然想起："差点忘了，你和林律师是校友，林律师、倪律师又和老徐是校友，可惜今天老徐不在。"

他看向陈淮越："林律师以前也跟陈总合作过，真是巧啊。"

倪知禾道："希微还跟您一个姓，谁不说是缘分呢。"

正在喝水的林希微差点呛到，林主任哈哈大笑，他有心改革，接着问起了几人在国外和北城的学习工作生活，以及接下来项目怎么做。

陈淮越讲的当然是新加坡的房地产公积金制度，倪知禾说的是她曾经的项目经验，林希微讲她在大所实习的经历，李从周则分享他在纽约的工作。

"你们在同一个地方工作吗？"林主任看向了林希微和李从周。

李从周说："只是隔壁楼。"

其实都是正常朋友界限的聊天，但陈淮越的确不喜欢他们之间的氛围，以校友互助的名义光明正大地接触，而他和林希微在外就只有甲方乙方的客套接触，回想这么多年，再亲密的时候，他们也没坦坦荡荡地出现在彼此的圈子里。

这么说也不对。

他在林家人那边有个光明正大的身份，尾厝村的人也都认识他，不想还好，一想更气了，这跟那种在农村老家娶了老婆，出去外面打工偷吃的男人有什么区别？

他现在还要像那些可怜的老婆一样，安慰自己，没关系，他们林家人都认他的身份，要识大体，等她事业成功就好了。

林主任请他们在虎城文化宫吃饭，从公事的角度来说，这一顿饭吃得很圆满。林希微从律师的角度夸了越程地产的合规合法、品质优良，陈淮越也从甲方的角度，夸赞林希微专业素养高，业务能力强。

林国锋主任终于道："倪律师，林律师，下周一你们带上资料来轧钢厂。"

李从周瞥了眼陈淮越，又去看林希微，笑了笑，好像与有荣焉，陈淮越不动声色地转了下自己的铂金戒指，笑容比李从周更灿烂，这是他女朋友，李从周骄傲什么？

林主任被陈淮越的笑容感染了，分别前紧紧地握着他的手："淮越啊，你们这些从海外回来的闽商，就是我们发展的希望，心系桑梓、帮扶同乡！"

又把林希微的手抓了过来，三人交握。

"林律师，等以后陈总的公司上市，你们也争取给他做发行人律师！"

陈淮越光明正大地握住了林希微的手，林希微下意识地想抽出，却被他攥得更紧，手上暧昧角力，脸上却一本正经："林律师，一起建设美丽八闽。"

林希微回到酒店房间，没多久，就有人敲门了。

她打开了门，陈淮越站在门口，神色淡淡地睨着她，她笑了下，把他拖进了自己的房间里。

陈淮越问她："怕被谁看见吗？"

林希微觉得冤枉："除了客户和不熟悉的同事，其他人都知道你是我男朋友好不好？"

"翻译一下，就是你就只告诉了倪知禾？"

"她是我的好朋友，她知道才重要。"

"她是你的好朋友，就算你玩弄感情，她也只会站在你这边，更何况，她更坏。"

她好笑。"陈淮越，你谈恋爱要别人来监管吗？"她想了下，忍笑补充道，"你要实在不放心，你想想看，我妈、我哥、我妹都可以监督。"

陈淮越捏了捏她的脸："他们能管得住你吗？我算是发现了，你在你家就是土霸王，没人敢说你。"

林希微勾起嘴角，搂住他的脖子，仰头在他唇上啄了啄。

"还有陶作家呢，陈教授和师母也都知道了吧？"

"不够。"

"还有我们整个村的人……"

"不够。"

剩下的就是林希微的底线了,她还是那个想法,现在不能把她和陈淮越的关系让利益相关的客户们知道,道理一样,她是社会背景处于劣势的那一方,公开后关系再断裂,按照立达律所现在不上不下的情况,她会很被动。

陈淮越见她不答,也避开了这个话题,跟她说越程有个供出租的外销房要售卖。

林希微却没主动来接这个项目,她在跟陈淮越确定关系后,就慢慢减少了两人公事上的直接合作,是因为避开利益相关,不想捆绑太深。

陈淮越明白,没再说什么了。

这个周六的下午,两人洗完澡后,窝在酒店房间里,各自打开便携电脑工作,陈淮越偶尔工作累了,抬起头看她,她好像不会累一样,手上的动作就没停过,满桌子都是摊开的资料。

陈淮越看时间差不多了,就去打了个电话给前台订饭。

但林希微却没空吃了,她又像早上那样亲了亲陈淮越,这次还多摸了下他的耳朵,有不舍,仍要匆匆出门。

"我们明天晚上一起出去吃。"她愧疚,"我忘记跟你说,今晚的饭局出差前就定好的,发行人请客,知禾脚受伤了,不能去,就只能我去了。"

陈淮越靠在门框上,抱胸站着,跟她说:"明天我要回鹭城了。"

"那我们回去吃。"

陈淮越笑着点了点头,门关上,房间里又剩他一人,敲门声传来,他心跳快了一瞬,去开门,却是客房服务送来的晚餐。

好在今晚林希微回来得很早,她扑上来亲吻他,把手伸进他的头发里,陈淮越压抑了一天的情绪转为情欲,他的唇滚烫,沿着她身体起伏的线条顺延,但紧要关头他想起安全套,要去他带来的箱子里拿。

林希微却从她衣服口袋里掏出了一盒,她微醺,笑眯眯道:"知禾刚刚给我的,她说是国外的牌子。"

陈淮越拆了一个,看到了牌子和尺寸,欧美的超大号。

林希微眨眨眼,她根本就不知道尺码,只是问:"太大了吗?"

陈淮越看着她:"希微,你真的伤我心了。"

吓得林希微都清醒了几分,赶紧重新搂住他,不让他有时间伤心。

陈淮越第二天就回鹭城工作了。再隔了一天,就是元宵节,钟程喊陈淮越去市文化宫看烟花和花灯,得知陈淮越为情所困,立马献出他情场浪子的爱情计谋。

陈淮越:"老土。"

钟程:"不说算了。"

陈淮越沉默一会:"你爸在哪?"

钟程的爸爸是电视台的,就在文化宫附近采访市民,钟程拉着陈淮越在摄像机旁走来走去,钟爸爸没办法,只好采访这两个"路人"。

"看着这满街的龙灯,阖家团圆之际,两位有没有什么元宵节祝福想要说的?"

钟程:"祝大家元宵节快乐。"

陈淮越:"也祝还在虎城加班的某某律师,元宵节快乐,事业腾飞。"

最好立达律所闻名世界。

和立达一起争取轧钢集团项目的还有好几个律所,林主任虽然重新考虑了立达律所,但迟迟没有下决心要把项目交给谁。

林希微和倪知禾只能先返回鹭城,倪知禾还要继续跟踪鹭贸的上市,同时两人手中还有几个中小项目,几乎就没停止过出差。而连思泽有两个月远驻新加坡,所内就没有能撑起房地产业务的律师,大小方向都需要林希微来决定,林希微手上还有好几个银行和外资企业的法律顾问工作,要抽出不少时间审合同、参与谈判。

再加上律所又招了一批新人,业务是有人去做了,但管理是混乱的。律师本身就流动性大,林希微自己经历过退伙的困难,所以不会去卡律师的离职。而他们有的被杨兴亮高薪挖走,有的跳槽到国营所改制后的合伙所。

四月份,鹭贸率先跟倪知禾签约,悬着的心忽然放下的那一刻,她们也没有了庆祝的喜悦。

陈淮越最近也遇到了难题,同样是决策层意见不统一。越程的高层并不同意下一个项目选择在岛内塘边的城乡接合部,那块土地还属于鹭城鱼罐头厂,在决策层看来,是一块毫无价值的地,还要直接付给工厂千万的定金,尤其陈淮越还想从新加坡和香港引进封闭式花园别墅模式。他的想法被认定为"异想天开",谁会想要在城乡接合部买高档房?

开了一整天的会,也没有讨论出一个结果,主持会议的钟程道:"今天先这样吧。"

结束了会议。

晚上,一行六人去思明电影院看电影,钟程包下了一个录像厅,片名叫《阿甘正传》,林希微靠在陈淮越的肩膀上,看着阿甘不停地跑下去,结局的时候,陈淮越摸了摸林希微的头发,在她的额头上轻轻地落下一个吻。

坐在林希微旁边的陈淮川不小心看见,还没看清楚,就又被另一边的Yeo小姐捂住了眼睛,杨幼芙皱着眉:"陈淮越,你为什么要带小笨蛋来看这电影,看不懂就算了,还有小孩不能看的画面。"

陈淮川说:"我要跟嫂嫂玩。"

倪知禾和钟程都笑了。

这是他们六个人第一次一起看电影,钟程请工作人员帮他们拍了张合照,他们站在了正对着大门的那面浮雕墙上,石壁上刻着"民国十七年十一月落成",他们的照片右下角印着一九九六年四月。

出了电影院,陈淮川立马道:"嫂嫂,我们去吃肯德基。"

林希微牵着他的手,笑道:"好。"

Yeo小姐捏了下他的鼻子:"你的红头发麦当劳叔叔伤心了。"

陈淮川还真的纠结了好一会,最后小声道:"麦当劳叔叔,对不起。"他要去刚开的肯德基。

几个人点的都是儿童套餐,陈淮川就拥有了肯德基照相机、肯德基环游世界、肯德基游戏机、肯德基手表和文具盒,他说他是全世界最幸福的小孩。

杨幼芙嫌弃他:"幼稚,多大了。"

倪知禾喝了一口可乐,愈发坚定:"坚持和运气,希微,我们要像阿甘一样坚持下去，运气也会落到我们身上的。"

钟程也是这样想的："阿越，那一块地，我们可以赌一把。"

陈淮越"嗯"了一声，几十年的历史进程浓缩在了短短的电影中，世事无常，只能跟着时代的浪潮前进。他或许没有阿甘那样的好运气，但他有一点和阿甘一样。

钟程恨自己嘴快，非要接了句："不妨说说看。"

然后他就看陈淮越笑着搂住了林希微，林希微也笑着靠在他的胸口，他的意思再明显不过了，阿甘一辈子只喜欢珍妮，他一辈子也只喜欢希微。

杨幼芙两手托腮，眼睛亮亮，神色憧憬："那我的阿甘在哪？"

钟程："在香港啊，告诉你个最新消息，曜辞开始相亲了。"

Yeo小姐急了，小手拍了下桌板："他敢，他都收下我的照片了。"她气得翻找手机，立马给沈曜辞打了电话。

沈曜辞不到两秒就接了起来，笑道："文盲小姐……"

"你怎么敢相亲的，我没有允许！"Yeo小姐不讲理地乱扣帽子，"你为什么这么久才接电话？看来真的在相亲，你不是我的阿甘了！"

她不等沈曜辞回应，就狠狠地挂断了通话。

钟程开玩笑："伤心什么，我当你的阿甘。"

杨幼芙想了一下，更伤心了，眼泪都要落下来了。

陈淮川总算找到了反击的机会，也学她刚刚的语气："Yeo姐姐真幼稚，多大了。"除了杨幼芙以外的人，都忍不住笑了。

吃完了肯德基，钟程送杨幼芙回家，林希微去上洗手间，陈淮越、倪知禾和陈淮川去车子那等她，陈淮越瞥见旁边一辆车的人一直在往他们这边看，目光在陈淮川和倪知禾之间徘徊。

他示意倪知禾看过去："你认识的？"

倪知禾看见那人看似风平浪静的脸，下意识地移开视线，咬牙切齿地低声道："陈总，你没事乱跟人对视什么？"

"你前男友？"

"前男友的兄弟。"

"他过来了。"陈淮越笑了下。

"倪律师。"那人声音平静。

倪知禾说："好巧。"

那人说："不巧。"

林希微回来的时候，倪知禾只好跟她说："你们回去吧，我还有点事。"

陈淮越先把陈淮川送回华侨别墅，他和林希微回他的公寓，和尚鹦鹉已经休息了，他们就没开客厅的灯，小心翼翼地摸黑进卧室，轻声关门。

陈淮越说："等我们搬家了，再养小狗，因为公寓太小了，上次找人去问养狗的事，说家里有鹦鹉，养狗就要考虑更多。"

"你对笨鸟还挺好的。"林希微学他的语气。

"我跟它一样，都被你伤过心。"

林希微作势安抚他破碎的心，好像她真的对感情游刃有余。

事实却是，刚分手的时候，她整夜整夜地失眠，不得不又重新依赖安眠药。可她连伤心的时间都没有，她的健康、学业和金钱都不允许她继续受困于一段已经喊了结束的感情，她只有一年多一点的时间，侨办替她出了几万美元的学费和往返两万多人民币的机票，她要以优秀的成绩毕业，还要在纽约找到实习单位，学习国际大所的运营模式。

入睡前两人去洗手间洗漱，林希微殷勤地给陈淮越拿漱口杯和牙刷，两人这几个月都没什么时间见面，她从镜中发现他眼下也有和她一样的淡淡青黑。

他们在镜中看着彼此，忍不住都笑了起来。

"最近辛苦了，陈老板。"

"林律师需要好好放松休息一下。"

陈淮越卧室的浴室里有个很大的浴缸，他带着她躺在温热的水流中，她很坦诚地说她很累，不想动，所以只能让嘴硬的陈总来完成这个愉悦且松弛的活动。

事毕后，林希微昏昏欲睡，还强撑着帮他吹干了头发，最后他给她吹头发的时候，她抱着他劲瘦的腰，靠在他胸口，闭上了眼。

"希微。"

"嗯?"

"有没有想我?"他老生常谈。

"很想。"这是她的真心话,"收到你在电视台的元宵祝福时,就很想很想像现在这样,一转身就能抱住你。"

他把她抱上了床,还有很多话想聊,但两人都太累了,尤其是林希微,创所后的第一年,她做了太多项目,压力比其他人都大。

卧室的顶灯还没关,直直地照在林希微的眼皮上,她翻了个身,埋头在他胸膛,轻声道:"眼睛刺疼。"

"什么?"

她声音含糊:"你快去关灯,我最近干眼症又开始了,以前留学的时候得的……压力大,就容易复发。"

陈淮越眼皮一跳,瞬间就想起了当时他看见的李从周和希微,他下意识要问:"李从周……"又觉得都是过去的事情了,他伸手关了灯,他当时又做了什么事?

"他照顾过你是吗?"这时候又庆幸,还好当时有李从周帮忙。

他闭上了眼,好一会,又不甘地睁开眼,在黑暗中盯着她的睡颜,循循善诱:"报恩以身相许太老土了,知道吗?我们在心里记得李从周的恩情就好了……嗯,你不说话,看来你默认了。"

对于林希微来说,一整个1996年,就是忙碌、沮丧和崩溃交织的日子,因为她一个人要顶着三个板块前进。律所的管理、房地产法律服务的推进和资本市场业务的开拓,她分身乏术,看似蓬勃发展,但三个板块都很混乱。

连思泽和倪知禾的意见不同,开合伙人会议时,两人总能吵得不可开交。

连思泽说:"我知道做上市和并购很好,可是我们没有这个精力,一个项目下去,就要花个一两年,你们鹭贸才签了多少钱?60万。"

倪知禾的确是低价签的,为的是先积累项目经验。

她说:"北城很多律所,四年前接第一个境外项目,只收15万,倒贴钱都要做。"

连思泽:"那鹭贸签合同了就好好做,轧钢厂你们也在追,我们能做得下来吗?总不能所有人都去做资本市场吧,我们现在最赚钱的项目还是房地产,希微去年说过,她会跟我做房地产法律服务一条龙,从开发到最后的物业,可是现在呢,我们的房地产项目都被人挖走多少,人才流失多少?"

倪知禾说:"房地产创收多,是因为单元多、楼盘多,可是房地产的大多数业务,是重复性工作,不具有特殊性,太容易被其他律所取代了,未来能赚钱的项目一定是资本市场。"

连思泽再好的脾气都愤怒了起来:"倪律师,你的意思是不做房地产了吗?你没收益的时候,都是房地产业务在养着你。"

林希微让两人都冷静一下,她说:"知禾,要不,轧钢厂那边先放下吧,轧钢厂要求我或者你,至少要有一名合伙人层面的律师派驻现场,我们人手不够,就算招人……"

倪知禾不愿意:"难道就放弃国企股改上市吗?希微,我们已经比别人晚进场了。"

林希微在连思泽愤怒到顶点,即将说出"拆伙"之前,掐住了他的两腮,捏来捏去,不许他说话。

她脸上扯起灿烂的笑容,明明疲惫至极,却展露出能量旺盛的模样。她大包大揽道:"我们都做,思泽,知禾,如果到一月份还这样,我们再想办法精简业务。"

可到了午饭时间,两人都争着要跟林希微吃饭,于是,又是三人买了特香鸡和可乐,在会议室里一边吃炸鸡一边吵。

倪知禾气上头了,掰了个鸡腿塞进连思泽的嘴巴里,烫得连思泽"嗷嗷嗷"地惨叫。

倪知禾说:"你就是现在退伙,也不能阻止我接轧钢项目。"

连思泽:"你你你怎么不退伙?你要考虑现实啊,这半年多来,我们招了多少人,刚培训会卖房,没多久就被挖走了。"

倪知禾:"那你反思你自己啊,你留不住人,我们已经开到1500的起薪了,够可以了,杨兴亮开2000,他有钱我们有钱吗?"

连思泽咬了口鸡腿肉:"有啊,只要我们都做楼花按揭,一年几百万不是问题。"

倪知禾说话很不客气："能做几年？有技术上的专业性吗？"

连思泽语噎，只好忍气道："希微，你说话啊！"

两双眼睛又齐齐冒着火焰看向了林希微。

林希微毫无头绪，但她认可倪知禾的想法，只是她一人累死的话，不知道能不能真的做起来。

"思泽，房地产业务我们一起想个转型的方向，我知道他们跳槽去兴明，让你很生气，但避免被取代，的确需要有独特的技术专业性。知禾，轧钢厂我们也一起做，只不过，我们一个步子也不能迈太大。"

一番左右逢源的空话，算是平息了两人表面的战争。

但倪知禾一直想拿着鞭子抽打、赶着连思泽前进。他们都在外面忙，偶尔回到律所，看见连思泽还有好一部分手稿，需要打字秘书帮他录入电脑，再打印出来，她就忍不住嘲讽："因为你打字太慢，在这里就耽误了多少时间，连律师，因特耐特网都有了。"

连思泽已经报名了新的计算机班，但嘴上依旧道："反正我们省没有，至少几年内都会继续用传真机。"

他继续准备立达律所的"用工信息"，提供给鹭大的毕业生，但他发现电脑系统好像坏了，偏偏负责计算机的付帆今天不在。

倪知禾把律所订的 *China Daily*、《英语学习》等报纸、杂志放在连思泽的桌子上，看见他桌面上还有黑白DOS操作系统的书，直接拿了两本 Win95 和 Lotus 组件的英文用户指导册给他。

等连思泽看到倪知禾还会硬盘对拷重装系统，只剩下了羞愧和佩服。

倪知禾说："连律师，律师本来就是边学边做，谁能想到DOS系统就被Win95取代，你知道中国发展有多快么？国外已经在用电子邮件了，现代化资本市场法律服务就是大趋势，当你做不来，就代表你该提升自己了，总不能事事都找林主任吧？"

连思泽面红耳赤："你说这么多，不也在抢希微，你也想希微帮你担起业务。"

轧钢厂的项目最终落到林希微手上时，变得更加复杂。轧钢厂并入省钢铁集团，省钢改制上市，而钢铁业不景气，产能严重过剩，也就代表着没钱，林希微签合同前，给倪知禾打了个电话。

倪知禾正在鹭贸的现场开协调会，根本无法离开，她听完林希微说的价格，还是说："签吧。"

林希微自嘲地笑了下："如果不是我们便宜，应该轮不到我们的。"

倪知禾说："项目累积的经验对我们来说很重要，法律就在那，但我们需要实战才知道具体问题怎么解决，审批机关怎么处理。"

林希微签下了名字，林国锋主任拍了拍她的肩膀，他说："希微啊，省钢是我力排众议要交给你们的，因为我看完你们递过来的材料，内容不必说，你们是最注重细节的，标点、段落和格式都很标准。

"几次接触下来，也能看到你们的坚持和效率，我们也怕只做面子功夫的律师，看似认真，却完全不讲效率，大家都想快点促成交易完成。"

林主任笑着瞥了她一眼："下次有时间，再陪我打打乒乓球。"

"好。"

"你们这些法律意见书是借鉴别人律所的吧？"

林希微如实回答："嗯，从香港那边要来的，再一点点修改、学习。"

林主任感慨："几年前我第一次负责土拍，也是什么经验都没有，只能从香港那借来拍卖录像带，傻傻地模仿，拍卖的锤子都是捶肩膀的。"

林希微也笑了笑。

林主任最后说："希微，你们是改革后的新律师，国企也正在改革，书记常道，改革要有一个'敢'字，这句话也送给你们。"

林希微的确被鼓舞到，心潮澎湃，她发寻呼机信息告知陈淮越这个好消息时，也收到了来自李从周的祝贺。

她回复他：合作愉快，李总。

开车回鹭城时，她满脑子都是"天将降大任于是人也"，是人能做的就是把握当下，忍不住哼起了歌："沧海一声笑，滔滔两岸潮，浮沉随浪只记今朝……"

从年初到现在,方敏每个月都要带林绮颜去香港。林希微回家吃饭,方敏说:"绮颜现在伤疤都快好了,她前几个月不敢走路,再走时腿无力,就有些O型腿,学校的小朋友喊她'掰字脚',还好在香港打了针治疗,慢慢就会更好了。"

院子里修建了个砖砌小厨房,煤炉和高压锅总算不在绮颜的活动范围里。堂厅也请人简单装修了,用木板隔出一个小卧室,重新刷了墙,添置了新家具,换了风扇,多了电冰箱和煤气灶。

林鹏辉说:"二楼还装了纱窗和纱门,你们房间的蚊帐和床都是刚换的,希宝,你现在不怕蚊子咬你了,等大哥赚更多钱,就去买个大房子,最大的房间给你。"

林小薇:"我呢?"

"你住柴火间,当你二姐的烧火丫头。"

方敏给林希微盛汤,林鹏辉给她倒啤酒,林玉梅心疼道:"怎么满眼红血丝,都没睡是不是?哎,要么多钱做什么,我们现在就很好了。"

林小薇啃着手中的螃蟹,囫囵应了声:"没钱一点都不好,我跟二姐就要很多很多钱。"

林玉梅瞪她一眼:"整天钱钱钱。"

林小薇说:"妈,我说实话你可别生气,二姐替你当妈了,所以你才觉得钱不重要,没有钱,绮颜能去香港吗,私立医院的钱可都是二姐出的。"

林玉梅担心方敏生气,作势要拍林小薇,但方敏早不会因为这种事生气了。经历了绮颜的事,她也跟林鹏辉闹过,但林家人都是好的,不介意她只生了个女儿,也没在意她未婚先孕,一家人更是把绮颜捧在手心疼。

林玉梅不敢催林希微,就催林小薇:"你朋友都生儿子了。"

林小薇不感兴趣,但她突然想到什么似的,去洗干净了手,拿出一张澳门劳务的招工单,眼睛亮亮地看着林希微:"二姐,我想去澳门赚钱,这是正规劳务,制衣厂,我想出去看看。"

林希微接过这张单子。

林玉梅不同意:"你一个女孩子怎么老想着出去那么远?外面很危险,你跟你二姐不一样,她聪明,你是傻蛋。"

林小薇不管她,只可怜兮兮地求林希微同意:"澳门一个月可以赚五千多,我有钱交押金,二姐,我想赚钱回来开店。"

现在家里的情况和两年前不一样了,就算小薇在澳门遇到事,林希微也有底气能帮到她,这又是正规劳工工作。

她轻声道:"妈,给小薇一个出去看看的机会吧。"

她抽出半天时间,陪林小薇去劳工中介交钱,替她审核合同,确定没问题,才准许她签字。那天下午,林希微给她买了手机和寻呼机,又找认识的外资银行经理,在她名下开了张卡,存了三千美元进去,叮嘱她:"出门在外,要注意安全,有事就给我打电话,别自己逞强。"

林小薇用力地点头,两人坐在巴士上,她的头靠着二姐的肩膀,夕阳镀在两人身上,湿润的海风将她们的长发卷在一起,回家的路上能看见白色的浪花拍打着海堤路的礁石,温暖得她鼻子泛起酸意。

"二姐,谢谢你。"

很长的一段时间里,林希微和陈淮越只有电话联系,两人常常因为出差而错开见面的机会,就算同在鹭城,也只有深夜短暂的相聚。为了异地维系感情,林希微去买了个新手机,这个手机只接来自陈总的电话,而她原先的手机因为项目太多的缘故,一天到晚电话不断,不方便用来恋爱占线。

她有时跟陈淮越打着电话,另一部手机响起,也只能优先工作,把陈淮越的通话搁置在一旁。

有一回,她跟李从周讨论省钢的股份公司的设立,因为省钢旗下还有两家募集的股份公司,要把这两家股份公司一起并入新成立的股份公司里,但境内的《公司法》在这一点的规定上是模糊不清的。

李从周就带着境外《公司法》的相关资料,来跟她讨论,一开始还是温和客气的券商李总和发行人律师林律师,讲到后面就开始互相憋着

347

气,谁也不服谁,谁都希望对方去担责。

李从周看着她气红的脸,忽然笑了:"吃宵夜吧。"

林希微揉了揉眼睛:"困了,严重睡眠不足,昨晚四点还在接电话。"

李从周:"别揉眼睛了,要是真感染了,以前还能帮你顶替中餐馆跑堂的兼职,现在这个项目只有你能做。"

林希微送走李从周,才发现陈淮越没挂断通话,一种莫名的心慌包围着她,但其实什么都没有发生,她只是在想,她是不是忙得太忽视感情了?

"陈淮越。"

"嗯?"

林希微说:"你还在。"

他又是淡淡的一声"嗯"。

林希微:"我现在要回酒店了,你在家里么?"

电话里有好长一段时间的空白,陈淮越最终只道:"嗯,我在家,晚安,希宝,好好睡一觉。"

他听到了她昨晚四点还在工作,大概就是她在项目里的常态,律师的时间都是具象化的,收费单中需记录有效工作时间。他想让她注意身体,没必要拿健康去换工作,可是,林希微要做的事情,不是他阻止就有用的。

林希微第一次做H股上市项目,是发行商的律师,只知道她的时间都不再是她的,要回答各个中介机构的咨询。她每天晚上都要工作到三四点,随时都要处于能联系到的状态里。

她还要抽空写一些相关的房地产文章,再和连思泽一起做法律研究,推他给银行、发展商和其他律师上房地产法律服务课,这是一条长战线,而连思泽一直幻想短期内就能逼兴明退出地产领域。

林希微回了酒店,匆匆洗完澡已经是凌晨一点半了,但她觉得自己应该疯了,换了衣服,拿了车钥匙就出门下楼,她想连夜开几小时车回鹭城,去见陈淮越,明天下午再回项目现场。

她先去买了两瓶提神的功能饮料,怕自己疲劳太困。

上车前,她绕车一圈检查轮胎和车底,忽然发现旁边有一辆有些熟悉的鹭城车牌号奔驰,就停在她的汽车旁边,不知道停了多久。

林希微折返酒店大厅,给陈淮越打了个电话,无法无天地嚣张道:"你在哪个家,你家里没人。"

陈淮越愣了下:"你回鹭城了?"

"嗯,可是公寓里没有人。"

她说完就挂断了电话,没多久,她就看见陈淮越皱着眉从电梯里跨步出来,匆忙往酒店外赶。

然后,他的目光骤然停在她的身上,半晌笑了。

林希微晃了晃手中的车钥匙,笑道:"陈总,要不要吃夜宵?"

陈淮越在原地站了一会,酒店大堂明亮的灯光投在他的脸上,在明暗的交错处更显那双黑眸亮得惊人,原本的倦意在目光捕捉到她的那一瞬就消散了。

他几个大步朝她迈去,在她还没反应过来时,就俯身将她用力地搂抱进怀中,手臂环住了她的肩膀和腰,急切得像是要把她揉进身体里面。她被迫后仰,去迎合他的拥抱,整个人被他的气息笼罩着,是香柠檬和苦橙叶的味道。

她抬起提着便携电脑包的手,也回搂住了他,紧紧地贴着彼此的身体。

林希微有时候想,陈淮越为什么不可取代,就是因为她在他身上感受过太多这样的强烈幸福瞬间,有一种就算到80岁,她还能因为他,出现心动一刻的感觉。

林希微开着她修修补补的二手夏利,载陈淮越去附近唯一一个还开着的夜间大排档,陈淮越说:"你的车窗玻璃被砸碎过么?"

林希微没有隐瞒:"嗯,上上周的事情,当时我把车子停在工厂附近,赶着拿文件进去,把包落在副驾驶上,一回来,车窗就被砸了,包没了。"

"为什么不告诉我?"

"总不能两个人一起担心,反正包已经被偷了,只丢了钱,关键材料都没丢。"

陈淮越笑了声:"林主任现在财大气粗了。"

林希微把车停好,提起电脑包,绕到另一边的副驾车门,给他开门,笑眯眯:"是啊,所以今晚我请客。"

"寒酸。"陈淮越打量了下大排档,大多是附近下夜班的职工。

"虚荣。"林希微回他。

两人并排坐着,夜间的个人自由主义气息不再压抑,林希微原本还在想,他们十指紧扣是不是不太好,但后面一桌的男女已经亲起来了,前桌的人也紧紧地拥抱着。

好在陈淮越只是玩着她的手指,他问道:"你本来准备回鹭城的吗?"

她给了个确切的答案:"嗯。"

"然后呢?"

"我看见了你的车牌。"

"这辆车我才开过两次。"

"我记得你所有的车牌号。"

陈淮越望进她的眼睛里,笑意浮现,问她:"不困吗?"

"困,但是,我想见到你。"

陈淮越知道她带着便携电脑和文件,显然还有许多工作,但她选择牺牲宝贵的睡眠时间,连夜开两百公里的车去见他,她的眼睛都还有明显的红血丝。他在心底叹了口气,等紫菜肉片汤上来,她一吃完,他就道:"回酒店睡觉。"

开车的林希微再次问道:"只是闭眼睡觉吗?"

陈淮越但笑不语。

林希微又道:"看来成了彼此怜惜的革命同志了。"

来回是一条路,这会的陈淮越让她看一眼前方路过的工地,说:"年初越程拿下的两块虎城的地,已经开建了,月初售楼许可证批下了,预计下月开盘。"

林希微好奇:"我听说去年越程旗下的三个楼盘项目,赚了两亿多。"消息来自连思泽,他想说服林希微放弃上市项目,专心回归房地产,那时正熬夜核对省钢铁厂一千多份房产证的林希微和倪知禾把牙都快咬碎了。

同样都是累死累活,她们跟陈淮越的收入天差地别。

陈淮越没有正面回答,反倒偏过头看着她,眸色幽深:"如果我说是,就会多个老婆吗?"

林希微:"会多一个在创业大潮里心生嫉妒的扭曲人。"

陈淮越收回了目光:"你在省钢拿的钱不多吧。"

"嗯。"

"杨兴亮给你的康师姐买了辆宝马,他现在踩着法律的底线做见证,赚了不少钱。"

林希微也不知道自己的坚持是否有意义,车子停在了酒店的停车场。她面色平静:"我没有办法阻止市场的恶性竞争,也没办法像他那样提供'零风险、高回报'的无风险保证,但现在环境如此,野蛮作弊才能疯狂扩张,房地产行业也的确暴利,而我没勇气冒这个风险。"

"不怕被彻底挤出这个市场么?"

林希微想到她正在铺垫的战线,她也不确定,反正她不许陈淮越跟杨兴亮合作。陈淮越皱了皱眉,有几分严肃,然后道:"那你得贿赂我。"

林希微是个行动派,进了酒店房间,关上门就把陈淮越推倒在床上,他躺在床上,看着她穿着束缚的西装裙跪坐在他身上,氛围灯罩着她的身影,他胸口起伏,仍旧笑着,只是下一秒,她就飞快地解开了衬衫扣子,还无所顾忌地把衬衫往旁边扔去。

丰腴成熟的女性身体线条,穿了他上次出国买给她的文胸,裙子因为她的动作往上缩了缩。

陈淮越喉结微动,听她说:"陈总,我这是为了鹭城房地产法律服务领域而牺牲,改良是改革的副产品,我既已加入改革,就有责任督促……"

陈淮越止不住地想笑,他也道:"嗯,我也深受感召。"

他们静静地对视着,呼吸绵长,她捧着他的脸,主动地吻他,电流流窜过血管,耳鬓厮磨的空隙,她讲起她现在做的事情。

"我不想和你的通话成了应付责任,但上市工作需要高强度的注意力，证券市场无小事，一句话的标点符号不一样，就会引起歧义，被迫担责，所以有时候我只能强行挂断电话。

"我没有项目经验，只能用笨办法一点点死磕别人的备忘录、意见书和报告。

"以前只需要做房地产，现在几个模块乱七八糟，我打算引进沈曜辞的管理律所办法。"她顿了顿，"所以，最近忽视你了，没有生气吧？"

陈淮越不答，轻轻地摸着她的后脑勺，两人的身上都沁出了层薄汗，他说："你要学会用人和沟通。"

"我短时间内招不到有项目经验的律师。"

他提醒她："你留过学，引进你在纽约的同学，或许一些海外的精英律师也有回国创业的打算，你给他们提供一个起步过渡的平台。"

"引进合伙人吗？"林希微若有所思。

"人的时间是有限的，你做了主任，负责管理和开发，时间久了以后，具体的项目承办必然会离你远去。"

陈淮越没再说其他的话，比如她可以不用这么辛苦，他可以给她律所注资，比如项目是做不完的，身体却只有一个，他是出于关心，但他想了下，她说他"高高在上、目中无人"的话就又响在他的耳畔。

他又不是天生喜欢挨骂。

"陈总，谢谢你。"林希微又想起她在香港被邱行长骗的那一回，她躲在公共电话亭，在陌生的香港街头，盯着冰冷的摩天大楼，同他讲起她肥皂泡沫一样脆弱的楼花按揭梦。

她想说，他们此刻的心比那时更贴近，不只是物理上。

陈淮越终于想到一个安全的句子，轻笑道："总之你放心去做，不行，你还有我……"

林希微立马气鼓鼓瞪他："你才不行，我肯定行。"

凌晨五点，林希微忽然又接到一个电话，她才躺下不到一小时，电话响起的时候，她心脏不受控制地抽疼了一下，但还是赶紧接了电话，不想吵到陈淮越，便躲进浴室里接听。

香港那边的一个律师打来的电话。

"林律师，不好意思，有一处在建工程的土地找不到，无法核实，就差这一处了,还有,省钢还有个未决诉讼的案子,你漏了,需要再去核查,再出具披露更详细的法律意见书,我传真给你了。"

项目组的所有人都在争分夺秒,想快点完成交易,因为谁也不知道下一月的政策环境会不会发生变化。

林希微走出洗手间,发现陈淮越被她吵醒了,困倦地看着她,说道:"先睡吧。"

她既愧疚吵醒了他,又有一种无力的焦头烂额感,即便躺在他的怀中,闭着眼,再疲倦她都无法真正入眠,满脑子都是工作。每一次的核查都需要她跑去当地,材料又全是纸质版,她不知道是香港那边的地图是旧版的,还是真的就找不到了。

可她最近根本不能去香港,房地产那边,她办了个房地产法律研讨会,她是牵头人,要做的事情有好多。

她六点一过,还是偷偷起床,结果被陈淮越看见的那一瞬,她心虚得像是她出轨被抓一样。

房门外等林希微的人是李从周,他也差不多一夜没睡,他语速很快:"省钢那边早上跟我说,又多了几块土地还没完成土地出让,问题是,现在省钢还没钱了。"

林希微讲了昨晚接到的"魔鬼"电话,很无奈:"我让柏律师跑一趟吧。"

两人下去买了咖啡,一人一杯,随意地咬了几口面包,都没有食欲,没什么形象地坐在一楼的沙发上,继续讨论。

好心的李总说:"我飞一趟香港吧。"

林希微这才露出了笑容,她喝完咖啡,似乎已经自己消化了睡眠不足带来的负面情绪。

陈淮越提着刚送来的早餐,看见他们已经吃完了早饭,喝完咖啡,起身去会议室工作了,他就没过去打扰他们。

吃醋倒是其次,不爱喝咖啡的她倒是几次都跟李从周喝,但主要还是担心她的健康,这份早餐再拿过去,也是给她添加负担。

陈淮越在虎城多待了两天,林希微问他:"那你的工作呢?"

"就像那天我跟你说的那样,现在需要我亲力亲为的事情,没有那么多了,有一些活被我往后推了。"

直到三天后,林希微要回鹭城办房地产法律研讨会,他们才一起回了鹭城。

对于林希微来说,研讨会里最复杂的是名人的邀请,人际关系实在复杂,座位的排序、嘉宾之间的矛盾。她担心来捧场的律所、发展商和银行工作人员太少,好在她不需要担心场地、宴会流程和茶歇准备,因为Yeo小姐从小就跟着她妈妈一同举办宴会。

杨幼芙拍着胸膛,让林希微放心。

林希微上台分享,她今日选择的主题是房地产交易,具体问题为:外销房按揭贷款的法律程序和风险。

她看着台下乌泱泱的人头,有陈教授和汤教授,她的法学启蒙老师;侨办法律中心的主任,她曾经的领导;司法局的王局长,拍板她去留学的"伯乐";文汀地产的许总,她第一单售楼见证的发展商;杨兴亮、康师姐和乔安临,她的校友、前同事们……

还有陈淮越,她爱了很多年的人。

林希微笑了笑,胸口轻轻起伏,定下心来,认真地分享实务经验。

杨幼芙捧着自己的脸,黑眸折射着明亮的光,与有荣焉:"我跟希微一起办了这个研讨会欸!我们可真厉害。"

倪知禾也夸奖她,不过她过一会,低头查看寻呼机,又是那个塑料包装厂的土老板,当然也就嘴上说说,只要他愿意给项目,她都接。

杨兴亮跟康明雪道:"小师妹是真把核心点都拿出来讲啊,以为她多精明,也有点蠢。"

康明雪:"是么?"她并不觉得。

杨兴亮握了握她的手:"当然。"他对明雪的爱意并不曾减少,"钱都在你卡里,女儿放在家里,你也要出去玩一玩,不用时刻都围着她,我晚上要出差,到了就给你电话。"

康明雪本来坚硬起来的心又开始软化,细密的针扎下,愈发地疼,她不明白他为什么要做这样的事?

1996年下半年,房地产的低迷和骤高的空房率并没有影响到越程地产，越程的售楼业务仍由沈曜辞负责境外，鹭城对外所负责境内，开盘没多久就全部售罄了。1997年开年，省钢项目在最关键阶段，鹭贸也即将上证交易，铺垫了许久的房地产线也有了明显变化。

正月初六，陈淮越把车停在华侨饭店门口，接林希微回家，她去参加了留学生聚会，为的是联络感情，方便挖人才进所，聚会结束的时候，一群人从饭店出来。

"有从周担保，那我要是去希微律所，就不怕没业务了。"

"什么时候再让从周给我们卤猪肘子和鸡爪，那时候没钱，就这个最便宜，老外不吃，希微爱吃，我们也能沾她光解解馋。"

林希微看见陈淮越的车，就跟他们挥手告别，陈淮越只在车里点了点头，没下车打招呼。

林希微当然记得今天是陈淮越的生日，回到他的公寓，给他做了一年一度的生日宴。他拿出珍藏的酒，两人对饮，在这样喝得微醺的情况下，她还在睡前又爬起来改了文件，她现在更会甜言蜜语了，直道，她努力是为了早点跟他结婚。

陈淮越笑："行。"

林希微亲了亲他的嘴角，闭上眼，在脑海里过一遍明日的计划，省钢材料要修改措辞，太偏"主观判断"了，鹭贸那边连续计算公司业绩的方式还要再次跟李从周确认，因为她在《公司法》里找到一条新规定，联系证监会……

她昏昏欲睡，耳畔有人喊她："林律师……"

她满脑子都是工作，也不知道自己怎么就回了"李总"二字。

1997年的阴云从2月份开始，渐渐笼罩在全球经济的上空。

陈淮越和钟程坐在总裁办的沙发里，一边的电视正在播报这几月来"一夜崩塌"的企业，产量造假、资金短缺、拖欠工资、激进扩张，另一边的电脑屏幕上显示着英文新闻，讲量子基金大量抛售泰铢，泰铢跌宕，私人银行家倾家荡产。

钟程手上还拿着许多这几月的报纸、杂志，中英文的都有，《经济参考刊》《纽约时报》《远东经济评论》《中国房地产业》，他略显烦躁地把手上的东西扔在茶几上，说道："我们南洋的资产全都缩水了。"

他主要负责海运贸易生意。"国际市场太冷，船东都在找货，去年初还涨价百分之五十，现在已经跌了百分之六十多。"他看向了陈淮越，"去年年末我们拍的岛内郊区污染地块，还按期动工吗？现在这情况，首期资金会有点紧张，因为鹭越大厦也在建，外企也没钱买写字楼了。"

陈淮越不愿意放弃这个机会，即便现在市场萧条，国内房地产行业还未对所有人开放，不至于现在就大江东去，但他在这样风声鹤唳的大环境中，也不能再过于激进。

"香港要回归了。"他们的新楼盘就是引进香港地区、新加坡的封闭式花园小区概念，强调环境的绿化和隐私。他沉思许久，反复阅览项目策划书，最终还是道："首期按期动工，开工两月后公开发售，但首期价格下压，以优惠价开盘，争取快速回款把现金流投进二期开发，第二期再重点强调建设环境和配套设施。"

"然后恢复原定售价？"钟程觉得可行，反正地产这一块，他就是跟在陈总后面捞钱的，有胆量的是陈淮越，十年前拉着他去工地看哐当哐当的打桩机，就跟他说，他们要盖楼，资金从哪里来？陈淮越理所当然地拿他们俩赚了几年的海运和贸易生意的钱，一股脑投进了房地产业。

陈淮越倾向稳妥、注重品质，多少也有受到林希微的影响，这几年国内和房地产相关的法律法规逐步出台，压制着早几年疯狂的行业热，而林希微从在侨办开始，就选择了尊重规则的路。

她那时的解释是，她没有任何的背景，尊重规则是最安全的，狂热过后，就会强势输送规则。

钟程见陈淮越面无表情地走神，便讲义气地安慰道："没事，就算房地产线不行，还有我，我卖货船养你。"

陈淮越下意识就要说，他肯定行。

但他忽然想起，这是林希微上次对他说的话，眉眼的躁意一闪而逝，抿直唇线，他们已经有两个多月不曾见面了，他生日后，两人就各忙各的。

金融资本主义的破坏力直接席卷股票证券市场，而林希微此前一头扎进证券法律行业。她和倪知禾手上的几个上市项目都受到了一定程度的冲击，领导下了命令，必须在这几个月里完成交易。

于是，她更是不要命地驻扎现场，还飞去香港和海城好几次。

钟程问："这几个月怎么都没见到林希微？忙成这样。"他也有个疑惑，"不都是女朋友了吗，为什么每次去你家拜年，都是以阿公学生的身份去的？"

"你前一个问题，就是后一个问题的答案。"陈淮越语气淡淡。

钟程笑了下，他们俩在家族里都是出了名的大龄未婚不孝子，逢年过节就要被拉出来批判，但他有点羡慕陈淮越："你妈不催你，你爸不敢管你，阿公阿嬷纵着你，我就惨了，前几年也就过年催一下，今年是从开年到现在，没有一天不催的。"

他站起来，整理了下衣服。

陈淮越抬了抬眼皮："你去哪？"

钟程说："相亲，我爸妈因为我还没结婚的事，每天都在吵架。我跟他们说今年经济不好，哪有心情结婚。他们就说，再经济不好，也穷不到我老婆孩子身上，总归就是，我赚得再多，不结婚就是最大的不孝。"

陈淮越勾起唇角，没有对此发表什么看法，他目光重新落到越程地产今年的第一季度报告和去年的年终报告上。

她想引进合伙人，就需要钱，一是合伙人工资不低，二是，她需要一个更大的办公地，合伙人需要单独的办公室，如果她去年给越程卖楼，一期就有200多套房，多卖几个楼盘，就有一两百万的创收，现在也不至于引不来人才。

更不至于他们俩的婚期迟迟提不上日程。

钟程瞥了几眼陈淮越，忽然道："我怎么感觉你在羡慕我？"

"羡慕你什么？"

"家里催婚。"钟程挑眉，他笑，"你恨不得家中催你，然后你以此为借口，去哄她结婚。可惜，你独立惯了，陈家人反倒不敢插手你的事。"

陈淮越也笑，他继续盯着电脑屏幕，不紧不慢地反问道："你觉得我家里着急，她就会同意么？"

钟程语噎，按照他对林希微浅薄的了解，不会。

357

时间倒回1990年左右,他很难不把林希微当成一个想"捞钱"的女人,那时是整个南方经济狂热期,社会鼓吹的论调便是"什么都不重要,只有钱最重要"。

社会压抑了太久,在新一个十年的开头,疯狂地解放自己。名校大学生傍富婆、当二奶、男女都下KTV陪酒卖笑,林希微的情况完全吻合,家境贫寒,有几分姿色,有几分学历,还有几分"自立自强"的气性用来增进情调。

虽然阿越一开始就表明林希微是他的女朋友,但少数的几次见面,钟程的确感觉不到林希微有什么特别的,如果非要说特别,那就是特别能装,不要金钱,不要珠宝,穿得土不拉几。她要学习的机会,学英语、学电脑、学扩展人脉,要出国留学,放长线钓大鱼,偏偏阿越吃这一套。

钟程自认是俗气的商人,他谈了好几次恋爱,一直都是花钱买快乐。恋爱和做生意一个性质,量化成金钱的数字,赏心悦目的同时也不必费什么精力,有钱能解决很多麻烦。他对林希微第一次改观,是她提出分手。

虽然他意外得知拉达车的存在后,也开过玩笑,但七万六对他们来说,真算不得什么,她不分手,才有可能利益最大化,从这几年来看,她的确是想做一番事业的。

他也看不懂她,跟阿越结婚,肯定是她占优,但她迟迟不愿。

钟程也明白,他干预不了这种事,拍了拍好兄弟的肩膀,安慰道:"别伤心,十年、二十年,你一定能结上婚的。"

好恶毒的话。

陈淮越却无法反驳,他沉默了下来,无论如何,得先把工作处理完。只是一整个晚上,他的目光时不时就会落到那个安安静静的私人手机上,林希微没有给他来电,他拿起手机,手指摁在拨号键上,停顿了许久,几乎快将屏幕盯出一个洞。

拨也不是,不拨也不是。

她肯定是在忙,就算拨通了,也只是敷衍的两句话。他也可以像从前那么多次一样,开几小时的车再去酒店等她回来,只是他不太明白,这样的状态还要持续多长时间。就像她说的，她满脑子都是工作，他想给她的帮助，她不愿意接受，自己磕得满头包，也拖着他们的恋爱，如果他不主动，他们就会错过许多需要彼此的时刻。

生日那天晚上，他们其实没有吵架。

他听到"李总"的那一瞬，只是"雷声大雨点小"的假怒，尽管他清晰地听到他心碎的声音，他也像以往的每一次那样，用最幼稚的方式去掩盖胸口不断泛出的酸意，任谁都不能接受自己的枕边人喊错自己的名字。

"林希微，我是谁？"他掐着她的脸。

"陈总，你是陈总。"林希微抱紧他。

"那李总呢？是你给我的昵称吗？"他语气阴恻恻。

林希微被逗笑了，她很认真道："不，你是独一无二的陈淮越，你是陈总，是阿越，是我的男朋友。"

"你为什么喊李总。"

"我在想工作的事，最近跟他交集比较多，焦头烂额。"

他有些酸涩，忍不住加重语气："你的心里装了太多东西了，今天是我生日，在我身边你都能想别的事，我不能有一天的独占么？"

林希微也自知愧疚："对不起，我以后不会了。"

"补偿呢？"

她只是吻他，比之前更温柔和纠缠。他凝视着她，心里的野兽在躁动，这么久以来，他知道她对李从周没有意思，可是李从周对她有想法是能看出来的，她想引进的合伙人是他们的共友。漫长的项目期长达一两年，她和李从周联系的时间比和他的时间长多了。

最无力的是，他们有个最正当的接触理由，就是工作。

像一个无解的命题。

李从周风光霁月，坦坦荡荡，而他就会变成心眼小到极致，不愿意支持女友创业的小人，阻碍女人进步的思想落后男性。

"猪肘子好吃吗？"

"什么？"

"我就没见你爱吃猪肘子，不是不喜欢吃肥肉吗？李总做得特别好吃吗?"

林希微努力地回想了下:"因为便宜,廉超最多,周末聚餐就只能吃穷鬼餐,大家都很穷的,过得很苦,但是周末就可以喝酒快乐一下。"

他也委屈:"给你钱你都不要,非要自己摸爬滚打,苦日子又不好过。"

"你要是不给钱了,我怎么办?"

他稍显愣怔:"我怎么会不给钱?"

"谁知道呢?享受虚荣之后意识到自己无能的痛苦。"

陈淮越接受她从前不愿信任他,可现在呢,他们的爱意已经很炽热了。他们结婚不必请律师,不用做财产公证,他会把所有资产都与她共享,他再伸手找她给钱。

他在她喘息呜咽的时候问她:"希微,先领证好不好?"

"不好。"林希微撑着眼皮,简直就像走流程一样,"等不忙了再说吧,今年市场风向还不知道会如何……"

一年又一年。

他觉得林希微又仿佛是在哄情绪化的小孩,而且她还没什么耐心,因为她哄一半就睡着了,声音戛然而止。

第二天,她很早就跑了,给他留了张纸条:出差咯,爱你。

显然,他无声息的愤怒,她完全不知道。

陈淮越不擅长冷战,他也没打算冷战,但他发现林希微根本没意识到他们之间缺了什么。将近三个月没见面,她还觉得很正常,理所当然地认为他们在各自奋斗,如果他不主动,他们就停在原地。

陈淮越在打开公寓门的时候,接到了林希微的来电,屋内是一室的黑暗,电话里是林希微的声音。

"陈总,你今天是不是也很忙?"她还来邀功了,"看,今天是我先打电话给你。"

陈淮越问:"你要回酒店了吗?"

她说:"没有,我在医院,但不是我生病,厂区有人闹事,出来时遇到一辆黑车,李从周手臂被砍伤了……"她还没讲完,那边已经有护士在喊她。

"阿越，你去忙吧，我明天给你电话。"

陈淮越进屋，把所有灯都打开了，被养得娇气的鹦鹉睡得正香，灯光刺得它立马睁开眼，发脾气地用力挥翅膀，骂骂咧咧："疯子，疯子。"

陈淮越没理它，他反正本来就不理智，跟疯子也差不多，他去拿了行李箱出来，鹦鹉又道："你真忙，你真忙。"

陈淮越来气了，走到鹦鹉面前，和它对视："我不忙。"

鹦鹉眨眨绿豆眼，沉默。

"我说我不忙。"

鹦鹉把张扬的翅膀缩了回去，乖乖地抓竿站着，偏过头，不跟他对视了。

"她到底叫我去忙什么？"

陈淮越原本是想去找林希微的，但他车才从小区开出去，又看见了那只脏兮兮的小狗。上回它在小区花坛里，这一回它缩在了路边一辆金杯面包车旁，冲着他的车"汪"了几声，见他的车子停下，它又吓得立马钻进了车底。

陈淮越降下车窗，招手问保安："这是只流浪小狗吗，怎么又在这里？这辆车是我们业主的吗？"

"附近工头的车。"保安明白陈总的意思，连忙道，"流浪有一段时间了，我马上去赶走它。"

陈淮越把车停在路边，不知道要怎么把小狗引出来，保安拿了根火腿肠过来，但陈淮越自己没养过狗，微微皱眉："狗能吃火腿肠的吗？"

保安咧嘴笑，有钱人就是讲究："土狗有得吃就行。"

陈淮越接过两根火腿肠，掰了一小段，扔在保险杠前，但是小狗很谨慎，他等了半天没有动静，就又扔了一小截过去，过了一会，小狗终于慢慢地探出了头，蹲在火腿肠前，鼻尖耸动地嗅了嗅，还是很戒备。

陈淮越让保安先离开，他也蹲下来，对着它伸出剩余的火腿肠，另一只手朝着它曲了曲手指，小狗咬了截火腿肠，又快速地躲回车下。陈淮越慢慢地等它，又给它扔了一些火腿肠，引诱它出来。

保安躲在大门旁，探出了个头，小声道："陈总，你要喔喔喔。"他把嘴噘得很长。

陈淮越面无表情,原本是要学的,噘了几次嘴,还是放不下脸,就一直半蹲着,等小狗小心翼翼地过来吃他手上的火腿肠,吃的时候,还要背对着他咀嚼。

陈淮越试探着摸了下小狗的头,它立马躲开了,还龇牙咧嘴地叫了好几声,但只打雷不下雨,光喊叫,尾巴却快速地摇了起来。

陈淮越笑了笑,又觉得心酸,同病相怜,他也生气了这么长时间,现在还要摇尾巴开车两百多公里去见她。

"你要不要跟我回家?"他问小狗,"我们也要养狗的。"

小狗歪了歪头,耳朵可爱地耷拉着,不知道有没有听懂,下一秒又回到了车底,看得保安急死了,变成富家狗公子的机会就这么错过了,他都想给陈总"汪"几声了。

陈淮越也以为小狗不愿意,他起身,缓了下蹲麻的腿,对保安道:"等它出来,你先把它带到保安室里。"

结果,他才离开了几步,小狗就屁颠屁颠地朝他跑来了。

于是,陈淮越连夜让蔡秘书帮忙联系一家德国人开的宠物医院,他打开车门,把小狗放到后座上,带它去检查身体。

陈淮越在想,要给小狗取什么名字好,算了,等林希微回来,让她取个名字。他从后视镜看了眼,小狗正在车座上乖乖地趴着,底下垫着的是他的西装。

陈淮越道:"你妈不在,先委屈你一段时间,没有名字。"

等他带着小狗从宠物医院出来,德国医生笑眯眯地把狗窝、狗粮都放进后备箱。小狗洗得毛发蓬松,打了第一针疫苗,医生没让它穿衣服,说是对狗狗不好,又告诉陈淮越要如何喂养小狗。

陈淮越重新回了家,打开灯,鹦鹉是真的生气了,因为它睡觉需要一个安静漆黑的环境,结果,扑棱的翅膀倏然顿住,它看见了主人有了新宠。

陈淮越摸了摸小狗的头,过去先把鹦鹉笼子的门关上,关住了傻鸟,要请个住家保姆在家照顾、陪伴这两只了。

他也没想到,原本想好的狗都没养,养了只小土狗,他又想到了林希微,不知道她是不是在医院照顾李从周,恋爱心不够强大的他,胸口涩然。

小狗蹭着他的手,他自言自语:"希宝……"

小狗:"汪!"

陈淮越:"这不是你的名字,希宝是你妈……"

小狗歪了下头:"汪汪!"

陈淮越没品地笑了:"行吧,那你叫希宝。"

小狗:"汪汪汪!"

等林希微回家气死她。

今年全国工业库存总产值超过三万亿元,产品积压严重,本就不景气的钢铁产品更是如此。而省钢本是一个处于改革中的僵化企业,一年多的时间要将它转变成现代股份制企业,再推进它的上市发行,需要做的事情太多了。

刀子刺过来的时候,李从周和林希微正从轧钢厂出来,他们今日重新参观了生产线,看了产品,再次核对了省钢的现有资产和物产状况的合法性。

李从周说:"明天麻烦林律师跑一趟省行,这一组债务变动要告知,明天下午监管机构的问题……"还没说完,就见寒冷的刀光一闪。

被"劳动力优化"掉的"富余工人"蹲守在厂区外,他们不管工厂具体发生了什么,反正就恨这些穿着光鲜靓丽的西装、进进出出工厂的什么总、什么律。

"就是你们这些人,一来工厂就裁掉我们,我们没工作了,你们也没有好下场。"

"我们都没饭吃了,还怕什么。"

总之林希微没反应过来的时候,那刀就砍在了李从周的手臂上,他也下意识地将林希微护在了身后。工厂的安保24小时巡逻,还有一些警察,林希微喊了一声,他们就赶了过来,而拿刀的人也跑上了一辆墨色玻璃的黑车。

好在李从周的伤口并不深,只是需要休养一段时间,他开玩笑:

"手臂不影响手指,我还能打字。"

林希微说:"这种黑车很多,也很难查到,去年我和知禾跑另一个项目,坐大巴就不小心上了这样的黑车,上去就喊我们交出钱包不杀。"

"最后你们给了?"

"不给就要拿肉体去扛铁器了。"

李从周弯了弯唇角:"现在经济不好,更要小心。"

"你练过么?"林希微问。

李从周点了下头,他笑着建议:"希微,你也可以去学。"

"刚刚谢谢你。"

"谢什么。"他好笑,"要是我们都受伤,无法工作,那才是真的完蛋。"

林希微也笑了起来,纵使再冷静,手心也出了冷汗,静了一会儿,她眼皮还在剧烈跳动,被今年全球经济的动荡新闻冲击了小半年,又遇到这些事,她很担心这个项目最终无法在香港上市。东南亚的风浪迟早席卷香港,市场逐渐走低,人人自危。

李从周躺在病床上,为了缓和手臂的疼痛,无意识地盯着坐在他床边的林希微发呆:"希微。"

"嗯?"

他握了下林希微的手,一下就松开:"不会有事的。"他语气笃定,"我们做了这么多工作,厘清所有问题了,省钢会顺利上市的。"

等李从周睡着后,林希微才走出病房。因为身处异地,李从周今晚也算保护了她,林希微要在医院守夜。柏培章也在虎城,但他还在现场,辛苦一天了,总不能让他来医院陪护。

林希微坐在病房外的椅子上,无比地想念陈淮越,他们好像有点久没见面了。可是这个点,她不知道他睡着了没有,刚刚电话也只说了几句,这两年房地产也不算好做,越程在危机中开了许多地,他压力应该也很大。

等这个月省钢的关键材料都弄完后,她就让柏培章带新律师盯现场,她回立达处理积压许久的管理制度问题和房地产业务被抢的矛盾,她还需要钱换更大的办公室。

至于领证……

陈淮越说的那些话，她有听进去，只不过省钢和鹭贸太重要了，这是她和倪知禾进入资本市场的第一战。只有把这两个项目做好了，以后的项目才会轮到她们做，熬过这一段就好了。

林希微怕打扰到早已入梦的陈淮越，便只是打寻呼台电话，发了信息——陈淮越先生，林希微小姐说，一起加油！

陈淮越其实收到了这条信息，但他按捺住回电的欲望，在心底冷笑，还加油，他不要加油，他要结婚。他怕她说，她在陪李从周，而他呢，他在家照顾他们俩的女儿呢。

小狗第一天来家里，没有安全感，迟迟不敢入睡，"嗷嗷嗷"地乱叫，还到处乱尿尿。

陈淮越没办法，在沙发上陪小狗睡觉，他侧躺着，看着狗窝里的小狗，哄道："希宝，睡吧，爸爸爱你。"

小土狗软乎乎地趴着，歪头盯着它爸，慢慢地闭上了眼，而鹦鹉听到"希宝"睁着绿豆眼到处看，以为它的"林希微小姐"回家了。

陶女士听说她当奶奶了，周日兴致勃勃地来了陈淮越的公寓，拿小零食哄得小狗扑腾着小短腿，在她腿边钻来钻去，讨好地蹭着她的腿。

"乖妹妹，叫什么名字呢？"

"还没取名。"陈淮越给两人打了两杯咖啡，他不敢说叫希宝，怕被陶女士批评，更何况，林希微的头号狗腿子也在。

陈淮川洗干净了手："姨姨，我可以摸妹妹吗？"

"当然可以。"陶静昀等陈淮川摸完小狗，招手让他过来，来了个长辈的致命问题，"川宝，最近考试怎么样呀？"

陈淮越："别问他，笨死了。"

陈淮川哼了声："嫂嫂说我很聪明呢，早上才跟我说的！"

陈淮越手中的动作停顿了一下："你早上跟她打电话了？"他问出这句话的时候，嗓音都有些艰涩，因为林希微没联系他。

陶静昀还带了自己的新书稿子，打算让儿子试读一下，陈淮越出于对母亲大人的尊重，给出了十分的诚意，做她的读者，但他越看越生气。

"简直是胡说八道。"

"陈淮越,你在说什么?"陶女士温柔地捂着自己的胸口,仿佛心碎了一样地蹙着细眉。

陈淮川贴心地搂抱着姨姨:"姨姨,别生气喔。"

"你给我当儿子吧,川宝。"

"女人在婚姻和爱情里处于绝对的弱势,因为男人在感情里总是理性又现实,而女人在两性关系中大多缺乏安全感,天真地幻想男人会为自己而改变,过分渴望稳定和从始至终的唯一。"陈淮越面无表情地读下去,他抬头,对着他妈妈露出不走心的微笑,"陶作家,你最忠实的读者建议你重改这几句话,林希微渴望稳定吗,缺乏安全感吗?"

陶静昀"呵呵"冷笑:"不然呢?不然她为什么之前跟你分手,她肯定是要自己有抵御恋爱、婚姻风险的能力后,才肯跟你复合嘛,从这种角度来说,难道不是缺乏安全感么?"

"那我呢?我也缺乏安全感。"

陶静昀的眉心沉沉一跳,怔了怔,看着陈淮越冷淡却又受伤的面孔,她嘴唇动了动,然后说:"那妈妈改掉。"

"不必。"

陶静昀:"……"

陈淮川和小狗都不敢出声了。

林希微第二天就没在医院守着了,因为工作真的离不开她,而且李从周受伤了,一堆人来看他、照顾他,在医院也有医生照看,她还是回到项目现场好一点。

她用Hotmail回复了美国律师发来的邮件,这时候的拨号上网信号非常不稳定,而且邮箱有容量限制,很多人也没有开设邮箱,所以工作上的资料交流还是依托于传真机。

林希微回完邮箱的邮件后,突然输入了陈淮越去年申请的邮箱账号,给他写了一封简单的邮件,她忍不住想笑,很多年前她给他发传情书,随着时代的发展,她可以用电脑给他写东西了。

"陈总,展信舒颜,蓝花楹疯长的季节,鹭大的相思树也开花了。

前天路过左海公园，就在想我们下次带川川来玩摩天轮，鼓山缆车能坐两个人拍照，川川坐不了，但我们可以坐，只是还不知道什么时候能忙完手中的工作。我刚买了一杯咖啡，很苦，在开工之前慢慢地喝一分钟，不知道为什么又想起了你，你会怎么说呢，你肯定觉得这是一杯廉价难喝的咖啡，不及你煮的万分之一。"

第十章
谢谢他陪着她成长

　　项目紧急，李从周也不敢在医院耽误时间，等伤口好转了些，就立马重新驻场，但他不方便打字，好在还有打字秘书和翻译在，只是这样，流程就变得更烦琐了，进度也多少受到了影响。

　　省计委的徐主任和市经贸委的林主任进来时，林希微正蹲在已经罢工的传真机前，有些烦闷地托腮，但又没别的办法，只能起身去打电话告知对方需要重新传。

　　李从周笑了下："应该是太烫无法运转了。"

　　林希微："今天用了10卷热敏纸了，超出负担了吧。"她心中叹气，"昨天不仅卡纸，查的时候还漏发了，被这几台传真机气死了，每天开工都要祈祷，不要漏发、少发，恨不得给传真机上香。"

　　李从周不禁笑出声："你们律所都是会电脑的律师，沟通起来还比较方便，有些项目的国营老律师之前还只会电传，背了一堆缩写来发件，要打孔，不然就要多费一笔钱请人来应用技术，跟他们沟通，也要时刻注意称呼，因为要按照行政级别的官员头衔来喊他们。"

　　承销商的律师开玩笑："干法律的，不会新技术，现在看起来也没有特别大的影响。"

　　林主任的声音在两人身后响起："在哪一行技术都很重要，像你们这批留过学的年轻人，能用英语跟各国各方沟通，不用翻译，更能开好项目协调会，又会电脑，做的材料好又快，我们国企这几年都在市场上闯，改制工作已在快车道上，急需人才。"

徐主任也道:"今年'小巨人'工程名单下来了。"他把名单给了林希微,"上一回这样艰难,还是几年前玻璃厂在香港上市。"

林希微竭力抑制住唇角的上扬,之前需要她到处求人才能勉强得到的名单,现在能提前拿到了。她看着手中的名单册,有国有大中型企业的股份制改造,也有省船舶工业集团的重组和人造板厂的并购……

她用不计报酬和长期坚持的高质量服务做敲门砖,终于打开了政府信任的大门。

省钢的负责人询问了林希微一些问题,林希微应答如流。

因为所有的流程都是她亲自跟进的,尽职调查、访谈、底稿整理,和省钢总经理、监管机构、投行、审计的沟通协调,实地验资,多次抽查进度表、完工表,甚至省钢几千处资产的标签弄混,她都被迫重新核对。钢铁厂位置偏僻,过程中还遇到无数个没有先例的历史沿革法律问题,比如省钢有些业务属于特殊政策,缺乏许可证经营,再比如改革之后,土地从政府划拨转为上市需要的出让,还有一些新制度的设计,异议股东回购制度。她只能托关系,去跟各个政府机构咨询、研讨,最后再跟承销商律师一起去说服交易所和证监会。

林主任也不愿在这即将递表冲刺的阶段,再生事端。

"从周,厂里的员工也不容易,上有老下有小,一时糊涂,伤了你的手,接下来市里会加强安保,也会很快安排他们再就业,转去洪宽工业村的三资厂。你们也知道,省内民间资金雄厚,多是欧美南洋的侨资,南洋这次的金融风暴,对我们省啊……哎。"

他点到为止,就是要李从周瞒下这件事。

李从周本就性格温和,也想顺利完成项目,点头答应,只是,他望了林希微一眼。

林主任明白他的意思,笑道:"希微那晚也受到惊吓了吧。"

林希微倒没有受到惊吓,她感觉精神和身体的双重疲倦,麻痹了她的神经,看刀砍过来的时候,不知道为什么都没力气恐惧,就算到了医院,也只想着剩下连轴转的工作。

徐主任离去前的一番话就是给林希微的补偿和保证:"希微,再坚持一段时间,千万不能松懈。我们都知道你的辛苦,但最后阶段你一定要在虎城,让负责上市业务的工作人员能找到你,用人不疑,疑人不用,新名单你好好看看。"

林希微不能辜负他们的信任,她不能回鹭城了,她打电话跟连思泽说。

连思泽有点伤心:"那新的研讨会就我一个人开?"

"辛苦你了,邀请函和会后礼物都要检查好再发出。"

"那管理的事呢?"

"我们电话联系,我说你做。"

"房地产,杨兴亮……"

"我已经把举报信发给鹭城律协了。"

林希微挂完电话,看着满桌子的软盘,又贴了一堆新的文件标签。李从周又过来道:"林律师,有个软盘读不出来。"

林希微趴在了桌上,要疯了。

李从周被她逗笑了,便端着半臂,去找柏律师重新弄文件的存储。

林希微在午休时间给陈淮越打了电话,陈淮越正在鹭越大厦的工地,听她讲起跟李从周遇险的事。因为知道她没有事,李从周又不关他的事,他没什么情绪地说道:"工厂上演全武行很常见,职工因为纠纷砸车、械斗,多的是亡命之徒,但一般管着底层工人的工头都压得住他们。你以后的项目,可以适当跟直系管理层维持良好关系,省得让这种跟你无关的事,连累到你。"

林希微:"你也遇到过吗?"

"工地不要命的人只会更多,工具更趁手。"陈淮越就讲起他遇到的几件事,然后道,"有时候你觉得是资本家冷血和麻木不仁,但大环境特殊,你不这么做,他们就该欺负你了。"

林希微自己负责律所管理后,才知道其中艰难,尤其对比越程集团体量庞大下的有条不紊,她的小律所管理就是草台班子。

她也有点感悟,她律所的人跑得这么快,是不是就是因为她太好说话了?

陈淮越安静了会儿,才问:"你那天晚上就在医院照顾李从周?"语气比刚刚淡了许多。

林希微顿了下:"的确在医院……"

她话还没讲完,陈淮越的火星子被点着了,头顶上的安全帽箍得他难受,语气不自觉重了几分:"他就手挨了一刀,你就陪他一整夜,你觉得他是为了救你吗,说不定那个工人就是来砍他的,你是被他连累的。"

陈淮越觉得李从周就不是省油的灯,但不想直白地讲出来,让自己小心眼的嘴脸更加难看。

他恶意揣度,李从周不就是那一类男的,把感情控制在朋友和恋人之间,说什么绅士温柔,其实就是不舍付出太多,还要把十分的付出表现成一百分。要是林希微真的喜欢他,他赚了,林希微不喜欢他,他还是赚了,工作完成了,还享受了追求林希微的快乐。

陈淮越语气平静:"做交易的男的,怎么会亏。"

林希微提醒:"你也做交易。"

"那我也有做制造,有实体产出,不像他不事生产,是戴了皇冠的赌徒。"陈淮越拉开车门,在车玻璃的反光面上清晰地看见了自己的尖酸刻薄,他抿了抿唇,适当地收了收情绪。

林希微失笑,她不知道工人是来砍谁的,她说:"有护工照顾他,第一晚是同事之间的人道主义关怀。"

"如果我也这样人道主义去关怀其他女人呢?"

"受伤当然要紧,我鼓励你去救助其他女人。"

陈淮越不与她讲话了。

林希微又说:"一直到项目结束,我可能都得往返虎城和香港了,今天几位领导谈完话提的要求,不过应该很快就结束了。"

人都是贪心的,但陈淮越早猜到她的选择,自然就没有失望,知道她工作的不易,只是恰好他们之间的需求并不同步。他想起自己之前的恋爱长跑论,遭报应了,要像他之前说的那样,和她恋爱几十年了。

林希微又问起陈淮越最近在做的融资,目前主流的房地产融资渠道还很单一,就是从银行贷款,民间借贷的利率高,除非真的资金无法周转,一般不会选择民间借贷。

陈淮越说："今年银行口子也收紧了。"

林希微提到国外的信托投资融资和证券融资："上回有个客户就是做国外住宅基金开发的，他找鹭城政府谈了许久，因为今年经济骤差，就无法推进了，不动产抵押券的模式也被政策禁止了，但他还挣扎着要做福费廷融资，更没人理会他了。"

陈淮越笑了笑："要是加入世贸，或许就会开放更多的融资方式。"

他有些心不在焉地想着，虎城到鹭城也就几小时车程，虽然有些路段又绕又不平，他淡淡开口："下周末我去找你？"

林希微摇头："这样你太辛苦了，等省钢的项目结束，我应该就不会再一头扎在某个项目里了。"

她没听到陈淮越的回答，咬了一口光饼夹，问他："陈总，你是不是还没吃饭？"

陈淮越"嗯"了一声，哪里还有什么胃口，敷衍道："等会回公司吃。"

"你猜我在吃什么？"

"面包。"

"光饼夹，下次我请你吃。"林希微声音里带了点笑意，"你有没有看到杨兴亮最近的房地产业务减少了许多，知道为什么吗？而且资本市场那边他也没拿到任何的境外上市项目，而我已经拿到了新名单。"

她坐在草坪的石凳上，轻轻地晃着双腿。她压制着澎湃的情绪，因为在众多中介机构和领导面前，要扮演一个成熟稳重的律师形象。

要是陈淮越在就好了。

她还是忍不住道："我太开心了，要是你在，我想亲你。"

"然后呢？"

"手拉手原地转圈，再拥抱。"

陈淮越抑制住上扬的嘴角，学她之前的语气呵斥："幼稚。"但挂断电话前，叮嘱她，"你只能跟我手拉手。"

等他回到了越程的总裁办，还有两个惊喜在等着他。

一个是蔡秘书送了份绿岛饭店的晚餐进来，他看了眼就皱眉："太多了，给我留份面就好。"

蔡秘书何其了解陈总，补充道："这是林律师订的。"

陈淮越手上的动作一顿，好像瞬间遗忘了前一句话："正好是我的饭量，你出去吧。"

布袋子上还有一张打印出来的便签：陈总，要好好吃饭，要听话。

陈淮越不由得轻笑一声，把便签取下，拿出钢笔在下方的空白处回复，字迹龙飞凤舞、遒劲有力："知道了。"

另一个是他查看邮箱时，发现了林希微发来的邮件。他一下从椅子上站了起来，膝盖骨还撞到了桌子。他顾不得疼痛，倒是心潮澎湃，既想轰跑车，又想约钟程去拳馆酣畅淋漓地打一场。

但他还是决定先把这封邮件打印出来保存，连接打印机时，他想起当年他拿下第一块地，就是深夜一人在山路上无所顾忌地飙车，而钟程被迫去包厢里应酬陪酒。他回去接钟程，钟程已经吐了好几回，身上还挂着两个三陪，一脸委屈地指责他，公子哥气性，就知道牺牲他去堕落换取信息。

陈淮越也给钟程发了封邮件："辛苦你了，钟总。"

最后才慢吞吞地回复林希微的邮件，只有傲慢冷漠的一个字："嗯。"

以表他还没忘记她前面的可恨。

杨兴亮近来烦心事一堆，他不重视打字和计算机系统建设，也渐渐成了律所的大麻烦。

他此前高价挖人、低价接单的模式，在经济下行的今年有点行不通了。省内冒出了许多新合伙所，也都接触了房地产业务，并且还频繁地参加林希微开办的研讨会。林希微把房地产售楼见证业务讲得明明白白，连合同模板都免费提供给所有同行，还不停地在各类房地产、经济类杂志报纸上，毫无保留地写文章，分享法律实务总结经验，肉眼可见的愚蠢行为，却在今年给她带来了好处。

她都一心扑在资本市场上了，但她在房地产法律服务领域的地位还不自觉被抬高了。因为很多律师、发展商和银行都参加过她的研讨会，或者看过她署名的文章，认同她的观点或感谢她的引导。

发展商在遇到复杂的法律问题时，只想去找"权威"立达律所，而有些房地产律师也会推荐林希微和连思泽，因为他们经常研究法律服务前沿问题。

而杨兴亮的低价竞争，根本无法抢过这么多律所，从立达高薪挖来的律师，带来的合同模板没多久就被林希微免费公开在研讨会上，发展商那边也出现了许多问题。

他没忍住在家中发了脾气，因为康明雪质问他："昨晚女儿发烧去医院，你为什么不接电话？"

"我在工作，明雪，我既要应酬，又要做案子，还要管理，我很多事。今年刚给你爸妈买了新房，车子也挂在你名下，你多体谅我吧。"

"应酬？"康明雪笑了下，"跟女人吗？"

"这是逢场作戏，你真是在家太久，不知男人辛苦！我一个人养两家三代人容易吗？"

康明雪把女儿卧室的门关上，隔绝争吵声，平静道："我回兴明工作。"

杨兴亮也笑了下："别开玩笑了，你都几年没工作了，出去人才市场都不要你，知道今年找工作有多难么？"

他缓和了下语气："好了明雪，你就安心当我太太，我养你。"

康明雪不理解："你没必要跟希微竞争，市场这么大。"

"你问问林希微想给我留活路吗？"杨兴亮已经不想听了，他起身穿外套，拿包出门。

6月30日的下午，省钢项目组决定今晚放松一下，等着看香港回归的直播。林希微却临时决定回鹭城，当她打开陈淮越公寓门的时候，没想过会见到一屋子陈家的人。

门里门外的人目光定格，各人忙碌的动作也都顿在了那儿，毕竟对彼此来说，这都是意料之外的事。

最先反应过来的是和尚鹦鹉，它扑棱了两下翅膀，就朝着林希微飞来，林希微下意识地伸出手，托住了它。它委屈巴巴地用头蹭着她的手臂，嘴里呜呜咽咽地说着什么话。

林希微没有明白，轻轻地顺了顺它的毛，它更委屈了，直接学着小狗，一会"嗷呜嗷呜"，一会又"汪汪汪"，她轻笑了声，不知道它怎么学会了狗叫。

陈淮川穿着小西装，打着领结，也"蹬蹬蹬"地跑了过来，一把抱住了林希微："嫂嫂，我们一起去看表演，哥哥，嫂嫂回来了！"

林希微也摸了下陈淮川的头发，镇定地抬头，跟陈教授、师母、陈伯鸿和刘曼珠打招呼。她最近忙忘了，这样重大的日子，陈家人肯定有受邀的活动，她临时起意，没跟陈淮越联系，就一股劲地奔回鹭城了。

陈玄棠笑着，语气寻常自如："希微，你回来了，走，跟你师母啊，一起去白鹭洲。"

吴佩珺朝林希微招了招手："我说阿越今晚怎么不愿跟我们去，还得我们过来捉他，原来他在等你回来。"

陈伯鸿不知道要说什么，刘曼珠撞了下他的手臂，他稳如山，刘曼珠只好自己笑："川川一直念着他嫂子，这么大人了，还整天撒娇想嫂嫂。"

陈淮越也换了套崭新的西服，打开卧室的房门。林希微偏了偏头，朝着他笑。他看见她的出现，站在原地愣了几秒，眼眸里倒映着她的身影，好一会，也扬起唇角笑。

他大步朝她走去，目光灼灼，眼底的欣喜倾泻而出，心照不宣，他明白希微此时的意思。

"阿公、阿嬷、爸、阿姨、川川、小狗、小鹦鹉。"他把"家人"都点名过去，然后介绍道，"这是我女朋友，林希微。"

吴佩珺笑眯眯的："好好好。"

林希微也笑，她这才看见陈淮越腿边还有一只转圈圈的小狗。和尚鹦鹉看到它就来气，用力地扇了几下翅膀，骑到了小狗的头上，用力地踩踩踩。

吴佩珺笑着说："下次阿嬷再补见面红包，今天事出突然。"

刘曼珠语气温柔："爸、妈、希微，我们该出发了。"

陈伯鸿心底幽幽地叹了口气，没眼看，但他也管不了人。不说陈淮越向来不听他的话，就陶静昀的怒意他也承受不住呀。

按他来看,陈淮越可以找到出身更好的女人,对他的事业有帮助的,能帮他做好太太外交的人,而不是这个折腾了这么多年,只想着她自己的律师。

不过事已成定局,陈伯鸿也不会去做那个坏人,陈淮越挣的钱也跟他没一毛钱关系,他盘算着两人结婚,他作为准公公,该送点什么?

当年他和陶静昀结婚,陶静昀为了证明她什么都不图,不要婚礼,不要婚纱,见面礼、聘礼、三金、钻戒、房子、车子都通通不要,还主动找律师楼大状签什么婚前协议,结果婚后一吵架就翻这个旧账,说她咽不下这口气,倒贴个屁,要撕了他。

陈伯鸿想起陶静昀打他的样子,无奈地笑了笑。要是陈淮越不知道准备,他为了家庭和谐,也得买买买,全都买,谁也不许省钱。

白鹭洲音乐喷泉广场的巨石上刻着"回归"二字,一眼望去,人头攒动,四周摆放了数十个电视机,筼筜湖里碧波荡漾,白鹭鸟在湖中点水嬉戏,湖心岛灯火通明,水中渔火点点似星光。

今晚,十万多人将在白鹭洲欢庆香港回归。

陈玄棠一行人受市里邀请,在主席台上观看回归文艺表演,钟程代表越程出席了。陈淮越就没有跟着过去,他和林希微带着一狗一鸟在人群中盘腿而坐,鹦鹉绑着飞行背带、弹力绳,穿着尿兜,蹲在外出笼里,小狗趴在它旁边,绳子挂在了陈淮越的手腕上。

陈淮越的另一只手同林希微交握,林希微给大哥打电话:"你在家吗还是跑车?"

林鹏辉不知她的意图,想撒谎可是心虚,毕竟周围都是喧闹人声:"我休息一天,明天我就去开车,我带妈、绮颜、你嫂子来踩街迎回归,今天特殊情况,我可不是偷懒。"

林希微笑了下:"我也在白鹭洲,你们在哪?"

林鹏辉拖家带口地挤过来了,他看了眼陈淮越,只敢坐在林希微的另一边,反倒是林绮颜走了过去,坐在他怀里,对他甜甜地笑:"二姑丈。"

陈淮越看在二姑丈的分上,抱紧了她。

林玉梅看了眼林绮颜,又瞥了眼林希微,再瞧了眼长得像婴儿车的什么美国货狗狗车,她坐在陈淮越的另一边,小声问:"绮颜可爱吧?"

陈淮越:"可爱。"

"可爱你们也结婚生一个呀。"林玉梅怕林希微听到,跟做贼一样,"她31了,你35了……"

"?"陈淮越静默几秒,"希微过两个月才29,我还没33。"

"哪里有你们这么算的,生下来就是一岁,你35!人家早结婚的都当阿公了。"

"?"陈淮越刚想说什么,林希微转过头来。

林玉梅不敢让陈淮越说话了,她扭头看湖,装作很忙的样子:"湖水可真亮,刚围起湖的时候,又脏又臭,十年前有人在湖畔盖房子呢,都没人要,谁知道现在这么多别墅喔,那个老板应该发大财咯。"

陈淮越谦虚:"也没有很发财。"

林玉梅:"是你盖的楼吗?"

"跟政府合作的项目。"当时政府拿来抵器械债的地,从最早的污染地到白鹭洲的建成,走了十来年。今年又有了巨大的变化,滩涂地变绿洲,一个多月的时间就建成了"回归园"。

林希微摸着小土狗的毛。林鹏辉自动远离小狗,他小时候为救林希微,被疯狗咬伤后留下怕狗的阴影,他愤愤道:"希宝,要是没有我,现在就该你怕狗了。"

林希微眼睛弯弯:"是,大哥,多谢你。"

林鹏辉不自在:"这么认真干吗?你骂我,快点,你这时候应该骂我的。"

方敏笑着拧了下他的胳膊:"你真是天生欠骂,没皮没脸,好吃懒做,光长了个好脸,一点用没有。"

"老婆……"

林玉梅还在找陈淮越攀讲:"你说实话,是你不肯结婚,还是希宝?"

陈淮越:"我。"

林玉梅幽怨地叹了口气:"我就知道是希宝,她主意大得很,都怪她爸,死得早,我们都管不住她。"

陈淮越皱了下眉:"她已经很好了,只是不想结婚,不必这么说……"

林玉梅就等他这么说,心满意足:"你知道就好,我们希宝可是很多人家来问亲的。她生出来就比别的小孩好看,白白的,跟菜头一样白,又明目,六个月会坐,没到周岁就会走,念书念得不要太好,文曲星下凡呐,要不是她爸死得早……哎。"

她也是苦恼,可怜天下父母心,希微这么大年纪不结婚,村里人都在看笑话。她真是不懂,那些人过得哪有她家希宝好,怎么就好意思笑呢?偏偏她又听不得别人说希宝坏话,鼓起勇气,冲出门吵了好几回架,越吵越被人笑话。

林鹏辉没儿,也成了笑料,什么断子绝孙。林鹏辉也不在意,张口就是豪言:"买房搬家。"

"那你爸呢?"

"那你把他挖出来,一起带走。"

林玉梅要气晕,真不知道自己生了几个什么讨命的:"你爸死了也不安宁,小薇念书时,别人家都怕戳她没爹的痛,就小薇,动不动把她死了爸挂在嘴边,不肯叫人欺负。"

林鹏辉:"林小薇是该骂,讨人嫌的不知道在澳门怎么样,我要是不找她,她能上天,嫌弃我们管东管西。"

陈淮越没有理会林家的这些琐碎事。

林希微问他:"陶作家今晚在哪?"

"市里跟她约了稿,这会也在主席台上,而且等会她应该还有采访。"

林希微靠在他肩上,近距离地仰头看他:"你养了小狗。"

"捡的。"

"你怎么没告诉我?"

他看着电视屏幕,没有低头,学她的话,冷冷淡淡:"你也有工作要忙,何必让两人都担心。"

林希微这才后知后觉:"你最近在生气啊?"

他笑了下："那也不至于。"

林希微明知故问："我妈刚刚跟你聊什么？"

"她怕她女儿嫁不出去。"

林希微笑意更深："原来是这样。"

和尚鹦鹉在外出笼里着急，想出来，只可惜，人太多了，两人都承受不起它跑丢的风险。

表演一直持续到了凌晨，众人屏住呼吸，一派寂静，电视荧屏上，米字国旗缓缓地落下，国歌响起，五星红旗冉冉升起。白鹭洲的人群终于齐声欢呼鼓掌喝彩，夜空中礼花绽放，焰火璀璨。

林希微有些泪目，她抹了下眼角，陈淮越问她怎么了。

她说："以后的H股有好多项目可以做，能赚好多钱。"

林玉梅不知道该怎么说这个一心只有钱的女儿。

白鹭洲另一边的倪知禾也激动得哭了。身旁的男人犹豫了一下，想伸手抱她，被倪知禾推开了。她看着漫天坠落的烟花，仿佛看到了资本市场的金币洒落。

多好，他们赶在回归前做了境外上市项目。

烟花持续了一个多小时，林希微和陈淮越跟着众人踩街。今年的鹭城街上已经见不到什么繁体字了，花花绿绿的广告牌也渐渐变少，港风退去，一路依旧能看见鹭城从1980年开始的璀璨。

1980年修建的国际机场，1980年中美合资的华美卷烟厂广告，1980年就有了歌舞厅的鹭城宾馆，1984年大哥工作过的海上乐园舞厅鹭江号，1985年起接待过无数外国政要的悦华酒店，全国第一家外商独资新加坡大华银行。1989年她和陈淮越去过的新加坡酒店夜总会，1994年她和陈淮越重逢的海景国际大酒店。

林希微想到自己留学的时候，她说："因为鹭城发展得挺好，有钱的华侨实在太多，到处都是大楼、别墅和庄园，特区又思想开放，出国的人也多，和别地的留学生相比，我到美国没有觉得城市差距特别大，只是律所和公司的差距太大了，他们能做的项目，我们完全融不进去。"

她又说："如果我没出国，我们现在应该也分手了。"

陈淮越微笑："假设的事情，谁知道呢？"这句话也是说给他自己听的,他没必要去假设,如果林希微没和他重逢在海景酒店会怎么样。

林希微和他十指紧扣,一人提着鹦鹉笼,一人推着狗狗车。是啊,假设没有意义,因为无论如何,1992年律师制度改革后,她一定会出去看看,就算不是当年,也会是现在。

康明雪跟她爸妈也带着女儿挤在人群中,女儿困了,乖乖地趴在康明雪的肩膀上睡觉,她看见了林希微推着车。

"希微。"她走过去,才发现里面是小狗。

"康师姐。"林希微觉得小孩长得真快,康师姐的女儿都这么大了。

康明雪笑道:"两周岁了,等明年她上幼儿园,我就轻松了。"

一旁康师姐的妈妈道:"哪里能轻松,我带孩子她都不放心,出门一趟写了两张纸条叮嘱,我哪认得字,还得她爸念给我听。"

林希微笑了笑,只说:"师姐就是很细心,所以她当主任的时候,大家都很服她。"

康明雪看了林希微一眼,又很快移开视线,她把精力都放在了这个好不容易得来的女儿身上,所以也没时间联系旧友,不知不觉交友圈子就只剩下了家人。

也就林希微还记得她曾经是兴明的主任,行政执行人。

分别前,康妈妈劝诫林希微:"趁年轻早点生,明雪以前就是太拼了,早晚地加班,把身体搞坏了,30多岁想要孩子,又搞律所,累得几次流产,最后保胎针打了这么多,才有了茜茜。"

大所里的女律师流产并不少见,林希微在纽约实习时,隔壁团队的大老板就是过度劳累没保住孩子。她团队的顾问生产前还在回紧急电话,让客户给她几小时生个孩子。

谁也不想被取代,流失客户。

陈淮越打开公寓的灯,鹦鹉总算被放出来,困得眼睛都睁不开,还要去踩一下小狗的脑袋,然后才心满意足地飞回了架子上睡觉。

夜深人静,触手皆是湿滑的汗,林希微的手搭在陈淮越的颈后,无声地纠缠,她嗓音微颤,陈淮越却听得清晰。

"你下个生日的时候,我们去领证。"

陈淮越咬了下她的下巴:"那天没开门,你什么意思?"

林希微愣了愣，才反应过来，初六不上班。

陈淮越知道省钢项目在收尾阶段了，就是这一两个月的事了，没提她即将到来的生日，而是说："省钢上市了，我们就去领证。"

"好。"

谁也没提在这艰难时分，省钢存在随时上市失败的可能，她亲了下他的嘴唇。

陈淮越说："睡觉。"

但是林希微睡着后，他却注定难眠，结婚要做一堆的双认证，当然不是财产，而是他们两人的身份认证，公证中心、领事馆，最好还是拜托熟人帮忙。

他想，接下来他应该会比省钢的负责人更关心省钢上市的消息。

7月2日，泰国政府宣布让泰铢自由浮动汇率，金融风暴开始席卷亚洲，接下来的两个多月时间，韩币、新加坡元都在疯狂贬值。香港地区也受到了很大程度的冲击。

倪知禾负责的鹭贸先在七月底上市。那时的省钢项目组还在苦苦煎熬，所有人都几乎没怎么睡觉，领导也几次争论是否要及时喊停，但最终还是坚持了下来，通过聆讯，股票发行认购。九月底，省钢成功在香港交易所挂牌交易。

柏培章难掩激动，这是他离开体制后，第一个从头跟到尾完成的境外上市项目，他忍不住转头抱住了林希微，热泪盈眶。

林希微也眼眶微湿，记得等会还有庆功环节，她忍住情绪，挂起笑小声提醒："培章，有镜头，还有很多香港投资人，要注意律师形象，切记切记，虽然我们都没见过世面，但不能露出来，快笑，风轻云淡地笑。"

她一边露出标准的笑，一边朝看过来的嘉宾点头致意。

柏培章连忙松开她，整理了下西装。

林希微也学着康师姐，从律所大盘子里出钱，给柏培章报销了这套专门为港交所准备的西服。

李从周也过来，跟林希微和柏培章拥抱，三人都没有说话，但无声胜有声，沉沉拍在彼此肩膀上的手是对这漫长的十几个月并肩作战最大的安慰和勉励。

庆功宴后，林希微回到酒店，脱掉高跟鞋，喝得微醺，她没力气去洗澡，就软绵绵地躺在了大床上，闭着眼睛去摸手机。

她给倪知禾打了电话，倪知禾在办公室兴奋地跳上了沙发，赤着脚在沙发上快速地来回走着。

"万事开头难，以后我们再谈项目，不用再空口吹嘘，又被客户的尽调打回原形。"倪知禾鼻子泛酸，她怪自己离天花板刺眼的灯光太近，绝非她脆弱想哭，"我们还能以此招进更多能做资本市场的律师。"

里程碑式的两个项目。

林希微有一种精力耗尽的疲倦："还好有思泽，帮我们撑着房地产业务赚钱，又管着行政。"

她挂断电话前，放了个炸弹给倪知禾。

"我要去领证了。"

"领什么证，省钢这么忙，你还能抽空去考什么资格证么？告诉我，我也去考考。"

"结婚证。"

倪知禾淡淡地"哦"了一声，然后才反应过来，她尖叫一声，先恭喜，然后想的就是："你不会要休假吧？希微，不要做这种事！让我跟连思泽在律所，我真的想死。"

林希微哈哈大笑，跟她保证："奋战到80岁。"

倪知禾也笑，不服输："那我干到81岁！"

林希微再拨打了连思泽的号码，连思泽一直在等她，电话接通后，有一阵长长的空白音，只听得见电波的噪点。林希微先忍不住笑了，连思泽也跟着笑出声，想说的话太多，最后都不必再说了。

相识十一年的朋友，三年多志同道合的合伙人。

连思泽先恭喜了林希微，然后叹气："但希微，我真的管不了律所，新律师跑，老律师也想离开，不瞒你说，还有很多律所开了很好的条件诱惑我加入他们……我们得开会明确下，我们现在想做的是什么样的律所，房地产只我一人撑着也很辛苦。"

林希微也保证："我会引入新合伙人的。"

林希微最后才给陈淮越打电话。

陈淮越已经连夜把领证要用到的证件、翻译公证,包括当天两人要穿的衣服,都准备好了。

他笑了笑,恭喜她:"得偿所愿。"

林希微谢过他,然后轻声道:"明早我回鹭城。"

陈淮越:"你早点休息,明天下午我们去领证。"

他放下手机后,只觉时间流逝太慢,既然睡不着,那就起来工作。因为香港的回归,金融危机下,香港楼市反倒还到达巅峰,连带着深城新建的几个内销楼盘平均售价都超过一万人民币,今年也出现了大厦封顶"研讨会""策划招标"等新形式。林希微之前也开过房地产法律研讨会,或许可以咨询下她。

他手边还摊开着一本《中国房地产业》杂志,提到隔壁省政府如何解决解困房的滞销,修建交通地铁和配套小区。今年四月,全国铁路第一次提速,国内城市的距离也会越来越近,影响到房地产上,就是许多本省的地产侨商都将版图扩张到其他省份了。

钟程大多数时间负责外联工作,维持人际关系和进出口贸易,而他专攻土地买入、建设和楼房销售,短时间他们没精力转向外省,现在也不是盲目扩张的时候。

从窗户望出去,乌云慢慢地遮住了明月。明天开始,他就是法律意义上的,林希微的丈夫了。

1989年,他对那个不知天高地厚、愚钝烦人的实习律师冷脸以对时,怎么会想到,1997年的9月底,他们会领证结婚,成为彼此的家人。

隔日,越程所有员工都收到了一份喜糖礼盒,借着越程的贸易线,礼盒里装的都是进口饼干、巧克力和香水。原来是陈总结婚了,但陈总没说新婚妻子是谁,知晓真相的蔡秘书缄口不言,只提醒大家记得看明日的《鹭城日报》。

因为他们陈总花钱把结婚消息登报了,为庆祝新婚,又以越程的名义进行了公益捐款。

闽商向来低调、藏富,陈淮越也是第一次干这种事。钟程批判他:

"背叛我们闽系侨商的精神,要谨慎、要务实、要不显山不露水,人家产业辐射东南亚四国,有像你这么高调的吗?"

陈淮越:"嫉妒是吧,行,你结婚也登报捐款。"

他穿上西装外套,顶着一夜没休息的血丝眼,要去接林希微,下楼时,凡是祝福他新婚快乐的员工,都能得到他发出的红包。

钟程虽然嘴上在怪,脸上却是笑意满满。从商业的角度来说,陈淮越也是在替越程做宣传。过去几年保健品和白酒行业通过报纸和电视的激进营销战略,创造了梦幻奇迹,尽管今年狂热之下的危险彻底暴露,幻梦坍塌,但谁也不能否定广告和慈善宣传的作用。

到了真正签字的时候,林希微和陈淮越都很紧张,毕竟要进入一个全新的阶段。

陈淮越收起了结婚证,他笑着叫她:"老婆。"

林希微叫不出口,狡辩道:"陈总是我对你的爱称。"

领证的当晚,两家人一起吃了个饭,林希微给全家人都买了新衣服。尽管陈教授和师母都格外和蔼可亲,但还是时不时就冷场,两家人没话好说,好在还有陶作家在其中调和。

林玉梅也知道两家差距大,但不管天王老子,在她心里嫁女儿最重要的事,就是要帮林希微争取到好处。林希微的婆婆不错,领证前就来提过亲了,礼数一样不少,只是林玉梅要被林希微气死了,还主动说婚礼不着急。

林玉梅见多了拖着拖着就什么都没了的,村里多少未婚生子的年轻小夫妻,哪里还有什么婚礼了?

她只能尬笑,在桌下踢了一脚只知道吃得满嘴流油的林鹏辉。林鹏辉只好放下勺子,勉强拽了几个词,说两句:"婚姻大事,马虎不得,婚礼还是要办的,但是希宝的工作也很重要,的确分身乏术。"

陈教授允诺林玉梅:"等希微什么时候有时间了,肯定办的,您放心。"

陶作家也道:"到时候我来准备就好了,他们年轻人忙他们的事业。"

陈淮越才是最想办婚礼的那个人,林希微在桌子下握住了妈妈的手，知道妈妈的好意。

回家的路上，林玉梅问林希微："你是不是觉得今天我很丢人，斤斤计较，小家子气？"

林希微忍不住笑："没有。"

林玉梅道："我都是为你好，感情都是虚的，东西才是实的。我跟你爸结婚，你爸礼数都很全呢，还买了缝纫机、自行车，至少能看得出男方的态度。"

"我知道的，那你都知道感情是虚的，还催我结婚干什么？"

林玉梅答不上来："反正大家都要结婚。"

林希微随意回："为什么？"

林玉梅恼羞成怒，不说话了。

林鹏辉嘿嘿一笑："看来妈妈才是我们家最聪明的人。"

"那当然，我是跟希微说，不要那么要强，家里和外面总有一个要让另一个人去做，不要把自己搞得太累，也不要老自己想，什么嫁有钱人就是贪图财产，然后什么都不要，傻子一个，有钱人也就这样。"

林鹏辉懂了："希宝，以后家里的事你就留给陈总去做，你安心工作。"

林玉梅逼着林希微表态："人家给你车你为什么不要？"

"因为之前律所规模太小，开太豪华的车，反倒不好。"

"那婚礼呢？"

"因为工作太忙，明年办我没有意见。"

"我晚上听你婆婆说，你公司没钱，那能不能让……"

"陈淮越就算把钱投给律所，也只会让律所更糟糕。律所的运营模式跟别的不一样，我们只出人，妈，你别担心了。"

林鹏辉嬉皮笑脸："妈，你就跟以前一样，别管她的事就好了，我们又帮不上忙。"

林玉梅看着车窗外，那是因为好不容易有她能说两句的事，算了，明天去坟头找她那早死的老公讲吧。

十月底，香港资本市场崩盘，好在省钢已经完成交易，林希微趁着这个H股暂停的时间段，回到房地产领域和管理上，倪知禾和柏培章继续做境内上市项目。

唯一一直跟着连思泽的只有翁静好，她是当初他们从兴明带出来的律师，来立达后才拿到律师证，是少数的曾在房地产开发部待过的律师。

林希微看向翁静好，翁静好补充道："之前我也上过夜校，学建设工程管理。"

连思泽说："我们现在还是主要做预售房见证贷款业务，我手上有三家银行的法律顾问业务，我们的买家和发展商目前都是各家银行的优质客户，住房抵押贷款还得最好。"

那是因为他们审核得最为严格，也因此在早期流失了许多客户，少赚了很多钱，但优质客户带来的好处在金融危机下，就突显出来了。

近期麻烦缠身的杨兴亮，也正是因为他此前签下的太多乱七八糟的意见书。

林希微整理出杨兴亮合作的一些银行，有好几个都是曾经康师姐辛苦发展的人脉。杨兴亮还是好些外企的法律顾问，乔安临从侨办带了许多优质客户，外商又把外国律所推荐给他们合作，兴明还承接了外国律所的转委托业务。

杨兴亮一开始就能创所，当然绝非等闲人，只不过他太过冒进激越，能看到的一直都只是当下的利益。

但这个时代本身就很特殊，交通不便，信息闭塞，每个地方的政策还都不一样，开放程度也不一样，很多人都顶着虚假的光环赚得盆满钵满。

连思泽觉得疑惑："他这样搞了两年，怎么没一个银行发展商觉得他有问题？"

林希微："地毯式广告轰炸，如果不是保健品今年出大事，谁能想到当时三株在电视上喊'争当中国第一纳税人'时，公司注册资本才30万元，刚开放，所有企业都在喊大口号，法律业也一样。"

最后连思泽给林希微看今年十个月的创收，他做了将近五百万元。他说："就是你们觉得没有含金量的重复性售楼，我一单一单地服务做出来的钱，杨律师去年挣了一千多万。"

林希微知道连思泽心中有怨气："思泽，我没有这么想过，我也做房地产，只不过律所需要多元化。"

连思泽抿了抿唇："你和倪知禾，一年只有一百来万的创收，还花费了大量时间、精力。"他顿了顿，"如果元旦后还如此，我可能会选择离开。"

林希微知道是人都会不满分配不均，等再引进新合伙人，他们的分配制度还是要二次改变。

她静了静说："思泽，你带两个律师继续做预售房贷款和写字楼交易。我带静好去开拓新业务，静好懂建设，看下建设工程招投标的过程，我们能不能提供服务。"

她想到陈淮越现在转型做的商场、学校、住房一体化……发展商都在转型呢。

两人领证后，就搬到了越程山庄住，林希微依旧开着那辆夏利车进进出出。小区里的人看见，奇怪是奇怪，但也没人去问什么，一夜暴富的土老板很多，危机下，一夜破产的人只会更多。

陈淮越问起的时候，林希微正在吃早饭，她说："车是小事，我们又开始分配不均了。"

"正常。"

林希微问他："你有没有听到什么房地产内部风声？"

"你想知道哪一方面的？"陈淮越喝了一口水，他先问，"杨兴亮那边是怎么回事？我听说许多买楼的客户闹到他律所去了。"

"他代理的楼盘出了问题吧。"

林希微刚开口，手机就响起来，杨幼芙说："希微，有几个侨商在律所等你和连律师，说你们卖的楼有问题。"

路上林希微就跟连思泽通了电话，连思泽跟林希微保证："我经手的绝对没有问题，能过我们审核的发展商怎么可能有问题，而且银行那边也没联系我们，如果有问题，贷款行肯定比我们先知道。"

林希微说："去看看再说。"

连思泽说:"再退一万步来讲,就算发展商有问题,也绝不在我们的责任范围内,我们的法律意见书里应该都避开了此类风险。"

林希微先到了律所,她下车,只来得及跟司机陈淮越摆了摆手,就匆匆忙进了大楼。她在电梯里深呼吸,等出了电梯,她已经冷静下来了。

林希微接待完这几位商人,再看完他们签的合同,签名的律师一个是林希微,一个是连思泽,还盖了兴明律师事务所的章。

林希微说:"你们应该去找兴明,这不是我们签的名,薛先生,笔迹鉴定很简单的,更何况风险本身就是原律所所承担。我们没有签字画押,没有承诺过离职后,原代理若发索赔,还由我们承担。"

"林律师,你们之前在兴明工作,兴明让我们来找你,我们是看在侨办的面子上,没直接去律协、司法局举报你。"

其中一位是港商,他说:"现在香港什么情况,你们也知道,街上饭店都没人去吃了,大家都缺钱,我想把手上的楼转掉,可是这楼承诺1995年底将物业交付使用,到现在都还没封顶。"

另一位说:"当初买的时候,你们律师楼跟发展商承诺,打广告宣传增值回购的承诺,说什么一年后就会得到百分之二十或者更多的回报,现在呢?"

另一个甩出了一份"乡政府产权证",不用听他谩骂,林希微就猜到这件事是杨兴亮做的。

这人说:"我跟他们都不一样,我的售楼合同是你们立达律所的一个新律师签的,叫潘宁。"

林希微笑着道:"您签合同的时间,她已经离开我们律所了。"

"林律师,你刚刚不还说,律师责任由原律师楼承担么?"

"可是,这份合同不是她在职期间签的。"

"我不知道,反正当时我就只知道她是你们立达律所的律师,今年《律师法》也生效了。"

连思泽来了之后,他们更是一窝蜂涌了上去,但连思泽不善交际,不怎么会说话,一张脸憋得通红,只说:"这不是我的签名。"

他越是气,这几位商人越要围攻他,就是要连思泽赔钱。连思泽的眼镜都摔在了地上,他急得本来就不太标准的普通话更是糟糕。

港商换成了粤语,总归就是不太好听的话。

林希微在想要怎么办,她也没去帮连思泽解围,她不确定连思泽有没有干过。而且,连思泽说他想离开,说她坏也好,她和连思泽都该好好冷静,连思泽也该想清楚,他想离开,那他怎么开拓业务?

林希微也要想想,她离开兴明时,还有没有留下其他的定时炸弹,她当时接下的楼盘,离开时直接转给了杨兴亮做。

司法局记录了她何时从兴明退伙,她创立新所也登报了,可是这些购房者并不清楚,他们不请专业人士,也没地方查。

没多久,林希微的办公室又来了一纸通知,让林希微去律协解释清楚,有银行投诉了她在兴明时做的不动产抵押见证发生了纠纷,银行方认为她违背律师职业道德。

林希微到了律协大楼,发现杨兴亮也被叫来了,为的是同一件事。

他脸色倒很平静:"我高价挖你的律师,带走客户和文件,你就鱼死网破,讲课写文章把如何做房地产业务都教给大家。我是亏了,你也亏,恶性循环。"

"我是厌恶别人老偷我东西,不如另辟蹊径,依赖市场去调节。杨师兄假签名,只亏别人。"

他皱眉:"签名,是你们自己签的。"

是谁签的,已经无从查证了,也不会是杨兴亮亲自代签的。两年多过去了,真正签字的律师或许早就离开了兴明,就算查出谁代签,客户也不想听这个解释。律协也只能走走过场,各打一大板,算不上什么大原则问题。

至于外资银行的投诉,1994年杨兴亮接了个租赁权抵押的业务,甲公司租了乙发展商的大楼,年限20年,一次性缴清了房租,又花了600多万元装修,以出租写字楼营业,甲公司找来兴明时,想把这栋自己租下的大楼抵押给银行。

当时,没业务可做的林希微负责了抵押见证。

因为本来就是法律没规定的模糊地带,当时房管局做了这个抵押,现在又说租赁权的抵押登记无效,银行损失上千万元,一气之下投诉了他们。

杨兴亮把责任推给林希微。

律协主席道:"得把这个事解决好,不然兴明就得担责罚款赔偿,签字律师一样。"他缓和了语气,"改革不容易,知道律师难,这可是外资,别让上面派人一番整肃。"

出了律协办公楼,杨兴亮就冷笑:"总共几千万元的金额,看谁付得起。不对,陈总付得起。"

林希微一肚子火:"是啊,你就等着坐牢吧你!"

当然不可能坐牢,但杨兴亮突然变了脸色,他指着林希微:"你再三八,看我不打你。"

林希微看着他,不知道他到底做了什么。

"攀高枝就是不一样。"

林希微当没听到,今时不同往日,这几年她做的业绩,客户有目共睹,交易的叠加让她在业内有相当不错的影响力。以前琐碎的谣言能直接影响客户对她的信任,但现在她做过的重大交易、项目摆在客户面前,其他就不值一提了。

一直到大年三十,林希微都还在解决在兴明埋下的雷,同时奔波于房地产的转型业务,这次的事也提醒了她,所内必须有一套系统的管理制度。所以元旦假期,她除了拜访客户送礼外,还跟陈淮越去香港找沈曜辞,向他请教管理秘籍,尽管几年前林希微就参观过DA律所。

香港市场萧条后,交易关闭,沈曜辞一下闲了下来。

他切了块牛排,说道:"现在所内招聘和晋升都已经冻结了,接下来就是裁员。有个好处就是,我总算有时间做Search了,再提升一下自己,不用像之前,根本没时间停下来。"

杨幼芙不满:"你明明说要陪我的。"

沈曜辞笑:"现在就正在陪你。"

沈曜辞看着林希微,毫无保留地分享:"一个是分配制度,决不能再像你们去年那样,统一平均分配,绝对公平太打压积极性了。一个是管理机制,要有律师晋升渠道,有盼头才能留住人才。一个是信息化,要把所有的纸质文件都变成电子版。"他顿了下,又补了一点,"下一步可能就是区域化,再全球化。"

林希微也笑了笑,说道:"分配上我打算采用计点制,将每个律师的付出细化成数字指标,但不是纯计点。因为鹭城和香港不太一样,还需要考虑职业道德、有效工作时间、团队合作等指标。"

她继续说:"至于管理机制,陈总建议我学习公司的制度,细分部门,将业务、财务和行政都统一管理。"

她身旁的陈淮越没有出声打扰他们,只是帮着把她的牛排切了,方便她吃。

沈曜辞点头:"像我们所,就有管理委员会,专门负责律所的行政管理,而信息化之后,谁签字、谁下载合同、谁负责等等,在电脑系统上都一目了然,责任分明。"

林希微又问了好几个问题,用什么标准来评估一个律师是否可以晋升成合伙人,怎么培训、储备人才。

陈淮越跟杨幼芙对视了一眼,两人都插不上话,杨幼芙忽然发现:"陈淮越,你没给希微买大钻戒。"

沈曜辞摸了下鼻子:"幼芙,今年金融危机,阿越地产公司也不好做。"

"抠门。"杨幼芙不信,"我爸爸说,陈淮越很精明,去年就把出租的外销房都卖光了,不然今年外企跑光,他的房子就没人租了,所有人都亏钱,就陈淮越黑心肝不会亏。"

沈曜辞笑了声,下一秒遭殃的人就轮到他了。杨幼芙熟练地去拿他钱包,还伸手要在他裤袋里摸。眼看着她就要摸到不该摸的地方,他眼疾手快地按住她的手,很无奈:"口袋里什么都没有。"

杨幼芙没有省钱的概念,从她出生起,就没有缺过钱,就算金融危机,她每个月的账单金额还是多得吓人,不过她在立达律所上班后,每个月的工资都会专门给沈曜辞买个小礼物,比如钱包、袖扣、领带。

她还给自己封了个"最佳女友"称号,感动得两眼泪汪汪:"怎么会有我这么好的女孩?努力工作,工资都花在男朋友身上。"

沈曜辞也受宠若惊,赶紧贡献出他的银行卡,给她买珠宝平复心情。谈恋爱后，沈曜辞更加卖命工作，因为不赚钱就养不起趾高气昂的杨幼芙。

杨幼芙不会觉得自己乱花钱，只会嫌弃他不行，她从小就习惯了众星捧月，两人的相处模式大概从小学初见时，就定了下来，午后下着大雨，她递给他一把伞。

他手里有伞，以为是学妹要给学长伞，便道："我有伞了，谢谢。"

她颐指气使："我说，你给我撑伞。"

陈淮越在一旁冷笑，她就吩咐他拿书包，冷漠的阿越理都没理她，任由她的书包掉落在地上。而他怕她会哭，只能任劳任怨地给她提书包、撑伞，等她家的司机来接她，淋得一身湿，还要被她嫌弃不会撑伞。

等待的期间，她闲着没事，读学校门口的中文宣布栏，他好意提醒："念错了一个字。"

杨幼芙恼羞成怒，给他乱扣帽子："你在嘲笑我吗？"

当然，现在的杨幼芙比小时候善解人意多了，至少沈曜辞在替她整理新购入的衣服时，看到了一条属于他的男士内裤。

他搂住了杨幼芙，亲着她的脸颊，杨幼芙摸着他的胸肌，发誓："下个月我会好好努力哦，给你买两条内裤。"

到了年三十，林希微总算能暂时休息一下，一觉醒来，她的手上多了枚钻戒，钻石像晶莹剔透的方块冰糖。

"喜欢吗？"

"喜欢。"

"那你要戴着。"

林希微笑："我们给客户服务的，不能比客户还张扬。"

陈淮越依旧闭着眼，只是皱眉："什么破客户，买不起钻石。"

林希微问他："钻戒多少钱？"

"林律师要自费吗？"

"不是。"林希微默默道，"融光银行找我们所索赔六百三十万，就是我这几月在忙的事情。"

陈淮越眼睛都没睁开,"嗯"了一声:"所以,你想卖掉钻戒?"

林希微忍住笑意:"你怎么知道?"

"你想赔钱,不如求我。"

林希微伸手给他按摩,一会捏捏他的肩膀,一会给他捶捶手臂,故意把力道放得很轻。陈淮越终于忍不了她的揉揉抚抚,忽地睁眼,靠近了她,鼻尖相贴,望进彼此的眼睛里。

他知道她近来焦头烂额,创业的麻烦永远不会停止,每个人都会踩坑,她没主动说开,他就没细问。

"就几百万元,你的陈总多的是钱,怕什么。"

林希微拉他起床,给他看她银行里的存折,她也有将近200万元的存款好不好。她说:"到今年为止,律所大盘子里还是留有百分之七十的创收,年后律所打算搬办公室了。"

"这200万元是不是大头都是房地产赚的?"

"我这次的危机也是房地产带来的。"林希微收起存折,"有些业务一开始收费很低,未来增长就靠它了。"

"一次赔钱就把你几年赚的投进去都不够。"

"没有赔钱。"林希微忍不住骄傲了起来,"你知道我怎么解决的吗?"

陈淮越很配合:"愿闻其详。"

于是,家里的保姆阿姨把早饭给他们送到了二楼客厅的阳台上,院子里有一片的仙人球和芦荟,三角梅和炮仗花也仍旧盛放,旁边就是碧波荡漾的人工湖,附近的白鹭偶尔在他们的湖中低飞。

小狗躺在林希微的腿上,乖乖等着她给它顺毛,鹦鹉踩在她肩膀上,不知道在哼什么歌,林希微突然意识到自己过上了资本主义纸醉金迷的堕落日子。

林希微说:"其实律协和银行就是想让我们去解决这件事,不然银行真的想要钱,我们给不出来是一回事,他们也只能去法院起诉,流程烦琐不说,还很有可能败诉,所以我拜托邱行长,帮我联系了融光的行长,打了几次高尔夫球后,终于谈妥了。"

"融光那边不追究了?"

"当然不是，我去问了房管局，局长说租赁权不能抵押，但他们曾经给我办过抵押，他们也很尴尬，这是法律上的盲区，但又没有明令禁止。租赁本身有经济价值，尤其甲公司精装修后的写字楼，每个月的租金就有200万元，收益颇丰，银行是可以从中获益的。局长后面认同了我的观点，我再提供了新的解决方案，去说服原发展商乙公司，让甲、乙公司共同跟融光银行签订一份新的房产抵押合同，三方都在，法律上说得过去，房管局就重新办理了抵押登记。"

陈淮越听得认真，又问她："那找到立达的那几个购房者呢？"

"签名的确不是我和思泽签的，鉴定一下就清楚了，责任方在兴明律所，我先跟他们讲清楚了，再答应无偿帮他们解决这些问题，谁让我想做个好口碑的律师呢。乡政府产权证是一张废纸，只有县以上的政府才有权发产权证，发展商违规了，我就去找发展商退钱，不退我就投诉到上级政府。增值回购那个只能帮客户转卖，思泽买走了那套房，只有烂尾楼那个，我的确没有办法，他在未审核的期房上付了全款，只能让他去找杨兴亮。"

陈淮越笑了笑："所以杨兴亮这几年能赚这么多钱，如果没有金融危机，发展商有钱，那这些风险都不会出现，没有烂尾楼，也会增值回购，抵押公司也不至于还不上款，暴露抵押程序问题。"

"是啊，钱来得太快。"林希微吃完了早餐，把小狗放到了地上，让它自己去玩，和尚鹦鹉见小狗跑了，忽然也落到了林希微的腿上，像小狗一样躺着，扇了下翅膀，哼哼唧唧，意思就是，它也要摸摸。

林希微笑意浮上眼角眉梢，很多人都不喜欢回到家后还继续谈工作的事，但她却享受两人在忙碌过后，分享彼此工作的温情时刻。她一边摸鹦鹉，一边问起了越程的事，学校建设得如何，第一代商业模式有没有出现什么问题。

陈淮越说，暂缓脚步，慢慢来，看下年后经济如何。他又道："但是有风声传，年后很可能出台政策取消单位福利分房。"

如果是真的，房地产业的重大变革要来了。

林希微道："那年后我也买一套房。"她盘算着手里的钱，肯定够买内销房，明天问下大哥，有需要的话，她能借一点，这时候买，总归是好的。

"给你妈买的么?"

"嗯,买了放在那也不亏。"

"买越程的房还是许总的?"

"越程的房子太贵了,只能买文汀的。"

陈淮越没再说什么,起身走到她身后,将她抱在了怀中。

林希微笑着问他:"你也要抱抱摸摸吗?"

"不是,我是怕你冷。"他一本正经地胡诌,"这可是冬天的大年三十。"

"鹭城有冬天吗?"

"没有。"这是林希微怀中的鹦鹉回答的,鹦鹉又开始了它的表演,小小声道,"希宝,抱抱,亲一个,我想你了,你呢?"

陈淮越面无表情地捏住它的嘴,谁让它学他讲话的。

这是他们结婚后的第一个除夕夜,决定过二人世界,不去各自的家过年,但傍晚的时候,陈淮川让司机送他到越程山庄的别墅外,他抓着铁门的栏杆,眼巴巴地等着林希微给他开门。

陈淮越在厨房里,保姆阿姨站在一旁,盯着他做薄饼的饼皮,说是新加坡薄饼,其实就是本地的润饼,皮是米浆做的,透明柔软轻薄的,黏糊糊的。

林希微领着陈淮川进来,陈淮越头都没抬,继续甩他的饼,阿姨欲言又止,想说不用甩的,直接包馅料就可以,然后就看到陈淮越一个手滑,准确无误地把薄饼皮甩到了陈淮川的脸上。

陈淮越语气不冷不热:"你大过年的不在你家,来我家做什么?"

陈淮川把饼摘下,哼了一声:"我来嫂嫂家。"

春节过后,人人都会哼唱几句《相约一九九八》。鹭城的中山路依旧奔波着红色夏利出租车和铰链双节小巴车,旅社、商行、ATM提款卡、肯德基、麦当劳的多彩广告牌错落地延伸到马路中间。

这一辆小巴上没什么人,陈淮川让林希微跟他一起站在两节铰链车厢的连接处,等到转弯的时候,两人的身体跟着小巴车左右摇摆,也不知道哪里戳中了他们,就这样相互对视着,大笑了起来。

寿星陈淮越也被感染，笑意浮上眉眼，他手插兜，靠在一旁的椅背上，笑看着两人。

小巴绕着环岛路穿梭，广告牌的霓虹灯和川流不息的车灯，如夜色篝火。

这是一个很温暖的生日，只不过在店家看来，就是两个臭不要脸的成年人坑小孩的压岁钱。店家一报价，两个只负责吃的大人就齐齐低头看小朋友，陈淮川跟在后面，从他钱包里掏出钱，豪气结账。

"三碗豆花，一块五。"

"一份沙茶面六元，扁食拌面两元。"

"麦当劳三十二元。"

就连乘坐公交时，售票员问他们收费，陈淮越和林希微也顾左右而言他地看向了车窗外，一副谁也不想付钱的模样，就等着陈淮川乖乖拿钱。

年轻的售票员对着陈淮川笑得眉眼温柔，再转到两个大人身上时，还是没忍住翻了个白眼，转身去收下一位的车费。

林希微靠在陈淮越的肩膀上笑，长发缠着他的手臂，她跟他在一起养成了个坏习惯，有事没事就爱捏他手臂，窗外灯影斑斓划过，她说："生日快乐，陈淮越。"

1998年，实物分房被全面叫停，四月份《泰坦尼克号》在思明电影院热映，一张票就要25到30元，还一票难求。购票窗口每天都排着长队，大街上的商店歌曲从《相约一九九八》唱到《我心依旧》。

但林希微和陈淮越都没空去看，因为同样是四月份，鹭城的所有银行都收到了央行的特急件《个人住房担保贷款管理试行办法》。

越程筹划许久的内销房楼盘终于正式流入市场，每平方米定价四千元左右，而林希微和连思泽正奔赴各大银行，谈内销房的贷款见证业务。现在他们拿下这些业务并不难，但两人经过杨兴亮埋雷一事，也意识到按揭贷款业务隐藏的风险太大了。

连思泽今年不再提退伙了，他的确不擅长应酬管理，如果不是林希微解决了那些"雷"，他现在还会手足无措地面临一堆棘手的麻烦，就算他跳槽去了其他律所，也绝不可能过得比现在好。

他不得不承认，林希微说的是对的，律所想长久运营下去，就不能一味地想着利益最大化，按揭贷款带来的巨大利益蒙蔽了他的眼，让他无法舍弃。

林希微说："钱多好啊，我们不舍得是正常的。"

连思泽笑，他发现林希微讲话总会给他留点情面，就算是他犯的错，她也会委婉地用"我们"二字，给他台阶下。

连思泽说："那我们继续做一年吧，这一年还要谨慎再谨慎，最大可能地降低风险。"

他现在也逐步开始做土地一级、二级开发，建设工程和资产管理法律业务。这些业务都是去年他、林希微和翁静好一同开拓的，就是林希微一直说的，要把单一的房地产按揭法律服务升级成复合型的、具有专业排他性的业务。

林希微能进入这几个领域，多亏了陈淮越的帮忙，他给他们介绍了开发工程的客户，林希微再去谈下招投标期间的审核合同业务。去年他们做第一个建设工程项目时，一分钱都没收，只为积攒经验，虽然开发工程现在的收费也才十万出头。

林希微说："你让静好带人写一篇文章，关于土地一级、二级联动开发的法律风险。"她说话的同时，眼睛还盯着电脑屏幕，她把《福利分房停止后，投资房地产的法律、政策环境和投资策略》的文章发给陈淮越。

她打字："多谢陈总介绍的业务，小小回礼。"

想了想，她又发了一封新邮件，是她前几天新整理的一篇研究《中国高尔夫球场用地法规政策回顾》。虽然越程也有法务部，但她还是抽时间给他写了这些法律研究，希望能帮上他的忙。

下午就是三个合伙人开会，讨论内部培养的第一批合伙人晋升的事，标准就按照林希微新制订的合伙人考核指标表。

倪知禾推荐："培章很适合，让他负责资本市场线，他也会做并购，市场不好，他也独立做了将近50万的业务。"

连思泽推荐："翁静好，静好懂得建筑工程知识，跟很多工程老板都认识,房地产业务升级后很适合她。"

林希微没什么意见,说道:"那让他们递交一下申请,考核期为六个月,但他们晋升的是没有决策权的合伙人。"

倪知禾问:"你们今年还继续做按揭吗?"

"嗯。"林希微点头,"因为我们才换了这个四百多平的大办公室,装修也完成了,新的合伙人都还没谈好,空了五个合伙人办公室,金融危机,资本市场目前不景气,短时间内还是需要钱的。"

而且林希微又一次性招了十个新律师,四个新秘书。

杨幼芙真正升为行政主管,负责统管IT、行政、人力资源、知识管理和财务,还有了个闪亮的新称号。她拿到新名片的那天,给她认识的人都发了过去,就差在脸上写着"我Yeo小姐是立达律所名誉合伙人啦",而杨妈妈更是怂恿着儿子和老公,给他们的亲朋好友、合作伙伴和客户也都发名片过去,女儿有出息了,那肯定要让所有人都知道。

于是,林希微又多了好些杨家人介绍过来的优质客户,基本都是要来鹭城投资的外商。

林希微给新人上了培训课,给每人都发了《秘书规章制度》《行政和档案、立案管理制度》和《律师、合伙人考核制度》,还有定制的入职礼物,她想把立达律师事务所建成一个专业的律所品牌,就像DA那样,在行业里有着很高的专业声誉。

培训课的内容都是林希微自己琢磨出来的,都是她从将近十年的实习、工作生涯中总结出来的宝贵经验,比如年轻律师要培养好的工作习惯,注意文件格式、标点,避开错别字,比如要先有专业性,自然会带来商业性,要学会使用现代信息技术、计算机系统,每人的软盘里都有律所此前完善的各类文本,以供新人使用……

倪知禾和连思泽也会负责一些具体业务培训,在市场萧条的年份,他们相对来说,有更多的时间,就要尽快培养出能独当一面、驻扎现场的年轻律师。

有一天,倪知禾上完课,她走出会议室,回头看了眼新人律师们,难言的情绪倏然涌上心头。她忍不住跟林希微道:"希微,我好像理解陈教授之前说的那些话了,他对我们好,是因为我们是他的学生,他首要的出发点,是他想要学术传承。律所也是这样,我们是第一代,现在培养二代的传承。"

但她也知道,他们还有很多不足。

"我前老板在现在这破市场下,一年还能做十只股票上市,还好去年富山成功开了9·8投洽会,还招商了,不然今年更惨,没业务。"

对于立达律师事务所来说,1998年是一个求稳的年份,不求强劲的上升势头,只要平稳地度过金融危机。到了年底,司法局王局带人来参观立达律所,夸赞立达律所是鹭城合伙制律所的模范之一,值得上报省里。

参观后,林希微请王局一行人去海景酒店吃饭,在停车场时,王局看见林希微还开着夏利车,笑了笑,但也没说什么。

倪知禾凑近林希微的耳畔,小声道:"作为合伙人,是不是有点寒酸了,这车?"

林希微眨眨眼,迟疑道:"好像……是有点?"

倪知禾年中刚找陈淮越要了优惠价,全款买了两套越程的内销房,做金融的朋友觉得奇怪,问她为什么不去贷款,再把手头的现金流动投资起来,让钱生钱。

她和林希微的想法是一致的,两人都是只知道老老实实做业务的傻瓜,不想拿钱做任何风险投资,就储蓄在银行里,心满意足地看着存折里的数字一点点涨起来。

但年中时,倪知禾听进了陈淮越的建议,大手笔买房。钱是会贬值的,金融危机下的东南亚四国证实了这一点,鹭城面积不大,去年海沧大桥修建,迟早往岛外扩张,岛内的房子绝对会增值,房产投资也不需要怎么打理,风险相对较小。

林希微的钱也用于买房了,还借给大哥一笔钱,所以尽管今年律所发展欣欣向荣,各方面都渐渐走上"气派"道路,唯有两个合伙人都没想过换新车。

倪知禾问林希微:"越程贸易有进口车吗,问问陈总,还能给我折扣么?"

饭局上，王局想起这几年送出去的留学生，有的人一去不回，但更多的是像林希微这样，借着改革的机会出去，又回馈推进了改革。

他也想起了兴明律所，直叹可惜，兴明的业务还行，但他道："你应该听说了吧，杨兴亮那小子真是挣钱挣疯了，我以为去年你们闹出的那些事，就够给鹭城法律界丢人了，好不容易解决了，才平息下来，这次又爆了个这么大的事。"

王局恨铁不成钢："当初你们创办兴明，也是我拍板的，想着怎么说，一个前法官，一个侨办出来的律师，一个懂金融的律师，一个协会里的律师，再怎么样，也能把合伙所撑起来。"

倪知禾面色平静地听着，林希微最早也问过她，要不要一起创业，但她一听说有杨兴亮，立马拒绝了。康明雪的确很适合当领导，也很有能力，能进人人抢破头的法院，当上法官，改革试点后，出来当律师，也在金融法律服务领域做得风生水起。

但她的败笔也很明显，她跟杨兴亮利益捆绑在一起。

倪知禾这辈子都不能理解康明雪的"情人眼里出西施"，一个从学生时代就比杨兴亮优秀的女人，不知道自卑什么，还要小心翼翼地维护杨兴亮那可怜的自尊心，最终放弃自己，把资源堆砌给他。

倪知禾能理解林希微跟康师姐的感情，因为康师姐温柔体贴，真心实意地帮助过林希微，而林希微也为这份感情付出了代价，直到年初还在解决杨兴亮埋下的雷，即使有再深的情谊，也被嗟磨没了。

而杨兴亮这一次爆出来的事，比去年严重多了。

王局隐晦道："如果是真的，他就是在陷害鹭城全体律师。"具体的细节他不便说得太多，林希微也没再问。她有听到一些风声，大概知道发生了什么事，她的确很"佩服"，佩服杨兴亮失了心智。

王局换了话题，询问立达律所明年的计划，最后干杯喝酒，酒后就更放松了，完全成了一个和蔼的长辈，开始关心桌上年轻人的恋爱婚姻状态。他喝得热火朝天，满头大汗。林希微放下酒杯，下意识地就拿纸，殷勤地帮他擦额头的汗，一边擦，一边痛恨自己的肌肉记忆。这几年走业务，拍马屁这种行为，已跟她完美地融为一体了。

"王局，您慢慢喝。"比对阿爸还孝顺。

王局笑呵呵的，继续跟倪知禾碰杯，他知道林希微结婚了，就想给倪知禾介绍对象，倪知禾满嘴应下："好！一个男的算什么，一百个我都去见！"

她酒量没有林希微好，已经有点神志不清了，她咧嘴笑："王局，我也给您擦擦汗。"

"好好好。"

但王局很快就笑不出来了，倪知禾眼神迷离，却神情严肃，卖力擦的是他泛着油光的秃头顶，还说："王局，您额头真亮堂呐，天庭饱满，印堂亮官运亮！"

王局哭笑不得。

饭局散，连思泽送倪知禾回家，林希微送王局离开，在酒店大堂，他们看见了陈淮越。陈淮越跟王局打招呼，王局问候陈教授身体安康，说改日会上门拜访，他还道："阿越，你应该跟希微合作过项目吧，这是立达律所的林律师，这是越程的陈总。"

林希微冲着陈淮越笑，陈淮越唇角也勾起浅浅的弧度。她不动声色地靠近了他，陈淮越笑了笑，道："王叔，我跟希微去年领证了，还没时间办婚礼，到时候还望您能拨空出席。"

王局愣了好一会儿，怎么也没想到这两人会是一对，但想想也不奇怪："喔，希微是陈教授的学生。"他哈哈大笑，"希微，你这保密工作做得。"

林希微也笑："只恨现在手头没有酒，否则自罚三杯。"

送走了王局，陈淮越问她："要回家，还是住酒店？"

林希微不知道为什么想起了被杨兴亮举报的那一次，她偏了偏头："不怕警察扫黄？"

"我们是合法夫妻。"

于是，这对合法夫妻决定住在海景酒店，但林希微又想出门吹吹夜晚海风，散掉周身浓郁的酒气，她不要他搂抱她，就要十指紧扣，漫无目的地慢慢走着，偶尔两人的胳膊隔着西装，自然地相碰，又分开。

还有呼啸而过的两轮摩托司机，时不时就热情招呼："要不要坐车？"得到他们摇头拒绝后，又浩浩荡荡去招揽下一个客人。

林希微说起刚刚饭局上她拍王局马屁的事，陈淮越提醒她："今年夏天的大台风你忘记了？"

林希微当然没忘，眼底含笑，就听陈淮越继续说道："我也是第一次见到，有人在大台风过境后，第一时间就赶紧打电话关心大客户家的窗户有没有被吹飞，说什么，知道您没事我就放心了，狗腿子。"

林希微止不住笑，她说："大哥买的期房比较便宜，一平方才一千元，嫂子辞职了，跟人合开了一个美容店，大哥压力更大，现在每天跑十几个小时车。嫂子一开始还想转去印刷厂，村里许多人都去做印刷了，一个月能挣两千多。大哥支持她去开店，但他也觉得跑车时间太久，很辛苦。正好戴尔刚在鹭城盖了新厂，高薪招物流工，他就想去试试。"

时代真神奇，有行业兴起，也有行业衰落，几年前她野心勃勃地进入按揭贷款法律服务领域时，哪里会知道，这一领域会堕落得如此之快。

风雨欲来，但此时此刻，他们只想拥抱所爱的人，踩着最后一盏昏黄的路灯。海浪轻涌，海风潮湿，林希微趴在他的背上，看着摇摇晃晃的世界，抬眼望去，能透过夜色看见刚封顶的鹭越大厦。

"喔，你们的楼！"

陈淮越声音温柔："嗯。"

夫妻俩都看着直入云霄的大厦，一个想着适合求婚的顶楼玻璃餐厅，一个想着能做大宗交易、资产管理的业务，他们好像没有一点相似，却总有许多个感觉相通的时刻。

她眷恋这一刻，便从他背上跳了下来，背着双手，含笑仰头看他，眼里只有他。他明白她的意思，俯身轻轻地衔住她的唇，一个纯粹的、不带什么情欲的吻，他离她太近，她在视线失焦之前，听到了他的声音："我爱你，希微。"

"嗯，我也是。"

回去的路上，林希微哼起了《亲密爱人》，再也没有比这首歌更应景的了。

"亲爱的人，亲密的爱人，谢谢你这么长的时间陪着我，亲爱的人，亲密的爱人，这是我一生中最兴奋的时分，今夜还吹着风，想起你好温柔……"

她忍不住道："陈淮越，谢谢你。"

比起爱，她更想表达谢意，谢谢他这么多年的陪伴，谢谢他陪着她成长，谢谢他傲慢、脾气坏，却有纯粹的爱和足够的耐心，等着她站上和他一样的高度。

1999年的除夕，在英国待了大半年的陶作家回来了，三人一起吃了年夜饭。

陶作家看着春晚，道："今年好多港澳台的演员。"

林希微正在给她按摩肩膀，陶作家有肩周炎的职业病，林希微抬头看了眼电视机，答道："可能因为澳门马上回归了。"

"你有个妹妹是不是在澳门做劳工？"

"对。"

陶作家道："我认识个朋友，可以做澳门永居的，回归后政策开放，你妹妹要是想，我问下那个朋友，看看你妹妹符不符合条件。"

林希微手上的动作顿住，一时间不知道该怎么感谢陶作家的有心，连她家人的事都妥帖地放在心上。

陶静昀不想林希微多想，语气轻松："我就是随口帮你们问问，小事一桩，你过两天回去问下你三妹的想法，也不一定就能行，你妹妹去澳门务工没几年，时间太短了。"

大年初二，陈淮川跟着林希微和陈淮越一起去她大哥家。这一年他长高了许多，他去年转回了新加坡读书，西装里居然穿着阿根廷球衣。他跟林希微说，他在学校足球队踢球，球衣上的名字是战神巴蒂斯图塔。

他问道："嫂嫂，你有看世界杯吗？"

林希微诚实道："没有。"

陈淮川有点遗憾，很快又兴奋起来："我跟妈妈去法国看了决赛。"他还给林希微唱起了主题曲，林希微听不懂，只听到什么"gogogo啊类啊类啊"，等他唱完，她还是捧场地鼓起掌："好听。"

陈淮川一年没见到林希微了，恨不得一口气把这一年的所有事情都讲完，他去哪里参加钢琴比赛，去哪里滑雪，夏训去打了棒球，考试拿了多少分，买了好多本《足球俱乐部》，喜欢玩水浒英雄卡。

他甚至贴心地带了照片，送给林希微，方便她更直接地参与他这一年的精彩。

他还不满足："嫂嫂，你过几天可以跟我一起去体育中心看足球比赛吗？"

林希微问他具体什么时间，她需要提前排开日程。

两人一番对话，就定了下来，谁也没询问陈淮越的意见。陈淮越任劳任怨地当着两人的司机，停好车，又把后备箱的拜年礼提上楼，见两人拖拖拉拉没跟上来，回头督促："上楼再讲。"

林鹏辉家的单元楼只有七层，他买的第六层，没有电梯，小区的位置还可以，就是整体配套设施几乎没有，但家中装修得很温暖。林小薇不辞辛苦地从澳门背了锅和电饭煲回来，她正在教林玉梅使用电饭煲，家具和电器上盖着的毛线针织防尘布是林玉梅勾的，墙上还挂着两幅画，是绮颜乱画的，但大哥拿相框装了起来。

林鹏辉没喝酒之前，还是跟陈淮越很客气，让他陪陈淮越坐着喝茶，他宁愿去倒尿壶、刷马桶！虽然他们家现在已经没有尿壶了。

好在他和陈淮越的弟弟有话聊，两人都喜欢足球，一拍即合，不到五分钟，勾肩搭背，称兄道弟。

"川弟，你很有眼光。"

陈淮川面对不太熟悉的林鹏辉还是有点腼腆的，他鼓起勇气："辉哥。"

林鹏辉热情回应："好兄弟，干了这杯茶，下次一起看球啊，真有你的，这么小就这么懂球，还会踢球。"

"我踢少年组的。"

"了不起！"

方敏做大厨，准备了一桌子丰盛的菜，跟林希微道："希微，你先尝尝血蚶，吃了发财、金银满室，还有这道焖萝卜，菜头菜头，必有好彩头。"

除此之外，还有东星斑、青蟹、皮皮虾、红虾、螃蟹冬粉和羊肉汤，她热情招呼："川川，你也吃，别客气哈，这是你嫂嫂的家，就是你的家。"

林鹏辉喝酒上头之后，又忘了他跟陈淮越曾经的矛盾，搂着陈淮越的肩膀，哭得一把鼻涕一把泪："妹夫，哥想你啊，你嫂子说得对，我们就是一家人，你看大哥，现在买了房，你再也不用担心草太高，路太颠簸，摔沟里了！"

陈淮越本来是没所谓的，直到他看见林鹏辉刚吃完螃蟹的手抓着他的西装，他立马起身，脱掉了西装，勒令林鹏辉跟他保持距离，好在还有林希微细细地安抚哄着他。

方敏抓着喝醉的老公，大声吼他名字。林鹏辉好像瞬间没了醉意，条件反射："到，我林鹏辉在此！"

绮颜趁着大人不注意，悄悄地给自己倒了一杯冰可乐，美滋滋地喝一口，偷偷地笑了。

林玉梅一直盯着林希微，不让她夹螃蟹，一见她要夹，就立马打她的手。林希微不明白，林玉梅恨铁不成钢，小声道："你吃这么凉的东西干什么？"

"怎么了？"

"你还问我怎么了，我还想问你呢，你们怎么既不办婚礼，肚子也没动静啊。"

林希微说："婚礼明年这时候办，因为这两年很忙，我也没精力去备孕。"

"你什么时候不忙？"

"这两年很特殊。"林希微怕林玉梅不懂，便提起杨兴亮，"我一个师兄，当律师都被抓了。"

"要坐牢？"林玉梅吓到了，"当律师也能坐牢啊？"

这下她既不敢催婚礼，更无心催生了，只想去烧个香，求神明保佑她的希宝平平安安。她心烦意乱下，看见林鹏辉还在发酒疯，过去就是给他手臂一巴掌。真是烦死个人。

林希微才跟林小薇提起澳门永居的事，林小薇就明白了，因为她早就自己打听好了,她托着脸,苦哈哈道:"回归前必须达到7年的合法居住时间,我根本不够呢,剩下的永居获取方式,要么投资移民,花两百万澳门币,要么就找个澳门老头嫁了,何必呢,我就趁着这几年多打工攒点钱就好了。"

林鹏辉听到了,醉醺醺地凑了过去:"林小薇,虽然你是扫把星,但是你也不能嫁老头喔,爸爸会气活的。"

"那真是太好了,我正想见见我爸呢。"林小薇不耐烦地推开他凑过来的大脸,"离我远点。"

几个月后,林希微见到了康师姐,两人见面的地点选得很巧妙,正是多年前的免税商城自助餐厅。1994年,意气风发创业三人组打着要学习西方用餐礼仪的名号,假装底气十足地走进了这家自助餐厅,却吃得狼吞虎咽,不顾形象地扶墙离开,狼狈之下,是无须遮掩的亲密无间。

才过去了几年,她们却完全变了样子,全是生疏和客气。

康明雪对着林希微笑了笑,林希微也笑。

两人真正的生疏就是从杨兴亮代签那次开始,她焦头烂额时,一直在想,康师姐应该会知道一些消息的,她知道这些事不会是康师姐做的,但地雷已经引爆了,只要康师姐打电话过来,不管是不是真心想帮她,她都会把杨兴亮和康师姐继续划分开。

可是,一直到下一年的春节,她也没收到任何一个来自康师姐的电话。

其实也很正常,康师姐选择自己的丈夫,她女儿的爸爸,是一件很理所当然的事,也不怪康师姐,就像她当年发现杨兴亮嫖娼,也没有第一时间告诉康师姐一样。

她们都在无声中做了选择,放弃两人长达十几年的友谊,或许她们的友谊早就结束在1994年的最后一个月了。

康明雪说:"你师兄年前就涉事了,他做错了很多事,希微,我替他跟你说声对不起。师姐也对不起你,当初代签的事,我并不知情,我知道的时候,已经无能为力了。你师兄说要赔偿一两千万,我没有这个钱,我女儿又一直闹着要爸爸,她一直被她爸爸宠爱着,无忧无虑,我怎么舍得打破孩子的梦。"

所以，她怯懦了，选择了对林希微沉默，但她当时也四处奔波，为林希微找关系，找以前法院的同事询问，得到的回复都是不可能判决赔偿这么多，更不可能涉刑，顶多就是律协下个罚单。

她也无法插手管这件事，她不能让女儿家破人亡，失去现在优渥的生活条件。

好在林希微一直都很优秀，平安地渡过了那次的难关。

林希微只笑笑，没有说什么，她垂着眼皮，敛住眼中翻涌的情绪，她很想问康师姐，那现在呢，那杨兴亮现在被批捕了，她又是怎么跟她女儿解释爸爸去了哪里的呢？

康明雪睫毛轻颤，她也垂下眼皮，抿了抿唇，继续道："我之前一直以为，你师兄他只是做点偷鸡摸狗的事，因为他抠门，所以我能想到有些开发商可能在细节上不符合条件，但你师兄还给对方出具了法律意见书。比如产权过户延迟、物业管理价高质劣、所购物业跟合同规定不符、建筑面积变小，这一类缺德但并不违法的事……我劝过他，但他听不进去。"

林希微问："师姐，他挣的钱有给你么？你知道他嫖娼，又在外面包二奶么？"

她第一次问得如此直白。

康明雪脸色苍白，苦笑道："嗯，我妈也知道，让我装不知道，他们都说，生了孩子有了家，兴亮就会变的。我每次想提离婚，我爸妈就会骂我，因为我们家条件不好。我爸说，男人都一样，而兴亮把钱都给我，给父母买房买车，对女儿好，已经是个很好的男人了，我要是离婚，我就是破坏三个家庭的罪人。"

她自己说着，都觉得可笑，可笑中又带着一丝迷茫。

康明雪继续道："兴亮被抓的时候，我居然有一种解脱的感觉。很多开发商把按揭当成一种宣传手段，有些没通过银行审核的发展商，高价找兴亮配合，一起做假按揭，欺骗买家。兴亮跟我说，这是房地产业内公开的秘密，没什么好害怕的，大家都这么做。"

林希微冷笑："他做的又何止这些，开发商为筹集开发资金，早把土地使用权抵押了，杨兴亮却故意配合开发商，隐瞒事实真相，让买家莫名其妙成了发展商的银行担保人，买来的房子转头就被拍卖偿债。"

但两人都没提起杨兴亮真正做的刑事犯罪的丑事。

他连着拿下十几个楼盘后，胆子就更大了，干一笔就能赚到上千万元，就去外省联合房地产开发商，在楼盘还未建好、开盘在卖时，虚假签订外销房买卖合同、按揭贷款合同，从银行骗取了巨大金额。

他赌的就是时间差，笃信这些豪华优质的楼盘很快就能找到真正的买家，却不承想，一场来势汹汹的金融危机毁掉了他和开发商的美梦。资金链断开，所有人都捏紧了口袋，市场骤缩，所有丑事也都毫无遮掩地暴露在阳光下。

杨兴亮当然不是唯一一个这样做的律师，北城、港城都有类似的案子发生。

康明雪自嘲地笑："兴亮一直在等黎明到来，他估计还是觉得，他的失败就只是因为时间不够。"

林希微直言："是因为他贪婪愚蠢，他早就该死了。"

这些事造成的恶劣影响是，从去年年底开始，立律律所手中的所有银行都停止跟律所合作贷款审查，律师们失去了售楼见证业务带来的创收。

尽管林希微他们早在看到危机时，就决定慢慢放弃这一业务，但主动退出和被迫退出是不一样的，给律师行业造成的信任损伤也是无法挽回的。

林希微没有胃口再继续吃下去了，她放下了刀叉，说自己还有事。

康明雪没有挽留她。

一个人默默地坐在位置上，寂静无声地吃完盘中的东西，眼泪一滴一滴地打在餐盘上，她闭了闭眼，深呼吸，努力地牵起一抹笑。

丈夫被抓后，兴明里还有一些律师没有离开。乔安临还在撑着兴明，负责外商的引进业务，她也该重新振作起来，回到律所工作。为女儿，也为自己。

千禧年来临之际，在时间车轮即将踏入新的一个千年时，众人逐渐走出亚洲金融风暴带来的阴影,政策不停地鼓励居民购房,出台利好政策,举办房展会,促进楼市兴荣。

越程地产自然蓬勃发展,负责外贸的钟程终于能安心地露出笑容了。因为过去的两年,人民币坚持不贬值,为的是保住国内不受金融危机的直接影响,而他的外贸生意自然会出现大量的亏损,一堆又一堆的货砸在手中,好在现在他已经看见了曙光。

立达律所也迎来了复苏,虽然损失了个人按揭业务,但还能继续做开发商的按揭业务,以及各种升级的楼市业务,萧条许久的香港地区资本市场也重新振作起来。

倪知禾野心勃勃地宣布:"拿下民企红筹业务,两位同志,有没有信心?"

"有!"林希微很是配合。

倪知禾想起杨兴亮,觉得晦气:"他是真的脑子进水,害了房地产,也搞了一波上市业务,明知道不可能绕过政府监管,还无批准出具法律意见书。"

连思泽只是笑,虽然他觉得这些政策的出台当然不可能是杨兴亮一人导致的,像杨兴亮这样的律师或许还有很多吧。

倪知禾美滋滋地道:"哎呀,多年后他们就要叫我'民企红筹之母'啦。"这是她自封的称号。

而林希微已经自觉地开始学习起红筹业务,首先必须看"九七红筹指引"。

连思泽还在想:"要不要试着也开拓知识产权业务?"因为今年鹭城入选了全国专利工作试点城市。

这一年,新的鹭江道全面贯通,鹭城成了"中国优秀旅游城市",花车巡游,海沧大桥通车。

这一年,海峡地震让鹭城全岛都有强烈的震感,房屋也有所损坏。那时林希微还跟陈淮越窝在沙发中,各自工作,晃动的第一秒,两人都下意识地想护着对方,陈淮越想也不想,抱起林希微,就往楼下跑,而小狗和鹦鹉早就逃出生天了。

一个月后的14日,台风袭击了鹭城。

林希微和陈淮越窝在家中的沙发上，正在看电视播报台风的新闻。四米高的巨浪吞噬防波堤，轮渡码头几十吨重的船瞬间颠覆，沉入海中，大树被拦腰折断、连根拔起，海水倒灌，120急救车在不停地接送、抢救伤员。

　　林希微给大哥、陈阿公和陶作家都打了电话，询问情况，得知安全后她才放下心来，结果才打完电话，整个别墅骤然一片漆黑，停电了。

　　一旁的陈淮越立马搂紧了她，他有准备手电筒和蜡烛，他亲了亲她的额头，安抚道："应该是全城停电，估计线路被台风弄坏了。"

　　那个黑得不见光、客厅玻璃被台风打碎的夜晚，林希微躺在陈淮越的怀中，唯有感官是清晰明了的。卧室的窗户被狂风拍打得好似下一秒就会碎裂，小狗不安地缩在他们的床脚边，鹦鹉连同笼子都在他们的房间里。

　　陈淮越亲了亲林希微的额头，轻声道："别怕。"他声音沉稳有力。

　　"害怕呜呜呜呜……"漆黑中响起了诡异声音，"呼呼呼呼……"

　　还模仿起了台风的呼啸。

　　林希微沉默，她没说话，说话的自然是那只和尚鹦鹉了，陈淮越也安静了好半晌，才平静道："第一次觉得鹦鹉这么吓人。"

　　正常情况下，黑漆漆时鹦鹉就会安静睡觉，不说话。

　　鹦鹉又回话了："害怕呜呜呜……"

　　林希微蜷缩起身体，更贴近陈淮越，她盲摸他的下巴、喉结，忽然道："我们做吧？"

　　因为她睡不着又心慌，风浪骤雨就在窗户外面，没有信号，没有电，她急需转移注意力，便显得急切。她引导着宽大手掌探入她的睡裙之中，拂过她丝滑的肌肤，两人躲在薄被中，闷出了一身的热汗，黏腻炽热。

　　陈淮越怕被鹦鹉听到，小声道："等下我去拿套。"

　　林希微阻止了他，不让他走，他嗓音沙哑，突然喊她的名字："希宝。"

　　赤裸的胸膛起伏，呼吸深深，下一吻情绪浓烈得几乎要让人窒息，他细腻地一路吻下去，爱意早已满得溢出。

到了跨越千禧年的那个晚上，林希微和陈淮越也准备了好多烟花，跟过去略显疲倦的几年告别，迎接充满希冀的全新千年。

"等春天来了，我们就补办婚礼吧。"林希微说。

"好啊。"陈淮越笑开。

番外
悠悠岁月长

1986年，陈淮越跟钟程决定回鹭城创业，大年初一，两家人聚在陈家的华侨别墅里，长辈们的意见很统一，无人同意，勒令两人年后马上滚回新加坡。

陈伯鸿最先反对，恨铁不成钢："出国热潮下，多少人想出去出不去，你们两个还想回来，就算鹭城是特区，形势也不算特别明朗，谁知道下一步又会怎么样，侨资侨汇才回来多少年？"

陈淮越懒得回话，他跟陈伯鸿没什么好聊的，他爸的意见并不重要，他也不会找陈伯鸿要钱。

钟爸爸也不希望两个孩子这时候回来创业："你们都是名牌大学生，随便都能找到好工作，在哪都能创业，鹭城现在月薪才一百来块，不合适……"

钟程不服："哪里不合适了？现在就鼓励海外华侨回国投资，年前鹭城还办了国际展览会，不合适可口可乐、建东银行、福达这些外企怎么就来鹭城建厂了？不合适怎么那么多香港人来买嘉美花园、西堤别墅？不合适那三资投了这么多栋摩登大厦写字楼卖给谁？去年政府新批复了自由港政策，爸，你在电视台怎么也这么老土，消息不灵通。"

一句话得罪了在场所有长辈，钟爸爸老脸挂不住，恼羞成怒地起身，要去逮他，气道："我们老土？是你们俩不知天高地厚！"

吓得钟程赶紧躲到吴佩珺身后，只露出半个头："借我钱呗，要是失败了，你就当没我这个儿子。"

"钟程！"

陈玄棠看着陈淮越,也皱眉:"你们想创办公司,没有《公司法》,没有任何成文的私营企业条例,你们俩又想做贸易、外汇调剂,一个不慎……"

钟程嘿嘿一笑,没所谓地接话道:"就坐牢呗。"

钟爸爸忍无可忍,几个大步过去,拧住钟程的耳朵,问陈淮越:"这种口无遮拦的人,你也敢跟他创业?"

陈淮越给了他一个万分肯定的回答。

年后,两人马不停蹄地注册了越程贸易,在两家人想通要给他们资金的时候,他们已经从陶作家那借到了钱,在东渡码头租了个办公室。

事实上,政策比设想中更自由宽泛,分管鹭城体制机制改革的新领导"放水养鱼",对法律模糊地带不设限,当时明文政策不许国外产品销售到特区外,但不限制特区外客户在特区内购买。

越程贸易就开始帮其他地区工厂"代买"进口发动机类机械设备、汽车玻璃等配件、冷冻食品等等。刚起步时为节省成本,他和钟程就守着传真机,收到订单,自己挑货发货,做码头工忙到深更半夜。

偶尔收工了就去鹭江号客轮上放松,钟程喜欢泡在客轮上的舞厅,而陈淮越喜欢喝酒,他那时候最烦的就是有个男的老来给他推销酒,再臭的冷脸都赶不走他。

钟程问他:"你是做皮肉生意的'三陪男'?你找我们也没用啊。"

"你怎么这么说话?海上乐园和我都是正规的。"男服务员装模作样地高昂着头,调整了下领结,又忽地谄媚一笑,"两位老板一看就是有档次的文化人,这瓶进口高档酒简直就是为你们而造,酒色淡黄,浓郁醇厚,杀口力强!神仙喝了都说好。"

没人理他,他也能继续推销,中间还穿插着他的凄惨故事,什么没爹有个妈,当哥拖两妹,初中辍学,舞厅卖酒,只为供妹妹上大学。

陈淮越听笑了,真能编。

后来林希微给越程贸易要债却拖了一车酒回来,又说她可以帮忙卖酒赚差价。陈淮越第一次正眼看这个自荐了几个月的对外所实习律师,莫名觉得她长得有点熟悉。

直到他看见了她哥,如出一辙的死缠烂打。那时的林鹏辉已经失业了,游手好闲,见他送林希微回家,眼睛发亮地盯着他的车,嘴上连声啧啧,不请自来地上手摸车,喊他妹夫:"我们希宝是大学生,坦白讲,很抢市的,我们正派人家,开放不干我家事,要过定才能恋爱,婚礼得在好饭店宾馆,少说也得是悦华酒店、华侨大酒家、绿岛饭店……咳,这车要二十万吧?"

他瞬间想起了陶女士的赌鬼养父。

林希微代替哥哥跟他道歉。

他压下冷漠,语气温和道:"没事。"之后的两个月却没再联系林希微,这期间断断续续地收到她发来的传真,大多是来谈业务的,偶尔穿插一些她的生活日常,询问他最近在忙什么,他没回传真件,也没回电话。

他们才在一起没多久,没什么深刻的感情,他再去见她,是想说结束的。

吃饭喝酒后,她好像并不在意这两个月他的冷淡,还笑眯眯地问他,为什么没回复她的传真件。

他笑:"你浪费对外所的钱,就来发这些东西啊,对外所亏了。"

"我这两个月给对外所挣大钱了。"或许是喝了酒的缘故,她唇上泛着薄薄的水光,眼底的光更是明亮,认真地望着他,"你知道信托公司吗?鹭城开了好几家银行信托投资,就是只做对公存款业务,同业拆借那种,但有一家企业出具的承兑汇票是假的,我跟律师去开庭了,关键的证据是我找到的,律师分了我百分之五的案件提成。"

"还有《商标法》,上个月有个客户主动联系我,说有人假冒他们产品,你猜这个客户怎么来的?他们新产品上市的时候,我从报纸上打电话过去祝贺再自荐的。"

她反手抱住了他的手臂,瞳仁湿润,亮得灼人,仿佛跳跃着永不熄灭的火焰,她做什么都是一副全力以赴的姿态。

"你很喜欢你的工作?"

她很用力地点头,眼眸里一闪而逝的不知道是不是泪光,她笑:"因为我努力了十几年,才有了这个机会,肯定会喜欢呀。"

那时陈淮越拿到了块被污染的破地,没人看好他,他想做房地产,却迟迟不敢开建，这两个月他没主动联系她，也有工作繁忙的缘故。

她从书包里翻出了一些资料，是她专门为他做的房地产和鹭城湖水治理政策法律研究，喝了酒语序有点混乱，但不影响她表达她的支持。

"1985年封闭了全岛沙场，1986年《鹭城日报》报道，政府明确反对建设性的破坏。去年湖水治理专题会议上明确了综合治理机制，两年内一定会治好湖水污染的。去年政府修宪，删去了禁止出租土地条款，规定土地使用权可以转让，《土地管理法》也修改了，从香港引进了好多发展商的新词……

"我虽然不懂房地产，但我会做研究，省内很多发展商都是从酒店投建和工业开发区起步的，因为地方招商引资需要这些基础设施工程，你也可以试试呀。"

她还做了法律风险分析，一个字一个字手写出来的，可她实在头晕，没办法再把报告解释给他听了。

她只是笃定："陈总，你会成功的。"

她给的这些资料，大多数他都看过了，可他欠缺的正是一个她这样的，清晰地了解市场后，还给予他无条件信任的人。

陈淮越垂眸，视线笼罩在她的脸上，思绪飘远，又被她拉了回来，她紧紧地抱着他，周身散发着一股寒冷冬日蛋糕房的温暖甜腻香气，让他陷入无法思考的混沌里。

"陈总，以后我发传真，你要及时回我，这一次我原谅你了。"

她手臂收紧，更用力地搂抱他，他的心脏早被她捏在手心，嘴上却还要道："林希微，你当世界围绕着你转么？"

林希微理直气壮："我是要你围着我转，不是世界。"

他气笑了，臭脾气让他想说她"痴心妄想"，他陈淮越是谁都能命令的吗？但他的嘴巴不太争气："行，林希微，坦白讲，你是不是很想我？"

她眼里水汽氤氲，眼睛弯弯："是呀。"

但很快，他就感觉他被欺骗了，她大哥说的也不完全是吹嘘话，她的追求者的确很多，估计那断联的两个月里，她也没空想他。她就跟以前堵他一样，去找一家德国设备厂的华侨厂长，她要拿下采购流水线设备的谈判业务。

鹭城就这么大,能谈生意的地方就那么几个。

陈淮越在华侨大酒家的酒吧看见了林希微,她跟那位德国侨民青年坐在吧台,她在笑,德国侨民深邃的眉眼看着她。德国人爱喝啤酒,恰恰好林希微也很懂酒,她酒量好,之前为了帮助大哥推销酒,专门去搜了许多酒的相关资料,逼着大哥背下来。

虽然没喝过名贵酒,但分享她常喝的啤酒绰绰有余。

"鹭城人每年都能喝掉近十吨的啤酒,听说德国人也爱啤酒,鹭城的丹凤啤酒也是青啤工艺,您听过那个广告么?懂得选择,您就是一流的消费者。您要是喜欢生啤的话,等会我带您去喝中美合作的龙士达啤酒,吹海风吃海鲜,烧酒配。"

德国侨民笑着问她:"这是什么意思?"他手上拿着个小小的啤酒盖,林希微靠了过去,两人一同盯着那个啤酒盖,林希微声音惊喜:"我们中奖了,五角钱。"

她开心地跳下高脚凳,去找酒保换钱,等待的期间,还回头朝那个侨民笑得嘴角扬起。

她完全没注意到陈淮越也在酒吧谈生意,甚至就在她不远处。她从啤酒谈起,又迅速转到设备考察和购买上,她知道怎么开具信用证、懂国际货物买卖的要约和保障条款的设立,对外所的老律师又有远洋运输服务的经验,让他放心。

这时候的律师根本无从谈"专业化",都是有什么业务就干什么,她更是什么都不想,一心看钱,哪个赚钱她做哪个。

她要离开时才看见陈淮越,但他面色冷淡,眼神也不曾落在她的身上。

陈淮越冷着脸,气得想把手里的马克杯捏碎。她还跟德国佬去海边吹风。他在他们离开后,也约客户去海边吹风,买了他们的同款啤酒,只拿走了盖子。

他也要问问她:"这是什么意思?"

谁不会装刚回国华文不好啊?

2000年2月10日，正月初六，陈淮越生日，也是他和林希微的婚礼日。

钟程道："我就知道，当年投资海景酒店就是私心，重逢纪念日蹭海景德国啤酒节就算了，现在婚礼都放在海景了。"

陈淮越忙着背诵婚礼煽情感言，没时间理会钟程。他面色平静，脑海中重复演练婚礼的流程，他们的婚礼仪式比较简单，氛围更轻松自在，除了双方的亲朋好友外，也请了立达和越程的重要客户。

婚礼是陶女士准备的，因为他和林希微都很忙，陶静昀不想两人太累，仪式只保留了新人交换戒指的环节，省去迎亲环节，也把双方父母参与的环节全都删光了。当然，她也询问了林希微的意见，陶静昀的想法很简单，虽然不现实，但她真心地希望，婚礼仪式的美好就只是在于，庆祝希微和淮越组成了一个新的家庭。

她受过大家庭的苦，从心底里厌恶下跪敬茶这类的仪式，还有什么感恩父母、父母流泪叮嘱的环节。结婚又不是死了，这么舍不得，就别让孩子结婚，做什么戏，婚礼就该开开心心的。

陶静昀觉得自己又暴躁了，回想了下，确定她早上吃药了，就跟负责婚礼的团队道："那个录像别忘记投影了，还有个求婚的。"

陈淮越并不知道，他亲爱的妈妈和好兄弟准备了这些。

他们站在1994年重逢的啤酒节大厅的舞台上，聚光灯笼罩着两人的身影，他看着林希微，握着她戴着白丝绒手套的手，单膝跪在了她的面前。林希微回看着他的眼，想起了多年前的初见，那时候他的这双黑眸里全都是不加掩饰的冷漠和不耐烦。

陈淮越深呼吸，压制住声音的颤抖："希微，我……"

但宴会厅突然响起了傻鹦鹉的学舌："出国就变了个人，坏女人……"然后是他醉醺醺的嗓音："是，鹭城只剩我一人了……"

录像里钟程的大笑跟现场宾客们的笑声重叠在一起。

陈淮越转头去看幕布，放的正是他被分手后伤心买醉发酒疯的画面。鹦鹉也在婚礼现场，在陶女士的手中扑棱着翅膀，现场演绎："坏女人，出国就变了个人……"

众人的笑声更热烈，有个越程的部门经理开玩笑大喊："陈总，从看到你西装里面穿马里奥,我就知道,跟对老板了。"

录像播完又开始投影几张手写信,像素模糊,看不清具体内容,只知道这是新郎在分手期间写给新娘、却一直不曾寄出的信。

最后一个是上个月陈淮越在太姥山同林希微求婚的录像。生命里普普通通的一天,她站在山顶眺望,他说他去架个摄像机。她牵着小狗,把鹦鹉的外出笼放在地上,一狗一鸟两人,等他单膝跪地,她忍不住笑:"都领证了,你还要求婚啊。"

"是啊,因为想一直做你的丈夫。"

林希微笑看着录像,却不知道从什么时候起,早已泪眼婆娑。

邱行长笑着跟旁边的王局道:"这陈总故意的吧,搞了这一出,以后谈生意,想推托就能让希微当这个恶人了。"

倪知禾找到知音:"邱行长,你说得可太对了,坚决反对男人的糖衣炮弹。"

杨幼芙若有所思。

连思泽和沈曜辞露出无奈的笑。

钟程学鹦鹉语气:"你们这些坏女人。"

陶静昀最不想在婚礼落泪,可这时候眼眶不自觉湿润了,她背过身用纸巾轻轻擦拭了下眼角,眼睛往上抬,抑制住即将崩盘的情绪。

陈伯鸿往陶静昀那边看了过去,刘曼珠脸上挂着笑意,高跟鞋跟却踩着他的皮鞋,轻声道:"几十年前没给她婚礼,现在后悔了,会不会太迟了?"

陈伯鸿收回了视线,不是后悔,只是遗憾。

1999年,鹭城律协换届,倪知禾成功当选了律协女律师工作委员会主任和金融专业委员会主任,林希微则是房地产法律专业委员会和涉外专门委员会主任。十一月,鹭城律协会长向省律协推了倪知禾和林希微,让她们参加明年省律协换届选举。

倪知禾以非常平静的心态迎来了她的30岁。

生日那天,她对着希微买给她的蛋糕,闭眼默默许愿,一是重战资本市场,二是成功开设第一家分所,三是健康且发财。

连思泽先送上礼物,一支签字钢笔,笔尖是23k金的,因为大家都知道,倪知禾喜欢金子。

"生日快乐,知禾,希望这支笔陪你顺利征战境外上市。"

林希微送的礼物就更直白了,两个足金手镯,可调节圈口,还挂着可爱的双铃铛,跟倪妈妈留给她的那个手镯很像,只不过为了上大学,她很早就拿去卖了。

连思泽觉得幼稚,倪知禾却一下哭了。她跟林希微不一样,林希微做事谨慎冷静,偶尔情绪爆发,也要经过深思熟虑,而她每天情绪起伏都很大,想骂人就骂,难过就哭,高兴就笑。反正她妈都死了,她就孤儿一个,没什么好害怕的,过不下去了,她就回武平县,吃药躺在祖屋里,还有"死路一条"。

林希微轻轻地拍着倪知禾的背,倪知禾是他们那一届年龄最小的人,也是性格最勇敢的人,也是汤教授口中的"刺头"。

汤教授跟倪知禾的阿嬷曾是旧同事,受故人所托,在倪知禾入学后,一直很照顾她,直到他在老友重病卧床时,骗倪知禾去看她。倪知禾没有在病床前闹,反倒表演了一番祖孙情深,等老太太去世后,她拿了该拿的钱,却不再跟汤教授交心了。

汤教授想让她理解特殊时代背景下的特殊情况,说道:"当年大家都很苦,你爸是第一批下乡的知青,你阿公阿嬷是教授,家庭成分不好,谁都以为你爸会一辈子留在武平农村,后来有补员政策可以回乡,谁不想回来呢,但回来的名额哪里那么容易拿到,你阿嬷提前退休,也只换来你爸一人回来的机会。"

"这跟我有什么关系呢?能掩盖他抛妻弃女、再婚生子的事实吗?还是他一句不容易,就能抹过我妈等他这么多年的苦?他说我自私,那还真说对了,他的确是我爸,我跟他一样自私呢,倪家想给我钱,我会拿,想让我给他们做牛做马,等死吧他们!"

"你爸刚回来,也是在食堂里打饭扫地。"

"那我还被人说,是没人要的野种呢,吃不饱穿不暖。"

汤教授也拿倪知禾没办法,只是劝她不要跟倪家对着干,新时代了,成分的好与不好,又重新翻转了。

倪知禾被抢掉硕士研究生推荐名额时,也想过会不会跟倪家有关,但名额又落在了杨兴亮的远亲师弟身上。她干脆不想了,直接北上念书工作,远离鹭城,后来她偶尔出差回鹭城,说是回家,其实家中也就她一人。

趁着生日放松,她把自己灌得精神飘忽,放松地躺在了沙发上,她闭着眼,嘟囔道:"你们自便,我家就是你们家,别跟我客气,走之前把盘子碗筷都洗了。"

孙煜把桌面上的碗筷收拾进厨房,连思泽在洗碗池那挽着袖子,努力刷碗。

孙煜说:"连律师,你不用这么客气,我来洗碗就好。"

连思泽喝得有点脸红:"没事,你去坐着吧,没道理让客人洗碗,今天是知禾的生日,我洗就好。"

孙煜说:"我洗。"他去拿连思泽手中的碗。

连思泽说:"我洗。"他也不放手。

陈淮越就靠墙站着,看着两人僵持着要抢手中那个油腻腻的汤碗,就差把碗都掰裂了。他好意提醒:"你们俩都喜欢倪知禾?这是碗,不是倪知禾。"

孙煜沉默不语。

连思泽吓得酒意都散了几分,脸色如同猪肝一般红,结结巴巴道:"我我我……不是,我不喜欢知禾啊,我们是纯洁的战友情谊,我就是喜欢做家务,有时候压力大,我我我就回家搞卫生,做完就舒服了。"

他慌里慌张的,想到倪知禾要是误会了,他肯定又要被她一顿臭骂,尤其所内明令禁止办公室恋情,就算是假的,他也会被倪知禾扣上一顶"丧失革命精神"的帽子。

他赶紧擦干了手,对孙煜说:"你洗,全都给你洗。"但看孙煜不熟练的样子,又忍不住多嘴,"你这样洗不干净的,你要放点热水,熔化油脂,打出泡泡,冲洗完之后,拿这块干净的布擦一擦,沥沥水,再放进去……"

陈淮越轻笑了声,他想起很多年前,连思泽也不放心他,一定要亲自送醉酒的林希微回家。

客厅的几个女人在放碟片看TVB拍摄的《雪山飞狐》，连思泽去客厅搬了两张凳子进来，带了三听啤酒，邀请陈淮越、孙煜一起坐在厨房里共饮。三人其实不怎么熟，一开始气氛有些尴尬，水流声哗哗，孙煜在洗碗，连思泽和陈淮越两人排排坐，都看着窗外朦胧的雨，有一下没一下地喝着酒。

连思泽："雨是橘黄色的。"

陈淮越："你喝醉了？"

连思泽："我没有，我是说，大楼的灯光照得雨雾是黄色的，我前女友离开那天的雨，也是黄色的。"

陈淮越："你醉了。"

连思泽："她离开我也很正常，好好的体制工作不做，非要去做个体户，去当律师，一点都不体面的律师，她就是愿意，她父母也不会同意的……"

孙煜洗好了碗，也拿起贝克啤酒，坐在陈淮越的另一边。

连思泽看了他一眼："你是知禾前男友？就她研究生谈的那个？"

孙煜沉默了一会，轻声说："好朋友。"

连思泽："知禾的朋友？好朋友像你们这样？"

陈淮越看不下去了，说："他说，他是倪知禾前男友的好朋友。"

正义的连律师听不得这样的话，怒道："无耻，你太无耻了！"

无耻吗？

孙煜觉得好笑，他没有接连思泽的话，只是问陈淮越："你当初怎么追到林律师的？"

陈淮越不知道怎么说，严格来说，在他们故事的开始，他没花费什么精力和时间，一开始没正眼看她，后来对她起了兴趣，也只是一时的兴趣，还不足以支撑他浪费时间去恋爱。

再一次见面，是在东渡码头，她跟一群码头工坐在一起，还给旁边的阿姨看手相，逗得几个阿姨哈哈大笑，争着要她帮忙看，半点没有律师的样子，但陈淮越那天鬼迷心窍了，站在那看着她笑了许久。

等到人群散后，她一个人静静地坐着啃糕点，他走到了她面前，居高临下地睨着她。

"你们律所要倒闭了?派你跑码头做什么,做律师,还是做神棍?"

林希微笑意盈盈,解释她来看运输,她还往旁边挪了个位置,示意他坐下来,让他伸出手,她也帮他算命,算的哪里是命,都是他生意上最近烦心的事。

他笑:"你调查我?"

她冤枉:"我这是关心潜在客户。"

他忙了一天,什么都没吃,肚子突然叫了一声。她忍住笑,好心递给他一个糕点,让他果腹,她刚刚吃的也是这个。

他记得那个糕点,并不好吃,口感很硬,他吞不下去,便起身离去,走到拐角处才扔在了垃圾桶里。

一转头便看见林希微站在了不远处,她说:"不吃可以还给我的。"

再后来,他总是不断地遇见她,在华侨别墅,她是他阿公的学生,她拿着锄头站在院子里,陪他阿嬷种三角梅,神奇的是,她的身影被遮了大半时,他就认出了是她,在华侨工业区,在工地⋯⋯

他把车子停在了她的面前,她停下脚步,眼睛弯了弯。

"陈总,要顺路送我吗?"

"没有。"

她还是笑,跟他挥了挥手,继续一人往前走,陈淮越抿着唇,控制着车速跟在她身后,跟精神错乱一样,在工业区的直线马路上,变换着几种车灯,照着她的背影和前方的路。

林希微看着她投在地上的影子,时大时小,气笑了,转身几个大步往回走到他车子旁边。

"看来陈总是想专门送我。"

"别自作多情。"他也笑了一声,"吃晚饭了吗?"

他们就这样吃了好多顿饭,码头上吃饭盒,工业区订饭,有时间了就去餐厅里共用晚餐,再去看电影。他觉得成年人的恋爱不需要讲得太明白,但林希微堂而皇之地跟她朋友介绍:"这是和我一起吃饭的朋友,陈总。"

气得他冷笑:"加上'男'这个字。"

时隔多年,陈淮越再回想自己当年做的事,他在想,他那时那么糟糕，希微为什么会愿意跟他在一起?

于是，两人离开倪知禾家后，陈淮越就问林希微："你以前为什么会跟我在一起？因为我长相英俊，风趣幽默，富有人格魅力吧？"

林希微闭着沉重的眼皮，斩钉截铁："因为你有钱。"

他不肯相信："胡说，你后来都因为有钱跟我分手了。"

"是啊，谁能想到那么多钱，都无法让我继续忍受你的自大傲慢。"

这时候的陈淮越觉得真话还是有些伤人的，不过一年多后，当他和林希微的女儿出生，他每天都要提醒自己，千万别做自大傲慢、惹女儿讨厌的老父亲。

宝宝出生前，康明雪和乔安临来律所找过林希微，他们想要把兴明律所并入立达律所。

"快速提升立达实力？"林希微看着乔安临。

乔安临回："是，兴明这个品牌已经被弄毁了，但律所里还有两个合伙人的金融业务都做得很不错，你想开分所，需要这些会做业务的人，我和康律师都有不错的业绩。"

林希微最终没有同意，她更倾向跟虎城本地律所合并，但不能在律所名称上有所改变，只能叫立达律师事务所。

2001年，林希微被授予"鹭城经济特区建设20周年杰出建设者"称号，陶作家抱着乖宝，偷偷让她看一眼电视上的妈妈。

她才兴奋地蹬了下腿，陶作家就立马关了电视。

"看到了就行，不能多看哈，伤眼睛。"

因为出生在大年夜，她的小名就叫年年，但陶作家喊她乖宝，每天都记得给她拍照、录像，一一记录她的成长。

年年在垫子上手脚并用地爬，垫子的另一头是举着相机的陶静昀，她笑眯眯道："乖宝，往阿嬷和小鹦鹉这爬，对……"

小鹦鹉站在陶静昀肩膀上，很是神气地扑腾着翅膀，吸引年年的注意力。

年年爬到一半累了，就停下来，仰头看着鹦鹉，黑眸明亮，嘴巴一张，口水就淌了下来。

鹦鹉突然出声道："年年，叫爸爸，我是你爸爸。"

这是陈淮越之前教年年说话时，最经常说的两句话，鹦鹉早学会了。

年年也回应鹦鹉："爸爸爸爸……"

鹦鹉高兴地飞回它的架子上，口气跟陈淮越一模一样："希宝，她喊我爸爸啦！"

陶静昀笑得眼泪都流出来了，年年不知道发生了什么，但也跟着笑得眼睛弯弯，继续咿咿呀呀往前爬，扑到了陶作家的怀中。

陶静昀抱着她，给她整理头上的两个小发包，温柔道："我们乖宝头发可真多，真漂亮，像你妈妈……是不是困了，喝完奶奶，我们去睡觉，好不好？"

林希微跟陈淮越参加完20周年庆典回来后，年年已经睡着了，客厅里只有陶作家在。她正在专注地写着什么，没第一时间发现两人回来。

陈淮越喊了好几声"妈"，陶静昀才听到，她手上的笔没有停下，也没抬头，只皱了下眉："小点声，你女儿睡着了。"

陈淮越笑："她在二楼睡觉，房门隔音，有阿姨陪着，吵不到她。"

"那你叫我做什么？"

陈淮越也忘了，说："就随便叫的。"

陶静昀："快40了，一回家就喊妈……"

"三十六周岁，谢谢。"陈淮越还拉女儿下水，"要按照你们这种算法，年年出生不到两个小时就两岁了。"

"乖宝才十一个月。"陶静昀每天都会用文字记录年年的成长，年年出生后，她还以年年的名义，把上本书的稿费都捐赠给市儿童福利院。她又体谅两人工作繁忙，搬到越程山庄住，帮他们照看年年。

累倒是不累，毕竟请了两个保姆，只是现在报纸上有许多保姆拐卖孩子的新闻，搞得她每天忧心忡忡。

林希微从厨房里探出头来，问道："妈，你要不要喝点热水？"

陶静昀合上手抄本，笑道："喝。"

等林希微坐在她身边，陶作家就跟她分享起今天乖宝的趣事："她知道她妈妈今天拿奖了，小孩子很聪明的，我还录像了，过两天再去把最近的照片洗出来，给你们看看，对了，下个月周岁宴，你们打算在哪办？"

陈淮越回道："阿公和阿嬷说他们来准备。"

陶作家看了眼陈淮越，忍着笑："你女儿今天叫鹦鹉爸爸了，鹦鹉还应声了，两个小傻子。"

陈淮越走到鹦鹉的笼子那，现在和尚鹦鹉已经习惯了新家，笼子门一般都不会关，它躺在笼子里，正睡得香甜。

他到底没舍得吵醒它，但这只娇气的鹦鹉不知为何突然睁开眼，正好看见了陈淮越的脸，以为是他故意弄醒它的，气得飞扑出来，朝他脸上狠狠拍了好几下翅膀，这才心满意足地飞回笼子睡了。

陈淮越闭了闭眼，忍下这口气，他当年到底为什么要捡回这只傻鸟？

临睡前，远在美国的倪知禾给林希微打来了祝贺的电话，林希微笑着谢谢她，然后催她回来："倪大律师，出国一年半了，该回来了吧。"

倪知禾得意道："想我了吧，我这几天正在办理交接，早买好了机票，快给姐接风，你女儿生日我肯定到场，姨姨都还没见过她。"

倪知禾是2000年9月出的国，1999年时，她野心勃勃想做民企红筹，但当年的红筹业务还是以国企为主，少数几个获得红筹上市审批的互联网民企也都远在北城。有几个想要铤而走险的南方民企找上立达律所，他们认为，九七红筹监管只针对国企，民企可以绕开审批。

但林希微和倪知禾看着九七红筹指引和证监会的复函，不敢冒险，所以1999年她们还是以A股和H股业务为主。没多久，证监会法律部就对出具"不需要任何政府机关审批"法律意见书的律所和律师进行通报批评和处罚。

2000年，林希微婚礼过后，纳斯达克互联网泡沫破裂，民营科技企业的境外上市路落入低谷。

好在国内经济并没有受到影响，反倒因为即将加入WTO，一派蓬勃，大量国企走向资本市场融资。立达律所也从国企和承销商那接到了不少项目，更重要的是，这一年放开了对房企上市的政策限制，许多房企都有了上市融资的念头，立达律所新一轮的机会来了。

但 2000 年 4 月底，倪知禾做完手中最后一个项目，她决定出国进修。

忙成陀螺的连思泽很是震惊："我们正要开分所呢，业务也不少，你现在要出国。"

"律所不可能有不忙的时候，明年入世了，只会比现在更忙，我的短板在于缺乏海外教育背景和国际视野，虽然英语还行，但人家一看我的学历背景，就觉得我们做不来国际化的事。

"我们创始人里就只有希微一人出过国，那些傲慢的海归精英觉得我们土，不愿意来，目前资本市场、私募股权、跨境并购这些业务做得好的律所，至少有一半以上的律师有留学背景。

"入世以后，会有大量的外资涌入，我今年去留学，明年入世时回来，正好赶上第一波热潮。"

连思泽说不过她，但他也要给两人打预防针："我家里介绍了对象，年底得结婚。"

林希微笑了笑："让你结婚的时间还是有的。"她也支持倪知禾去留学，"放心把律所交给我吧。"

她知道倪知禾很早就想出国，但一直缺少合适的机会。对倪知禾来说，现在就是一个很好的时机，有足够的资金，有立达律所担保，基本能顺利过签，林希微也能帮忙联系当年她留学时相熟的教授和工作过的律所，请教授出具推荐信，拜托律所提供"Visiting Lawyer"的访问邀请函。

挂断电话前，倪知禾突然说："希微，去年我不知道你怀孕了，不然我不会在那时把律所扔给你。"

林希微声音含笑："没有什么大影响，你就算没去留学，我也不会因为怀孕休息的。"

"这样很辛苦。"

"是啊。"

所以倪知禾放弃结婚生子，以前她只有一个模糊的想法，高中学诗词，她看福建民国"八才女"的故事，她们都接受过高等教育，但结婚的几人不是遇人不淑，就是生活艰难，反倒八人中终身不婚的叶可羲、施秉庄和王真,在文学艺术上的成就更高。

后来,康明雪的事更敲醒了她。

就算如林希微,丈夫有钱体贴且爱她,家庭和睦,不用亲自花时间带孩子,但是怀孕生子一样影响了她的身体和工作,像连思泽也刚有了小孩,但对他工作的影响并不大,开开心心就当爸了。

倪知禾做金融律师近十年,从女实习生到女合伙人,她发现了一个很有意思的现象。

"非诉行业前两三年都是做枯燥的 Paper work,一个项目审阅几千份文件,又要承担大量风险,所以女生比男生多,因为需要细心、耐心和抗压能力,但到了合伙人阶段,30多岁,男的比例就远超女的,是因为女人30多岁变笨了吗?"

林希微明白倪知禾的意思,是因为生孩子和家庭占了女人大量的精力。

陈淮越每晚睡前都要给林希微按摩腰和肩膀,自然听到了两人的对话,他有些走神,一不小心手上的力道重了些,林希微痛得出声。

电话那头的倪知禾失笑:"不是吧你们俩……打电话,在做?"

"不是……"林希微刚要解释。

"不打扰你们夫妻恩爱了。"倪知禾已经识趣地挂断了通话。

林希微没好气地捶了陈淮越一拳。

陈淮越按摩得更加卖力,他知道这时候说什么都是空话,但他会做得更好,就像当初的承诺那样,她可以一直做林律师、林主任,而非年年妈、陈太太。

虽然听起来有点别扭,但他相信林希微明白他的真心。

他最终还是没忍住,含着她的耳朵,伏在她身上,哑着嗓音确认:"希宝,我当爸爸和老公,你给我打几分?"

"零分。"林希微不上不下的,有些烦这个男的非要这时候问问问,她提醒他,"你现在不年轻了,马上37岁了,不快点做,吃什么药都没用了。"

"几个零?"陈淮越没被她激怒,就要让她打分。

"两个。"她的意思是两个分数都是零。

陈淮越却故意曲解:"喔,两个零,一百分,希宝,你好爱我。"

林希微当然爱他啦。

她也笑,偏过头,亲昵地贴着他的脸:"是啊,很爱很爱很爱你。"

是很多倍的爱。

陈淮越偶尔会让保姆带着年年跟他一起上班,钟程前年也结婚了,夫妻俩调理了一年多,今年他老婆怀孕了。

他一进办公室,就抱起了逢人就笑的小年年,哄道:"有没有想钟叔叔?叔叔家是个弟弟,以后年年带弟弟玩。"

陈淮越从工作里抬起头:"你们去香港查了?"

"嗯,我爸妈让的。"

陈淮越笑了笑:"你要是不愿意,没人能逼你。"

"反正要查就查呗,他们要个孙子,我有什么办法,年龄大就一堆毛病,要个孩子真不容易。"钟程笑着看陈淮越,"我还以为你有了年年后,就一心当爸爸,越程都不管了。"

"今年的哪个项目开发开盘不是我签的字?"

钟程说:"今年年中股市又萎靡,很多人都转来投资楼市了,好几个房企都上市了。"

陈淮越说:"越程地产现在不适合上市,我们就稳步发展就好。"

钟程竖起大拇指,夸奖:"稳重的爸爸。"

他让年年亲他脸颊一口,年年摇摇头,还用小手捂住了自己的嘴巴。

看着她水汪汪的大眼和卷翘的睫毛,钟程心都要化了。

"你爸爸真坏,女孩子是要宠的,还让你以后管理越程、受苦上班。"

陈淮越想法跟他不一样,年年长大后,愿不愿意管理越程,她可以自己决定,但他必须给她提供选择的机会。他没跟钟程继续扯这个话题,只问道:"你儿子准备叫什么?"

钟程一愣:"啊?没想过啊,现在就要取名吗?那不然先来个小名,叫小土豆、小花生?"

年年爸爸批判他："小土豆爸爸，你当爸爸一点都不合格。"

2002年1月23日，年年一周岁生日。

陈淮川也坐飞机赶回华侨别墅，为她庆生。

半年前申奥成功时，陈淮川也回来过一次，跟着他的哥哥嫂嫂，还有一鸟一狗一宝宝，一同在白鹭洲广场看申奥现场转播，看得他热血沸腾，还学会了唱《歌唱祖国》和《难忘今宵》。

时隔半年，年年却好像还记得他，一看见他，就眨巴着眼睛，朝他伸出手，要他抱抱。

"乖宝，年年。"陈淮川叔叔很高兴，有钱的陈淮川叔叔立马掏出大红包，"祝年年生日快乐。"

年年不认识钱和红包，一点都不感兴趣，把红包扔了一地。

陈淮川个子蹿得很快，现在已经是高高瘦瘦的少年模样了，他抱着年年，还是很惊喜："嫂嫂，年年记得我，她肯定很喜欢我。"

林希微觉得小孩这时候应该不太认人吧，但她还是笑道："是呀，她喜欢你，你以前也记得我呀。"

陈淮川却趁着哥哥不在，把多年的秘密告诉她："我记得嫂嫂，是因为哥哥一直跟我说嫂嫂，我有嫂嫂的照片。哥哥说嫂嫂以前经常抱我、带我去玩，嫂嫂很喜欢我，让我不能当白眼狼，后来哥哥跟我打电话说，那天会见到嫂嫂，然后我一进来这里，就看见嫂嫂了。"

已然是少年模样，说到喜欢时，脸颊却还是不受控制地泛起了一片红。

林希微眉眼说不出的温柔，轻声道："是啊，嫂嫂喜欢你。"

原来是这样，她想起1994年的10月，就在这张沙发上，陈淮川悄悄地靠近她，喊她嫂嫂，陈淮越还一副他厌烦跟她扯上关系的冷漠模样。

陈玄棠拄着拐杖走过来，年年一把抓住了他的拐杖，又扑过去抱他的腿，陈玄棠笑得眼睛都眯成一条缝，跟周围的客人炫耀："看我们乖宝多聪明，小手多有劲。"

来宾或许也不解哪里聪明了，但嘴上都跟着应和。

在深城驻场的李从周也收到林希微的邀请，特地来鹭城参加年年的周岁宴，他进来时就遇到陈淮越。

陈淮越笑道："李总。"

"陈总。"

两人谈了一会工作，陈淮越扬了下眉："李总想游说我同意越程地产去融资上市？"

"是。"李从周笑意温和，"上市前，我会帮越程调整好股权架构、管理架构，重制管理层回报机制……"

陈淮越只道："会考虑的。"

李从周说："陈总，仁义不在，买卖在，不要因为情意伤了买卖。"

两人都笑了起来。

陈淮越去拿了两杯开胃酒，递给李从周一杯，两人就坐在水池边的石椅上，陈淮越说："我去过纽约，听其他留学生说，你是希微的男朋友。"

把他气得半死，差点就在飞机上心梗了。

李从周说："希微那时候身体不好，嗯……我也得承认我是故意的，我知道他们误会了，但我没承认也不曾否认。"

"李总挺无耻的。"

李从周不以为然，声音温和："要是现在我成功了，无耻的就是你。"

但现在一切都过去了。

李从周笑问："我可以进去看看你女儿吗？听说很可爱。"

等林鹏辉带着妈妈和妻女来的时候，就看见了李从周和林希微在陪年年玩。他眼皮不安地狂跳，心想希宝可真大胆，在陈家大本营都这么嚣张。

陈淮越的声音在他身后响起："你堵客厅门口做什么？"

林鹏辉下意识地就去拦他，不让他进去，好像希宝真的做了什么对不起他的事情一样。

陈淮越没好气："又疯了？这两年不是发财了？"

林鹏辉2000年初把房子拿去抵押贷款，跟原先出租车队的兄弟们合开加油站。原本是想做个稳定的生意，却不承想，因为要加入世贸，有人在炒加油站，中石油和中石化疯狂高价收购加油站。一倒腾，一年多过去，他们把加油站卖了，价格翻了三四倍。

但这期间他也备受煎熬，资金短缺，几人都没怎么读过书，也不懂什么收购，差点被骗，他怕被林希微和老婆骂，只好厚脸皮去问陈淮越。

不过陈淮越转头就告诉了林希微，林鹏辉被林希微骂了个狗血淋头，他说陈淮越不安好心，陈淮越说："我看是你不安好心，你害我分手不够，现在还要来破坏我婚姻。你这个歹毒的大哥，我要是帮你隐瞒了，希宝什么脾气你不知道？"

林鹏辉偃旗息鼓了，倒跟陈淮越有了同病相怜的共通感，都是被林希微压迫的可怜人。

林鹏辉指了指里面的客厅："那个从周好像挺喜欢年年的，他在跟年年玩。"

陈淮越点了点头："我知道。"

"你不吃醋？"

"有什么好吃醋的，年年值得全世界的喜欢，不喜欢她的人才奇怪。"

"真自恋……"

但林鹏辉一进屋，就对着年年挤出做作的笑容，夹着嗓子说话："年年，有没有想舅舅呀，乖宝宝，辉辉舅舅来咯，舅舅好想你喔。"

方敏和林鹏辉会挣钱了，林玉梅气色也跟着变好了，现在也懂得享受了。她本来也不是什么特爱操心的人，以前就靠老公、儿子和女儿，现在更明白，老人想过得好，就得闭上嘴，少说闲话。

她跟林希微炫耀金手镯："这是你嫂子新送我的，她美容院做得可好了，上个月还让我去做眉毛，我没做，我看别人做完像两条毛毛虫，而且你爸都不在了，我还弄这样，让人笑话。"

方敏说："妈，大家是羡慕，哪里是笑话？"

林玉梅说："敷敷面膜就好了，老太婆一个了。"

反倒是陶作家感兴趣："小敏，地址在哪呀？阿姨明天就去光顾。"

429

"陶姨,你来肯定免费,这叫'免费大酬宾'。"

几人都笑了起来。

最迟来的人是倪知禾跟孙煜,她包里还有张彩电的广告单,写着大打折,方敏问她:"知禾,你要买新电视吗?"

"是啊,在犹豫要买国产的还是洋彩电。"

方敏说:"你要是去年买,彩电论斤卖,一公斤30元,29英寸彩电只要1500元呢。"

林鹏辉好奇:"去年飞机撞美国大楼,听希微说,你也在纽约,她当时都吓死了。"

倪知禾想起去年,也觉得恐怖,好在那时孙煜正好在纽约陪她。

地铁停运,他们就跟着人群涌出地铁站,空气中飘浮着雾蒙蒙的尘埃,如同世界末日。她一开始还想过江去曼哈顿,但路人阻止他们,说飞机撞河对岸的大楼了,她最后的记忆只剩下周围人如出一辙的惊慌面孔,还有孙煜温暖的大手,他坚定地握着她的手,带她迅速赶回了家。

她的MSN嘀嘀嗒嗒地响着,都是国内外朋友们关心的消息,因为凤凰卫视第一时间播报了这个新闻。

她一一报了平安后,电视上播放着不间断的事故报道,他们抱在一起,不敢睡觉,也不敢脱衣服,随时做好逃命的准备。

她跟孙煜说:"我一直以为自己不怕死,原来我也那么怕死。"

孙煜说:"怕死才好,好好活着,倪知禾。"

倪知禾:"我当然要好好活着,我才买了房、车,留了学,大好日子在等我。"

孙煜:"嗯,我追到了你,我当然也要好好活着。"

孙煜能听出她极力隐藏的颤音和哽咽,好在最后平安无事。他想起很多年前,她突然成了他舍友的女友,他酸涩的心就碎过一回了,生死之外无大事,他们两人好好地过日子,就够了。

年年最后抓周抓了几颗糖果,吴佩珺摸了摸她的小鼻子:"好吃宝宝。"

陈玄棠说:"这叫有口福。"

陶静昀说:"抓什么都可以,阿越小时候还什么都不抓呢。"

倪知禾摸了摸她茂密的头发,说:"怎么不抓法槌天平呐?知禾姨姨想你以后跟着我干活呢。"

陈淮川跟林希微说:"嫂嫂,我妈妈说,我以前抓的是秤。"跟这个天平应该是一个东西吧?他要跟着嫂嫂工作。

林希微了然:"秤啊,那你以后跟你哥哥一样,也是做生意的。"

陈淮川:"……"

倪知禾远赴美国留学,给立达律所造成最大的影响就是,延迟了其他城市分所的设立时间。

当时康师姐来找林希微谈合并扩大规模时,林希微打了越洋电话给倪知禾,倪知禾不仅不同意跟兴明合并,也要求林希微先暂停下设立分支机构的脚步,等她回国再说。

林希微跟她说:"不选择合并,那几家本土律所可能会集体排挤我们,要不我先试着谈谈?谈合并没那么快,时间线会拉得很长,有进展我们再一起商量。"

那是2001年,大部分的律所都在急着扩大规模,选择合并是最简单的方式,但林希微也知道,合并会带来很多麻烦。让对方认可立达律所就已经是一个大难题了,合并之后,如果再次分开,又会引来第二次伤害。

而且,要合并就要找虎城本地有实力的律所,但有实力就代表对方也很强势。

一开始对方提出要把立达律所并入他们所,被林希微拒绝后,对方又退一步要求合并后的新律所必须同时保留两个律所的原名,改名容易,但以后想再改回来就难了,人合制的律所随时都可能一拍两散。

那时年年五个多月,她趴在床上,一边卖力地吃着自己的小拳头,一边看着自己的爸爸妈妈。陈淮越正在给林希微按腿,听了她说的话,冷笑一声:"林希微,人家都踩你脸上了,合并什么?你应该直接跟对方说收购,你不强势,就等着被对方欺压。"

林希微轻轻地踢了他一下,再收回腿,让他走开,说:"是啊,又不是所有人都像陈总,天之骄子,连对老婆说话都这么强势呢。"

陈淮越脑海中警报声连连作响，多说多错，认错就对了。

"希宝，我错了。"

"你没错。"

"我有错。"

"你错哪了？"

陈淮越认真思考了下："我……不该冷笑？"

他捧着她的脸，四目相对，慢慢低下头，用鼻尖蹭着她的鼻子，又低声道："希宝，我刚刚的语气不好，但我是认真的，如果你现在说，你要跟国外大所合并，那我肯定支持你，但和境内任何一个律所合并，从长远来看，都不是一个很好的选择，你应该将他们并入立达。"

"如果不合并的话，从头开始创立分所，万事开头难。"林希微有些犹豫。

陈淮越提起越程地产："越程年初在沪城成立了越程置业，也是一个新起点，我们都要到一个更大的市场里去，去国际化程度更高的地方竞争。你不用压力太大，虎城分所还在省内，以后还会出省出国，你就把虎城分所当成一个练手的机会，不要怕失败。"

他稍稍抬起头，望进她的眼里，笑道："最后一句话是陶女士十几年前借钱给我的时候说的，她说不要怕失败，就算钱都没了，她也会一个字一个字再赚回来的，这句话也很适合你，不要怕失败，希微。"

林希微看着他真诚的眼睛，那颗不安的心慢慢落定，她也笑了起来。

陈淮越问她："是不是被老公感动到了？"

"是被我们亲爱的陶作家感动到了。"

林希微让他起来，她把趴得有点累的乖宝抱了起来，脸贴着她的脸，逗得她咯吱咯吱地笑。

这时候的林希微母爱爆发式增长，她想，她也要像陶作家那样，做一个好妈妈，给她的年年充分的、确定的、无条件的爱。

陈淮越扫了眼床头的闹钟，他下床去加热水冲奶，再出门去喊照顾年年的阿姨，年年该睡觉了。

等年年睡着后，林希微准备去书房加会班，路过陶静昀的卧室，门没关紧，有隐约的灯光透过缝隙倾泻，她敲了敲门，问道："妈，你还没睡吗？"

陶静昀在写东西，不管时代如何变迁，她还是习惯写手稿，写完后再让助理帮她输入电脑中。

"希微吗？"她起身给林希微开门。

她卧室里有淡淡的酒味，她问林希微："要不要喝一点红酒？我每次写东西，不喝点酒，就没有感觉。"

陶静昀戴着眼镜，头发随意地扎在脑后，她一边倒红酒，一边说："我屋子里就是有点乱，稿纸满天飞，还没来得及收拾。"她让林希微坐在小沙发上，电视上播放的是DVD碟片《雾锁南洋》。

陶静昀见林希微在看，便道："这是风雨同舟那部分，我刚到新加坡就差不多这时候。"

她把红酒递给林希微，也坐在沙发上，她知道希微最近在忙开分所的事，但又没主动提起，只是跟她说："年年你不用担心她，她在家里好好的，你也别怕他们乱讲的什么，缺少妈妈的陪伴，小朋友就会没安全感啊，都是蛮说的，你就是全身心陪着她，也未必能带出一个很好的孩子。"

"年年知道妈妈爸爸都爱她就好了。你看陈淮越，我以前也没怎么陪着他，他也不差，等他长大想创业了，我还能有钱支持他。"

林希微把头靠在陶静昀的肩膀上，轻声说："嗯，谢谢妈。"

陶静昀摸了摸她的头发，没再说什么。

林希微回到卧室，陈淮越还在等她，闻到她身上淡淡的红酒味，就笑："你去我妈那了？"

"嗯。"

"她跟你说什么了？"

"没说什么，就是一起看了一集《雾锁南洋》，陶女士说她刚下南洋在阿公开办的免费华文学校上学时，贫血饿晕了，被你爸救了。"

陈淮越知道这件事，他说："我小时候我爸经常会做一道菜，一般来说，他们吵得再凶，吃完这道菜就会和好。"

"什么菜？"

433

"炒猪肝。"猪肝补血,陈伯鸿会做、也只做过这道菜。

林希微有个疑惑:"你爸爸为什么那么晚又二婚了?"

陈淮越也不知道,他十岁那年父母离婚,陶女士远赴欧洲旅行,而他爸每年都会抽时间去找她。他当时非常害怕他们会复婚,因为他真的不想再看见以前的那个妈妈。

后来时间久了,陈淮越也没再管他们的事了,他都快大学毕业了,他爸突然说要结婚了,几年后,陈淮川就出生了。

陈淮越神色淡淡,不乏恶意地猜测道:"老头年纪大了,害怕孤单吧,而且我跟他也不亲近,他有了川川挺好的。"

林希微语气不明:"你们男人可真害怕孤单。"

陈淮越强调:"是我爸害怕孤单,不是我。"他开始装可怜,"哎,刚分手时我就想过的,要是你真的在美国不回来,我们在八十岁才见上面,我应该还是孤身一人,你要是结婚有孙女了,我就要狠狠嘲笑你,看吧,我的爱比你高贵,几十年都不变。"

林希微趴在他胸口,忍不住笑了,但她问的却是:"听说啤酒节那天,陈总匆匆忙忙从新加坡赶回来,是有什么急事吗,嗯,肯定是德国啤酒太好喝了,而且还得穿上新定制的昂贵西装才好喝。"

陈淮越这下又开始装耳聋了,不回答她的这个问题,反倒吻住了她。

等情到浓时,气息氤氲潮湿,陈淮越突然听到林希微回敬给他的那道意味深长的冷笑声。

他差点就结束了,气笑:"你这个报复心极强的坏女人。"

憋了一晚上,还故意选在床上。

和虎城本地所合并一事就这样暂停下来,林希微约对方见面,说是合伙人会议没通过改名的决议。

对方不可思议:"林律师,那你们的意思是,合并后的律所就只能叫立达?"

林希微笑着点了点头。

对方气笑了:"真是人心不足蛇吞象,欺人太甚。"

林希微说:"很抱歉,那我们暂时不考虑合并了。"

"我之前也跟你说过了,你不跟我们合作,很难在虎城开展业务。林律师,当年抢兴明公章、又带走资源的事,的确是你做的吧。杨兴亮跟我说的时候,我还不信,认章不认人,你年纪不大,心眼够多。"

林希微没再多说什么,回律所后跟倪知禾、连思泽商量,两人都同意从零开始创立第一家分所。

林希微说:"省内分所的人才引进,我找的是从法院、国企或机关出身的律师,他们拥有本土化的人脉圈子,统领全局的能力也更强,我们要求先别太高,只要做到不亏本就行,这是我们迈出分所的第一步。"

倪知禾:"嗯,我们到世界的每一个地方去,去了就永远留在那里。"她在模仿可口可乐公司总裁的经典名言,大家都在期待加入WTO后带来的改变,不管怎么样,一定要跟着时代的趋势往前走。

连思泽没什么意见,但倪知禾还说:"等我回国后,我们应该把法律服务的支点立到更远的城市去,就像陈总那样。"

所以2002年倪知禾回鹭城后,就着手在经济中心城市沪城设立分所,等司法局批复同意分所计划后,她立马引进了她在纽约广交友时认识的沪籍纽约大律师。

她带着林希微,两人隔天就飞去了沪城。曾律师是恢复高考后的第一批大学生,1986年就出国留学,1990年开始一直在美国当律师,一直到2001年才决定回国发展。倪知禾打听到曾律师有创所的打算,就赶紧联系对方了。

曾律师看见两人,笑了笑:"行动力很强嘛。"

倪知禾说:"因为要趁别人还没反应过来的时候,先找到您合作。"

曾律师对倪知禾印象挺深,不过,并不足以让他答应加入立达,他也直言不讳:"立达在省内的确是个大所,可是在国内知名度几乎没有。"

倪知禾:"所以我们才急着找您,立达律所国内的知名度也只有您才能打造出来。"

曾律师被逗笑了,还是道:"我更想做个自己的律所。"

林希微说:"立达律所开设分支机构的核心目标是本土化,也就是我们不会干涉您的工作，一切以您为核心，不会派任何人过来，也不会插手沪城律所的管理，您就是绝对的老大。我们只想发展立达这个品牌，在这个基础上，我们会为您提供创所初期所需要的一切。"

曾律师看向林希微，挑了下眉，好像来了兴趣："具体是指哪些？"

林希微说："浦东区写字楼租金、筹办费、装修费，以及两三年亏损的准备。"

倪知禾轻轻地踢了下林希微的小腿，是被她的大口气吓到了，亏损两三年，就是几百万打水漂，她们亏不起。

但林希微不为所动，曾律师还"得寸进尺"地问："那前期的业务哪里来？我才从国外回来，人生地不熟，十几年变化太大了。"

林希微笑意不改："如果曾律师不嫌弃的话，我可以介绍一些闽系房企，千禧年后，他们大多转沪城发展，我还可以从外国商会和使领馆那先接一些外商投资业务。"

她诚意十足，愿意冒着最大的风险邀请曾律师加入立达，因为她相信曾律师会为立达律所带来全新的发展。

她又给曾律师介绍律所在用的几部服务器，她的律所IT计划，她重新修改后与国际律所接轨的管理制度，她和工程师们搭建起来的所内利益冲突、工作日志和文件模板系统，最后还介绍了职业化的秘书团队。

曾律师有着多年国际律所执业经历，自然很看重这些。

饭局散后，曾律师口风变松，但还要跟林希微确认："你们确定不会派人过来？"

"确定。"

曾律师上车前，笑着看倪知禾："知禾，你知道我为什么会见你吗？"

倪知禾也笑："因为我一直打电话骚扰您？"

曾律师失笑："汤教授同我打过招呼，因为我向他打听立达律所的情况，他一直让我给你一个机会。"他也很坦诚，"我也需要一个机会，一个不用随便找几个人、从小所打拼起来的机会。"

倪知禾立马打蛇随棍上，朝着曾律师伸出了手："合作愉快。"

曾律师迟疑："我说我答应了吗？"他偏了偏头，笑着摇头后，却还是握住了倪知禾的手,"合作愉快!"

这下轮到倪知禾拷问他了:"曾律师打算2002年创收多少?"

"四五百万总是有的。"

很多年后,林希微再也没有了这样冲动下决定的勇气,却也无比感谢2002年春天的这个决定,曾律师带出了一代又一代的立达人。

她相信天道酬勤,却更相信机遇和选择,努力只是成功的一个小部分,而她恰好比很多人运气更好一点,赶上了一个最好的发展年代。

倪知禾回酒店后,被林希微盯着,给汤教授回了个电话。

倪知禾说:"汤老师,谢谢你啊,这辈子我都记得你的大恩大德。"

汤教授听到了,却还要道:"什么?你想说什么,大点声。"

倪知禾深吸一口气,提高了声音:"我说谢谢你,亲爱的汤教授。"

汤教授继续挑刺:"你蛮吼这么大声做什么?想吓死我一个老头喔?要命喔。"

林希微扑哧一声笑了出来,不遗余力地夸赞他:"汤教授,你现在的人脉比周教授更广了,我以后再也不用羡慕赵牧帷有个好老师了。"

汤教授语气颇得意:"那是,周老太比不过我的。"

玩笑归玩笑,他语气又认真了几分:"你们只留学了一两年,但小曾他在海外多年,人脉很广,能大规模地引进留学海外的精英,形成一个文化圈子,会把朋友、同学都拉进达律所。鹭城近几年的经济发展,你们也知道……哎,去更大的市场才更好。"

他叹息。

林希微说:"嗯,谢谢老师,我明白的。"

汤教授又喊倪知禾:"你再爱钱,都别在人才引进上抠门,知道吗?"

倪知禾哭笑不得:"……知道。"

2003年初,爆发了非典,本省只有少数的输入性病例,除了抢盐外,一切如常。鹭城三月底还举办了首届马拉松比赛,但四月份疫情在其他省份肆虐起来的时候,林希微他们还是选择居家办公了。

最高兴的人是年年,两岁的她不知道什么叫非典,只知道她每天都能见到爸爸妈妈、小鹦鹉、小狗狗和阿嬷。

年年会走路以后，陶静昀每天早上都躺在床上，等着她的乖宝来喊她起床。

门外响起蹦蹦跶跶的脚步声，保姆给年年打开了门，年年跑了进去，趴在床边，在陶静昀脸上"吧唧"亲了一下，奶声奶气道："阿嬷，阿嬷，起床啦。"

陶静昀配合着她，假装刚被她叫醒："谢谢乖宝，阿嬷起来啦。"

"小鹦鹉也起床啦。"

"小狗狗呢？"

"也起床了。"

"爸爸妈妈呢？"

年年摇了摇头，就去帮陶静昀拿衣服，她急着要去院子里跟小狗和小鹦鹉玩。等玩累了，她就搬一张凳子，坐在庭院大门旁，透过栅栏，热情地跟每一个过路的人和动物挥手打招呼。

"嗨，姐姐。"

"嗨，阿婆。"

"嗨，小狗狗。"

"嗨，咪咪。"

但今天她看见了一个熟悉的身影，开心地蹦跳起来："嗨，川川叔叔。"

因为非典也在新加坡肆虐，陈淮川过完年就先留在了鹭城，前段时间一直住在越程山庄，这两天才回了华侨新村，但出于想念，今天一大早就又过来了。

他从陶阿姨那拿到了哥哥家里的钥匙，他才开了门，年年就扑过来，抱住了他的腿。小狗高兴地在他脚边绕了几圈后，两条前腿高高地抬起，趴在了他的腿上，欢快地吐着舌头。

陈淮川左手摸小狗，右手揉年年的脑袋，善妒的和尚鹦鹉气咻咻地叫了声，它也想飞过去，但牵引绳还在陶女士的手中。

陶女士把它放在桌面上，手掌稍稍往内弯，放在了它的头上，温柔又无奈："这也吃醋呀。"

小鹦鹉这才心满意足地用脑袋蹭了蹭她的手心。

非典刚开始的时候，聪明又多话的和尚鹦鹉还被人举报了。虽然法律很早就规定了很多品种的鹦鹉不能随便饲养，但也就这一两年才开始严格管理鹦鹉的饲养，好在陈淮越对这只傻鸟很上心，十来年前捡回来后，就托人去问了饲养流程，也给办理了人工繁育许可证。

陈淮越和林希微起床下楼时，陈淮川正在给年年做安全问答。

陈淮川问："陌生人敲门，能不能开门呀？"

年年摇摇头："不开不开。"

陈淮川又问："陌生人叫年年走……"

"不走不走。"

"陌生人给年年糖？"陈淮川盯着年年看，他们已经模拟了好几次，每次一到这里，年年就会睁着她真挚的大眼睛，用力点头，馋得口水都要流出来："要吃要吃。"

果然，年年说："要吃糖。"

"不吃不吃。"蹲在小狗身上的鹦鹉昂首挺胸地回答。

陈淮川给鹦鹉奖励了一小块苹果，然后哄着年年："要像小鹦鹉这样，说年年不吃不吃。"

年年还点头："年年要吃。"

鹦鹉又道："笨蛋。"

陈淮越走了过去，说："你敢骂我女儿，傻鸟。"

傻鸟连他都骂："笨蛋。"

林希微抱起了年年，年年撒娇地叫她妈妈，鹦鹉学舌："妈妈。"

等年年叫爸爸的时候，鹦鹉又忙着吃苹果了，沉默不说话。

客厅的几人都朗声大笑了起来。

到了五月份，非典得到控制，林希微和陈淮越带着年年、陈淮川去湖畔公园玩。陈淮川骑着哥哥送他的自行车，少年意气，在开阔无人的柏油路上骑得飞快，车铃按得声声作响，阳光笼罩着他，他的衬衫被风吹得鼓起来。

年年骑着带有两个平衡轮的儿童车，蹬着小短腿，很努力地想追上他，陈淮越担心她摔倒，紧紧地跟在她后面，林希微看着前面的几人，微微地笑了起来。

她刚刚收到参加全国律师大会的邀请，非典结束，外资PE又要活跃了起来，新加坡Tetrad回了她邮件，约她面谈。倪知禾想把办公室开到香港去，她手里还有个置业公司的H股上市，是国内少有的台资控股项目。陈淮越方才说，今年房地产的二级市场已经差不多都全部开放了，"二手房"逐渐热门，这也是个房地产法律服务热点……

陈淮越注意到林希微没跟上来，拉住年年，一并停下来回头等她，他身后是向远处延伸的柏油路，铺满了阳光。

那是他们即将开始的新征程。

陈淮川从远处喊道："嫂嫂，快跟上。"

林希微笑："来了。"

杨幼芙和沈曜辞领证的那个夜晚，杨幼芙为了告别自己的单身时代，特地飞回鹭城，约了林希微、倪知禾和陶静昀一起喝酒。"母女四人组"的口号依旧是"不醉不归"，即便是清醒的时候，几人也能自如且亲密地互喊"妈妈"和"女儿"了。

倪知禾其实没醉，但她很享受靠在陶作家肩膀上、有人抚摸着她头发的时刻，那双手柔软温暖得让她想落泪，她想她妈妈了。

杨幼芙喝酒上头了，两颊酡红，双眼迷离地趴在桌面上。她眨眨眼，领证那一瞬的喜悦和紧张过去后，只余下莫名的怅然。她嘟囔："我喜欢沈曜辞，也想跟沈曜辞结婚……可是，我怎么就真的跟他结婚了呢？"

这话听着没什么逻辑，但其余三人多多少少都明白她的意思。

倪知禾打趣醉鬼："那是假的，我们大小姐想跟谁结婚呢？"

杨幼芙又眨眨眼，费力地动着她那糨糊一样的脑子，眼珠子瞧瞧倪知禾，又转向林希微，终于想了起来。

"我小时候想跟陈淮越结婚呢，哈，折磨死他！"

杨幼芙从出生开始，就要风得风，要雨得雨，哥哥、爸爸和妈妈能满足她的一切愿望，不管她做什么，都能得到全家的夸奖和捧场。

唯有杨妈妈忍不住生出了担忧，她看着老公抱着刚弹完琴的小女儿举高高，夸她没一个音准的魔鬼琴声是"天籁之音"，还信誓旦旦要办一场小型演奏会的模样,暗自叹了口气。每日的饭后惯例是杨哥哥教小幼芙学中文,小幼芙大字不识几个,还理直气壮地认字只读偏旁,读完后便骄傲地昂着头,晃着小腿等着哥哥夸她。杨哥哥对上她水润润的大眼睛,早没了是非曲直,心湖柔软,指鹿为马道:"对对对,就是这么念的,太聪明了我们小芙,全世界最聪明的宝宝。"

杨妈妈满脑子都是"惯子如杀子"。她一咬牙,想把小幼芙送到陈教授的华文学校去,又怕女儿在学校一下知道自己认错字,备受打击,所以拜托陈教授先在暑期私下教教小女儿,缓一缓情绪。

于是,杨幼芙认识了陈淮越。初次见面,对杨大小姐来说,陈淮越本来也没什么特别的,长得是还可以,但她也好看呀。他弹琴是不错,可她都要开演奏会上电视啦,特别的是,这人不听她使唤,还在她读中文给陈阿公听的时候,发出了冷笑。

"蠢。"

才知道自己"大字不识"的杨幼芙伤心地哭了,至于她第一次生出要嫁给陈淮越的念头,是因为她听到陈阿公说:"你是来折磨我的吧?"

吴阿嬷回:"不然我嫁给你做什么?"

小幼芙明白了,结婚等于折磨,陈淮越死定了。

至于沈曜辞,一开始,杨幼芙对他更没什么印象了,知道这个真相时,沈律师还是难免心生失落,甚至对好兄弟生出了丝丝缕缕的嫉妒。

彼时,沈律师正在给杨幼芙按摩因为伏案工作而酸痛的肩膀,他幽幽提醒:"那会我给你撑伞……"

"给你提包……"

"送你回家……"

"后面也无微不至地照顾你,督促你学习……"

"小芙,对你来说,我应该也是特殊的吧?"

杨幼芙不好意思告诉他,她"不懂事"的时候,理直气壮地使唤过几百个像他这样的人,但他是特殊的吗?当然是的。

只不过,杨幼芙现在有点害羞,她脸颊有些烫,把头埋进了蓬松的枕头里,避开沈律师比平时更明亮的视线。

杨幼芙做了一个回溯的梦,梦里是潮湿多雨的狮城,放学后,恼羞成怒的杨幼芙在教室里气得合上书本。沈曜辞双手交叉在胸前,轻靠着低年级的课桌,笑着看她:"不学了?真想做文盲吗?"

"我会英文!"

"好的,文盲小姐。"他抬手看了下手表,弯着眼睛,"我去拿个书包,十分钟后送你回家。"

等沈曜辞离开后,有其他的小男生凑到杨幼芙身边,努力地找着话题,杨幼芙意兴阑珊,觉得他们吵,不耐烦地皱眉不语。

直到一个男生红着脸道:"你的英文名真好听,Yeo,尤伊,是优雅的意思吗?"

杨幼芙终于找到机会了,脱口而出:"文盲!"

等沈曜辞再出现时,她扬起下巴,仿佛有无形的尾巴得意地晃来晃去:"他们才是真的文盲,笨死啦,Yeo是杨的意思。"

她喜欢这个姓,就做了名。

沈曜辞笑着应和道:"是。"

全然不顾这是方言演变的拼法,其他地方的人不知道再正常不过了。

他说完顺手给杨幼芙提起了书包,室外大雨骤来,噼里啪啦地砸在地面上,暑气蒸腾,潮湿的气息扑面而来,他撑着伞,朝着杨幼芙倾斜,自己大半个肩膀都在雨中。

但杨幼芙的裤腿还是难免被暴雨溅湿,她才拧了下眉,被奴役惯的沈曜辞就无声叹气,主动认错,都怪他和雨,淋湿了她。

就算十多年过去了,陈淮越依旧理解不了沈曜辞的奴性,也理解不了杨幼芙的跋扈。当爸爸后,他在育儿学上颇费功夫,觉得杨幼芙是一个典型的育儿失败案例。

"幼芙?年年像她多好。"林希微只想年年也能像杨幼芙一样快乐。

"不好。"

陈淮越拧起眉头,他自认疼爱女儿,但却有度,总不能盲目地溺爱她,宠出个不讨人喜欢的坏脾气。他又语气一转:"算了,不喜欢我们年年的,估计也没什么眼光。"

林希微听了,忍不住笑:"不矛盾吗?陈总。"

陈淮越放下手中的育儿书，斜眼看她："林律有什么高见？"

林希微连忙摇头，她自知带年年的时间很少，没什么发言权，她想了想，按下笑意，换了个称呼："我都听年年爸的。"

陈淮越："……"

在陈淮越看来，杨幼芙那样烦人，就是被杨家人宠坏的，偏偏杨幼芙又喜欢来他们家看年年，过足当姨姨的瘾。

年年刚学会独立走路那会，难免会磕磕碰碰。陈淮越和陶静昀虽然心疼，但都知道这是必经的成长历程，只要摔得不严重，两人就装没看见，转移她的注意力。年年也就习惯了，不痛就自己爬起来，全然不在意。

但杨幼芙来了几次后，年年就变了，即便摔在柔软的地毯上，也要指着毯子，小小地噘起嘴，说道："坏，坏！"

虽然可爱，却不太好。

陈淮越忍无可忍，让杨幼芙不许再来了。

杨幼芙也忍无可忍："我又不是来看你的。"还倒打一耙，"你这爸爸怎么这样，年年摔倒了不是地毯的错，难道是她的错？哦，忘了，是你的错，都怪你买了这块地毯，害年年摔了！错怪毯子了，原来是你这个坏爸爸！"

年年睁着圆溜溜的眼睛，坐在林希微的怀里，左看看爸爸，右看看姨姨，忽地咧嘴笑了，露出两颗可爱的米粒牙，在她有样学样地说出"坏爸爸"之前，林希微连忙捂住了她的嘴，就怕陈淮越真的气冒烟了。

只可惜，年年的嘴巴捂住了，鹦鹉的嘴还是自由的。

"坏爸爸，坏爸爸！"

到了晚上入睡前，"坏爸爸"的心情还不怎么好，林希微刚结束工作，从书房回到卧室，陈淮越已经躺在床上了。他听着林希微进出浴室的声音，却依旧翻身背对着她，右侧的床随着她上床的动作，稍稍下陷。

林希微静静地看着他的后脑勺，半响，也钻进了温暖的被窝里，从他的身后，环抱住了他的腰，脸颊贴在了他的背上。

永远是谁付出更多，谁更焦虑，以前他总是一副满不在乎的傲慢模样，现在也跟大多数父母一样，忧心孩子的成长，生怕她会走错哪一步。

她和陈淮越成长环境不同，育儿观念也相差甚远。她从小到大吃过太多苦，杨幼芙是她心生羡慕的对象，人无完人，有点性子很正常。更何况，林希微对自己认知清晰，她脾气不见得比杨幼芙好，只不过，杨幼芙拥有随意发脾气的底气，而她没有。

陈淮越轻哼："杨幼芙教了几回，年年都学会扔东西了。"

"你小时候不会吗？"

"我不会。"陈淮越笃定，"我从不干这种幼稚事。"

林希微沉默，不好说全家最幼稚的人就是他。

陈淮越转过身，将她按到了自己的胸前，故作恶狠狠："难道你也跟杨幼芙一样，觉得我是个坏爸爸？"

"这不是我能评价的。"

"什么意思？"

林希微随口胡扯："你给年年当爸爸，你是不是好爸爸，等她长大后才能给你答案呀。"

陈淮越看着她的眼睛："那你呢？"

"什么？"

"我给你当丈夫……"

林希微还没给出答案，陈淮越已经开始臭屁了："当好老公，你老公没输吧？钟程、沈曜辞根本比不上我……"

林希微仰头亲了亲他的唇角，忽然问他："陈淮越，那你喜欢我什么？"

陈淮越一愣，显然没想到她会在这时候又问出这个问题，他也思考过几次，每一次的答案都不一样，有世俗的漂亮、聪明，但行至今日，他已经给不出具象的理由了。

喜欢，就是喜欢。

陈淮川上了大学后，他妈妈就没少给他介绍门当户对的年轻女孩相亲，他倒也并不排斥，也不会为了这种事跟妈妈对着来，反正就是吃几顿饭而已。

但总是不成，刘曼珠也难免火大。

陈伯鸿被她吵得头疼，一把老骨头实在有些撑不住了，便道："川川才几岁，着急什么？"

刘曼珠不管不顾地朝他撒火："你是不着急，总归你都当阿公了，你还有个儿子，我就一个川川。"

陈伯鸿觉得刘曼珠变了许多，但不敢说她蛮不讲理，不知道是不是更年期……

刘曼珠还在阴阳怪气："你像川川这么大，都快一婚了吧，哟，不着急，这就是你说的不着急。"

陈伯鸿只能装聋作哑，过一会再捂捂胸口，拧起眉头。刘曼珠余光瞥见他难受的神情，明知他在装模作样，却还是狠不下心，不争气地去扶起他，嘴里别扭道："你让淮越去问下川川，川川现在大了，有些话不爱跟我这个当妈的说了，谈没谈恋爱，我也不知道，我让他做什么，他倒是乖乖去做了，没劲。"

陈伯鸿只敢在心底深深叹气，儿子听话也不行呐？

元旦假期，年年跟着陶静昀去探访亲友，林希微和陈淮越想简短地度个假，陈伯鸿的电话适时打来，两人就决定去找留校实习的陈淮川。巧的是，陈淮川住的公寓正是林希微当年住过的那栋学生公寓。

陈淮越不喜欢这个城市，更讨厌这栋公寓，就算过去了很多年，说释怀，那都是骗人的。

陈淮川下班后，就直奔公司楼下的麦当劳，临街的玻璃窗内，他的嫂嫂正笑意盈盈地朝他招手。

这一顿麦当劳，是陈淮川付的钱。

陈淮川抢着付钱的时候，陈淮越的目光在他身上停顿了一瞬，挑了下眉："第一桶金？"

"嗯。"

林希微闻言，下意识就伸手摸陈淮川的头，难免感慨，一晃这么多年，她却总觉得她赚到第一笔卖房钱、请陈淮川吃麦当劳的时光就在昨天。

陈淮川被嫂嫂摸得有些不好意思，极力克制着脸颊的泛红。

远赴美国求学的这一年，他分明觉得自己已经足够独立和成熟了，但再见到哥哥、嫂嫂，他又变成了当年那个只会喊"嫂嫂，麦当劳，麦当劳"的五岁小孩。

陈淮越感慨，怎么有人十年如一日地喜欢汉堡，他看着大口啃汉堡的陈淮川，忽然想到了什么。

等陈淮川去了厕所，他就对林希微道："我好像知道他没女朋友的原因了。"

"什么？"

"说不定他每次约会的地点，都是麦当劳。"

第二天，林希微和陈淮越去中超买了一些食材，打算带去陈淮川的公寓。

陈淮川和陈淮越一样，从小到大都没缺过物质，但兄弟俩完全不一样，陈淮越事多挑剔，对物质要求高，陈淮川却不怎么在乎。

体验不同的生活，带给他的感觉很新奇，和大多数普通学生一样，他住在学生公寓，和其他人共享厨房和浴室，学习之外，偶尔聚餐健身，偶尔打工，常年自己做饭，没人会想到他家境不错。

陈淮川想下厨做菜给两人吃，他让两人先到他卧室坐着。

林希微看到那张老古董书桌，忍不住笑了："居然还在。"很多东西在留学生之间转卖的寿命长到吓人。

"隔音还是不好。"她能隐约听到隔壁传来的声音。

林希微转了一圈之后，才后知后觉地想起什么，她转头去看陈淮越，他就坐在那张书桌前，敲了敲所谓隔音不好的墙壁，又碰了下台灯的线。

他轻哼一声，心涩是肯定的。

这个时间段是李从周陪她度过的。

到了晚上十点多，他们才从陈淮川的公寓离开下楼，陈淮越启动了车子，未踩下油门前，他忽然抬头，从驾驶室的车窗玻璃往上看去，公寓的那个窗口还亮着灯。

他忽然问道："如果那时你知道我来找你，就在你楼下，我们会不

446

会……"

他没问完,林希微也没回答,只是握住了他的手,十指紧扣,他们都知道这个答案是——不会。

如果要选一个词,定义他们的爱情,那只有"成长"。